HEYNE <

DANIELLE STEEL

Traumvogel

Roman

Aus dem Amerikanischen
von Rafa P. Ströder

WILHELM HEYNE VERLAG
MÜNCHEN

HEYNE ALLGEMEINE REIHE
Band-Nr. 01/13904

Die Originalausgabe
LONE EAGLE
erschien 2001 bei Delacorte Press, New York

Umwelthinweis:
Dieses Buch wurde auf
chlor- und säurefreiem Papier gedruckt.

Taschenbucherstausgabe 01/2004

Der Marion von Schröder Verlag und
der Wilhelm Heyne Verlag sind Verlage der
Ullstein Heyne List GmbH & Co.KG, München
Printed in Germany 2004
Umschlagillustration: Joanna Fuchs
Umschlaggestaltung: Hauptmann und Kampa Werbeagentur,
München-Zürich
Gesetzt aus der Sabon bei Leingärtner, Nabburg
Druck und Bindung: GGP Media, Pößneck
http://www.heyne.de

ISBN: 3-453-87354-8

Für meine geliebten Kinder Beatrix, Trevor, Todd, Nick, Samantha, Victoria, Vanessa, Maxx und Zara. Ihr seid die wundervollsten Menschen auf der Welt, die besten, die ich kenne, und ich liebe euch von ganzem Herzen.

Mom

Tausend Jahre, tausend Ängste
tausend Tränen
teilten wir miteinander,
wie Motten das Licht,
ein tödliches Spiel,
verlorene Kinder,
die ihre Mutter suchen,
und wenn Herzen singen
liegt der Zauber
in der Musik.
Der Winter kalt,
keine schützende Hand,
der Sommer kurz und sonnig,
und morgens dicht neben dir zu liegen –
unvergessliche Augenblicke
voller Zärtlichkeit, Liebe, Freude.
Wir tanzten
wir lachten
wir flogen
wir wuchsen
wir wagten
und zagten
mehr als irgendjemand sonst
wissen oder verstehen kann.
Das Licht so hell,
genug für hundert kostbare Jahreszeiten,

die Motte
das Licht
der Tanz
und dann:
gebrochene Flügel
und alles Wertvolle
in Stücken zu unseren Füßen.
Der Traum,
der einzige, nach dem ich mich sehne,
hier oder dort,
unsere bloßgelegten Seelen.
Von nun an wird mein Herz
dich für Millionen Jahre halten.

PROLOG

Dezember 1974

Kate war nicht darauf vorbereitet. Der Anruf kam an einem verschneiten Dezembernachmittag, beinahe exakt vierunddreißig Jahre, nachdem sie Joe zum ersten Mal begegnet war. Sie hatte genau zwei Drittel ihres Lebens mit Joe verbracht, und es waren vierunddreißig außergewöhnliche Jahre gewesen. Sie war einundfünfzig Jahre alt und er dreiundsechzig. Und obwohl Joe so viel erreicht hatte, war er für Kate jung geblieben. Das Leben pulsierte in ihm, er schöpfte daraus Energie und eine unbändige Kraft. In Joes Körper und Seele schien eine Sternschnuppe gefangen zu sein. Sie trieb ihn vorwärts, immer weiter, zu den entferntesten Zielen. Er war fantasievoll und begeisterungsfähig wie niemand sonst, einfach brillant. Kate hatte das von Anfang an gewusst. Sie hatte gespürt, dass er etwas Besonderes war und dass man einem solchen Menschen nur ganz selten begegnete.

Mit den Jahren war er ein Teil von ihr geworden.

Vom ersten Augenblick an war er ihr Traummann gewesen. Aber sie hatte es nicht immer leicht gehabt mit ihm. Es hatte Zusammenstöße gegeben, Explosionen, sie hatten Höhen und Tiefen durchlebt, Joe war für Kate Himmel und Hölle zugleich gewesen. Doch die ganze Zeit über blieb Joe Kates Halt, er war der Größte. Ihm allein wollte sie nahe sein. Er war ein Genie, ein Mann der Extreme.

Jeder hatte dem Leben des anderen erst Sinn und Tiefe gegeben. So manches Mal hatten sie sich voreinander gefürchtet. Akzeptanz und Liebe waren mit dem Alter dazugekommen.

Sie hatten hart gekämpft, aber schließlich hatten sie ihre Lektionen gelernt.

Jeder stellte für den anderen die größte Herausforderung dar. Und es hatte sich gelohnt. Im Laufe der Zeit fügten sie sich vollkommen ineinander, wie zwei Teile eines Puzzles.

In den vierunddreißig Jahren, die sie miteinander verbrachten, fanden sie etwas, das nur wenige Menschen je erreichen. Es waren stürmische und anregende Zeiten gewesen, und manchmal war der Lärm ohrenbetäubend. Doch beide wussten, dass das, was sie miteinander teilten, unendlich kostbar war. Seit vierunddreißig Jahren tanzten sie einen magischen Tanz miteinander, dessen Schritte nicht leicht zu erlernen gewesen waren.

Joe hatte außergewöhnliche Talente. Er registrierte Dinge, die andere nicht wahrnahmen. Er legte absolut keinen Wert darauf, sich mit anderen Männern zusammenzutun. Er fühlte sich wohler, wenn er allein war. Um sich herum baute er eine ganz besondere Welt. Er war ein Visionär, der sich ein eigenes Reich schuf. Er hatte die Welt bereichert, hatte Horizonte eröffnet, die niemand für möglich gehalten hatte. Es drängte ihn dazu, etwas zu erschaffen, Barrieren niederzureißen und stets einen Schritt weiter zu gehen als andere.

Als an jenem Abend der Anruf kam, war Joe schon seit Wochen in Kalifornien. In zwei Tagen würde er heimkehren. Kate war keineswegs besorgt um ihn, das hatte sie sich schon lange abgewöhnt. Er ging fort und kehrte zurück. Wie die Jahreszeiten oder die Sonne. Wo immer er sich aufhielt – sie wusste, dass er ihr nahe war. In Joes Leben gab es zwei Dinge: seine Frau und seine Pläne. In mancher Hinsicht bedeuteten diese ihm sogar mehr als Kate. Kate wusste und akzeptierte das, sie waren einfach ein Teil seines Wesens, jenes wundervollen Mosaiks, das Joe darstellte.

Kate schrieb an jenem Tag gerade in ihr Tagebuch, froh über die Stille im Haus, während die Welt draußen mit einem Laken aus frischem Schnee bedeckt wurde. Es war schon dunkel, als um sechs Uhr das Telefon klingelte. Kate warf einen Blick auf ihre Uhr und war überrascht, dass es bereits so spät war. Sie lächelte. Das war bestimmt Joe. Sie strich sich eine Locke ihres dunkelroten Haars aus der Stirn und griff nach dem Hörer. Sie freute sich auf die vertraute Stimme, die ihr erzählen würde, wie der Tag verlaufen war.

»Hallo?«

Voller Vorfreude sprach Kate in den Hörer und bemerkte mit einem Blick aus dem Fenster, dass es jetzt heftig schneite. Es war ein winterliches Wunderland. Weihnachten würde dieses Jahr besonders schön werden, weil auch die Kinder nach Hause kommen wollten. Sie lebten inzwischen ihr eigenes Leben. Kates Welt drehte sich mittlerweile ausschließlich um Joe, allein um ihn kreisten ihre Gedanken.

»Mrs. Allbright?« Das war nicht Joes Stimme.

Im ersten Augenblick war Kate enttäuscht. Sie hatte sich so auf seinen Anruf gefreut. Nun ja, er würde sich eben später melden. Er rief schließlich jeden Abend an.

Am Telefon entstand eine merkwürdige Pause, als ob der Mann am anderen Ende der Leitung davon ausging, dass Kate den Grund des Anrufes bereits ahnte. Es war Joes neuer Assistent, mit dem Kate schon einmal gesprochen hatte. »Ich rufe von Mr. Allbrights Büro aus an«, fuhr der Mann fort und schwieg dann erneut. Ohne zu wissen, warum, hatte Kate plötzlich das merkwürdige Gefühl, dass Joe hinter diesem Anruf steckte. Fast schien es ihr, als spürte sie seine Gegenwart im Zimmer, unmittelbar neben sich. Sie fragte sich, warum dieser Mann und nicht Joe selbst anrief. »Es ... es tut mir Leid. Aber es gab einen Unfall.«

Beim Klang dieser Worte wurde Kate eiskalt. Sie wusste es bereits, bevor der Mann weitersprach. Ein Unfall ... es gab einen Unfall ... Diese Worte hatte sie insgeheim schon lange gefürchtet. Doch Joe war ein Glückskind. Er war unfehlbar, unbesiegbar, unsterblich. Als sie sich kennen gelernt hatten, hatte er ihr erzählt, dass er hundert Leben besitze und erst neunundneunzig verbraucht habe. Und so blieb es: Immer schien noch eines übrig zu sein.

»Heute Nachmittag auf dem Weg nach Albuquerque ...«, sagte die Stimme, und plötzlich hörte Kate nur noch das Ticken der Uhr. Dasselbe Geräusch hatte sie auch vor vierzig Jahren gehört, als ihre Mutter ihr vom Tod ihres Vaters erzählt hatte. Es war das Geräusch der Zeit, die erbarmungslos verstrich, das

Gefühl, in einen bodenlosen Abgrund zu fallen. Kate wusste, dass sie sich diesem Gefühl nicht überlassen durfte. Joe würde ihr das nicht antun … »Er wollte eine neue Entwicklung testen.« Die Stimme fuhr fort und klang plötzlich wie die eines Jungen. Zum ersten Mal seit Jahren spürte Kate, wie das Entsetzen mit scharfen Krallen nach ihr griff. »Es gab eine Explosion«, sagte der Mann so sanft, dass sie den Klang seiner Stimme nicht ertragen konnte.

»Nein … das kann nicht … wahr sein …« Kate bebte am ganzen Körper. Den Rest wusste sie schon, bevor der Mann weitersprach. Er brauchte nichts mehr zu sagen. Sie wusste, was geschehen war, so wie sie spürte, dass die Mauern ihrer sicheren, beschützten Welt um sie herum einstürzten. »Schweigen Sie!«

Beide verstummten, sprachlos vor Entsetzen. Der junge Mann hatte sich bereit erklärt, Kate anzurufen. Niemand sonst war in der Lage gewesen, den Hörer in die Hand zu nehmen.

»Sie sind über der Wüste abgestürzt«, sagte der Mann schließlich.

Kate hielt die Augen geschlossen und lauschte. Nein, es war ein Irrtum! So etwas würde Joe ihr nicht antun. Sie hatte immer gewusst, dass so etwas geschehen könnte. Aber weder sie noch Joe hatten ernsthaft daran geglaubt. Er war doch viel zu jung zum Sterben! Und sie selbst war zu jung, um Witwe zu sein. Joe und sie kannten viele Ehefrauen von Piloten, die ihre Männer bei Testflügen verloren hatten. Joe hatte sie immer besucht. Und nun rief dieser Junge an, dieses Kind. Wie sollte er wissen, was Joe ihr bedeutet hatte? Wie sollte er wissen, wer Joe überhaupt gewesen war? Er wusste nur, dass Joe das Imperium aufgebaut hatte. Er kannte nur die Legende. Doch da war so viel mehr, was er nun nie über Joe erfahren würde. Sie selbst hatte schließlich ihr halbes Leben damit verbracht zu erkennen, wer Joe eigentlich war.

»Hat schon jemand das Wrack untersucht?«, fragte Kate mit bebender Stimme. Sie war sich sicher, dass sie ihn lebend finden würden. Er würde lachen, sich den Staub aus den Kleidern klopfen und sofort bei Kate anrufen und ihr berichten, was geschehen war. Nichts würde Joe jemals etwas anhaben können.

Die Explosion hatte den Himmel einem Vulkanausbruch gleich erleuchtet. Einen Kollegen, der über Joes Flugzeug geflogen war, hatte der Anblick an Hiroshima erinnert ... Von Joe war nichts übrig geblieben.

»Wir sind ganz sicher, Mrs. Allbright ... Es tut mir so Leid. Gibt es irgendetwas, was ich für Sie tun kann? Ist jemand bei Ihnen?«

Kate schwieg. Sie brachte kein Wort heraus. Sie hätte ohnehin nichts weiter sagen können, als dass Joe bei ihr war und dass es immer so bleiben würde. Sie wusste, dass nichts und niemand ihn ihr wegnehmen konnte.

»Später wird Sie jemand aus dem Büro anrufen ... wegen ... wegen der Formalitäten«, fuhr die Stimme unbeholfen fort.

Kate nickte nur, und ohne ein weiteres Wort legte sie auf. Es gab nichts mehr, was sie hätte sagen wollen. Sie starrte aus dem Fenster in den Schnee und sah Joe. Es schien, als stünde er direkt vor ihr. Und er sah genauso aus wie an jenem Abend, als sie sich zum ersten Mal begegnet waren.

Panik drohte Kate zu überwältigen, doch sie zwang sich, stark zu sein. Für Joe, der aus ihr das gemacht hatte, was sie war. Er würde es von ihr erwarten. Sie durfte es sich nicht gestatten, der Furcht nachzugeben, die allein durch die Liebe zu ihm aus ihrem Leben verschwunden war. Sie schloss die Augen und flüsterte seinen Namen in dem Zimmer, das sie mit ihm geteilt hatte.

»Joe ... geh nicht fort ... ich brauche dich doch ...«, flehte sie leise, und Tränen rannen über ihre Wangen.

»Ich bin doch hier, Kate. Ich gehe nicht fort, das weißt du doch.«

Die Stimme war kräftig und ruhig und klang so nahe, dass Kate einen Augenblick lang überzeugt war, dass sie sie tatsächlich gehört hatte. Joe würde sie nicht verlassen. Joe war stark, daran konnte nichts etwas ändern. Keine noch so schlimme Explosion konnte ihn ihr entreißen.

Ein Leben ohne Joe war einfach unvorstellbar! Während Kate in die Nacht hinausstarrte, beobachtete sie, wie seine Gestalt sich langsam entfernte. Er wandte sich um und lächelte sie an, der Mann, den sie so lange Zeit geliebt hatte.

Das Haus füllte sich mit undurchdringlicher Stille, während Kate bis spät in die Nacht hinein einfach dasaß und an Joe dachte. Draußen fiel der Schnee, und sie erinnerte sich an den Abend, als sie sich zum ersten Mal begegnet waren. Sie war erst siebzehn gewesen, und der junge Joe hatte vor Energie und Lebenslust nur so gesprüht. Es war ein unvergesslicher, überwältigender Augenblick gewesen, der ihr ganzes Leben verändert hatte. Ein Blick … und der Tanz begann.

1

Kate Jamison begegnete Joe zum ersten Mal auf einem Debütantinnenball im Dezember 1940, drei Tage vor Weihnachten. Sie war mit ihren Eltern für eine Woche aus Boston nach New York gekommen, um Weihnachtseinkäufe zu erledigen, Freunde zu treffen und den Ball zu besuchen. Kate war mit der jüngeren Schwester einer Debütantin befreundet. Siebzehnjährige Mädchen wurden normalerweise gar nicht eingeladen, aber Kate beeindruckte jedermann – sie war für ihr Alter sehr reif –, sodass es für ihre Gastgeber selbstverständlich war, sie mitzunehmen.

Kates Freundin durfte ebenfalls mit auf den Ball und freute sich genauso. Noch nie hatten die beiden Mädchen ein solch schönes Fest besucht. Die Räume waren voller außergewöhnlicher Menschen. Staatspräsidenten waren anwesend, angesehene Politiker, Adlige und zahllose gut aussehende junge Männer. Bedeutende Persönlichkeiten aus der New Yorker Gesellschaft gaben sich die Ehre, außerdem Gäste aus Philadelphia und Boston. Siebenhundert Menschen plauderten in den eleganten Empfangsräumen, in dem mit Spiegeln geschmackvoll ausgekleideten Ballsaal und in einem Zelt, das im Garten aufgestellt worden war. Hunderte von livrierten Kellnern bedienten die Gäste, eine Musikkapelle spielte im Ballsaal, eine andere draußen im Zelt. Wunderschöne Frauen, prachtvolle Juwelen und Abendroben waren zu sehen, und die attraktiven Kavaliere trugen Fracks und weiße Binder.

Die Schwester von Kates Freundin war ein hübsches Mädchen. Sie war klein und blond und trug ein Kleid von *Schiaparelli*, das eigens für sie angefertigt worden war. Auf diesen Augenblick hatte sie ihr ganzes Leben lang gewartet: Nun wurde sie der Gesellschaft offiziell vorgestellt. Sie glich einer Porzellanpuppe, als sie mit ihren Eltern und ihrer Schwester am Empfang stand und darauf wartete, dass der Ausrufer die Namen der Gäste verkündete.

Nachdem auch die Jamisons über die Schwelle geschritten waren, küsste Kate ihre Freundin und dankte ihr für die Einladung. Noch nie war Kate auf einem solchen Ball gewesen, und für einen Augenblick glichen die beiden jungen Frauen Tänzerinnen auf einem Gemälde von Degas. Der Kontrast zwischen ihnen war bemerkenswert und gleichzeitig voller Harmonie. Kates Freundin war wie ihre ältere Schwester klein und hellhäutig, ihr Körper schon sanft gerundet. Kate dagegen war groß und schlank, mit rötlich-braunem Haar, das ihr in weichen Wellen auf die Schultern fiel. Sie hatte cremefarbene Haut, riesige dunkelblaue Augen und eine makellose Figur. Kates Freundin grüßte zurückhaltend und gelassen jeden Gast, während Kate ungebändigte Energie ausstrahlte. Wenn ihre Eltern sie anderen Menschen vorstellten, schaute sie diesen gerade in die Augen und lächelte sie strahlend an. Ihr wacher Blick signalisierte, dass sie gern mit ihrem Gegenüber geplaudert hätte.

Kate war schon immer faszinierend gewesen. Auf alle Fälle schien das Leben Großes mit ihr vorzuhaben. Aus jeder Menschenmenge stach sie hervor, und das nicht nur wegen ihres Aussehens. Vielmehr waren es ihr Witz und ihr Charme, die sie zu etwas Besonderem machten. Zu Hause hatte sie immer Unsinn und die verrücktesten Ideen im Kopf, und als einziges Kind war es für sie keine Schwierigkeit, ihre Eltern um den Finger zu wickeln. Kate war erst nach zwanzig Ehejahren geboren worden. Als sie noch ein Säugling gewesen war, hatte ihr Vater stets behauptet, dass es sich gelohnt habe, auf sie zu warten, und ihre Mutter hatte ihm sofort zugestimmt. Beide beteten ihre Tochter an. Ihr ganzes Leben drehte sich um die kleine Kate.

Kates Kindheit war sorglos und frei von Zwängen gewesen. Sie wurde in den Wohlstand hineingeboren und genoss ein behagliches Leben. Ihr Vater, John Barrett, war der Spross einer angesehenen Bostoner Familie. Er hatte Elizabeth Palmer geheiratet, deren Vermögen sein eigenes noch um Einiges überstieg. Beide Familien waren über diese Verbindung sehr erfreut gewesen. Kates Vater hatte in Bankerkreisen lange Zeit wegen seines treffsicheren Urteilsvermögens und seiner klugen Investitionen hohes Ansehen genossen. Doch der Zusammenbruch der Börse 1929 hatte ihn und Tausende andere in den Abgrund gerissen. Glücklicherweise hatten die Palmers darauf geachtet, dass Elizabeth nach der Heirat mit John das eigene Vermögen behielt. Elizabeths Familie nahm sich weiterhin ihrer finanziellen Angelegenheiten an. Wie durch ein Wunder überstand sie den Crash daher nahezu unbeschadet.

John Barrett hingegen verlor sein gesamtes Vermögen. Elizabeth tat alles, um ihren Mann zu unterstützen und ihm wieder auf die Füße zu helfen. Doch das Unglück nagte an Johns Existenz. Drei seiner besten Kunden und Freunde erschossen sich wenige Monate, nachdem sie ihr Vermögen verloren hatten, und es dauerte zwei Jahre, bis sich Johns eigene Verzweiflung schließlich Bahn brach. Er verbarrikadierte sich im Obergeschoss in einem der Schlafzimmer, sprach mit kaum jemandem und kam nur äußerst selten heraus. Die Bank, die seine Familie gegründet und die er beinahe zwanzig Jahre lang geleitet hatte, war bereits zwei Monate nach dem Zusammenbruch geschlossen worden. John zog sich immer mehr zurück, lebte wie ein Einsiedler, und nur Kates Anblick konnte ihn aufheitern. Die Kleine war zwar erst sechs Jahre alt, doch sie ging oft hinauf und brachte ihm etwas Süßes oder ein Bild, das sie für ihn gemalt hatte. Sie spürte, dass ihr Vater sich in einem Labyrinth der Verzweiflung verirrt hatte, und instinktiv versuchte sie, ihn hinauszuführen, was ihr aber nicht gelang. Gelegentlich war seine Tür auch für sie verschlossen, andere Male verbot Elizabeth ihrer Tochter, nach oben zu gehen. Sie wollte nicht, dass die Kleine ihren Vater betrunken und ungewaschen sah. John lag oft den ganzen Tag lang im Bett. Einen solchen Anblick wollte Elizabeth ihrer Tochter ersparen.

Im September 1931, zwei Jahre nach dem Crash, nahm sich John Barrett das Leben. Er war der letzte männliche Erbe seiner Familie gewesen und ließ seine Frau und sein Kind zurück. Elizabeths Vermögen war bis dahin unangetastet geblieben.

Kate erinnerte sich genau an den Augenblick, als ihre Mutter ihr vom Tod ihres Vaters erzählte. Sie war im Kinderzimmer, trank heiße Schokolade und hatte ihre Lieblingspuppe im Arm, als ihre Mutter den Raum betrat. Sie spürte sofort, dass etwas Schreckliches geschehen war. Sie schaute ihrer Mutter in die Augen, und plötzlich vernahm sie das unaufhörliche Ticken der Wanduhr. Ihre Mutter weinte nicht. Mit ruhiger Stimme erklärte sie Kate, dass ihr Vater fortgegangen war, um bei Gott im Himmel zu sein. Sie sagte, dass er in den vergangenen beiden Jahren sehr traurig gewesen sei und dass er nun glücklich im Himmel lebe.

Noch während ihre Mutter sprach, hatte Kate das Gefühl, als bräche die ganze Welt über ihr zusammen. Sie konnte kaum atmen, die Tasse fiel ihr aus der Hand. Sie wusste, dass ihr Leben nie mehr so sein würde wie zuvor.

Beim Begräbnis ihres Vaters bewahrte Kate eine geradezu feierliche Haltung, doch sie bekam nichts mit. Sie musste unentwegt daran denken, dass ihr Vater sie und ihre Mutter verlassen hatte. Sie war von vielen Menschen umgeben und schnappte Satzfetzen auf wie. Gebrochenes Herz... niemals erholt... sich erschossen... großes Vermögen verloren... glücklicherweise nichts mit Elizabeths Vermögen zu tun gehabt...

Nach außen hin blieb alles, wie es war. Elizabeth und Kate lebten im selben Haus, trafen dieselben Menschen. Kate ging weiter zur Schule, und wenige Tage nach dem Tod ihres Vaters kam sie in die dritte Klasse.

Noch Monate später fühlte sie sich wie benommen. Der Mann, dem sie vertraut, den sie so geliebt und zu dem sie aufgeblickt hatte – und der seinerseits seine kleine Tochter ganz offensichtlich vergöttert hatte –, war fort, hatte sie ohne Ankündigung oder irgendeine Erklärung zurückgelassen. Es gab für Kate keinen Grund, den sie hätte verstehen können. Sie begriff nur, dass er fort war und dass sich ihr Leben in all den

Dingen, die wirklich wichtig waren, für immer verändert hatte. Ein großer Teil ihrer Welt war einfach verschwunden.

Auch ihre Mutter war in den ersten Monaten nach Johns Tod so verwirrt, dass sie nicht in der Lage war, sich um Kate zu kümmern. Es schien, als hätte Kate auf einen Schlag beide Eltern verloren.

Elizabeth regelte die Angelegenheiten, die das restliche Vermögen Johns betrafen, mit ihrem engen Freund Clarke Jamison, der ebenfalls Banker war. Sein Vermögen hatte den Crash unbeschadet überstanden. Clarke war ein ruhiger, freundlicher und verlässlicher Mann. Seine Frau war schon Jahre zuvor an Tuberkulose gestorben, und er hatte nicht wieder geheiratet. Neun Monate nach John Barretts Tod bat er Elizabeth um ihre Hand, und kurz darauf wurden die beiden in einer kleinen Zeremonie getraut. Nur die Brautleute selbst, der Geistliche und Kate wohnten ihr bei. Aufmerksam beobachtete Kate diesen Vorgang. Sie war neun Jahre alt.

Mit den Jahren erwies sich Elizabeths Entscheidung als ausgesprochen klug. Obwohl sie es aus Respekt gegenüber John niemals zugegeben hätte, stellte sich heraus, dass sie mit Clarke viel glücklicher war als mit ihm. Sie teilten Wohlstand und gemeinsame Interessen, und Clarke war nicht nur ein guter Ehemann, sondern auch ein wundervoller Vater für Kate. Er betete die Kleine an und sie ihn. Er beschützte sie, und obwohl er nie ein Wort darüber verlor, war doch offensichtlich, dass er in den folgenden Jahren alles versuchte, um ihr den verlorenen Vater zu ersetzen. Clarke war ruhig, zuverlässig und liebevoll und freute sich, als Kates Lebensfreude wieder erwachte. Als sie zehn wurde, adoptierte Clarke sie mit ihrem Einverständnis und dem ihrer Mutter. Zuerst hatte Kate beim Gedanken an ihren leiblichen Vater Skrupel, doch am Morgen der Adoption gestand sie Clarke, dass sie sich am meisten auf der ganzen Welt wünschte, seine Tochter zu sein. Ihr Vater war auf leisen Sohlen aus ihrem Leben verschwunden, in einem Augenblick, als sich Schwierigkeiten eingestellt hatten. Clarke gab Kate die emotionale Sicherheit, die das Mädchen nach dem Tod seines Vater brauchte. Nichts konnte er der Kleinen abschlagen, und er war stets für sie da.

Manchmal vergaß Kate, dass Clarke gar nicht ihr richtiger Vater war. An John dachte sie nur noch ganz selten. Er schien so weit weg zu sein, sie konnte sich kaum noch an ihn erinnern. Allein das Gefühl der Angst und Verlassenheit, das sie bei seinem Tod überfallen hatte, war ihr im Gedächtnis geblieben. Doch nur gelegentlich drang es an die Oberfläche. Kate hatte die Tür zu ihrem Innersten verschlossen, und so sollte es bleiben.

Es lag nicht in Kates Natur, in der Vergangenheit zu leben oder traurigen Gedanken nachzuhängen. Sie gehörte zu den Menschen, die von Fröhlichkeit geradezu angezogen wurden und die meist selbst gute Stimmung verbreiteten. Der Klang ihres Lachens, das Funkeln in ihren Augen schufen stets eine heitere Atmosphäre, wo immer sie erschien. Darüber war Clarke sehr froh.

Über die Adoption sprachen sie nie. Sie gehörte zu einem abgeschlossenen Kapitel in Kates Leben, und sie wäre schockiert gewesen, wenn jemand dieses Thema angesprochen hätte. Clarkes väterliche Hand, die sie während der letzten neun Jahre begleitet hatte, war unmerklich zu einem festen Bestandteil ihres Lebens geworden. Er war ihr Vater, das war für beide selbstverständlich. In jeder Hinsicht war Kate schon lange Clarkes Tochter.

Clarke Jamison war in Boston ein angesehener Banker. Er stammte aus guter Familie, hatte in Harvard studiert und war mit seinem Leben mehr als zufrieden. Er hatte es immer als großes Glück betrachtet, dass Elizabeth seine Frau geworden war und dass er Kate adoptiert hatte. Die kleine Familie führte ein zufriedenes Leben. Elizabeth war eine glückliche Frau. Sie hatte alles, was sie sich vom Leben wünschte: einen Mann, den sie liebte, und eine Tochter, die sie vergötterte. Kate war kurz nach Elizabeths vierzigstem Geburtstag zur Welt gekommen. Das Kind war die größte Freude ihres Lebens gewesen. All ihre Hoffnungen ruhten nun auf Kate. Ihr Leben sollte wundervoll verlaufen. Kate verfügte über ein beeindruckendes Maß an Energie und eine einnehmende Persönlichkeit. Elizabeth stellte fest, dass sie sich außerdem untadelig zu benehmen wusste und ungewöhnlich selbstbewusst war. Nach ihrer Heirat hatten

Clarke und Elizabeth das Kind wie eine kleine Erwachsene behandelt. Sie teilten ihr Leben mit Kate und reisten oft mit ihr ins Ausland.

Bis zu ihrem siebzehnten Geburtstag hatte Kate jeden Sommer in Europa verbracht, und im Jahr zuvor war sie in Singapur und Hongkong gewesen. Sie hatte weit mehr erlebt als die meisten anderen Mädchen ihres Alters und glich schon eher einer erwachsenen Frau als einem jungen Mädchen. Die Menschen spürten vom ersten Augenblick an, dass Kate nicht bloß glücklich, sondern dass sie mit sich im Reinen war. Sie fühlte sich vollkommen wohl in ihrer Haut. Es schien, als könne nichts und niemand ihr etwas anhaben, es gab nichts, wovor sie sich ernsthaft fürchtete. Das Leben war aufregend, und genau diese Haltung strahlte Kate aus.

Das Kleid, das Kate auf dem Debütantinnenball in New York trug, war im Frühling für sie in Paris bestellt worden. Es war ganz anders als die Kleider der anderen Mädchen. Die meisten trugen Ballkleider in Pastelltönen oder kräftigen Farben. Keine hatte ein weißes Kleid an. Das wäre einer Missachtung gegenüber dem Ehrengast gleichgekommen. Alle Mädchen waren hübsch anzusehen, aber Kate war elegant, einfach hinreißend. Sie wirkte sehr weiblich, jedoch nicht auf eine aufdringliche Weise. Sie schien eher eine zurückhaltende Eleganz zu besitzen. Ihr Kleid hatte weder Rüschen noch Volants, auch keinen weiten Rock. Der eisblaue Stoff war schräg geschnitten und floss wie Wasser um ihren Körper, beinahe wie eine zweite Haut. Die Träger, die das Kleid auf Kates Schultern hielten, waren kaum breiter als ein Faden. Es zeigte ihre makellose Figur. Dazu trug sie die mit Aquamarinen und Diamanten besetzten Ohrringe, die ihrer Mutter gehörten. Elizabeth wiederum hatte den Schmuck von Kates Großmutter geerbt. Kate hatte kaum Make-up aufgelegt, nur etwas Puder. Ihr Kleid war blau wie der eisige Winterhimmel, und ihre Haut schimmerte sanft und rosig. Ihre Lippen waren leuchtend rot, und wenn sie lachte oder lächelte, zogen sie viele Blicke auf sich.

Ihr Vater scherzte mit ihr, als sie die Empfangshalle durchquerten. Kate lachte und schob anmutig die Hand in dem weißen Handschuh unter seinen Arm. Ihre Mutter ging unmittelbar hinter ihr, blieb jedoch immer wieder stehen, um mit Freunden zu plaudern.

Einige Zeit später, als längst alle Gäste eingetroffen waren, entdeckte Kate ihre Freundin in einer Gruppe junger Leute. Kate drückte den Arm ihres Vaters und ließ ihn dann allein. Später würde sie ihre Eltern im Ballsaal wieder treffen.

Clarke Jamison blickte seiner Tochter voller Stolz nach, als sie auf die Gruppe gut aussehender junger Menschen zusteuerte, und ohne dass Kate es bemerkte, drehten sich einige Köpfe nach ihr um. Sie bot einen atemberaubenden Anblick. Nach wenigen Sekunden schon beobachtete Clarke, dass sie mit den anderen lachte und plauderte. Die jungen Männer schienen angesichts ihrer Erscheinung geradezu aus der Fassung geraten zu sein. So war es immer. Jeder mochte Kate und fühlte sich augenblicklich zu ihr hingezogen. Es gab also keinerlei Anlass für Clarke, sich Sorgen zu machen.

Elizabeth hoffte sehr, dass Kate in den kommenden Jahren einen passenden jungen Mann finden und heiraten würde. Sie selbst war nun schon seit beinahe zehn Jahren glücklich mit Clarke, und dasselbe wünschte sie sich für ihre Tochter. Doch Clarke hatte andere Pläne. Zuerst sollte Kate eine gute Ausbildung erhalten, und es war ein Leichtes gewesen, sie von dieser Idee zu überzeugen. Sie war viel zu klug, um ein solches Angebot auszuschlagen. Clarke dachte zwar nicht daran, dass sie arbeiten sollte, wenn sie die Schule beendet hatte, war aber der Meinung, dass Kate jede Möglichkeit nutzen solle, die sich ihr bot. Er war davon überzeugt, dass eine Ausbildung nur zu ihrem Vorteil sein würde. Kate war schon ganz aufgeregt. Sie hatte sich den ganzen Winter über bei verschiedenen Colleges beworben, in Wellesley, Radcliffe, Vassar, Barnard und einigen anderen Schulen, die sie weniger interessierten. Im nächsten Jahr würde sie achtzehn, und dann wäre es endlich so weit. Ihr Vater hatte in Harvard studiert. Das Radcliffe College, das sich ebenfalls in Cambridge befand und nur von Frauen besucht werden durfte, war daher ihre erste Wahl. Auch Clarke hielt es für das Beste.

Kate ging nun mit den anderen in den Ballsaal hinüber. Sie plauderte mit den Mädchen, die sie kannte, und wurde einem

Dutzend junger Männer vorgestellt. Unbeschwert unterhielt sie sich sowohl mit Frauen als auch mit Männern, und bald hatte sich eine ansehnliche Gruppe um sie geschart. Offenbar hatten die anderen Gefallen an ihrer Art, Geschichten zu erzählen, gefunden. Als die Kapelle zum Tanz aufspielte, konnte Kate sich vor Aufforderungen gar nicht retten. Niemals beendete sie einen Tanz mit demjenigen, der sie aufs Parkett geholt hatte. Es war ein wunderschöner Abend, und Kate genoss ihn in vollen Zügen. Es war wie immer bei solchen Anlässen: Die Aufmerksamkeit, die ihr entgegengebracht wurde, stieg ihr nicht zu Kopf. Sie erfreute sich daran, aber es wäre ihr niemals eingefallen, sich darauf etwas einzubilden.

Kate stand am Buffet, als sie ihn zum ersten Mal sah. Sie unterhielt sich mit einer jungen Frau, die gerade ihr Studium in Wellesley aufgenommen hatte und ihr davon berichtete. Kate lauschte aufmerksam. Plötzlich blickte sie auf und ertappte sich schließlich dabei, dass sie ihn anstarrte. Sie wusste nicht warum, aber er hatte etwas Faszinierendes an sich. Er war auffallend groß, hatte breite Schultern, helles, sandfarbenes Haar und ein markantes Gesicht. Außerdem war er auffallend älter als die Jungs, die sie bisher zum Tanz aufgefordert hatten. Kate schätzte ihn auf Ende zwanzig. Sie hörte ihrer Gesprächspartnerin gar nicht mehr zu. Sie hatte nur noch Augen für Joe Allbright, der sich soeben zwei Lammkoteletts auf einen Teller legte, und war vollkommen hingerissen. Wie die übrigen Männer trug auch er einen weißen Binder, was ihm ausgesprochen gut stand. Aber er konnte nicht verbergen, dass er lieber an einem anderen Ort gewesen wäre. Kate beobachtete, wie er am Buffet entlangging, und stellte fest, dass er einen geradezu unbeholfenen Eindruck machte. Er glich einem gigantischen Vogel, dessen Flügel überraschend gestutzt worden waren und dessen Herz sich danach sehnte davonzufliegen.

Er befand sich nur noch wenige Meter von Kate entfernt, den Teller halb voll, als er spürte, dass ihn jemand beobachtete. Er blickte mit ernstem Gesicht auf Kate herab, dann trafen sich ihre Augen. Er verharrte mitten in der Bewegung, und als Kate ihn anlächelte, vergaß Joe beinahe, dass er einen Teller in der Hand hatte. Noch nie hatte er eine solche Frau gesehen, so schön, so sprühend vor Charme und Temperament. Sie war einfach faszinierend, eine Lichtgestalt. Er musste den Blick abwenden und senkte die Lider. Doch er rührte sich nicht. Er war gar nicht in der Lage, sich zu bewegen. Wie vom Donner gerührt schaute er sie erneut an.

»Es sieht nicht so aus, als wäre dies ein ausreichendes Abendessen für einen Mann Ihrer Größe«, stellte Kate fest und lächelte ihn an.

Schüchtern war sie nicht, und das gefiel ihm. Seit er ein kleiner Junge gewesen war, hatte er stets Schwierigkeiten damit gehabt, auf Leute zuzugehen. Auch als Erwachsener war er kein Mann vieler Worte.

»Ich habe schon zu Abend gegessen.« Er hatte sich von dem Tisch mit dem Kaviar fern gehalten, auch das verschwenderische Angebot an Austern hatte er gemieden und sich stattdessen mit den beiden Lammkoteletts, einem Brötchen, etwas Butter und ein paar Krabben begnügt.

Kate registrierte, dass er sehr schlank war. Der Frack passte ihm nicht so recht, und sie vermutete, dass der junge Mann ihn sich für diese Gelegenheit geborgt hatte. In der Tat hatte ein solches Kleidungsstück keinen Platz in Joes Kleiderschrank, und er rechnete auch nicht damit, dass er ihn ein weiteres Mal tragen würde. Er hatte ihn sich von einem Freund geliehen. Zuerst hatte er versucht, sich vor der festlichen Veranstaltung zu drücken, indem er seinen Mangel an passender Kleidung kundgetan hatte. Nachdem sein Freund ihm dann einen Frack beschafft hatte, musste er ihn wohl oder übel begleiten. Die kurze Begegnung mit Kate war das erste angenehme Erlebnis dieses Abends. Bis dahin hätte er beinahe alles dafür gegeben, das Fest unbemerkt verlassen zu können.

»Sie scheinen nicht sehr glücklich darüber zu sein, dass Sie hier sind«, bemerkte Kate so leise, dass nur er sie verstehen konnte. Dabei lächelte sie ihm voller Sympathie zu.

Er grinste und bewunderte ihre Offenheit. »Wie kommen Sie denn darauf?«

»Sie sehen so aus, als würden Sie am liebsten den Teller verschwinden lassen und auf der Stelle davonlaufen. Mögen Sie etwa keine Partys?« Kate sprach nun ganz unbefangen mit ihm. Das Mädchen aus Wellesley hatte sich inzwischen einem neuen Gesprächspartner zugewandt und entfernte sich langsam. Nun stand sie mit dem Fremden mitten unter Hunderten von Menschen, doch sie schien es gar nicht zu bemerken.

»So ist es. Auf so einer wie dieser bin ich allerdings noch nie gewesen.« Joe musste zugeben, dass er beeindruckt war.

»Ich auch nicht«, gab Kate ehrlich zurück. In ihrem Fall lag es jedoch nicht daran, dass sie Partys verabscheute oder einen Mangel an Gelegenheiten gehabt hätte. Es war vielmehr ihr Alter, das dem Besuch solcher Ereignisse bislang im Wege gestanden hatte. Doch das konnte Joe nicht wissen. Sie erschien ihm so gelassen und reif, dass er sie auf Anfang zwanzig oder sogar ein wenig älter schätzte. »Aber es ist doch nett hier, nicht wahr?«, fuhr sie fort, blickte sich um und schaute den Fremden dann erneut an.

Er lächelte und musste ihr insgeheim zustimmen. Bisher hatte er lediglich wahrgenommen, wie viele Menschen diese Party bevölkerten und dass es heiß und eng war. Zudem hatte er an die vielen Dinge gedacht, die er viel lieber getan hätte. Doch nun, als er Kate anschaute, war er nicht mehr so sicher, dass dieses Fest tatsächlich eine solche Zeitverschwendung war.

»Ja, es ist schön«, sagte er in dem Augenblick, als sie bemerkte, dass seine Augen von dem gleichen dunklen Saphirblau waren wie ihre. »So wie Sie«, fuhr er unvermittelt fort.

Sein Kompliment und sein Blick waren offen und aufrichtig. Kate gefiel dies viel besser als all die geschliffenen Worte der anderen jungen Männer, die ihr den Abend über den Hof gemacht hatten. Sie alle waren offensichtlich zehn Jahre jünger als er, hatten aber die gesellschaftlichen Konventionen bereits vollkommen verinnerlicht.

»Sie haben wunderschöne Augen«, sagte er fasziniert. Sie waren so klar und lebhaft. Diese Frau schien nichts zu fürchten, ähnlich wie er selbst. Wenn es überhaupt irgendetwas gab, wovor er sich jemals gefürchtet hatte, dann war es dieser Abend gewesen. Lieber hätte er sein Leben riskiert – was er im Übrigen häufig tat –, als sich solchen Menschenmengen zu stellen. Als er auf Kate stieß, hatte er nicht einmal eine Stunde hinter sich gebracht, und er hatte darauf gehofft, bald unbemerkt verschwinden zu können. Er wartete eigentlich nur noch auf seinen Freund.

»Danke. Ich bin Kate Jamison.«

Er nahm den Teller in die andere Hand und reichte ihr seine Rechte. »Joe Allbright. Möchten Sie etwas essen?«

Seine Direktheit war erstaunlich. Er sagte nur so viel, wie unbedingt nötig war. Blumige Reden waren noch nie seine Sache gewesen. Kate nickte, und Joe reichte ihr einen Teller. Sie nahm nur wenig, ein bisschen Gemüse und ein kleines Stück Huhn. Sie hatte überhaupt keinen Hunger, vor lauter Aufregung hatte sie während des ganzen Abends noch keinen Bissen hinuntergebracht. Schweigend trug er ihren Teller, und sie gingen zu einem der voll besetzten Tische hinüber und ergatterten noch zwei Stühle. Wortlos setzten sie sich. Als Joe die Gabel in die Hand nahm, schaute er Kate an und wunderte sich über sich selbst. Doch was auch immer der Grund dafür sein mochte, dass er ihre Nähe gesucht hatte – sein Abend war gerettet. Und auch ihr bedeutete die neue Bekanntschaft schon jetzt sehr viel.

»Kennen Sie hier viele Leute?«, fragte er, achtete jedoch nicht auf die Menschen, sondern schaute nur sie an.

Kate griff ebenfalls nach der Gabel und lächelte ihm zu. »Ein paar schon. Meine Eltern kennen sehr viele hier«, erklärte sie und war überrascht, wie befangen sie sich in seiner Gegenwart fühlte. So etwas kannte sie gar nicht, aber sie hatte das Gefühl, als zähle jedes einzelne Wort, als lausche er genau auf den Klang ihrer Stimme. In seiner Gegenwart fühlte sie sich nicht so gelassen und sicher wie mit anderen Männern. Er war ungeheuer aufmerksam. Jede bewusste Geste war überflüssig, sie spürte, dass sie sich am besten ganz natürlich gab.

»Sind Ihre Eltern denn auch hier?«

»Ja, irgendwo im Getümmel. Ich habe sie schon vor Stunden aus den Augen verloren.« Kate wusste, dass noch weitere Stunden verstreichen würden, ehe sie ihre Eltern wiedersah. Ihre Mutter saß gern mit engen Freunden zusammen und vertrieb sich die Zeit, ohne auch nur ein einziges Mal zu tanzen. Und ihr Vater hielt sich immer in der Nähe seiner Frau auf. »Wir sind extra von Boston angereist«, ergänzte sie.

»Wohnen Sie dort?« Joe beobachtete Kate aus den Augenwinkeln. Sie war tatsächlich faszinierend. Er wusste nicht, woran es lag – an ihrer Art zu sprechen, oder daran, wie sie ihn anschaute. Sie strahlte Ruhe und Intelligenz aus und schien sehr interessiert an dem zu sein, was er sagte. Normalerweise fühlte er sich unwohl, wenn andere ihm so große Aufmerksamkeit schenkten. Doch abgesehen von ihrer offensichtlichen Klugheit und Selbstsicherheit sah sie auch ausgesprochen gut aus. Es gefiel ihm, sie einfach nur anzuschauen.

»Ja. Und Sie? Sind Sie aus New York?« Kate schob ihren Teller beiseite. Der Abend war wirklich viel zu aufregend, um sich mit Essen zu beschäftigen. Lieber wollte sie sich mit diesem Mann unterhalten.

»Nein, eigentlich nicht. Ich stamme aus Minnesota. Das vergangene Jahr habe ich allerdings hier verbracht. Aber ich kenne das ganze Land, hab schon in New Jersey und Chicago gewohnt. Zwei Jahre lang war ich in Deutschland. Und Anfang des Jahres gehe ich nach Kalifornien. Mich zieht es immer zu irgendwelchen Rollfeldern.« Er schien von ihr zu erwarten, dass sie auf Anhieb verstand, wovon er sprach.

Kates Interesse wurde noch größer. »Sie fliegen?«

Die Frage schien ihn zu amüsieren, und er entspannte sich sichtlich, als er antwortete: »Ich glaube, das kann man so sagen. Haben Sie schon einmal in einem Flugzeug gesessen, Kate?« Zum ersten Mal nannte er sie beim Namen. Es klang wunderbar. Sie freute sich darüber, dass er sich ihren Namen überhaupt gemerkt hatte. Das hatte sie nicht unbedingt von ihm erwartet. Aber er war beeindruckt von ihr und hatte sich jede Einzelheit eingeprägt.

»Letztes Jahr sind wir nach Kalifornien geflogen, und von dort aus ging es mit dem Schiff weiter nach Hongkong. Normalerweise reisen wir mit dem Zug oder mit dem Schiff.«

»Das klingt, als hätten Sie schon viele Reisen unternommen. Was zog Sie ausgerechnet nach Hongkong?«

»Ich war mit meinen Eltern dort, in Hongkong und in Singapur, und wir waren auch schon oft in Europa.« Ihre Mutter hatte Wert darauf gelegt, dass sie Italienisch und Französisch und ein paar Brocken Deutsch lernte. Auch ihr Vater war davon überzeugt, dass Sprachkenntnisse ihr später von Nutzen sein könnten. Vielleicht würde sie ja einen Diplomaten heiraten. Sie wäre jedenfalls die ideale Botschaftergattin gewesen, und insgeheim bereitete ihr Vater sie auf eine solche Zukunft vor.

»Sind Sie Pilot?«, fragte Kate neugierig.

Joe lächelte. »Ja, so könnte man es nennen.«

»Bei einer Fluggesellschaft?«

Sie fand ihn geheimnisvoll und interessant und beobachtete gebannt, wie er die langen Beine streckte und sich in seinem Stuhl zurücklehnte. Einen solchen Mann hatte sie noch nie kennen gelernt, und sie wollte unbedingt mehr über ihn erfahren. Trotz seiner Geradlinigkeit war er sehr gewandt, und obwohl er eher zurückhaltend war, spürte sie, dass er in sich selbst ruhte, dass er voller Selbstvertrauen durchs Leben schritt, so als ob er sicher wüsste, dass er jede Situation meistern konnte. Er war zugleich natürlich und kultiviert, und Kate konnte sich gut vorstellen, dass er ein Flugzeug flog. Sie fand diese Vorstellung äußerst romantisch.

»Nein, ich fliege nicht für eine Fluggesellschaft«, antwortete Joe. »Ich teste Flugzeuge und entwerfe sie. Ich beschäftige mich mit Hochgeschwindigkeitsmaschinen und der Widerstandsfähigkeit des Materials.« Es war alles noch ein bisschen komplizierter, aber mehr wollte er ihr nicht erklären.

»Kennen Sie Charles Lindbergh?«, erkundigte sich Kate.

Joe erzählte nicht, dass er Lindberghs Frack trug und mit ihm zu dem Ball gekommen war. Charles Lindbergh war Joes Mentor und Freund. Auch er war nur widerstrebend zu dem Fest gekommen. Anne, seine Frau, war zu Hause geblieben, weil eines der Kinder krank war. Die beiden Männer hatten sich schon zu Beginn des Balls aus den Augen verloren. Wahrscheinlich hielt Charles sich irgendwo versteckt. Wie Joe verabscheute er Partys und Menschenaufläufe, doch er besuchte das Fest Anne zuliebe. Da sie ihn nicht begleiten konnte, war er mit Joe hier.

»Ja, ich kenne ihn. Wir haben schon zusammen gearbeitet. Als ich in Deutschland war, sind wir auch gemeinsam geflogen.« Charles war aus demselben Grund in New York wie Joe.

Er war es auch, der Joe den Job in Kalifornien besorgt hatte. Vor Jahren waren sich die beiden auf einem Rollfeld in Illinois begegnet. Lindbergh hatte damals den Höhepunkt seiner Karriere erreicht, und Joe war noch ein junger Bursche gewesen. Doch nun war Joe in Fliegerkreisen beinahe ebenso bekannt wie Charles. In der Öffentlichkeit wusste man nicht so viel über ihn, er stand nur selten im Rampenlicht. Dabei hatte er in den letzten Jahren einen Rekord nach dem anderen aufgestellt, und einige Kenner behaupteten sogar, dass er der bessere Pilot sei. Lindbergh selbst hatte einmal dasselbe gesagt, und das war natürlich ein wichtiger Moment in Joes Leben gewesen. Die beiden Männer brachten einander den größten Respekt entgegen, und zudem waren sie Freunde geworden.

»Er muss ein sehr interessanter Mann sein ... und ich habe gehört, dass seine Frau auch sehr nett sein soll. Schrecklich, was damals mit ihrem Sohn passiert ist!« Die Entführung und Ermordung des zwanzig Monate alten Sohns der Lindberghs hatte 1932 weltweites Aufsehen erregt.

»Sie haben noch eine Reihe weiterer Kinder«, sagte Joe. An das Unglück wollte er lieber nicht mehr denken.

Seine Bemerkung verwirrte Kate. Die Tragödie schien für ihn gar keine Rolle zu spielen, und sie wollte sich gar nicht vorstellen, wie furchtbar das alles für die Eltern gewesen sein musste. Kate war damals neun Jahre alt gewesen, und sie erinnerte sich an die Reaktion ihrer Mutter: Sie hatte geweint und versucht, ihrer Tochter die Geschehnisse zu erklären. Kate spürte noch immer tiefes Entsetzen, wenn sie daran zurückdachte, und sie hatte großes Mitgefühl mit den Lindberghs. Dass Joe diese Familie kannte, beeindruckte sie noch mehr als die Tatsache, dass er Pilot war.

»Er muss ein ganz erstaunlicher Mann sein«, sagte Kate, und Joe nickte. Es gab nichts, was er der allgemeinen Bewunderung für Lindbergh hätte hinzufügen können, und in seinen Augen hatte Charles sie tatsächlich verdient.

»Was denken Sie über den Krieg in Europa?«, fragte Kate.

Joe wurde nachdenklich. Der Kongress hatte vor zwei Monaten für die Mobilmachung gestimmt, und die Konsequenzen, die daraus erwuchsen, konnten nicht ignoriert werden.

»Es wird gefährlich sein. Ich glaube, dass der Krieg außer Kontrolle gerät, wenn er nicht bald beendet wird. Und wir werden in den Konflikt verwickelt sein, bevor wir überhaupt etwas davon bemerken.«

Die deutschen Luftangriffe auf London hatten im August begonnen. Seitdem wurde die Stadt unaufhörlich beschossen. Die *Royal Air Force* bombardierte Deutschland seit Juli. Joe war in England gewesen, um sich über die Geschwindigkeit und die Leistungsfähigkeit der englischen Flugzeuge zu informieren, und er wusste, wie hartnäckig die Luftwaffe um das eigene Überleben kämpfte. Tausende Zivilisten waren den Angriffen bereits zum Opfer gefallen.

Sofort widersprach Kate. Ohne Zweifel war sie eine Frau mit einer eigenen Meinung. »Präsident Roosevelt sagt, dass wir nicht hineingeraten werden«, sagte sie voller Überzeugung. Sie glaubte wie ihre Eltern an Roosevelts Worte.

»Obwohl die Soldaten schon bereitstehen? Glauben Sie das wirklich? Nicht alles, was die Zeitungen schreiben, entspricht der Wahrheit. Ich glaube, dass wir gar keine andere Wahl haben.« Joe hatte darüber nachgedacht, sich freiwillig bei der *Royal Air Force* zu melden, aber im Augenblick war seine gemeinsame Arbeit mit Charles wichtiger für die amerikanische Luftfahrt, besonders für den Fall, dass die USA tatsächlich in den Krieg eingreifen würden. In dieser Situation musste er im Land bleiben. Charles hatte seine Auffassung geteilt, als sie darüber gesprochen hatten. Er war entschieden dagegen, dass die USA in den Krieg einträten. Joes bevorstehender Aufenthalt in Kalifornien hing unmittelbar mit der politischen Situation zusammen. Lindbergh befürchtete, dass England den Deutschen nicht würde standhalten können, und er wollte gemeinsam mit Joe alles unternehmen, damit die USA gegebenenfalls eine wirkungsvolle Unterstützung darstellten.

»Ich hoffe, dass Sie sich irren«, sagte Kate leise. Wenn er nämlich Recht hatte, wären all die jungen Männer, die sich im Augenblick in dem Ballsaal aufhielten, in großer Gefahr. Die gesamte Welt würde sich für immer verändern. »Sind Sie wirklich sicher, dass wir in den Krieg ziehen werden?«, fragte Kate ängstlich, und während sie intensiv über diese Dinge nachdachte, vergaß sie für einen Moment ihre Umgebung. In Europa hatte der Krieg inzwischen eine Furcht erregende Dimension erreicht.

»Ja, ich bin davon überzeugt, Kate.«

Es gefiel ihr, wie er sie anschaute, als er ihren Namen aussprach, und nicht nur das… »Ich hoffe, dass Sie Unrecht haben!«, sagte sie nachdrücklich.

»Das hoffe ich auch.«

Kate fühlte sich mittlerweile so wohl in Joes Gegenwart, dass sie etwas wagte, woran sie normalerweise im Traum nicht gedacht hätte. »Würden Sie gern tanzen?«, fragte sie.

Es war jedoch offensichtlich, dass ihr Vorschlag bei Joe großes Unbehagen auslöste. Zuerst starrte er auf seinen Teller, dann warf er ihr einen unsicheren Blick zu. Auf diesem Gebiet war er offenbar nicht so bewandert. »Ich kann nicht tanzen«, gab er zögernd zu.

Zu seiner grenzenlosen Erleichterung lachte sie ihn nicht aus, sondern fragte ungläubig: »Sie können nicht tanzen? Ich zeige es Ihnen. Es ist ganz einfach. Sie wiegen sich nur ein wenig zur Musik und geben vor, sich zu amüsieren.«

»Ich glaube, ich sollte es besser lassen. Wahrscheinlich trete ich Ihnen sowieso nur auf die Füße.« Joe blickte zu Boden und sah, dass sie zierliche Abendschuhe aus blauem Satin trug. »Ich sollte Sie lieber wieder zu Ihren Freunden zurückkehren lassen.« Seit Jahren hatte er sich nicht mehr so lange mit jemandem unterhalten, erst recht nicht mit einem Mädchen in ihrem Alter. Dabei wusste er immer noch nicht, dass sie erst siebzehn war.

»Langweile ich Sie?«, fragte Kate unverblümt und sah ihn bestürzt an. Es schien, als wolle er sie loswerden, und sie fragte sich, ob sie ihn mit ihrem Vorschlag wohl gekränkt hatte.

»Zur Hölle, nein!« Joe lachte, doch gleich darauf spiegelte sich Entsetzen in seiner Miene. Wie konnte er nur so mit ihr sprechen! Er war eben eher in den Flugzeughangars zu Hause als in Ballsälen. Trotzdem verbrachte er gerade einen großartigen Abend. »Sie sind alles andere als langweilig! Ich denke nur, dass Sie besser mit jemandem tanzen sollten, der etwas davon versteht.« Dieses Unvermögen teilte er mit seinem Freund Charles.

»Ach, ich habe heute Abend schon so viel getanzt«, wehrte Kate ab. Es war schon beinahe Mitternacht, und sie wollte die Zeit mit Joe nutzen. »Was machen Sie eigentlich in Ihrer Freizeit?«

»Fliegen«, entgegnete Joe mit einem schüchternen Lächeln. »Und was ist mit Ihnen?«

»Ich lese und reise gern, und ich spiele Tennis. Im Winter fahre ich Ski. Mit meinem Vater spiele ich manchmal Golf, aber ich bin nicht so gut. Als ich klein war, bin ich oft Schlittschuh gelaufen. Am liebsten hätte ich Hockey gespielt, aber meine Mutter war schockiert und hat es mir verboten.«

»Das war eine kluge Entscheidung, Sie hätten womöglich einige Zähne verloren.«

Kates strahlend weißes Lächeln war der beste Beweis dafür, dass sie tatsächlich niemals Hockey gespielt hatte.

»Fahren Sie denn Auto?« Joe lehnte sich zurück. Für einen verrückten Augenblick fragte er sich, ob sie wohl gern fliegen lernen würde.

Kate lächelte. »Letztes Jahr, als ich siebzehn wurde, habe ich den Führerschein gemacht, aber mein Vater sieht es nicht gern, wenn ich Auto fahre. Er hat mir auf Cape Cod noch ein paar Stunden gegeben. Dort herrscht kaum Verkehr, und das Fahren ist viel einfacher als in der Stadt.«

Joe nickte mechanisch. Seine Verwirrung war ihm deutlich anzusehen. »Wie alt sind Sie denn?« Er war sicher gewesen, dass sie Mitte zwanzig war. Sie sah so erwachsen aus, ging auf eine so selbstverständliche Art mit ihm um.

»Siebzehn. Aber in ein paar Monaten werde ich achtzehn. Was haben Sie denn gedacht?« Kate wusste nicht recht, wie sie Joes offensichtliche Überraschung deuten sollte.

»Ich weiß nicht… vielleicht dreiundzwanzig… fünfundzwanzig…«

Joe war so unbeholfen, dass er auf Kate wie ein großer Junge wirkte. Immer wieder wandte er verlegen den Blick ab, bevor er ihr direkt in die Augen sah. Kate gefiel diese Schüchternheit. Sie bildete einen interessanten Kontrast zu seiner Fliegerei.

»Und wie alt sind Sie, Joe?«

»Neunundzwanzig, ich werde bald schon dreißig. Seit ich sechzehn bin, fliege ich. Ich frage mich, ob Sie wohl einmal Lust hätten, mich zu begleiten. Aber wahrscheinlich werden Ihre Eltern nicht sehr viel davon halten.«

»Meine Mutter bestimmt nicht. Aber meinen Vater könnte das interessieren. Er spricht die ganze Zeit über von Lindbergh.«

»Vielleicht bringe ich Ihnen ja eines Tages das Fliegen bei.« Vor Joes innerem Auge erschien diese Szene. Er hatte noch nie einem Mädchen Flugstunden gegeben. Natürlich kannte er viele ausgebildete Pilotinnen. Mit Amelia Earhart war er lange befreundet gewesen, ehe sie vor drei Jahren verschwunden war. Er war einige Male gemeinsam mit Charles' Freundin Edna Gardner Whyte geflogen, und diese Frau hatte ihn beinahe ebenso beeindruckt wie Charles. Sieben Jahre zuvor hatte sie ihren ersten Fliegerwettbewerb gewonnen. Sie war eine Draufgängerin und trainierte nun die Piloten der Luftwaffe. Sie mochte Joe sehr …

»Treibt es Sie denn auch manchmal nach Boston?«, fragte Kate hoffnungsvoll. Joe war hingerissen von ihrem mädchenhaftem Charme. Gleichzeitig war sie erstaunlich selbstbewusst.

»Von Zeit zu Zeit schon. Freunde von mir wohnen am Kap. Erst letztes Jahr habe ich sie besucht. In den kommenden Monaten werde ich mich in Kalifornien aufhalten. Ich könnte Sie anrufen, wenn ich zurück bin. Vielleicht hat Ihr Vater ja Lust, uns zum Flugplatz zu begleiten.«

»Ganz bestimmt«, gab Kate voller Wärme zurück. Das war eine gute Idee. Blieb nur die Frage, wie sie das Ganze ihrer Mutter beibringen sollten. Aber wer weiß, ob er sich überhaupt melden würde …

»Gehen Sie noch zur Schule?«, fragte Joe neugierig. Er selbst hatte die Schule mit zwanzig verlassen. Bei Lindbergh hatte er alles über das Fliegen gelernt.

Kate nickte. »Im Herbst gehe ich aufs College.«

»Wissen Sie schon, wohin?«

»Ich warte noch auf die Zulassung. Radcliffe wäre mir am liebsten. Mein Vater war in Harvard. Dort würde ich auch hingehen, wenn ich könnte, aber Radcliffe ist besser zu erreichen.

Meine Mutter will, dass ich wie sie nach Vassar gehe. Aber dort gefällt es mir nicht so gut. Außerdem möchte ich gern in Boston bleiben. Barnard hier in New York soll ja auch nicht schlecht sein. In New York gefällt es mir sehr gut. Ihnen auch?«

Joe war gerührt von Kates weit aufgerissenen Augen. »Ich weiß nicht so recht. Ich bin eher ein Kleinstadt-Typ.«

Kate überlegte angestrengt. In der Kleinstadt waren wohl seine Wurzeln, aber etwas in seinem Wesen brachte sie zu der Erkenntnis, dass er sich weiterentwickelt hatte, dass er diese Art Leben längst hinter sich gelassen hatte. Anscheinend war ihm das selbst noch nicht bewusst.

Sie sprachen immer noch über die Reize von Boston und New York, als sich Kates Vater zu ihnen gesellte. Kate stellte Joe vor.

»Ich fürchte, ich habe Ihre Tochter vollkommen vereinnahmt«, sagte Joe schuldbewusst. Er hatte sich so angeregt mit Kate unterhalten, dass unmerklich beinahe zwei Stunden verstrichen waren. Ob Clarke Jamison den Altersunterschied zwischen Kate und ihm bemerkte?

»Das kann ich Ihnen kaum vorwerfen«, gab Clarke freundlich zurück. »Sie ist eine gute Gesellschafterin. Ich habe mich gefragt, wo sie eigentlich steckt, aber ich sehe, dass sie in guten Händen ist.« Joe machte einen intelligenten und höflichen Eindruck, und als Clarke seinen Namen erfuhr, war er unübersehbar überrascht. Clarke wusste aus den Zeitungen, dass Joe ein talentierter Flieger von großem Ansehen war, und wunderte sich, dass dieser Mann ausgerechnet mit Kate ins Gespräch gekommen war. Ob sie überhaupt wusste, wer er war? Nach Lindbergh war er einer der Besten, zwar noch nicht so berühmt, aber er war auf dem besten Weg zu großer Popularität. Clarke wusste, dass er Überlandflugwettbewerbe in Dutch Kindelbergers berühmter *Mustang* P-51 gewonnen hatte.

»Joe möchte uns einmal auf einem seiner Flüge mitnehmen. Glaubst du, Mom wird hysterisch, wenn sie davon erfährt?«

»Mit einem Wort: ja«, gab Clarke lachend zurück. »Aber vielleicht kann ich sie überreden.« Dann wandte er sich an Joe.

»Das ist ein sehr freundliches Angebot, Mr. Allbright. Ich bin einer Ihrer großen Bewunderer. Neulich… das war wirklich eine große Sache!«

Clarke Jamisons Lob machte Joe einerseits verlegen, andererseits freute es ihn, dass Kates Vater von seiner Leistung gehört hatte. Anders als Charles vermied Joe es, im Rampenlicht zu stehen, aber nach seinem jüngsten Erfolg wurde das immer schwieriger.

»Es war ein großartiger Flug. Eigentlich sollte Charles auch dabei sein, doch er hatte in Washington bei der NACA, der amerikanischen Luftfahrtbehörde, zu tun.«

Clarke nickte beeindruckt, und als Kates Mutter sich zu ihnen gesellte, waren die beiden Männer in eine angeregte Diskussion über die Entwicklung des Krieges in Europa vertieft. Es war schon spät, und Elizabeth wollte nach Hause. Clarke stellte Joe seine Frau vor. Joe begrüßte sie mit höflicher Zurückhaltung. Es war offensichtlich, dass die Gäste nach und nach den Ball verließen. Gemeinsam gingen die vier Richtung Ausgang, und Clarke gab Joe spontan seine Karte.

»Rufen Sie an, wenn Sie in Boston sind«, sagte er aufmunternd. »Vielleicht kommen wir ja auf Ihr Angebot zurück… *ich* werde es auf jeden Fall nutzen.« Er zwinkerte Joe zu.

Kate lächelte. Ihr Vater schien Joe äußerst sympathisch zu finden.

Die beiden Männer schüttelten sich die Hände. Joe wollte sich nun auf die Suche nach Charles machen. Angesichts Charles Abneigung gegen gesellschaftliche Ereignisse dieser Art vermutete Joe, dass er sich in irgendeine Ecke verkrochen hatte. In der Menge war es ohnehin schwierig, jemanden ausfindig zu machen. Mindestens fünfhundert Gäste liefen noch zwischen Haus und Garten hin und her.

Joe wünschte Elizabeth eine gute Nacht und wandte sich dann an Kate. »Ich habe den Abend mit Ihnen sehr genossen«, sagte er und blickte ihr tief in die Augen. »Ich hoffe, wir sehen uns wieder.« Er schien es ernst zu meinen, und Kate lächelte ihn an. Von allen Menschen, denen sie an diesem Abend begegnet war, hatte er sie am meisten beeindruckt. Er war in jeder Hinsicht etwas Besonderes.

»Viel Glück in Kalifornien«, sagte sie leise und fragte sich, ob sich ihre Wege wohl jemals wieder kreuzen würden. Er lebte in seiner eigenen Welt. Er hatte seine Leidenschaft und war sehr erfolgreich. Kate hielt es für unwahrscheinlich, dass er einem siebzehnjährigen Mädchen hinterherlaufen würde. Im Grunde hatte sie wenig Hoffnung, dass er sich melden würde.

»Danke, Kate«, gab er zurück. »Ich drücke Ihnen die Daumen, dass es mit Radcliffe klappt. Ich bin sicher, dass Sie es schaffen!« Dann schüttelte er ihre Hand, und diesmal senkte Kate die Lider. Sie konnte seinem eindringlichen Blick nicht länger standhalten. Er schien sich jedes Detail an ihr einzuprägen. Kate fühlte sich in diesem Augenblick unwiderstehlich zu ihm hingezogen.

»Danke«, flüsterte sie.

Joe verbeugte sich unbeholfen, wandte sich ab und machte sich auf die Suche nach Charles.

»Er ist ein bemerkenswerter Mann«, stellte Clarke bewundernd fest, während er mit seiner Frau und seiner Tochter zum Ausgang ging, um dort die Mäntel in Empfang zu nehmen. »Wisst ihr beide eigentlich, wer das ist?« Und schon begann er, Kate und Elizabeth Joes überragende Leistungen darzulegen, erzählte von sämtlichen Rekorden, die dieser in den vergangenen Jahren aufgestellt hatte. Clarke schien genauestens darüber Bescheid zu wissen.

Als sie im Wagen saßen, starrte Kate aus dem Fenster und dachte an die Stunden zurück, die sie mit Joe verbracht hatte. Seine Rekorde waren ihr nicht wichtig, wenngleich sie ihn dafür bewunderte. Er war zweifelsohne ein bedeutender Flieger. Doch es war sein Wesen, das sie anzog. Seine Energie, seine Freundlichkeit, sogar seine Unbeholfenheit hatten sie auf eine Weise berührt, die sie bisher nicht gekannt hatte. In diesem Augenblick wusste sie ohne jeden Zweifel, dass er sie noch lange beschäftigen würde. Die Ungewissheit, ob sie ihn jemals wiedersehen würde, beunruhigte sie zutiefst.

2

Nach dem rauschenden Debütantinnenball zu Weihnachten ließ Joe Allbright nichts von sich hören. Kate war darüber nicht sonderlich überrascht. Sie hielt bewusst nach Neuigkeiten über ihn Ausschau. In den Zeitungen tauchte hin und wieder sein Name auf, und wenn Joe wieder einmal einen Wettbewerb gewonnen hatte, berichteten auch die Wochenschauen über ihn. Er hatte in Kalifornien schon einige Rekorde aufgestellt und viel Anerkennung für ein Flugzeug erhalten, das er mit der Unterstützung von Dutch Kindelberger und John Leland Atwood entwickelt hatte. Ohne Zweifel hatte er Kate inzwischen vergessen.

Joe schien ein vollkommen anderes Leben zu führen, eines, das Lichtjahre von ihrem entfernt war. Für den Rest ihrer Tage würde Kate in den Zeitungen von ihm lesen und sich an die Stunden erinnern, die sie plaudernd mit ihm verbracht hatte, als sie noch ein junges Mädchen war.

Im April wurde Kate in Radcliffe angenommen, und sie und ihre Eltern waren außer sich vor Freude. Zudem beschäftigte sie der Krieg in Europa. Kates Vater war immer noch überzeugt, dass Roosevelt es verhindern könnte, dass die Vereinigten Staaten in den Krieg verwickelt würden. Zwei junge Männer, die zu Kates Bekannten gehörten, waren bereits in England und hatten sich dort freiwillig bei der *Royal Air Force* gemeldet. Die Achsenmächte hatten in Nordafrika eine Gegenoffensive gestartet, und Generalfeldmarschall Rommel gewann mit dem Afrikakorps eine Schlacht nach der anderen. Deutschland war in Jugoslawien und Griechenland eingefallen, und Italien hatte Jugoslawien den Krieg erklärt. In London starben täglich zweitausend Menschen im Bombenhagel der deutschen Luftwaffe.

Wegen des Krieges war es nicht möglich, im Sommer nach Europa zu reisen, und so würden Kate und ihre Eltern zum zweiten Mal den Sommer auf Cape Cod verbringen. Dort besaß die Familie ein Haus, das Kate schon immer sehr gemocht hatte. In diesem Sommer war sie besonders ausgelassen. Sie freute sich darauf, im Herbst mit dem College zu beginnen. Ihre Mutter war sehr froh, dass sie nicht so weit fortging. Cambridge lag nur einen Katzensprung entfernt auf der anderen Seite des Flusses.

Kate packte ihre Sachen und legte Bücher und Unterlagen bereit, bevor sie mit Elizabeth zum Kap aufbrach. Dort wollten sie bis zum Labour Day bleiben. Unmittelbar danach würde der Unterricht beginnen. Clarke würde wie immer an den Wochenenden zu ihnen stoßen.

Kate verbrachte ihre Zeit mit Tennis spielen, vielen Partys und langen Spaziergängen am Strand. Jeden Tag ging sie zum Schwimmen ins Meer. Sie schloss Freundschaft mit zwei jungen Männern, die im Herbst ebenfalls ihr Studium aufnehmen wollten. Die jungen Leute strotzten vor Lebenslust. Es war ein langer, unbeschwerter Sommer. Nur die Nachrichten aus Europa gaben Anlass zu großer Sorge.

Die Deutschen hatten Kreta eingenommen, in Nordafrika und dem Mittleren Osten tobten heftige Kämpfe. Briten und Italiener lieferten sich erbitterte Luftschlachten über Malta. Vollkommen überraschend überfielen die Deutschen Ende Juni Russland. Einen Monat später fiel Japan in Indochina ein. Die gesamte Welt schien im Chaos zu versinken.

Wenn Kate nicht an den Krieg dachte, beschäftigte das College ihre Gedanken. Nur noch wenige Tage blieben bis zum Studienbeginn, und sie war noch aufgeregter, als sie zugab. Viele Mädchen aus der High School hatten sich gegen den Besuch eines Colleges entschieden. Zwei ihrer Freundinnen hatten am Ende der Schulzeit geheiratet, und drei andere hatten sich im Sommer verlobt. Kate war zwar erst achtzehn, doch angesichts dieser Ereignisse fühlte sie sich wie eine alte Jungfer. Im Grunde jedoch teilte sie die Meinung ihres Vaters: Es war richtig, das College zu besuchen.

Sie hatte sich noch nicht für ein Hauptfach entschieden. Eigentlich hätte sie gern Jura studiert. Doch dies würde große Opfer verlangen. Die Jurisprudenz war eine Männerdomäne. Wenn Kate sich für eine juristische Laufbahn entschied, konnte sie nicht zugleich Ehefrau und Mutter sein, denn der Beruf verlangte vollen Einsatz. Literatur oder Geschichte kamen als Fächer eher in Frage, als Nebenfach vielleicht Italienisch oder Französisch. Wenn sich nichts anderes ergab, konnte sie mit dieser Ausbildung später auf jeden Fall unterrichten. Außer Jura gab es sowieso kein Fach, das sie wirklich interessiert hätte. Und ihre Eltern erwarteten von ihr, dass sie heiratete, sobald sie das College abgeschlossen hatte. Das Studium war in ihren Augen nichts weiter als ein interessanter Zeitvertreib, während ihre Tochter auf den richtigen Mann wartete.

Joes Name erschien in den folgenden Monaten ein paar Mal in der Presse. Clarke interessierte sich jetzt, da er Joe kennen gelernt hatte, besonders dafür. Hin und wieder erwähnte er ihn Kate gegenüber. Sie hatte ihn natürlich nicht vergessen. Der Abend mit ihm war ihr in lebhafter Erinnerung geblieben, doch die Faszination begann langsam zu verblassen. Andere Dinge waren ins Zentrum von Kates Interesse gerückt.

Am letzten Wochenende des Sommers wurde der Tag der Arbeit gefeiert. Kate und ihre Eltern waren wie jedes Jahr zu einer Party eingeladen. Ihre Nachbarn auf Cape Cod veranstalteten ein Barbecue und entfachten am Strand ein riesiges Feuer.

Kate und ihre Freunde rösteten Marshmallows und grillten Hotdogs. Die Flammen waren sehr heiß, und als Kate einen Schritt zurücktrat, stieß sie mit jemandem zusammen. Sie wandte sich um und wollte sich entschuldigen. Als sie aufblickte, sah sie zu ihrer grenzenlosen Überraschung in Joe Albrights Gesicht. Sein Anblick verschlug ihr die Sprache, sie riss die Augen auf und umklammerte den Spieß mit den brennenden Marshmallows.

Joe grinste. »Sie sollten besser aufpassen, bevor Sie jemanden anzünden.«

»Was tun *Sie* denn hier?«

»Ich warte auf geröstete Marshmallows. Ihre machen leider einen etwas angebrannten Eindruck.«

Tatsächlich: Die Marshmallows auf Kates Spieß zerfielen langsam zu Asche, während sie Joe ungläubig anstarrte. Er schien sich darüber zu freuen, sie wiederzusehen. In den khakifarbenen Hosen und dem leichten Pulli wirkte er sehr jung. Er hatte wie Kate nackte Füße.

»Wann sind Sie denn aus Kalifornien zurückgekehrt?«, fragte Kate. Sie spürte sofort die Nähe zu ihm. Es war, als würde sie ihn schon seit ewigen Zeiten kennen. Die Leute um sich herum nahm sie gar nicht mehr wahr.

Joe war mit einem alten Freund zum Kap gekommen. »Ich habe immer noch dort zu tun.« Er lächelte Kate an. Seine Freude war nun ganz offensichtlich. »Vermutlich noch für den Rest des Jahres. Ich habe mir nur für ein paar Tage freigenommen. Ich hatte geplant, Ihren Vater in den nächsten Tagen anzurufen und mein Versprechen einzulösen. Was macht das College?«

»Nächste Woche fange ich an.« Kate konnte sich kaum darauf konzentrieren, was er sagte. Er war braun gebrannt und sah sehr gut aus; sein Haar war noch heller geworden. Der Pulli konnte seine kräftigen Schultern nicht verbergen. Er war noch attraktiver, als sie ihn in Erinnerung hatte, und plötzlich fürchtete sie, etwas Falsches zu sagen. Mit seinen langen Armen und den unruhigen Schritten erinnerte er sie wieder an einen riesigen Vogel, der auf der Erde festgebunden war. Er schien sich in ihrer Gegenwart wohl zu fühlen, und die lockere Atmosphäre auf dem Barbecue kam ihm sehr entgegen. Er hatte während der letzten Zeit tatsächlich oft an Kate gedacht.

Kate hielt immer noch den Spieß mit den Marshmallows in der Hand. Behutsam nahm Joe ihn ihr aus der Hand und warf ihn ins Feuer. »Haben Sie schon gegessen?«, fragte er.

»Nur Marshmallows.« Kate lächelte schüchtern.

Joe stand unmittelbar neben ihr, und zufällig streifte seine Hand die ihre. »Vor dem Dinner? Sie sollten sich schämen. Wie wär's mit einem Hotdog?«

Kate nickte.

Joe griff nach einem Spieß, nahm zwei Hotdogs von einem Tablett und hielt sie ins Feuer. »Wie ist es Ihnen seit Weihnachten ergangen?«, fragte er interessiert.

»Ich bin mit der Schule fertig. Radcliffe hat mich angenommen. Das ist eigentlich alles.« Kate ihrerseits war gut informiert darüber, was ihm in der Zwischenzeit widerfahren war.

»Sehr gut! Ich wusste, dass Sie es schaffen würden. Ich bin stolz auf Sie.«

Kate wurde rot. Glücklicherweise war es bereits dunkel.

Joe erschien ihr offener als auf dem Ball vor acht Monaten. Vielleicht lag es auch einfach daran, dass sie sich schon einmal begegnet waren. Kate hatte nicht die geringste Ahnung, dass er sich ausgemalt hatte, sie wiederzutreffen. Immer wieder hatten sich vor seinem geistigen Auge die gleichen Szenen und Situationen abgespielt.

»Was macht das Autofahren?«, fragte er grinsend.

»Mein Vater behauptet, dass ich eine miserable Fahrerin bin, aber ich glaube, dass ich mich gar nicht so dumm anstelle. Auf jeden Fall kann ich es besser als meine Mutter. Sie fährt andauernd Autos zu Schrott.« Kate grinste.

»Dann sind Sie ja schon so weit, dass Sie mit den ersten Flugstunden beginnen können. Das nehmen wir in Angriff, wenn ich wieder im Osten bin. Am Ende des Jahres kehre ich nach New Jersey zurück und werde mit Charles Lindbergh an einem neuen Projekt arbeiten. Doch zuerst muss ich meine Aufgabe in Kalifornien erledigen.«

Kate war begeistert, als sie hörte, dass er in den Osten zurückkehren würde. Sie ignorierte die Tatsache, dass er dreißig Jahre alt und sehr erfolgreich war, während sie noch nicht einmal das College besuchte. Trotzdem war sie ein wenig befangen.

Joe dagegen war deutlich gelöster als bei ihrem ersten Treffen. »Wann geht denn die Schule los, Kate?«, erkundigte er sich interessiert. Obwohl er in seiner Kindheit keine Zuneigung erfahren hatte, war er ein sehr fürsorglicher Mensch. Wie Kate war er ein Einzelkind. Seine Eltern waren gestorben, als er noch ein Säugling war. Verwandte seiner Mutter hatten ihn nur widerwillig bei sich aufgenommen.

»Diese Woche, am Dienstag fange ich an.«

»Das ist ja aufregend«, stellte er fest und reichte ihr einen Hotdog.

»Nicht so aufregend wie das, was Sie tun. Ich bin durch die Zeitungen genau im Bilde.«

Joe lächelte und fühlte sich geschmeichelt. Offenbar hatte sie ihn nicht vergessen. Beide hätten niemals zugegeben, dass sie häufig aneinander gedacht hatten.

»Mein Vater ist Ihr größter Bewunderer.«

Joe erinnerte sich daran, wie erfreut Clarke gewesen war, seine Bekanntschaft zu machen. Er war sehr gut informiert gewesen. Ganz anders Kate: Sie hatte ihn als Menschen sofort sympathisch gefunden und keine Ahnung gehabt, dass er ein berühmter Flieger war.

Sie aßen die Hotdogs und setzten sich dann auf einen Baumstamm, um Eis zu essen und Kaffee zu trinken. Während Kate mit der Eistüte kämpfte und der Inhalt heraustropfte, lehnte Joe sich zurück, schlürfte seinen Kaffee und beobachtete sie. Es war wunderbar, sie einfach nur anzuschauen. Sie war so jung und hübsch, voller Energie und Lebenslust. Sie glich einem Rassepferd, das umhertänzelte und seine Mähne schüttelte. Niemals hätte Joe damit gerechnet, dass er ein solches Mädchen kennen lernen würde. Die Frauen, deren Bekanntschaft er bisher gemacht hatte, waren leicht durchschaubar und wenig selbstbewusst. Joe konnte die Augen nicht von Kate wenden aus lauter Furcht, sie könne wieder verschwinden.

»Haben Sie Lust auf einen Spaziergang?«, fragte er schließlich, als sie mit dem Eis fertig war.

Sie nickte und lächelte.

Eine Weile lang gingen sie schweigend am Strand entlang. Ein beinahe vollkommen runder Mond glitzerte hell auf dem Wasser. Silberfarbenes Licht fiel auf den Sand, und sie liefen Seite an Seite und genossen die Gegenwart des anderen.

Schließlich blickte Joe an den Himmel, dann zu Kate hinunter und lächelte. »In Nächten wie dieser fliege ich besonders gern. Es würde Ihnen auch gefallen. Für eine kurze Zeit fühlt man Gottes Nähe, so friedlich ist es dort oben.« Er wollte das mit ihr teilen, was ihm am meisten bedeutete. Ein oder zwei

Mal hatte er auf solchen Nachtflügen an sie gedacht und sich vorgestellt, wie schön es doch wäre, sie bei sich zu haben. Anschließend hatte er sich über sich selbst geärgert. Das war doch alles verrückt! Kate war noch ein Kind, er würde sie wahrscheinlich nicht wiedersehen, und es war ohnehin fraglich, ob sie sich noch an ihn erinnerte. Doch nun gingen sie miteinander spazieren, und offenbar hatte Kate ihn nicht vergessen. Es schien ein Wink des Schicksals zu sein, dass sie sich erneut begegnet waren. Joe war sich nämlich keineswegs sicher gewesen, ob er den Mut aufbringen würde, Kates Vater anzurufen. Dass er Kate auf diesem Barbecue begegnet war, hatte ihn von diesem Problem befreit.

»Wie kam es, dass Sie der Fliegerei verfallen sind?«, fragte Kate neugierig.

Sie gingen nun langsamer. Die Nacht war schön und warm, der Sand unter ihren Füßen fühlte sich weich an.

»Ich weiß nicht… Flugzeuge haben mich schon fasziniert, als ich noch klein war. Vielleicht wollte ich fliehen… oder so hoch hinaus, dass mich niemand mehr erreichen konnte.«

»Wovor wollten Sie denn fliehen?«

»Vor den Menschen. Vor all den schlimmen Dingen, die geschehen waren… vor meinem eigenen Elend.« An seine Eltern hatte er keine Erinnerung, und seine Verwandten hatten ihm übel mitgespielt. Er hatte immer das Gefühl gehabt, unerwünscht zu sein. Mit sechzehn war Joe fortgegangen. Wenn es möglich gewesen wäre, hätte er sich schon früher davongemacht. »Ich bin schon immer gern allein gewesen. Und für Maschinen habe ich viel übrig. All die kleinen Teile, die dafür sorgen, dass sie funktionieren… Das Fliegen ist wie Zauberei, alles wird zu einer Einheit. Und dann ist man in der Luft… und fühlt sich wie im Himmel.«

»Das klingt wirklich wundervoll!«

Seite an Seite setzten sie sich schließlich in den Sand. Sie hatten bereits eine beachtliche Strecke zurückgelegt und wollten sich ein wenig ausruhen.

»Es *ist* wundervoll, Kate. Ich wollte immer schon nichts anderes als fliegen. Und ich kann immer noch nicht glauben, dass ich heute dafür bezahlt werde.«

»Das liegt wohl daran, dass Sie so gut sind.«

Für einen Augenblick senkte Joe voller Bescheidenheit den Kopf. Dieser Anblick rührte Kate zutiefst.

»Es wäre mir eine große Freude, wenn Sie mich einmal auf einem meiner Flüge begleiten würden. Sie brauchen keine Angst zu haben, ich verspreche Ihnen, dass ich Sie gesund zur Erde zurückbringe.«

»Ich habe gar keine Angst«, gab Kate ruhig zurück.

Er saß ganz dicht neben ihr. Sie spürte, dass er in diesem Moment viel ängstlicher war als sie. Joe fürchtete sich vor seinen Gefühlen. Er war fasziniert von Kate, sie zog ihn an wie ein Magnet. Sie war zwölf Jahre jünger als er, stammte aus einer wohlhabenden Familie mit beträchtlichem Ansehen und würde in Radcliffe studieren. Er passte nicht in ihre Welt, und er wusste es. Doch das interessierte ihn nicht. Er fühlte sich einfach glücklich in ihrer Gegenwart. So etwas hatte er bisher noch nicht erlebt. Er hatte stets komplett andere Erfahrungen mit Frauen gemacht. Meistens hatte er sich mit Frauen getroffen, die sich in der Nähe der Rollfelder aufhielten, oder mit Mädchen, die er durch andere Piloten kennen lernte. Mit all diesen Frauen verband ihn nichts. Es hatte nur eine gegeben, die ihm wirklich etwas bedeutet hatte, doch sie hatte schließlich einen anderen geheiratet. Sie war sehr einsam gewesen, denn er hatte nie Zeit für sie gehabt.

Joe konnte sich nicht vorstellen, dass auch Kate sich einsam fühlen könnte. Sie war so voller Leben, schien sich selbst genug zu sein. Ihre Selbstständigkeit, ihre reife Persönlichkeit waren es, die ihn anzogen. Zwischen Kate und ihm würde es keine Unstimmigkeiten und Vorwürfe geben. Joe hätte sie am liebsten festgehalten und nie mehr losgelassen.

Kate erzählte ihm, wie sehr sie sich wünschte, Jura zu studieren, und dass sie ihren Traum aufgegeben hatte, weil diese Laufbahn für eine Frau schwierig war.

»Das ist doch Unsinn«, entgegnete Joe. »Wenn es das ist, was Sie wollen, dann tun Sie es!«

»Meine Eltern sind damit nicht einverstanden. Sie wollen zwar, dass ich zum College gehe, aber sie erwarten, dass ich anschließend heirate.« Enttäuschung schwang in ihrer Stimme mit, und diese Aussichten schienen sie zu langweilen.

»Und warum ist nicht beides möglich? Juristin sein *und* heiraten?«

Für Joe war die Lösung einfach, doch Kate schüttelte nur den Kopf. Ihr Haar fiel um ihr Gesicht wie ein dunkelroter Vorhang. Es unterstrich ihre natürliche Sinnlichkeit, der er zu widerstehen versuchte. Er war bisher erfolgreich, denn sie ahnte nicht einmal, wie sehr sie ihn anzog. In ihren Augen verhielt er sich einfach freundlich.

»Können Sie sich denn vorstellen, dass es einen Mann gibt, der seiner Frau erlaubt, Juristin zu sein und ihren Beruf auszuüben? Nein, wenn ich heirate, muss ich zu Hause bleiben und Kinder bekommen.«

So war es üblich, und beide wussten das.

»Gibt es denn jemanden, den Sie heiraten wollen, Kate?« Die Antwort auf diese Frage interessierte Joe brennend. Vielleicht hatte Kate nach Weihnachten jemanden kennen gelernt, oder vielleicht hatte sie schon vor ihrer ersten Begegnung jemanden in die engere Wahl gezogen. Wie wenig er im Grunde über sie wusste ...

»Nein«, entgegnete sie schlicht. »Da ist niemand.«

»Warum machen Sie sich dann Gedanken darüber? Warum tun Sie nicht, was Ihnen gefällt, bis Sie dem richtigen Mann begegnen? Vielleicht treffen Sie ja sogar an der juristischen Fakultät einen netten Jungen.«

Ihre Beine berührten sich beinahe. Joe wagte es nicht, Kates Hand zu nehmen oder den Arm um ihre Schultern zu legen. Aber eine Frage musste er noch loswerden. »Ist es denn so wichtig zu heiraten?« Er war schon dreißig und hatte sich bisher noch keine Gedanken darüber gemacht. Kate war doch erst achtzehn! Sie hatte noch das ganze Leben vor sich, konnte noch in ein paar Jahren heiraten und Kinder bekommen. Es war merkwürdig, dass sie davon sprach wie von einem beruflichen Werdegang. Dabei heiratete man schließlich nur dann, wenn man jemanden wirklich liebte. Joe fragte sich, ob wohl ihre Eltern diese Meinung vertraten. Das war schließlich nicht ungewöhnlich.

Anders als andere Frauen, die solche Themen gar nicht anschnitten, sprach Kate sehr offen darüber. »Ich gehe einfach davon aus, dass eine Heirat wichtig ist«, entgegnete sie schließlich nachdenklich. »Jedenfalls behaupten das alle. Und ich nehme an, dass es für mich auch eines Tages so sein wird. Jetzt kann ich es mir allerdings noch nicht vorstellen. Ich hab's aber auch nicht eilig. Erst mal gehe ich zum College.« Das war ihre Gnadenfrist, anschließend würde ihre Mutter ihre Pläne in die Tat umsetzen. »Vier Jahre lang brauche ich mir keine Gedanken darüber zu machen, und wer weiß schon, was in der Zwischenzeit geschieht!«

»Sie könnten davonlaufen und sich einem Zirkus anschließen«, schlug Joe augenzwinkernd vor.

Kate lachte und ließ sich rückwärts in den Sand fallen. Sie legte den Kopf auf den angewinkelten Arm. Joe betrachtete sie im Mondlicht. Er rief sich mahnend ihr Alter ins Gedächtnis. Doch in seinen Augen war Kate eine erwachsene Frau. Joe wandte den Blick ab, um seine Fassung wieder zu gewinnen.

Kate hatte nicht die leiseste Ahnung von dem, was in ihm vorging. »Ich kann mir vorstellen, dass der Zirkus mir gefallen würde«, sagte sie an seinen Hinterkopf gewandt, während er den Nachthimmel betrachtete. »Als ich klein war, fand ich die Kostüme immer besonders toll. Und die Pferde. Die Pferde habe ich geliebt! Und vor den Löwen und den Tigern hatte ich Angst.«

»Ich auch. Ich war nur einmal in meinem Leben im Zirkus, in Minneapolis. Es war furchtbar laut! Die Clowns fand ich blöd, sie waren überhaupt nicht komisch.«

Kate lächelte. Sie stellte sich den ernsthaften kleinen Jungen vor, der von einer Zirkusvorstellung überwältigt war. Die Clowns waren auch ihr immer zu berechenbar gewesen, sie zog einen feineren Humor vor. Obwohl sie und Joe sehr verschieden waren, gab es doch vieles, was sie miteinander verband, abgesehen von der magnetischen Anziehungskraft, die beide deutlich spürten.

»Ich konnte den Geruch im Zirkus nie leiden, aber ich glaube, es würde Spaß machen, mit vielen Leuten zusammenzuleben. Immer ist jemand da, mit dem man reden kann.«

Joe lachte und wandte sich ihr zu. Er war fasziniert von ihrer positiven Lebenseinstellung und ihrem herzlichen Umgang mit Menschen. Diese Gabe hatte er nie besessen und bewunderte sie daher umso mehr.

»Ich kann mir nichts Schlimmeres vorstellen! Deshalb bedeutet mir das Fliegen so viel. Ich muss mich mit niemandem unterhalten, solange ich in der Luft bin. Am Boden ist immer jemand da, der einem irgendwas erzählen will oder erwartet, dass man selbst etwas preisgibt. Das ist so anstrengend!« Joe blickte ein wenig gequält, während er sprach. Es gab tatsächlich Situationen, in denen ihn ein Gespräch große Überwindung kostete. Er fragte sich, ob das vielleicht alle Piloten gemeinsam hatten. Er hatte schon einige lange Flüge mit Charles unternommen, während denen sie beide nicht ein einziges Wort gesprochen und sich trotzdem sehr wohl gefühlt hatten. Erst nach der Landung hatten sie wieder miteinander geredet. Für beide waren es wunderbare Flüge gewesen.

Joe konnte sich nicht vorstellen, dass Kate acht Stunden lang schweigen konnte. »Menschen sind sehr anstrengend. Sie erwarten zu viel. Sie verstehen einen falsch und drehen einem die Worte im Mund herum. Oft ist dann alles komplizierter als zuvor.«

»Es gefällt Ihnen also, wenn alles ruhig und unkompliziert zugeht?«, fragte Kate.

Joe nickte. Er hasste Komplikationen. Die meisten Menschen manövrierten sich ständig in schwierige Situationen hinein, aber er vermied sie, wenn es eben ging.

»Ich schätze es durchaus auch, wenn die Dinge klar sind«, fuhr Kate fort und dachte darüber nach, was er soeben gesagt hatte. »Doch zu ruhig sollte es auch nicht sein. Ich mag Gespräche mit Menschen, Musik … und manchmal liebe ich es, wenn um mich herum Lärm gemacht wird. Als ich klein war, habe ich es in unserem stillen Haus manchmal nicht mehr ausgehalten. Meine Eltern waren eben älter und auf eine gewisse Weise bedächtig, und es gab niemanden, mit dem ich mich hätte unterhalten können. Außerdem erwarteten sie von mir, dass ich mich wie eine Erwachsene benahm. Aber ich wollte ein Kind sein, Krach machen und mich draußen im Dreck wälzen und nicht ständig auf meine Anziehsachen aufpassen. Wissen Sie, bei uns zu Hause gab es keine Unordnung. Alles war stets perfekt. Damit muss man erst mal zurechtkommen.«

Joe konnte sich so etwas überhaupt nicht vorstellen. Er hatte im Haus der Verwandten seiner Mutter im Chaos gelebt, und um die Kinder hatte sich niemand gekümmert. Als sie klein waren, schrien sie permanent, und als sie älter wurden, gab es ständig Streit und Prügeleien. Joe hatte es gehasst! Immer hatte man ihm seine Fehler vorgehalten, hatte ihm zu verstehen gegeben, dass er nicht dazugehörte, und damit gedroht, ihn zu anderen Verwandten zu schicken. Er hatte die anderen gemieden, aus Angst, fortgeschickt zu werden. Und so war es geblieben, er hatte bis zum heutigen Tag weder zu Männern und erst recht nicht zu Frauen eine enge Beziehung aufbauen können. Allein fühlte er sich am wohlsten.

»Im Grunde führen Sie ein Leben, das viele sich wünschen, Kate. Die wissen nur gar nicht, wie es ist, ein solches Leben. Ich stelle es mir mitunter recht bedrückend vor.«

Kate hatte ihr Elternhaus als äußerst streng dargestellt. Aber immerhin lebte sie auch in einer sehr sicheren Welt, geschaffen von denjenigen, die sie liebten. Dessen war sie sich bewusst. Und nun blickte sie nach vorn. Sie war fest entschlossen, zum College zu gehen und ein wenig Abstand zu ihren Eltern zu gewinnen.

»Wie würden Sie leben, wenn Sie Kinder hätten? Was wäre anders?«

Das war eine interessante Frage, und Kate musste einen Augenblick lang darüber nachdenken. »Ich denke, ich würde sie sehr lieben und sie das sein lassen, was sie sein wollen … und sie nicht zu dem zwingen, was ich möchte. Sie sollen einfach sie selbst sein! Wenn sie fliegen wollten, würde ich ihnen nicht im Weg stehen. Ich würde sie nicht davon abhalten, weil es gefährlich ist oder verrückt oder unpassend. Ich glaube nicht, dass Eltern das Recht haben, ihre Kinder nach ihren Vorstellungen zu formen.«

Es war offensichtlich: Kate sehnte sich nach Freiheit. Genau wie Joe. Nichts war stark genug gewesen, ihn von seinen Plänen abzuhalten. Er hätte das nie und nimmer zugelassen. Er *wollte* die Freiheit nicht nur, er *brauchte* sie ... um zu überleben. Und er würde sie niemals aufgeben, für nichts und niemanden!

»Vielleicht war für mich alles einfacher, weil ich keine Eltern hatte.« Er erzählte Kate, dass seine Eltern bei einem Autounfall ums Leben gekommen waren, als er sechs Monate alt war. Damals war er zu seinen Verwandten geschickt worden.

»Waren sie denn freundlich zu Ihnen?« Kate schaute ihn traurig an. Das klang nicht gerade nach einer glücklichen Kindheit.

»Nein, eigentlich nicht. Ich musste die Hausarbeit erledigen und für die anderen Kinder den Babysitter spielen. Ich war für meine Verwandten nicht mehr als ein weiteres Maul, das gefüttert werden wollte. Und als die Rezession über das Land hereinbrach, waren sie glücklich, als ich mich davonmachte. Sie haben nie Geld gehabt.«

Kate kannte nichts anderes als Luxus, Sicherheit und Bequemlichkeit. Die Rezession hatte ihre eigene Familie nicht zu spüren bekommen, zumindest die ihrer Mutter nicht. Kate hatte immer ein vollkommen behütetes Leben geführt. Sie konnte sich nicht im Entferntesten vorstellen, wie Joe gelebt hatte, genauso wenig, was die Fliegerei für ihn bedeutete. Sie selbst wollte nur etwas mehr Eigenständigkeit, als man ihr zugestand. Das war nicht mit seinem Verlangen nach Freiheit zu vergleichen.

»Wollen Sie denn eines Tages Kinder haben?« Sie fragte sich, wie er Kinder mit seinem Lebenswandel vereinbaren konnte. Vielleicht spielten sie ja gar keine Rolle. Er war jedenfalls alt genug und hatte sich bestimmt schon Gedanken darüber gemacht.

Aber Joe antwortete: »Ich weiß es nicht. Bisher habe ich nicht darüber nachgedacht... Wohl eher nicht. Ich wäre bestimmt kein guter Vater. Ich bin ja nie zu Hause. Und Kinder brauchen ihren Vater. Wenn ich Kinder hätte, würde ich ständig daran denken, was sie entbehren. Das würde mich sicherlich sehr belasten.«

»Wollen Sie denn eines Tages heiraten?« Kate war beeindruckt. Einen Mann wie ihn hatte sie noch nie kennen gelernt, einen, der so ehrlich war! Auch das hatten sie gemeinsam. Sie selbst sagte immer, was sie dachte. Es kümmerte sie beide nicht, was andere Menschen von ihnen hielten.

Für Joe war es ungewöhnlich, dass er sich Kate gegenüber in dem Maße öffnete. Aber er hatte schließlich nichts zu verbergen. Er hatte sich immer bemüht, niemanden zu verletzen. Auch die junge Frau, die ihm einst viel bedeutet hatte, war schließlich ohne Zorn ihrer eigenen Wege gegangen. Sie hatte ihn verlassen, als sie begriffen hatte, dass er nicht für sie da sein konnte. Es gab andere Dinge, die ihm wichtiger waren, und das hatte er ihr nie verheimlicht.

»Alle Frauen, mit denen ich befreundet war, sind unglücklich gewesen. Die Fliegerei ist ein einsames Geschäft. Ich habe keine Ahnung, wie Charles es hinbekommt. Er ist verheiratet und selten zu Hause. Vermutlich hat Anne genug mit den Kindern zu tun. Sie ist eine großartige Frau.« Und sie hatte unglaublich gelitten, als das mit ihrem Baby passiert war. Kate empfand großes Mitgefühl. »Vielleicht ... wenn ich jemandem wie ihr begegnen würde ...« Joe lächelte. »Aber das ist nicht sehr wahrscheinlich. Sie wäre die eine unter einer Million. Ich weiß nicht, warum, aber ich habe mich eigentlich nie als Ehemann gesehen. Jeder muss im Leben das tun, was er tun möchte. Niemand kann sich verstellen. Das würde außerdem die anderen Menschen verletzen. Und das will ich auf keinen Fall. Wissen Sie, ich muss mir selbst treu bleiben.«

Während Kate Joe zuhörte, dachte sie erneut an das Jurastudium. Doch sie wusste, dass ihre Eltern niemals damit einverstanden wären. Joe hingegen lebte in Einklang mit sich und der Welt, und so war es immer gewesen. Er brauchte niemandem gegenüber Rechenschaft abzulegen, niemanden um Erlaubnis zu fragen außer sich selbst. Er lebte ein völlig anderes Leben als Kate. Sie trug die gesamte Last der elterlichen Hoffnungen und Träume auf ihren Schultern, und sie würde nie etwas tun, was ihre Eltern verletzte oder enttäuschte. Das konnte sie ihnen einfach nicht antun! Erst recht nicht nach dem, was ihr eigener Vater ihr und ihrer Mutter zugefügt hatte.

Sie blieben noch eine Weile lang im Sand sitzen und genossen die Gegenwart des anderen. Jeder für sich dachte darüber nach, was er soeben erzählt hatte. Sie waren beide offen und ehrlich gewesen. Es hatte keinerlei Verstellung gegeben, und obwohl ihrer beider Leben so verschieden waren, fühlten sie sich doch zueinander hingezogen.

Joe brach schließlich das Schweigen. Er hatte entspannt im Sand gelegen und zum Mond hinaufgeblickt. Dann schaute er Kate an. Er hatte es nicht gewagt, sich unmittelbar neben sie zu legen, fürchtete sich vor den Gefühlen, die dies vielleicht ausgelöst hätte. Es war besser, eine gewisse Distanz zu wahren. Joe hatte nie zuvor etwas Ähnliches gefühlt. Diese Anziehungskraft war wirklich magisch! Er hatte es sogleich gespürt, als er sich neben sie setzte.

Nun schlug er vor: »Wir sollten umkehren. Ich möchte nicht, dass Ihre Eltern sich Sorgen machen und die Polizei auf mich hetzen. Wahrscheinlich befürchten sie bereits, dass Sie entführt wurden.«

Kate nickte und setzte sich auf. Sie hatte niemandem gesagt, wohin sie ging und wer sie begleitete, doch sie wusste, dass mehrere Leute sie beobachtet hatten. Sie hatte vermeiden wollen, dass ihr Vater mitkam. Er hegte keinerlei Misstrauen gegenüber Joe, sondern schätzte ihn und war geradezu erpicht auf seine Gesellschaft.

Joe reichte ihr die Hand und half ihr aufzustehen. Dann gingen sie schweigend zum Lagerfeuer zurück, das sie in der Ferne erkennen konnten. Kate war erstaunt, wie weit sie sich von den anderen entfernt hatten. An Joes Seite hatte es ihr überhaupt keine Mühe bereitet. Wie selbstverständlich schob sie nun ihre Hand unter seinen Arm, und er lächelte über die offenbar freundschaftliche Geste. Joe stellte jedoch verdrießlich fest, dass er mehr von ihr wollte. Aber er würde es nicht zulassen. Er würde seinen Gefühlen nicht nachgeben. Das ließen allein seine Lebensumstände nicht zu. In seinen Augen hatte Kate etwas Besseres verdient als das, was er ihr geben konnte. Sie schien ihm unerreichbar zu sein.

Es dauerte eine halbe Stunde, bis sie wieder zu den anderen stießen, und beide waren überrascht, dass niemand sie vermisst hatte.

»Wir hätten auch noch länger fort bleiben können«, stellte Kate lächelnd fest, als Joe ihr einen Becher Kaffee reichte und sich selbst ein Glas Wein einschenkte. Er trank nur selten, weil er ständig im Flugzeug saß. Heute Nacht jedoch würde er mit beiden Beinen auf der Erde bleiben.

Joe wusste, dass sie gut daran getan hatten zurückzukehren. Er war sich plötzlich seiner selbst nicht mehr sicher. Seine Gefühle für Kate waren so stark und so verwirrend, dass er beinahe erleichtert war, als ihre Eltern auftauchten. Sie wollten sich verabschieden.

Clarke Jamison war sehr erfreut, als er Joe erblickte. »Welch angenehme Überraschung, Mr. Allbright! Seit wann sind Sie denn aus Kalifornien zurück?«

»Seit gestern«, entgegnete Joe, während er Elizabeth und Clarke die Hand reichte. »Aber ich bin nur für ein paar Tage hier. Ich hätte Sie noch angerufen.«

»Darauf habe ich schon gewartet. Ich hoffe immer noch auf einen Flug mit Ihnen. Vielleicht klappt es ja, wenn Sie das nächste Mal in der Gegend sind.«

»Versprochen!«, versicherte Joe.

Clarke und Elizabeth waren wirklich sehr sympathisch. Sie gingen davon, um sich von den anderen Gästen und ihren Freunden, den Gastgebern, zu verabschieden.

Joe schaute Kate mit gemischten Gefühlen an. Eine Frage brannte auf seiner Zunge. Den ganzen Abend über hatte er darüber nachgedacht und gezögert, sie zu stellen. Vielleicht war sie nicht angemessen. Vielleicht hatte sie auch gar keine Zeit für ihn, wenn sie erst in Radcliffe studierte. Doch er war entschlossen, sie zu fragen! Seine Idee war vollkommen harmlos. Er wollte Kate auf keinen Fall auf eine falsche Fährte locken oder sich selbst in Versuchung führen. Er war dankbar für die Distanz, die sich inzwischen wenigstens körperlich eingestellt hatte.

»Was würden Sie davon halten, wenn Sie mir ab und zu einen Brief schreiben? Ich würde gern von Ihnen hören.«

»Im Ernst?« Kate war überrascht. Nach allem, was er über das Heiraten und Kinderkriegen gesagt hatte, war sie davon überzeugt, dass er diesbezüglich keinerlei Absichten verfolgte.

Sie war nun beinahe sicher, dass er lediglich auf ihre Freundschaft Wert legte. In gewisser Weise war sie deshalb beruhigt, andererseits enttäuscht. Joe war ein ausgesprochen attraktiver Mann. Doch er hatte keinerlei Andeutung gemacht, dass er sich von ihr angezogen fühlte. Aber Kate hatte der Unterhaltung entnehmen können, dass Joe ein Meister im Verbergen seiner Gefühle war.

»Ich wüsste gern, wie es Ihnen in Radcliffe ergeht«, ergänzte er väterlich und war bemüht, auf diese Weise seine innere Unruhe zu verbergen. »Und ich kann Ihnen ja von meinen Testflügen in Kalifornien berichten, wenn das nicht zu langweilig ist.«

»Aber nein, überhaupt nicht, ich würde mich freuen!« Diese Briefe würde sie dann an ihren Vater weitergeben. Er wäre sicher begeistert.

Joe kritzelte seine Anschrift auf ein Stück Papier und reichte es Kate. »Ich bin zwar kein großer Schreiber, aber ich werde mein Bestes tun. Ich würde gern mit Ihnen in Verbindung bleiben und alles über Ihr neues Leben erfahren.« Joe hoffte, dass dies unverfänglich klang. Kate glaubte, dass er sich wirklich rein freundschaftlich mit ihr verbunden fühlte. Sie ahnte nichts über seine wahren Emotionen und seine Ängste. Wenn er dem Gefühl nachgab, würde er sich vielleicht darin verlieren, und das durfte er auf keinen Fall zulassen! Eine Freundschaft hingegen bedeutete keinerlei Risiko. Auf jeden Fall würde er den Kontakt nicht abreißen lassen.

»Sie haben ja die Karte von meinem Vater mit meiner Anschrift. Sobald ich meine neue Adresse in Radcliffe weiß, schicke ich sie Ihnen.«

»Ja, tun Sie das!« Joe hatte sich noch nicht einmal von Kate getrennt, und doch verspürte er bereits in diesem Moment eine tiefe Sehnsucht. Es war geradezu beängstigend. Doch er sah keine Möglichkeit, seinen Gefühlen auszuweichen. Kate zog ihn an wie ein Licht in der Dunkelheit, ihre Wärme war so wohltuend!

»Ich wünsche Ihnen eine gute Reise«, sagte Kate.

Ihr Blick sprach Bände. Joe wusste nicht, was er entgegnen sollte.

Einige Minuten später ging Kate über die Dünen davon. Joe schaute ihr nach. Als sie oben auf der Düne angelangt war, wandte sie sich um und winkte ihm zu. Er erwiderte den Gruß. Das Letzte, was sie von ihm sah, waren seine hohe Gestalt und sein ernster Blick.

Nachdem Kate verschwunden war, schlenderte Joe am Strand entlang und schlug denselben Weg ein wie zuvor.

3

Die ersten Wochen am College waren sehr aufregend. Kate hatte viel zu tun: Sie kaufte Bücher, besuchte Vorlesungen, traf sich mit Professoren und arbeitete mit der Studienberaterin einen Stundenplan aus. Es gab jede Menge Kommilitoninnen, die sie erst noch kennen lernen musste. Ihre neue Rolle als Studentin bedeutete eine große Umstellung für sie, aber innerhalb weniger Tage fand sie Gefallen am Leben im College. Zum Missfallen ihrer Mutter fuhr sie nicht einmal an den Wochenenden nach Hause. Nur hin und wieder rief sie ihre Eltern an.

Drei Wochen waren bereits vergangen, als Kate endlich den versprochenen Brief an Joe schrieb. Nicht dass sie zuvor keine Zeit dafür gefunden hätte! Sie hatte einfach abgewartet, bis sie ihm Interessantes berichten konnte. Als sie sich an einem Samstagnachmittag an ihren Schreibtisch setzte, wusste sie viele Anekdoten über das College zu erzählen. Sie schrieb über die anderen Mädchen, die Professoren, die Vorlesungen und das Essen. Noch nie in ihrem Leben war sie so glücklich gewesen wie in Radcliffe. Zum ersten Mal fühlte sie sich frei, und sie genoss es sehr.

Kate schrieb nicht über die Jungs, denen sie in Harvard bislang begegnet war. Es schien ihr unangemessen. Das war ganz allein ihre Angelegenheit. Einen von ihnen, Andy Scott, der im nächsten Jahr seine Abschlussprüfung ablegen würde, mochte sie wirklich gern, doch er konnte dem Vergleich mit Joe nicht standhalten. Joe war für sie zum Inbegriff des Traummannes geworden. Niemand sonst war so groß, so attraktiv, so voller Energie, so interessant und erfahren und aufregend. Im Grunde konnte sich keiner mit ihm messen. Doch sie war gern mit Andy zusammen. Er war der Kapitän der Schwimmmannschaft des Colleges, und die anderen Mädchen, die so wie Kate gerade erst mit dem Studium begonnen hatten, waren sehr beeindruckt von ihm.

Kate berichtete Joe in ihrem Brief, wie glücklich sie war. Als er den Brief erhielt, stellte er fest, dass Kate ebenso aufregend und lebendig zu schreiben verstand, wie sie erzählen konnte. Sie war ihm schon richtig ans Herz gewachsen. Er beantwortete den Brief umgehend und schilderte seine jüngsten Entwicklungen, die Probleme, die sie bereiteten, und seine Testflüge. Nur den jungen Mann, der am Tag zuvor bei einem Testflug über Nevada ums Leben gekommen war, erwähnte er nicht. Eigentlich hätte Joe diesen Flug selbst übernehmen müssen, doch er hatte ihn abgesagt, weil er während dieser Zeit an einer Besprechung teilnehmen wollte. Er hatte die Witwe verständigt und war noch immer niedergeschlagen. Doch sein Brief sollte unbeschwert klingen, voller aufregender Neuigkeiten. Am Ende jedoch war er enttäuscht. Im Vergleich zu Kates Brief war seiner regelrecht nichts sagend. Die Worte flossen ihm eben nicht so leicht aus der Feder wie ihr. Trotzdem schickte er den Brief ab und fragte sich voller Ungeduld, wie lange er wohl auf eine Antwort warten musste.

Kate erhielt den Brief genau zehn Tage, nachdem sie ihren abgeschickt hatte. Am folgenden Wochenende schrieb sie zurück. Dafür sagte sie sogar eine Verabredung mit Andy Scott ab. Sie wollte in ihrem Zimmer bleiben und Joe einen langen, interessanten Brief schreiben. Ihre Kommilitoninnen erklärten sie für verrückt. Doch Kate war in Gedanken immerzu bei Joe, dem Flieger aus Kalifornien. Sie verriet niemandem, wer er war, und erzählte auch sonst nicht viel über Joe. Die anderen wussten nur, dass er ein guter Freund von ihr war. Andy gegenüber gab sie vor, Kopfschmerzen zu haben.

In ihrem Brief wies sie mit keiner Silbe darauf hin, dass sie mehr als freundschaftliche Gefühle für Joe hegte. Es gelang ihr, eine Reihe von amüsanten Porträts ihrer Kommilitonen zu zeichnen. Joe saß am Tisch und lachte laut auf, als er sie las. Kates Beschreibungen des Lebens am College waren einfach urkomisch! Sie hatte ein großes Talent dafür, die unglaublichsten Situationen genau zu beobachten und entsprechend zu beschreiben. Joe freute sich jedes Mal, von Kate zu hören.

Den ganzen Herbst hindurch gingen die Briefe zwischen Kate und Joe hin und her. Mit dem Fortschreiten des Krieges in Europa wurden sie langsam ernster. Die beiden tauschten ihre Meinungen aus und respektierten die Auffassung des anderen. Joe war noch immer überzeugt, dass Amerika bald in den Krieg eintreten würde, und dachte daran, doch nach England zu reisen, um mit der *Royal Air Force* Kontakt aufzunehmen. Charles Lindbergh traf sich in Washington mit Henry Ford, der die Dinge genauso einschätzte wie Joe. Bei all den düsteren Aussichten vergaß Joe jedoch nie, auch eine lustige Geschichte zum Besten zu geben. Mittlerweile wartete er immer begieriger auf Kates Briefe.

Zwei Monate später, am Donnerstag vor Thanksgiving, erhielt Kate im Wohnheim einen Anruf. Sie dachte sofort an ihre Eltern. Am nächsten Tag würde sie nach Hause fahren, und ihre Mutter wollte wahrscheinlich wissen, um welche Uhrzeit sie ungefähr mit ihr rechnen konnten. Über Thanksgiving hatten Clarke und Elizabeth Gäste eingeladen, und sie waren mit den Vorbereitungen sehr beschäftigt. Am Tag zuvor hatte Kate sich mit Andy auf eine Tasse Kaffee getroffen. Er würde über die Feiertage ebenfalls nach Hause fahren und hatte versprochen, sie von New York aus anzurufen. Während der vergangenen zwei Monate war Kate ein-, zweimal mit Andy zum Dinner ausgegangen, doch mehr war nicht daraus geworden. Der Briefwechsel mit Joe beanspruchte sie viel zu sehr, als dass sie sich für einen Studenten interessiert hätte. Joe war eben der anziehendste Mann, den sie kannte.

»Hallo?«, fragte Kate in den Hörer und erwartete, die Stimme ihrer Mutter zu hören. Sie erschrak geradezu, als stattdessen Joe am Apparat war. Die Verbindung war ausgesprochen gut. Eine Kommilitonin hatte den Anruf entegegengenommen. Sie hatte Kate nicht erzählt, dass es sich um ein Ferngespräch aus Kalifornien handelte. Es war das erste Mal, dass Joe Kate anrief. »Was für eine Überraschung!«, rief sie und wurde rot. Glücklicherweise konnte er das nicht sehen. »Fröhliches Thanksgiving, Joe!«

»Das wünsche ich Ihnen auch, Kate! Wie geht es Ihnen denn so am College?« Er spielte auf einen Eklat an, über den sie geschrieben hatte, und beide lachten. Kate wunderte sich, wie nervös sie während des Gesprächs war. Sie beide hatten sich in den Briefen immer mehr geöffnet, und nun war es ein merkwürdiges Gefühl, mit Joe zu sprechen.

»Mir geht es wirklich bestens! Morgen fahre ich nach Hause. Eigentlich hatte ich damit gerechnet, dass meine Mutter am Apparat ist ... Ich werde das ganze Wochenende über bei meinen Eltern verbringen.« Das hatte sie ihm zwar bereits geschrieben, aber sie wollte keine Gesprächspause entstehen lassen.

»Ich weiß.« Joe war ebenso nervös wie Kate. Trotz seiner Bemühungen, ihr gegenüber unbefangen aufzutreten, fühlte er sich unbeholfen wie ein kleiner Junge. »Was halten Sie denn davon, mit mir zum Dinner auszugehen?« Er hielt den Atem an, während er auf ihre Antwort wartete.

»Dinner?« Kate war vollkommen durcheinander. »Wo denn? Und wann? Kommen Sie denn aus Kalifornien hierher?«

»Ich bin schon da. Es hat sich in letzter Minute so ergeben. Charles ist hier, und ich brauche seinen Rat in einer wichtigen Angelegenheit. Ich treffe ihn heute Abend, aber am Wochenende könnte ich mir für einen Tag freinehmen und Sie von New York aus besuchen.« In Wirklichkeit hätte er auch auf Charles' Rückkehr nach Kalifornien warten können, doch er war auf der Suche nach einem Vorwand für eine Reise in den Osten gewesen und hatte ihn schließlich gefunden. Er redete sich ein, dass er sich lediglich mit einer Freundin treffen wolle. Wenn sie keine Zeit hatte, würde er eben nach Kalifornien zurückfliegen. Mit der unvermittelten Ankündigung wollte er Kate überraschen und dazu bringen zuzusagen. Das war ein durchaus kluger Schachzug gewesen, den er jedoch gar nicht nötig hatte.

Kate war ohnehin begeistert von seinem Vorschlag. Jetzt bemühte sie sich darum, ihrer Stimme einen ruhigen Klang zu verleihen. »Ich würde Sie sehr gern wiedersehen. Wann wollen Sie denn kommen?« Sie verstand es vorzüglich, ihre Freude zu verbergen. Beide spielten ihre Rollen perfekt und verstanden diese Situation durchaus als Herausforderung. Es war für beide ein unbekanntes Spiel. Noch nie hatte sich ein erwachsener Mann für Kate interessiert, und Joe hatte noch nie zuvor jemandem so intensive Gefühle entgegengebracht.

»Ich kann, wann immer es Ihnen passt.« Joes Stimme klang jetzt unbefangen.

Kate dachte einen Augenblick lang nach. Vielleicht passte es ihrer Mutter nicht, aber Clarke war sicher begeistert, also riskierte sie es. »Hätten Sie nicht Lust, an Thanksgiving zu uns zu kommen?« Sie hielt den Atem an.

Am anderen Ende der Leitung herrschte zunächst Schweigen. Als Joe schließlich antwortete, klang er skeptisch. »Glauben Sie denn, dass Ihren Eltern das recht wäre?« Er wollte die Jamisons auf keinen Fall in Verlegenheit bringen. Andererseits verspürte er große Lust, mit Kate Thanksgiving zu feiern. Normalerweise verbrachte er solche Tage allein, und auch für dieses Jahr hatte er noch keine Pläne.

»Ganz bestimmt!«, versicherte Kate und betete im Stillen, dass ihre Mutter angesichts des unvorhergesehenen Gastes nicht allzu ungehalten sein würde. Aber schließlich waren auch andere Leute eingeladen, und trotz Joes zurückhaltenden Wesens wäre er beim Dinner sicher eine Bereicherung. »Möchten Sie denn kommen?«

»Ja, sehr gern! Am Donnerstagmorgen könnte ich einen Flug bekommen. Wann essen Sie denn zu Abend?«

Kate wusste, dass die Gäste für fünf Uhr nachmittags eingeladen worden waren und dass man gegen sieben Uhr essen würde. »Die anderen werden um fünf erwartet, aber Sie können auch früher kommen.«

»Fünf Uhr ist wunderbar«, gab Joe zurück. Er wäre auch um sechs Uhr morgens gekommen, wenn Kate ihn darum gebeten hätte! Er sehnte sich danach, sie wiederzusehen. »Ist es denn ein formelles Essen?«, fragte er plötzlich nervös. Er wollte nicht im Anzug erscheinen, wenn alle anderen einen Smoking trugen. Wenn ein Smoking angebracht war, würde er sich einen von Charles leihen.

»Nein, mein Vater trägt normalerweise einen dunklen Anzug, der allerdings ein bisschen spießig ist. Sie können anziehen, was immer Sie wollen.«

»Großartig, dann komme ich in meinem Fliegeranzug?«, witzelte Joe, und Kate lachte. »Das würde ich zu gern sehen!«

»Vielleicht können wir ja am Wochenende zu dritt einen kleinen Ausflug machen...«

»Aber kein Wort darüber zu meiner Mutter! Sie bricht über dem Truthahn zusammen und wirft Sie während des Essens aus dem Haus.«

»Von mir erfährt sie nichts. Also dann, bis Donnerstag.« Joes Stimme klang entspannt, als er sich von Kate verabschiedete.

Doch nachdem er den Hörer aufgelegt hatte, stellte er fest, dass er feuchte Hände hatte.

Kate erging es ebenso. Sie musste ihrer Mutter mitteilen, dass Joe ebenfalls zum Dinner kommen würde. Doch das verschob sie auf den folgenden Nachmittag, als sie nach Hause kam und ihre Mutter in der Küche antraf. Elizabeth überprüfte gerade das chinesische Porzellan. Ihre Tischdekorationen und Blumenarrangements waren geradezu berühmt. Als Kate die Küche betrat, schaute sie zerstreut auf.

»Hallo, Mom. Kann ich dir helfen?«

Überrascht warf Elizabeth ihrer Tochter über die Schulter hinweg einen Blick zu. Kate war immer die Erste, die die Flucht ergriff, wenn es darum ging, ihrer Mutter in der Küche zu helfen. Sie hatte schon immer gefunden, dass Hausarbeit langweilig und erniedrigend sei.

»Bist du etwa aus dem College abgehauen?«, fragte Elizabeth amüsiert. »Du hast sicher etwas besonders Schlimmes angestellt! Sonst kämst du wohl kaum auf die Idee, mir in der Küche zu helfen. Wie schlimm ist es denn?«

»Vielleicht werde ich im College langsam reifer?«, fragte Kate herausfordernd.

Elizabeth gab vor, ernsthaft darüber nachzudenken und sagte dann: »Das ist zwar möglich, aber doch eher unwahrscheinlich. Du bist erst seit drei Monaten dort, Kate. Die Reife wird sich nicht vor dem vorletzten Jahr einstellen, glaube ich.«

»Na, großartig! Willst du mir damit etwa sagen, dass ich nach meiner Prüfung darauf brenne, chinesisches Porzellan zu zählen?«

»Selbstverständlich! Besonders, wenn du es für deinen Ehemann tust«, entgegnete Elizabeth entschieden.

»Mom... schon gut, schon gut. Ich habe tatsächlich etwas angestellt, aber im Geiste des Thanksgiving, so wie du ihn mir nahe gebracht hast.« Mit Unschuldsmiene blickte Kate ihre Mutter an.

»Hast du einen Truthahn umgebracht?«

»Nein, ich habe einen heimatlosen Freund zum Dinner eingeladen. Eigentlich eher familienlos...« Das klang in den Ohren ihrer Mutter durchaus vernünftig.

»Das ist aber schön, Liebling! Etwa eine deiner Kommilitoninnen aus Radcliffe?«

»Nein, jemanden aus Kalifornien«, antwortete Kate vage, in der Hoffnung, ihre Mutter gnädig zu stimmen.

»Es ist ja völlig verständlich, dass sie nicht nach Hause fahren kann. Natürlich darfst du sie einladen. Wir werden achtzehn Personen zum Dinner bei uns haben, aber es gibt noch jede Menge Platz am Tisch.«

»Danke, Mom.« Kate schaute Elizabeth erleichtert an. Auf jeden Fall gab es Platz für ihn! »Ach, übrigens, es ist gar kein Mädchen.« Sie hielt den Atem an und wartete.

»Ein Junge?« Elizabeth riss überrascht die Augen auf.

»So ungefähr.«

»Aus Harvard?« Elizabeths schien entzückt. Es gefiel ihr ausgesprochen gut, dass Kate sich offenbar nach nur drei Monaten in Radcliffe mit einem Schüler aus Harvard traf. Und nun hörte sie zum ersten Mal davon.

»Er ist nicht aus Harvard.« Kate wagte sich ins eiskalte Wasser. »Es handelt sich um Joe Allbright.«

Schweigend blickte Elizabeth ihre Tochter an. In ihren Augen standen viele Fragezeichen. »Der Pilot? Wann hast du von ihm gehört?«

»Gestern rief er aus heiterem Himmel an. Er besucht gerade die Lindberghs und hat an Thanksgiving nichts vor.«

»Ist das nicht ein bisschen merkwürdig, dass er dich anruft?« Elizabeth war misstrauisch.

»Vielleicht.« Kate erzählte nichts von den Briefen. Es war schon schwierig genug zu erklären, warum sie Joe zum Dinner eingeladen hatte. Im Grunde wusste sie es selbst nicht genau. Doch nun musste sie einen plausiblen Grund dafür liefern.

»Hat er dich vorher schon mal angerufen?«

»Nein, es war das erste Mal.« Das war immerhin nicht gelogen. Ihre Mutter fragte zum Glück nicht, ob Joe ihr geschrieben hatte. »Ich glaube, er mag Dad, und vielleicht ist er einsam. Offenbar hat er überhaupt keine Familienangehörigen. Keine Ahnung, warum er angerufen hat, Mom, doch als er erzählte, dass er für Thanksgiving keine Pläne hätte, tat er mir Leid. Ich bin davon ausgegangen, dass es euch nichts ausmacht. Darum geht es doch beim Thanksgiving!« Kates Stimme klang unbekümmert. Sie nahm sich eine Möhre aus dem Kühlschrank.

Doch Elizabeth ließ sich nicht hinters Licht führen, sie kannte schließlich ihre Tochter. So hatte sie sie noch nie erlebt! Und mit achtundfünfzig Jahren hatte sie noch nicht vergessen, wie man sich als junges Mädchen fühlte, wenn ein älterer Mann einen umwarb. Irgendetwas an Joe Allbright beunruhigte sie. Er war so unnahbar und zurückhaltend und verfügte gleichzeitig über eine besondere Ausstrahlung. Er gehörte zu jenen Männern, die auf den zweiten Blick geradezu überwältigend waren. Kate hatte einfach noch nicht genügend Erfahrung und war einem solchen Abenteuer sicherlich nicht gewachsen.

»Es stört mich nicht, wenn er zum Dinner kommt«, sagte sie ehrlich. »Aber es würde mir gar nicht gefallen, wenn er an dir interessiert wäre, Kate. Er ist viel älter als du und sicher nicht der Mann, in den du dich meiner Meinung nach verlieben solltest.« Doch was wollte sie machen? In wen verliebte man sich und in wen nicht? Diese Dinge konnte man unmöglich kontrollieren!

Kate nickte nur. »Ich bin nicht in ihn verliebt. Er kommt einfach zum Truthahnessen.«

»Manchmal entwickeln sich die Dinge erst noch. Man ist befreundet, wird sich immer vertrauter …«, deutete Elizabeth an.

»Er lebt doch in Kalifornien«, gab Kate besänftigend zurück.

»Ich gebe zu, dass mich das beruhigt. In Ordnung, ich sag's deinem Vater. *Mir* gefällt es zwar nicht, aber *er* wird begeistert sein. Doch ich schwöre dir, wenn Mr. Allbright auf die Idee kommt, deinen Vater in einem seiner gefährlichen Flugzeuge mitzunehmen, werde ich Arsen in sein Essen geben. Das kannst du ihm ruhig sagen!«

»Danke, Mom.« Kate schenkte ihrer Mutter ein Lächeln und schlenderte gleichmütig aus der Küche.

»Ich dachte, du wolltest mir helfen!«

»Ich muss für Montag noch eine Arbeit schreiben. Damit fange ich besser schon mal an«, rief Kate über die Schulter. Elizabeth hatte den Ausdruck in den Augen ihrer Tochter wahrgenommen, als sie eingewilligt hatte. Einst hatte sie selbst diesen Ausdruck in den Augen gehabt, als ein Freund ihres Vaters ihr heimlich den Hof gemacht und ihr das Herz gebrochen hatte. Glücklicherweise waren ihre Eltern dahintergekommen und eingeschritten, bevor Schlimmeres geschehen war. Wenige Wochen später hatte Elizabeth Kates Vater kennen gelernt. Jetzt war sie wegen des Besuchs von Joe Allbright sehr besorgt.

Später am Abend sprach sie im Schlafzimmer mit Clarke darüber. Sie erzählte ihm, dass Joe zum Dinner kommen würde, doch Clarke teilte ihre Befürchtungen nicht.

»Er kommt doch nur zum Essen, Elizabeth. Er ist ein interessanter Mann und nicht so dumm, hinter einem achtzehnjährigen Mädchen herzulaufen. Außerdem ist er ein attraktiver Typ. Der kann jede Frau haben.«

»Ich glaube, du bist ein wenig naiv! Kate ist ein wunderschönes Mädchen, und sie ist fasziniert von ihm. Er ist eine romantische Gestalt. Die Hälfte aller Frauen in diesem Land würden hinter Charles Lindbergh herlaufen, wenn sich ihnen die Möglichkeit dazu böte. Bestimmt haben schon einige versucht, ihn sich zu angeln. Mr. Allbright ist genauso geheimnisvoll und hat die gleiche Ausstrahlung. Seine Zurückhaltung und die Tatsache, dass er Pilot ist, machen aus ihm für jedes junge Mädchen einen Helden.«

»Befürchtest du denn, dass Kate mehr für ihn empfindet?« Clarke schaute seine Frau entsetzt an. Immerhin war Kate ein intelligentes Mädchen, doch ihre Mutter schien nicht darauf zu vertrauen.

»Vielleicht. Aber im Grunde bin ich eher darüber beunruhigt, dass er vielleicht ein Auge auf sie geworfen hat. Warum hat er denn *sie* angerufen? Er hätte sich doch genauso gut bei dir im Büro melden können.«

»Ja, schon, aber Kate ist nun mal viel hübscher als ich. Außerdem ist sie klug, und Mr. Allbright macht wirklich den Eindruck, als wäre er ein sehr anständiger Kerl.«

»Und was soll werden, wenn sie sich ineinander verlieben?«

»Es gibt Schlimmeres. Er ist schließlich nicht verheiratet und durchaus ehrenwert. Sehr ehrenwert, wenn du mich fragst. Er hat eine Arbeit. Zugegeben, er ist kein Banker aus Boston. Aber vielleicht heiratet Kate eines Tages einen Mann, der weder Arzt noch Anwalt noch Banker ist. Damit müssen wir rechnen, nicht wahr? Sie könnte in Harvard genauso gut einen orientalischen oder indischen Prinzen kennen lernen, sogar einen Franzosen oder, schlimmer noch, einen Deutschen und sich entschließen, irgendwo auf der Welt zu leben. Wir können sie nicht für immer hier einsperren. Wenn Joe Allbright tatsächlich derjenige sein sollte, wenn er sie glücklich macht und gut zu ihr ist... ich könnte damit leben. Er ist ein anständiger Mann, Elizabeth, und, ehrlich gesagt, ich glaube nicht, dass es überhaupt dazu kommt.«

»Und was ist, wenn er bei einem Flugzeugabsturz stirbt und sie als Witwe mit einem Stall voller Kinder zurücklässt?« Elizabeths Stimme zitterte vor Erregung.

Clarke lächelte. »Was ist denn, wenn sie einen Jungen heiratet, der bei einer Bank arbeitet, und dieser eines Tages von einem Auto überfahren wird? Oder noch schlimmer: Wenn er sie schlecht behandelt oder sie ihn nur heiratet, um uns einen Gefallen zu tun? Mir ist es jedenfalls lieber, dass sie jemanden heiratet, der sie wirklich liebt«, gab er ruhig zu bedenken.

Doch Elizabeth schien sich nur noch mehr aufzuregen. »Glaubst du denn, dass er in sie verliebt ist?«

»Nein, das glaube ich nicht. Ich halte ihn für einen einsamen Kerl, der an Thanksgiving nicht weiß, wo er hingehen soll. Und wie ich unsere Tochter kenne, hatte sie einfach Mitleid mit ihm. Ich glaube nicht, dass einer der beiden sich mehr dabei denkt.«

»Das hat Kate auch gesagt ... dass sie Mitleid mit ihm hatte.«

»Siehst du? Vergiss meine Worte nicht!« Clarke zog Elizabeth in seine Arme. »Du machst dir völlig grundlos Sorgen. Sie ist ein gutes Mädchen mit einem großen Herz – genau wie ihre Mutter.«

Elizabeth seufzte und versuchte, Clarkes Worten zu vertrauen. Doch am folgenden Tag, als Joe erschien, machte Kate nicht den Eindruck, als habe sie lediglich Mitleid mit ihm. Sie sah besonders hübsch aus und wurde auffallend lebhaft, als sie ihn erblickte. Joe seinerseits schien geradezu benommen zu sein, als er Kate in den Speiseraum folgte und sich neben sie setzte. Clarke nahm ihn während des Essens in Beschlag und drängte ihn immer wieder, über seine Pläne zu erzählen. Kate ließ Joe kaum aus den Augen, beobachtete ihn geradezu ehrfurchtsvoll. Elizabeth fühlte sich in ihren Befürchtungen nur bestätigt, als sie sah, wie bewundernde Blicke zwischen den beiden hin und her wanderten. Ohne Zweifel kannten die beiden sich bereits viel besser, als sie zugeben wollten. Unbefangen plauderten sie miteinander. Sie schienen sich ungewöhnlich wohl miteinander zu fühlen.

Der Briefwechsel zwischen Kate und Joe hatte tatsächlich eine vertraute Atmosphäre geschaffen, die Kate vor ihren Eltern nicht verbergen konnte. Sie versuchte es nicht einmal. Es war offensichtlich, dass sie mit Joe befreundet war und sie sich zueinander hingezogen fühlten.

Elizabeth blieb nichts anderes übrig, als zur Kenntnis zu nehmen, dass Joe ein intelligenter Mann mit gutem Benehmen und gewinnendem Wesen war. Er behandelte Kate freundlich und respektvoll. Gleichzeitig aber strahlte er eine gewisse Kälte und Zurückhaltung aus, ja sogar Furcht, als ob er irgendwann in seinem Leben tief verletzt worden sei. In gewisser Weise

– daran konnte auch seine Freundlichkeit nichts ändern – schien er unerreichbar zu sein.

Elizabeth stellte außerdem fest, dass Joe mit solcher Leidenschaft von der Fliegerei sprach, dass sie sich unwillkürlich fragte, ob die Liebe zu einer Frau überhaupt jemals mit der zu seinem Beruf konkurrieren könne. Sie glaubte, dass Joe ein anständiger Mann war, aber das bedeutete nicht automatisch, dass er gleichzeitig der Richtige für Kate war. Im Gegenteil: Über Eigenschaften, die einen guten Ehemann ausmachten, schien er nicht zu verfügen. Sein Leben war voller Risiken und Gefahren, ganz und gar nicht das, was Elizabeth sich für ihre Tochter wünschte. Kate sollte ein komfortables, glückliches Leben führen, an der Seite eines seriösen, umsichtigen Mannes. Elizabeth hatte Kate ihr ganzes Leben lang behütet, und nun begriff sie, dass es doch etwas gab, wovor sie ihre Tochter nicht beschützen konnte: davor, dass jemand ihr das Herz brach. Kate hatte genug gelitten, als ihr Vater gestorben war. Elizabeth wusste, dass sie ihren Einfluss verlieren würde, wenn Kate sich in Joe verliebte. Er war tatsächlich ein sehr faszinierender und aufregender Mann. Seine Schüchternheit weckte in einem den Wunsch, die Hand auszustrecken und ihm über die Mauern zu helfen, die er um sich herum errichtet hatte. Kate war diesem Drang bereits erlegen. Während des Essens tat sie alles, damit er sich wohl fühlte und aus sich herausging.

Kate lag tatsächlich sehr viel daran, dass Joe das Dinner gut gefiel. Sie war sich ihres Verhaltens gar nicht bewusst. Elizabeth jedoch spürte, dass ihre schlimmsten Befürchtungen bereits eingetreten waren: Ihre Tochter liebte diesen Mann! Nur über Joes Empfinden konnte sie nichts sagen. Bestimmt fühlte er sich von Kate angezogen, wer konnte sich auch ihrem Charme entziehen? Doch was wirklich in ihm vorging, wusste niemand, nicht einmal Joe selbst war sich darüber im Klaren. Als die Tafel aufgehoben wurde, legte Clarke seiner Frau den Arm um die Schultern und flüsterte: »Siehst du, sie sind einfach nur miteinander befreundet. Ich hab's dir doch gleich gesagt.« Offenbar hatte er einen völlig anderen Eindruck als Elizabeth.

»Wie kommst du nur darauf?«, fragte sie niedergeschlagen.

»Sieh sie dir doch an! Sie sprechen wie alte Freunde miteinander. Er neckt sie wie eine kleine Schwester.«

»Ich glaube, dass sie ineinander verliebt sind.«

Clarke und Elizabeth blieben hinter den anderen zurück. Ihre Freunde waren alle sehr nett, und Joe war zweifellos eine Bereicherung für die Gruppe gewesen. Aber das war es nicht, was Elizabeth beunruhigte.

»Du bist eine unverbesserliche Romantikerin, mein Schatz«, sagte Clarke und küsste sie.

»Nein, leider nicht«, gab Elizabeth zurück. »Ich bin höchstens eine Zynikerin oder vielleicht auch nur Realistin. Ich möchte nicht, dass er Kate verletzt, und das könnte geschehen. Ich will nicht, dass ihr so etwas passiert!«

»Ich doch auch nicht. Joe würde das nie tun. Er ist ein feiner Kerl.«

»Ich bin da nicht so sicher. Auf jeden Fall ist er ein Mann. Und außerdem ein Held. Ich glaube, dass er von ihr ebenso beeindruckt ist wie sie von ihm. Aber irgendetwas stimmt nicht mit ihm. Als ob er etwas mit sich herumträgt. Seine Eltern starben, als er noch ein Säugling war. Und er will nicht über seine Familie sprechen. Gott weiß, was ihm in seiner Kindheit widerfahren ist. Warum wohl ist er nicht längst verheiratet?« Elizabeths Fragen waren völlig normal für eine besorgte Mutter.

Doch Clarke beharrte darauf, dass sie sich ohne Grund sorgte. »Er ist eben sehr beschäftigt«, stellte er nüchtern fest.

Mit diesen Worten betraten sie das Wohnzimmer, in dem sich die Gäste schon versammelt hatten. Kate und Joe saßen in einer Ecke und waren in ein Gespräch vertieft. Ein Blick genügte, und Elizabeth fühlte sich bestätigt. Die beiden nahmen die Leute um sie herum gar nicht wahr. Es war zu spät! Elizabeth konnte nur noch beten.

4

Am Freitag nach Thanksgiving holte Joe Kate zu Hause ab. Sie verbrachten den ganzen Nachmittag miteinander, gingen spazieren und tranken anschließend Tee im *Ritz*. Kate erzählte Anekdoten über ihre Reisen nach Singapur und Hongkong und von ihren Erlebnissen in Europa. Niemand, der jemals mit Joe zu tun hatte, hätte ihn wieder erkannt. In Kates Gesellschaft wurde er gesprächiger, als er es jemals in seinem Leben gewesen war. Sie waren beide äußerst vergnügt.

Abends lud Joe Kate zum Dinner ein. Anschließend gingen sie ins Kino, um sich *Citizen Kane* anzuschauen. Beide waren begeistert! Es war schon beinahe Mitternacht, als Joe Kate nach Hause brachte.

Kate gähnte, als sie sich von ihm verabschiedete. »Es war ein wundervoller Tag!«, schwärmte sie und lächelte ihn an.

Joe erwiderte ihr Lächeln. »Für mich auch, Kate.« Er schien noch etwas sagen zu wollen, schwieg dann aber.

Einen Augenblick später betrat Kate das Haus und stieß am oberen Treppenabsatz beinahe mit ihrer Mutter zusammen, die gerade aus der Küche kam.

»Hattest du einen schönen Tag?«, fragte Elizabeth und gab sich Mühe, keinen allzu besorgten Eindruck zu machen. Am liebsten hätte sie gefragt, was Joe gesagt und getan hatte, ob er sie geküsst oder irgendetwas anderes unternommen hatte, was sie nicht billigte. Doch sie erinnerte sich an Clarkes Worte und verzichtete darauf, Kate auszuhorchen.

»Ja, es war wirklich sehr schön, Mom«, antwortete Kate zufrieden. Sie hatte es genossen, mit Joe zusammen zu sein, und es fiel ihr schwer zu glauben, dass dies erst das vierte Mal gewesen war, dass sie ihn getroffen hatte. Es waren die Briefe gewesen, die sie zueinander geführt hatten. Sie gingen wie alte Freunde miteinander um, der Altersunterschied spielte überhaupt keine Rolle. Manchmal erinnerte Joe sie an einen kleinen Jungen.

»Seht ihr euch morgen wieder?«

Kate hätte ebenso gut lügen können, doch das wollte sie nicht, und so nickte sie.

»Er nimmt dich doch nicht etwa in einem seiner Flugzeuge mit, oder?«

»Natürlich nicht!«, entgegnete Kate. Joe hatte den ganzen Tag nicht ein einziges Wort darüber verloren. Und am Sonntag würde er nach Kalifornien zurückkehren. Für einen Flug blieb also gar keine Zeit.

Elizabeth wünschte ihrer Tochter eine gute Nacht, und Kate ging nachdenklich in ihr Zimmer. Sie musste endlich herausfinden, was sie eigentlich für Joe empfand. Aber vielleicht war es auch gar nicht von Belang. Schließlich hatte er ihr nicht den kleinsten Hinweis gegeben, dass seine Gefühle für sie über rein freundschaftliche hinausgingen. Kate fühlte sich zwar stark von Joe angezogen, doch sie war davon überzeugt, dass Joe dies nicht erwiderte.

Am nächsten Morgen – es war ein strahlender Herbsttag, und Kate war gerade auf dem Weg in die Küche, um zu frühstücken – klingelte um kurz nach acht das Telefon in der Halle. Elizabeth und Clarke schliefen noch. Zu Kates großer Überraschung war Joe am Telefon.

»Habe ich Sie geweckt?«, fragte er besorgt und ein wenig verlegen. Er hatte befürchtet, dass Kates Mutter an den Apparat gehen würde, und war nun sehr erleichtert.

»Nein, ich war schon auf. Ich wollte gerade etwas essen«, entgegnete Kate.

Sie waren zum Lunch verabredet. Kate hatte damit gerechnet, dass Joe anrufen würde, um die genaue Uhrzeit zu erfragen. Doch für diesen Anruf war es ein wenig zu früh. Sie war froh darüber, dass sie selbst ans Telefon gegangen war. Ihre Mutter wäre bestimmt verärgert gewesen.

»Es ist ein so schöner Tag, finden Sie nicht?« Joe führte offenbar etwas im Schilde. »Ich … ich habe eine Überraschung für Sie … so was Ähnliches jedenfalls. Es wird Ihnen gefallen … jedenfalls hoffe ich das.«

Wie ein kleiner Junge, der sich über ein neues Fahrrad freut, dachte Kate. Sie lächelte. »Bringen Sie die Überraschung denn mit, wenn Sie mich nachher abholen?« Sie hatte keine Ahnung, worum es sich handeln könnte, und Joe machte die ganze Sache wirklich sehr spannend.

Er zögerte, bevor er schließlich sagte: »Ich hatte eher daran gedacht, Sie zu der Überraschung zu bringen. Das ist einfacher. Geht das in Ordnung, Kate?« Sie musste einfach Ja sagen. Offenbar bedeutete ihm ihre Zusage sehr viel. Sein Geschenk war nur für sie bestimmt, und es war das größte Geschenk, das er ihr machen konnte.

Clarke hätte vielleicht schon geahnt, worum es ging, aber Kate war ahnungslos. »Das klingt ja sehr spannend!«, sagte sie und lächelte, während sie sich mit der Hand durch das Haar fuhr. »Wann kann ich es sehen?« Einen Augenblick lang dachte sie daran, dass er sich ein neues Auto gekauft haben könnte. Aber dann fiel ihr ein, dass es sinnlos war, im Osten ein Auto zu kaufen, wenn man in Kalifornien lebte. Sie hörte in seiner Stimme diese Erregung, die sich bei ihm gewöhnlich dann einstellte, wenn er von seinem Beruf sprach.

»Darf ich Sie in einer Stunde abholen?«, fragte Joe hastig. »Sind Sie dann fertig?«

»Natürlich.« Kate wusste nicht, ob ihre Eltern dann schon wach wären, doch sie würde eine Nachricht für sie hinterlassen. Ihre Mutter wusste bereits, dass sie mit Joe zum Essen verabredet war.

»Ich hole Sie dann um neun ab«, sagte Joe. »Und … Kate … ziehen Sie sich warm an!«

Kate fragte sich, ob er wohl einen Spaziergang unternehmen wolle und versicherte ihm, dass sie einen warmen Mantel anziehen würde.

Eine Stunde später wartete sie in Dufflecoat, Mütze und Schal vor dem Haus.

Joe kam in einem Taxi. »Süß sehen Sie aus!«, sagte er lächelnd.

Kate trug Halbschuhe und dicke Wollsocken, einen Schottenrock mit einem Kaschmirpullover und darauf eine Perlenkette. So kleidete sie sich gewöhnlich auch am College.

»Ist das auch warm genug?«, fragte Joe zweifelnd, doch Kate nickte nur und lachte. Plötzlich fragte sie sich, ob er sie vielleicht zum Eislaufen einladen wolle. Doch dann hörte sie, wie er dem Taxifahrer den Auftrag gab, sie in einen Vorort am Stadtrand zu bringen.

»Was gibt's denn da draußen?«, fragte sie überrascht.

»Das werden Sie schon sehen.«

Und plötzlich wusste Kate Bescheid. Sie war gar nicht auf den Gedanken gekommen, dass er ihr sein Flugzeug zeigen wollte. Nun stellte sie keine weiteren Fragen, und sie setzten unbefangen plaudernd den Weg fort. Joe hatte die beiden vergangenen Tage mit Kate sehr genossen und sich überlegt, sie mit etwas ganz Besonderem zu überraschen. Kate wusste aus seinen Briefen, dass sein Flugzeug sein ganzer Stolz war. Er hatte es selbst entworfen, und Charles Lindbergh hatte ihm dabei geholfen, es zu bauen. Kate bedauerte, dass ihr Vater sie nicht begleitete. Selbst ihre Mutter konnte kaum etwas dagegen haben, wenn sie sich ein Flugzeug anschauten.

Kurze Zeit später erreichten sie Hanscom Field, einen kleinen Flughafen in Privatbesitz unmittelbar vor den Toren Bostons. Kate erblickte einige kleine Hangars und eine lange, schmale Rollbahn. Als sie aus dem Taxi stieg, landete gerade eine rote *Lockheed Vega*.

Joe bezahlte den Fahrer. Seine Miene glich der eines Kindes am Weihnachtstag. Er ergriff Kates Hand und zog sie eilig zu dem nächst gelegenen Hangar. Durch eine Seitentür schlüpften sie hinein.

Kate schnappte nach Luft, als sie die prächtige kleine Maschine sah, die Joe geradezu liebevoll tätschelte. Er strahlte über das ganze Gesicht, als er die Tür öffnete, um ihr das Innere des Cockpits zu zeigen.

»Joe, das ist fantastisch!«

Kate verstand überhaupt nichts von Flugzeugen. Bisher war sie nur mit den üblichen Verkehrsmaschinen geflogen. Als sie dieses Flugzeug erblickte, war sie begeistert. Sie wusste, dass Joe es entwickelt hatte. Es war einfach wunderschön!

Joe reichte Kate die Hand, um ihr ins Cockpit zu helfen, und verbrachte eine halbe Stunde damit, ihr alles zu zeigen und zu erklären, wie die Instrumente funktionierten. Noch nie hatte er jemandem erlaubt, eines seiner Flugzeuge in Augenschein zu nehmen, und er war erstaunt, als er Kates Interesse bemerkte. Ihre Auffassungsgabe war bemerkenswert. Gespannt lauschte sie jedem seiner Worte und erinnerte sich später an beinahe alles, was er gesagt hatte. Nur manchmal sah sie ihn irritiert an, doch das hatte Joe schon häufiger bei Leuten beobachtet, die selbst nicht flogen. Er hatte das Gefühl, als würde er sich gänzlich öffnen, während er mit Kate sprach. Als gewähre er ihr Einblicke in eine Welt, von der sie zuvor nicht einmal geträumt hatte. Die Tatsache, seine Welt mit ihr teilen zu können, bezauberte ihn beinahe noch mehr als Kate selbst. Sein Herz pochte, als er den eifrigen Glanz in ihren Augen bemerkte, während sie jedes Detail geradezu verschlang.

Eine Stunde später fragte Joe, ob Kate gern für ein paar Minuten in die Luft steigen würde. Es war schon ein besonderes Gefühl, wenn ein Flugzeug erst einmal den Boden verlassen hatte. Es war gar nicht Joes Absicht gewesen, Kate zu einem Flug einzuladen, aber angesichts ihres Interesses war diese Aussicht nur allzu verführerisch.

Kate zögerte keine Sekunde lang. »Jetzt?« Ihr Gesichtsausdruck zeigte Verwunderung und Erregung zugleich. Das war wirklich eine tolle Idee! Sie fand es wunderbar, mit ihm in diesem kleinen Flugzeug zu sitzen. Joe war oft schüchtern und unbeholfen, doch wenn er in die Nähe einer Maschine kam, schien es, als würde er all seine Scheu ablegen. »Ja, sehr gern, Joe ... geht das denn?«

Elizabeths Vorbehalte und Ermahnungen waren augenblicklich vergessen. Joe machte sich auf den Weg, um im Tower Bescheid zu geben. Als er kurz darauf zurückkehrte, stand ihm die Freude ins Gesicht geschrieben.

Das Flugzeug war zwar klein, aber es flößte Kate trotzdem Respekt ein. Dank einiger spezieller Vorrichtungen, die Joe mit Hilfe von Charles Lindbergh angebracht hatte, verfügte es über eine ansehnliche Reichweite.

Joe startete den Motor, und langsam rollte die Maschine auf das weite, offene Feld vor dem Hangar hinaus. Wenige Minuten später war sie schon auf der Startbahn. Joe kontrollierte die Instrumente und erklärte Kate währenddessen, was er tat. Für wenige Minuten nur würde er sie mit in Luft nehmen, damit sie wenigstens einen Eindruck davon bekäme, wie man sich in einer solchen Maschine fühlte.

Als das Flugzeug abhob, fiel ihm plötzlich etwas ein. »Ihnen wird doch nicht schlecht werden, Kate, oder?«

Doch Kate lachte nur und schüttelte den Kopf.

Joe war nicht überrascht. Er hatte schon vermutet, dass sie nicht zu der Sorte Mädchen gehörte, denen übel wurde, und auch das imponierte ihm.

»Werden wir auch auf dem Kopf fliegen?«, fragte Kate mit hoffnungsvollem Blick.

Jetzt lachte Joe. Noch nie zuvor hatte er sich ihr so nahe gefühlt wie in diesem Augenblick, in dem sie gemeinsam flogen. Es war wie ein Traum. »Ich hoffe nicht. Das sparen wir uns lieber für das nächste Mal auf«, entgegnete er, während sie an Höhe gewannen.

Sie unterhielten sich eine Weile lang über das Brummen des Motors hinweg, bis sie in einvernehmliches Schweigen verfielen. Kate blickte sich staunend um und beobachtete Joe aus den Augenwinkeln. Er verhielt sich so, wie sie es sich vorgestellt hatte: Stolz und gelassen kontrollierte er seine Maschine. Noch nie hatte sie jemanden kennen gelernt, der so etwas vollbrachte. Es war wie Zauberei! Es schien, als wäre er für die Fliegerei geboren, und Kate war sicher, dass es keinen Mann auf der ganzen Welt gab, der begabter war als Joe, auch Charles Lindbergh nicht. Schon zuvor hatte sie sich unwiderstehlich zu ihm hingezogen gefühlt, doch von dem Augenblick an, als sie ihn fliegen sah, war es um sie geschehen. Er verkörperte alles, was sie sich jemals erträumt hatte und was ihre Mutter verabscheute. Er strahlte Stärke, Freiheit und unbändige Freude aus.

Wie ein stolzer Vogel glitt er über der Landschaft dahin, und als sie wieder am Boden waren, wünschte Kate sich nichts mehr, als sofort wieder aufzusteigen. Noch nie war sie so glücklich gewesen, noch nie hatte sie eine Sache dermaßen in ihren Bann gezogen! Und noch nie in ihrem Leben hatte sie für jemanden so viel empfunden wie für Joe! Dieses gemeinsame Erlebnis hatte ein Band zwischen ihnen gewoben. Sie schienen füreinander bestimmt zu sein.

»Mein Gott, Joe, das war unglaublich! Danke!«, rief Kate, während Joe das Flugzeug zum Stehen brachte und den Motor abschaltete. Das Fliegen war seine Welt. Und Kate hatte ihn begleitet. Für beide war es eine wichtige Erfahrung gewesen.

Joe schwieg und betrachtete Kate für einen langen Augenblick. Dann sagte er ruhig: »Ich freue mich sehr, dass es Ihnen gefallen hat.« Alles andere hätte ihn enttäuscht, das wusste er. Aber zum Glück war es so gekommen, wie er es sich vorgestellt hatte. Nun spürte er, dass alle Barrieren, die zwischen ihnen existiert hatten, sich auflösten.

»Es hat mir nicht nur gefallen, Joe, es war einfach großartig!«, versicherte Kate ernst. Dort oben im Himmel hatte sie sich nicht nur Joe besonders nahe gefühlt, sondern auch Gott.

»Das hatte ich gehofft«, gab Joe sanft zurück. »Würden Sie's gern lernen?«

»O ja, sehr gern sogar!«, antwortete Kate mit leuchtenden Augen. Alles, was sie sich wünschte, war, wieder mit ihm aufzusteigen. »Ich danke Ihnen sehr ...« Dann fiel ihr etwas ein. »Sagen Sie nur meiner Mutter nichts davon! Sie bringt mich um ... oder Sie ... Wahrscheinlich aber uns beide. Ich habe ihr versprochen, dass ich nicht mit Ihnen fliegen werde.« Und doch hatte Kate sich nicht beherrschen können, ja, sie hatte es nicht einmal gewollt. Diese Erfahrung war bewegend gewesen. Und es war nicht nur das Fliegen allein, sondern die Tatsache, dass sie Joe in seiner gewohnten Umgebung hatte erleben dürfen. Nun wusste sie mit Sicherheit, dass er der aufregendste Mann war, der ihr jemals begegnet war. Auf der ganzen Welt gab es niemanden, der sich mit ihm messen konnte. Bereits seine außerordentlichen Fähigkeiten hoben ihn aus der Masse hervor. Sie hatte soeben dasselbe erlebt, was auch Charles

Lindbergh so beeindruckt hatte, als er Joe kennen gelernt hatte. Damals war Joe noch ein Junge gewesen. Er hatte die Fliegerei im Blut, so viel stand fest.

Joe warf noch einen letzten prüfenden Blick auf die Instrumente, dann wandte er sich um und blickte Kate voller Stolz an. »Sie sind ein großartiger Kopilot, Kate«, lobte er. Sie wusste genau, wann sie eine Frage stellen durfte und wann sie lieber schwieg, um mit ihm gemeinsam die Schönheit des Himmels zu genießen. »Demnächst, wenn wir etwas mehr Zeit haben, bringe ich Ihnen das Fliegen bei.«

»Ich wünschte, wir könnten den ganzen Tag hier verbringen«, sagte Kate wehmütig.

Joe half ihr aus dem Cockpit und nickte erfreut. »So geht es mir auch. Ich glaube auch, dass Ihre Mutter meinen Kopf fordern würde, wenn sie auch nur ahnte, dass ich Sie mit hinaufgenommen habe. Die Fliegerei ist zwar sicherer als das Autofahren, aber sie wäre wohl trotzdem nicht damit einverstanden.«

Beide wussten, dass dies der Wahrheit entsprach.

In einhelligem Schweigen fuhren sie in die Stadt zurück und aßen im *Union Oyster House* zu Mittag. Kaum hatten sie an einem der Tische Platz genommen, sprach Kate nur noch über den Flug, Joes beeindruckendes Talent und sein Flugzeug. Eine bessere Möglichkeit, ihn kennen zu lernen, hätte es gar nicht geben können. Denn nun, nachdem sie das Restaurant betreten hatten, war Joe wieder still geworden und wirkte reserviert. Er glich tatsächlich einem Vogel, der in der einen Minute mühelos in der Luft schwebte und in der nächsten unbeholfen über den Boden hüpfte. Außerhalb des Flugzeugs war Joe ein anderer. Doch Kate hatte vom ersten Augenblick an den geborenen Piloten hinter dieser Fassade geahnt, und er hatte sie nun unwiderruflich in seinen Bann gezogen.

Als das Essen serviert wurde, erzählte Kate von einigen Begebenheiten aus Radcliffe, und Joe begann sich zu entspannen. Sie hatte einen unfehlbaren Weg gefunden, ihn aus der Reserve zu locken. Er fühlte sich in ihrer Gegenwart wohl. Er spürte, dass Kate sein wahres Wesen erfasst hatte.

Langsam gab Joe seine Zurückhaltung auf. Auch das gefiel ihm an Kate: Wenn er selbst nicht dazu in der Lage war, reichte sie ihm die Hand und half ihm dabei, sich zu öffnen. Er war ihr dafür von Herzen dankbar.

Es gab viele Dinge, die Joe so sehr für Kate einnahmen, dass er sich manchmal fast davor fürchtete. Doch er hatte keine Ahnung, was er dagegen tun sollte. Sie war viel zu jung für ihn, und ihre Familie verhielt sich alles andere als ermutigend. Kate hatte vernünftige, fürsorgliche Eltern, die nicht zulassen würden, dass ihrer Tochter irgendetwas geschah. Sie waren nicht dazu bereit, ihr allzu viele Freiheiten zu gewähren.

Aber Joe wollte mit ihr zusammen sein, ihre Wärme und Fürsorglichkeit genießen. Manchmal fühlte er sich in ihrer Gegenwart wie eine Eidechse auf einem Felsen, die den Sonnenschein aufsog. Er fühlte sich behaglich und unbefangen. Er war einfach glücklich! Manchmal schien ihm aber gerade das gefährlich zu sein. Er wollte sich nicht der Gefahr aussetzen, verletzt zu werden. Vielleicht wäre es anders, wenn sie älter wäre. Aber das war nun einmal nicht der Fall. Kate war ein achtzehnjähriges Mädchen, und er selbst war dreißig.

Der Tag verging viel zu schnell. Für eine Weile zogen Joe und Kate sich in die Bibliothek zurück und spielten Karten. Joe zeigte Kate, wie man *Bluff* spielte. Sie spielte überraschend gut. Zweimal gelang es ihr sogar, ihn zu schlagen, und sie klatschte in die Hände und freute sich wie ein Kind. Abends lud Joe sie zum Dinner ein.

Sie hatten ein schönes Wochenende miteinander verbracht, und als Joe Kate eine gute Nacht wünschte, wusste er nicht, wann er sie wiedersehen würde. Joe plante, zu Weihnachten wieder in New York zu sein, doch Charles Lindbergh und er hatten bis dahin noch viel Arbeit vor sich. Sie wollten einen neuen Motor entwickeln. Joe wusste, dass dies schwierig sein würde, denn Charles hatte nur wenig Zeit. Er war dauernd unterwegs, hielt Vorträge und war führendes Mitglied in der Bewegung *America First*, die sich gegen den Eintritt der USA in den Zweiten Weltkrieg engagierte. Joe selbst hatte ebenfalls viel zu erledigen. Vielleicht blieb ihm gar keine Zeit für eine Reise nach Boston. Er zögerte, Kate zu fragen, ob sie ihn nicht besuchen wolle. Aber es hatte keinen Sinn, nach den Sternen zu greifen. Und ihre Eltern wären damit sicher nicht einverstanden.

Kate schien stiller als gewöhnlich zu sein, als Joe sich von ihr verabschiedete. Sie standen auf der Treppe vor dem Haus, und zum ersten Mal seit langer Zeit machte Joe wieder einen unbeholfenen Eindruck.

»Passen Sie gut auf sich auf, Kate«, bat er und blickte auf seine Schuhspitzen hinunter.

Doch Kate schaute ihn lächelnd an. Am liebsten hätte sie seine Wange gestreichelt und ihn gezwungen, ihren Blick zu erwidern, doch sie tat es nicht. Sie wusste, dass sie nur einen Moment warten musste, dann würde er sie von sich aus anschauen. Im nächsten Augenblick blickte er auf.

»Ich danke Ihnen, dass Sie mich mitgenommen haben«, flüsterte Kate. Jetzt hatten sie ein Geheimnis, das sie miteinander teilten. »Kommen Sie heil zurück nach Kalifornien. Wie lange werden Sie brauchen?«

»Um die acht Stunden, es hängt vom Wetter ab. Über dem Mittleren Westen braut sich ein Unwetter zusammen. Vielleicht muss ich weit in den Süden hinunterfliegen, über Texas. Sobald ich dort bin, rufe ich Sie jedenfalls an.«

»Das wäre schön.« In Kates Augen war all das zu lesen, was sie ihm nicht gesagt hatte. Dabei verstand sie selbst nicht, was eigentlich in ihr vorging. Das Band, das in Joes Flugzeug zwischen ihnen gewoben worden war, existierte vielleicht nur in ihrer Einbildung. Kate hatte keine Ahnung, was Joe für sie empfand, ob es überhaupt etwas anderes war als brüderliche Zuneigung. Sie war so gut wie sicher gewesen, dass ihn allein freundschaftliche Gefühle nach Boston geführt hatten. Er hatte ihr keinerlei Hinweise auf etwas anderes gegeben, und auch jetzt tat er es nicht. Manchmal schien er geradezu väterliche Gefühle für sie zu hegen. Und doch spürte Kate unterschwellig, dass es etwas Tieferes, Geheimnisvolles zwischen ihnen gab. Sie war sich nicht sicher, ob die Fantasie ihr vielleicht einen Streich spielte oder ob sie beide Angst davor hatten, sich zu offenbaren. »Ich werde Ihnen schreiben«, versprach sie.

Joe wusste, dass er sich darauf verlassen konnte. Stets wartete er sehnsüchtig auf ihre Briefe. Sie waren zu einem Bestandteil seines Lebens geworden. Ihre Geschichten brachten ihn oft zum Lachen. »Ich hoffe, dass wir uns zu Weihnachten wiedersehen. Aber bis dahin haben Charles und ich sehr viel zu tun…«

Kate hätte ihn gern besucht, aber sie wagte es nicht, davon zu sprechen. Außerdem wusste sie, dass ihre Eltern gar nichts von dieser Idee halten würden. Ihrer Mutter hatte es schon nicht gepasst, dass sie über Thanksgiving so viel Zeit mit Joe verbracht hatte. Selbst Joe war das nicht verborgen geblieben. Und er wollte auf keinen Fall etwas überstürzen und Kates Eltern bedrängen.

»Geben Sie Acht auf sich, Joe. Fliegen Sie vorsichtig!« Ganz offensichtlich war Kate äußerst besorgt um ihn.

Joe war gerührt. »Passen Sie ebenso auf sich auf. Und sorgen Sie dafür, dass Sie nicht vom College fliegen.«, neckte er sie, und Kate lachte.

Dann klopfte er ihr leicht auf die Schulter, öffnete ihr die Haustür, lief die Treppe hinunter und winkte ihr vom Bürgersteig aus noch einmal zu. Es schien, als ob er sie nun schnell verlassen wollte, bevor er etwas tat, was er später vielleicht bereuen würde.

Kate lächelte, während sie ins Haus ging, und schloss leise die Tür hinter sich.

Sie hatte drei seltsame Tage mit Joe verlebt, es waren Tage der Zuneigung, der Unbefangenheit und der Freundschaft gewesen. Und sie hatte das Wunder des Fliegens kennen gelernt. Während sie langsam die Treppe hinaufstieg, sagte Kate sich, dass sie großes Glück gehabt hatte, einem Mann wie Joe überhaupt zu begegnen. Eines Tages würde sie ihren Kindern von ihm erzählen. Sie zweifelte keine Sekunde lang daran, dass es nicht *seine* Kinder sein würden. Sein Leben war erfüllt von der Fliegerei. Es gab darin keinen Platz für eine Frau und ganz sicher keinen für eine Ehefrau und Kinder. Er hatte ihr so viel erzählt, schon im Sommer am Kap und nun an diesem Wochenende. Sein Opfer für seine Leidenschaft bestand darin, dass er auf eine Familie verzichtete. Er hatte einfach zu wenig Zeit, sich um jemanden zu kümmern, das hatte er mehrmals wiederholt. Und Kate hatte es nun selbst eingesehen. Doch tief im Innern konnte sie es doch nicht glauben, konnte sie es einfach nicht hinnehmen. Aber es war nicht an ihr, sich mit ihm darüber zu streiten, und sie wusste es. Sie hatte seine Meinung zu akzeptieren. Und sie musste sich damit abfinden, dass eine Beziehung zu ihm eine Illusion war, ein schöner Traum.

Am Sonntag, bevor Kate wieder zum College aufbrach, verlor Elizabeth kein Wort über Joe. Sie hatte sich entschlossen, dem Rat ihres Mannes zu folgen und einfach abzuwarten, was geschehen würde. Vielleicht hatte Clarke doch Recht, und Joe würde Kate in Zukunft in Ruhe lassen. Vielleicht ging es eben doch nur um eine ungewöhnliche Freundschaft zwischen einem erwachsenen Mann und einem jungen Mädchen. Elizabeth hoffte es jedenfalls inständig. Doch wie sehr sie sich auch immer darum bemühte, Clarkes Worten zu vertrauen, sie war doch nicht wirklich überzeugt.

Als Kate wieder im Wohnheim war, fühlte sie sich seltsam rastlos, ohne zu wissen, aus welchem Grund. Die anderen Mädchen kehrten ebenfalls zurück und berichteten, was sich über Thanksgiving ereignet hatte. Manche waren bei Freunden gewesen, andere bei ihren Familien. Auch Kate unterhielt sich mit ihren Freundinnen, doch sie erzählte niemandem etwas von Joes Besuch. Es wäre einfach zu schwierig zu erklären gewesen, und niemand hätte ihr geglaubt, dass sie nicht in ihn verliebt war. Das nahm sie sich inzwischen selbst nicht mehr ab.

Sally Turtle war schließlich diejenige, die Kate nach dem Mann fragte, der sie aus Kalifornien angerufen hatte. »Geht er dort zum College? Oder ist er ein alter Freund?« Jetzt war sie neugierig geworden.

Kate ließ sich nichts anmerken und mied Sallys Blick. »Er ist einfach nur ein Freund. Er arbeitet in Kalifornien.«

»Am Telefon klang er jedenfalls sehr nett!«

Das war untertrieben, fand Kate, doch sie nickte nur. »Ich werde ihn dir vorstellen, wenn er in Boston ist.« Anschließend gingen die Mädchen daran, ihre Unterlagen für den Unterricht am nächsten Tag durchzugehen. Eine Kommilitonin hatte das Wochenende bei ihrer Familie in Connecticut verbracht und verkündete, dass sie sich an Thanksgiving verlobt hatte. Als Kate das vernahm, fühlte sie sich noch unbehaglicher. Sie hatte sich in einen Mann verknallt, der nicht nur zwölf Jahre älter war als sie, sondern der darüber hinaus nicht müde wurde zu betonen, dass er gar nicht heiraten wolle. Er wusste nicht einmal, dass sie in ihn verliebt war. Das Ganze war wirklich lächerlich!

Als Kate an jenem Abend schließlich zu Bett ging, war sie davon überzeugt, dass sie sich schlichtweg dumm benahm. Wenn sie nicht vorsichtiger war, würde sie Joe noch verärgern und seine Freundschaft verlieren. Er würde sie nie wieder zu einem Flug einladen. Und das wollte sie auf keinen Fall riskieren, denn sie hoffte, dass er ihr tatsächlich eines Tages das Fliegen beibringen würde.

Zu ihrer großen Überraschung rief Joe schon am nächsten Tag an. Er war gerade erst gelandet. Der Flug war sehr anstrengend gewesen, drei Mal hatte er auftanken müssen, und zwei Schneestürme hatten für zusätzliche Aufregung gesorgt. Eine Zeit lang war er sogar am Boden geblieben, weil über Waynoka in Oklahoma ein Hagelschauer niederging.

Kate hörte die Müdigkeit in seiner Stimme. Die Reise hatte insgesamt zweiundzwanzig Stunden gedauert. »Schön, dass Sie anrufen!«, sagte sie erfreut. Sie hatte nicht damit gerechnet, dass Joe sich melden würde. Es verwirrte sie ein wenig, doch sie nahm an, dass er einfach freundlich sein wollte.

Seine nächsten Worte bestätigten ihre Vermutung. Er klang völlig gelassen, sogar etwas kühl. »Ich dachte, ich sage Ihnen Bescheid, dass ich wohlbehalten gelandet bin. Wie war Ihr Tag?«

»Ganz in Ordnung.«

Tatsächlich war Kate traurig gewesen, seit sie sich von Joe getrennt hatte. Und sie selbst war diejenige, die sich am meisten darüber ärgerte. Es gab keinerlei Anlass für diese Anhänglichkeit. Er hatte sie mit keinem Wort ermutigt und ihr keine falschen Hoffnungen gemacht. Doch sie vermisste ihn und konnte nichts dagegen tun. Es war so, als ob sie sich in den Präsidenten oder in irgendeine andere öffentliche Person verliebt hätte. Der einzige Unterschied lag darin, dass sie mit Joe befreundet war. Sie hatte seine Gesellschaft so sehr genossen! Es schien ihr unmöglich, ihrem starken Gefühl nicht nachzugeben. Außerdem hatte sie hoch über der Erde eine Seite von ihm erlebt, die nur wenige Menschen kannten. Doch sie hatte keine Ahnung, ob dieses Erlebnis ihn ebenso bewegt hatte wie sie.

»Aber bis zu den Weihnachtsferien halte ich es nicht aus!« Kate gab vor, sie könnte die freien Tage kaum erwarten. Als ginge es gar nicht darum, dass Joe dann in den Osten zurückkehren würde, um mit Charles Lindbergh zu arbeiten. Doch in Wahrheit freute sie sich darauf, dass Joe dann wieder in ihrer Nähe sein würde. Sie fragte sich, ob ihre Eltern ihr wohl erlauben würden, ihn in New York zu besuchen. Vielleicht wären sie einverstanden, wenn eine ihrer Freundinnen sie begleitete? Doch diese Überlegungen äußerte sie Joe gegenüber lieber nicht. Sie war nicht sicher, ob er sich darüber freuen würde.

»Ich rufe Sie in ein paar Tagen wieder an«, versprach er jetzt, und seine Stimme klang müde. Er war nach dem langen Flug vollkommen erschöpft und sehnte sich nach ein paar Stunden Schlaf.

»Ist das denn nicht zu teuer? Vielleicht sollten wir uns lieber schreiben …«

»Ab und zu kann ich Sie schon anrufen«, entgegnete er vorsichtig, »es sei denn, Sie haben etwas dagegen …« Er klang sehr beherrscht und nicht annähernd so unbefangen wie am Wochenende. Seine Unbeholfenheit war am Telefon deutlich spürbar. Der Anruf kostete ihn anscheinend viel Überwindung.

»Nein, nein, ich freue mich sehr darüber!«, beteuerte Kate hastig. »Ich will nur nicht, dass Sie einen Haufen Geld dafür ausgeben.«

»Machen Sie sich deshalb keine Sorgen.« Jeden Penny, den er verdiente, steckte er normalerweise sofort in die Entwicklung neuer Motoren und Flugzeuge. Doch Kate war etwas Besonderes, und das wollte er ihr auch zeigen.

Plötzlich klang seine Stimme heiser. »Kate?«

»Ja?« Kate hielt gespannt den Atem an. Sie spürte, dass Joe in diesem Augenblick besonders verwundbar war.

»Werden Sie mir auch in Zukunft schreiben? Ihre Briefe bedeuten mir sehr viel.«

Kate lächelte und wusste nicht, ob sie enttäuscht oder erleichtert sein sollte. Joes Stimme hatte so ernst geklungen, als er ihren Namen aussprach ... als habe ihm etwas extrem Wichtiges auf der Zunge gelegen.

Es war nicht das gewesen, was Kate sich erhofft hatte. Eilig versicherte sie: »Natürlich schreibe ich Ihnen! Nächste Woche habe ich zwar einige Prüfungen, aber ich werde mir auf jeden Fall die Zeit dafür nehmen.«

»Das freut mich sehr.« Joe lachte erleichtert. In der kommenden Woche wartete eine Reihe von Testflügen auf ihn. Einige würden recht gefährlich werden, aber er wollte sie trotzdem selbst machen, bevor er Kalifornien den Rücken kehrte. Kate sagte er jedoch nichts davon. »Ich werde auch sehr viel zu tun haben, aber wenn ich kann, rufe ich Sie an.«

Dann legten sie auf, und Kate setzte sich in ihrem Zimmer an ihren Schreibtisch, um sich weiter auf die Prüfungen vorzubereiten. Sie bemühte sich, Joe aus ihren Gedanken zu verbannen.

Schon das gesamte Wochenende über beschäftigte sie eine Frage, die sie Joe gegenüber nicht erwähnt hatte. Ihre Eltern würden anlässlich ihrer Einführung in die Gesellschaft unmittelbar vor Weihnachten eine große Party im *Copley Plaza*, einem Luxushotel in Boston, geben. Das Fest würde sicher sehr schön werden, wenn auch nicht so pompös wie der Ball, auf dem sie Joe begegnet war. Bisher hatte sie es nicht gewagt, das Thema zur Sprache zu bringen, doch sie wollte ihre Eltern um die Erlaubnis bitten, auch Joe einzuladen. Sie wusste nicht, ob er es würde einrichten können, doch sie wollte ihn wenigstens fragen und hoffte inständig, dass er kommen konnte. Es bedeutete ihr sehr viel, doch sie wusste, dass ihre Mutter wegen Joe noch immer sehr beunruhigt war, und Kate wollte nichts überstürzen. Aber bis dahin blieb schließlich noch genügend Zeit. Die Party würde erst in drei Wochen stattfinden, und Joe hielt sich schließlich noch in Kalifornien auf. Wenn er aber zurück war, hatte er bestimmt nicht allzu viele gesellschaftliche Verpflichtungen und hätte Zeit zu kommen.

Eine Woche später telefonierte Kate am Sonntagmittag mit ihrer Mutter. Sie sprachen über den Ball, klärten einige offene Fragen, als plötzlich eine ihrer Kommilitoninnen weinend durch die Eingangshalle des Wohnheims lief. Bestimmt war etwas Furchtbares geschehen. Vielleicht war jemand gestorben. Kate konnte nicht verstehen, was das Mädchen sagte, während sie ihrer Mutter zuhörte. Elizabeth hatte eine lange Liste von Fragen bezüglich des Essens. Auch über die Größe der Tanzfläche war noch nicht entschieden worden. Kates Kleid war schon seit Oktober fertig. Es hatte ein eng anliegendes Oberteil aus weißem Satin und einen Rock aus Tüll. Kate sah einfach umwerfend darin aus. Über die Schultern würde sie einen Schal aus weißem Tüll tragen, sodass der Satin hindurchschimmerte. Das Haar würde sie zu einem strengen Knoten aufstecken, wie eine Ballerina von Degas. Nur die Spitzenschuhe fehlten nun noch.

Kate sprach am Telefon mit ihrer Mutter gerade über diese Details, als sie plötzlich ein lautes Geschrei vernahm. Die meisten Mädchen hatten das Haus gerade erst verlassen, um gemeinsam zum Lunch zu gehen, und Kate konnte sich nicht erklären, woher der Lärm so plötzlich kam.

»Was hast du gesagt, Mom?«

Der Krach wurde so laut, dass Kate kein Wort mehr verstand.

»Ich sagte ... o mein Gott! Wirklich? Clarke ...«

Kate hörte, wie ihre Mutter weinte. Sie verstand überhaupt nicht, was vor sich ging. »Ist was mit Dad? Mom, was ist denn los?« Ihr Herz schlug heftig. Als sie sich umblickte, sah sie, dass einige der Mädchen in der Halle ebenfalls in Tränen ausgebrochen waren. Ihr schwante, dass irgendetwas Schreckliches geschehen sein musste. »Mom, was ist denn los? Nun sag doch was!«

»Dein Vater hat soeben das Radio eingeschaltet ...«

Kate hörte Clarke etwas sagen. Die ganze Nation war in diesem Moment ebenso entsetzt wie die Jamisons. »Vor einer halben Stunde haben die Japaner Pearl Harbor bombardiert. Sie haben viele Schiffe versenkt, wahrscheinlich sind hunderte von Männern tot oder verletzt. Mein Gott, es ist furchtbar!«

Im Wohnheim war inzwischen das reine Chaos ausgebrochen. Aus allen Zimmern dröhnten die Radios, viele der Mädchen schrien hysterisch. Sie hatten Angst um ihre Väter und Brüder, ihre Verlobten und Freunde. Amerika konnte sich nun nicht länger aus dem Konflikt heraushalten. Der Krieg hatte im eigenen Land Einzug gehalten, und trotz all seiner Versprechungen war Präsident Roosevelt nun gezwungen, zurückzuschlagen.

Kate beendete hastig das Telefongespräch und eilte zu den anderen, um die Einzelheiten zu erfahren.

Die Mädchen hatten sich mittlerweile still um die Radios geschart. Tränen liefen über ihre Wangen, während sie gebannt den Nachrichten lauschten. Eine von Kates Kommilitoninnen stammte aus Hawaii, und im oberen Stock wohnten zwei Japanerinnen. Kate mochte sich nicht einmal vorstellen, wie die beiden sich nun fühlten, in einem fremden Land, weit weg von zu Hause.

Am selben Abend rief Kate noch einmal ihre Mutter an. Auch zu Hause hatte man den Tag vor dem Radio verbracht. Es war unvorstellbar, dass nun innerhalb kürzester Zeit unzählige junge Amerikaner in den Krieg geschickt werden sollten. Und keiner wusste, wie viele von ihnen überleben würden …

Die Jamisons gehörten zu den Familien, die keine Söhne hatten. Dafür waren sie in diesem Moment unendlich dankbar. In den großen und kleinen Städten, in den Dörfern und in der Provinz, überall sahen junge Männer der Tatsache ins Auge, dass sie ihre Familien würden verlassen müssen, um ihr Land zu verteidigen. Hinzu kam die Befürchtung, dass die Japaner erneut angriffen. Viele Menschen waren davon überzeugt, dass das nächste Ziel Kalifornien sein würde. Dort herrschte bereits jetzt das reinste Chaos.

Generalmajor Joseph Stilwell ergriff schließlich die Initiative. Es wurde alles dafür getan, die Städte an der Westküste so effektiv wie möglich zu schützen. In aller Eile wurden Luftschutzräume eingerichtet und medizinisches Personal bereitgestellt. Überall herrschte Panik, die nur mühsam zu kontrollieren war. Sogar in Boston fürchteten die Menschen um ihr Leben. Clarke und Elizabeth baten Kate, nach Hause zu kommen. Sie war einverstanden und wollte am nächsten Tag ihre Sachen packen. Zuerst wollte sie jedoch hören, was die College-Leitung zu den Ereignissen zu sagen hatte. Auf keinen Fall wollte sie Hals über Kopf abreisen.

Ab dem nächsten Tag sollte der Unterricht eingestellt werden. Die Mädchen wurden bis nach den Weihnachtsferien beurlaubt. Alle wollten so schnell wie möglich nach Hause, um bei ihren Familien zu sein.

Als Kate am Morgen nach dem Angriff gerade dabei war, die Koffer zu packen, rief Joe an. Seit Stunden versuchte er schon, eine Verbindung zu bekommen, doch die Telefonleitungen waren vollkommen überlastet. Alle Mädchen hatten mit ihren Eltern telefoniert. Unterdessen hatten die USA mit ihrem Verbündeten Großbritannien Japan den Krieg erklärt.

»Keine guten Nachrichten, was, Kate?«, fragte Joe und klang überraschend gelassen. Er wollte sie nicht mehr beunruhigen als unbedingt nötig. Sie war gewiss bereits völlig aufgelöst.

»Es ist schrecklich! Was tut sich denn bei Ihnen?« Kalifornien lag schließlich viel näher an Hawaii.

»Irgendjemand hat den Zustand hier mit ›gedämpfter Panik‹ beschrieben. Niemand gibt sein Entsetzen offen zu, aber alle sind natürlich schockiert, und das aus gutem Grund. Keiner weiß, was die Japaner vorhaben.«

»Und was ist mit Ihnen, Joe?«, fragte Kate besorgt. Er war in den vergangenen beiden Jahren schon mehrmals in England gewesen, um die *Royal Air Force* zu beraten. Es war nicht sehr schwierig, sich vorzustellen, was nun geschehen würde. Wenn Amerika in den Krieg in Europa eingriff, würde man Joe wahrscheinlich dorthin schicken. Anderenfalls wäre sein Platz im Krieg gegen Japan. An einer der Fronten würde er auf jeden Fall fliegen müssen. Männer wie er wurden jetzt gebraucht, und es gab nur wenige mit seinen Fähigkeiten.

»Morgen fliege ich in den Osten. Meine Arbeit hier kann ich nicht zu Ende bringen. Ich muss so bald wie möglich nach Washington. Dort werde ich dann weitere Befehle bekommen.« Joe hatte einen Anruf vom Kriegsministerium erhalten, und Kate hatte Recht: Er würde das Land schon bald verlassen. »Ich weiß nicht, wie lange ich dort bleibe. Wenn ich genügend Zeit habe, werde ich nach Boston kommen, bevor ich abreise. Wenn nicht …« Er brach ab.

Die Zukunft war ungewiss, nicht nur für Kate und Joe, sondern für das ganze Land.

»Ich könnte auch nach Washington kommen, um mich von Ihnen zu verabschieden«, schlug Kate vor. Es war ihr gleichgültig, was ihre Eltern dazu sagen würden. Wenn Joe wirklich fort musste, wollte sie ihn noch einmal sehen. An etwas anderes konnte sie gar nicht mehr denken, während sie seiner Stimme lauschte und mit aller Kraft versuchte, die Furcht beiseite zu schieben. Der Gedanke daran, dass er in den Krieg geschickt würde, erfüllte sie mit blankem Entsetzen.

»Unternehmen Sie nichts, bis ich mich wieder melde! Vielleicht werde ich für ein paar Tage nach New York geschickt. Das hängt davon ab, ob ich noch an einer Übung teilnehmen muss. Es kann aber auch sein, dass ich direkt von Washington aus nach England in ein Trainingslager fliege.« Joe war überzeugt, dass er nach England geschickt werden würde. Er wusste nur noch nicht, wann. »Jedenfalls ist mir England lieber als Japan.« Am selben Morgen hatte man die verschiedenen Möglichkeiten mit ihm besprochen. Er war bereit, dorthin zu gehen, wo er gebraucht wurde.

»Ich wünschte, Sie könnten hier bleiben!«, rief Kate verzweifelt. Sie dachte an all die jungen Männer, die sie kannte, mit denen sie aufgewachsen und zur Schule gegangen war. Die meisten von ihnen hatten Schwestern, Freundinnen oder Ehefrauen, und für alle war die Situation niederschmetternd. Eine Reihe von Kates Freundinnen war bereits verheiratet und dabei, eine Familie zu gründen, und jetzt schien mit einem Mal das Leben zu zerbrechen. Es hatte keinen Sinn, die Augen vor der Tatsache zu verschließen, dass viele Soldaten nicht mehr zurückkehren würden. Überall herrschte eine gedämpfte Atmosphäre. Die Mädchen im College liefen mit verweinten Gesichtern umher und unterhielten sich nur noch im Flüsterton. Alle fürchteten sich vor der Zukunft. Es gab sogar das Gerücht, dass die Städte an der Ostküste bald von deutschen U-Booten angegriffen werden würden. Niemand im ganzen Land fühlte sich mehr sicher, seit die Nachricht von dem Angriff auf Hawaii in den Radios gesendet worden war.

»Versuchen Sie, sich nicht zu sehr aufzuregen, Kate! Bleiben Sie eigentlich in der Schule oder fahren Sie nach Hause?« Joe musste wissen, wo er sie finden konnte. Vielleicht blieben ihm nur wenige Stunden bis zum Aufbruch. Wenn er sie noch treffen wollte, hatte er keine Zeit zu verlieren.

»Ich fahre heute Nachmittag zu meinen Eltern. Wir haben bis nach den Weihnachtsferien frei.« Das Weihnachtsfest würde schrecklich werden.

»Ich werde wahrscheinlich in zwei Stunden aufbrechen. Alles hängt vom Wetter ab. Morgen werde ich in Washington eintreffen. Es gefällt mir überhaupt nicht, dass ich hier alles stehen und liegen lassen muss.« Doch Joe hatte keine Wahl. Im ganzen Land ließen die Männer ihre Familien zurück und zogen in den Krieg.

»Wie ist denn das Wetter? Können Sie überhaupt starten?« Kates Stimme war voller Sorge. Joe hätte sie so gern beruhigt, aber er wollte sie auch nicht anlügen. Kate fühlte sich allein durch den Klang seiner Stimme getröstet. Er schien so vernünftig und unerschütterlich. Die Hysterie, die um sich griff, schien ihn nicht zu berühren. Er glich einem Fels in der stürmischen See.

»Das Wetter hier ist gut«, entgegnete er ruhig. »Ich weiß nur nicht, wie es weiter ostwärts aussieht.« Er würde zusammen mit zwei Kollegen fliegen. »Ich muss jetzt nach Hause und packen, Kate. In zwei Stunden geht's los. Ich rufe Sie an, sobald ich kann.«

»Ich werde darauf warten.« Jetzt war keine Zeit mehr für irgendwelche Spielchen. Kate würde alles daran setzen, Joe noch einmal zu sehen. Ihr Bemühen, sich ihre Gefühle nicht anmerken zu lassen, gehörte der Vergangenheit an. Sie konnte und wollte ihr Interesse an ihm nicht länger verbergen.

Die Mädchen verabschiedeten sich unter Tränen voneinander. Eines nach dem anderen reiste ab. Sie fuhren in alle Himmelsrichtungen. Die Kommilitonin aus Hawaii würde eine Freundin nach Kalifornien begleiten. Ihre Eltern wollten nicht, dass sie nach Honolulu zurückkehrte. Schließlich bestand die Möglichkeit, dass die Japaner erneut angriffen. Tausende Männer waren in Pearl Harbor ums Leben gekommen oder verletzt worden, und auch unter der Zivilbevölkerung hatte es Opfer gegeben.

Die beiden Japanerinnen fuhren zum japanischen Konsulat in Boston. Sie hatten noch mehr Angst als die anderen, denn sie wussten nicht, was mit ihnen geschehen würde. Es gab für sie keine Möglichkeit, sich mit ihren Eltern in Verbindung zu setzen, und sie hatten keine Ahnung, ob es überhaupt einen Weg gab, nach Hause zu gelangen.

Kate traf am späten Nachmittag zu Hause ein. Ihre Eltern warteten bereits auf sie. Beide waren verzweifelt. Das Radio war permanent eingeschaltet, und alle wussten, dass es nur eine Frage von Stunden oder wenigen Tagen war, bis die amerikanischen Truppen eingesetzt wurden.

»Hast du etwas von Joe gehört?«, fragte Clarke, sobald Kate ihren Koffer in der Eingangshalle abgestellt hatte. Er hatte einen Fahrer geschickt, der ihr mit dem Gepäck geholfen hatte. Er selbst hatte bei Elizabeth bleiben wollen. Sie war blass und nervös.

Clarke war von der Haltung seiner Tochter beeindruckt. Sie schien überraschend ruhig zu sein und entgegnete: »Morgen fliegt er nach Washington. Er weiß aber noch nicht, wohin er geschickt wird.«

Clarke nickte, und Elizabeth warf ihrer Tochter einen bestürzten Blick zu, sagte aber nichts. Kate und Joe schienen also ständig in Kontakt zu sein, aber Elizabeth musste zugeben, dass die Umstände wirklich außergewöhnlich waren. Sie fragte sich unwillkürlich, wie nah sich die beiden bereits gekommen waren.

An jenem Abend aßen die Jamisons in der Küche zu Abend. Das Radio lief, und niemand sagte ein Wort. Das Essen auf den Tellern wurde langsam kalt, und schließlich half Kate ihrer Mutter dabei, den Tisch abzuräumen. Die Reste der Mahlzeit warf sie in den Mülleimer.

Als Kate endlich in ihrem Bett lag, dachte sie an Joe. Wo mochte er bloß in diesem Moment sein? Ob sie sich wohl noch sehen würden, bevor er Amerika verließ?

Es war beinahe Mittag, als Joe sich am nächsten Tag meldete. Er war soeben auf dem *Bolling-Field*-Flughafen in Washington D. C. gelandet. »Ich wollte Ihnen nur sagen, dass ich gut angekommen bin.«

Kate war sehr erleichtert, als sie seine Stimme hörte, doch sie war nicht sicher, aus welchem Grund er sie wirklich anrief. Allerdings ahnten beide, dass zwischen ihnen mittlerweile mehr war als Freundschaft, doch sie wollten nicht darüber sprechen. »Ich mache mich jetzt auf den Weg ins Kriegsministerium und melde mich später noch mal, Kate.«

»Ich werde hier sein.«

Er wollte sie über jeden seiner Schritte informieren.

Vier Stunden später klingelte das Telefon erneut. Joe war den ganzen Nachmittag über instruiert worden, hatte Befehle und Vollmachten erhalten. Er war zum Captain der Luftstreitkräfte ernannt worden und würde die *Royal Air Force* bei ihren Kampfeinsätzen unterstützen. In zwei Tagen würde er sich von New York aus auf den Weg nach England machen. Dort sollte er zunächst an einem Training teilnehmen.

An jenem Nachmittag informierte Präsident Roosevelt die Bevölkerung darüber, dass Amerika offiziell in den Krieg eingetreten war.

»Das war's dann, Kate. In zwei Tagen muss ich los. Aber man schickt mich wenigstens an einen sicheren Ort.«

Sein Ziel war East Anglia. Die Gegend kannte er bereits von früheren Besuchen bei der *Royal Air Force*. In zwei Wochen würde er bereits die ersten Kampfeinsätze fliegen. Kate dachte voller Entsetzen daran. Die Deutschen würden alles daransetzen, die Flugzeuge abzuschießen. Piloten mit Joes Reputation konnten für die Deutschen von großem Nutzen sein. Joe war in großer Gefahr, und dieses Wissen verursachte Kate Magenkrämpfe. Der Gedanke, dass ihm für unbestimmte Zeit jeden Augenblick etwas zustoßen konnte, schien ihr unerträglich. Sie konnte sich bereits jetzt kaum vorstellen, wie sie mit dieser Angst leben sollte. Sie würde nichts von ihm hören, denn es war ausgeschlossen, dass er die Möglichkeit bekam, sich bei ihr zu melden.

Doch noch blieben zwei Tage, an denen sie Zeit miteinander verbringen konnten. Sie würden die wenigen Stunden auskosten, darin waren sie sich einig. Innerhalb kurzer Zeit hatte sich alles zwischen ihnen geändert. Der Vorwand der Freundschaft war dabei, sich aufzulösen, und ihre Beziehung entwickelte sich in eine vollkommen andere Richtung.

Es stellte sich heraus, dass Joe sich noch eine Uniform und einige Unterlagen beschaffen musste, sodass er Washington erst am nächsten Tag den Rücken kehren konnte. Um zehn Uhr morgens nahm er einen Flug von Washington nach Boston und landete dort gegen ein Uhr. Sein Flug nach New York ging um zehn Uhr am selben Abend. Kate und ihm blieben also genau neun Stunden. Im ganzen Land befanden sich junge Paare in einer ähnlichen Situation. Einige nutzten die wenige Zeit, die ihnen noch blieb, um zu heiraten, andere buchten ein Hotelzimmer, um die letzten Stunden ungestört miteinander verbringen zu können – so gut das unter den gegebenen Umständen möglich war. Wieder andere bevölkerten die Bahnhöfe und Cafés und trotz der kalten Witterung auch die Parkbänke. Sie alle wollten die letzten Augenblicke der Freiheit und des Friedens miteinander genießen. Auch Elizabeth fühlte mit den jungen Menschen, doch noch mehr litt sie mit den Müttern, die ihren Söhnen Lebewohl sagen mussten. Etwas Schlimmeres konnte sie sich nicht vorstellen.

Kate wartete am *East Boston Airport* auf die Landung der Maschine, die Joe zu ihr brachte. Er verließ das Flugzeug mit ernster Miene und sah in der nagelneuen Uniform ungeheuer seriös aus. Sie war wie gemacht für ihn und unterstrich seine Figur. Er sah noch besser aus, als Kate ihn in Erinnerung hatte. Während er über die Landebahn auf Kate zukam, lächelte er. Er machte den Eindruck, als gäbe es keinerlei Grund zur Sorge, und als er sie erreicht hatte, legte er ihr den Arm um die Schultern.

»Es ist alles in Ordnung, Kate, nur die Ruhe. Mir wird schon nichts geschehen.« Er hatte sofort bemerkt, wie besorgt sie seinetwegen war. »Ich weiß genau, was ich zu tun habe. Mit dem Fliegen kenne ich mich aus.«

Kate erinnerte sich an die außergewöhnliche Gelassenheit und Souveränität, mit der er erst zwei Wochen zuvor das kleine Flugzeug geflogen hatte.

Doch sie wussten beide, dass die Lage sich grundlegend geändert hatte. Auch seine beruhigenden Worte konnten nicht darüber hinwegtäuschen.

»Was fangen wir denn nun mit dem Tag an?«, fragte Joe, als ob es ein Tag wie jeder andere wäre.

»Wir können zu mir nach Hause gehen, wenn Sie wollen«, schlug Kate unentschlossen vor. Sie war nicht bei der Sache und versuchte angestrengt, dass Ticken der Uhr zu überhören. Die Minuten verstrichen, und bevor der Tag mit ihm überhaupt begonnen hätte, würde er auch schon vorüber sein. Bei diesem Gedanken rann es Kate kalt den Rücken hinunter. Seit dem Tod ihres Vater hatte sie nicht mehr solche Angst gehabt und sich derart verloren gefühlt.

»Was halten Sie davon, wenn wir zuerst irgendwo etwas essen? Danach begleite ich Sie nach Hause. Ich möchte mich auch gern von Ihren Eltern verabschieden.«

Das war eine gute Idee. Kate freute sich darüber, dass Joe auch an ihre Eltern dachte. Ihre Mutter hatte es inzwischen aufgegeben, in Kates Beisein über Joes Absichten zu mutmaßen. Was immer sie insgeheim denken mochte, sie behielt es für sich, und dafür war Kate ihr sehr dankbar. Im Übrigen fühlten ihre Eltern mit Joe so wie mit den Millionen anderen jungen Männern, die in der gleichen Lage waren.

Joe lud Kate ins *Locke-Ober's* zum Lunch ein, doch trotz des luxuriösen Ambientes und des ausgezeichneten Essens brachte Kate kaum einen Bissen hinunter. Sie war mit ihren Gedanken weit weg. Sie dachte nur noch daran, dass Joe in wenigen Stunden fort musste.

Gegen drei Uhr fuhren die beiden am Haus der Jamisons vor. Elizabeth saß im Wohnzimmer und hörte Radio, wie immer in diesen Tagen. Clarke war noch nicht aus dem Büro zurück.

Joe und Kate setzten sich zu Elizabeth, plauderten eine Weile mit ihr und hörten die Nachrichten, bis Clarke nach Hause kam. Er schüttelte Joe die Hand und klopfte ihm väterlich auf die Schulter. Sein Blick drückte sein Mitgefühl aus. Keiner der beiden Männer fand die Worte, die ihre Gefühle angemessen beschrieben hätten. Kurz darauf ging Clarke mit Elizabeth nach oben, um die jungen Leute allein zu lassen. Sie hatten sicher noch viel zu besprechen, dachte Clarke, und sie sollten sich nicht damit aufhalten, mit den Eltern Konversation zu machen.

Kate und Joe waren dankbar, dass ihnen noch ein wenig Zeit blieb, die sie allein verbringen konnten. Kates Zimmer war tabu, wie vorbildlich sie sich auch benehmen würden. Stattdessen saß sie nun mit Joe auf dem Sofa im Wohnzimmer und plauderte mit ihm, während sie sich verzweifelt darum bemühte, nicht unentwegt an den nahen Abschied zu denken.

»Ich werde Ihnen schreiben, Kate. Wenn ich kann, jeden Tag«, versprach Joe. Sein Blick sprach Bände, seine Miene war voller Sorge. Doch er sprach nicht aus, was er dachte, und Kate wagte ihrerseits nicht, ihn darauf anzusprechen. Sie wusste nicht, wie tief er für sie empfand. Über ihre eigenen Gefühle wurde sie sich jedoch immer klarer. Sie liebte Joe schon seit Monaten, hätte aber nie gewagt, es ihm zu gestehen. Irgendwann während des Briefwechsels war es passiert. Doch noch immer war sie im Zwiespalt. Erwiderte Joe ihre Gefühle? Es war schlichtweg unmöglich, ihn danach zu fragen. Ihr blieb nichts anderes übrig, als ihre Gefühle für sich zu behalten und sich darüber zu freuen, dass er – aus welchem Grund auch immer – diese letzten Stunden in Amerika mit ihr teilte. Dann fiel ihr ein, dass es in seinem Leben keinen anderen Menschen gab, mit dem er diese Zeit hätte verbringen können. Außer seinen Verwandten, die er seit Jahren nicht gesehen hatte, hatte er ja keine Familie. Einzig Charles Lindbergh schien ihm nahe zu stehen. Joe war allein. Und nun wollte er mit Kate zusammen sein. Er hatte die Reise nach Boston nur ihretwegen auf sich genommen, so viel stand fest.

Kate erzählte Joe, dass ihre Eltern die Party für sie abgesagt hätten. Bisher hatte sie kein Wort darüber verloren, aber mittlerweile war es ohnehin ganz und gar nebensächlich geworden. Die Jamisons waren übereingekommen, dass eine solche Feier in dieser Situation geschmacklos gewesen wäre. Außerdem würden ohnehin kaum junge Männer kommen. Clarke hatte Kate versprochen, dass sie das Fest nach dem Krieg nachholen würden.

»Es ist jetzt sowieso völlig gleichgültig«, sagte Kate.

Joe nickte. »Wäre es ein ähnliches Fest geworden wie das, wo wir uns letztes Jahr begegnet sind?«, fragte er interessiert. Dieses Thema würde Kate vielleicht ein wenig zerstreuen. Sie sah so traurig aus, dass es ihm beinahe das Herz brach. Er war so unendlich dankbar, dass er ihr begegnet war. Und dabei hatte er Charles damals nur widerwillig zu jenem Ball begleitet. Zweifellos hatte das Schicksal seine Finger im Spiel gehabt.

Kate lächelte Joe an. »Die Party sollte nicht ganz so exquisit werden.« Sie hätten mit etwa zweihundert Gästen im *Copley* gefeiert. Auf dem Ball, wo sie sich kennen gelernt hatten, waren siebenhundert Gäste gewesen, und es hatte reichlich Kaviar und Champagner gegeben. Man hätte ein ganzes Dorf damit versorgen können. »Ich bin froh, dass meine Eltern das Ganze abgesagt haben.« Kate hätte das Fest ohnehin nicht genießen können, denn sie würde mit Sicherheit immerzu an Joe denken müssen, der in England Tag für Tag sein Leben riskierte. Sie selbst hatte sich – wie ihre Mutter – freiwillig zum Dienst beim Roten Kreuz gemeldet. In den nächsten Wochen würde es also einiges zu tun geben.

»Aber Sie werden weiter zum College gehen, nicht wahr?«, fragte Joe, und Kate nickte.

Lange Zeit saßen sie dort im Wohnzimmer und unterhielten sich. Zwischendurch brachte Elizabeth ihnen etwas zu essen. Sie verzichtete darauf, die jungen Leute zu fragen, ob man nicht gemeinsam in der Küche essen wolle. Clarke hatte sie von seiner Meinung überzeugt. Auch ihr lag schließlich daran, dass Kate glücklich war.

Joe erhob sich, um sich bei Elizabeth für das Essen zu bedanken. Doch weder er noch Kate brachten einen Bissen hinunter. Er stellte die Teller auf den Tisch, wandte sich an Kate und nahm ihre Hand. Tränen schimmerten in ihren Augen, bevor er irgendetwas sagen konnte.

»Nicht weinen, Kate«, bat er sanft, als die Tränen über ihre Wangen rollten.

Sie hatte tapfer sein wollen, doch plötzlich fehlte ihr die Kraft dazu. Sie konnte den Gedanken, dass ihm etwas zustoßen könnte, einfach nicht ertragen.

»Ich habe hundert Leben. Darauf können Sie sich verlassen«, versicherte Joe, doch es gelang ihm nicht, Kate zu trösten. Am liebsten hätte Joe Kate um ihre Hand gebeten, aber er wollte nichts Unüberlegtes tun. Auf keinen Fall wollte er Kate als achtzehnjährige Witwe zurücklassen. Sie hatte etwas Besseres verdient, und wenn er ihr dies nicht geben konnte, würde sie einen anderen finden. Sie sollte frei sein, wenn er fortging, sie sollte während seiner Abwesenheit ihr Leben weiterführen.

Doch Kate fühlte sich ihm so nahe, wie sie es selbst niemals für möglich gehalten hätte. Und schließlich konnte sie nicht mehr an sich halten. Sie schaute ihn an und gestand ihm ihre Liebe. Joe erwiderte ruhig den Blick ihrer traurigen Augen und schwieg. Er ahnte nichts von dem Verlust, den sie als Kind erlitten hatte. Den Selbstmord ihres leiblichen Vaters hatte Kate niemals erwähnt. Joe hielt Clarke für ihren Vater. Doch plötzlich wurde ihre leidvolle Vergangenheit wieder lebendig, und die Tatsache, dass Joe in den Krieg ziehen musste, war für Kate unerträglich.

»So etwas solltest du nicht sagen«, brachte Joe schließlich mühsam hervor. Er hatte sich so darum bemüht, ihrer Zuneigung und seinen eigenen Gefühlen zu widerstehen. »Ich kann nicht... Ich möchte nicht, dass du dich an mich gebunden fühlst, wenn mir etwas zustößt. Du bedeutest mir sehr viel, schon seit dem Tag, an dem wir uns zum ersten Mal begegnet sind. Ich habe noch nie einen Menschen wie dich getroffen. Doch es wäre nicht fair, dich darum zu bitten, auf mich zu warten. Es kann sein, dass ich nicht zurückkehre, und ich will nicht, dass du das Gefühl hast, mir etwas schuldig zu sein. Du sollst frei sein und tun können, wonach dir der Sinn steht, während ich fort bin. Was auch immer wir füreinander empfinden, für mich ist es genug, und es wird mich auf meinem Weg begleiten.« Er zog Kate an sich und hielt sie so fest, dass sie den Schlag seines Herzens spürte. Doch vergeblich wartete sie darauf, dass er sie küsste. Für den Bruchteil einer Sekunde war sie enttäuscht. Er musste ihr doch sagen, dass er sie liebte. Vielleicht war dies für eine sehr lang Zeit die letzte Gelegenheit, oder schlimmer: Vielleicht war es die einzige!

»Ich liebe dich«, wiederholte sie. »Das sollst du wissen. Meine Liebe wird dich begleiten, daran sollst du denken, während du im Schützengraben liegst.«

Joe zog die Brauen hoch. »Schützengraben? Das ist Sache der Infanterie. Ich fliege und schieße die Deutschen ab. Und nachts schlafe ich in einem Bett. Es wird nicht so schlimm werden, wie du glaubst, Kate. Nicht für mich. Kampfpiloten gehören zur Elite«, betonte er. Offenbar hielt er seine Aufgabe für eine Bestimmung.

Die Stunden verstrichen unaufhaltsam, und dann war es für Joe an der Zeit aufzubrechen. Die Nacht war kalt und klar. Gemeinsam fuhren sie mit einem Taxi zum Flughafen. Clarke hatte sich bereit erklärt, sie zu fahren, doch Joe hatte ein Taxi vorgezogen. Die letzten Minuten wollte er mit Kate allein verbringen.

Der Flughafen war überfüllt von zahllosen jungen Männern in Uniform. Die meisten wirkten noch wie Kinder. Sie waren erst achtzehn oder neunzehn Jahre alt, eigentlich viel zu jung, um in den Krieg zu ziehen. Einige hatten ihr Zuhause noch nie zuvor verlassen.

Die letzten Minuten waren besonders qualvoll. Vergeblich versuchte Kate, die Tränen zurückzuhalten, und auch Joe schien angespannt zu sein. Ihre Gefühle schienen sie beide zu erdrücken. Sie wussten nicht, ob sie sich jemals wiedersehen würden. Der Krieg würde vielleicht noch Jahre dauern, und Kate blieb nichts, als zu hoffen. Sie war verzweifelt. Sie wollte nicht, dass er sie verließ, wollte verhindern, dass ihm etwas zustieß. Sie wollte nicht den einzigen Mann verlieren, den sie je geliebt hatte.

»Ich liebe dich«, flüsterte sie noch einmal.

Joe nickte gequält. Das hatte er nicht gewollt. Er war davon ausgegangen, dass sie beide nicht von solchen Dingen sprechen würden, doch Kate bestand darauf. Sie konnte nicht anders. Sie konnte ihn nicht gehen lassen, ohne dass er von ihrer Liebe wusste. Er hatte ein Recht darauf. Doch sie wusste nicht, dass sie ihm dadurch alles noch viel schwerer machte. Bisher hatte er sich eingeredet, dass sie nur gute Freunde waren, wie immer es in seinem Herzen in Wirklichkeit auch ausgesehen hatte. Doch nun musste er sich den Tatsachen stellen.

Auf der anderen Seite waren Kates Worte ein Geschenk für ihn. Er konnte sich nichts Schöneres vorstellen. Für den Bruchteil einer Sekunde spürte Joe seine eigene Verletzlichkeit und sah der Tatsache ins Auge, dass er vielleicht niemals zurückkehren würde. Als er Kate anschaute, war er plötzlich dankbar für jeden einzelnen Augenblick, den sie miteinander verbracht hatten. Er wusste, dass er nie wieder einer Frau wie ihr begegnen würde, einer Frau, die so viel Energie und Lebensfreude in sich trug. Es spielte keine Rolle, wohin er ging und was ihm widerfuhr: Er würde sie niemals vergessen. Und nun blieben nur noch wenige Augenblicke, bis er sie endgültig verlassen musste.

Als der Flug zum letzten Mal aufgerufen wurde, neigte Joe den Kopf und küsste Kate, während er die Arme um sie schlang. Und endlich gaben beide ihren Gefühlen nach. Joe hatte sich selbst etwas vorgemacht, wenn er geglaubt hatte, seine Liebe unterdrücken zu können. Was auch immer zwischen ihnen geschehen war, sie wussten, dass es unendlich kostbar war. Sie würden es für nichts auf der Welt eintauschen. So etwas widerfuhr einem nur ein Mal im Leben.

»Gib auf dich Acht«, flüsterte Joe heiser.

»Ich liebe dich«, wiederholte Kate und blickte ihm dabei in die Augen.

Joe nickte, und seine Antwort blieb ihm im Hals stecken. Vor solchen Gefühlen war er dreißig Jahre lang davongelaufen.

Er zog Kate an sich und küsste sie noch einmal. Dann wandte er sich zum Gehen. Er durfte das Flugzeug nicht verpassen. Mit größter Selbstbeherrschung löste er sich von ihr und ging auf das Flugzeug zu. An der Absperrung hielt er noch einmal inne und blickte zurück. Kate sah ihm nach, Tränen liefen über ihr Gesicht. Joe wollte sich schon wieder umdrehen, besann sich dann jedoch anders.

Für einen letzten Augenblick schaute er sie an, und bevor es zu spät war, rief er: »Ich liebe dich, Kate!«

Kate hörte seine Worte, sah ihn, wie er ihr zuwinkte, und lachte unter Tränen. Dann war er hinter der Absperrung verschwunden.

5

In jenem Jahr wurde es für alle ein trostloses Weihnachtsfest. Zweieinhalb Wochen nach dem Angriff auf Pearl Harbor hatte sich die Welt immer noch nicht von dem Schock erholt. Die amerikanischen jungen Männer waren auf dem Weg in den Krieg nach Europa und Asien. Orte, von denen niemand je zuvor gehört hatte, waren plötzlich in aller Munde, und für Kate war es nur ein schwacher Trost, dass Joe sich in England aufhielt. Aus dem einzigen Brief, den sie bisher von ihm erhalten hatte, wusste sie immerhin, dass er ein einigermaßen geordnetes Leben führte.

Joe war in Swinderby stationiert und konnte Kate nur so viel berichten, wie die Zensur gestattete. Im größten Teil seines Briefes brachte er seine Sorge um Kate zum Ausdruck. Außerdem erzählte er von den Menschen, denen er begegnete. Er beschrieb die Landschaft und berichtete von der Freundlichkeit, die die Engländer ihren Verbündeten entgegenbrachten. Joe beschrieb mit keiner Silbe seine Gefühle. Er hatte einmal gesagt, was er empfand, und fühlte sich unbehaglich bei dem Gedanken, es ihr zu schreiben.

Für Kates Eltern gab es keinerlei Zweifel mehr daran, dass ihre Tochter Joe liebte. Den einzigen Trost fanden sie in dem sicheren Eindruck, dass er Kates Gefühle erwiderte. Nur wenn sie allein waren, sprach Elizabeth mit Clarke offen über ihre wachsende Besorgnis. Sie mochte sich gar nicht ausmalen, wie Kate reagieren würde, wenn Joe etwas zustieße. Einen Mann wie ihn würde keine Frau vergessen können.

»Wenn ihm wirklich etwas geschieht, wird sie drüber hinwegkommen, Liz. So etwas haben auch schon andere Frauen erlebt. Ich hoffe nur, dass es dazu gar nicht erst kommt«, sagte Clarke leise.

Doch Elizabeth war nicht nur wegen Joes Einsatz im Krieg beunruhigt. Er strahlte irgendetwas aus, das ihr keine Ruhe ließ. Sie hatte es schon gespürt, als sie ihm zum ersten Mal begegnet war, aber sie fand nicht die richtigen Worte, um es Clarke zu erklären. Sie hatte den Eindruck, dass Joe unfähig war, sich einem anderen Menschen zu öffnen, ihn wirklich zu lieben und ihm alles zu geben. Seine Leidenschaft für die Flugzeuge, die er entwickelte und dann selbst flog, schien sein Weg zu sein, dem Leben zu entfliehen. Elizabeth bezweifelte, dass er Kate glücklich machen würde – selbst wenn er unversehrt aus dem Krieg zurückkehrte.

Gleichwohl bemerkte sie das unsichtbare Band, das zwischen diesem Mann und ihrer Tochter geknüpft worden war, die Faszination, die die beiden zueinander hinzog. Dabei waren sie vollkommen verschieden. Elizabeth hatte das sichere Gefühl, dass sie sich gegenseitig in Gefahr bringen könnten. Sie hatte große Angst um Kate.

Der Tag kam, an dem eigentlich die Party hatte stattfinden sollen. Kate bedauerte keine Minute, dass sie abgesagt worden war. Sie wäre ohnehin nicht mit dem Herzen bei der Sache gewesen. Sie hätte sich nur darauf eingelassen, um ihren Eltern eine Freude zu machen.

Eines Abends las sie gerade in einem Buch, als Andy Scott anrief. Beinahe alle jungen Männer, die Kate kannte, waren bereits zum Militärdienst eingezogen worden. Andy hatte ihr einige Wochen zuvor erzählt, dass er seit seiner Kindheit an einem Herzklappenfehler litt. Er fühlte sich davon in keiner Weise beeinträchtigt, war jedoch deshalb für die Armee untauglich. Das ärgerte ihn enorm, und er hatte alles Mögliche versucht, trotzdem in die Armee aufgenommen zu werden. Doch es war hoffnungslos. Jetzt dachte er daran, irgendein Abzeichen oder ein Schild zu tragen, das den Menschen erklärte, warum er keine Uniform trug und noch immer zu Hause war. Unter den vielen Frauen fühlte er sich wie ein Verräter. Als er Kate anrief, war er immer noch sehr aufgebracht, und die beiden unterhielten sich eine Weile über dieses Thema. Andy wollte Kate zum Dinner einladen, doch sie hatte keine Lust. Es schien ihr nicht fair gegenüber Joe zu sein, nun, da sie sich ihrer Gefühle für ihn sicher war und ihn in England wusste. Also lehnte sie Andys Einladung ab. Der schlug daraufhin einen gemeinsamen Kinobesuch vor, doch auch danach stand Kate nicht der Sinn. Sie waren nie mehr als Freunde gewesen, doch Kate wusste von anderen, dass Andy verrückt nach ihr war. Seit sie im Herbst nach Radcliffe gekommen war, versuchte er, sie für sich zu gewinnen.

»Es würde dir sicher gut tun, einmal unter Menschen zu kommen«, sagte Elizabeth, als sie Kate nach dem Grund für Andys Anruf fragte. »Du kannst doch nicht immer nur zu Hause sitzen! Der Krieg dauert vielleicht noch sehr lange.« Die Sache mit Joe war außerdem nichts Festes. Er hatte nicht um Kates Hand angehalten, sie waren weder verlobt, noch hatten sie sich gegenseitig Versprechungen gemacht. Elizabeth hätte es sehr begrüßt, wenn Kate mit Andy ausgegangen wäre.

»Es wäre nicht richtig«, gab Kate zurück und verschwand mit dem Buch in ihrem Zimmer. Sie wusste, dass ihr die Zeit besonders lang würde, wenn sie immer zu Hause bei ihren Eltern blieb, doch sie konnte nicht anders.

»Sie kann doch nicht Tag für Tag hier herumsitzen«, klagte Elizabeth später, als sie mit Clarke darüber sprach. »Es gibt doch keinerlei Verpflichtungen. Sie sind noch nicht einmal verlobt!« Elizabeth hatte entschieden etwas gegen solche halben Sachen.

»Kate fühlt sich aber verpflichtet. Das glaube ich jedenfalls«, entgegnete Clarke. Er war ebenfalls um Joe besorgt und fühlte mit seiner Tochter. Das Misstrauen seiner Frau gegenüber Joe konnte er nicht verstehen. Er hielt ihn für einen tollen Kerl.

»Ich bin sicher, dass Joe sich niemals darauf einlassen wird, Nägel mit Köpfen zu machen«, beharrte Elizabeth.

»Ich halte ihn für einen sehr verantwortungsbewussten Mann. Er will einfach nicht, dass Kate so jung schon zur Witwe wird. Und ich glaube, dass er das Richtige tut.«

»Solche Männer lassen sich niemals wirklich auf eine Frau ein. Die Fliegerei bedeutet ihm viel zu viel. Alles andere in seinem Leben wird immer erst an zweiter Stelle kommen. Er wird Kate niemals das geben, was sie braucht. Seine größte Liebe wird immer die Fliegerei bleiben!«, beharrte Elizabeth grimmig auf ihrem Standpunkt.

Clarke lächelte. »Nicht unbedingt. Sieh doch Lindbergh an. Er ist verheiratet und hat sogar Kinder.«

»Und wer weiß, ob seine Frau glücklich ist?« Elizabeth blieb skeptisch.

Wie immer auch ihre Eltern darüber denken mochten, Kate blieb auf dem Weg, den sie eingeschlagen hatte. Während der gesamten Ferien blieb sie zu Hause, und als sie im Januar zum College zurückkehrte, sahen die anderen Mädchen ebenso unglücklich aus wie sie selbst. Fünf von ihnen hatten geheiratet, bevor ihre Auserwählten in den Krieg gezogen waren, mindestens ein Dutzend hatte sich verlobt, und alle anderen waren mit jungen Männern befreundet, die bald nach Übersee reisten. Das ganze Leben schien sich nur noch um deren Fotos und Briefe zu drehen. Erst jetzt fiel Kate auf, dass sie nicht ein einziges Foto von Joe besaß. Doch sie tröstete sich damit, dass immerhin der Stapel seiner Briefe immer höher wurde.

Voller Eifer stürzte sich Kate in ihr Studium. Mit Andy traf sie sich von Zeit zu Zeit. Sie weigerte sich immer noch, seinem Werben nachzugeben, aber sie schätzte ihn als Freund, und manchmal besuchte er sie in Radcliffe. Dann unternahmen sie lange Spaziergänge über den Campus und gingen anschließend immer in die Cafeteria. Andy wollte sie überreden, in ein Restaurant zu gehen, doch solange sie sich lediglich zum Essen auf dem Campus trafen, zählte Kate es nicht als Rendezvous. So hatte sie nicht das Gefühl, Joe untreu zu werden. Andy verstand das nicht im Geringsten und wurde nicht müde, um sie zu werben.

»Warum darf ich dich denn nicht mal anständig ausführen?«, jammerte er, als sie eines Tages bei trockenem Hackbraten und beinahe ungenießbarem Huhn im hinteren Teil der Cafeteria saßen, die berühmt war für ihr miserables Essen.

»Es wäre einfach nicht richtig.« Kate ließ sich nicht beirren.

»Aber das hier ist richtig?« Andy stieß seine Gabel in die zerdrückten Kartoffeln, die eher an aufgeweichte Tapeten erinnerten. Kates Huhn war so zäh, dass sie es kaum hinunterbrachte. »Wenn ich mit dir essen war, habe ich jedes Mal mindestens zwei Tage lang Magenschmerzen.«

Doch für Kate war es unvorstellbar, mit Andy teure Restaurants zu besuchen, während sie an Joes magere Rationen in England dachte. Das kam überhaupt nicht in Frage. Wenn Andy mit ihr zusammen sein wollte, hatte er keine Wahl: Sie aßen in der Cafeteria des Colleges.

Anders als Kate hatte Andy zahlreiche Kontakte. Er war groß, dunkelhaarig, attraktiv und dazu einer der wenigen Männer auf dem Campus, die nicht in den Krieg gezogen waren. Die Mädchen standen praktisch Schlange, um mit ihm auszugehen. Viele hätte er haben können, nur nicht die eine, die er begehrte. Er interessierte sich ausschließlich für Kate.

Immer wieder besuchte er sie, und mit der Zeit entwickelte sich eine enge Freundschaft zwischen ihnen. Kate hatte Andy sehr gern, doch das war nicht vergleichbar mit den Gefühlen, die sie für Joe hegte. Andy war eher wie ein Bruder für sie. Mehrmals in der Woche spielten sie Tennis miteinander, und Ostern ging Kate schließlich doch mit ihm ins Kino, obwohl sie sich deswegen schuldig fühlte. Sie schauten sich *Mrs. Miniver* mit Greer Garson an, und Kate weinte während der gesamten Vorstellung.

Jede Woche erhielt sie mehrere Briefe von Joe, doch sie konnte nur vermuten, dass er mit der *Royal Air Force* Einsätze in den Spitfires flog. Er verlor kein Wort darüber. Solange seine Briefe eintrafen, wusste sie wenigstens, dass er am Leben war und es ihm gut ging. Die Angst, eines Tages in der Zeitung zu lesen, dass er abgeschossen worden war, begleitete sie ständig. Jeden Morgen, wenn sie die Zeitung aufschlug, zitterten ihre Hände. Sie wusste, dass man über einen eventuellen Abschuss wegen Joes Reputation und seiner Verbindungen zu Charles Lindbergh berichten würde. Aber momentan schien Joe wohlauf zu sein. Er hatte sich nur über die Kälte und das schlechte Essen in England beschwert. Im Mai schrieb er über den prächtigen Frühling, über die Blumen, die überall in den Gärten blühten. Nur über seine Gefühle sagte er nichts.

Eines Nachts Ende Mai bombardierte die *Royal Air Force* Köln. Joe erwähnte nichts davon, doch als Kate darüber in der Zeitung las, war sie sicher, dass er dabei gewesen war.

Im Juni machte Andy seinen Abschluss in Harvard. Schon nach drei Jahren bestand er im Rahmen eines Sonderprogramms die Prüfungen und würde im Herbst bereits ein weiterführendes Jurastudium aufnehmen. Kate besuchte Andys Abschlussfeier. Sie selbst hatte jetzt ihr erstes Jahr am College hinter sich. Den Sommer über arbeitete sie für das Rote Kreuz. Sie war damit betraut, Verbandsmaterial zu verpacken, Medikamente zusammenzustellen und warme Kleidung zu falten, die nach Übersee geschickt werden sollte. Der Job war nicht gerade aufregend, doch es war das Mindeste, was sie tun konnte. Selbst im kleinen Kreis ihrer Freunde hatten sich bereits Tragödien zugetragen. Zwei Mädchen aus ihrem Wohnheim hatten ihre Brüder verloren, als die Schiffe, auf denen diese stationiert gewesen waren, von den Deutschen torpediert wurden. Eine ihrer Zimmergenossinnen war nach Hause gerufen worden, weil sie ihren Vater im Familienbetrieb unterstützen musste. Ein Teil der Mädchen hatte ihre Verlobten und eine Kommilitonin ihren Ehemann verloren. Allen fiel es schwer, immerzu in traurige Augen und besorgte Gesichter zu blicken und all das Unglück zu ertragen. Der Gedanke daran, dass jederzeit ein Telegramm aus dem Kriegsministerium eintreffen könnte, erfüllte alle mit Furcht.

Andy hatte sich für den Sommer freiwillig zum Dienst in einem Militärkrankenhaus gemeldet. Er wollte unbedingt etwas Sinnvolles tun. Jedes Mal, wenn er Kate anrief, berichtete er von den verwundeten Männern, die er kennen gelernt hatte, und von ihren schrecklichen Erlebnissen. Er hätte es niemals zugegeben – außer vielleicht Kate gegenüber –, aber manchmal, wenn er den anderen zuhörte, war er froh darüber, dass er in Sicherheit war. Die meisten der verletzten Männer kamen aus Europa. Diejenigen, die im Pazifik verwundet wurden, kamen in die Krankenhäuser an der Westküste, damit sie sich dort erholten. Viele hatten ihre Gliedmaßen oder ihr Augenlicht verloren, andere hatten kein Gesicht mehr, weil sie auf Minen getreten oder von Granatsplittern getroffen worden waren. Andy erzählte auch von einer Station, auf der nur Männer lagen, die verrückt geworden waren. Allein der Gedanke daran war für Kate entsetzlich. Doch sie und Andy wussten, dass es im Laufe der Monate noch schlimmer werden würde.

Nachdem Kate zweieinhalb Monate für das Rote Kreuz gearbeitet hatte, fuhr sie für die letzten zwei Wochen des Sommers mit ihren Eltern nach Cape Cod. Das Kap war einer der wenigen Orte, wo die Dinge sich scheinbar nicht verändert hatten. Nur wenige Menschen wohnten dort, und die meisten waren schon älter, sodass Kate all den vertrauten Gesichtern begegnete, mit denen sie aufgewachsen war. Doch die Enkel würden in diesem Jahr nicht zu Besuch kommen. Kate würde also die Jungen, mit denen sie ihre Kindheit verbracht hatte, nicht wieder treffen. Doch viele der Mädchen, die sie kannte, waren dort, und am Labour Day würde wie immer das Barbecue stattfinden.

Die Briefe, die Kate von Joe erhielt, waren oft schon Wochen zuvor geschrieben worden. Manchmal kamen sie in Fetzen bei ihr an. Er konnte schon wochenlang tot sein – sie würde noch immer seine Briefe erhalten. Der Gedanke daran entsetzte sie jedes Mal. Seit beinahe neun Monaten hatte sie Joe nun schon nicht mehr gesehen, und die Zeit kam ihr endlos vor. Andy rief Kate einige Male in dem Haus am Kap an. Er verbrachte die letzte Ferienwoche bei seinen Großeltern in Maine, nachdem er drei Monate lang im Krankenhaus gearbeitet hatte. Die Gespräche mit ihm zeigten Kate, dass er während des Sommers reifer geworden war. Nun würde er also in die juristische Fakultät von Harvard eintreten. Er konnte es kaum abwarten, sich in die Arbeit zu stürzen, da er doch schon am Krieg nicht teilnehmen durfte. Das Jurastudium schien das Richtige für ihn zu sein, nicht zuletzt deshalb, weil sein Vater Vorsitzender der angesehensten New Yorker Kanzlei war. Dort würde man Andy mit offenen Armen aufnehmen.

Kate stand am Feuer und röstete Marshmallows. Es fiel ihr schwer, dabei nicht an Joe zu denken. Schließlich hatten sie sich hier vor einem Jahr wieder gesehen, und es war der Beginn ihrer Romanze gewesen. Kurz danach hatten sie damit begonnen, sich Briefe zu schreiben, und sie hatte ihn zum Thanksgiving-Dinner eingeladen. Kate konnte sich an beinahe jedes seiner Worte erinnern, das er während des Spaziergangs am Strand zu ihr gesagt hatte.

Gedankenverloren stand Kate am Feuer, als plötzlich jemand ihre Träumereien störte. Sie war mit den Gedanken weit weg gewesen, natürlich bei Joe.

»Warum lässt du sie bloß immer anbrennen?«, fragte eine vertraute Stimme.

Kate zuckte zusammen und fuhr herum. Es war tatsächlich Joe, der hinter ihr stand, groß, blass und dünner, als sie ihn in Erinnerung hatte. Er lächelte sie an. Kate schleuderte den Spieß mit den Marshmallows in den Sand, und schon schlang er seine Arme um sie und hielt sie fest. Ihn zu sehen, war das Schönste, was Kate sich vorstellen konnte!

»O mein Gott ... o mein Gott!«

Eigentlich war es unmöglich, aber er war tatsächlich da. Kate hatte gar keine Zeit, Fragen zu stellen. Sie trat einen Schritt zurück und betrachtete ihn voller Sorge, doch er schien gesund zu sein.

»Was machst du hier?«

»Ich habe zwei Wochen Heimaturlaub. Am Dienstag muss ich dem Kriegsministerium Bericht erstatten. Ich habe meine Pflicht erfüllt. Deshalb hat man mich nach Hause geschickt, damit ich mich um dich kümmern kann. Du siehst gut aus. Wie geht es dir, Kate?«

In diesem Augenblick war Kate unendlich glücklich. Sie hätte Joe am liebsten stundenlang einfach angeschaut. Er war offensichtlich genauso froh, sie wiederzusehen. Er drückte sie fest an sich, streichelte ihr Haar, umarmte sie immer wieder und küsste sie. Er schien sie gar nicht mehr loslassen zu wollen. Es war Kate vollkommen gleichgültig, wer ihnen dabei zuschaute. Sie war einfach nur glücklich, dass Joe lebte.

Einige Minuten später entdeckte Clarke die beiden. Zuerst hatte er keine Ahnung, wer dieser große blonde Mann neben seiner Tochter war. Doch als der Fremde Kate küsste, wusste Clarke, dass es niemand anders als Joe sein konnte. Voller

Freude eilte er durch den Sand. Er umarmte Joe herzlich und klopfte ihm strahlend auf die Schulter. »Wie schön, Sie zu sehen, Joe. Wir waren alle sehr besorgt um Sie.«

»Mir geht's gut, wirklich!« Joe strahlte über das ganze Gesicht. Er war der glücklichste Mann der Welt, und Kate war außer sich vor Freude. Sie konnte immer noch nicht glauben, was gerade passiert war. Es war wie eine Belohnung für die quälenden Monate, die sie damit verbracht hatte, auf Joe zu warten und darum zu beten, dass er in Sicherheit war. Dass er zwei Wochen Urlaub hatte, kam ihr vor wie ein Geschenk des Himmels. Kate wünschte sich nichts sehnlicher, als Joe anzuschauen und ihn im Arm zu halten. Er seinerseits hatte sich nicht einen Zentimeter von ihr entfernt, seit er sie überrascht hatte. Er wollte ihr so nah sein wie irgend möglich.

»Wie ist denn die Lage da drüben, Junge?«, fragte Clarke mit ernster Stimme.

Kate riss sich schweren Herzens los und machte sich auf die Suche nach ihrer Mutter, die von Joes Rückkehr noch nichts wusste.

»Die Briten haben eine schwere Zeit«, sagte Joe ehrlich. »Es ist schrecklich.«

Während der letzten beiden Monate waren die Ereignisse tatsächlich entmutigend gewesen. Die Deutschen hatten Sebastopol eingenommen und dann Stalingrad angegriffen. In Nordafrika war die Lage für die Engländer auch nicht gerade rosig. Und in Neuguinea waren die Australier in eine erbitterte Schlacht gegen die Japaner verwickelt.

»Ich freue mich so, dass es Ihnen gut geht, Junge«, sagte Clarke. Er hatte das Gefühl, dass Joe bereits zur Familie gehörte, obwohl der junge Mann selbst in dieser Hinsicht sehr zurückhaltend war. Auch Elizabeth, die gerade mit Kate im Schlepptau herbeikam, schien nachgiebiger geworden zu sein. Sie gab Joe einen Kuss, umarmte ihn und erklärte, wie sehr sie sich darüber freue, dass er gesund und munter sei. Ihre Worte waren ehrlich gemeint.

»Sie sind schmaler geworden, Joe«, stellte Elizabeth mit besorgter Miene fest.

Tatsächlich hatte er deutlich an Gewicht verloren. Er arbeitete schließlich viele Stunden am Tag hart und aß sehr wenig. Die Rationen waren nicht gerade üppig, wie Kate Joes Briefen entnommen hatte.

»Geht es Ihnen wirklich gut?«, fragte Elizabeth und blickte ihn aufmerksam an.

Joe nickte. »Jetzt, da ich für zwei Wochen hier sein kann, geht's mir gut. Morgen muss ich für zwei Tage nach Washington, aber am Donnerstag bin ich zurück. Dann bleiben mir noch zehn Tage. Ich wollte eigentlich nach Boston.«

Kate strahlte.

»Eine großartige Idee«, mischte sich Clarke hastig ein und warf seiner Frau einen Blick zu.

Aber auch Elizabeth konnte dem puren Glück in den Augen ihrer Tochter nicht widerstehen. »Quartieren Sie sich doch einfach bei uns ein!«, schlug sie vor.

Kate war den Tränen nahe und unendlich glücklich. Sie fiel ihrer Mutter um den Hals. Elizabeth wusste, dass es keinen Sinn mehr hatte, gegen die Liebe zwischen den beiden anzukämpfen. Wenn Joe jemals etwas zustieß, wollte sie sich auf keinen Fall vorwerfen lassen müssen, sie habe ihn von Kate fern gehalten. Bald würde Elizabeth mit ihrer Tochter sprechen. Es wurde Zeit, das spürte sie, als sie die beiden zusammen sah. Joe war einunddreißig Jahre alt, er war ein Mann mit Bedürfnissen und Sehnsüchten, die Kate sicher nicht einmal ahnte. Doch solange die beiden sich ordentlich benahmen, war Elizabeth bereit, Joe unter ihrem Dach zu beherbergen.

Der Rest des Abends verging wie im Flug. Lange nach Mitternacht brach Joe auf, um rechtzeitig am nächsten Morgen in Washington zu sein. Er fuhr mit dem Auto nach Boston und nahm dann einen Zug nach Washington. Zum Abschied küsste er Kate lange und leidenschaftlich und versprach, sie drei Tage später in Boston zu besuchen. Kate hatte sich zunächst nicht damit abfinden wollen, zum College zurückzukehren, während Joe da war, doch ihre Eltern bestanden darauf, dass sie trotzdem den Unterricht besuchte. Kate blieb keine Wahl: Die Zeit, die sie mit Joe verbringen konnte, musste sie so gut wie möglich nutzen. Ihre Eltern hatten ihr immerhin erlaubt, dass Joe sie jeden Tag besuchte.

»Ich werde sie selbst hinbringen und mich davon überzeugen, dass sie dort bleibt«, versprach Joe, und plötzlich hatte Kate das Gefühl, dass sie nicht nur einen, sondern zwei Väter hatte. Joe hatte sich ihr gegenüber von Anfang an fürsorglich verhalten, und gerade dies war einer der zahllosen Gründe, weshalb sie es so sehr genoss, bei ihm zu sein.

Als Joe sich an jenem Abend von Kate verabschiedete, hielt er sie lange fest und sprach von seiner Sehnsucht und seiner Liebe zu ihr. Er hatte sie so sehr vermisst. Kate hing an seinen Lippen. Wie lange hatte sie auf diese Worte gewartet!

»Ich liebe dich auch, Joe. Ich habe mir solche Sorgen um dich gemacht!« Wie sehr, das würde sie niemals beschreiben können.

»Wir werden es überstehen, Liebling. Das verspreche ich dir. Und wenn alles vorbei ist, werden wir eine wunderschöne Zeit miteinander haben.«

Auf diese Art von Versprechungen gab ihre Mutter keinen Deut, doch das war Kate egal. Sie wollte einfach mit Joe zusammen sein.

Zwei Tage später, früher als erwartet, war Joe schon wieder zurück und quartierte sich bei den Jamisons ein. Er war ausgesprochen höflich, rücksichtsvoll und behandelte Kate mit großem Respekt, was ihre Eltern wohlwollend zur Kenntnis nahmen. Selbst Elizabeth war beeindruckt von Joes exzellenten Manieren. Um das Bild vollkommen zu machen, hätte er nur noch um die Hand ihrer Tochter anhalten müssen. Doch das tat er nicht.

Eines Nachmittags schnitt Clarke behutsam dieses Thema an. Er war früher aus dem Büro nach Hause zurückgekehrt und traf Joe, der gerade dabei war, Entwürfe für ein neues Flugzeug zu machen, in der Küche an. Es gab momentan keine Möglichkeit, es bauen zu lassen, aber nach dem Krieg würde er seinen Traum sicher verwirklichen können. Joe hatte bereits einige Notizbücher mit komplizierten Zeichnungen gefüllt.

Die beiden Männer kamen schnell auf Charles Lindbergh zu sprechen, der Henry Fords Forderung, die Produktion von

Bombern auszubauen, öffentlich unterstützte. Lindbergh hatte sich zum Kriegsdienst gemeldet, doch er war abgewiesen worden. Seine Arbeit mit Ford war in Kriegszeiten von unschätzbarem Wert. Die Presse hielt sich jedoch mit ihrer Kritik an Lindbergh nicht zurück. Wegen seiner politischen Ansichten, die er vor dem Kriegseintritt Amerikas geäußert hatte, war er regelrecht in Ungnade gefallen. Wie die meisten anderen im Land war auch Clarke von Lindberghs Äußerungen enttäuscht. Fast schien es, als wollte Lindbergh für die Deutschen Partei ergreifen. Für Clarke wie auch für viele andere hatte Lindberghs Ansehen gelitten. Doch Lindbergh hatte sich selbst erst vor kurzem rehabilitiert, als er seine ganze Kraft und Fähigkeit in den Dienst Amerikas gestellt hatte. Das war jedenfalls Clarkes Meinung.

Dann nahm das Gespräch allmählich eine Wendung. Die beiden Männer kamen auf Kate zu sprechen. Clarke hielt sich zurück, stellte keine direkte Frage, aber er gab doch deutlich zu verstehen, dass er neugierig, wenn nicht gar beunruhigt war, was Joes Absichten betraf. Joe zögerte keine Sekunde, sondern sprach offen von seiner Liebe zu Kate. Er war absolut ehrlich, obwohl er sich offenbar ein wenig unbehaglich fühlte. Für einen langen Moment schaute er auf seine Hände hinunter. Dann blickte er wieder hoch und begegnete Clarkes Blick. Bisher hatte Joe ihn nicht enttäuscht. Er ging die Dinge eben etwas langsamer an, langsamer, als Elizabeth es gefiel. Doch Kate schien das nicht zu stören, und Clarke respektierte die Haltung seiner Tochter. Die beiden schienen sich einig zu sein. Während Joes Aufenthalt waren die jungen Leute unzertrennlich, und die tiefe Liebe, die sie füreinander empfanden, wurde immer deutlicher.

»Ich werde sie jetzt nicht heiraten«, sagte Joe unverblümt. Er rutschte auf dem Stuhl hin und her. »Es wäre einfach nicht richtig. Wenn mir dort draußen etwas zustößt, wäre sie Witwe.«

Clarke verkniff sich zu sagen, was ihm auf der Zunge lag. Kate wäre, verheiratet oder nicht, in einem solchen Fall ohnehin am Boden zerstört. Beide Männer wussten das. Kate war ein junges Mädchen, und Joe war der erste Mann, in den sie sich verliebt hatte. Und hoffentlich der letzte, wenn es nach

Elizabeth ging. Erst in der Nacht zuvor hatte sie Clarke gegenüber die Ansicht vertreten, dass die beiden sich endlich verloben sollten. Dann gäbe es keine Zweifel mehr an Joes Absichten, und nicht zuletzt würde er damit Kate die gebührende Achtung erweisen.

»Wir brauchen nicht zu heiraten. Wir lieben uns. Es gibt keine andere Frau in meinem Leben, und es wird auch keine andere geben«, erklärte Joe. Kate gegenüber hatte er dies nicht so deutlich gesagt, aber sie wusste es ohnehin. Sie vertraute ihm vollkommen. Nichts hatte sie vor ihm verborgen. Gerade deshalb sorgte sich Elizabeth um ihre Tochter. Sie bezweifelte, dass Joe dasselbe getan hatte. Er war alt und erfahren genug, seine Karten nicht gleich auf den Tisch zu legen. Die Frage war nur, wie viel er verschwieg. Kate war viel jünger und naiver, viel verletzlicher und gutgläubiger als Joe. Daran gab es keinerlei Zweifel.

»Können Sie sich denn überhaupt vorstellen, sich jemals irgendwo niederzulassen?«, fragte Clarke ruhig. Er würde nun einen tieferen Einblick in die Dinge erlangen, die Joe vom Leben erwartete. Vor dem Krieg hatte sich keine Gelegenheit ergeben, über diese Dinge zu sprechen.

»Ich denke schon – solange ich noch fliegen und Flugzeuge bauen kann, denn das kann ich nicht aufgeben. Aber wenn sich beides miteinander vereinbaren lässt, kann ich mir schon vorstellen, sesshaft zu werden. Ich habe bisher aber noch nicht ernsthaft darüber nachgedacht.« Dies war keine deutliche Aussage, eher eine äußerst vage. Joe hatte lange gebraucht, um erwachsen zu werden, und offensichtlich keinerlei Bedürfnis danach, sich an irgendjemanden zu binden. Kate hatte er schon erzählt, dass er niemals daran gedacht hatte, Kinder zu haben. Für ihn war es bisher nur ums Fliegen gegangen. »Es ist recht schwierig, über die Zukunft nachzudenken, wenn man mehrmals am Tag das eigene Leben aufs Spiel setzt. Unter solchen Umständen ist alles andere gleichgültig.« Tatsächlich war er Tag für Tag in der Luft, und jedes Mal wenn er startete, wusste er, dass er möglicherweise nicht mehr zurückkehren würde. Er musste sich auf seine Aufgabe konzentrieren. Alles andere bedeutete ihm nichts und hatte keinen Platz in seinem Leben.

Kate war ein Luxus, den er sich erst leisten konnte, wenn er seine Pflichten erfüllt hatte. So lange musste sie warten.

»Ich liebe Kate, Mr. Jamison«, wiederholte Joe.

Clarke reichte ihm ein Glas Bourbon.

Joe nahm einen Schluck. »Glauben Sie, dass Kate mit einem Kerl wie mir glücklich wird? Die Fliegerei steht bei mir an erster Stelle, und das wird immer so sein. Das muss Kate wissen.«

Auf seine Weise war Joe ein Genie. Brillant in der Entwicklung, kannte er jedes noch so kleine Teil der Flugzeuge wie seine Westentasche. Er hatte bereits mehrmals bewiesen, dass er in der Lage war, eine Maschine unter den unglaublichsten Bedingungen zu fliegen. Er wusste alles über Aerodynamik. Von Frauen verstand er allerdings weniger, was er auch offen zugab.

Clarke begann gerade, das einzusehen. Elizabeth hingegen hatte es von Anfang an instinktiv gespürt.

»Ich glaube schon, dass sie glücklich wäre, solange Sie für ihre Sicherheit sorgen und sich um sie kümmern. Sie wünscht sich nicht mehr als andere Frauen auch: einen Mann, auf den sie sich verlassen kann, ein schönes Zuhause und Kinder.« Für Luxus waren Kates Eltern zuständig. Clarke dachte dabei auch an die Erbschaft, die sie zu erwarten hatte. Doch für Kates emotionales Gleichgewicht und ihre Geborgenheit würde Joe schon sorgen müssen.

»Das klingt doch gar nicht so kompliziert«, erklärte Joe beherzt und trank einen großen Schluck.

»Manchmal ist es komplizierter, als Sie es sich vorstellen. Frauen regen sich über die unglaublichsten Sachen auf. Wenn sie die Nerven verlieren, weil man sich nicht um sie kümmert, kann es ordentlich Ärger geben.« Clarke wusste nicht, ob Joe seinen Hinweis verstand.

»Sie haben bestimmt Recht. Ich habe noch nie darüber nachgedacht. Das musste ich bisher noch nicht.« Joe wand sich wieder auf seinem Stuhl und senkte den Blick. Er schaute immer noch in sein Glas, als er kurz darauf fortfuhr: »Gerade jetzt kann ich mich einfach nicht damit beschäftigen. Es ist noch viel zu früh. Kate und ich kennen uns kaum, und außerdem kann ich nur an meine Aufgabe im Krieg denken. Wenn der

Krieg erst vorbei ist, können wir über alles sprechen. Ich glaube, wir sind beide noch nicht bereit für große Entscheidungen.«

Joes Worte klangen durchaus vernünftig, doch Clarke war trotzdem enttäuscht. Er hatte gehofft, dass Joe um Kates Hand anhalten würde. Joe lehnte zwar nicht ab, gab aber immerhin zu, dass die Zeit noch nicht reif dafür war. Vielleicht war es gut, dass er ehrlich war. Kate hätte sich bestimmt gefreut, wenn Joe ihr einen Antrag gemacht hätte. Mit neunzehn war sie durchaus bereit, sich zu binden. Er jedoch war einunddreißig und zögerte noch immer.

Joe hatte bisher ein völlig anderes Leben geführt. Er hatte die ganze Welt bereist, war von einem Rollfeld zum nächsten gezogen, hatte sich auf die Fliegerei und auf die Zukunft der Luftfahrt konzentriert. Er hatte große Träume, solange es um Flugzeuge ging, und nur wenige, wenn es sich um das tägliche Leben drehte. Clarke war der Meinung, dass Joe sich nach dem Krieg mehr mit den Dingen beschäftigen sollte, die sich am Boden abspielten, anstatt seine Zeit damit zu verbringen, in den Himmel zu schauen. In gewisser Hinsicht war Joe Allbright ein Träumer. Die Frage war, ob Kate in diesen Träumen auch ihren Platz fand.

»Was hat er denn gesagt?«, fragte Elizabeth am Abend, nachdem sie Joe und Kate eine gute Nacht gewünscht und die Tür zu ihrem Schlafzimmer geschlossen hatte. Sie hatte Clarke darum gebeten, einmal mit Joe zu sprechen, sobald sich die Gelegenheit dazu ergab. Um seiner Frau diesen Gefallen zu tun, war Clarke vor Kate nach Hause gekommen.

»Willst du es wirklich wissen? Nun, er hat gesagt, dass er noch nicht bereit ist … dass sie *beide* noch nicht bereit sind, um genau zu sein.« Clarke gab sich alle Mühe, nicht allzu enttäuscht dreinzublicken.

»Kate wäre bestimmt bereit«, entgegnete Elizabeth bekümmert.

»Das glaube ich auch. Aber wir können nichts erzwingen. Er ist schließlich im Krieg und riskiert jeden Tag sein Leben. Es ist ein bisschen schwierig, ihn unter solchen Umständen davon zu überzeugen, dass er sich verloben soll.«

Clarke und Elizabeth waren darin übereingekommen, ihre Tochter so gut es ging zu unterstützen. Schließlich liebte sie Joe. Sie hätten die Sache gern geklärt, bevor Joe wieder fortging. Zwei Wochen Heimaturlaub waren eine wahrscheinlich einmalige Gelegenheit, doch Clarke war davon überzeugt, dass es diesmal nicht zu einer Verlobung kommen würde. Vielleicht später …

»Ich habe sowieso nicht den Eindruck, dass Joe zu den sesshaften Typen gehört. Vielleicht wird er sich ja Kate zuliebe ändern. Zweifellos liebt er sie. Das sagt er jedenfalls, und ich glaube ihm. Er ist wirklich verrückt nach ihr. Doch genauso verrückt ist er nach seinen Flugzeugen.«

Genau das hatte Elizabeth immer befürchtet. »Und was ist, wenn sie während des ganzen Krieges auf ihn wartet und sich dann herausstellt, dass er sich gar nicht irgendwo niederlassen will? Sie vertrödelt wertvolle Jahre, und er bricht ihr anschließend das Herz.« Das wollte Elizabeth auf keinen Fall. Doch vielleicht würde genau das geschehen. Selbst wenn Joe Kate heiratete, könnte er sterben und seine Frau zur Witwe machen. Vielleicht hätte sie dann schon ein Kind, das wäre immerhin etwas. Doch sowohl Clarke als auch Elizabeth wünschten sich inständig, dass Kate ein solches Schicksal erspart blieb. Sie hofften auf einen Ehemann, der sie liebte und ein solides Leben führte.

Clarke hatte inzwischen den Eindruck gewonnen, dass Joe immer ein Exzentriker bleiben würde. Möglich war es. Clarke war sich zwar nicht sicher, ob dies tatsächlich ein Makel war, aber auf alle Fälle machte es die Dinge komplizierter. Es wurde immer klarer, dass sie Geduld haben mussten. Das versuchte Clarke auch seiner Frau klarzumachen.

»Glaubst du denn, dass er überhaupt nicht heiraten will?«, fragte Elizabeth voller Panik.

Clarke entgegnete ruhig: »Nein, bestimmt nicht. Er wird sie heiraten. Ich kenne solche Typen. Sie brauchen einfach ein bisschen länger, um unter die Haube zu kommen«. Er grinste. »Nicht alle Pferde sind zahm. Und wir haben es hier mit einem besonders wilden Pferd zu tun. Hab einfach ein wenig Geduld! Kate scheint sich auch keine Sorgen zu machen.«

»Gerade das beunruhigt mich. Sie würde mit ihm zum Mond fliegen. Sie ist rettungslos in ihn verliebt, und ich glaube, dass sie mit allem einverstanden wäre. Ich will aber nicht, dass sie in einem Zelt am Rande irgendeines Flugfeldes lebt.«

»Dazu wird es bestimmt nicht kommen. Zur Not kaufen wir den beiden eben ein Haus.«

»Das Haus ist mir ganz egal. Es geht doch darum, wer schließlich darin wohnt und wer nicht.«

»Es wird schon alles gut werden«, sagte Clarke beruhigend, und er glaubte auch daran.

»Ich hoffe, dass ich das noch erleben werde«, entgegnete Elizabeth düster.

Clarke küsste sie. »So alt bist du doch noch gar nicht, mein Liebling!«

Doch Elizabeth fühlte sich müde in jenen Tagen und war deprimiert, weil sie auf die Sechzig zuging. Sie wünschte sich verzweifelt, dass Kate ein sicheres und glückliches Leben führen würde, doch der Zeitpunkt war wegen des Krieges denkbar ungünstig.

Kate war im Augenblick alles andere als unglücklich. Nur die Tatsache, dass Joe in England Dienst leistete, stimmte sie traurig. Elizabeth hätte nicht sagen können, welches seine Absichten sein würden, wenn er zurückkehrte. Sie war nicht so sicher wie Clarke, dass er dann immer noch daran interessiert sein würde, ihre Tochter zu heiraten. Doch sie hatten alles getan, was in ihrer Macht stand.

Auch Joe erzählte Kate am Abend von dem Gespräch mit ihrem Vater.

Kate war verärgert. »Das ist ja widerlich!«, sagte sie heftig. Sie hatte den Eindruck, dass ihre Eltern versuchten, Joe dazu zu zwingen, sie zu heiraten. Das würde sie auf keinen Fall zulassen. Joe heiratete sie entweder aus freien Stücken oder überhaupt nicht. »Warum hat mein Vater das nur getan? Will er dir etwa die Pistole auf die Brust setzen?«

»Deine Eltern sind einfach besorgt um dich«, entgegnete Joe ruhig. Er verstand Clarke und Elizabeth sehr wohl, obgleich er sich selbst in dieser Situation sehr unbehaglich fühlte. Nie zuvor hatte er ein solches Gespräch geführt. Nie zuvor hatte er erklären müssen, wie er sich sein Leben vorstellte. »Sie meinen es nicht böse, Kate. Sie wollen doch nur das Beste für dich und vielleicht sogar für mich. Irgendwie verwirrt mich das alles. Schließlich hat dein Vater mich nicht rausgeworfen, mir nicht gesagt, dass ich nicht gut genug bin für seine Tochter. Das wäre sein gutes Recht gewesen. Er will einfach wissen, ob ich bei dir bleibe und ob ich dich wirklich liebe. Beides konnte ich nur bestätigen. Den Rest überlegen wir uns, wenn ich zurück bin. Wer weiß, wie lange das noch dauert.«

Kate gefiel das alles überhaupt nicht. Joe war seit jeher von einem Rollfeld zum nächsten gezogen. Sie wollte ihn nicht bedrängen. Ihr Vater hatte an jenem Nachmittag schon genug Unheil angerichtet, und sie war sehr ungehalten darüber. Kate war froh, dass Joe nicht ebenfalls verärgert war. Den Sinn dieses Gesprächs erkannte sie ohnehin nicht. Wenn Joe irgendetwas gesagt hatte, was ihren Eltern nicht passte, würde sie es früher oder später zu hören bekommen. Doch darüber wollte sie nun nicht nachdenken.

Die Zeit, die Kate und Joe im September 1942 miteinander verbrachten, war wunderschön. Kate ging jeden Tag zum College, und nach dem Unterricht traf sie sich mit Joe. Sie verbrachten viele Stunden mit Spaziergängen und langen Gesprächen, saßen unter Bäumen, unterhielten sich über das Leben und alles, was ihnen wichtig war. Joe erzählte viel von seinem Beruf, doch manchmal sprach er auch von Menschen, die er schätzte, von Orten, die ihn beeindruckt hatten, und von seinen Plänen für die Zukunft. Die Tatsache, dass er jeden Tag dem Tod ins Auge blickte, machte das Leben für ihn umso wertvoller.

Hand in Hand schlenderten Kate und Joe durch die Stadt. Sie genossen die Berührungen und innigen Umarmungen. Sie hatten jedoch vereinbart, noch nicht miteinander zu schlafen. Die Tage vergingen, und die Versuchung wurde immer größer, doch sie beherrschten sich. Joe wollte Kate nicht zur Witwe machen und sie auch nicht schwanger zurücklassen, wenn er nach Europa zurückkehrte. Sie wollten eines Tages heiraten, weil beide es sich wünschten, aber keinesfalls unter solchen Bedingungen. Kate wünschte sich allerdings insgeheim, dass sie wenigstens ein Kind von Joe hätte, falls ihm etwas zustieß. Doch im Augenblick blieb ihr nichts anderes übrig, als auf die Zukunft zu vertrauen. Es gab keine Garantie, keinerlei Sicherheit. Ihr blieben allein ihre Hoffnungen und Träume und die Erinnerung an die Zeit, die sie mit Joe verbracht hatte. Alles andere lag in weiter Ferne.

Schließlich musste Joe aufbrechen. Die Liebe zwischen ihm und Kate war noch größer geworden. Die beiden hatten in diesen Tagen viel voneinander erfahren, und sie ergänzten sich vorzüglich. Es schien, als passten sie perfekt zueinander. Kate war davon überzeugt, dass sie füreinander bestimmt waren. Manchmal war Joe noch unbeholfen und schüchtern, oft war er sehr still, tief in Gedanken versunken. Doch Kate störte das nicht weiter. Seine kleinen Marotten und Eigenarten machten ihn für sie nur noch liebenswerter.

Als Joe sich diesmal von Kate verabschiedete, standen ihm Tränen in den Augen. Er versicherte ihr immer wieder, wie sehr er sie liebe, und versprach zu schreiben, sobald er in England sei. Bei diesem Ausblick auf eine gemeinsame Zukunft blieb es, und Kate war zufrieden damit. Sie wollte geduldig auf Joes Rückkehr warten.

6

Im Oktober jenes Jahres trat der Krieg in eine heiße Phase ein. Einige der Berichte gaben Anlass zur Hoffnung. Australien und seine Verbündeten vertrieben die Japaner aus Neuguinea, und auch bei Guadalcanal wurde die japanische Streitmacht geschwächt. Schließlich schlugen die Briten die deutschen Streitkräfte in Nordafrika, und Stalingrad widerstand den Deutschen, obwohl der Erfolg noch immer an einem seidenen Faden hing.

Joe war ununterbrochen in der Luft. Der Einsatz, den er über Gibraltar flog, schrieb Geschichte. Gemeinsam mit drei anderen Spitfire-Piloten schoss er während eines Aufklärungsfluges zwölf deutsche Stuka-Bomber ab. Diese Mission bereitete die Invasion der Alliierten vor, die als *Operation Torch* berühmt wurde.

Für seine Tapferkeit wurde Joe in Großbritannien ein Orden verliehen. Kurz danach flog er nach Washington, um dort eine wichtige Auszeichnung der Vereinigten Staaten von Amerika aus der Hand des Präsidenten entgegenzunehmen.

Diesmal war Kate über Joes bevorstehende Rückkehr informiert. Drei Tage vor Weihnachten nahm sie einen Zug von Boston nach Washington, um ihn zu treffen. Sie hatten achtundvierzig Stunden Zeit, bevor er wieder in Richtung England aufbrechen musste. Und wieder war diese kurze Zeit ein kostbares Geschenk, mit dem weder Kate noch Joe gerechnet hatten. Das Kriegsministerium quartierte Joe in einem Hotel ein, und Kate mietete im selben Stockwerk ein kleines Zimmer. Sie begleitete Joe zu der Zeremonie im Weißen Haus, wo der Präsident auch ihr die Hand schüttelte. Anschließend ließen sich Kate und Joe mit ihm fotografieren. Kate kam dies alles sehr unwirklich vor, es erschien ihr wie eine Szene in einem Kinofilm.

Anschließend lud Joe sie zum Dinner ein. Nachdem sie das Essen bestellt hatten, lächelte Kate ihn hingebungsvoll an. Er trug noch immer die Medaille und sah besser aus als jemals zuvor.

»Ich kann es kaum glauben, dass du wirklich hier bist«, sagte Kate und strahlte über das ganze Gesicht.

Joe war wirklich ein Held. Während der Zeremonie war Kate hin und her gerissen gewesen. Sie war zwar unendlich stolz auf ihn, doch ihr wurde auch bewusst, dass Joe ebenso gut hätte ums Leben kommen können. Aber im Grunde kannte sie dieses Gefühl schon seit langem. Jeder Tag, an dem Joe unversehrt zu seinem Stützpunkt zurückkehrte, war wie ein Geschenk. Beinahe täglich hörte Kate von jungen Männern, die in Europa oder im Pazifik gefallen waren. Viele der Mädchen, die mit Kate zum College gingen, hatten bereits ihren Geliebten verloren. Da hatte sie selbst bisher doch sehr viel Glück gehabt. Kein Tag verging, an dem sie nicht verzweifelt um Joes Leben bangte.

»Ich kann es auch nicht glauben«, nickte Joe und trank von seinem Wein. »Und eh ich mich versehe, bin ich wieder in England und riskiere mein Leben.«

In Amerika waren die Menschen arglos, der Krieg war für sie viel weiter weg. Überall waren Tannenbäume aufgestellt worden, Weihnachtslieder erklangen, und die Kinder freuten sich auf ihre Geschenke. Wo man hinschaute, sah man glückliche Gesichter, ganz im Gegensatz zu England, wo die Menschen Hunger litten und um ihr Leben fürchteten. Selbst die Kinder dort waren ernst und bedrückt. Die Menschen waren müde, erschöpft von den ständigen Luftangriffen, der allgegenwärtigen Zerstörung um sie herum. Häuser verschwanden in Sekundenschnelle, die Leute verloren ihre Verwandten und Freunde. In jenen Tagen war ein normaler Alltag in England unvorstellbar. Aber die Menschen, die Joe kennen gelernt hatte, waren alle sehr tapfer. Das Leben in Washington kam ihm vor wie ein Traum. Kate erging es ähnlich: Jetzt, da Joe endlich bei ihr war, konnte sie wenigstens für einen Moment aufatmen.

Nach dem Dinner kehrten sie ins Hotel zurück und plauderten im Salon der Lobby miteinander. Stundenlang saßen sie dort, denn sie wollten sich nicht voneinander trennen. Es wurde immer später, und der Salon war schlecht beheizt. Doch Kate hielt es für unangemessen, dass sie zusammen auf eines der Zimmer gingen. Ihre Eltern hatten sie eigentlich nach Washington begleiten wollen, nicht um ihre Tochter zu beaufsichtigen, sondern um der Zeremonie beizuwohnen und Joe wiederzusehen. Doch Clarkes Geschäfte machten ihnen einen Strich durch die Rechnung. Wichtige Kunden aus Chicago hatten sich angekündigt, und Elizabeth wollte Clarke nicht allein lassen. Außerdem vertrauten beide Kate blind und wussten zudem, dass Joe ein verantwortungsbewusster Mann war.

Schließlich wurde es so kalt im Salon, dass Joe vorschlug, doch hinauf in sein Zimmer zu gehen. Er versprach theatralisch, sich zu benehmen. Kates Hände waren bereits eiskalt, und sie klapperte mit den Zähnen. Draußen hatte es angefangen zu schneien, und es war bitterkalt.

Sie stiegen gemeinsam die schmale Treppe zu den Zimmern hinauf. Es war ein kleines Hotel, und für Militärangehörige war es äußerst billig. Kates Zimmer war nur unwesentlich teurer. Die Räume waren schlicht möbliert und recht klein, doch für zwei Tage spielte das keine Rolle. Joe und Kate waren einfach glücklich darüber, dass sie zusammen sein konnten. Mehr hatte Kate sich zu Weihnachten nicht gewünscht, und sie hatte überhaupt nicht damit gerechnet, dass ihr Wunsch in Erfüllung gehen würde. Dies war die Antwort auf all ihre Gebete. Sie hatte Joe so sehr vermisst, und gleichzeitig fühlte sie sich beinahe schuldig. Es gab schließlich viele Frauen, die seit Pearl Harbor weder ihre Brüder noch ihre Verlobten gesehen hatten. Sie dagegen hatte Joe innerhalb der letzten vier Monaten sogar zwei Mal getroffen!

In den Zimmern war es viel wärmer als in der Lobby. In jedem Raum gab es ein Bett, einen Stuhl, eine Anrichte und ein

Waschbecken. Dort, wo einst ein Schrank gestanden hatte, waren Toilette und Dusche eingebaut worden. Die Kleider konnte man nur an der Rückseite der Tür aufhängen, doch Kate war froh, dass sie ein eigenes Bad zur Verfügung hatte.

Joe setzte sich auf das Bett, und Kate nahm den Stuhl. Er öffnete eine kleine Flasche Champagner, die er zuvor gekauft hatte. Er wollte mit Kate auf seine Auszeichnung anstoßen.

Kate war noch immer aufgeregt über ihren Besuch im Weißen Haus. Mrs. Roosevelt war sehr freundlich gewesen und hatte genauso ausgesehen, wie Kate sie sich vorgestellt hatte. Aus irgendeinem Grund waren ihr besonders die schönen, schlanken Hände der First Lady aufgefallen. Kate würde jede Einzelheit dieses Nachmittags in Erinnerung behalten. Joe nahm das alles erheblich gelassener auf, war er doch in den vergangenen Jahren zusammen mit Charles schon an derart vielen interessanten Orten gewesen, dass ihn andere Dinge mehr beeindruckten: Meisterleistungen im Fliegen zum Beispiel oder ein Treffen mit einem bedeutenden Piloten. Natürlich freute er sich über seine Auszeichnung, auch wenn er um die Männer trauerte, die während der Einsätze ums Leben gekommen waren. Allerdings hätte er liebend gern auf die Medaille verzichtet, wenn er stattdessen mit ihnen nach Hause zurückgekehrt wäre. Darüber sprach er nun mit Kate, während beide an dem Champagner nippten.

Der Stuhl, auf dem Kate Platz genommen hatte, war so unbequem, dass Joe sie schließlich aufforderte, sich neben ihn auf das Bett zu setzen. Kate wusste, dass sie damit das Schicksal herausforderten, aber sie vertraute gleichzeitig ihrer beider Standhaftigkeit. Es würde nichts geschehen, nur weil sie nebeneinander auf einem Bett saßen. Ohne zu zögern, folgte sie daher Joes Aufforderung.

Für eine Weile setzten sie die Unterhaltung fort. Kate trank nur ein halbes Glas Champagner, während Joe zwei Gläser schaffte. Sie waren beide sehr zurückhaltend, wenn es um Alkohol ging. Schließlich beschloss Kate, in ihr Zimmer zu gehen.

Bevor sie aufstand, küsste Joe sie zärtlich. Es war ein langer, sanfter Kuss, in dem all die Traurigkeit und Sehnsucht lag, die sie beide für so lange Zeit empfunden hatten. Außer Atem ließen sie schließlich voneinander ab. Beide hatten plötzlich das Gefühl, als würden sie verhungern. All die Entbehrungen des vergangenen Jahres schienen sie einzuholen, und sie konnten nicht genug voneinander bekommen. Kate war überwältigt von ihrer Leidenschaft, und Joe erging es nicht anders. Er dachte gar nicht mehr nach, als er sie auf das Bett legte, heftig küsste und sich schließlich auf sie legte. Zu Kates eigener Verwunderung ließ sie es geschehen. Dabei mussten sie zur Besinnung kommen, bevor es zu spät war. Joe flüsterte heiser, wie sehr er sie liebte.

»Ich liebe dich auch«, wisperte Kate atemlos.

Sie sehnte sich unendlich danach, ihn festzuhalten, ihn ganz nah bei sich zu spüren, und wie selbstverständlich begann sie, seine Jacke aufzuknöpfen.

Joe spürte, dass er sich nicht mehr länger beherrschen konnte. »Was tust du denn da?«, fragte er und begann sogleich, Kates Bluse zu öffnen. Innerhalb von Sekunden hielt er ihre Brüste in den Händen und beugte sich hinunter, um sie zu küssen. Sie stöhnte, als er die Bluse beiseite schob und ihr den Büstenhalter abstreifte. Im selben Moment hatte sie ihm bereits die Jacke und das T-Shirt ausgezogen. Sein Oberkörper war nun nackt, und seine bloße Haut zu spüren, war überwältigend.

»Liebling… sollten wir nicht lieber aufhören?«, fragte Joe. Er versuchte, die Kontrolle über die Situation zu behalten, doch sie entglitt ihm mehr und mehr. Wenn er Kate nur anschaute und ihren Körper spürte, konnte er nicht mehr klar denken.

»Ja, du hast ja Recht«, flüsterte Kate unter seinen Küssen, doch sie dachte gar nicht daran aufzuhören. Sie hätte es auch gar nicht gekonnt. Sie begehrte Joe und hatten sich lange zurückgehalten. Doch nun wollte sie nur noch bei ihm sein.

Kate lag voller Hingabe in Joes Armen, als er sich plötzlich von ihr löste und sie anschaute. Es kostete ihn geradezu übermenschliche Anstrengung.

»Kate, hör mir zu… wir brauchen das nicht zu tun, wenn du es nicht willst…« Dies war seine letzte Anstrengung, sie beide zur Vernunft zu bringen.

Doch Kate wollte dieses eine Mal nicht vernünftig sein. Sie wollte nur noch lieben und geliebt werden. »Ich liebe dich so sehr ... ich will dich, Joe.« Sie wollte ihm endlich ganz gehören, bevor er wieder fort musste.

Durch die Zeremonie an jenem Tag stand ihr deutlicher denn je vor Augen, wie gefährlich sein Leben war. Vielleicht würde er niemals zurückkehren. Sie wollte den letzten Schritt tun ...

Statt einer Antwort küsste Joe sie erneut und schälte sie zärtlich aus den übrigen Kleidern. Dann zog er sich selbst aus. Eng beieinander lagen sie auf dem Bett, die Kleider auf dem Boden verteilt.

Joe streichelte vorsichtig Kates wunderschönen Körper, küsste sie überall und genoss den Augenblick, als sie genussvoll stöhnte. Sie küsste ihn innig, als er in sie eindrang. Sie spürte einen kurzen Schmerz, dann gab sie sich ihm ganz und gar hin. Joe hatte noch nie einen Menschen so geliebt und ihm dermaßen vertraut. Er hielt nichts mehr zurück, und beinahe fürchtete er sich, als er spürte, dass er sich aufzulösen drohte. Lange Zeit lagen sie ineinander verschlungen, überwältigt von dem Gefühl, sich zu vereinen. Als es schließlich vorüber war, ließen sie sich erschöpft in die Kissen fallen.

Joe bewegte sich zuerst, rollte sich vorsichtig auf die Seite und schaute Kate zärtlicher an als je zuvor. Noch nie hatte er so für eine Frau empfunden. Kate hatte Schleusen in ihm geöffnet, von denen er nicht einmal geahnt hatte, dass sie existierten.

»Ich liebe dich, Kate«, flüsterte er in ihr Haar und streichelte sie. Dann deckte er sie liebevoll zu.

Kate war schon beinahe eingeschlafen, als sie ihn zufrieden anlächelte. Sie fühlte weder Scham noch Reue. Niemals zuvor war sie so glücklich gewesen, denn endlich war sie ein Teil von ihm geworden.

In jener Nacht ging sie nicht mehr in ihr Zimmer. Sie blieb bei Joe, der schließlich neben ihr unter die Decke schlüpfte. Er hätte gern noch einmal mit ihr geschlafen, aber er wollte sie nicht wecken.

Am nächsten Morgen jedoch war es Kate, die die Arme nach ihm ausstreckte, und innerhalb weniger Augenblicke hatten sie sich erneut vereint und erlebten unbeschreibliche Momente des Glücks.

Als Kate schließlich aufstand und Joe anblickte, spürte sie, dass ihre Beziehung noch enger geworden war. Es spielte keine Rolle, wohin es ihn nun verschlagen würde. Kate wusste instinktiv, dass sie ihn für den Rest ihres Lebens lieben würde und dass auch er für immer an sie gebunden sein würde. Sie hätte es nicht mit Worten beschreiben können, doch als sie mit Joe unter die Dusche ging, spürte sie, dass er ihr Herz nun vollkommen erobert hatte. Sie gehörte nur ihm …

7

Es fiel Kate unendlich schwer, Joe in Washington zurückzulassen. Es bereitete ihr beinahe körperliche Schmerzen. Seine Liebe zu ihr sprach aus jedem seiner Blicke und jeder seiner Gesten. Er wusste, dass sie zu ihm gehörte und wünschte sich nichts mehr, als sie zu beschützen. Tausendmal ermahnte er sie, auf dem Heimweg vorsichtig zu sein und auf sich Acht zu geben. Am liebsten wäre er bei ihr geblieben, doch das war unmöglich. Er musste zurück nach England.

Als sie schließlich Abschied voneinander nahmen, war es für beide eine Qual. Zum ersten Mal in seinem Leben hatte Joe sich geöffnet. Er war verletzbar und gleichzeitig stark gewesen, ebenso wie Kate. Joe hatte Verantwortung für Kate übernommen. Sich ausgerechnet jetzt trennen zu müssen, war für beide geradezu unerträglich.

»Bitte schreib mir, so oft du kannst, Kate! Ich liebe dich«, sagte Joe zum Abschied.

Auf dem Bahnsteig sah er schweren Herzens zu, wie sie in den Zug stieg. Während dieser sich langsam in Bewegung setzte, hatte Kate das Gefühl, ihr würde das Herz aus der Brust gerissen. Joe lief neben dem Zug her, solange er konnte. Irgendwann blieb er stehen und winkte ihr zu. Kate winkte zurück, und Tränen strömten über ihre Wangen. Ein Leben ohne Joe konnte sie sich nicht mehr vorstellen, und sie war davon überzeugt, dass sie sterben würde, wenn ihm etwas zustieß. Nicht eine Stunde wollte sie mehr ohne ihn leben! Wieder erinnerte sie sich an den Schmerz, den sie empfunden hatte, als sie ihren Vater verlor. Joe hatte eine Liebe in ihr geweckt, die sie bis dahin nicht gekannt hatte. Dass sie ihn nun verlassen musste, brachte die Qual des Verlustes wieder zurück, den sie so lange Zeit verdrängt hatte.

Kate saß regungslos und mit geschlossenen Augen auf ihrem Platz. Es war Heiligabend, und bevor sie zu Hause eintraf, würde Joe schon im Flugzeug nach England sitzen. Sie kam erst am späten Abend in Boston an, wo ihre Eltern sie sicher liebevoll empfangen würden.

Als sie schließlich aus dem Zug stieg und sich ein Taxi heranwinkte, schnürte die Trauer ihr die Kehle zu. Joe hatte sie nicht gefragt, ob sie seine Frau werden wolle, doch das hatte sie auch nicht erwartet. Sie fühlte, dass sie nun untrennbar miteinander verbunden waren.

Clarke und Elizabeth warteten im Wohnzimmer auf ihre Tochter. Voller Sorge blickte Elizabeth in Kates Gesicht. Etwas Schreckliches schien geschehen zu sein!

Kates Sehnsucht nach Joe stand ihr ins Gesicht geschrieben. Sie konnte den Gedanken nicht ertragen, Monate oder Jahre warten zu müssen, bis sie ihn wiedersah, oder noch schlimmer, dass ihm etwas passierte. Alles hatte sich für Kate verändert.

»Ist etwas nicht in Ordnung?«, fragte Elizabeth bestürzt. Kate sah furchtbar aus.

Kate schüttelte den Kopf, und im selben Augenblick wurde ihr klar, dass sie ihre Freiheit verloren hatte. Sie war nicht mehr das Mädchen, das sich verliebt hatte. Sie war nun ein Teil von Joe. »Nein«, gab sie mit zaghafter Stimme zurück, doch sie konnte ihre Eltern nicht überzeugen.

»Bist du sicher? Habt ihr euch gestritten?« So etwas geschah schließlich, besonders in solch angespannten Situationen.

»Nein, Joe war einfach wundervoll!«

Mit diesen Worten brach Kate in Tränen aus, warf sich in die Arme ihrer Mutter und weinte bitterlich.

Clarke beobachtete die beiden Frauen voller Sorge.

»Was soll nur werden, wenn ihm etwas passiert, Mom? Was ist, wenn er nicht mehr zurückkommt?«

All ihre Leidenschaft, Furcht und Sehnsucht brachen sich plötzlich Bahn. Kates Leben war aus den Fugen geraten. Sie konnte die Vorstellung nicht ertragen, erneut einen Menschen zu verlieren, den sie liebte. Sie fühlte sich wieder wie das kleine Mädchen, das sie einst gewesen war.

»Wir müssen beten, dass er zurückkommt, Schatz. Mehr können wir nicht tun. Wenn es seine Bestimmung ist, wird er zurückkehren. Du musst jetzt tapfer sein.« Elizabeth sprach liebevoll und warf ihrem Mann über Kates Schulter hinweg einen traurigen Blick zu.

»Ich will aber nicht tapfer sein!«, schluchzte Kate. »Ich will, dass er nach Hause kommt! Ich will, dass der Krieg vorbei ist!« Trotzig brachen diese Worte aus ihr hervor. Es war schrecklich, aber einem Großteil der Menschen erging es in diesen Zeiten nicht anders. Kate war nicht allein mit ihrem Schmerz. Tatsächlich hatte sie sogar mehr Glück als die meisten anderen. Viele Frauen hatten die Männer, die sie liebten, bereits verloren. Joe aber lebte noch.

Schließlich setzte sich Kate neben ihre Eltern auf das Sofa und rang um Fassung. Elizabeth reichte ihr ein Taschentuch, Clarke legte ihr einen Arm um die Schultern. Beide litten mit ihrer Tochter.

Elizabeth brachte Kate schließlich ins Bett. Anschließend schloss sie mit einem Seufzer die Tür zu ihrem eigenen Schlafzimmer und setzte sich an den Toilettentisch.

»Genau das wollte ich verhindern«, sagte sie traurig. »Ich wollte nicht, dass sie sich dermaßen verliebt. Aber jetzt ist es zu spät. Sie sind nicht einmal verlobt, geschweige denn verheiratet. Er hat ihr nichts versprochen. Gar nichts! Aber anscheinend lieben sie sich.«

»Das ist doch schon eine ganze Menge, Liz. Vielleicht reicht das für den Moment. Eine Heirat könnte ihn auch nicht vor dem Tod bewahren. Es liegt alles in Gottes Hand.«

»Wenn ihm jetzt etwas zustößt, wird sie nie darüber hinwegkommen, Clarke.«

Elizabeth verlor ihrem Mann gegenüber kein Wort darüber, doch Kates Traurigkeit hatte sie daran erinnert, wie verloren ihre Tochter damals nach dem Tod ihres Vaters gewesen war.

»Sie sitzt mit der Hälfte der Frauen in diesem Land im selben Boot. Sie wird darüber hinwegkommen *müssen*, wenn etwas geschieht. Sie ist jung und wird sich davon erholen«, stellte Clarke sachlich fest.

»Ich hoffe inständig, dass ihr das erspart bleibt«, gab Elizabeth hitzig zurück.

Am nächsten Morgen war Kate in düsterer Stimmung. Zu Weihnachten bekam sie von ihrer Mutter eine wunderschöne Halskette mit Saphiren und dazu passende Ohrringe geschenkt, und ihr Vater sprach davon, ein zwei Jahre altes Auto, das er irgendwo entdeckt hatte, für sie zu kaufen, wenn sie sich etwas sicherer fühlte. Das Benzin wurde schon lange rationiert, und deshalb hatte Kate kaum Gelegenheit zu üben. Elizabeth hielt das Ganze nicht für eine so gute Idee.

Kate hatte für ihre Eltern ebenfalls sehr schöne Geschenke besorgt, doch sie konnte sich nicht auf die Bescherung konzentrieren. Sie dachte immerzu an Joe. So saß sie auch beim Dinner reglos am Tisch und brachte kaum ein Wort heraus. Nun war er bereits in England und flog die ersten Einsätze, das wusste sie.

Auch in den nächsten Wochen hellte sich Kates Stimmung nicht auf. Elizabeth begann sich ernsthaft Sorgen zu machen und dachte sogar daran, einen Arzt zu konsultieren. Kate sah müde und blass aus, wann immer sie übers Wochenende zu einem Besuch nach Hause kam. Sie schien keinerlei Kontakt mehr zu anderen zu haben. Andy rief einige Male an und beschwerte sich darüber, dass er sie seit Ewigkeiten nicht mehr gesehen habe. Doch Kate schlief viel und las Joes Briefe immer und immer wieder. Auch er schien deprimiert zu sein. Es war bitter für ihn gewesen, nach England zurückkehren zu müssen, und nun war auch noch das Wetter einfach abscheulich. Mehrere Einsätze mussten immer wieder aufgeschoben werden, und die Männer waren unruhig und langweilten sich.

Am Valentinstag brach Elizabeth in Panik aus. Am Tag zuvor war Kate zum Sonntagsdinner nach Hause gekommen. Sie aß kaum etwas, sah entsetzlich aus, und jedes Mal, wenn die Rede auf Joe kam, begann sie zu weinen. Elizabeth beschloss, mit ihrer Tochter zum Arzt zu gehen.

»Sie ist einfach einsam«, gab Clarke abwehrend zurück. »Um diese Jahreszeit ist es kalt und dunkel, und sie arbeitet viel fürs College. Es wird sich alles finden, Liz. Gib ihr etwas Zeit. Vielleicht kommt er ja schon bald wieder.«

Doch im Februar 1943 war Joe beschäftigter als jemals zuvor. Er nahm auch an dem nächtlichen Angriff auf Wilhelmshaven teil. Er flog meist tagsüber, aber nun wurde er auch für den Nachteinsatz über Nürnberg eingeteilt.

Ende Februar überkam Kate die nackte Angst. Mittlerweile war es acht Wochen her, dass sie Joe zuletzt gesehen hatte, und was sie zuerst nur vermutet hatte, war nun sicher: Sie war schwanger. Die Nacht in Washington war also nicht ohne Folgen geblieben. Kate hatte keine Ahnung, was sie nun tun sollte. Ihren Eltern wollte sie jedenfalls nichts von ihrer Entdeckung erzählen. Eines der Mädchen im College hatte ihr die Adresse eines Arztes in Mattapan gegeben. Offenbar war sie mit ihm befreundet, doch Kate konnte sich nicht dazu entschließen, ihn anzurufen. Sie wusste, dass sie ihre Zukunft ruinieren würde, wenn sie nun ein Kind bekam. Sie würde das College verlassen müssen, es würde einen großen Skandal geben, und selbst wenn sie wollte, hätte sie Joe nicht heiraten können. Erst vor kurzem hatte er ihr erklärt, dass keinerlei Hoffnung bestünde, in nächster Zeit einen Heimflug zu ergattern. Kate hatte ihm nicht erzählt, warum sie überhaupt danach gefragt hatte. Stattdessen beteuerte sie, wie sehr sie ihn vermisse. Niemals hätte sie ihn dazu gedrängt, sie zu heiraten! Sie wollte ihn nicht einmal darum bitten. Doch wenn sie das Kind abtreiben ließ und Joe etwas geschah, würde sie sich niemals verzeihen. Verheiratet oder nicht, sie wollte das Kind behalten.

Ohne wirklich eine Entscheidung zu treffen, ließ Kate einfach die Zeit verstreichen. Irgendwann wusste sie, dass es nun zu spät war, die Schwangerschaft zu beenden. Sie hatte bisher verdrängt, was sie ihren Eltern sagen und wie sie am College ihre Schwangerschaft erklären sollte.

Eines Abends kam Andy in der Mensa vorbei und fragte Kate, ob sie sich eine Grippe eingefangen habe. In Harvard waren alle krank gewesen, und auch Kate sah sehr schlecht aus.

Tatsächlich war ihr seit Anfang Januar dauernd übel gewesen, und nun stand bereits der März vor der Tür. Kate überlegte sich, wie es weitergehen sollte. Um Ostern herum würde sie ihren Zustand nicht mehr verbergen können, und dann würde sie das College verlassen müssen. Gern hätte sie bis Juni gewartet, um das zweite Studienjahr zu beenden. Dann hätte sie – unmittelbar nach der Geburt des Kindes – im Herbst wieder anfangen können. Doch im Juni, wenn die Ferien begannen, würde sie schon im sechsten Monat sein, und es gab wohl keine Möglichkeit, die Schwangerschaft so lange zu verheimlichen. Früher oder später musste sie den Tatsachen ins Auge blicken. Erstaunlich war nur, dass ihre Mutter bisher nichts zu bemerken schien. Doch wenn sie es erfuhr, würde es für Kate bitter werden. Ihre Eltern würden Joe kaum verzeihen können.

Joe hatte von all dem keine Ahnung, obwohl Kate ihm jeden Tag schrieb. Sie rang mit sich, doch sie wollte ihn nicht von seinen Aufgaben ablenken. Er brauchte schließlich seine ganze Kraft, um seine Einsätze zu fliegen. Sie stand also vollkommen allein da, erbrach sich jeden Morgen und schleppte sich danach in den Hörsaal. Auch ihren Mitbewohnerinnen fiel auf, dass Kate beinahe die ganze Zeit über schlief, und die Hausmutter erkundigte sich, ob sie einen Arzt kommen lassen solle. Kate beharrte darauf, dass sie sich wohl fühle und einfach nur zu viel Zeit über den Büchern verbringe. Doch ihre Noten wurden schlechter, was auch den Professoren nicht entging. Kates Leben verwandelte sich unaufhaltsam in einen Albtraum. Vor der Reaktion ihrer Eltern, wenn sie ihnen mitteilen würde, dass sie im September ein uneheliches Kind bekäme, hatte sie furchtbare Angst. Sie fürchtete, dass ihr Vater versuchen würde, Joe dazu zu zwingen, sie zu heiraten, wenn er zurückkehrte. Doch das würde sie nicht zulassen. Joe war ein freiheitsliebender Mann, und er hatte keinerlei Zweifel daran gelassen, dass er keine Kinder haben wollte. Vielleicht würde sich das eines Tages ändern, vielleicht würde er das Kind sogar lieben. Aber Kate wollte ihn nicht bedrängen.

Inmitten all ihrer Sorgen war Kate sich nur einer Sache sicher: Sie liebte Joe, und sie freute sich auf sein Kind. Es war ihr Geheimnis. Niemandem hatte sie bislang davon erzählt, und daran würde sich zumindest in nächster Zukunft auch nichts ändern.

»Also, was ist los mit dir?«, fragte Andy eines Nachmittags. Er war ins College gekommen, um Kate zu besuchen. In seinem ersten Jahr an der juristischen Fakultät hatte er ausgesprochen viel zu tun und ertrank geradezu in Arbeit.

Gemeinsam schlenderten sie über den Campus. Andy sah wie immer sehr gut aus und zog die Aufmerksamkeit aller Mädchen auf sich, die vorübergingen. Er war in Radcliffe der Hahn im Korb.

»Du wirst mit Aufmerksamkeit ganz schön verwöhnt!«, scherzte Kate.

Andy grinste. Er hatte ein einnehmendes Lächeln, und seine großen dunklen Augen waren voller Wärme. »Himmel, irgendjemand muss sich ja anstelle unserer Jungs in Uniform um all diese Mädels kümmern. Es ist ziemlich anstrengend, aber was bleibt mir übrig?« Inzwischen war er froh darüber, dass er hatte zu Hause bleiben können, und ärgerte sich kaum noch darüber, dass die Armee ihn als untauglich ausgemustert hatte. Er hatte so oft darüber gesprochen, dass er die Angelegenheit inzwischen verarbeitet hatte.

»Du bist abscheulich, Andy Scott!«, stellte Kate fest. Sie war wirklich gern mit ihm zusammen. In den vergangenen beiden Jahren war er ein guter Freund für sie geworden.

Im Sommer würde er wieder im Krankenhaus arbeiten. Kate hatte sich bisher noch nicht um eine Arbeit für den Sommer gekümmert, denn sie wusste, dass man ihr dann die Schwangerschaft ansehen und sowieso niemand eine unverheiratete Mutter einstellen würde. Sie dachte daran, in dem Haus auf Cape Cod zu bleiben, bis das Kind geboren war. In einigen Wochen wollte sie in Radcliffe Bescheid geben, dass sie ab Ostern eine Auszeit nehmen würde. Das bedeutete, dass sie nicht mit den anderen die Prüfungen zum Abschluss des Jahres ablegen konnte. Doch mit etwas Glück würde sie nur ein Semester verlieren. Den Grund für das Urlaubssemester würde sie allerdings nennen müssen. Doch sie war nicht die erste Frau, der so etwas widerfuhr, und sie hatte ihren Frieden mit der Situation geschlossen. Sie fragte sich, was Joe wohl von all dem halten würde. Irgendwann musste er es ja erfahren. Kate wollte ihm aber nicht aus der Ferne davon erzählen, selbst wenn das bedeutete, dass sie das Kind ohne sein Wissen bekommen würde. Andy war ihr inzwischen ein so guter Freund geworden, dass sie es fast bedauerte, sich ihm nicht längst anvertraut zu haben. Aber sie brachte es einfach nicht über sich. Er wäre wahrscheinlich entsetzt. Manchmal fürchtete Kate, dass sie in seiner Achtung sinken würde, wenn er davon erführe. Doch auch diesen Preis würde sie bezahlen.

»Was hast du denn im Sommer vor, Kate? Gehst du wieder zum Roten Kreuz?«

»Wahrscheinlich«, entgegnete sie unbestimmt.

Andy bemerkte gar nicht, dass Kate nicht bei der Sache war. Sie sah viel besser aus als im Februar, und er wollte sie überreden, mit ihm ins Kino zu gehen. Inzwischen hatte er sich damit abgefunden, dass sie nicht mehr als eine gute Freundin für ihn war. Daher benahm sie sich ihm gegenüber mittlerweile völlig unbefangen. Doch an diesem Tag musste sie ihm leider absagen, denn sie hatte für den nächsten Tag noch eine schriftliche Arbeit zu erledigen.

»Du bist echt langweilig! Aber wenigstens siehst du besser aus. Letztes Mal, als wir uns getroffen haben, dachte ich, der leibhaftige Tod stünde vor mir.«

Die Übelkeit war tatsächlich abgeklungen. Kate hatte den dritten Monat schon fast hinter sich, und auch das erste Trimester neigte sich dem Ende zu. Mittlerweile freute sie sich sehr auf das Kind und hoffte auf einen kleinen Jungen, der genauso aussah wie sein Vater.

»Ich hatte die Grippe«, nahm sie den Faden auf.

Andy glaubte ihr aufs Wort. Er hatte keinerlei Grund, daran zu zweifeln. Er wäre nie auf den Gedanken gekommen, dass sie schwanger sein könnte. »Ich bin froh, dass du's hinter dir hast. Mach dich an die Arbeit, dann gehen wir eben nächste Woche ins Kino.«

Mit diesen Worten schwang er sich auf sein Fahrrad und fuhr winkend davon.

Manchmal fragte Kate sich, ob sich die Dinge zwischen Andy und ihr wohl anders entwickelt hätten, wenn Joe nicht existiert hätte. Sie war Andy sehr zugetan, doch sie konnte sich nicht vorstellen, dass sie jemals ähnlich für ihn empfunden hätte wie für Joe. Andy war sehr fürsorglich und liebevoll, doch er weckte keinerlei Gefühle in ihr. Eines Tages würde Andy bestimmt einen guten Ehemann abgeben. Er war verantwortungsbewusst und verfügte über alle guten Eigenschaften, auf die eine Frau bei einem Mann Wert legte. Er war komplett anders als Joe, der stets ein wenig unbeholfen wirkte, der freiheitsliebend, talentiert und vollkommen besessen von seinen Flugzeugen war und keinerlei Wunsch verspürte, irgendwo heimisch zu werden. Kate hatte nicht damit gerechnet, sich ausgerechnet in einen Mann wie Joe Allbright zu verlieben, geschweige denn ein Kind von ihm zu bekommen, ohne dass sie nicht wenigstens verheiratet wäre. Doch in letzter Zeit hatte ihr Leben einige unerwartete Wendungen genommen. Das Kind, das sie unter ihrem Herzen trug, bestärkte sie nur in ihrer Liebe zu Joe.

An jenem Wochenende fühlte Kate sich ausgesprochen wohl. Sie war längst nicht mehr so müde wie in den vergangenen Wochen. Sie brachte ihre Arbeit zu Ende und erhielt drei Briefe auf einmal von Joe. Das geschah öfter und lag daran, dass sie zunächst die geheimnisvolle Maschinerie der Zensur durchlaufen mussten. So wurde sichergestellt, dass weder geheime Informationen noch Einsatzpläne darin erwähnt wurden. Doch Joes Briefe waren niemals zensiert worden. Er schrieb über die Menschen, die Landschaft und seine Gefühle zu Kate, also über völlig unverfängliche Dinge.

Kate hatte zunächst geplant, das Wochenende zu Hause zu verbringen, sich dann aber in letzter Minute doch noch anders entschieden. Sie ging mit einigen Freundinnen ins Kino. Dort traf sie Andy mit einem Mädchen, dass sie aus den Vorlesungen kannte. Die große Blondine aus dem Mittleren Westen hatte ein breites Lächeln und lange Beine und war erst vor kurzem von Wellesley nach Radcliffe gekommen. Kate grinste Andy an, als das Mädchen sich kurz abwandte, um eine Jacke überzuziehen, und er schnitt eine Grimasse. Nach dem Film fuhren Kate und ihre Freundinnen mit dem Fahrrad zurück zum Wohnheim, denn auf diese Weise kam man auf dem Campus und innerhalb der Stadt am schnellsten voran. Sie waren schon beinahe zu Hause, als plötzlich wie aus dem Nichts ein

Junge auf einem Fahrrad herangeschossen kam, unter Schreien und Johlen mitten durch die Gruppe sauste und Kate streifte, sodass sie vom Rad fiel und auf dem Bürgersteig landete. Sie verlor das Bewusstsein. Während die anderen von ihren Fahrrädern stiegen, kam sie bereits wieder zu sich, fühlte sich jedoch etwas benommen. Der Junge kniete neben ihr, Entsetzen und Verwirrung standen ihm ins Gesicht geschrieben. Es war offensichtlich, dass er betrunken war.

»Bist du verrückt geworden?«, schrie eines der Mädchen ihn an.

Zwei andere halfen Kate auf die Füße. Sie hatte sich am Arm und an der Hüfte verletzt, aber es schien nichts gebrochen zu sein. Den Rest des Weges legte sie humpelnd zurück, und sie konnte an nichts anderes denken als an ihr Kind. Zu niemandem sagte sie ein Wort, doch als die Mädchen zu Hause ankamen, ging Kate sofort in ihr Zimmer und legte sich ins Bett. Eine ihrer Freundinnen brachte ihr Eis für den Arm und die Hüfte.

»Geht's dir gut?«, fragte Diana mit ihrer für den Süden typischen langsamen Sprechweise. »Diese Typen haben einfach keine Manieren.«

Kate lächelte sie an und dankte ihr für das Eis. Doch weder ihr Arm noch ihre Hüfte bereiteten ihr Sorge. Sie hatte heftige Bauchkrämpfe und wusste nicht, was sie dagegen unternehmen sollte. Sie dachte daran, zur Krankenstation hinüberzugehen, doch der Weg war zu lang, und sie fürchtete, alles nur noch schlimmer zu machen. Vielleicht würde es besser werden, wenn sie still im Bett bliebe. Offenbar war das Kind ordentlich durchgeschüttelt worden. Kate hoffte inständig, dass es sich wieder beruhigte.

»Wenn du irgendwas brauchst, ruf mich einfach«, sagte Diana zum Abschied und ging hinunter, um eine Zigarette zu rauchen.

Als sie eine halbe Stunde später wieder in Kates Zimmer kam, schlief Kate bereits.

Allmählich gingen auch die anderen Mädchen in ihre Zimmer, und als Kate gegen vier Uhr morgens erwachte, lagen alle in tiefem Schlaf. Kate fühlte sich sehr schlecht, und als sie sich umdrehte, um eine bequemere Position zu finden, merkte sie, dass sie blutete. Sie versuchte, ruhig zu bleiben, denn sie wollte die anderen Mädchen auf keinen Fall wecken. Gekrümmt vor Schmerzen schleppte sie sich ins Badezimmer. Sie zog eine Blutspur hinter sich her. Auch ihr Arm und ihre Hüfte taten weh, doch das war nichts im Vergleich zu den Leibkrämpfen. Sie konnte sich kaum mehr auf den Beinen halten.

Kate schloss die Tür zum Bad so leise wie möglich und schaltete das Licht an. Im Spiegel sah sie, dass das Blut ihre Beine hinunterrann. Sie wusste, was das bedeutete: Sie verlor ihr Kind. Doch sie fürchtete, dass man sie von der Schule verweisen und ihre Eltern benachrichtigt würde, wenn sie jetzt jemanden zu Hilfe rief.

Mit einer Fehlgeburt hatte Kate in ihren schlimmsten Träumen nicht gerechnet. Sie wusste nicht, was sie tun sollte. Doch es blieb ihr keine Zeit, darüber nachzudenken, denn die Schmerzen waren mittlerweile so stark geworden, dass sie kaum noch Luft bekam. Ihr Bauch zog sich erneut schmerzhaft zusammen.

Kate kniete am Boden und schnappte nach Luft. Überall war Blut. In diesem Moment kam Diana herein, um sich ein Glas Wasser zu holen. »O mein Gott! Kate … was ist denn geschehen?«

Diana wollte auf den Stelle einen Arzt rufen, doch Kate wehrte sich heftig.

»Nein … bitte … das geht nicht … Diana …«

Auf einmal ging Diana ein Licht auf.

»Bist du etwa schwanger?«

Diana wollte Kate helfen, doch sie musste wissen, was tatsächlich los war. Ihre Mutter war Krankenschwester, und ihr Vater war Arzt. Daher hatte sie Erfahrung in Erster Hilfe.

Diana hatte Angst. Wenn nicht bald Hilfe kam, könnte es gefährlich werden. Kate musste auf der Stelle in ein Krankenhaus.

»Ja, ich bin schwanger …« Kate bebte am ganzen Körper, als sie es zugab.

Diana half ihr, sich auf einen Stapel Handtücher zu setzen. Kate stöhnte und biss verzweifelt in eines der Handtücher, um nur ja keinen Lärm zu machen. »Ich bin im dritten Monat …«

»Scheiße! Ich hatte mal eine Abtreibung. Mein Vater hat mich fast umgebracht. Ich war siebzehn und hatte Angst, es ihm zu sagen ... Also bin ich zu irgendjemandem außerhalb der Stadt gegangen ... Du Arme!« Diana legte ein feuchtes Tuch auf Kates Stirn. Dann hielt sie ihre Hand. Die Tür hatte sie abgeschlossen, damit niemand sie überraschte. Die Schmerzen wurden immer stärker. Es gab keinerlei Zweifel daran, dass Kate gerade eine Fehlgeburt erlitt.

Eine Stunde wand Kate sich in quälenden Schmerzen auf dem Fußboden. Dann krümmte sich ihr Körper, und innerhalb von Sekunden stieß er den Fötus aus. Bald darauf ließ die Blutung etwas nach. Diana wischte das Blut auf, so gut sie konnte, und wickelte den Fötus in ein Handtuch. Kate war viel zu schwach, um verzweifelt zu sein. Als sie versuchte, sich aufzurichten, wurde sie beinahe ohnmächtig. Diana musste ihr helfen, sich wieder hinzulegen.

Es war schon fast sieben Uhr, als es Diana endlich gelang, Kate ins Bett zu bringen. Drei Stunden hatten die Mädchen in dem Badezimmer verbracht. Nachdem Diana Kate sicher im Bett wusste, rannte sie hinunter zu den Mülltonnen und warf den Fötus hinein. Niemand sollte wissen, was geschehen war.

Kate hatte noch immer Schmerzen, doch sie waren erträglicher geworden. Diana erklärte ihr, dass die Gebärmutter sich nun zusammenzöge, wodurch die Blutung schwächer werden müsste. Wenn Kate nun nicht mehr allzu viel Blut verlor, würde sie sich gewiss rasch erholen. Diana hatte Kate bereits gesagt, dass sie sofort einen Rettungswagen rufen würde, wenn sich ihr Zustand verschlechterte, gleichgültig, wie sehr Kate sich dagegen wehre. Und Kate hatte sich damit einverstanden erklärt. Sie stand unter Schock und war viel zu schwach, um sich zu streiten. Sie zitterte heftig, und Diana brachte ihr noch drei weitere Decken.

Gegen Morgen wachten die anderen Mädchen auf und starrten zu den beiden Zimmergenossinnen hinüber.

»Geht's dir nicht gut?«, fragte eine. »Du siehst so blass aus, Kate. Vielleicht hast du eine Gehirnerschütterung von dem Sturz vom Fahrrad.« Sie gähnte und machte sich auf den Weg zum Badezimmer.

Kate erwiderte, dass sie heftige Kopfschmerzen habe. Man konnte erkennen, dass sie am ganzen Körper bebte.

Diana ließ sie nicht aus den Augen. Ein Mädchen aus einem anderen Zimmer kam herein und sah sehr besorgt aus, als sie Kates blutleere Lippen und ihr kalkweißes Gesicht erblickte.

»Was ist denn passiert?«, fragte sie und tastete nach Kates Puls.

»Sie ist vom Fahrrad gefallen und hat sich am Kopf verletzt«, log Diana.

Doch die andere wusste Bescheid. Sie stammte aus New York und wie Diana aus einer Arztfamilie. Sie erkannte sofort, dass Kate nicht nur eine Gehirnerschütterung hatte. Sie war so grau im Gesicht wie jemand, der eine Menge Blut verloren hatte, und wahrscheinlich stand sie unter Schock.

Die Kommilitonin beugte sich zu Kate hinunter und berührte sie vorsichtig an der Schulter. »Kate ... sag mir die Wahrheit ... blutest du?«

Kate nickte. Ihre Zähne schlugen so heftig aufeinander, dass sie kein Wort hervorbrachte.

»Ich glaube, du hast einen Schock. War's eine Abtreibung?«

Kate hatte Beverly immer gemocht und war bereit, sich ihr anzuvertrauen. Sie spürte, dass sie in ernsten Schwierigkeiten war. Sie fühlte sich benommen und zitterte trotz der vielen Decken am ganzen Körper.

Die beiden Mädchen standen unschlüssig neben ihrem Bett.

»Nein ...«, flüsterte Kate. »Ich habe das Kind verloren.«

»Blutest du noch?« Beverly hatte Angst, selbst nachzuschauen.

»Ich glaube nicht.«

»Den Unterricht lasse ich heute ausfallen. Ich bleibe hier. Du darfst auf keinen Fall allein bleiben. Willst du in ein Krankenhaus?«

Kate schüttelte den Kopf. Das wollte sie unter keinen Umständen.

»Ich bleibe auch hier«, sagte Diana und machte sich auf, um für Kate eine Tasse Tee zu holen.

Eine halbe Stunde später saßen die anderen Mädchen bereits in den Hörsälen. Diana und Beverly wachten an Kates

Bett. Kate war hellwach und schluchzte ununterbrochen. Die Ereignisse der vergangenen Nacht hatten sie sehr mitgenommen.

»Du wirst bald wieder auf dem Damm sein, Kate«, versicherte Beverly. »Versuch einfach, ein bisschen zu schlafen. In ein oder zwei Tagen wirst du dich schon besser fühlen. Du wirst überrascht sein, wie schnell das geht.« Sie hielt plötzlich inne. »Möchtest du vielleicht jemanden anrufen?« Ganz offensichtlich hatte eine zweite Person zu dieser Situation beigetragen, die ja noch gar nichts davon wusste.

Doch Kate schüttelte den Kopf. »Er ist in England«, flüsterte sie durch die Zähne, die erneut heftig aufeinander schlugen. Noch nie in ihrem Leben hatte sie sich so schlecht gefühlt. Der Blutverlust hatte all ihre Körperfunktionen durcheinander gebracht.

»Wusste er denn, dass du schwanger bist?«, fragte Diana und strich Kate beruhigend über die Schulter.

Kate schaute sie dankbar an. Ohne Diana hätte sie das alles nicht überstanden. Niemand anderes würde von ihrer Schwangerschaft erfahren, weder in Radcliffe noch zu Hause. Und Joe ebenfalls nicht. »Ich habe ihm noch nichts gesagt. Ich wollte das Kind bekommen ...«

»Du kannst noch eins bekommen, wenn er erst wieder zu Hause ist.« Wenn er dann noch lebt, dachten alle drei insgeheim.

Kate begann wieder zu weinen. Es wurde ein langer Tag für sie, und es dauerte noch zwei weitere Tage, bis sie sich halbwegs erholt hatte.

Diana und Beverly gingen am nächsten Tag wieder zum Unterricht. Kate musste das Bett hüten und war untröstlich. Am Mittwoch stand sie schließlich wieder auf. Sie sah aus wie ein Gespenst und hatte fünf Kilo abgenommen. Seit Sonntag hatte sie nichts mehr gegessen, doch immerhin war die Blutung völlig zum Stillstand gekommen. Kate fühlte sich erbärmlich. Unter ihren Augen hatten sich dunkle Ringe gebildet. Diana und Beverly waren sehr erleichtert, dass sie außer Gefahr war. Kate bedankte sich bei den beiden für alles, was sie getan hatten, und brach erneut in Tränen aus.

»So wird es noch eine Weile weitergehen«, warnte Diana. »Ich habe einen ganzen Monat lang geweint. Das sind die Hormone.«

Doch in Kates Fall hatte es nicht nur etwas mit den Hormonen zu tun. Es ging um ihr Kind, das Kind von Joe – sie hatte einen Teil von Joe verloren.

Im Wohnheim glaubten alle, dass sie wegen des Sturzes vom Fahrrad im Bett geblieben war. Kate war das nur recht. Sie fühlte sich, als hätte sie einige Tage auf einem anderen Planeten verbracht. Es war so unwirklich, alles schien sich verändert zu haben. Allein Joes Briefe konnten sie aufmuntern. Ihr war klar, dass sie ihm niemals von den Ereignissen, von ihrem gemeinsamen Verlust erzählen konnte, und sie brach erneut in verzweifeltes Schluchzen aus.

Das folgende Wochenende verbrachte Kate im Bett und lernte. Als Andy sie am Samstagnachmittag besuchte, sah sie noch äußerst mitgenommen aus. Seit der Fehlgeburt war nun eine Woche vergangen, doch Kate war immer noch bleich wie ein Laken. Auf wackeligen Beinen machte sie sich auf den Weg nach unten, um Andy zu treffen. Beverly und Diana hatten ihr in den letzten Tagen etwas zu essen aus der Cafeteria gebracht. Nun verließ Kate zum ersten Mal ihr Zimmer.

Andy erwartete sie im Wohnraum im Erdgeschoss. »Kate, du siehst ja aus wie ein Gespenst! Was ist denn passiert?« Er war ehrlich besorgt.

»Ich bin am Sonntagabend vom Fahrrad gefallen. Ich glaube, ich hatte eine Gehirnerschütterung.«

»Hast du das denn im Krankenhaus überprüfen lassen?«

»Nein, es geht mir schon wieder gut.« Kate setzte sich neben Andy.

Doch er ließ sich nicht beruhigen. »Du solltest besser zum Arzt gehen. Damit ist nicht zu spaßen!«

»Lass nur, es geht mir wirklich inzwischen besser.«

»Wenn ich dich am Montag gesehen hätte, wäre ich wahrscheinlich umgefallen vor Schreck.«

»Ja, wahrscheinlich«, entgegnete Kate. Sie war bereits wieder ein wenig besserer Stimmung. Das Treffen mit Andy holte sie ins Leben zurück, wie ihr schien. Als sie auf ihr Zimmer zurückkehrte, war sie nicht mehr so deprimiert, aber sie fiel hundemüde ins Bett.

Diana hatte Kate bereits darauf vorbereitet, dass sie eine Zeit lang unter Anämie leiden würde, und ihr geraten, Leber zu essen.

In der folgenden Woche wurde Kate langsam wieder sie selbst, und sie fühlte sich bald gut genug, um wieder am Unterricht teilzunehmen. Niemand wusste, was ihr zugestoßen war, und während die Wochen verstrichen, ließ auch sie die Ereignisse hinter sich. Joe erfuhr nichts davon.

8

Für den Rest des zweiten Studienjahres hatte Kate viel zu tun. Ständig erhielt sie Briefe von Joe, aber er gab ihr kein Zeichen, wie er sich die Zukunft vorstellte. Im Frühling des Jahres 1943 ging Kate, wann immer sie konnte, ins Kino, um die Wochenschauen anzusehen. Sie hoffte, auf diese Weise gelegentlich einen Blick auf sein Gesicht erhaschen zu können.

Die *Royal Air Force* bombardierte Berlin, Hamburg und andere deutsche Städte. Die Briten eroberten Tunis, und die Amerikaner vertrieben die Deutschen aus Bizerte an der nordafrikanischen Mittelmeerküste. An der Ostfront standen sich Deutsche und Russen gegenüber, bis zu den Knien im Schlamm versunken.

Kate besuchte ihre Eltern häufig an den Wochenenden, schrieb an Joe, und manchmal traf sie sich mit Andy zum Dinner oder zum Kino. Er hatte nun eine Freundin, mit der er viel Zeit verbrachte. Dadurch sah Kate ihn nicht sehr oft, aber das störte sie nicht weiter. Mit Diana und Beverly verband sie seit ihrer Fehlgeburt eine enge Freundschaft. Die Stunden, die sie mit den beiden Frauen verbrachte, waren zu einem wichtigen Teil ihres Lebens geworden. Im Sommer schließlich nahm sie ihren Dienst beim Roten Kreuz wieder auf.

Ende August fuhr sie mit ihren Eltern nach Cape Cod, doch diesmal wartete sie vergeblich darauf, dass Joe überraschend beim Barbecue erschien. Seit acht Monaten war er nicht mehr zu Hause gewesen, genauso lange hatte Kate ihn nicht mehr gesehen. Kate konnte nichts dagegen tun: Während sie lange einsame Spaziergänge am Strand entlang unternahm, musste sie immer wieder daran denken, dass sie eigentlich nun im achten Monat schwanger wäre. Ihre Eltern hatten nie herausgefunden, was geschehen war. Elizabeth klagte noch immer, dass Joe keinerlei Absichten hinsichtlich ihrer Tochter geäußert hatte. Sie erinnerte Kate ununterbrochen daran, dass sie auf einen Mann wartete, der ihr nichts versprochen hatte, keine Ehe, keine gemeinsame Zukunft. Er setze anscheinend einfach darauf, dass sie auf ihn warte, lasse tatenlos alles auf sich zukommen, bis er wieder zu Hause sei. Kate sei erst zwanzig Jahre alt, Joe jedoch schon zweiunddreißig und damit alt genug, um zu wissen, was er wolle.

Jedes Mal, wenn Kate nach Hause kam, erinnerte ihre Mutter sie aufs Neue daran, und so blieb es bis spät in den Oktober hinein, als die Bäume bereits ihre Blätter abwarfen. Kate bereitete sich bereits auf die Prüfungen vor.

Eines Tages, als Kate gerade in der Bibliothek saß, erhielt sie die Nachricht, dass ein Gast auf sie warte. Kate fragte nicht einmal nach, sie war überzeugt, dass es sich um Andy handelte. Er war nun im zweiten Jahr an der juristischen Fakultät und arbeitete sehr hart.

Sie lief schnell die Treppe hinunter, das Buch noch in der Hand, einen hellblauen Pulli über die Schultern geworfen. Sie trug einen grauen Rock und Reitstiefel, und als sie die letzte Stufe nahm, erblickte sie ihn. Es war Joe. Sein Gesichtsausdruck war sehr ernst, und Kate hielt den Atem an, als ihre Blicke sich trafen. Er schien einen Augenblick lang zu zögern, doch Kate warf sich sofort in seine Arme. Er klammerte sich an sie und wollte sie gar nicht mehr loslassen. Offenbar hatte er schwere Zeiten hinter sich. Es fiel ihm schwer, die passenden Worte zu finden, und Kate spürte auf einmal, wie sehr er sie brauchte. Auch Joe blieb von den grausamen Auswirkungen des Krieges nicht verschont.

»Ich bin ja so glücklich, dass du da bist«, sagte Kate mit geschlossenen Augen. Die vergangenen zehn Monate waren entsetzlich gewesen. Ständig hatte sie sich um Joe gesorgt, und dann hatte sie ihr gemeinsames Kind verloren und dieses einschneidende Erlebnis noch nicht einmal mit ihm teilen können.

»Und ich erst!«, antwortete Joe. Nur widerstrebend löste er sich von Kate und blickte ihr in die Augen. Er sah sehr müde aus. In den vergangenen Tagen war er beinahe ununterbrochen in der Luft gewesen. Viele seiner Kameraden waren bereits abgeschossen worden. Die Deutschen fühlten sich zunehmend in die Enge getrieben und mobilisierten noch einmal all ihre Kräfte.

Joe schaute Kate mit einem undurchdringlichen Blick an. Seine Verlegenheit war offensichtlich. Kate wurde mit einem Schlag wieder bewusst, dass es jedes Mal lange dauerte, bis er sich ihr gegenüber öffnete. Seine Briefe waren so unbekümmert und geradeheraus, dass Kate häufig vergaß, wie verschlossen er sein konnte.

»Ich habe nur vierundzwanzig Stunden Zeit, Kate. Morgen Nachmittag werde ich in Washington erwartet, und in der Nacht muss ich schon wieder nach England zurück.«

Er war wegen eines geheimen Auftrags in den Staaten, und es war nur unter größten Schwierigkeiten möglich gewesen, herüberzukommen. Doch darüber durfte er mit Kate nicht sprechen, und sie fragte ihn auch nicht danach. Sie wollte ihn keinesfalls in Bedrängnis bringen. Schlagartig kam ihr der Gedanke, dass ihr Kind nun einen Monate alt wäre. Joe ahnte von all dem nichts.

»Kannst du das College-Gelände für eine Weile verlassen?«

Es war schon beinahe Zeit zum Abendessen, und Kate hatte noch nichts vor. Sie hätte für Joe ohnehin jede Verabredung abgesagt.

»Natürlich! Sollen wir ins Wohnheim hinübergehen?« Solange sie sich im Besucherraum des Colleges aufhielten, mussten sie sich an die Verhaltensregeln dort halten. Nach zehn Monaten konnten sie es kaum abwarten, allein zu sein.

»Wo sind wir denn ungestört?« Joe wollte sich entspannen und das Zusammensein mit Kate genießen. Er war sogar zu erschöpft, um sich mit ihr ausgiebig zu unterhalten. Er wollte sie einfach nur anschauen, sie in seiner Nähe wissen. Er war unendlich müde. Kate spürte schnell, wie entmutigt er war.

»Möchtest du in ein Hotel gehen?«, fragte sie leise, damit die anderen Leute in der Halle nichts mitbekamen.

Joe schaute sie erleichtert an und nickte.

»Du könntest von der Telefonzelle aus im *Palmer House* anrufen. Oder im *Statler*. Ich bin gleich wieder da.«

Damit ging sie zum Empfang und meldete sich für die kommende Nacht ab mit der Begründung, sie wolle ihre Eltern besuchen. Anschließend rief sie zu Hause an und erzählte, dass sie die Nacht bei einer Freundin verbringen würde, damit sie sich in Ruhe auf die Prüfungen vorbereiten konnte. Ihre Mutter sollte sich schließlich nicht aufregen, falls sie zufällig im College anrief. Elizabeth bedankte sich für die Mitteilung und dachte bei sich, wie weitsichtig ihre Tochter doch sei. Sie wäre niemals auf den Gedanken gekommen, dass Kate sie belog.

Fünf Minuten später war Kate wieder in der Lobby. Joe wartete draußen auf sie. Kate hatte schnell einige Sachen eingepackt, unter anderem auch ein Diaphragma. Sie hatte es von einem Arzt, dessen Adresse Beverly ihr gegeben hatte. Kate hatte vorgegeben, verlobt zu sein. Sie hatte vorbereitet sein wollen, wenn Joe nach Hause zurückkehrte. Und nun war es endlich so weit!

»Im *Statler* ist ein Zimmer frei«, sagte Joe nervös.

Beide waren ein wenig verlegen, als sie sich auf den Weg zum Hotel machten. Joe hatte ein Auto gemietet. Kate konnte den Blick nicht von ihm wenden, er sah so attraktiv aus wie immer, obwohl er sehr dünn geworden war. Und Kate bemerkte, dass er reifer geworden war. Es gab so viele Dinge, die Kate ihm gern gesagt hätte, die sie ihm nicht hatte schreiben wollen. Und sie hatte so viele Fragen …

Auf dem Weg zum Hotel entspannten sich die beiden. Einerseits kam es Kate so vor, als hätten sie sich erst am Tag zuvor getrennt. Andererseits war Joe ihr fremd geworden. Trotzdem fühlte sie sich ihm verbundener denn je. Sie brauchte kein Stück Papier, keine Zeremonie und auch keinen Ehering. Die Legalisierung ihrer Beziehung bedeutete ihr nichts, sie gehörte zu ihm, das stand für sie fest.

Nachdem er das Auto in der Hotelgarage abgestellt hatte, nahm Joe eine kleine Tasche aus dem Kofferraum. An der Rezeption meldete er sich und Kate an. Sie trugen sich als Major und Mrs. Allbright ein und wurden sehr respektvoll behandelt. Der Empfangschef hatte den Namen erkannt. Ein Page erbot sich, das Gepäck auf das Zimmer zu bringen.

»Nein danke, es geht schon.« Joe lächelte, als der Empfangschef ihm den Schlüssel reichte.

Joe und Kate nahmen den Aufzug und fuhren schweigend nach oben. Erleichtert stellte Kate fest, dass sie ein hübsches Zimmer bekommen hatten, denn sie hatte eher mit einem engen, dunklen Verschlag gerechnet. Im Grunde war es auch gar nicht wichtig. Eigentlich war es gegen ihre Prinzipien, sich mit einem Mann in einem Hotel einzuquartieren. Kate hatte so etwas noch nie zuvor getan, und auf eine gewisse Weise kam es ihr äußerst verwegen vor. Doch um nichts auf der Welt hätte sie darauf verzichtet, eine Nacht mit Joe zu verbringen. Dies war schließlich die einzige Gelegenheit für die nächste Zeit. Am nächsten Tag schon würde er wieder abreisen. Unter diesen Bedingungen musste man jede einzelne Minute genießen. Wer wusste schon, was morgen geschehen würde?

Die bekannte Befangenheit stellte sich ein, sobald sich die Tür hinter Kate und Joe geschlossen hatte. Joe streckte sich auf dem Sofa aus und klopfte dann einladend auf die Polster neben sich.

Kate lächelte, als sie sich setzte. »Ich kann immer noch nicht glauben, dass du wirklich hier bist!«, sagte sie, und der Ausdruck in ihren Augen verriet Joe, wie sehr sie ihn vermisst hatte.

Joe nickte. Erst zwei Tage war es her, dass er eine Bomberstaffel bei ihrem Angriff auf Berlin eskortiert hatte. Die Alliierten hatten vier Flugzeuge verloren. Und nun saß er plötzlich mit Kate in einem Hotelzimmer in Boston. Sie war noch hübscher geworden. Sie sah so jung aus und hatte nichts mit dem Leben zu tun, das er nun seit fast zwei Jahren führte. Er hatte großes Glück gehabt, dass er die Genehmigung erhalten hatte, nach Hause zu fliegen. Unterwegs hatte er befürchtet, Kate vielleicht gar nicht treffen zu können. Diese gemeinsame Nacht im *Statler* war ein unerwartetes Geschenk, das ihm geradezu unwirklich vorkam. Joe hatte das untrügliche Gefühl, dass sich der Zauber zwischen ihnen immer wieder einstellen würde, ganz gleich, wie lange sie auch voneinander getrennt gewesen wären.

Joe küsste Kate ohne ein weiteres Wort. Es schien, als könnte er nur in ihrer Gegenwart Trost finden, als könnte nur sie seine seelischen Wunden heilen. Jedes Mal, wenn er Kate traf, schöpfte er neue Kraft. Sie schien genau zu wissen, was er brauchte. Und obwohl sie nur wenige Worte miteinander wechselten, wusste auch Kate, wie sehr Joe sie liebte. Es war einfach perfekt, wie sie sich ergänzten.

Kurz darauf ging Joe mit Kate zum Bett hinüber. Er fühlte sich nicht wohl in seiner Haut. Er hatte eigentlich geplant, sie zum Dinner auszuführen. Doch beiden stand nicht der Sinn danach, unter Menschen zu gehen. Sie wollten die Zweisamkeit genießen.

Joe küsste Kate voller Zärtlichkeit und Leidenschaft, während sie sich auf das Bett legten. Als er sie langsam auszog, spürte er, wie sehr er sich nach ihr gesehnt hatte. Zu seiner eigenen Überraschung hatte er während der vergangenen zehn Monate nur an sie gedacht. Und Kate war es ebenso ergangen.

Kate war ein wenig unbehaglich zumute, als sie aufstand und ins Bad ging. Doch schließlich lagen sie nebeneinander im Bett, und Kate erzählte zögernd von dem Diaphragma.

Joe schien erleichtert und sagte: »Darüber mache ich mir seit Monaten Gedanken. Ich habe mich die ganze Zeit gefragt, was wäre, wenn du schwanger würdest. Ich könnte nicht einmal herkommen, um dich zu heiraten.«

Kate war beruhigt. Es war gut zu wissen, dass er darüber nachdachte. Sie hatte nicht einschätzen können, wie er reagieren würde, wenn er von der Schwangerschaft erfuhr. Doch nun fühlte sie sich sicher genug, ihm alles zu erzählen.

»Ich *war* schwanger, Joe«, sagte sie leise. Ihr Kopf lag an seiner Schulter, und ihr Haar berührte seine Wange.

Er hob den Kopf und schaute sie an. »Was?« Er schien wie vom Blitz getroffen. »Aber ...« Er stockte.

Kate schaute ihn ernst an. Seine Miene spiegelte all seine Empfindungen wider. Er wollte wissen, was passiert war. Ihm schwante, was sie alles allein durchgestanden hatte.

»Ich habe das Baby im März verloren. Ich wusste die ganze Zeit über nicht, was ich tun sollte. Aber ich hätte mir eine Abtreibung nie verzeihen können. Ich wollte das Kind auf jeden Fall bekommen und war schon im dritten Monat, als ich es verlor«, erzählte Kate mit Tränen in den Augen.

Joe drückte sie an sich. »Wissen deine Eltern davon?« Er konnte sich vorstellen, dass Clarke und Elizabeth mit Recht sehr wütend auf ihn wären, wenn sie davon erfahren hatten. Er fühlte sich entsetzlich.

»Nein, sie haben keine Ahnung.« Kate presste sich an ihn. Endlich konnte sie sich von ihm trösten lassen. »Ich hatte vor, im April das College zu verlassen und es ihnen dann zu sagen. Es gab keine andere Möglichkeit. Dann hatte ich jedoch einen Unfall mit dem Fahrrad ... Ein Junge hat mich angefahren, und ich verlor das Bewusstsein. In jener Nacht hatte ich die Fehlgeburt.«

»Warst du denn nicht im Krankenhaus?« Joe blickte sie entgeistert an. So etwas kannte er nur aus den Erzählungen seiner Freunde. Noch nie hatte er ein Mädchen in Schwierigkeiten gebracht, und ausgerechnet bei Kate hatte er sich derart unvorsichtig verhalten.

»Nein. Ich bin in der Schule geblieben, aber zwei Mädchen aus meinem Wohnheim haben sich um mich gekümmert.« Weitere Einzelheiten wollte Kate ihm ersparen. Er wäre außer sich gewesen, wenn er von ihrem Zustand erfahren hätte.

Joe konnte kaum glauben, dass sie nun schon einen ein Monat alten Säugling hätten, wenn Kate keine Fehlgeburt erlitten hätte. Es war ein verrückter Gedanke!

»Weißt du, es ist wirklich komisch. Ich habe lange darüber nachgedacht. Irgendwie habe ich die ganze Zeit damit gerechnet, dass du mir genau das sagen würdest. Ich weiß nicht warum, aber seit ich wieder in England war, konnte ich nur noch daran denken. Es war wie eine Eingebung. Doch du hast in deinen Briefen nichts gesagt, und ich wollte dich nicht danach fragen. Und ich wusste auch nicht, ob im College irgendjemand deine Post liest. Und dann habe ich es wohl wieder verdrängt. Warum hast du mir nichts davon erzählt, Kate?«

Er konnte nur ahnen, was sie durchgemacht haben musste. Sie war ganz allein damit fertig geworden, hatte sich wieder erholt, und offenbar war sie nicht einmal wütend auf ihn. Dafür war er sehr dankbar. Ihre Tapferkeit beeindruckte ihn. Doch er spürte, dass dieses Erlebnis sie geprägt hatte.

»Du hast doch genug andere Sorgen. Ich wollte dich nicht auch noch damit belasten.«

Joe nickte und drückte Kate noch enger an sich.

»Aber es war doch auch mein Kind.«

Ja, es wäre auch sein Kind gewesen, und Kate spürte erneut eine unermessliche Traurigkeit. Alles, was sie gewollt hatte, war bei ihm zu sein und sein Kind auf die Welt zu bringen. Doch es war anders gekommen. Unter den gegenwärtigen Umständen war es vielleicht für beide besser so.

»Wir werden ab jetzt vorsichtiger sein«, sagte Joe. Auch er hatte diesmal vorgesorgt. Er wollte nicht noch einmal ein solches Risiko eingehen. Das Letzte, was sie momentan gebrauchen konnten, war ein Kind. Die Situation war bereits schwierig genug.

Anschließend sprachen sie über den Krieg. Kate erkundigte sich bei Joe, wie er die Lage einschätzte.

Joe seufzte. »Das ist schwer zu sagen. Ich wünschte, das alles wäre bald zu Ende. Aber ich weiß nicht, wie lange es noch dauern wird, Kate. Vielleicht noch ein Jahr ...«

Um diese Frage würde auch seine Besprechung in Washington kreisen. Vielleicht gab es Möglichkeiten, noch einmal alle Kräfte zu bündeln und spezielle neue Flugzeuge einzusetzen. Bisher gab es wenig Anlass zu Hoffnung. Der Gegner war nicht so einfach zu besiegen.

Auch die Aktionen im Pazifik verliefen alles andere als reibungslos. Dort kämpften die Amerikaner auf völlig unbekanntem Gelände. Viele Männer hatten bereits ihr Leben verloren. Im Herbst des Jahres 1943 waren die Alliierten entmutigt.

In jenen Tagen wurde Kate bewusst, wie viele ihrer Bekannten inzwischen getötet worden waren. Es war niederschmetternd. Sie war unendlich dankbar, dass Joe bislang noch nichts zugestoßen war.

Die ganze Nacht lang unterhielten sie sich angeregt. Das war ungewöhnlich für Joe. Ihm schien klar zu sein, dass ihnen nur wenig Zeit blieb. Es gab so viel zu sagen, und sie mussten den Moment nutzen. Für den Rest der Nacht bemühten sich beide, den Krieg aus ihren Gedanken zu verbannen.

Sie gingen tatsächlich nicht mehr aus, sondern bestellten sich etwas zu Essen aufs Zimmer. Der Kellner erkundigte sich, ob sie in den Flitterwochen seien, und beide lachten. In jener Nacht vermieden sie es, über die gemeinsame Zukunft zu sprechen. Kate wünschte sich nur eins: Joe sollte am Leben bleiben. Für sich selbst hatte sie keinerlei Wünsche. Sie wollte nur bei ihm sein, wann immer es möglich war. Alles andere erschien ihr unter diesen Umständen kindisch. Ihre Mutter konnte damit nicht umgehen, das wusste Kate. Dabei hätte ein Verlobungsring gar nichts geändert. Auch er war keine Garantie.

In jener Nacht schliefen beide unruhig. Sie hielten sich in den Armen und wachten immer wieder erschrocken auf. Doch jedes Mal merkten sie, dass es kein Traum war, dass sie tatsächlich zusammen waren.

»Guten Morgen«, murmelte Kate verschlafen, als sie früh am Morgen ein Auge öffnete. Die ganze Nacht über hatte sie Joes Wärme gespürt. Jetzt drückte sie sich eng an ihn, während sie sich streckte.

Joe beugte sich über sie und küsste sie. »Hast du gut geschlafen?«, fragte er.

Kate kuschelte sich an ihn. Es war wunderschön, neben ihm aufzuwachen. »Ja, wunderbar!«

Für beide war es ungewohnt, das Bett mit einem anderen Menschen zu teilen.

»Ich auch«, lächelte Joe und dachte an die überwältigenden Erlebnisse der vergangenen Nacht. Nicht eine Sekunde würde er je vergessen!

»Wann musst du fort?«, fragte Kate bedrückt. Sie wusste, dass ihr Glück nur von kurzer Dauer war.

»Um eins geht mein Flug nach Washington. Gegen halb zwölf müssen wir am College sein.«

Kate würde an diesem Morgen den Unterricht ausfallen lassen. Es war ihr egal, welche Folgen das haben würde. Für nichts auf der Welt hätte sie sich früher als nötig von Joe getrennt.

»Wie wär's mit einem Frühstück?«, fragte sie.

Sie verspürte überhaupt keinen Hunger. Joe erriet ihre Wünsche und küsste sie zärtlich. Seine Hände wanderten über ihren Körper. Kate genoss jede Sekunde.

Um neun Uhr standen sie schließlich auf und bestellten das Frühstück. Als der Zimmerkellner klopfte, hatten sie bereits geduscht und trugen die hoteleigenen Bademäntel. Es gab Orangensaft und Toast, Schinken und Eier und eine Kanne Kaffee. Für Joe war es ein luxuriöses Mahl. Er hatte schon lange nichts Richtiges mehr gegessen. Kate schaute ihn währenddessen hingerissen an. Seine markanten Züge erschienen ihr wunderschön.

Schließlich hob er den Blick von der Zeitung und lächelte. »Das ist das wahre Leben! Wer würde schon auf den Gedanken kommen, dass dort draußen ein Krieg wütet?«

Die Zeitung jedoch war voller schlechter Nachrichten. Joe legte sie aus der Hand und schaute Kate in die Augen. Er hatte einen wundervollen Abend mit ihr verbracht, und wie immer, wenn er mit ihr zusammen war, hatte er das untrügliche Gefühl, dass er sein Glück gefunden hatte. Oft hatte er eine große Leere gespürt, die jedes Mal, wenn er mit Kate zusammen war, verschwand. Während der übrigen Zeit war er so beschäftigt, dass er niemanden vermisste. Doch diese Frau berührte etwas in ihm, mehr als je eine andere zuvor. Während er sie über den Tisch hinweg anblickte, kam ihm dies erneut zu Bewusstsein. Sie erwiderte seinen Blick und strahlte ihn an. Sie steckte voller Energie und hatte sich selbst schlimmen Situationen beherzt entgegengestellt. Kate war stets neugierig auf das Leben und hatte die Gabe, allem etwas Positives abzugewinnen.

Sie stellte ihre Tasse ab und grinste.

»Was ist los?«, fragte er amüsiert.

Ihre gute Laune war ansteckend.

»Ich dachte gerade daran, was für ein Gesicht meine Mutter machen würde, wenn sie uns jetzt sehen könnte.«

»Sag ihr bloß nichts! Irgendwie fühle ich mich schuldig. Dein Vater würde mich umbringen, und ich könnte es ihm nicht einmal verdenken.« Das Gefühl hatte sich noch verstärkt, seit er von Kates Schwangerschaft und Fehlgeburt erfahren hatte. »Ich glaube, ich kann ihnen ohnehin nicht mehr in die Augen schauen.« Joe sah nun ernsthaft besorgt aus.

»Na ja, das wirst du irgendwann müssen! Du solltest dich schon einmal darauf vorbereiten.«

Auch Kate war schließlich damit fertig geworden. Jetzt, da sie Joe wiedergesehen hatte, erschien ihr plötzlich alles viel leichter. Beinahe bedauerte sie es, dass sie ein Verhütungsmittel verwendet hatten. Sie wünschte sich nichts mehr als ein Kind von Joe. Es bedeutete ihr noch mehr, als ihn zu heiraten. Dieses Thema mied Joe hartnäckig, und Kate redete sich inzwischen ein, dass Heiraten ohnehin bloße Konvention sei. Sie wollte sich jetzt nicht den Kopf darüber zerbrechen. Alle machten ein Riesentheater darum, auch ihre Freundinnen. Sie fand es allmählich albern. Sie dachten nur an die pompöse Hochzeitsfeier und die Geschenke, und später beschwerten sie sich darüber, dass ihre Ehemänner zu viel Zeit mit ihren Freunden verbrachten, zu viel tranken oder sie sogar schlecht behandelten. Kate hatte den Eindruck, dass die meisten noch gar nicht reif genug für die Ehe waren.

Ein Kind hingegen stellte ein starkes Band zwischen zwei Menschen dar. Sie musste wieder daran denken, wie sehr sie sich auf das Baby gefreut hatte, wie nah sie sich Joe in der Zeit der Schwangerschaft gefühlt hatte. Nun litt Kate unablässig unter der Angst, Joe zu verlieren.

Joe genoss ihre Zärtlichkeit und Fürsorge. Er nahm ihre Hand und küsste sie. »Mach nicht so ein trauriges Gesicht, Kate. Ich komme wieder. Das zwischen uns ist noch nicht zu Ende. Es wird niemals zu Ende gehen.« Er hatte keine Ahnung, ob sich diese Prophezeiung erfüllen würde.

Kate nickte. »Pass gut auf dich auf, Joe! Das ist jetzt das Wichtigste.«

Das Schicksal konnte man ohnehin nicht beeinflussen.

Nach dem Frühstück zogen sie sich an. Sie waren etwas spät dran. Joe drückte Kate immer wieder an sich. Doch er musste sie rechtzeitig zum College bringen, damit er seinen Flug nicht verpasste. Er durfte zu der Sitzung in Washington auf keinen

Fall zu spät kommen. Die Lage war ernst, und die Ergebnisse der Verhandlungen waren von großer Bedeutung für den Fortgang des Krieges in Europa. Mit seinen Gedanken war er bereits in Washington. Wichtige Aufgaben warteten dort auf ihn. Und es gab keinerlei Berührungspunkte zwischen seinen Pflichten und den Erlebnissen mit Kate.

Während der Fahrt zum College schwiegen sie. Kate beobachtete Joe verstohlen aus den Augenwinkeln. Sie wollte sich sein Bild einprägen für die kommenden Tage, die sie ohne ihn verbringen würde. Sie erreichten Radcliffe viel zu schnell. Als sie ausstiegen, hatte Kate Tränen in den Augen. Sie konnte es kaum ertragen, dass er sie nun erneut verlassen würde. Doch sie wusste, dass sie tapfer sein musste. Die letzte Nacht war ein unerwartetes Geschenk gewesen, wofür sie dankbar sein musste.

»Gib auf dich Acht«, flüsterte sie, als Joe sie zum Abschied an sich zog. »Ich liebe dich, Joe.« Ein Schluchzen stieg in ihrer Kehle auf. Aber sie wollte es ihm nicht noch schwerer machen, als es ohnehin schon war. Daher biss sie sich auf die Lippe.

»Ich liebe dich auch! Und wenn das nächste Mal etwas Wichtiges geschieht, erzählst du es mir. Pass gut auf dich auf. Und grüß deine Eltern von mir, falls du ihnen überhaupt erzählst, dass wir uns getroffen haben.«

Kate dachte überhaupt nicht daran. Die beiden sollten niemals erfahren, dass sie mit Joe in ein Hotel gegangen war. Sie betete vielmehr, dass niemand sie beim Betreten oder Verlassen des *Statler* gesehen hatte.

Für einen langen Augenblick umarmten sie sich. Dann fuhr Joe davon. Kate blickte ihm nach, während die Tränen über ihre Wangen strömten. In jenen Tagen war dies eine vertraute Szene. In jedem Dorf und jeder Stadt vermissten Frauen ihre Männer und liefen mit verweinten Gesichtern umher. Manche Soldaten kehrten verletzt und verkrüppelt aus dem Krieg heim und wurden ebenfalls unter Tränen empfangen. Kleine Fahnen flatterten in den Fenstern, zu Ehren der Soldaten, die im Krieg ihr Leben riskierten. Oft sah man Soldaten und junge Mädchen, die einander traurig Lebewohl sagten. Kleine Kinder standen an den Gräbern ihrer Väter. Kates und Joes Situation war also nichts Besonderes. Bisher hatten sie lediglich mehr Glück als andere gehabt. Die Zeiten waren schwer, und viele Menschen erlebten Tragödien. Kate wusste nur eines mit Sicherheit: Sie konnte sich glücklich schätzen, dass sie Joe gefunden hatte.

Für den Rest des Tages blieb sie auf ihrem Zimmer. Den Unterricht am Nachmittag ließ sie ausfallen. Auch auf das Abendessen verzichtete sie für den Fall, dass Joe anrief. Um acht Uhr, unmittelbar nach der Sitzung, meldete er sich tatsächlich. Er war bereits auf dem Weg zum Flughafen, durfte ihr aber nicht sagen, wie die Verhandlungen verlaufen waren und wohin er nun fliegen würde. Diese Informationen waren streng geheim.

Kate wünschte ihm einen guten Flug und sagte ihm noch einmal, wie sehr sie ihn liebe. Dann kehrte sie auf ihr Zimmer zurück, legte sich aufs Bett und dachte über alles nach. Es war schwer zu glauben, dass sie und Joe sich nun seit beinahe drei Jahren kannten und dass so viel geschehen war, seit sie sich in dem Ballsaal in New York begegnet waren. Damals war sie erst siebzehn gewesen, in vieler Hinsicht noch ein Kind. Nun war sie eine Frau – Joes Frau!

Am Wochenende besuchte Kate ihre Eltern. Sie brauchte Ruhe und ein wenig Abstand von den anderen Mädchen im Wohnheim, um sich auf die Prüfungen vorzubereiten. Sie wollte niemanden sehen. Seit Joe abgereist war, hatte sie sich zurückgezogen. Elizabeth bemerkte sofort, wie in sich gekehrt ihre Tochter wirkte. Sie fragte, ob alles in Ordnung sei und ob sie Neuigkeiten von Joe habe. Kate beteuerte, dass sie sich wohl fühle, doch weder Elizabeth noch Clarke glaubten ihr. Ihre Tochter erschien ihnen älter und reifer. Das College hatte diese Entwicklung sicherlich gefördert, doch ohne Zweifel war es die Beziehung zu Joe, die Kate von einem Augenblick zum nächsten in die Welt der Erwachsenen katapultiert hatte. Die ständige Sorge um ihn trug außerdem dazu bei, dass Kate ernster geworden war. In jenen Tagen wurden viele junge Menschen auf einen Schlag älter.

Abends unterhielten sich Elizabeth und Clarke leise in ihrem Schlafzimmer über ihre Tochter und kamen beide zu der Überzeugung, dass Kates Sorge um Joe völlig normal war.

»Schade, dass sie sich nicht in Andy verliebt hat«, sagte Elizabeth traurig. »Er hätte gut zu ihr gepasst, und er ist auch nicht eingezogen worden.«

Aber es war anders gekommen. Andy war in Kates Augen nicht mit Joe zu vergleichen. Joe hatte diese außergewöhnliche Ausstrahlung, die sie vom ersten Moment an angezogen hatte.

In den folgenden vier Wochen arbeitete Kate viel fürs College. Die Prüfungen brachte sie mit Erfolg hinter sich, wenngleich sie nicht vollkommen bei der Sache war. Regelmäßig erhielt sie Briefe von Joe, und sie war gleichzeitig erleichtert und enttäuscht, als sie drei Wochen nach seiner Abreise feststellte, dass sie nicht schwanger war.

Als Kate zu Thanksgiving zu ihren Eltern fuhr, sah sie schon wieder besser aus. Sie schien auch ein wenig ruhiger geworden zu sein. Beim Dinner unterhielten sie sich mit ihren Gästen über die Ereignisse in Europa. Kate wusste überraschend gut Bescheid und nahm kein Blatt vor den Mund.

Sie verbrachten ein friedvolles Thanksgiving. Kate ging zu Bett und war voller Dankbarkeit, dass sie Joe erst einen Monat zuvor getroffen hatte. Sie wusste nicht, wann er wieder nach Hause kommen würde, doch sie spürte, dass die Liebe zu ihm ihr helfen würde, die Zeit bis zum nächsten Wiedersehen zu überstehen.

In jener Nacht träumte sie schlecht und wachte immer wieder auf. Am Morgen erzählte sie ihrer Mutter davon, die es darauf schob, dass ihre Tochter zu viel von dem mit Kastanien gefüllten Truthahn gegessen hatte.

»Als ich klein war, konnte ich oft nicht genug davon bekommen«, erzählte Elizabeth, während sie für Clarke das Frühstück zubereitete. »Meine Großmutter warnte mich immer wieder vor den Bauchschmerzen, die ich davon bekommen würde. Daran hat sich bis heute nichts geändert, aber ich esse Kastanien immer noch sehr gern.«

Am Vormittag ging Kate mit einer Freundin einkaufen. Sie tranken Tee im *Statler*, und Kate musste an die Nacht mit Joe denken.

Als Kate wieder nach Hause kam, war sie zum ersten Mal seit langem wieder einmal guter Dinge.

Am Sonntagabend kehrte sie ins College zurück. Abermals wurde sie von Albträumen geplagt, und als sie schließlich erwachte, sah sie auch mit geöffneten Augen noch die Flugzeuge, die vom Himmel fielen. Der Lärm war so real gewesen, das Kate Mühe hatte, in die Wirklichkeit zurückzukehren. Kate spürte Panik in sich aufsteigen. Sie kletterte aus dem Bett und zog sich hastig an, bevor die anderen erwachten. Dann verließ sie leise das Zimmer und ging in den Speisesaal. Dort setzte sie sich an einen Tisch und wartete bis zum Frühstück.

Als Clarke am Donnerstagnachmittag im College anrief, war Kate äußerst überrascht. Er hatte noch nie in Radcliffe angerufen. Er lud sie für den Abend zum Dinner zu Hause ein, aber Kate lehnte ab, weil sie so viel zu tun hatte. Doch ihr Vater bestand darauf, dass sie kam, und schließlich gab sie nach. Zunächst war sie ein wenig ungehalten. Aber dann kam ihr das Ganze doch merkwürdig vor. Sie fragte sich, ob wohl jemand krank geworden war und man es ihr persönlich mitteilen wollte.

In dem Augenblick, in dem Kate das Haus ihrer Eltern betrat, wusste sie, dass etwas geschehen war. Ihre Eltern warteten im Wohnzimmer auf sie. Ihre Mutter stand mit dem Rücken zur Tür. Kate sollte ihre Tränen nicht sehen.

Es war ihr Vater, der ihr schließlich die Nachricht überbrachte. Er fühlte sich eher dazu in der Lage als ihre Mutter. Kate hatte sich hingesetzt, und Clarke blickte ihr gerade in die Augen. Am Morgen hatte er ein Telegramm erhalten und bereits in Washington angerufen, um so viel wie möglich in Erfahrung zu bringen.

»Ich habe schlechte Nachrichten«, begann er.

Kates Augen weiteten sich. Es ging nicht um ihre Eltern, das erkannte sie plötzlich. Ihr Herz klopfte heftig. Sie wollte gar nicht hören, was ihr Vater zu sagen hatte, doch sie war wie gelähmt. Regungslos beobachtete sie sein Gesicht.

»Joe hat dich als seine nächste Verwandte angegeben ...«

Elizabeth hatte das Telegramm entgegengenommen und Clarke im Büro angerufen, nachdem sie es gelesen hatte. Clarke hatte sich daraufhin sofort mit dem Kriegsministerium in Verbindung gesetzt. Dort hatte er wenig Ermutigendes erfahren. Anschließend hatte er keine Zeit mehr verschwendet und Kate angerufen.

Seine Tochter hielt nun den Atem an.

»Er wurde über Deutschland abgeschossen, am vergangenen Freitagmorgen.«

Also war es mittlerweile schon eine Woche her. Und seit Donnerstagabend litt Kate an diesen Albträumen, in denen Flugzeuge zur Erde fielen.

»Der Absturz wurde beobachtet, und man weiß ungefähr, wo das Flugzeug niederging. Im letzten Augenblick konnte Joe sich mit dem Schleudersitz retten. Vielleicht ist er bei der Landung ums Leben gekommen, vielleicht ist er auch in Gefangenschaft geraten. Jedenfalls gibt es seitdem nichts Neues. Auch die Geheimdienste konnten nichts in Erfahrung bringen. Auf den Listen der gefangen genommenen Offiziere tauchen weder sein Codename noch sein richtiger Name auf. Es gibt die verschiedensten Gerüchte … Ich denke, dass er sehr wohl wusste, dass er als Träger geheimer Informationen von besonderem Interesse für die Deutschen ist. Joe ist schon allein aufgrund seiner Erfahrung für sie interessant.«

Kate starrte ihren Vater fassungslos an und versuchte zu begreifen, was er gerade gesagt hatte. Sie war unfähig, darauf zu reagieren.

»Kate … die Geheimdienste der Alliierten glauben nicht, dass er noch lebt«, fuhr Clarke fort. »Und selbst wenn er den Absturz überlebt hat … Wer weiß, was ihm widerfahren ist? Wahrscheinlich ist er tot, denn andernfalls hätten entweder die Amerikaner oder die Briten irgendetwas von ihm gehört.«

Kate war noch immer unfähig, sich zu rühren. Schließlich trat ihre Mutter neben sie und legte ihr den Arm um die Schultern.

»Mom … glaubst du, er ist tot?«, fragte Kate verzweifelt. Das soeben Vernommene drang nur verschwommen in ihr Bewusstsein. Sie konnte es nicht begreifen, ihr Verstand sträubte sich mit aller Macht dagegen. Dieses Gefühl war ihr bekannt. Sie hatte es schon einmal durchlitten, damals, als ihr leiblicher

Vater gestorben war. Aber dies hier war noch schlimmer. Sie hatte Joe so sehr geliebt …

»Wahrscheinlich ist es so, Liebling«, entgegnete Elizabeth sanft. Sie konnte den Schmerz ihrer Tochter nachempfinden.

Kate war kreidebleich. Zitternd stand sie auf und setzte sich sogleich wieder hin.

Clarke beobachtete sie voller Mitgefühl. »Es tut mir so Leid, Kate«, sagte er traurig.

Kate sah die Tränen in seinen Augen und spürte, dass er nicht nur um Joe trauerte, sondern auch um ihretwillen nur mühsam die Fassung bewahrte.

»Nein!«, rief sie plötzlich aus und erhob sich. Sie würde sich nicht darauf verlassen. Sie konnte es nicht. Sie würde es nicht glauben, bis sie nicht ganz sicher war. »Er ist nicht tot! Wenn er es wäre, würde irgendjemand davon wissen«, fügte sie hinzu, während ihre Eltern einen besorgten Blick wechselten. Kate weigerte sich offensichtlich, die Wahrheit zu akzeptieren. »Wir müssen in Erfahrung bringen, was mit Joe passiert ist, Mom … Dad … er würde es von uns erwarten.«

»Kate, der Mann ist über Deutschland abgeschossen worden, umgeben von Deutschen, die nur auf ihn gewartet haben. Er ist ein berühmter Flieger. Die werden ihn nicht lebend davonkommen lassen, selbst wenn er den Abschuss unversehrt überstanden hat. Du musst den Tatsachen ins Auge blicken.« Clarkes Stimme war fest. Er wollte verhindern, dass Kate sich selbst etwas vormachte.

»Das muss ich nicht!«, schrie Kate und rannte aus dem Wohnzimmer die Treppe hinauf und warf die Tür zu ihrem Zimmer mit einem Knall hinter sich ins Schloss.

Ihre Eltern schauten ihr fassungslos nach. Was konnten sie ihrer Tochter noch sagen? Auf ihre Verzweiflung waren sie vorbereitet gewesen, doch stattdessen war Kate zornig geworden, auf sie und die ganze Welt.

Kate warf sich schluchzend auf ihr Bett. Stundenlang lag sie dort und weinte, dachte nur an Joe, ihren wundervollen Joe. Den Gedanken daran, dass er tot war, konnte sie nicht ertragen. Das Leben war nicht fair! Die Albträume der vergangenen

Woche fielen ihr wieder ein. Was hatte er wohl empfunden, als er abgeschossen wurde?

Spät in der Nacht wagte Elizabeth sich schließlich in Kates Zimmer. Aus roten, geschwollenen Augen schaute ihre Tochter ihr entgegen. Elizabeth setzte sich aufs Bett, und Kate fiel ihr schluchzend in die Arme.

»Ich will, dass er lebt, Mommy…« Kate weinte bitterlich, wie ein kleines Kind, und ihre Tränen durchnässten Elizabeths Kleid.

»Natürlich«, seufzte Elizabeth. Trotz all ihrer Vorbehalte gegen Joe wusste sie, dass er ein anständiger Mann war, der es nicht verdient hatte, mit dreiunddreißig zu sterben. Und Kate verdiente es nicht, mit einem gebrochenen Herzen zu leben. Das alles war einfach eine Tragödie, und doch war es in diesen Zeiten kein Einzelfall. »Uns bleibt nichts als zu beten, dass es ihm gut geht.« Elizabeth wollte Kate nicht länger mit der Wahrheit quälen. Sie sollte ein wenig zur Ruhe kommen. Mit der Zeit würde sie lernen, ihr Schicksal zu akzeptieren. Wenn sie nicht bald etwas Gegenteiliges hörten, blieb auch Kate keine andere Möglichkeit, als sich mit Joes Tod abzufinden.

Elizabeth blieb noch eine Weile bei ihrer Tochter und streichelte ihr zärtlich über das Haar, bis sie schließlich einschlief. Es brach Elizabeth das Herz, Kate in diesem Zustand zu sehen.

»Ich wünschte, sie würde diesen Mann nicht so sehr lieben«, sagte Elizabeth zu Clarke, als sie schließlich spät in der Nacht selbst zu Bett ging. Er war ebenfalls in großer Sorge um Kate. »Zwischen den beiden spielt sich etwas ab, das mir große Angst macht.« Elizabeth fürchtete, dass selbst der Tod das starke Band zwischen Kate und Joe nicht lösen konnte. Sie wollte alles dafür tun, um Kate ein solches Schicksal zu ersparen.

Am nächsten Tag erschien Kate pünktlich zum Frühstück. Sie wirkte wie versteinert, und alle Versuche ihrer Eltern, mit ihr ins Gespräch zu kommen, ignorierte sie beharrlich. Sie trank nur eine Tasse Tee und verschwand dann wie ein Gespenst wieder nach oben. Sie kehrte nicht ins College zurück, sondern blieb zu Hause und sperrte sich das gesamte Wochenende über in ihrem Zimmer ein. Glücklicherweise begannen in einer

Woche die Weihnachtsferien, sodass sie nicht allzu viel versäumte.

Doch am Sonntagabend zog Kate sich plötzlich an und brach nach Radcliffe auf. Sie verabschiedete sich nicht einmal von ihren Eltern.

In Radcliffe wechselte sie mit niemandem ein Wort, und als Beverly sie begrüßte und fragte, ob sie krank sei, verschwieg Kate ihr, was passiert war. Sie brachte es nicht über sich, die Worte auszusprechen. Die folgenden Nächte weinte sie sich in den Schlaf.

Die Mädchen im Wohnheim in Radcliffe registrierten, dass mit ihr etwas nicht stimmte. Aber erst einige Tage später entdeckte jemand einen kurzen Zeitungsartikel, in dem über den Abschuss von Joes Flugzeug berichtet wurde. Der Geheimdienst hatte beschlossen, die Sache nicht an die große Glocke zu hängen, damit die Menschen nicht allzu sehr demoralisiert würden. Offiziell wurde Joe als vermisst geführt. Nun wussten die Mädchen im Wohnheim Bescheid. Sie hatten damals mitbekommen, dass Joe Allbright Kate besucht hatte.

»Es tut mir so Leid«, flüsterten manche, wenn Kate in der Halle vorüberging. Sie nickte dann nur kurz und ging eilig weiter. Sie sah schrecklich aus, wurde immer schmaler, und als sie über die Weihnachtsferien nach Hause fuhr, war sie vollkommen erschöpft.

Auch Elizabeth wusste nicht weiter. Kate ließ sich nicht trösten und blieb meist allein in ihrem Zimmer. Sie wartete auf Nachrichten von Joe.

Sie bat ihren Vater, vor Weihnachten noch einmal mit seinem Bekannten in Washington Kontakt aufzunehmen, doch auch dort lagen keine neuen Informationen vor. Niemand hatte etwas über Joes Schicksal in Erfahrung bringen können. Von Seiten der Deutschen war nichts über seine Gefangennahme bekannt geworden. Joe war wie vom Erdboden verschluckt. Nirgendwo gab es einen Hinweis auf sein Schicksal.

Bei den Jamisons fand in diesem Jahr kein Weihnachtsfest statt. Kate machte sich nicht die Mühe, etwas für ihre Eltern zu besorgen, und äußerte ihrerseits keine Wünsche. Sie erhielt natürlich trotzdem Geschenke, die sie nur widerwillig auspackte. Die meiste Zeit verbrachte sie in ihrem Zimmer. Sie konnte nicht anders, sie musste ständig an Joe denken. Wo war er bloß? Was war ihm zugestoßen? Lebte er überhaupt noch? Und würde sie ihn jemals wiedersehen? Ununterbrochen trauerte sie der gemeinsamen Zeit nach und beweinte bitterlich den Verlust ihres gemeinsamen Kindes. Sie war untröstlich, schlief kaum noch und magerte immer mehr ab.

Kate durchstöberte jeden Tag die Zeitung auf der Suche nach Neuigkeiten über Joe. Clarke wies sie immer wieder darauf hin, dass man sie ohnehin anrufen würde, bevor irgendetwas an die Presse drang. Er selbst rechnete nicht mehr damit. Joe war vermutlich schon seit Wochen tot und lag irgendwo in Deutschland begraben. Kate wurde bei dem Gedanken daran beinahe verrückt. Ein Teil von ihr schien abgestorben zu sein.

Sie lag entweder auf ihrem Bett und starrte die Wände an oder lief in ihrem Zimmer unruhig auf und ab. Es war, als müsste sie jeden Augenblick explodieren, doch es gab nichts, was sie tun konnte. Eines Abends betrank sie sich vor lauter Verzweiflung. Ihre Eltern verloren am nächsten Tag kein Wort darüber. Auch sie waren verzweifelt. Nie zuvor hatten sie Kate in einem solchen Zustand erlebt. Nur die Zeit würde ihren Schmerz heilen können.

Nachdem Kate schließlich ins College zurückgekehrt war, fiel sie zum ersten Mal bei einer Prüfung durch. Die Studienberaterin bestellte sie zu sich und wollte wissen, was mit ihr los sei. Kate sah erbärmlich aus, und mit erstickter Stimme berichtete sie, dass ein enger Freund von ihr während eines Einsatzes über Deutschland abgeschossen worden war. Das erklärte ihre schlechten Noten. Die Beraterin drückte Kate ihr Mitgefühl aus und versicherte ihr, dass sie sich gewiss bald wieder besser fühlen würde. Sie war sehr verständnisvoll, denn sie selbst hatte erst im Jahr zuvor ihren Sohn verloren.

Doch niemand vermochte Kate zu trösten. Wenn sie nicht verzweifelt war, erfüllte sie rasende Wut: auf den Krieg, auf das Schicksal, auf den Mann, der Joe abgeschossen hatte, auf Joe, weil er es zugelassen hatte, und schließlich auf sich selbst, weil sie ihn so sehr liebte. Sie hätte sich gern davon befreit, doch sie wusste, dass Joe ihr Herz erobert hatte. Es war zu spät.

Andy traf Kate kurz nach den Weihnachtsferien. Zunächst hatte er großes Mitleid mit ihr, doch seine Geduld war irgendwann erschöpft. Sie drohte in Selbstmitleid zu versinken. Er hielt ihr vor Augen, dass sie doch gewusst habe, wie gefährlich Joes Aufgabe war. Überall und zu jeder Zeit hätte es geschehen können, denn er hatte mit seinen wagemutigen Flügen während der Flugwettbewerbe schon immer den Tod herausgefordert. Kate war in der gleichen Situation wie Tausende andere Frauen auch. Immerhin war sie nicht mit Joe verheiratet, und sie hatten keine Kinder. Sie war ja nicht einmal mit ihm verlobt.

Doch Kate reagierte zornig. »Und deshalb soll ich mich besser fühlen? Du klingst wie meine Mutter. Glaubst du wirklich, dass ein Ring an meinem Finger etwas ändern würde? So etwas bedeutet mir nicht das Geringste, Andy Scott! Warum sind nur alle so besessen von diesen gesellschaftlichen Regeln? Wahrscheinlich ist er in irgendeinem verdammten Gefangenenlager und wird gefoltert, weil er irgendetwas weiß. Er hat mich geliebt und ich ihn!« Sie begann zu schluchzen. »Ich will nur, dass er nach Hause kommt!« Dann klappte sie wie eine Puppe zusammen, und Andy fing sie auf.

»Er wird nicht zurückkehren, Kate, und du weißt es. Die Chance, dass er nach Hause kommt, steht eins zu einer Million.« Wenn überhaupt, fügte Andy im Stillen hinzu.

»Aber vielleicht kann er ja entkommen!« Kate weigerte sich beharrlich, auch die letzte Hoffnung sterben zu lassen.

»Vielleicht ist er aber auch längst tot«, gab Andy zu bedenken. Er wollte sie zwingen, der Wahrheit ins Auge zu sehen.

Kate wusste, dass er Recht hatte, doch sie wollte es nicht hören. Noch konnte sie Joes Schicksal nicht akzeptieren.

»Kate, ich kann mir vorstellen, wie du dich fühlst, aber du musst darüber hinwegkommen. Du darfst nicht zulassen, dass du daran zugrunde gehst!«

Doch Kate fand keinen Ausweg. Sie tat ja schon ihr Bestes, doch sie ertrank in ihrer Trauer um Joe. Sie hatte keine Ahnung, wie sie weiterleben sollte, wenn er tatsächlich nicht zurückkäme. Und doch, selbst in ihrer bittersten Verzweiflung, sagte ihr eine innere Stimme, dass er noch lebte. Sie konnte nicht loslassen. Sie fragte sich, ob sie jemals dazu imstande wäre.

Kate und Andy aßen in der Cafeteria gemeinsam zu Abend. Kate brachte kaum einen Bissen hinunter, doch Andy drängte sie, etwas zu sich zu nehmen. Er brachte sie auch dazu, ihn einige Tage später zu einem Schwimmwettbewerb gegen eine College-Mannschaft aus Massachusetts zu begleiten. Zu Kates eigener Überraschung fühlte sie sich an diesem Tag tatsächlich besser, und für eine kurze Zeit konnte sie ihr Elend sogar vergessen. Alle freuten sich, als Harvard den Wettkampf gewann.

Anschließend gingen Kate und Andy gemeinsam zum Dinner. Nach dem Essen brachte Andy Kate nach Hause. Sie sah schon wieder viel besser aus als noch vor einigen Tagen. Andy hörte aufmerksam zu, als sie ihm erzählte, dass sie von Joe geträumt hatte. Sie war noch immer davon überzeugt, dass er lebte, und Andy vermied es, abermals mit ihr zu streiten. Kate brauchte wohl einfach noch Zeit.

Manchmal kam das heikle Thema auch im Familien- oder Freundeskreis zur Sprache. Jedes Mal beteuerte Kate, dass Joe irgendwo in einem deutschen Kriegsgefangenenlager festgehalten werde. Mit der Zeit verlor niemand mehr ein Wort darüber.

Der Sommer stand vor der Tür, und Joe war seit sieben Monaten verschollen. Seine letzten Briefe waren einen Monat nach dem Abschuss eingetroffen, und immer noch las Kate jede Nacht darin. Sie wollte sich einfach nicht von ihm lösen. Sie hielt ihn tief in ihrem Herzen fest. Dorthin würde nie ein anderer vordringen. Ihr war klar, dass sie sich das Leben selbst schwer machte, aber sie hatte keine Ahnung, wie sie etwas daran ändern sollte. Joe hatte ihr nun einmal alles bedeutet.

Ihre Eltern drängten sie, im Sommer eine Reise zu unternehmen, und schließlich willigte Kate ein. Sie nutzte die Gelegenheit, ihre Patentante in Chicago zu besuchen, und von dort aus reiste sie nach Kalifornien, um eine alte Freundin wiederzusehen, die bald nach Stanford gehen würde. Es war eine interessante Reise, und Kate hatte viel Spaß. Doch trotzdem wurde sie das Gefühl nicht los, dass nicht sie es war, die das alles erlebte. Als sie im Zug nach Hause saß, war sie erleichtert. Drei

Tage blieben ihr noch, die sie allein mit ihren Erinnerungen an Joe verbringen konnte. Doch allmählich glaubte auch sie, dass er nicht mehr am Leben war.

Als Kate Ende August nach Boston zurückkehrte, war Joe bereits seit neun Monaten verschollen. Niemand hatte etwas von ihm gehört, niemand hatte ihn gesehen. Washington und auch die *Royal Air Force* hatten Joe Allbright inzwischen für tot erklärt.

In jenem Sommer unternahm Kate keinen Abstecher nach Cape Cod. Sie verband zu viele Erinnerungen mit diesem Ort, wenngleich sie Joe dort auch nur zwei Mal getroffen hatte. Sie kehrte gerade rechtzeitig aus Kalifornien nach Hause zurück, um mit ihrem vorletzten Studienjahr in Radcliffe zu beginnen. Sie würde ihr Examen in Geschichte und Kunst machen und hatte noch keine Ahnung, was sie damit anfangen wollte. Lehrerin zu werden, reizte sie nicht, aber es gab auch keine andere Perspektive.

Einige Wochen, nachdem der Unterricht wieder begonnen hatte, traf sie sich mit Andy. Er war mittlerweile im dritten Jahr an der juristischen Fakultät und hatte kaum noch Zeit, um sich mit ihr zu verabreden. Das Studium gefiel ihm noch immer sehr gut, und er arbeitete hart.

Einige von Kates Freundinnen waren nicht mehr nach Radcliffe zurückgekehrt. Zwei hatten im Sommer geheiratet, eine andere war an die Westküste gezogen. Eine vierte musste ihre Mutter unterstützen, denn ihr Vater und ihre beiden Brüder waren im vergangenen Jahr gefallen. Die Welt schien beinahe nur noch aus Frauen zu bestehen. Berufe, die vor dem Krieg von Männern ausgeübt worden waren, wurden nun von Frauen übernommen. Mittlerweile hatte man sich daran gewöhnt. Früher hatte Kate ihre Eltern manchmal geneckt, indem sie ihnen damit drohte, Busfahrerin zu werden, wenn sie erst einmal erwachsen sei. Nun jedoch gab es gar keinen Beruf, der sie auch nur ansatzweise interessiert hätte.

Sie war jetzt einundzwanzig Jahre alt und würde bald ihren Abschluss in Radcliffe machen. Sie war intelligent, hübsch und hatte ein einnehmendes Wesen. Ihre Mutter war sicher, dass sie längst verheiratet wäre und Kinder hätte, wenn nicht der Krieg dazwischen gekommen wäre. Doch Kate war seit Joes Tod außer mit Andy überhaupt nicht mehr ausgegangen. Einige der Harvardstudenten hatten sich mit ihr verabreden wollen, doch Kate wies alle ab. Diese Jungs interessierten sie nicht im Geringsten. Sie wartete noch immer auf eine Nachricht aus Washington. Schon oft hatte sie sich genau ausgemalt, wie der Anrufer ihr mitteilen würde, dass Joe noch lebte. Und vielleicht würde eines Tages sogar jemand zu ihr kommen und ihr sagen, dass im Besucherraum des Wohnheims ein Mann auf sie warte ... Ständig hielt sie nach Joe Ausschau, wenn sie in den Bus stieg, wenn sie um eine Ecke bog oder die Straße überquerte. Sie konnte sich nicht an den Gedanken gewöhnen, dass er von dieser Welt verschwunden war.

Die Ferien bedeuteten Kate gar nichts in jenem Jahr, obwohl der Schmerz nicht mehr so groß war wie im Jahr zuvor. Sie hatte sich beruhigt und zeigte sich gegenüber ihren Eltern freundlich und zuvorkommend. Nur wenn ihre Mutter sie drängte auszugehen, wechselte Kate entweder das Thema oder verließ verärgert den Raum. Ihre Eltern gaben allmählich die Hoffnung auf, dass Kate einen anderen Mann fand, und Elizabeth hatte Clarke gegenüber bereits geäußert, dass Kate bestimmt als alte Jungfer enden würde.

»Das glaube ich kaum.« Clarke lachte. »Meine Güte, sie ist erst einundzwanzig, und wir befinden uns im Krieg! Warte erst einmal ab, bis unsere Jungs wieder zu Hause sind.«

»Und wann wird das sein?«, fragte Elizabeth vorwurfsvoll.

»Bald, hoffe ich.«

Doch darauf gab es nicht den kleinsten Hinweis.

Im August wurde Paris befreit. Russland hatte den Deutschen widerstanden, und die Rote Armee war in Polen eingerückt. Doch im September verschärften die Deutschen ihre Luftangriffe auf England. Außerdem verlief die deutsche Offensive in den Ardennen für die Alliierten äußerst ungünstig. Die Panzerschlacht, die über Weihnachten tobte, kostete vielen Männern das Leben und entmutigte die Menschen in der Heimat.

Am letzten Tag der Weihnachtsferien kam Andy Scott mit einigen Freunden bei Kate vorbei, und sie willigte schließlich ein, zum Schlittschuhlaufen mitzugehen. Sie fuhren zu einem See in der Nähe, und Elizabeth war erleichtert, als Kate das Haus verlassen hatte. Sie hoffte noch immer, dass Kate Andy eines Tages mehr Aufmerksamkeit schenken würde, obwohl diese ständig betonte, sie hege keinerlei romantische Gefühle für ihn. Doch mit den Jahren war die Beziehung zwischen den beiden immer enger geworden, und Elizabeth hatte die Hoffnung noch nicht völlig aufgegeben. Sie war davon überzeugt, dass Andy der perfekte Ehemann für Kate wäre. Clarke widersprach seiner Frau nicht, doch er war der Meinung, dass man diese Dinge lieber Kate selbst überlassen sollte.

Kate verbrachte mit den anderen einen wunderschönen Nachmittag beim Eislaufen. Die Jungs organisierten ein Hockeyspiel, und Kate zog in der Mitte des Sees anmutige Kreise. Als Kind war sie aufs Eiskunstlaufen versessen gewesen, und sie hatte es darin zu einiger Perfektion gebracht.

Anschließend tranken die jungen Leute Grog und unternahmen in der eiskalten Nachtluft einen langen Spaziergang. Nach einer Weile blieb Kate hinter den anderen zurück, und Andy gesellte sich zu ihr. Er freute sich darüber, dass es ihr besser zu gehen schien und sie offensichtlich ihren Spaß hatte. Die Weihnachtsferien waren tatsächlich gar nicht so übel gewesen, obwohl Kate nicht gerade viel unternommen hatte.

Andy bemerkte, dass sie zum ersten Mal nicht von Joe sprach. Er hoffte inständig, dass Kate ihre Trauer endgültig überwunden hatte.

»Was hast du denn im nächsten Sommer vor?«, fragte er leise und legte Kates Hand, die in einem Fausthandschuh steckte, in seine Armbeuge. Sein dunkles Haar schimmerte ebenso wie seine großen braunen Augen.

»Ich weiß nicht, ich habe noch gar nicht darüber nachgedacht«, gab Kate unentschlossen zurück. Ihr Atem bildete in der kalten Luft weiße Dampfwolken. »Und du?«

»Ich habe eine witzige Idee«, verkündete Andy. »Wir machen doch beide im Juni unser Examen. Mein Vater sagt, dass ich vor September nicht mit der Arbeit anzufangen brauche. Ich dachte daran, dass es vielleicht schön wäre, eine Hochzeitsreise zu machen.«

Kate nickte, während sie zuhörte, doch dann runzelte sie die Stirn und blickte Andy an. »Mit wem denn?« Sie hielt den Atem an.

Andys Augen schimmerten merkwürdig, als sie beide mitten im Schritt innehielten und er sie anblickte. »Ich dachte eigentlich an dich«, sagte er sanft.

Kate stieß einen langen Seufzer aus. Sie hatte geglaubt, dass sie diese Dinge bereits hinter sich gelassen hätten. Seit Jahren hatte sie Andy wie einen Bruder behandelt. Doch er hatte ja von Anfang an ein Auge auf sie geworfen. Wie ihre und auch seine Eltern war er davon überzeugt, dass sie ein gutes Paar abgeben würden.

»Machst du Witze?«, fragte Kate, doch Andy schüttelte den Kopf. Sie lehnte sich an ihn. »Das kann ich nicht, Andy, und du weißt es. Ich liebe dich wie einen Bruder.« Dann lächelte sie traurig zu ihm auf. »Wenn ich dich heiratete, wäre das so eine Art Inzest.«

»Ich weiß, dass du in Joe verliebt warst«, erwiderte Andy. »Doch er ist fort. Ich habe dich immer geliebt! Ich glaube, dass ich dich glücklich machen kann, Kate.«

Aber nicht so wie Joe, dachte Kate. Er hatte eine Leidenschaft in ihr entfacht, die Andy niemals in ihr wecken würde. Andy bedeutete Kate viel, doch auf eine vollkommen andere Art. Sie war sicher, dass sie für ihn nie so empfinden würde wie für Joe.

Sie standen noch immer mitten auf dem Weg. Die anderen waren bereits weit voraus und hatten keine Ahnung von den Dingen, die hinter ihnen vorgingen.

»Es wäre dir gegenüber nicht fair«, sagte Kate ehrlich, während sie weiterliefen.

Andy hatte schon den ganzen Tag daran gedacht, sie zu fragen, aber beim Eislaufen hatte sich keine Gelegenheit ergeben. Kate hatte sich wie immer abseits gehalten.

»Ich kann immer noch nicht glauben, dass er nicht mehr zurückkehrt«, fügte Kate hinzu. In letzter Zeit hatte sie zwar immer größere Anstrengungen unternommen, sich an den Gedanken zu gewöhnen, aber wahrscheinlich würde es ihr niemals gelingen.

»Viele Leute erleben Romanzen, bevor sie jemand anderen heiraten. Manche lösen sogar eine Verbindung, wenn sie jemand anderem begegnen.« Andy sprach nun voller Ernst und schaute Kate an. »Nach dem Krieg wird es zahllose Frauen geben, die in einer ähnlichen Lage sind wie du. Es gibt Witwen, die noch jünger sind als du. Manche haben sogar Kinder. Auch sie können die Augen nicht vor dem Leben verschließen. Sie müssen weiterleben, genauso wie du. Du kannst dich nicht für immer verstecken, Kate.«

»Doch, das kann ich!« Kate war davon überzeugt, dass sie mit Joe etwas Ungewöhnliches und Besonderes erfahren hatte, das sie für den Rest ihres Lebens erfüllen würde. Niemals würde es einen anderen Mann für sie geben.

»Das tut dir aber nicht gut. Du brauchst einen Ehemann, jemanden, der dich liebt und der für dich sorgt.« Andys Worte wären Musik in Elizabeths Ohren gewesen, doch Kate war nicht bereit, auch nur einen Gedanken daran zu verschwenden, jemand anderen als Joe zu heiraten.

»Du verdienst etwas Besseres als eine Frau, die ein Gespenst liebt, Andy.« Es war das erste Mal, dass Kate über Joes Tod sprach.

Andy hielt es für einen ersten Schritt. »Vielleicht gäbe es ja in unserem Leben sogar Platz für ein Gespenst.« Er war zuversichtlich, dass Kate sich eines Tages von Joe lösen würde.

»Ich weiß nicht«, entgegnete sie unbestimmt. Doch immerhin sagte sie nicht nein.

»Wir brauchen ja nicht schon im Sommer zu heiraten, Kate. Ich wollte nur wissen, was du von meiner Idee hältst. Wir nehmen uns so viel Zeit, wie du willst.«

Sie konnte sich nicht vorstellen, sich in Andy zu verlieben. Obwohl er schon dreiundzwanzig war, wirkte er auf sie wie ein Kind. Joe war genau zehn Jahre älter als er. Außerdem war Andy nun einmal wie ein Bruder für sie. Ihre Mutter hatte einmal behauptet, genau so sollten Ehemänner sein, aber damit wollte sie sich nicht abfinden.

»Also, was denkst du?«, fragte Andy hoffnungsvoll.

Kate lachte. Er erinnerte sie an einen kleinen Jungen, der sich zum ersten Mal mit einem Mädchen verabreden wollte.

Sie konnte ihn einfach nicht ernst nehmen. »Du bist verrückt, wenn du's wirklich auf mich abgesehen hast«, antwortete sie geradeheraus.

Voller Erwartung schaute er sie an. »Und was ist mit dir?«

»Ich weiß es nicht. Ich kann mir ein Leben mit dir gar nicht vorstellen. Lass mich erst darüber nachdenken.« Kate hatte in den vergangenen drei Jahren nichts unversucht gelassen, Andy mit ihren Hausgenossinnen in Kontakt zu bringen, doch er hatte sich immer nur für sie ernsthaft interessiert. »Es klingt doch ziemlich verrückt«, stellte sie vollkommen unromantisch fest, doch Andy ließ sich nicht entmutigen. Es war besser gelaufen, als er gehofft hatte, und er machte einen durchaus zufriedenen Eindruck. Seit Monaten hatte er versucht, den Mut aufzubringen, Kate zu fragen, und dabei befürchtet, dass es noch viel zu früh war. Doch nun war seit Joes Verschwinden immerhin ein Jahr vergangen.

»Vielleicht ist es gar nicht so verrückt, wie du glaubst«, sagte er sanft. »Lass uns einfach abwarten, wie sich die Dinge in den nächsten Monaten entwickeln«, schlug er vor.

Kate nickte. Sie hatte Andy schließlich immer gern gehabt, und vielleicht hatte ihre Mutter ja doch Recht.

Aber am späten Abend, nachdem Andy Kate nach Hause gebracht hatte, deprimierte sie der Gedanke daran. Allein die Tatsache, dass sie Andy erlaubt hatte, darüber zu sprechen, erschien ihr wie ein Verrat an Joe. Und wenn sie an Andy dachte, vermisste sie Joe umso mehr. Die Faszination für ihn hatte nicht nachgelassen. Der Flug mit ihm war einer der Höhepunkte ihres Lebens gewesen. Andy wirkte daneben blass und unscheinbar. Er vermittelte ihr zwar Sicherheit, aber das reichte Kate nicht. Eine Verbindung mit ihm hätte für sie einen Rückschritt bedeutet.

Als Kate Andy wenige Tage darauf auf dem Campus wiedersah, wollte sie ihm all das erklären.

»Psst!«, fiel er ihr ins Wort und legte einen Finger auf ihre Lippen. »Ich weiß schon, was du sagen willst. Vergiss es! Ich will es gar nicht hören! Du hast einfach nur Angst.«

Doch das Problem bestand vielmehr darin, dass Kate nicht in Andy verliebt war. Gegenüber ihren Eltern verlor sie kein

Wort über Andys Anliegen. Sie wollte die Hoffnungen ihrer Mutter nicht noch schüren, die über Andys Antrag vollkommen aus dem Häuschen geraten würde. Außerdem wusste Kate selbst noch nicht genau, was sie von all dem halten sollte. Mittlerweile bekam sie Bedenken, ob es richtig war, mit Andy auszugehen.

»Gib uns doch einfach eine Chance«, bat er hartnäckig. »Wie wär's mit einem Dinner am Freitagabend? Am Samstag könnten wir auch ins Kino gehen.«

Kate fühlte sich, als hätte sie ein Junge von der High School gebeten, mit ihm auszugehen. Andy war immer guter Laune, fürsorglich, liebevoll und verlässlich, doch während alle anderen in den Krieg gezogen waren, war er zu Hause geblieben. In Kates Augen war er daher weniger erwachsen. Und mit Joe ließ er sich überhaupt nicht vergleichen.

Trotz all ihrer Bedenken bereitete sie sich am Freitagabend sorgfältig auf das Dinner vor. Sie trug ein schwarzes Kleid, das sie von ihrer Mutter zu Weihnachten bekommen hatte, hohe Absätze, eine eng anliegende Pelzjacke und eine Perlenkette. Sie sah sehr hübsch aus mit ihrem schimmernden rötlichen Haar, und Andy war beeindruckt, als er sie abholte. Er trug einen dunklen Anzug und war sicherlich der Traum aller Schwiegermütter, aber leider nicht Kates Traum.

Sie verbrachten einen schönen Abend in einem italienischen Restaurant in North End. Anschließend gingen sie tanzen, doch Kate wurde trotz all ihrer Bemühungen das Gefühl nicht los, dass das Ganze ein Fehler war. Sie hätte es vorgezogen, mit ihm wie immer in der Cafeteria zu essen, doch sie äußerte Andy gegenüber nichts dergleichen.

Andy war sehr zurückhaltend, als er Kate an jenem Abend nach Hause brachte. Er gab ihr noch nicht einmal einen Abschiedkuss. Auf keinen Fall wollte er sie in die Enge treiben, und er spürte, dass es für Annäherungsversuche noch zu früh war. Am folgenden Abend gingen sie gemeinsam ins Kino, um sich noch einmal *Casablanca* anzuschauen. Die Spannungen zwischen den beiden schienen sich verflüchtigt zu haben, und während sie anschließend Hamburger aßen, fragte Kate sich verwundert, warum sie so viel Spaß mit Andy hatte. Sie fand plötzlich Gefallen daran, sich mit einem Mann zu verabreden. Außerdem war sie gern mit Andy zusammen, obwohl es weder aufregend noch romantisch war. Er war ein Freund, nicht mehr. Trotzdem bemühte sie sich, ihm zumindest eine Chance zu geben.

Am Valentinstag schließlich gab Andy Kate einen ersten Kuss. Joe war nun seit fünfzehn Monaten fort, doch Kate dachte nur an ihn, als sie Andys Lippen auf den ihren spürte. Andy war in jeder Hinsicht ein attraktiver junger Mann, doch irgendetwas in Kate sträubte sich mit aller Macht gegen seine Berührungen. Sie war wie betäubt. Nachdem Joe sie verlassen hatte, hatte sich tiefe Finsternis in ihr ausgebreitet. Joe hatte Kates Herz mitgenommen.

Andy schien von all dem nichts zu bemerken. Während der nächsten zwei Monate trafen sie sich jede Woche. Jedes Mal, wenn er Kate zu Hause absetzte, küsste er sie. Er versuchte nicht, noch weiterzugehen, und Kate war deswegen sehr erleichtert. Sie wusste, dass Andy niemals ihren guten Ruf in Gefahr gebracht hätte. Er hatte ja keine Ahnung, dass sie bereits mit Joe geschlafen hatte. Immer wieder sprach Andy von seiner Liebe zu ihr. Sie mochte ihn auch – aber mehr nicht. Ihre Eltern waren begeistert, weil sie so oft mit Andy ausging, doch Kate betonte immer wieder, dass es nichts Ernstes sei. Jedes Mal, wenn Clarke seiner Tochter in die Augen schaute, brach ihm beinahe das Herz. Allzu leicht konnte er darin lesen, was sie beschäftigte. Er erkannte ihren unermesslichen Schmerz, und er ließ sich nicht dadurch täuschen, dass Kate angeregt plauderte und sogar wieder lachte.

Als Elizabeth eines Abends während des Dinners wieder einmal von Andy schwärmte, versuchte Clarke, ihr den Wind aus den Segeln zu nehmen. Diese Entwicklung gefiel ihm nicht.

»Dräng die beiden doch nicht so, Liz. Lass sie ihren eigenen Weg finden.«

»Es sieht doch ganz gut aus. Sie werden sich bestimmt bald verloben.«

Doch diese Aussicht beunruhigte Clarke. Kate hatte sich rettungslos in Joe verliebt, und nun sollte sie einen anderen heiraten, einen Mann, der nie mehr als nur ein schwacher Ersatz sein konnte? Für Clarke war dies ein schrecklicher Gedanke. Er war seit dreizehn Jahren mit Elizabeth verheiratet, und er liebte seine Frau noch wie am ersten Tag. Mit weniger sollte sich auch Kate nicht zufrieden geben müssen.

»Es wäre nicht gut, wenn die beiden heiraten«, sagte er nachdenklich.

»Und warum nicht?« Elizabeth warf ihm einen erbosten Blick zu. Er würde noch alles verderben.

»Sie liebt ihn nicht, Liz«, erklärte Clarke ruhig. »Schau sie doch an. Joe ist es, dem ihr Herz gehört.«

»Er war nie der Richtige für sie, und nun ist er fort, verdammt noch mal!«

»Das ändert doch nichts an ihren Gefühlen für ihn. Vielleicht wird sie nie darüber hinwegkommen ...« Auch davor fürchtete Clarke sich. Eine Ehe mit Andy würde alles nur noch schlimmer machen, besonders, wenn Kate ihn heiratete, um ihren Eltern einen Gefallen zu tun. Sie würde daran zerbrechen. Früher oder später würde die Verzweiflung die Oberhand gewinnen. Da wäre es schon besser, Kate bliebe allein, wie nett Andy auch immer sein mochte. »Lass sie einfach in Ruhe. Sie werden schon herausfinden, was das Richtige ist«, beharrte er.

Elizabeth schüttelte verständnislos den Kopf. »Sie sollten heiraten und Kinder bekommen, Clarke. Was soll Kate denn tun, wenn sie im Juni mit dem College fertig ist?«

Eine Hochzeit und Kinder als eine Art Therapie – das gefiel Clarke überhaupt nicht. »Mir wäre es lieber, wenn sie sich eine Stellung sucht, als dass sie den falschen Mann heiratet.« Er ließ sich nicht beirren.

»Andy Scott ist doch perfekt!« Elizabeth verstand ihren Mann nicht mehr. Vielleicht hatte dieser Joe Allbright nicht nur Kate verrückt gemacht. Doch auch das änderte nichts daran, dass er nicht mehr zurückkehren würde. Kate musste ihr Leben auch ohne ihn weiterführen.

Unterdessen ging Kate weiterhin an jedem Wochenende mit Andy aus. Sie wollte so gern mehr für ihn empfinden, doch es gelang ihr einfach nicht.

Im Frühjahr wandte sich die allgemeine Aufmerksamkeit erneut nach Europa, nach England, Frankreich und Deutschland. Das Blatt schien sich nun endlich zu wenden. US-amerikanische und britische Truppen entschieden im März die Schlacht um das Ruhrgebiet für sich, nachdem US-Streitkräfte bereits im Februar im Pazifik auf der japanischen Vulkan-Insel Iwo Jima gelandet waren. Im April fiel Nürnberg an die Alliierten, und zur selben Zeit erreichten die Russen die Randbezirke Berlins. Ende April wurden Mussolini und seine Minister hingerichtet. Am nächsten Tag kapitulierten die deutschen Truppen in Italien, zwei Wochen, nachdem Präsident Roosevelt gestorben war. Sein Nachfolger wurde Harry Truman. Am siebten Mai kapitulierte die deutsche Wehrmacht, und Präsident Truman erklärte den achten Mai zum *Tag des Sieges in Europa*.

Kate und Andy verschlangen förmlich die Nachrichten und diskutierten stundenlang darüber. Der Krieg hatte für Kate eine völlig andere Bedeutung als für viele andere junge Frauen. Die anderen beteten nun atemlos um die Rückkehr ihrer Männer. Sie hatte dagegen bereits einen hohen Preis gezahlt: Joe war vor beinahe zwei Jahren abgeschossen worden. Kate hatte inzwischen die Hoffnung aufgegeben, dass er nach Kriegsende wieder auftauchen würde. Seit siebzehn Monaten war er nun fort, und alle, die ihn kannten, hatten sich mit seinem Tod abgefunden. Seine Akte war bereits geschlossen, doch seine Flugrekorde waren immer noch nicht übertroffen worden. Daran würde sich für lange Zeit nichts ändern.

Kate besuchte gerade eine Vorlesung, als die Nachricht vom *Tag des Sieges in Europa* die Runde machte. Eine der Lehrerinnen betrat den Raum. Tränen strömten über ihre Wangen. Drei Jahre zuvor war ihr Ehemann in Frankreich gefallen. Alle Mädchen standen auf und fielen einander jubelnd in die Arme. Es war vorbei … zu Ende … geschafft! Endlich würden die Jungs nach Hause zurückkehren! Nun musste nur noch der Sieg über Japan errungen werden, doch alle waren davon überzeugt, das auch dies nicht mehr lange auf sich warten ließe.

Am selben Nachmittag besuchte Kate ihre Eltern. Ihr Vater war außer sich vor Freude. Vater und Tochter sprachen lange und ausführlich über die Ereignisse, und Clarke entging der traurige Ausdruck in Kates Augen nicht. Es war nicht zu übersehen, was ihr durch den Kopf ging, und mit Tränen in den Augen blickte sie ihn an.

Clarke nahm ihre Hand. »Es tut mir so Leid, dass er es nicht geschafft hat, Kate.«

Kate nickte. Energisch wischte sie sich die Tränen von den Wangen.

Kurz darauf kehrte sie ins Wohnheim zurück, legte sich auf ihr Bett und dachte an Joe. Er war in der Nähe, ganz nah bei ihr, das spürte sie.

Eine ihrer Kommilitoninnen klopfte an und sagte, dass Andy am Telefon sei. Kate bat sie, ihm auszurichten, dass sie nicht zu Hause sei. Sie konnte jetzt einfach nicht mit ihm sprechen.

9

Die Abschlussfeier am College war im Vergleich zu dem Sieg in Europa natürlich ein geradezu unbedeutendes Ereignis. Kate sah mit Hut und Talar bezaubernd aus, und ihre Eltern waren sehr stolz auf sie. Auch Andy war zu der Feier erschienen. Er hatte Kate gefragt, ob sie sich noch in dieser Woche verloben sollten, doch sie wollte noch eine Weile warten. Andy würde im Sommer durch den Nordwesten reisen und im Herbst bei seinem Vater in New York seine Arbeit aufnehmen.

Kate besuchte auch Andys Abschlussfeier. Es war ein kleines Fest, doch die Organisatoren hatten sich trotzdem Mühe gegeben, der Veranstaltung einen würdevollen Rahmen zu verleihen. Kate freute sich sehr für Andy. Sie war mit ihm übereingekommen, im Sommer noch einmal über die Heirat zu sprechen. Für Kate war es eine Gnadenfrist.

Als Andy im Juni aufbrach und endlich fort war, stellte Kate jedoch zu ihrer eigenen Überraschung fest, dass sie ihn sehr vermisste. Sie war erleichtert, dass sie anscheinend doch mehr als nur Freundschaft für ihn empfand. Aber sie war sich ihrer Gefühle trotzdem noch nicht sicher. Joe stand noch immer zwischen ihr und Andy. Ihre Empfindungen waren wie gedämpft, als ob all ihre Kraft mit Joe verschwunden sei. Doch Kate spürte, dass sich das allmählich änderte. Sie war Andy unendlich dankbar für seine Geduld, denn sie wusste, dass sie ihm das Leben schwer gemacht hatte. Ende Juni wartete sie bereits sehnsüchtig auf seine Rückkehr. Er rief sie an, sooft er konnte, und schickte ihr unzählige Ansichtskarten. Sein nächstes Ziel war der Nationalpark *Grand Tetons* in Wyoming, und anschließend wollte er zum Lake Louise in den kanadischen Rocky Mountains reisen. Im Staat Washington plante er einen Besuch bei Freunden, und von San Francisco aus würde er sich schließlich auf den Heimweg machen. Obwohl Andy die Reise sehr genoss, vermisste er Kate sehr. Und Kate dachte bereits ernsthaft darüber nach, sich im Herbst mit ihm zu verloben und ihn vielleicht im kommenden Juni zu heiraten. Diese Zeit würde sie auf jeden Fall noch brauchen. Sie selbst arbeitete den Sommer über wieder beim Roten Kreuz.

Jeden Tag trafen Massen von Männern aus Europa ein, Lazarettschiffe brachten die Verwundeten in die Heimat zurück. Kate hatte sich zur Arbeit am Hafen gemeldet und half dem medizinischen Personal dabei, die Männer auf die Krankenhäuser zu verteilen. Dort würden viele von ihnen die nächsten Monate, wenn nicht gar Jahre verbringen.

Niemals zuvor hatte Kate so viele überglückliche Menschen gesehen. Einige knieten nieder und küssten den Boden sowie andere wildfremde Menschen, auf die sie trafen. Die Arbeit war anstrengend, aber auch äußerst befriedigend. Ein Großteil der Männer hatte entsetzliche Verletzungen erlitten, und ihre Mienen verrieten, wie viel Elend sie gesehen hatten. Trotzdem stand ihnen die Begeisterung über die Heimkehr ins Gesicht geschrieben. Wenn sie von Bord der Schiffe humpelten und ihre Verwandten und Freunde umarmten, war Kate jedes Mal zu Tränen gerührt.

Sie verbrachte viele Stunden mit den Heimkehrern, hielt ihnen die Hand oder kühlte die Stirn, schrieb Briefe für diejenigen, die ihr Augenlicht verloren hatten. Sie half den Männern in die Krankenwagen oder in die Militärlastwagen. Jeden Tag ging sie völlig verdreckt und erschöpft nach Hause, doch sie empfand das befriedigende Gefühl, etwas Sinnvolles geleistet zu haben.

Eines Nachts kehrte sie erst sehr spät heim. Sie hatte den ganzen Tag auf einer Krankenstation gearbeitet. Ihre Eltern hatten sich bestimmt bereits Sorgen gemacht.

In dem Augenblick, als sie das Haus betrat und in das Gesicht ihres Vaters blickte, wusste Kate, dass etwas Erschütterndes geschehen war. Ihre Mutter saß neben ihm auf dem Sofa und wischte sich mit einem Taschentuch über die Augen. Kate ahnte, dass jemand ums Leben gekommen war. Ein eisiger Schauer lief ihr über den Rücken.

»Was ist los, Dad?«, fragte sie leise, als sie das Wohnzimmer betrat.

»Kate, komm und setz dich zu uns.«

Kate folgte seiner Aufforderung und strich unwillkürlich über ihre befleckte Uniform. Ein langer, harter Tag lag hinter ihr, und sie war vollkommen verschwitzt.

»Geht's dir gut, Mom?«, fragte sie.

Elizabeth nickte stumm.

»Was ist geschehen?« Kate blickte von einem zum anderen.

Doch ihre Eltern hüllten sich in Schweigen.

Kate hatte keine Großeltern mehr, es gab weder Onkel noch Tanten, also ging es wahrscheinlich um einen Freund der Familie.

»Ich habe heute einen Anruf aus Washington erhalten«, sagte Clarke schließlich.

Kate war verwirrt. Was hatte das zu bedeuten? Aufmerksam betrachtete sie das Gesicht ihres Vater und hoffte auf einen Hinweis.

Clarke holte tief Luft und fuhr dann fort: »Man hat Joe gefunden, Kate. Er lebt!«

Kate war fassungslos. Der Boden schien zu wanken, und sie war unfähig, sich zu rühren.

»Was?«, stieß sie schließlich mühsam hervor. Ihr Gesicht war totenbleich. »Ich verstehe nicht...« Ein unbeschreibliches Entsetzen ergriff Besitz von ihr, und sie erinnerte sich an den Tag, als sie ihr Kind verloren hatte. »Wie meinst du das, Dad?« Obwohl sie so lange darauf gehofft hatte, schien es ihr in diesem Augenblick vollkommen unmöglich zu sein. Sie hatte sich endlich damit abgefunden, dass Joe tot war. Und nun, da sie diese Worte hörte, auf die sie so lange vergeblich gewartet hatte, schwirrte ihr der Kopf, und sie war vollkommen durcheinander.

»Er wurde in der Nähe von Berlin abgeschossen«, sagte Clarke leise. »Er hatte offenbar Schwierigkeiten mit dem Fallschirm und hat sich bei der Landung beide Beine gebrochen. Ein Bauer hat ihn versteckt, bis er sich schließlich auf den Weg zur Grenze machen konnte. Doch er wurde entdeckt und ins Gefängnis nach Colditz in der Nähe von Leipzig gebracht. Er hatte keine Möglichkeit, mit der Außenwelt Kontakt aufzunehmen. Das Kriegsministerium sagt, dass er falsche Papiere bei sich hatte. Wenn die Deutschen seinen Namen in Erfahrung gebracht hätten, wäre es für ihn noch gefährlicher gewesen.«

Stumm starrte Kate ihren Vater an und versuchte angestrengt, sich auf seine Worte zu konzentrieren. Sie hatte den Eindruck, als würde sie selbst – nicht nur Joe – unter die Lebenden zurückkehren.

»Er saß in Isolationshaft, und aus irgendeinem Grund haben die Deutschen auch den falschen Namen nicht bekannt gegeben. Niemand weiß etwas Genaues. Vielleicht haben die Deutschen geahnt, dass es sich um einen Codenamen handelte. Joe war sieben Monate lang in Colditz, dann konnte er fliehen. Diesmal gelang es ihm, nach Schweden zu entkommen. Er wollte auf einem Frachter weiterfahren, als er erneut entdeckt wurde. Er wurde angeschossen und schwer verletzt. Man vermutet, dass er für mehrere Monate im Koma lag. Jedenfalls wurde er nach Colditz zurückgebracht. Er hatte falsche schwedische Papiere bei sich. Deshalb erschien er nicht auf den Listen der amerikanischen Kriegsgefangenen. Ich habe keine Ahnung, ob die überhaupt wussten, wer er war. Vor einigen Wochen schon hat man ihn in Colditz entdeckt, doch bis gestern war er nicht in der Lage, Auskunft über seine Identität zu geben. Jetzt liegt er in einem Militärkrankenhaus in Berlin. Kate, er ist in einem sehr schlechten Zustand.« Clarke hatte Mühe, das Zittern in seiner Stimme zu kontrollieren, fing sich aber dann wieder. »Er war schon halb tot, als man ihn endlich befreien konnte. Doch glücklicherweise hat er bis jetzt durchgehalten. Er wird wohl durchkommen – falls es nicht noch irgendwelche Komplikationen gibt. Seine Beine sind immer noch nicht in Ordnung, er hat sie sich ein zweites Mal gebrochen. Außerdem hat er Schussverletzungen an Armen und Beinen davongetragen. Es muss die Hölle gewesen sein. Sobald er transportfähig ist, wird man ihn auf einem Lazarettschiff nach Hause bringen. Vielleicht schon in zwei Wochen, sodass er irgendwann im Juli hier sein wird.«

Kate brach in Tränen aus. Ihre Mutter beobachtete sie voller Verzweiflung. Dies bedeutete einen entscheidenden Wendepunkt in Kates Leben. Andy Scott und all das, was er ihr hätte bieten können, war passé. Es spielte gar keine Rolle, wie sehr Kate Joe liebte. Elizabeth war davon überzeugt, dass dieser Mann das Leben ihrer Tochter zerstören würde.

Clarke wünschte sich nichts mehr, als dass Kate glücklich würde. Er hatte nie viel von der Verbindung zu Andy gehalten, da er wusste, was Joe Kate bedeutete. Er hatte ihn immer respektiert und gern gehabt.

»Kann ich mit ihm sprechen?«, fragte Kate schließlich mit zitternder Stimme.

Clarke hielt das für unwahrscheinlich. Er hatte zwar den Namen des Krankenhauses notiert, doch die Verbindungen nach Deutschland waren in jenen Tagen sehr schlecht.

Kate versuchte es trotzdem. Die Vermittlung konnte jedoch keine Verbindung herstellen.

Später saß Kate in ihrem Zimmer, blickte in die Mondnacht hinaus und ließ ihren Gedanken an Joe freien Lauf. Sie erinnerte sich an die langen Monate, in denen sie davon überzeugt gewesen war, dass er noch lebte. Erst in der letzten Zeit hatte auch sie akzeptiert, dass er tot war.

In den folgenden Wochen hatte sie das Gefühl, von einem dichten Nebel umgeben zu sein. Jeden Tag ging sie zur Arbeit am Hafen. Sie besuchte die Männer in den Krankenhäusern, schrieb Briefe für sie, half ihnen beim Essen und Trinken. Sie lauschte unzähligen schrecklichen Erzählungen. Wenn Andy sie anrief, bemühte sie sich stets um einen unbefangenen Ton. Sie wollte ihm nicht ausgerechnet am Telefon mitteilen, dass Joe lebte. Aber sie wusste ohnehin kaum, worüber sie mit ihm sprechen sollte. Sie hatte all ihre Kraft aufgewandt, sich einzureden, dass sie in Andy verliebt war. Vielleicht wäre es tatsächlich eines Tages Wirklichkeit geworden. Doch nun, da Joe bald nach Hause zurückkehren würde, konnte sie kaum noch ein Wort mit Andy wechseln. Aber sie wollte ihm nicht seine Reise verderben, also wartete sie auf seine Rückkehr, um ihm die Nachricht persönlich zu überbringen.

An dem Tag, als Joes Schiff einlaufen sollte, ging Kate schon um fünf Uhr morgens aus dem Haus. Das Schiff wurde gegen sechs Uhr erwartet, es hatte in der Nacht vor der Küste geankert und sollte am Morgen in den Hafen gelotst werden.

Kate trug eine saubere Uniform. Ihre Hände zitterten, als sie ihre Haube aufsetzte. Sie konnte sich nicht vorstellen, wie es sein würde, Joe endlich wiederzusehen; es war wie ein Traum.

Mit der Straßenbahn fuhr sie zum Hafen, meldete sich bei ihrer Vorgesetzten und überprüfte die Vorräte. Siebenhundert verwundete Männer befanden sich auf dem Schiff, es war eines der ersten, die direkt aus Deutschland eintrafen. Die anderen waren aus England und Frankreich gekommen. Krankenwagen und Militärfahrzeuge warteten bereits in einer langen Reihe. Sie würden die Verwundeten in die Militärkrankenhäuser im Umkreis von mehreren hundert Meilen bringen.

Kate hatte keine Ahnung, wohin man Joe bringen würde. Doch sie wollte ihn auf jeden Fall begleiten. Während der vergangenen Wochen war es nicht möglich gewesen, ihn in Deutschland zu erreichen. Man hatte ihr gesagt, dass auch ein Brief wahrscheinlich nicht rechtzeitig dort eintreffen würde. Seit beinahe zwei Jahren hatte sie keinerlei Kontakt mehr zu ihm gehabt.

Langsam lief das Schiff ein. Die Decks waren voller Männer, die an Krücken gingen und Verbände trugen. Sie riefen, pfiffen und winkten, lange bevor das Schiff anlegte.

Ähnliche Szenen hatte Kate schon häufig gesehen, doch jedes Mal traten ihr wieder die Tränen in die Augen. Diesmal senkte sie jedoch nicht die Lider, sondern beobachtete die Männer aufmerksam. Sie strengte ihre Augen an und suchte die Reihen nach Joe ab, doch sie bezweifelte, dass er überhaupt in der Lage war, auf eigenen Beinen zu stehen. Die Informationen über seinen Zustand deuteten vielmehr darauf hin, dass er zu den Männern gehörte, die auf Tragen transportiert werden mussten.

Kate hatte ihre Vorgesetzte um Erlaubnis gebeten, an Bord gehen zu dürfen.

»Ist an Bord jemand, den Sie kennen?«

Normalerweise warteten die Freiwilligen an Land auf die Männer, nur selten gingen sie selbst an Bord, um mit anzupacken. Doch die pensionierte Schwester, die für die freiwilligen Helfer zuständig war, bemerkte Kates Verzweiflung.

»Ich ... mein ... mein Verlobter ist an Bord«, stotterte Kate schließlich. Es wäre viel zu kompliziert gewesen zu erklären, was während der letzten zwei Jahre geschehen war. Die diplomatische Lüge kam ihr daher leicht über die Lippen.

»Wie lange haben Sie ihn denn nicht mehr gesehen?«, fragte die Schwester, während sie gemeinsam beobachteten, wie das Schiff näher kam. Sie hatte Kate die Erlaubnis bereits erteilt.

»Einundzwanzig Monate.«

Die Schwester blickte die junge Frau mit den dunkelblauen Augen aufmerksam an.

»Bis vor drei Wochen glaubten wir noch, er sei tot.«

Die Ältere konnte gut verstehen, was das für Kate bedeutete. Sie selbst war ebenfalls durch die Hölle gegangen. Der Krieg hatte sie zur Witwe gemacht, und sie hatte drei Söhne verloren.

»Wo hat man ihn denn gefunden?«, fragte sie und hoffte, Kate ein wenig abzulenken. Das arme Mädchen schien jeden Augenblick zusammenzubrechen.

»In Deutschland. Im Gefängnis«, antwortete Kate nüchtern.

Die Schwester konnte nur vermuten, was man dort mit Joe angestellt hatte.

»Er wurde während eines Luftangriffs abgeschossen.«

Auch Kate hatte noch keine Vorstellung von den Verletzungen, die Joe erlitten hatte. Sie war einfach dankbar, dass er lebte.

Es dauerte noch über eine Stunde, bis das Schiff endlich angelegt hatte. Dann kamen die Männer einer nach dem anderen an Land. Die Menschen jubelten und weinten, zahllose herzzerreißende Szenen spielten sich vor aller Augen ab. Diesmal aber weinte Kate nicht mit den anderen. Sie weinte, weil sie nun endlich ihren geliebten Joe wiedersehen würde. Nach weiteren zwei Stunden konnte sie endlich an Bord gehen. Die Männer auf den Tragen waren bereits zum Abtransport vorbereitet. Kate war in Begleitung einiger Helfer, die die Männer von Bord bringen sollten. Um ein Haar hätte sie die Beherrschung verloren und sich durch die Menschen gedrängelt. Sie hatte nicht die geringste Ahnung, wie sie Joe auf diesem großen Schiff finden sollte. Sie beobachtete, wie die Helfer und die Matrosen die Tragen über Leitern aus den Kabinen an Deck brachten. Vorsichtig bahnte sie sich ihren Weg durch die verletzten Männer. Der Geruch nach schwitzenden Körpern hing in der Luft, und Kate musste sich zwingen, den Brechreiz zu unterdrücken.

Einige der Männer griffen nach ihr, versuchten, ihre Hände zu fassen und ihre Beine zu berühren. Immer wieder hielt sie an, um mit ihnen zu sprechen. Sie brachte es nicht über sich, einfach weiterzugehen. Sie achtete darauf, niemanden zu treten, und wieder blieb sie stehen, als ein Mann ohne Beine sich aufrichtete und ihre Hand ergriff. Er hatte nur noch ein halbes Gesicht, und Kate bemerkte an der Art und Weise, wie er den Kopf drehte, dass er auch das Sehvermögen seines verbliebenen Auges eingebüßt hatte. Er wollte mit ihr sprechen, ihr erzählen, wie glücklich er darüber war, wieder zu Hause zu sein. Sein Akzent verriet, dass er aus dem Süden stammte.

Kate beugte sich noch immer über ihn, als eine Hand sanft ihren Arm berührte. Sie wandte sich um. Vielleicht brauchte jetzt ein anderer ihren Zuspruch.

Und da sah sie ihn, ein breites Lächeln auf dem Gesicht. Es war schmal und bleich und von kleinen Narben gezeichnet, doch Kate erkannte ihn sofort. Sie fiel neben seiner Trage auf die Knie, und Joe richtete sich auf und schloss sie in seine Arme. Tränen strömten über seine Wangen und vermischten sich mit ihren. Er war es! Es war Joe!

»O mein Gott…« Mehr brachte Kate nicht über die Lippen.

»Hallo, Kate«, sagte Joe leise, mit zitternder, aber gleichwohl vertrauter Stimme. »Ich hab's dir doch gesagt: Ich habe hundert Leben.«

Kate schluchzte so heftig, dass sie nicht sprechen konnte. Joe wischte ihr mit seiner rauen Hand zärtlich die Tränen aus dem Gesicht. Er hatte viel an Gewicht verloren, und als Kate sich erhob, sah sie, dass beide Beine geschient waren. In Deutschland hatte man die Knochen gerichtet, doch die Ärzte wussten immer noch nicht, ob er jemals wieder würde laufen können. Joe hatte sich gleich zweimal die Beine gebrochen und außerdem einige Schussverletzungen davongetragen, als er versucht hatte zu fliehen. Sein Leben hatte an einem seidenen Faden gehangen, doch er war zu ihr zurückgekehrt. Kate konnte sich nicht einmal ansatzweise vorstellen, was er durchgemacht hatte.

»Ich habe nicht geglaubt, dass ich dich jemals wiedersehe«, sagte Joe sanft, während die Helfer ihn vom Schiff trugen.

Kate lief neben ihm her und hielt seine Hand. Mit der anderen wischte er sich immer wieder die Tränen ab.

»Ich auch nicht«, gab Kate zurück.

Ihre Vorgesetzte beobachtete die Szene, und auch ihr kamen die Tränen. Tausende Male hatte sie Ähnliches gesehen, doch diesmal konnte sie sich nicht beherrschen, denn Kate war ihr richtig ans Herz gewachsen. Irgendjemand muss doch in diesem ganzen Elend Glück haben, sagte sie sich im Stillen. In den vergangenen Jahren hatten sich wirklich genug Tragödien ereignet.

»Da haben Sie Ihren Liebsten ja schon gefunden. Willkommen zu Hause, mein Junge!«, sagte sie und klopfte Joe auf die Schulter. Er hielt Kates Hand fest umklammert. »Wollen Sie ihn begleiten, Kate?«

Joe wurde in ein Krankenhaus für Kriegsveteranen außerhalb von Boston gebracht. So konnte sie ihn problemlos besuchen. Das Blatt hatte sich doch noch gewendet. Was auch immer nun geschehen würde, Kate war sicher, dass sie für das Geschenk, dass Joe noch lebte, ewig dankbar sein würde.

Sie kletterte in den Krankenwagen und setzte sich neben ihm auf den Boden. In ihrer Tasche hatte sie Schokolade, die sie extra für ihn eingesteckt hatte. Als der Wagen sich in Bewegung setzte, reichte sie ihm einen Riegel. In dem Transporter befanden sich noch drei weitere Verwundete, daher zog Kate noch mehr Schokolade aus ihrer Tasche und verteilte sie. Einer der Männer begann bitterlich zu weinen.

Sie kamen alle aus Deutschland. Zwei von ihnen waren in Kriegsgefangenschaft geraten, und der dritte war bei dem Versuch, in die Schweiz zu entkommen, erwischt worden. Vier

Monate lang hatte er im Gefängnis verbracht, dann war er sich selbst überlassen worden. Alle hatten entsetzlich gelitten, doch sie waren schließlich von deutschen Zivilisten gerettet worden. Joe hatte im Gefängnis so lange ausgeharrt, bis die Alliierten ihn endlich fanden.

»Geht's dir gut?« Joe betrachtete Kate aufmerksam. Schon lange hatte er nicht mehr so etwas Schönes gesehen wie ihr Haar, ihre Haut und ihre Augen, und auch die anderen Männer konnten kaum den Blick von ihr wenden. Sie lagen auf den Bahren und starrten Kate an, während Joe ihre Hand hielt.

»Es geht mir gut. Ich habe immer daran geglaubt, dass du noch lebst«, flüsterte sie. »Ich wusste einfach, dass du nicht tot warst, obwohl alle anderen das Gegenteil behaupteten.«

»Ich hoffe, du bist inzwischen nicht verheiratet«, lachte Joe.

Kate schüttelte den Kopf. Aber wäre er etwas später heimgekehrt, wäre es für sie beide vielleicht zu spät gewesen.

»Und das College? Bist du inzwischen fertig?« Alles wollte er wissen, denn er hatte immerzu an sie gedacht. Jeden Abend hatte sein letzter Gedanke vor dem Einschlafen ihr gegolten, und immer wieder hatte er sich gefragt, ob er sie wohl jemals wiedersehen würde.

»Im Juni habe ich meinen Abschluss gemacht«, antwortete Kate. Nach einer so langen Zeit gab es viel zu erzählen. Achtzehn Monate waren nachzuholen, und das würde Zeit brauchen. »Ich arbeite jetzt als Freiwillige für das Rote Kreuz.«

»Mach keine Witze!«, lachte Joe. Immer wieder küsste sie seine aufgesprungenen Lippen. Nichts war süßer als diese Küsse! »Und ich dachte, du wärst eine Krankenschwester.« Er hatte seinen Augen nicht getraut, als sie auf dem Schiff plötzlich neben ihm stand. Es hatte keine Möglichkeit gegeben, vor seiner Abreise aus Deutschland mit ihr Kontakt aufzunehmen. Es war nun ein großes Glück, dass man ihn nach Boston und nicht nach New York brachte. So konnte sie ihn immerhin jeden Tag besuchen.

Kate blieb noch eine Weile bei ihm, während er im Krankenhaus versorgt wurde. Doch dann musste sie zum Hafen zurückkehren und ihre Arbeit erledigen.

»Ich komme heute Abend wieder«, versprach sie.

Es war schon sechs Uhr, als sie schließlich nach Hause kam. Von ihren Eltern lieh sie sich den Wagen aus, und um sieben Uhr war sie endlich wieder im Krankenhaus. Joe lag in saubere Laken gehüllt in seinem Bett und schlief tief und fest. Kate setzte sich neben ihn, ohne ihn zu wecken. Zwei Stunden später rührte er sich endlich. Er drehte sich um und verzog vor Schmerz das Gesicht. Dann erst spürte er, dass Kate da war, und öffnete die Augen.

»Träume ich? Oder bin ich etwa im Himmel?«, fragte er mit einem verschlafenen Lächeln. »Das ist doch nicht Kate, die hier an meinem Bett sitzt... Das habe ich doch gar nicht verdient.«

»Doch, natürlich hast du das verdient.« Kate küsste ihn zärtlich auf die Wangen und dann auf die Lippen. »Ich glaube, ich bin der glücklichste Mensch unter der Sonne. Meine Mutter hatte schon Angst, dass ich als alte Jungfer ende.«

»Ich hatte befürchtet, dass du längst mit diesem Andy verheiratet bist. Mit dem warst du ja schon immer befreundet. Solche Jungs bekommen immer die Mädchen ab, wenn der Held endlich tot ist.«

»Stell dir vor: Der Held ist gar nicht tot!«

»Nein.« Joe wälzte sich seufzend auf den Rücken. Seine Beine waren mittlerweile in Gips. »Ich dachte, ich würde nie wieder aus diesem Gefängnis herauskommen. Jeden Tag war ich sicher, dass mein letztes Stündlein geschlagen hätte. Aber offenbar hatten die Freude an mir. Deshalb haben sie mich nicht umgebracht.«

Stattdessen hatte man ihn schlecht behandelt. Kate konnte sich die Hölle, durch die er achtzehn Monate lang gegangen war, nicht vorstellen. Wie hatte er das nur überlebt?

Sie blieb bis gegen zehn Uhr bei ihm. Dann fuhr sie nach Hause. Sie sah, dass Joe sehr müde war. Außerdem hatte er ein starkes Mittel gegen die Schmerzen bekommen. Als sie ihn verließ, döste er bereits vor sich hin. An der Tür wandte sie sich noch einmal um und betrachtete das markante Gesicht, von dem sie so viele Male geträumt hatte.

Zu Hause wartete ihr Vater auf sie.

»Wie geht es ihm, Kate?«, fragte er voller Anteilnahme. Er war noch im Büro gewesen, als Kate sich auf den Weg zum Krankenhaus gemacht hatte.

»Er lebt«, strahlte sie, »und er ist in überraschend guter Verfassung. Seine Beine sind eingegipst, aber sein Gesicht sieht schlimm aus.« Als man ihn fand, war sein Haar lang und verfilzt gewesen, doch in dem Krankenhaus in Deutschland hatte man es abgeschnitten. Joe hatte erzählt, wie schrecklich er ausgesehen hatte. »Es ist wirklich ein Wunder, dass er wieder bei uns ist, Dad.«

Clarke freute sich sehr, seine Tochter so glücklich zu sehen. Es war Jahre her, dass sie so gestrahlt hatte wie in diesem Augenblick. Endlich wurde auch ihm wieder warm ums Herz. »Wenn ich mich nicht sehr täusche, sitzt er in null Komma nichts wieder in irgendeinem Flugzeug«, grinste er.

»Ich fürchte, da hast du Recht.«

Zuerst mussten jedoch Joes Beine versorgt werden. Es hieß, dass er vielleicht ein weiteres Mal operiert werden müsse und möglicherweise für den Rest seines Lebens hinken werde. Aber es gab entschieden schlimmere Schicksale. Er war von den Toten auferstanden, und was immer von ihm übrig war, für Kate würde es reichen.

Clarke schaute sie nun ernst an. »Andy hat angerufen, während du fort warst. Was willst du ihm sagen, Kate?«

»Nichts, solange er noch unterwegs ist.« Auf dem Nachhauseweg hatte sie darüber nachgedacht und sich miserabel gefühlt. Aber sie war so unbeschreiblich glücklich und hoffte inständig, dass Andy es verstehen würde. »Ich werde ihm die Wahrheit sagen«, ergänzte sie. »Sobald er erfährt, dass Joe zurück ist, weiß er ohnehin Bescheid. Ich glaube sowieso nicht, dass ich ihn jemals geheiratet hätte, Dad. Er wusste, dass ich Joe liebe.«

»Wie deine Mutter und ich. Wir hofften natürlich, dass du über Joes Tod hinwegkommen würdest. Wir wollten einfach nicht, dass du für den Rest deines Lebens um ihn trauerst. Aber jetzt ist ja alles anders gekommen. Werdet ihr zwei denn heiraten?« Er hatte eigentlich keinerlei Zweifel daran. Nach all dem, was die beiden durchgemacht hatten, waren sie sicher für das ganze Leben miteinander verbunden.

»Darüber haben wir noch gar nicht gesprochen. Joe ist sehr angeschlagen, Dad. Ich glaube nicht, dass das jetzt besonders wichtig ist.«

Als Clarke Joe am Tag darauf im Krankenhaus besuchte, begriff er, was Kate gemeint hatte. Er war entsetzt über den Zustand, in dem Joe sich befand, denn dieser war in viel schlechterer Verfassung, als Clarke erwartet hatte. Kate hingegen hatte bereits so viele verwundete Männer gesehen, dass sie es völlig anders empfunden hatte. Tatsächlich hatte sie damit gerechnet, dass es Joe noch viel schlechter ging, und nun war sie froh, dass sie sich getäuscht hatte.

Joe freute sich sehr, Clarke wiederzusehen, und die beiden Männer sprachen lange miteinander. Clarke fragte nicht nach den Erlebnissen des anderen, doch Joe erzählte ihm schließlich von selbst, was er in Deutschland erlebt hatte und wie es zu dem Abschuss gekommen war. Es war eine unglaubliche Geschichte, und trotzdem war Joe guter Stimmung. Seine Augen begannen zu strahlen, als Kate das Zimmer betrat. Kurz darauf verließ Clarke die beiden. Kate erkundigte sich nach Joes Beinen. Die Ärzte hatten ihn untersucht und waren zuversichtlich gewesen. In Deutschland hatte man gute Arbeit geleistet. Die Knochen waren ordentlich gerichtet worden, und eine weitere Operation war somit überflüssig.

Während des folgenden Monats fuhr Kate jeden Abend nach der Arbeit zu Joe ins Krankenhaus. Am Wochenende fuhr sie ihn in einem Rollstuhl hinaus in den Garten. Er nannte sie seinen Engel. Wenn sie ungestört waren, küssten sie sich oder hielten sich an den Händen.

Joe war gerade seit zwei Wochen im Krankenhaus, da drohte er bereits scherzhaft damit, es zu verlassen und sich mit Kate in einem Hotel einzuquartieren.

Doch Kate lachte ihn aus. »Weit kommst du mit deinen dicken Gipshosen aber nicht.« Doch auch sie wartete sehnsüchtig darauf, ihn endlich ungestört berühren zu können. Stattdessen mussten sie sich zunächst einmal mit heimlichen Küssen zufrieden geben.

Noch war überhaupt nicht daran zu denken, dass Joe das Krankenhaus verließ, doch mit jedem Tag machte er Fortschritte. Als der Gips vier Wochen nach seiner Heimkehr entfernt wurde, fing er zu jedermanns Überraschung an zu laufen. Zuerst gelangen ihm mit Hilfe von Krücken nur wenige Schritte, doch die Prognose war sehr gut.

Kates Eltern besuchten Joe ebenfalls, und Elizabeth brachte ihm Bücher und Blumen mit. Sie war sehr fürsorglich, doch am Abend, als sie ihre Tochter in der Küche antraf, schaute sie Kate ernst an. »Habt ihr schon über eine Heirat gesprochen?«, fragte sie eindringlich.

Kate seufzte. »Mom, hast du denn nicht gesehen, in welcher Verfassung er ist? Hat das nicht Zeit, bis er wieder auf den Beinen ist?«

»Du hast zwei Jahre lang um ihn geweint, Kate. Und du kennst ihn seit fast fünf Jahren. Gibt es irgendeinen Grund, warum ihr keine Pläne macht? Gibt es irgendetwas, wovon ich nichts weiß? Ist er vielleicht schon verheiratet?«

»Natürlich nicht! Das alles ist doch überhaupt nicht wichtig. Er lebt, mehr will ich gar nicht, Mom.«

»Das ist doch nicht normal! Und was ist mit Andy?«

Kate ließ sich mit ernster Miene auf einen Stuhl sinken und holte tief Luft, um die Frage zu beantworten. »Er kommt nächste Woche nach Hause. Dann werde ich es ihm sagen.«

»Was willst du ihm sagen? Es gibt doch gar nichts, was du ihm sagen könntest. Vielleicht denkst du mal darüber nach, bevor du dich dazu entschließt, die Beziehung zu beenden. Kate, sei doch nicht dumm! Sobald Joe wieder auf den Beinen ist, wird sein erster Weg ihn bestimmt nicht vor den Traualtar, sondern zum nächsten Flugfeld führen. Gestern hat er die ganze Zeit nur von Flugzeugen geschwärmt. Er findet die Fliegerei um ein Vielfaches aufregender als dich. Vielleicht solltest du dieser Tatsache lieber ins Auge sehen, bevor es zu spät ist!«

»Die Fliegerei ist doch sein Leben, Mom.«

Elizabeth hatte Recht. Joe sprach tatsächlich ununterbrochen über das Fliegen. Er konnte es kaum erwarten, endlich wieder in ein Flugzeug zu steigen. Dieses Bedürfnis war beinahe so stark wie seine Sehnsucht nach Kate, doch das konnte Kate ihrer Mutter natürlich nicht sagen.

»Wie viel bedeutest du ihm, Kate? Ich denke, das ist die entscheidende Frage.«

»Warum sollte er nicht mich *und* die Fliegerei lieben können? Muss er sich denn unbedingt entscheiden?«

»Ich weiß es nicht, Kate. Kann er wirklich beides lieben? Ich bin da nicht so sicher. Vielleicht schließt das eine das andere aus ...«

»Das ist doch verrückt. Ich erwarte gar nicht, dass er die Fliegerei aufgibt. Sie ist sein Leben, so ist es schon immer gewesen!«

»Er ist jetzt fast fünfunddreißig. Zwei Jahre lang war er dem Tod verdammt nahe. Dies wäre ein günstiger Zeitpunkt, um sesshaft zu werden, zu heiraten und eine Familie zu gründen.«

Kate hatte dem im Grunde nichts entgegenzubringen, doch sie wollte Joe nicht unter Druck setzen. Über die Zukunft hatten sie noch gar nicht gesprochen. Kate ging einfach davon aus, dass die Dinge sich irgendwann schon entwickeln würden, sie machte sich keine Sorgen darüber. Es war ganz und gar unwichtig, ob sie mit Joe verheiratet war oder nicht. Er liebte nur sie, andere Frauen interessierten ihn nicht. Für ihn gab es außer ihr nur noch seine Flugzeuge.

Dann war plötzlich Andy wieder da, und noch am Tag seiner Rückkehr schaute er bei Kate vorbei. Er war soeben erst mit dem Zug aus Chicago eingetroffen, nachdem er die letzten Ferienwochen in San Francisco verbracht hatte. Er war ein wenig enttäuscht, weil Kate ihn nicht am Bahnhof abgeholt hatte, doch er wusste, dass sie hart arbeitete. Es war ein heißer Tag, und sie machte einen vollkommen erschöpften Eindruck, als sie endlich nach Hause kam. An jenem Tag waren wieder zwei Schiffe mit Verletzten aus Europa angekommen.

Andy begrüßte sie voller Freude, die Kate jedoch nicht erwidern konnte. Sofort ahnte er, dass während seiner Abwesenheit etwas geschehen war.

»Geht es dir gut?«, fragte er, nachdem Clarke und Elizabeth sich zurückgezogen hatten.

Elizabeth ging nach oben und weinte bitterlich, während sie daran dachte, was Kate Andy nun sagen würde. Sie wusste, dass es Andy hart treffen würde, aber Kate hatte wohl keine andere Wahl. Sie musste ihm schließlich die Wahrheit sagen. In ihrem Leben gab es nur Joe.

»Mir geht's gut. Ich bin nur etwas müde«, antwortete Kate und strich sich das Haar aus dem Gesicht.

Andy versuchte sie zu küssen, doch sie wich ihm aus.

Kate holte tief Luft. Sie konnte es nicht länger hinauszögern. »Nein, es geht mir nicht so gut... beziehungsweise... mir schon... aber... du...«

»Was soll das bedeuten?« Andy sah besorgt aus, und er spürte bereits, dass etwas Schreckliches auf ihn zukam.

Kate wusste, dass die Nachricht, dass Joe am Leben war, ihn erschüttern würde.

Sie blickte ihm offen ins Gesicht. Es war hart für sie, ihn zu verletzen, doch sie musste es tun. Das Schicksal hatte entschieden, und Joe hatte Glück gehabt. Es war offensichtlich, dass sie und Andy nicht dazu bestimmt waren, zusammen zu sein. Das mussten sie beide hinnehmen. Für sie war es selbstverständlich viel leichter. All ihre Träume waren in Erfüllung gegangen, während seine in diesem Augenblick zerbrachen.

Als Andy Kate anblickte, wusste er Bescheid, noch bevor sie die Worte ausgesprochen hatte.

»Was genau ist geschehen, während ich fort war, Kate?«, fragte er mit bebender Stimme.

»Joe ist zurück«, entgegnete sie ohne Umschweife.

Mehr gab es nicht zu sagen. Es war vorbei. Andy gab sich keinerlei Illusionen hin. Ihre Gefühle für ihn, wenn es sie denn gegeben hatte, gehörten der Vergangenheit an.

»Er lebt? Wie hat er denn das geschafft? War er doch in einem Kriegsgefangenenlager?«

Es schien geradezu unmöglich, dass das Kriegsministerium zwei Jahre lang davon ausgegangen war, dass Joe tot war, und sich nun herausstellte, dass er den Krieg überlebt hatte.

»Er war unter einem falschen Namen im Gefängnis, ist geflohen und wurde wieder gefangen genommen. Die Deutschen haben nie erfahren, wer er wirklich ist. Es ist ein Wunder, dass er noch lebt, aber er ist schwer verwundet...« In Kates Augen war ihre Sorge um Joe zu lesen, für Andy war nichts übrig geblieben.

»Und was bedeutet das für uns, Kate? Oder soll ich lieber gar nicht erst fragen?«

Die Liebe, die in Kates Augen leuchtete, während sie von Joe sprach, sagte mehr als alle Worte.

»Ja, ich glaube, ich brauche gar nicht weiter zu fragen, nicht wahr? Joe ist wirklich ein Glückspilz. Du hast während der ganzen Zeit, die er fort war, nicht eine Sekunde aufgehört, ihn zu lieben. Das habe ich immer gewusst. Ich hatte nur gehofft, dass du eines Tages darüber hinwegkommen würdest. Ich habe keinen Gedanken daran verschwendet, dass du Recht haben könntest und er doch noch lebt. Ich dachte, dass du dich nur einfach nicht mit seinem Tod abfinden wolltest. Hoffentlich weiß er, wie sehr du ihn liebst.«

»Ich glaube, dass er mich ebenso sehr liebt«, entgegnete Kate leise. Der Ausdruck in Andys Augen schmerzte sie. Er hielt sich tapfer, doch sein Blick verriet seine tiefe Verzweiflung.

»Wirst du ihn heiraten?«, wollte Andy noch wissen. Er hätte das alles lieber schon vor seiner Rückkehr erfahren, doch er hatte Verständnis dafür, dass sie es ihm nicht früher gesagt hatte. Der Schock wäre sicher noch größer gewesen, wenn er die Nachricht am Telefon erhalten hätte. Den ganzen Sommer über hatte er nur an Kate gedacht, hatte Pläne für die Verlobung und die Heirat geschmiedet. Am nächsten Tag hatte er sich auf die Suche nach einem passenden Ring machen wollen. Das hatte sich nun erübrigt.

»Im Augenblick nicht. Irgendwann schon, denke ich. Aber eigentlich kümmert es mich gar nicht.«

»Ich wünsche dir Glück, Kate«, sagte Andy aufrichtig. »Euch beiden wünsche ich Glück.«

Er zögerte einen Augenblick, als Kate ihm die Hand reichte, doch er ergriff sie nicht. Schweigend verließ er das Haus, stieg in seinen Wagen und fuhr davon.

10

Zwei Monate, nachdem Joe nach Amerika zurückgekehrt war, konnte er das Krankenhaus verlassen. Seine Beine waren zwar noch steif, und er war auf Krücken angewiesen, doch die Ärzte waren zuversichtlich, dass er bis Weihnachten wieder ohne Hilfe würde laufen können. Er hatte sich überraschend schnell erholt. Kate konnte noch immer nicht recht glauben, dass er wieder bei ihr war.

Zwei Tage später erhielt Joe die Entlassungspapiere von der Armee. Er hatte mit Kate bereits einen Nachmittag im *Copley Plaza* verbracht. Für eine ganze Nacht konnte sie nicht von zu Hause fortbleiben, ohne dass ihre Eltern es gemerkt hätten. Joe hatte Clarkes und Elizabeths freundliche Einladung, sich erneut bei ihnen einzuquartieren, angenommen. Doch er war sich bewusst, dass dieser Zustand nicht von Dauer sein konnte. Er wünschte sich, mit Kate allein zu sein.

Noch vom Krankenhaus aus hatte Joe sich mit Charles Lindbergh in Verbindung gesetzt. So bald wie möglich wollte er seinen Freund in New York besuchen. Lindbergh hatte einige viel versprechende Ideen, die er mit Joe diskutieren wollte, und bei dieser Gelegenheit wollte er Joe einigen interessanten Leuten vorstellen. Deshalb würde Joe für einige Tage nach New York reisen und dann nach Boston zurückkehren.

Kate brachte Joe zum Bahnhof. Es war bereits September. Im August waren auch die Japaner besiegt worden, der Albtraum des Krieges war zu Ende.

»Viel Spaß in New York.« Kate küsste Joe, bevor er aus dem Wagen stieg. Sie hatte einen Weg gefunden, nachts heimlich in sein Zimmer zu schlüpfen, ohne dass ihre Eltern etwas davon mitbekamen. Wenn sie in Joes Bett miteinander flüsterten, fühlten sie sich wie Kinder, die etwas Verbotenes taten.

»In ein paar Tagen bin ich zurück. Ich rufe dich an. Und nimm bloß keine fremden Soldaten mit nach Hause, während ich fort bin, hörst du?«

»Bleib nicht so lange fort, dann habe ich das auch nicht nötig!«, mahnte Kate, worauf ihr Joe scherzhaft mit dem Finger drohte.

Kate konnte ihr Glück noch immer kaum fassen. Joe war einfach wundervoll! Selbst ihre Mutter hatte ihren Widerstand inzwischen aufgegeben. Obwohl Joe die Fliegerei über alles liebte, war er ein rücksichtsvoller, verantwortungsbewusster Mann, und jeder konnte sehen, wie sehr er Kate liebte. Clarke und Elizabeth rechneten jeden Tag damit, dass die beiden sich verlobten.

Von Andy hatte Kate nichts mehr gehört. Sie wusste nur, dass er bereits in New York war und die Stelle bei seinem Vater angetreten hatte. Sie hoffte, dass es ihm wieder besser ging und dass er ihr eines Tages verzeihen würde. Trotz allem vermisste sie ihn, denn sie hatte ihren besten Freund verloren. Doch sie zweifelte immer noch daran, ob ihre freundschaftlichen Gefühle für eine Ehe ausgereicht hätten. Wahrscheinlich war es so für alle das Beste.

Kate winkte, als Joe langsam zum Zug ging. Er genas überraschend schnell und kam schon wieder gut ohne fremde Hilfe zurecht.

Anschließend fuhr Kate zur Arbeit, und für den Rest des Tages widmete sie ihre volle Aufmerksamkeit den Männern, die auf ihre Hilfe angewiesen waren.

Abends wartete sie auf Joes Anruf, doch er meldete sich nicht. Stattdessen rief er früh am nächsten Morgen an.

»Wie läuft's?«, erkundigte sie sich.

»Hervorragend! Es ist alles sehr interessant«, entgegnete er geheimnisvoll. »Wenn ich zurück bin, erzähl ich's dir.« Er war gerade auf dem Weg zu einer Sitzung, und Kate musste ebenfalls zur Arbeit. »Ich ruf dich heute Abend noch mal an, versprochen.«

Diesmal ließ Joe Kate nicht vergeblich warten. Er hatte den ganzen Tag mit den Leuten verbracht, die Charles Lindbergh ihm vorgestellt hatte. Und zu Kates großer Freude würde er schon am Wochenende wieder in Boston sein. Sie war mehr als gespannt darauf, was er ihr zu erzählen hatte.

Die Leute, die Joe durch Charles kennen gelernt hatte, wollten mit seiner Unterstützung eine Firma gründen. Die modernsten Flugzeuge sollten dort entworfen und gebaut werden. Sie hatten schon Land gekauft und eine alte Fabrik umgebaut, und inzwischen verfügten sie sogar über ein eigenes Flugfeld. Das Unternehmen hatte seinen Sitz in New Jersey, und Joe sollte nicht nur die Organisation übernehmen, sondern auch selbst Flugzeuge entwerfen und die Probeflüge durchführen. Am Anfang hatte er sicher eine Menge zu tun, doch wenn das Unternehmen sich erst etabliert hätte, würde er sich ausschließlich leitenden Aufgaben widmen. Er stellte seine Fähigkeiten zur Verfügung, die anderen gaben das Geld.

»Ein perfekter Plan, Kate«, sagte Joe begeistert und strahlte über sein noch immer leicht lädiertes Gesicht. Flugzeuge und alles, was damit zusammenhing, hatten es ihm nun einmal angetan. Kate musste zugeben, dass sich das Ganze wirklich perfekt anhörte. »Das Unternehmen gehört mir zu fünfzig Prozent, und wenn wir jemals damit an die Börse gehen, wird mir die Hälfte der Aktien gehören. Für mich ist das eine großartige Chance!«

»Und ein Haufen Arbeit«, gab Kate zu bedenken. Doch das Projekt schien wirklich auf Joe zugeschnitten zu sein.

Noch am selben Abend sprach Joe mit Clarke über seine Pläne. Clarke war sehr beeindruckt. Er kannte die Investoren vom Hörensagen und wusste zu berichten, dass sie in der Geschäftswelt großes Ansehen genossen. Es klang nach einer einmaligen Gelegenheit für Joe, die er sich auf keinen Fall entgehen lassen durfte.

»Wann soll's denn los gehen?«, fragte Clarke.

»Montag in einer Woche soll ich in New Jersey sein. Dort ist es gar nicht so übel. Und bis New York ist es nur eine Stunde.

Am Anfang werde ich wahrscheinlich nicht so oft aus der Fabrik herauskommen. Auf dem Flugfeld muss noch einiges geändert werden.«

In Gedanken beschäftigte sich Joe bereits mit den neuen Aufgaben. Seine Erfahrung würde ihm äußerst nützlich sein, und Clarke stimmte Kate begeistert zu: Das war offenbar eine hervorragende Gelegenheit für Joe.

Als Clarke Joe herzlich gratulierte, meldete sich überraschend Elizabeth zu Wort. Alle Augen wandten sich ihr neugierig zu.

»Bedeutet das, dass ihr beide jetzt endlich heiratet?«, fragte sie.

Joe schaute Kate verwirrt an. Niemand sagte ein Wort.

Es war Kate, die schließlich das Schweigen brach. »Ich weiß es noch nicht, Mom.« Sie wurde rot und hoffte, dass ihre Mutter nicht nachhaken würde.

Doch Elizabeth war es schon lange leid, auf Joes Initiative zu warten. Es war nun an der Zeit, ihn direkt nach seinen Absichten hinsichtlich ihrer Tochter zu fragen. Joe blickte verlegen zu Boden und wusste offensichtlich nicht, was er sagen sollte.

»Warum beantwortet eigentlich nicht Joe diese Frage? Es sieht doch so aus, als hätten Sie mit diesem Job erst mal ausgesorgt. Es geht offenbar nicht um etwas zeitlich Begrenztes, sondern um eine Aufgabe mit Zukunft. Wie sehen also Ihre Pläne bezüglich Kate aus?«

Ihre Tochter hatte schließlich zwei Jahre auf ihn gewartet, doch ihr Herz gehörte ihm schon viel länger. Mittlerweile war es fünf Jahre her, dass sich die beiden zum ersten Mal begegnet waren. Er hatte also genügend Zeit gehabt, sich über die eigenen Absichten klar zu werden, und nicht nur das: Er war es Kate schuldig, eine Entscheidung zu treffen. Das war jedenfalls Elizabeths Meinung.

»Ich weiß es nicht, Mrs. Jamison. Kate und ich haben noch nicht darüber gesprochen«, entgegnete Joe und wich sowohl Elizabeths als auch Kates Blick aus. Er fühlte sich in die Enge getrieben, und daran konnten auch seine Gefühle für Kate nichts ändern. Ihre Mutter behandelte ihn jedenfalls wie ein ungezogenes, verantwortungsloses Kind und nicht wie einen Mann, der Respekt verdiente.

»Ich bin davon ausgegangen, dass Sie bereits ausgiebig darüber nachgedacht haben. Schließlich wären Sie beinahe ums Leben gekommen. Ich denke, Kate verdient doch ein wenig Anerkennung für ihre Loyalität und ihr Durchhaltevermögen. Sie hat schließlich lange auf Sie gewartet, Joe.«

Elizabeth Jamison hatte nun einen belehrenden Ton angeschlagen. Joe wurde allmählich ärgerlich. Aber er fühlte sich auch unbehaglich. Am liebsten wäre er einfach davongelaufen.

»Ich weiß«, entgegnete er ruhig. »Aber ich habe nicht gewusst, dass eine Heirat ihr so viel bedeutet.«

Kate hatte ihm gegenüber nie ein Wort darüber verloren. Wenn sie in sein Zimmer schlüpfte, hatten sie immer sehr viel Spaß miteinander. Doch die Schuldgefühle, die ihre Mutter nun auf Joes Schultern lud, wogen schwer, obwohl er sich nichts anmerken ließ.

»Wenn eine Heirat ihr nichts bedeuten würde ...«, begann Elizabeth erneut, als sie Clarkes erstaunten Blick auf sich spürte. Sie hatte die Dinge in die Hand genommen, und im Grunde konnte er ihr nicht widersprechen. Sie ging einfach einen direkteren Weg als er. Wenn er dieses Thema Joe gegenüber ein zweites Mal angesprochen hätte, wäre er behutsamer vorgegangen. »Auch wenn es ihr nichts bedeutet, Joe, ist das alles trotzdem nicht richtig. Vielleicht ist es an der Zeit, euch daran zu erinnern. Ich finde, ihr solltet endlich eure Verlobung bekannt geben.«

Joe hatte Kate noch nicht einmal gefragt, ob sie seine Frau werden wollte. Er war keineswegs glücklich darüber, auf diese Weise von ihrer Mutter unter Druck gesetzt zu werden. Gleichwohl verstand er ihren Standpunkt. Er liebte Kate, daran zweifelte er keine Sekunde. Und vielleicht wollten ihre Eltern genau das von ihm hören. Doch er war noch nicht bereit, ihre Wünsche zu erfüllen. Seine Freiheit konnte er nur freiwillig aufgeben. Keiner konnte sie ihm nehmen, und sie war ihm immer noch sehr teuer.

»Wenn es Ihnen recht ist, Mrs. Jamison, würde ich mit der Verlobung lieber warten, bis ich in dem neuen Job Fuß gefasst habe. Es wird einige Zeit dauern, doch dann kann ich Ihrer Tochter wirklich etwas bieten. Bis dahin könnten wir in New York wohnen, und ich würde zwischen New York und New Jersey hin und her pendeln.«

Joe hatte sich das genau überlegt. Er hatte die Arbeit noch nicht einmal aufgenommen, und für eine Heirat war er einfach noch nicht bereit. Kate wusste das. Sie sah die Panik in seinen Augen. Die Worte ihrer Mutter würden ihn noch in die Flucht schlagen. Joe war nicht der Mann, den man in einen Käfig sperren konnte.

»Das klingt doch vernünftig«, mischte Clarke sich ein. Das Ganze erinnerte ihn allmählich an eine Gerichtsverhandlung. Er machte seiner Frau ein Zeichen, dass dieses Gespräch nun besser sein Ende finden sollte. Elizabeth hatte ihre Meinung unmissverständlich zum Ausdruck gebracht, und Joe hatte sie zur Kenntnis genommen. Seine Einwände waren durchaus verständlich. Es gab tatsächlich keinen Grund zur Eile, und er brauchte ein wenig Zeit, um sich zu etablieren. Er übernahm schließlich eine große Aufgabe.

Kurz darauf gingen sie auseinander, und später in der Nacht schlich Kate sich aufgeregt in Joes Zimmer.

»Ich kann immer noch nicht glauben, dass meine Mutter sich beim Dinner derartig benommen hat! Es tut mir Leid. Mein Vater hätte das garantiert anders gemacht. Sie war wirklich unmöglich!« Kate war empört. Joe versuchte, sie zu besänftigen.

»Lass nur, Liebling. Sie machen sich nur Sorgen um dich und wollen, dass du glücklich wirst. Sie wollen eben wissen, ob ich ernsthafte Absichten habe. Ich würde genauso handeln, wenn ich eine Tochter hätte. Ich habe einfach nicht gewusst, dass es ihnen so viel bedeutet. Hast du dir deswegen denn auch Gedanken gemacht?«

Joe schloss Kate in seine Arme und küsste sie. Er war viel entspannter als während des Essens.

»Nein, das habe ich nicht. Du bist viel zu großmütig. Sie war einfach ekelhaft! Es tut mir wirklich Leid!« Kummervoll blickte Kate zu Joe auf.

Erleichtert seufzte er. »Es ist schon in Ordnung. Meine Absichten sind ehrenhaft, Miss Jamison, das versichere ich Ihnen. Doch wenn es Ihnen nichts ausmacht, würde ich mir in der Zwischenzeit trotzdem gern die Vorteile unserer verwerflichen Beziehung zunutze machen.«

Mit diesen Worten streifte Joe Kate den Bademantel ab. Kate kicherte. In diesem Augenblick war ihr eine Heirat vollkommen gleichgültig. Sie war glücklich, wenn sie nur in Joes Nähe war. Sie wollte seine Liebe und kein Eheversprechen.

Die Szene, die sich im Schlafzimmer von Kates Eltern abspielte, war weniger romantisch. Ihr Vater äußerte seinen Unmut über Elizabeths undiplomatisches Gebaren.

»Ich verstehe nicht, worüber du dich so aufregst!«, wehrte sich Elizabeth. »Irgendjemand musste ihn doch fragen, und du wolltest es ja nicht tun.«

Clarke hatte sich im Laufe der Jahre an den manchmal vorwurfsvollen Ton seiner Frau gewöhnt. »Der Arme ist dem Tod gerade eben entkommen. Gib ihm doch die Möglichkeit, sich erst mal wieder einzuleben, Liz! Es ist nicht fair, ihn jetzt schon so unter Druck zu setzen.«

Doch Elizabeth teilte die Meinung ihres Mannes nicht. Sie fühlte sich verantwortlich für ihre Tochter, und sie würde sich nicht von ihrer Meinung abbringen lassen. »Er ist doch kein Kind mehr, Clarke, er ist ein vierunddreißig Jahre alter Mann. Seit zwei Monaten ist er wieder zu Hause, und er hat Kate jeden Tag getroffen. Er hatte reichlich Gelegenheit, um ihre Hand anzuhalten, doch er hat es nicht getan!« Zumindest in ihren Augen sprach dieses Verhalten Bände.

»Er will eben zuerst seine Arbeit in Angriff nehmen. Das ist doch vollkommen vernünftig. Ich finde es jedenfalls sehr respektabel.«

»Ich wünschte, ich wäre genauso sicher wie du, dass er das Richtige tut. Ich glaube aber, dass er alles andere vergessen wird, wenn er erst wieder in einem Flugzeug sitzt. Er ist von der Fliegerei besessen! Ich wünschte, er würde sich auch nur annähernd so sehr für eine Heirat interessieren. Ich möchte nicht, dass Kate ihr Leben damit verbringt, auf ihn zu warten.«

»Ich wette mir dir, dass sie in einem Jahr verheiratet sind, vielleicht sogar noch früher«, versicherte Clarke.

Elizabeth warf ihm einen misstrauischen Blick zu. Doch auch daran war Clarke gewöhnt.

»Diese Wette würde ich gern verlieren«, gab sie zurück, als er sie anlächelte.

Elizabeth tat alles für ihre Tochter, auch deswegen liebte Clarke sie. Er bezweifelte jedoch, dass Kate und Joe diese Eigenschaft ebenfalls schätzten. Joe hatte einen äußerst verlegenen Eindruck gemacht, als Elizabeth ihn angegriffen hatte. Clarke bedauerte den Vorfall.

»Warum traust du ihm eigentlich nicht über den Weg, Liz?«, fragte er, als sie zu Bett gingen. Er hatte das immer gespürt, zumal Elizabeth seit langem kein Geheimnis mehr daraus machte. Sie gab zwar zu, dass sie Joe respektierte, aber sie war überzeugt, dass er der falsche Mann für ihre Tochter war. Elizabeth wäre so glücklich gewesen, wenn Kate Andy geheiratet hätte. In ihren Augen war Andy der perfekte Ehemann.

»Männer wie Joe heiraten nicht«, erklärte sie. »Und wenn sie es doch tun, verpfuschen sie alles. Sie haben überhaupt keine Ahnung, was eine Ehe bedeutet und halten sie für eine Art Zeitvertreib, dem sie nachgehen können, wenn sie ihrer anderen Hobbys überdrüssig sind. Sie sind nicht unbedingt schlecht, aber die Frauen in ihrem Leben bedeuten ihnen nicht so viel. Ich mag Joe, er ist ein anständiger Mann, und ich weiß, dass er Kate liebt. Doch ich bin nicht sicher, ob er bereit ist, auf sie Rücksicht zu nehmen. Er wird für den Rest seines Lebens mit seinen Flugzeugen spielen, und nun wird er auch noch dafür bezahlt. Wenn er mit dem Projekt Erfolg hat, wird er Kate niemals heiraten.«

»Ich glaube doch«, entgegnete Clarke mit fester Stimme. »Außerdem wird er in der Lage sein, für ihren Unterhalt zu sorgen. Vielleicht verdient er sogar einen Haufen Geld. Ich denke, du irrst dich, Liz. Ich glaube, er wird mit beidem zurechtkommen, mit Frau *und* Karriere. Er ist ein heller Kopf, geradezu brillant! Im Flugzeugbau ist er ein Genie, und er kann die Dinger auch fliegen. Er muss nur immer wieder auf die Erde zurückkehren, damit Kate glücklich ist. Die beiden lieben einander, und das genügt!«

»Manchmal reicht das eben nicht«, widersprach Elizabeth traurig. »Doch ich hoffe für die beiden, dass es sich so entwickelt. Sie haben Schreckliches durchgemacht und sich nun ein bisschen Glück verdient. Ich will doch nur, dass Kate einen Mann hat, der sie liebt, ein nettes Heim und Kinder.«

»So wird es auch kommen. Er ist doch verrückt nach ihr!« Für Clarke gab es daran überhaupt keinen Zweifel.

»Ich hoffe es«, seufzte Elizabeth und schlüpfte unter die Decke. Dann kuschelte sie sich an Clarke. Sie wünschte sich so sehr, dass Kate ebenso glücklich wurde wie sie selbst. Und sie war sehr glücklich! Aber Männer wie Clarke Jamison gab es nicht viele ...

Kate lag derweil in Joes Armen, ebenfalls sehr glücklich und zufrieden. Sie schmiegte sich an ihn, bevor sie beide in den Schlaf hinüberglitten.

»Ich liebe dich«, flüsterte Kate.

Joe lächelte sie verträumt an. »Ich liebe dich auch, Schatz ... und ich liebe sogar deine Mutter.«

Kate kicherte, und einen Augenblick später waren sie auch schon eingeschlafen.

11

Als Joe nach New Jersey aufbrach, vereinbarte er mit Kate, dass sie ihn für ein Wochenende besuchen sollte, sobald er sich einigermaßen eingerichtet hätte. Er rechnete damit, innerhalb von zwei Wochen eine Bleibe zu finden, doch es dauerte schließlich einen Monat, bis er ein geeignetes Apartment bezog. In der Nähe gab es ein Hotel, in dem Kate sich ein Zimmer mieten konnte. Joe selbst hatte dort die vergangenen Wochen gewohnt. Er arbeitete den ganzen Tag und blieb bis weit nach Mitternacht im Büro. Auch die Wochenenden verbrachte er in der Firma. Manchmal schlief er sogar auf dem Sofa, das in seinem Büro aufgestellt worden war.

Joe führte Vorstellungsgespräche, kümmerte sich um die Fabrik und überarbeitete die Pläne für das Flugfeld. Zwischen den vielen Aufgaben kam er kaum zum Verschnaufen. Die Luftfahrtindustrie begann sich zunehmend für seine Arbeit zu interessieren. Die Anlage, die in New Jersey entstand, war äußerst innovativ, und bald wurde in den Wirtschaftsteilen der Zeitungen und in den Fachzeitschriften darüber berichtet. Joe fand kaum Zeit, Kate abends anzurufen, und erst sechs Wochen, nachdem er Boston verlassen hatte, konnte sie ihn besuchen. Als sie in New Jersey ankam, war er zwar vollkommen erschöpft, doch er zeigte ihr alles und erklärte ihr jede Einzelheit. Erneut war er von ihrer Auffassungsgabe begeistert. Und Kate bewunderte seine Leistung.

Sie verbrachten ein wunderschönes Wochenende miteinander. Die meiste Zeit hielten sie sich in der Fabrik auf und nutzten die Gelegenheit für einen kurzen Flug in einer neuen Maschine, die Joe erst vor kurzem entwickelt hatte.

Zurück in Boston erzählte Kate ihrem Vater ausführlich von Joes Arbeit. Auch er war neugierig, am liebsten hätte er alles mit eigenen Augen gesehen. Joe war dabei, mit seinen Ideen Geschichte zu schreiben.

Zwei Wochen später kam Joe zu Thanksgiving nach Boston. Es gab jedoch Probleme in der Fabrik, daher musste er am Freitag schon wieder zurück. Eine große Verantwortung lastete auf seinen Schultern, und manchmal wurde es ihm auch zu viel. Joe machte seine Arbeit gut, doch er hatte so wenig Freizeit, dass er Kate vernachlässigen musste. Um Weihnachten herum begann sie, sich trotz ihrer Begeisterung für seine Arbeit darüber zu beklagen. In drei Monaten hatte sie ihn nur zwei Mal gesehen, und ohne ihn fühlte sie sich in Boston sehr einsam. Joe hatte große Schuldgefühle, doch er sah sich außerstande, etwas an der Situation zu ändern.

Kate glaubte allmählich, dass ihre Mutter doch Recht hatte. Vielleicht sollten sie endlich heiraten, dann könnten sie wenigstens in derselben Stadt wohnen.

Als Joe über Weihnachten in Boston war, sprach sie ihn darauf an.

Joe war überrascht. »Jetzt? Ich bin doch pro Nacht nicht mehr als fünf Stunden zu Hause. Das wäre bestimmt nicht besonders interessant für dich. Und ich kann noch nicht nach New York ziehen.« In dieser Situation schien ihm eine Heirat nicht gerade sinnvoll zu sein.

»Dann leben wir eben in New Jersey. Hauptsache wir sind zusammen!«

Das war ein gutes Argument. Kate war es leid, bei ihren Eltern zu leben, und eine eigene Wohnung in Boston zu suchen lohnte sich nicht, wenn sie sowieso bald heiraten würde. Kate hatte das Gefühl, schon ewig darauf zu warten, dass Joe sicher im Sattel saß, damit sie ihr gemeinsames Leben beginnen könnten. Natürlich hatte Joe eine schwierige Aufgabe vor sich. Er hatte die Verantwortung für ein gigantisches Projekt übernommen und erkannte erst jetzt, wie viel Zeit und Kraft es kostete, dieser Verantwortung gerecht zu werden. In den vergangenen drei Monaten hatte er noch nicht einmal das Wichtigste erledigt, obwohl er hundert oder mehr Stunden pro Woche gearbeitet hatte.

»Ich halte es für eine Dummheit, wenn wir jetzt heiraten würden«, erklärte er schließlich an Heiligabend, nachdem er in Kates Zimmer geschlüpft war.

Mit der Zeit kam Kate jedoch immer mehr zu der Überzeugung, dass diese Art Leben für sie zutiefst frustrierend war. Jetzt war sie längst eine junge Frau und lebte immer noch bei ihren Eltern. Fast alle ihre Freundinnen waren mittlerweile verheiratet. Diejenigen, die nicht schon vor oder während des Krieges geheiratet hatten, holten das jetzt nach. Viele bekamen bereits Kinder. Plötzlich war auch Kate erpicht darauf, eine eigene Familie zu haben. Das Mindeste, was sie verlangte, war, mit Joe zusammenzuleben.

»Gib mir noch ein bisschen Zeit, damit ich alles ordnen kann. Dann suchen wir uns eine Wohnung in New York und heiraten. Ehrenwort!«, versprach Joe.

Ein Jahr zuvor war er noch in einem deutschen Gefängnis gewesen. Und plötzlich war er für ein riesiges Unternehmen verantwortlich. Das verlangte große Opfer. Er wollte nicht heiraten, solange er keine Zeit für Kate hatte. Das wäre ihr gegenüber nicht fair gewesen. Allerdings war die gegenwärtige Situation für sie ebenfalls eine Zumutung.

Joe verbrachte ein wunderschönes Weihnachtsfest mit Kates Familie. Drei Tage konnte er in Boston bleiben. Er hatte sogar Zeit für einen kurzen Flug mit Kate, und einen ganzen Tag verbrachten sie in einem Hotel.

Als Joe wieder fort musste, fühlte Kate sich bereits besser. Er hatte Recht. Es war doch sinnvoller, mit der Hochzeit noch so lange zu warten, bis er die Firma im Griff hatte.

Beim Roten Kreuz wurde es allmählich ruhiger, und Kate beschloss, sich eine andere Stelle zu suchen. Silvester hatte sie mit Joe in New Jersey verbracht und ein weiteres Mal festgestellt, wie viel Glück sie beide gehabt hatten. Erst ein Jahr zuvor hatte sie noch um ihn geweint und geglaubt, dass er sie für immer verlassen hatte. Damals hätte sie alles für das Leben gegeben, das sie jetzt führte. Immerhin lag eine rosige Zukunft vor ihnen, wenn sie erst einmal verheiratet wären.

Der Januar war für beide ein schwieriger Monat. Kate arbeitete sich in ihren neuen Job in einer Kunstgalerie ein, und Joe hatte heftige Auseinandersetzungen mit den Gewerkschaften. Der Februar verlief noch schlimmer, Joe musste selbst am Valentinstag arbeiten und vergaß ihn rundweg, denn das Flugfeld hatte keine Betriebserlaubnis erhalten. Diese war jedoch entscheidend, und so verbrachte Joe drei Tage mit dem Versuch, Politiker und Beamte umzustimmen. Der Valentinstag fiel ihm erst wieder ein, als Kate ihn zwei Tage später weinend anrief. Zu diesem Zeitpunkt hatten sie sich bereits seit sechs Wochen nicht mehr gesehen, und Joe schlug vor, dass Kate ihn in New Jersey besuchte.

Sie verbrachten ein paar wunderschöne Tage. Kate half Joe, sein Büro aufzuräumen, und er führte sie zum Dinner aus. Er wohnte mit ihr im Hotel, und Kate kehrte am Sonntagabend froh und glücklich nach Boston zurück. Am liebsten hätte sie Joe an jedem Wochenende besucht, und auch ihm gefiel der Gedanke. Er fühlte sich einsam und vermisste sie, doch ihm war bewusst, dass er achtzehn Stunden am Tag arbeiten musste, wochentags wie auch samstags und sonntags. Er bedauerte die Situation – vor allem für Kate tat es ihm Leid –, doch im Augenblick gab es nichts, was er dagegen unternehmen konnte. Er fühlte sich gefangen zwischen seinen Schuldgefühlen gegenüber Kate und der Verantwortung für die Firma, die all seine Zeit verschlang. Je schlechter er sich fühlte, desto weniger Zeit schien er zu haben. Auch für ihn machte das alles langsam keinen Sinn mehr.

Drei Wochen später bat Joe Kate daher, ihn für eine ganze Woche zu besuchen. Es überraschte ihn, wie reibungslos alles funktionierte, während sie im Büro mit anpackte. Nur selten konnte er einen Blick auf sie erhaschen, doch sie schien glücklich zu sein. Nachts genossen sie es, zusammen zu Bett zu gehen und am nächsten Morgen in einem Café zu frühstücken. Die übrigen Mahlzeiten nahm Joe normalerweise entweder an seinem Schreibtisch ein oder während er von einem Termin zum nächsten eilte. Zum Abendessen nahm er sich nur Zeit, wenn Kate bei ihm war, sonst hielt er das für Zeitverschwendung. Er musste schier unzähligen Anforderungen gerecht werden.

Bis Mai änderte sich nichts an dieser Situation. Schließlich kündigte Kate in der Galerie und fuhr nach New Jersey, um den Sommer über für Joe zu arbeiten. Voller Energie stürzte sie sich in diese neue Aufgabe. Um des guten Rufes willen mietete sie ein Zimmer im Hotel, wohnte aber bei Joe. Noch nie in ihrem Leben war Kate so glücklich gewesen, und Joe tat ihre Anwesenheit ebenfalls gut. Das Arrangement schien vollkommen.

Kates Eltern sahen es nicht gern, wenn Kate nach New Jersey fuhr. Doch sie war nun dreiundzwanzig Jahre alt und bestimmte selbst über ihr Leben. Sie hatte ihren Eltern erzählt, dass sie in einem Hotel wohne. Für den Fall, dass Clarke oder Elizabeth anriefen, behielt sie das Zimmer, auch wenn sie dort selten anzutreffen war. Doch das wusste sie stets glaubhaft zu erklären.

Mittlerweile war es ein Jahr her, dass Joe aus dem Krieg zurückgekehrt war, und weder er noch Kate hatten je wieder über eine Verlobung gesprochen. Beide waren viel zu sehr mit der Arbeit in seiner Firma beschäftigt.

Im Sommer nahm Joe eine Woche Urlaub, um mit Kates Familie ein paar Tage am Kap zu verbringen. Clarke nutzte die Gelegenheit, ihn beiseite zu nehmen und ein paar ernste Worte mit ihm zu wechseln. Elizabeth war mittlerweile ernsthaft erbost über die Situation. Sie war misstrauisch geworden, was die Lebensumstände ihrer Tochter betraf. Und wenn sich herausstellen sollte, dass sie Recht hatte, würde sie energisch einschreiten. Wenn Kate nun schwanger wurde? Würde Joe sie dann endlich heiraten? Elizabeth schäumte jedes Mal vor Wut, wenn sie Joe nur sah. Und mehr als jemals zuvor sorgte sie dafür, dass er sich in ihrer Gegenwart unwohl fühlte. Wann immer er ihre strenge Miene erblickte, wäre er am liebsten davongelaufen. Durch ihre Haltung allein löste sie Schuldgefühle bei ihm aus, selbst wenn sie gar nichts sagte.

Kate selbst fühlte sich zwischen ihren Eltern und Joe hin und her gerissen.

Auch Clarkes Geduld war mittlerweile erschöpft. Dieser Zustand dauerte nun schon viel zu lange, und er nahm Joe gegenüber kein Blatt vor den Mund, als er mit ihm zu einem Spaziergang am Strand von Cape Cod aufbrach.

Joe war in einer wunderschönen Maschine zum Kap geflogen, die in seiner Firma gebaut worden war. In die Entwicklung war eine Menge Geld geflossen. Joes Leben hatte seit seiner Rückkehr eine enorme Wendung genommen. Als er ein Jahr zuvor von dem Lazarettschiff in Boston an Land gebracht worden war, hatte niemand damit gerechnet, dass er so schnell ein wohlhabender Mann sein würde. Doch er war so beschäftigt, dass er diese Tatsache gar nicht auskosten konnte. Clarke hatte Joe in sein Herz geschlossen und war nicht nur um seine Tochter besorgt, sondern auch um ihn.

Joe nahm Clarke in seiner neuen Maschine mit, was die beiden Männer Elizabeth gegenüber nicht erwähnen würden. Als sie erfahren hatte, dass Kate Joe häufig bei seinen Flügen begleitete, war sie wütend geworden. Obwohl Joe ein hervorragender Flieger war, fürchtete Elizabeth, dass Kate eines Tages abstürzen und umkommen würde. Sie war völlig außer sich, als sie entdeckte, dass Joe Kate sogar Flugstunden gab. Kate hatte sich unglücklicherweise verplappert. Joe hingegen hatte blindes Vertrauen in Kates Fähigkeiten. Sie war eine gute Schülerin und hatte bisher nur noch nicht die Zeit gefunden, ihren Flugschein zu machen. Auch sie arbeitete inzwischen viel zu viel.

Clarke war beeindruckt von Joes neuem Flugzeug. Auf dem Heimweg vom Flugplatz hielten die Männer an einer Raststätte, um ein Bier zu trinken. Es war ein heißer Sommertag, und Joe war sehr zufrieden mit seinem Werk. Clarke jedoch war nachdenklich. Zu viel ging ihm im Kopf herum: das Glück seiner Tochter, das Wohlergehen seiner Frau … Er wollte Joe einen väterlichen Rat geben, denn er hatte ihn vor allem begleitet, weil er in Ruhe mit ihm sprechen wollte.

»Sie arbeiten zu viel, Joe«, begann er. »Es fehlt nicht mehr viel, und Sie verpassen das Leben. Bei der Geschwindigkeit, mit der Sie nach vorn stürmen, könnten Ihnen gravierende Fehler unterlaufen, die Sie später teuer zu stehen kommen.«

Joe begriff im selben Augenblick, dass Clarke von Kate sprach. Dabei war doch im Grunde alles in Ordnung. Nur Elizabeth geriet ständig in Raserei über die Situation.

»Die Lage wird sich schon bald beruhigen, Clarke. Die Firma ist eben noch ganz neu«, entgegnete Joe vertrauensvoll.

»So wie Sie, aber so wird es nicht mehr lange sein. Sie sollten das, was Sie erreicht haben, jetzt genießen.«

»Ich genieße es doch. Ich liebe meine Arbeit.« Das war nicht zu übersehen. Doch was war mit Kate? Vor Jahren hatte er seiner Frau versprochen, niemals über den Selbstmord ihres ersten Ehemanns zu sprechen, niemandem zu erzählen, dass er gar nicht Kates leiblicher Vater war. Elizabeth wollte verhindern, dass John Barretts Tat wie eine schwarze Wolke über Kates Leben hing. Doch Clarke wusste besser als seine Frau, dass es ohnehin so war. Nun würde er sein Versprechen brechen, denn er war der Meinung, dass Joe davon wissen sollte. Dieses einschneidende Ereignis gehörte zu Kate und erklärte einige ihrer Charakterzüge. Man durfte es nicht ignorieren. Vielleicht würden Joe auf diese Weise die Augen geöffnet.

»Es gibt da etwas, das Sie wissen sollten, etwas, was Kate erlebt hat«, sagte Clarke leise, nachdem sie das zweite Bier getrunken hatten und zu Gin übergegangen waren. Er wusste, dass es Elizabeth nicht gefallen würde, wenn sie betrunken nach Hause kämen, doch im Augenblick war ihm das gleichgültig. Er hatte sich entschlossen, Joe alles zu erzählen, und er musste sich für das Gespräch rüsten. Da kam ein wenig Alkohol sehr gelegen.

»Das klingt ja richtig geheimnisvoll«, grinste Joe. Er mochte Clarke. Schon immer hatte er sich in der Gesellschaft von Männern wohler gefühlt. Kate war die einzige Frau, bei der er sich unbefangen verhielt, doch selbst sie schüchterte ihn manchmal ein, besonders dann, wenn sie sich aufregte. Doch zum Glück geschah das nur selten. Er hatte ihr seine eigenen Ängste noch nie gestanden. Während seiner Kindheit hatten seine Verwandten ihm oft seine Nutzlosigkeit vorgeworfen, und seitdem ergriff er bei dem kleinsten Konflikt die Flucht. Kates Mutter legte es ständig auf ein Streitgespräch an, und es war klar, dass ihr Joes Reaktion nicht gefiel.

»Es *ist* ein Geheimnis«, bestätigte Clarke. »Und ein dunkles dazu. Ich möchte nicht, dass Liz oder Kate erfahren, dass ich mit Ihnen darüber gesprochen habe. Das meine ich ernst, Joe!«, fügte er hinzu und nippte an seinem Gin. Clarke fühlte sich zunehmend angespannt. Joe schien den Ernst der Angelegenheit gar nicht zu begreifen. Wenn er trank, wurde er oft übermütig und glänzte nicht eben durch Sensibilität.

»Was ist das denn nun für ein dunkles Geheimnis?«, fragte Joe mit einem jungenhaften Lächeln. Clarke wurde ihm immer vertrauter, er war wirklich ein feiner Kerl. Sein erster Eindruck hatte ihn nicht getrogen.

»Ich bin nicht Kates Vater, Joe«, sagte Clarke ruhig, plötzlich wieder absolut nüchtern. In den vergangenen dreizehn Jahren hatte er diese Worte nicht ein einziges Mal ausgesprochen.

Das Lächeln verschwand aus Joes Gesicht. »Was soll das heißen?« Joe blickte Clarke bestürzt an. Er spürte, dass nun eine ernste Geschichte folgen würde.

»Liz war vorher schon einmal verheiratet. Wir beide sind erst seit vierzehn Jahren zusammen, obwohl es mir manchmal wie eine Ewigkeit vorkommt«, erklärte Clarke mit einem Grinsen.

Joe lachte. Er wusste, dass Clarke seine Frau sehr liebte.

»Ich bin mit dem Bruder ihres Ehemanns zur Schule gegangen. So habe ich John kennen gelernt, und wir wurden Freunde. Er war ein guter Mann, liebevoll, fürsorglich, stammte aus einer angesehenen Familie. Bei dem Börsenkrach 1929 hat er alles verloren, nicht nur sein eigenes Vermögen und das seiner Familie, sondern auch das Geld all jener Menschen, das er verwaltete. Auch einiges von Elizabeths Geld war weg. Glücklicherweise hatte aber ihre Familie den größten Teil des Kapitals verwaltet und keinerlei Einbußen zu verzeichnen. Nach dem Crash war Elizabeth noch immer wohlhabend. Doch John war finanziell am Ende.« Es fiel Clarke offensichtlich schwer, diese Geschichte zu erzählen, und Joe schwante nichts Gutes. »Er ist damals daran zugrunde gegangen. Er war ein durch und durch seriöser Mann und wurde einfach nicht damit fertig. Zwei Jahre lang schloss er sich in seinem dunklen Zimmer ein. Er hat getrunken... 1931 hat er sich dann erschossen. Kate war damals acht Jahre alt.«

»War sie etwa dabei? Hat sie es beobachtet?« Das Entsetzen angesichts einer solchen Szene stand Joe deutlich ins Gesicht geschrieben.

Clarke schüttelte den Kopf. »Nein, glücklicherweise nicht. Liz hat ihn gefunden. Ich glaube, Kate war gerade in der

Schule. Es war schon alles vorbei, als sie nach Hause kam. Doch sie wusste, wie er gestorben war. Ich kannte Liz und John schon viele Jahre, Kate kenne ich ihr ganzes Leben lang. Nach dem schrecklichen Ereignis habe ich für die beiden getan, was ich konnte … ohne Hintergedanken, sollte ich vielleicht hinzufügen. Ich wollte einfach nur helfen. Liz hatte einen Schock erlitten. Ich selbst hatte meine eigene Frau ein paar Jahre zuvor verloren … Irgendwann entwickelten sich dann die Dinge zwischen mir und Liz, doch ich glaube, zuerst war ich eigentlich in Kate verliebt. Nach dem frühen Tod ihres Vaters war sie ein verstörtes kleines Mädchen mit einem gebrochenen Herzen. Ich konnte mir damals nicht vorstellen, wie sie sich davon erholen sollte. Sie war schließlich erst acht Jahre alt! Ein Jahr später heirateten Liz und ich. Ich adoptierte Kate, als sie zehn war. Zwei weitere Jahre brauchte ich, um sie aus ihrer Höhle hervorzulocken, in der sie sich seit dem Selbstmord ihres Vaters verkrochen hatte. Ich glaube, sie vertraute viele Jahre lang weder mir noch irgendeinem anderen Menschen. Liz betet ihre Tochter an, doch ich bin mir nicht sicher, ob sie jemals wirklich einen Zugang zu ihr gefunden hat. Liz war durch Johns Tod ebenfalls zutiefst verstört. Am Schlimmsten war es, als sie unmittelbar nach unserer Heirat krank wurde. Es war nur eine schwere Grippe, doch Kate geriet regelrecht in Panik. Sie fürchtete, sie würde nun auch noch ihre Mutter verlieren. Ich weiß nicht, ob Liz das damals überhaupt begriffen hat. Kate hat ihr ganzes Leben lang hart daran gearbeitet, so stark und selbstbewusst zu werden, wie sie jetzt ist. Die Frau, die Sie lieben, war für sehr lange Zeit ein ängstliches, unglückliches Mädchen. Ich denke, sie hatte jahrelang Angst, dass auch ich sie verlassen würde, genau wie ihr Vater. Armer John! Er fand einfach keinen Weg aus seiner Depression. Er hatte nicht das Durchhaltevermögen, das er gebraucht hätte, um die Katastrophe zu überstehen. Der Crash hatte seine Selbstachtung, seinen Stolz gänzlich gebrochen. Doch als er sich umbrachte, zerstörte er auch einen Teil von Kate. Na ja, sie hat sich ja wieder erholt.«

»Warum erzählen Sie mir das alles?«, fragte Joe. Er war sichtlich schockiert.

»Weil es ein wichtiges Kapitel aus Kates Leben ist. Sie liebte ihren Vater, und er vergötterte sie. Dann ließ sie sich auf mich ein. Und nun liebt sie Sie. Sie mussten in den Krieg, und beinahe zwei Jahre lang hat Kate Sie für tot gehalten. Für jedes normale Mädchen wäre dies eine Tragödie gewesen, doch für Kate war es noch viel schlimmer. Ihre seelischen Wunden wurden dadurch wieder aufgerissen. Jeden Tag konnte ich es in ihren Augen lesen. Wenn sie nicht so stark wäre, hätte sie den Verlust nicht so gut gemeistert. Dann kehrten Sie wie durch ein Wunder zurück. Das Schicksal war barmherzig mit Kate. Doch sie ist sehr sensibel, das sollten Sie wissen, wenn Sie sie wirklich lieben. Jedes Mal, wenn Sie sie verlassen oder sie zurückweisen, wird Kate an all das erinnert, was sie einst mitgemacht hat. Sie müssen sehr behutsam mit ihr umgehen. Schaffen Sie ihr ein Heim! Wenn Sie gut zu ihr sind, wird sie Sie reich belohnen, Joe. Doch Sie müssen über ihre Situation Bescheid wissen. Sie bedarf all Ihrer Fürsorge. Kate ist eine ideale Partnerin, und sie wird alles für Sie tun. Und ich bin sicher, dass Sie alles richtig machen, jetzt, da Sie wissen, was sie erlebt hat.«

Joe starrte eine Weile schweigend vor sich hin und dachte über Clarkes Worte nach. Es war nicht leicht zu verdauen, was er an diesem Sommertag nach zwei Gläsern Bier und zwei Gläsern Gin zu hören bekam. Doch Clarke hatte Recht. Dieses Ereignis bildete einen wichtigen Teil von Kate, und es erklärte vieles, zum Beispiel ihre Angst, wenn er sie verließ. Sie hatte nie darüber gesprochen, doch jedes Mal, wenn er sich von ihr trennte, konnte er es in ihren Augen lesen. Manchmal hatte ihn dieser verstörte Ausdruck irritiert. Er empfand dann jenes Gefühl der Enge, das er sein ganzes Leben lang gefürchtet hatte.

»Was erwarten Sie jetzt von mir, Clarke?«, fragte Joe schließlich.

»Ich finde, Sie sollten sie heiraten, Joe. Sie müssen nicht Liz' Auflagen erfüllen, wenn Sie nicht wollen. Liz hat natürlich ebenfalls in erster Linie Kates Wohl im Auge. Aber sie will auch Aufsehen erregen, mit einem großen Fest und dergleichen. Ich will lediglich, dass Kate ein Heim hat. Sie verdient es, Joe, mehr als die meisten anderen. Ihr Vater nahm ihr etwas, das niemand von uns ihr je zurückgeben kann. Sie könnten es

– wenigstens zum Teil – ausgleichen. Ich möchte, dass Kate sich sicher fühlt, dass Sie für sie da sind.«

»Und was ist mit mir?«, hätte Joe am liebsten gerufen. Vor nichts fürchtete er sich so sehr wie vor einer Ehe. Schon bei dem Gedanken daran fühlte er sich in einen Käfig gesperrt, wie in der Falle. Es spielte gar keine Rolle, wie sehr er Kate liebte – und das tat er. Die Ehe selbst stellte eine Bedrohung für ihn dar. Clarke konnte sich das wahrscheinlich gar nicht vorstellen.

»Ich weiß nicht, ob ich dazu imstande bin«, bekannte Joe endlich, und der Gin war ihm bei diesem Geständnis eine enorme Hilfe.

»Warum denn nicht?«

»Die Ehe kommt mir vor wie eine Falle. Wie eine Schlinge um meinen Hals. Meine Eltern starben und überließen mich Menschen, die sich kein Stück für mich interessierten. Sie waren gemein zu mir, und immer, wenn ich auch nur an eine Familie denke, würde ich am liebsten davonlaufen.«

»Kate wird gut zu Ihnen sein, Joe. Ich kenne sie. Sie ist ein wunderbares Mädchen, und sie liebt Sie mehr als ihr eigenes Leben.«

»Auch davor habe ich Angst«, gab Joe offen zu. »Ich kann es nicht ertragen, so sehr geliebt zu werden.«

Clarke beobachtete Joes angstvollen Gesichtsausdruck. Erst jetzt wurde ihm der Ernst der Lage bewusst.

»Ich bin nicht sicher, ob ich Kate die Liebe geben kann, die sie braucht und sich wünscht. Ich will sie nicht enttäuschen, Clarke, oder sie gar im Stich lassen. Bei ihr zu versagen, das könnte ich nicht aushalten. Ich liebe sie viel zu sehr, als dass ich ihr so etwas antun könnte.«

»Wir alle versagen von Zeit zu Zeit. Und wir lernen daraus. Kate tut Ihnen gut. Ihr werdet voneinander lernen, auch wenn es manchmal schmerzt. Liebe heilt viele Wunden. Ich weiß das aus meiner Beziehung zu Liz.«

Über Elizabeths gute Seiten hatte Joe noch nie nachgedacht, doch er glaubte Clarkes Worten gern.

»Wenn Sie nicht zulassen, dass jemand Sie liebt, Joe, werden Sie eines Tages ein sehr einsamer Mann sein. Das ist ein hoher Preis für Ihre Freiheit.«

»Kann sein«, entgegnete Joe unverbindlich und starrte in sein Glas.

»Ihr braucht einander, Joe. Kate braucht Ihre Kraft und das Wissen, dass Sie nicht vor ihr davonlaufen. Sie muss spüren, dass Sie sie genug lieben, um sie zu heiraten. Und Sie brauchen Kates Stärke und ihre Wärme. Wenn man allein ist, kann es dort draußen sehr kalt werden. Nachdem meine Frau gestorben war, war ich lange Zeit allein. Es ist ein trauriges Leben. Mit einem Mädchen wie Kate an Ihrer Seite kann Ihnen nichts passieren. Wenn Sie es nur zulassen... Sie werden sicherlich Dispute austragen, doch Kate wird Ihnen nicht das Herz brechen. Sie sind viel stärker, als Sie glauben, Joe! Außerdem sind Sie doch kein Kind mehr. Niemand kann Ihnen noch einmal antun, was Ihre Verwandten Ihnen zugefügt haben. Das gehört der Vergangenheit an. Lassen Sie doch nicht zu, dass die Vergangenheit über Ihr Leben bestimmt!«

»Aber bis jetzt hat es ganz gut funktioniert. Ich würde sogar sagen, dass ich ein sehr gutes Leben führe.« Joe lachte bitter.

»Genau darauf will ich hinaus. Ihr Leben wird noch viel besser werden, wenn Sie es mit Kate teilen. Sie wären bestimmt am Ende, wenn Sie sie verlören. Und so wird es eines Tages kommen, wenn Sie jetzt nicht handeln. Frauen sind in dieser Hinsicht unberechenbar. Sie verlassen einen, wenn man am wenigsten damit rechnet. Und wenn man nicht aufpasst, kann dies leicht geschehen. Kate wird nicht gehen, wenn Sie sie nicht dazu zwingen, dazu liebt sie Sie viel zu sehr. Aber halten Sie sie fest, solange Sie dazu noch in der Lage sind. Ich wünsche mir für euch beide, dass alles gut wird. Vertrauen Sie mir, Joe. Eine Heirat wäre für euch beide das Beste. Geben Sie Kate eine Chance! Laufen Sie jetzt nicht weg!«

»Das könnte tatsächlich passieren«, gab Joe zu und schaute Clarke direkt in die Augen.

»Ich hoffe nicht! Doch selbst wenn es dazu kommt, vertraue ich darauf, dass Sie erwachsen genug sind, zurückzukehren und es noch einmal zu versuchen. Das, was euch beide miteinander verbindet, ist etwas ganz Besonderes. Außerdem glaube ich, dass Sie sich nicht von ihr befreien können, gleichgültig, was Sie anstellen und wie weit Sie fortlaufen. Ihr Gefühl ist zu stark. Ich sehe es in Ihren Augen! Und von Kate weiß ich das ebenfalls. Diese Liebe hält vielleicht fürs Leben, Joe.«

Joe war noch immer skeptisch und fühlte sich bedrängt, doch trotz seiner Befürchtungen spürte er, dass Clarke Recht hatte. »Ich werde darüber nachdenken«, erklärte er leise.

Clarke nickte. Er hatte alles gesagt, aus Liebe zu Kate und Joe.

»Und erzählen Sie Kate nicht, dass ich heute mit Ihnen über ihren Vater gesprochen habe. Ich glaube, dass sie sich deswegen schämt. Eines Tages wird sie es Ihnen bestimmt selbst erzählen.«

»Ich bin froh, dass ich es nun weiß«, sagte Joe, obwohl dadurch alles noch komplizierter wurde. Er empfand es als große Bürde, dass er nun vom Selbstmord von Kates Vater und den Folgen, die er für Kate gehabt hatte, wusste. Es war ihm alles zu viel, denn schließlich hatte er an seiner eigenen schwierigen Vergangenheit zu tragen. Doch eines war sicher: Er hatte noch nie eine Frau so geliebt wie Kate, und umgekehrt war es genauso. Eine solche Liebe gab es im Leben nur einmal, davon war er überzeugt. Und trotzdem hatte er das Bedürfnis, zu fliehen, frei zu sein. Kate hingegen klammerte sich mit aller Kraft an ihn. Das Ganze glich einem Tauziehen, und es stand noch nicht fest, wer den Sieg davontragen würde. Allerdings spürte Joe, dass sie eine Chance hatten, wenn nur beide ein wenig nachgäben. Er fragte sich jedoch, ob Kate vor dem Hintergrund der eigenen Tragödie überhaupt dazu in der Lage wäre. Und er selbst? Es würde jedenfalls viel Zeit brauchen, bis sie gelernt hätten, einander zu verstehen. Auch Clarke wusste das. Aber er wusste auch, dass sie die Möglichkeit hatten, schließlich waren sie noch jung. Doch besaßen sie auch genügend Durchhaltevermögen, um ihr Ziel zu erreichen? Dafür würde Clarke beten.

Joe saß bei der Rückfahrt am Steuer, obwohl er recht viel getrunken hatte. Clarke stand ihm allerdings darin in nichts nach. Elizabeth bemerkte es sofort, als die beiden Männer das Haus betraten, doch sie versagte sich jeden Kommentar. Clarke umarmte seine Frau, und Joe war erleichtert, dass sie ihnen keine Vorwürfe machte. Sie lachte nur und brachte jedem eine Tasse mit dampfendem Kaffee, die Clarke zerknirscht entgegennahm. Grinsend sagte er, dass er es eigentlich verabscheue, ein gutes Besäufnis mit Kaffee zu verderben. Dabei zwinkerte er Joe verschmitzt zu. An jenem Nachmittag hatte sich eine tiefe Freundschaft zwischen den beiden Männern entwickelt, und Joe spürte, dass er Clarke für den Rest seines Lebens in sein Herz geschlossen hatte, unabhängig davon, was zwischen ihm und Kate geschah.

An jenem Abend unternahmen Kate und Joe nach dem Dinner einen Spaziergang am Strand. Am nächsten Tag würden sie nach New Jersey zurückkehren. Joe überraschte Kate, als er die Arme um sie legte und sie mit einem zärtlichen Blitzen in den Augen küsste. Clarkes Offenbarungen hatten die Dinge unmerklich verändert. Joe hatte noch immer Angst, keine Luft mehr zu bekommen, wenn er sich Kate gegenüber verpflichtete. Doch er wollte sie beschützen, für sie da sein. Er stellte sich das einsame Kind vor, dessen Vater Selbstmord begangen hatte. Wie sehr sie auch strahlte, er hatte nun einen Blick für ihre seelischen Verletzungen. Auf seltsame Weise liebte er sie noch mehr als zuvor. Kate war trotz ihrer Erlebnisse stark geworden, und nach außen war ihr nichts anzumerken. Selbstbewusst schritt sie durchs Leben, doch tief in ihrem Inneren war sie ein furchtsames Mädchen geblieben. So wie er selbst ein einsamer Junge geblieben war. Aus irgendeinem tieferen Grund hatte das Schicksal sie zusammengeführt. Joe hatte nicht vergessen, wie sehr sie ihn verwirrt hatte, als er ihr zum ersten Mal begegnet war. Vielleicht waren sie von Anfang an füreinander bestimmt gewesen.

»Du hast es heute tatsächlich fertig gebracht, meinen Vater betrunken zu machen«, lachte Kate, als sie Hand in Hand durch den Sand liefen.

»Wir hatten viel Spaß miteinander.«

»Das ist schön.«

Joe fragte sich im Stillen, ob sie wohl eines Tages ihrer Mutter ähneln würde. Wie würde er damit zurechtkommen? Trotz all seiner Befürchtungen konnte er jedoch die Weisheit in Clarkes Worten kaum ignorieren. Vieles von dem, was er gesagt hatte, hatte Joe tief bewegt.

»Ich glaube, wir sollten in den nächsten Tagen endlich heiraten«, sagte Joe beiläufig.

Kate hielt mitten im Schritt inne und starrte ihn fassungslos an. »Bist du etwa immer noch betrunken?« Sie wusste nicht, ob er es ernst meinte oder ob er einen Witz machte.

»Wahrscheinlich. Aber was macht das schon? Wir können's doch mal versuchen, Kate. Immerhin ist es ja möglich, dass etwas Gutes dabei herauskommt.« Er schien nicht vollkommen überzeugt zu sein, doch zum ersten Mal in seinem Leben war er entschlossen, diesen Schritt zu wagen.

»Wie kommst du denn plötzlich auf diese Idee? Hat mein Vater dich etwa unter Druck gesetzt?«

»Nein. Er hat mir nur gesagt, dass ich dich wahrscheinlich verlieren werde, wenn ich nicht endlich zur Vernunft komme. Und vermutlich hat er Recht.«

»Du wirst mich nicht verlieren, Joe«, widersprach Kate sanft, während sie sich in den Sand setzten und Joe sie an sich drückte. »Ich liebe dich viel zu sehr. Du brauchst mich nicht zu heiraten, wenn du nicht willst.« Beinahe hatte sie Mitleid mit ihm. Mittlerweile verstand sie, wie viel ihm seine Freiheit bedeutete.

»Vielleicht *will* ich dich ja heiraten. Wie wär's damit?«

»Das wäre wundervoll!« Kate strahlte ihn an. Nie hatte er sie mehr geliebt als in diesem Augenblick. »Es wäre traumhaft! Bist du dir denn wirklich sicher?« Sie war wie betäubt. Endlich war es soweit!

»Sicher genug«, verkündete Joe. Clarke hatte ihm die Augen geöffnet. Er hatte die Dinge so dargestellt, wie sie waren. Joe musste nur endlich den Mut aufbringen, diesen Schritt zu tun. Er war sich ihrer starken und kostbaren Liebe bewusst. »Wir sollten trotzdem nichts überstürzen«, fuhr er vorsichtig fort. »Vielleicht warten wir noch ein paar Monate. Ich muss mich erst an den Gedanken gewöhnen. Vorerst zu niemandem ein Wort, hörst du?«

»In Ordnung«, entgegnete Kate ruhig.

Schweigend saßen sie eine Weile nebeneinander. Dann gingen sie Hand in Hand zum Haus zurück.

12

Kate und Joe kehrten nach New Jersey zurück, um Seite an Seite ihre Arbeit wieder aufzunehmen. Nachdem sie beschlossen hatten zu heiraten, veränderte sich vieles unmerklich. Kate schien sich sicherer zu fühlen, und Joe gewöhnte sich langsam an den Gedanken an die Hochzeit. Sie schmiedeten Pläne für die Zukunft, sprachen über das Haus, das sie kaufen würden, und über die Hochzeitsreise. Doch nach einer gewissen Zeit wurde Joe sichtlich ungehalten, wenn Kate das Thema zur Sprache brachte. Er war von der Idee überzeugt, aber ab und zu machte ihn der Gedanke doch ziemlich nervös.

Im Grunde hatte Joe gar keine Zeit, über eine Heirat nachzudenken. Der Bau einer zweiten Produktionshalle war im Gespräch, und seine Aufgabe war es, Pläne zu entwickeln und sich den neuen Herausforderungen zu stellen. Im Herbst waren die Heiratspläne bereits vollkommen in Vergessenheit geraten.

Sowohl Joe als auch Kate hatten mehr zu tun als jemals zuvor. An eine Reise nach Boston zu Thanksgiving war nicht zu denken, und sie würden Kates Eltern frühestens zu Weihnachten besuchen können. Elizabeth war mittlerweile so erbost darüber, dass Kate und Joe noch immer nicht verlobt waren, dass alle es vermieden, das Thema anzuschneiden.

Kate war unterdessen zu dem Schluss gekommen, dass ihr nichts so wichtig war, wie mit Joe zusammenzuleben. Er war derart eingespannt, dass sie ihn auf keinen Fall zusätzlich unter Druck setzen wollte, er hatte einfach zu viel zu tun. Zudem spürte Kate, dass er inzwischen Angst vor seiner eigenen Courage bekommen hatte. Er hatte sich gegenüber Kate verpflichtet, und nun schreckte er davor zurück, sein Versprechen wahr zu machen.

Erst im Frühjahr 1947 brachte Kate das Thema wieder auf den Tisch. Mittlerweile hatte sie starke Zweifel, ob Joe überhaupt noch heiraten wollte. Ein oder zwei Mal hatte sie versucht, mit ihm darüber zu sprechen, doch er war mit anderen Dingen beschäftigt und ging gar nicht darauf ein. Kate war gerade vierundzwanzig Jahre alt geworden, Joe war inzwischen sechsunddreißig und außerdem eine der bedeutendsten Persönlichkeit in der Luftfahrtindustrie. Das Unternehmen, zu dessen Aufbau er vor eineinhalb Jahren wesentlich beigetragen hatte, war zu einer Goldgrube geworden. Als Clarke zu einem Besuch nach New Jersey kam, nahm Joe ihn in einem seiner neuesten Flugzeuge mit. Kate gab noch immer vor, im Hotel zu wohnen, und ihr Vater nahm es so hin, ohne ein weiteres Wort darüber zu verlieren. Im Stillen jedoch war er sehr besorgt um Kate. Joe schien seine Zeit entweder mit geschäftlichen Terminen oder in der Luft zu verbringen. Für Kate hatte er eine sichere Stelle geschaffen: Sie war nun für die Öffentlichkeitsarbeit des Unternehmens zuständig und bekam ein ansehnliches Gehalt. Doch es war nicht Geld, was Kate brauchte; ihre Eltern hatten ohnehin genug für sie beiseite gelegt. Sie wussten, was Kate fehlte: ein Ehemann. Clarke war unterdessen davon überzeugt, dass er mit seinen Worten im vorigen Sommer bei Joe auf taube Ohren gestoßen war. Und Elizabeth drängte Kate, nach Boston zurückzukehren und wieder bei ihnen zu wohnen. Joe hatte seit Monaten nicht mehr über eine Heirat gesprochen. Zwei Jahre waren vergangen, seit er aus dem Krieg zurückgekehrt war.

Eines Tages hatte Kate genug. Unverblümt stellte sie die entscheidende Frage. Wie immer er darüber dachte, sie wollte es nun endlich wissen. »Werden wir jemals heiraten, Joe? Oder hast du dich dazu entschlossen, es ewig aufzuschieben?«

Joe war sich bewusst, dass er dem Thema auswich. Während des Gesprächs mit Clarke hatte er sich mit dem Gedanken an eine Ehe angefreundet. Es sprach sicher einiges dafür, vor allem Kates Lebensgeschichte. Doch wenn Joe ehrlich war, hielt er eine Heirat schlicht für überflüssig. Außerdem – das betonte er nun erneut – wollte er keine Kinder. Immer wieder hatte er über diese Frage nachgedacht und war zu dem Schluss gekommen, dass er keinerlei Wunsch danach verspürte. Kinder passten einfach nicht zu seinem Lebenswandel. Er lebte für seine Arbeit, für seine Flugzeuge und für Kate. Sie wartete jeden Abend geduldig auf ihn, wenn er nach Hause kam. Für Joe lief alles wunderbar, er war nicht bereit, sein Leben zu ändern. Seine Arbeit war viel zu aufregend. Die Aussicht auf schreiende Babys, denen man ständig die Windeln wechseln musste, entsetzte ihn. Seine eigene Kindheit war ein einziger Albtraum gewesen, und er fühlte sich nicht dazu in der Lage, selbst ein Kind großzuziehen und Verantwortung dafür zu übernehmen.

»Heißt das etwa, dass du, selbst wenn wir heiraten, keine Kinder willst?«

Es war das erste Mal, dass Joe seine Meinung zu diesem Thema äußerte. Kate wusste zwar, dass der Gedanke an eigene Kinder ihn bisher nicht unbedingt begeistert hatte, doch es schockierte sie zutiefst, dass er offenbar bereits eine endgültige Entscheidung getroffen hatte. Nie zuvor hatten sie offen über diese Frage gesprochen. Joe hatte sich stets darum gedrückt. Kate war ihm in der Firma eine große Hilfe, und er wollte sie gern dort behalten. Sie sollte sich nicht ausschließlich dem Haushalt und der Kindererziehung widmen. Der Gedanke an eine Ehe war schon beunruhigend genug.

»Ja, genau das heißt es«, entgegnete er ehrlich. Er hatte Kate niemals angelogen, er hatte das Thema einfach vermieden. »Ich will keine Kinder.« Diese Entscheidung hatte auch dazu geführt, dass er von einer Heirat Abstand genommen hatte. Das Gespräch mit Clarke hatte seine Wirkung verfehlt.

»Ach!« Kate lehnte sich zurück.

Sie saßen wie immer in Joes Wohnung, obwohl Kate nach wie vor offiziell im Hotel wohnte. Für ihre Treffen standen ihnen nur Joes spärlich möbliertes Apartment und das Haus ihrer Eltern in Boston zur Verfügung.

Seine Worte wirkten wie eine Ohrfeige. »Ich wollte aber immer Kinder haben«, sagte sie. Ein Verzicht auf eigene Kinder würde für Kate ein großes Opfer bedeuten. Andererseits liebte sie Joe sehr und wollte ihn nicht verlieren. Schließlich hatte sie während des Krieges erfahren, was ein Leben ohne ihn bedeutete. Jetzt hoffte sie, dass er vielleicht seine Meinung änderte, wenn sie erst verheiratet waren. Dieses Risiko würde sie eingehen.

»Was denkst du, Joe?«, fragte Kate jetzt.

»Worüber?« Er warf ihr einen unglücklichen Blick zu. Ihre Fragen trieben ihn in die Enge.

»Über die Hochzeit. Oder ist diese Frage für dich nun auch erledigt?«

Kate war verärgert. Es war nicht fair, dass er alles mit sich allein ausmachte. Andererseits wusste sie, dass er sehr beschäftigt war und meist andere Dinge im Kopf hatte. Er dachte immerzu an seine Firma, für etwas anderes blieb da kein Raum.

»Ich weiß es nicht«, entgegnete Joe unbestimmt. »Müssen wir denn unbedingt heiraten? Wenn wir sowieso keine Kinder bekommen, könnten wir doch auch so zusammenleben.« Plötzlich war er ihr wieder absolut fern.

Panik stand in Kates Augen. »Meinst du das ernst?« Sie starrte ihn an wie einen Fremden. Und im Grunde war es tatsächlich so. Wann diese Entfremdung begonnen hatte, wusste sie nicht. Doch jetzt wurde ihr mit einem Schlag bewusst, dass sich alles verändert hatte. Sie fragte sich, ob Joes Wunsch, niemandem von den Heiratsplänen zu erzählen, vielleicht eine Taktik gewesen war. So hielt er sich alle Möglichkeiten offen.

»Müssen wir jetzt darüber sprechen? Morgen muss ich in aller Frühe zu einer Besprechung.« Sein Gesichtsausdruck verriet seine Verärgerung. Er wollte dieses Gespräch so schnell wie möglich beenden. Schon jetzt fühlte er sich in der Falle und – was noch schlimmer war – schuldig, weil er Kate enttäuschte. Diese Gewissensbisse konnte Joe kaum ertragen. Panische Angst machte sich in ihm breit, und das war schlimmer als alles, was er bisher erlebt hatte. Der Albtraum seiner Vergangenheit wurde wieder lebendig. Die Stimmen seiner Verwandten, die ihm unablässig seine Unzulänglichkeit vorwarfen, dröhnten in seinen Ohren.

»Wir sprechen über unser Leben, über unsere Zukunft!« Kate gab nicht nach. »Das ist ja wohl wichtiger!«

Ihre Stimme klang schrill und erinnerte Joe an Elizabeth.

»Müssen wir das denn ausgerechnet heute Abend klären?«, fragte Joe verwirrt.

Kate war jetzt wirklich wütend. Sie spürte, wie Joe sich zurückzog, und wollte ihn festhalten. Aber sie erreichte damit nur, dass er sich immer weiter von ihr entfernte. In diesem Moment wurde ihr die Ausweglosigkeit der Situation bewusst. Sie fühlte sich einsam wie nie zuvor in ihrem Leben.

Joe spürte das sehr wohl. Am liebsten wäre er davongelaufen. Doch Kate ließ nicht locker. Ihre Verzweiflung war so groß, dass sie sich nicht mehr zurückhalten konnte.

»Vielleicht sollten wir das Ganze vergessen«, sagte sie heftig.

Joes Unbehagen wuchs. An ihrem vorwurfsvollen Blick konnte er erkennen, wie sehr er sie verletzt hatte.

»Das hast du soeben deutlich gemacht«, fuhr Kate fort. »Du sagst, dass du keine Kinder willst und keinen Grund dafür siehst, warum wir heiraten sollten. Das ist doch immerhin eine Aussage.«

Joes Entschluss hatte Auswirkungen auf ihr ganzes Leben, das wusste Kate. Sie spürte eine immer größer werdende Angst. Seit zwei Jahren wartete sie geduldig auf den richtigen Zeitpunkt. Doch plötzlich musste sie einsehen, dass es gar keinen richtigen Zeitpunkt geben würde, denn eine Heirat kam für Joe überhaupt nicht in Frage.

»Ich muss ein Unternehmen leiten, Kate. Ich weiß nicht, wie viel Energie mir für Frau und Kinder bliebe. Wahrscheinlich nicht viel.« Joe war nun völlig außer sich, sah aber auch keinen Ausweg. Also ging auch er auf Distanz und wurde so kühl, dass Kate es kaum ertrug.

Tränen traten ihr in die Augen. Er war dabei, all ihre Hoffnungen zu zerstören, all ihre Träume. Sie war nach New Jersey gekommen, um mit ihm zusammen zu sein, um die Dinge zu beschleunigen, damit sie sich endlich gemeinsam irgendwo niederlassen konnten. Doch seine Arbeit war ihm wichtiger. Und natürlich seine heißgeliebten Flugzeuge, die ihm Frau und Kinder ersetzten. Er brauchte keine Familie.

»Ich habe gesagt, was ich sagen wollte«, fuhr Joe schließlich fort. »Für mich ist alles in Ordnung, so wie es ist. Ich kann nicht heiraten, und ich will nicht heiraten. Ich brauche meine Freiheit. Wir sind doch zusammen. Welchen Unterschied macht da ein Stück Papier?«

Für Kate jedoch sah die Sache vollkommen anders aus. »Es macht einen großen Unterschied. Wenn du mich heiraten würdest, bedeutete das, dass du mich liebst, mir vertraust, dass du für mich sorgst und für immer bei mir bist, Joe.« Kate sprach jetzt voller Entschiedenheit.

Doch gerade dieses *für immer* ließ Joe zusammenfahren.

»Es bedeutet, dass du hinter mir stehst, dass du an mich glaubst, so wie ich an dich glaube. Es bedeutet, dass wir stolz aufeinander sind. Genau das macht eine Ehe aus.«

Joe konnte es kaum ertragen, Kate so sprechen zu hören. Ihm war, als versuchte sie, ihn festzunageln. Er fühlte sich plötzlich überwältigt von ihren Ansprüchen an ihn, und es war klar, dass er sich dagegen wehren würde, selbst wenn das bedeutete, dass er sie verlor.

»Wir sind einander nichts schuldig«, stellte er nun fest. »Wir sind zusammen, weil wir es so wollen, doch das kann sich jeden Tag ändern. Wenn wir uns trennen wollen, dann tun wir das eben. Es gibt keine Garantie im Leben.«

Joe war laut geworden, und Kate erschrak. Joe verließ sie, genau wie es damals ihr Vater getan hatte. Das konnte sie nicht zulassen.

»Wie konnte es nur so weit kommen?«, schrie sie. Joe war zu weit gegangen. Kate fühlte sich, als ob sie in einen Abgrund stürzte, sie war vollkommen verzweifelt. Nun geriet die Situation außer Kontrolle. »Wann hast du dich entschieden, nicht zu heiraten?«, fragte sie anklagend. »Wann hat sich alles zwischen uns geändert? Warum hast du nicht längst gesagt, dass du so denkst? *Warum?*« Kate schluchzte jetzt heftig. »Warum tust du mir das an?«

Joe zuckte zusammen. Ihre Worte trafen ihn hart. »Bitte lass doch alles so, wie es ist!«, bat er.

»Aber ich liebe dich!«, gab Kate verzweifelt zurück.

Doch Joe war nicht mehr sicher, ob er diese Liebe erwiderte. Vielleicht war es für ihn einfach unmöglich, ihren Erwartungen gerecht zu werden? Joe war ebenso verzweifelt wie Kate. Doch ihr Beharren brachte ihn dazu, davonzulaufen.

»Lass uns jetzt ins Bett gehen, Kate. Ich bin müde.«

Sie waren der Situation einfach nicht gewachsen und vollkommen erschöpft. Ihrer beider Angst war zu groß: Kate fürchtete sich davor, verlassen zu werden, und Joe konnte es nicht aushalten, derart vereinnahmt zu werden.

»Ich bin auch müde«, entgegnete Kate matt.

Noch nie in ihrem Leben hatte sie sich so allein gefühlt. Sie stand auf und ging unter die Dusche. Lange ließ sie das Wasser auf ihren Körper prasseln, und als sie schließlich zu Bett ging, war Joe schon eingeschlafen. Kate legte sich neben ihn und betrachtete ihn für eine Weile. Sie fragte sich, was in ihm vorging. Vorsichtig strich sie ihm übers Haar, sie wollte ihn nicht aufwecken. Joe murmelte etwas im Schlaf und drehte sich auf die andere Seite. Kate wusste, dass er sie trotz seiner harten Worte liebte. Und vielleicht liebte sie ihn so sehr, dass sie für ihn all ihre Träume aufgeben würde. Doch sie wusste nicht, wie es weitergehen sollte. Er hatte offensichtlich Angst, seine Gefühle zuzulassen. Ständig war er auf der Flucht vor ihr und ihrer Zuneigung. Sie hingegen wünschte sich doch nichts mehr, als bei ihm zu sein.

Unter der Dusche hatte sie eine schwerwiegende Entscheidung getroffen. Sie würde fortgehen, bevor sie beide daran zerbrachen. Er würde sie niemals heiraten, also war es nun an der Zeit zu gehen. Ihre Mutter hatte doch Recht gehabt, sie hatte Joe richtig eingeschätzt.

Am nächsten Morgen beim Frühstück teilte Kate Joe ihren Entschluss mit. Mit ruhiger Stimme sagte sie knapp: »Ich gehe, Joe.«

Ihre Blicke trafen sich. Der Schmerz, den sie einander zugefügt hatten, war sehr stark.

»Aber warum denn, Kate?« Das Entsetzen stand ihm in den Augen, trotzdem bat er sie nicht zu bleiben.

»Nach dem, was du mir letzte Nacht gesagt hast, kann ich nicht länger bei dir bleiben. Ich liebe dich von ganzem Herzen, mehr als mein Leben. Ich habe zwei Jahre auf dich gewartet, konnte deinen vermeintlichen Tod nicht akzeptieren. Ich habe nicht geglaubt, dass ich nach dir einen anderen Mann lieben könnte, und das hat sich auch nicht geändert. Doch ich will einen Ehemann und Kinder und ein richtiges Familienleben, und du wünschst dir etwas anderes.«

Während sie sprach, füllten sich Kates Augen mit Tränen. Sie bemühte sich, ruhig zu bleiben, obwohl die Angst ihr wie ein riesiger Stein im Magen lag und ihr das Herz weh tat. Verzweifelt hoffte sie, Joe würde all das, was er ihr in der Nacht zuvor gesagt hatte, zurücknehmen, doch er schwieg.

Joe beendete sein Frühstück. Dann schaute er Kate an. Sie wusste, das dies einer jener schrecklichen Augenblicke im Leben war, die sie nie vergessen würde. »Ich liebe dich, Kate. Doch ich will dir nichts vormachen. Ich glaube nicht, dass ich jemals das Bedürfnis verspüren werde zu heiraten. Ich will es einfach nicht. Ich will mich nicht binden. Ich will meine Freiheit nicht aufgeben. Ich finde es schön, wenn du mich bei meiner Aufgabe unterstützt, wenn du in meiner Nähe bist. Doch mehr kann ich dir nicht geben. Ich liebe meine Arbeit und meine Flugzeuge. Sie sind mein Leben, sie bedeuten mir alles. Vielleicht habe ich einfach nur Angst davor, mich auf eine Ehe einzulassen, Kate. Aber so bin ich nun mal. Und ich will keine Kinder, niemals. Es gibt in meinem Leben einfach keinen Platz für sie.« Joe wurde in diesem Augenblick klar, dass die Beziehung zu Kate ihn zu sehr einengte. Sie war eine zu große Bürde. Er wollte ungestört seine Arbeit tun. Für eine Bindung war er im Grunde viel zu beschäftigt. Doch Kate war vierundzwanzig Jahre alt, sie wollte Kinder und einen Ehemann, sie wollte ein ganz normales Leben führen und nicht die Assistentin eines Mannes sein, der ihr keine Zukunft bieten konnte.

Joes Worte waren für Kate wie eine Ohrfeige, sie bestätigten ihre schlimmsten Befürchtungen. »Du weißt, wie ich darüber denke. Ich kehre nach Hause zurück. Wahrscheinlich hätte ich all diese Fragen schon viel früher stellen müssen.« Sie war eine Idiotin! Und zu all ihrer Wut und Enttäuschung fühlte sie sich an den Tag erinnert, an dem ihr Vater gestorben war: Das Gefühl eines unermesslichen Verlustes überwältigte sie.

»Als ich hier mit der Arbeit begann, wusste ich nicht, was ich wirklich wollte. Jetzt weiß ich es. Mach, was immer für dich das Beste ist, Kate.«

»Ich verlasse dich«, sagte sie schlicht, als ihre Blicke sich erneut trafen.

»Du willst deine Arbeit aufgeben?« Das konnte Joe sich nicht vorstellen. Sie musste verrückt sein. Verstand sie denn nicht, was sie hier Wichtiges leisteten? Eine solche Verantwortung hatte er noch nie übernommen, und er wollte diese Erfahrung mit ihr teilen.

Doch Kate war daran nicht länger interessiert. »Es ist nicht meine Arbeit, Joe, sondern deine.«

Das war ein völlig neuer Gedanke für Joe. »Willst du Anteile an der Firma?«

Kate lächelte. »Nein. Ich will etwas anderes ... Meine Mutter hatte Recht: Es ist wichtig, sich sicher zu fühlen. Mir jedenfalls.«

»Ich verstehe«, gab Joe zurück. Er nahm seine Aktentasche und schaute Kate an. »Es tut mir Leid, Kate.«

Sie waren inzwischen seit sieben Jahren zusammen, und nun war plötzlich alles vorbei, weil er nicht bereit war, sich zu einer Heirat zwingen zu lassen. Für ihn gab es wichtigere Dinge, für die er die Verantwortung übernommen hatte. Er wusste, dass er mittlerweile ein bedeutender Mann war, doch dieses Wissen hatte für ihn nichts verändert. Tief im Innern war er der unsichere Junge geblieben.

»Mir tut es auch Leid, Joe«, flüsterte Kate.

Es war eine Tragödie. Ihre Beziehung war am Ende, und Joe war es, der sie zerstört hatte. Er hatte eine verheerende Entscheidung getroffen, die ihrer beider Leben veränderte, und er hatte nicht einmal mit ihr darüber gesprochen.

Doch Joe hatte keine andere Wahl. Zum Abschied gab er Kate keinen Kuss. Er sagte nichts mehr, und auch sie schwieg, während er mit seiner Aktentasche zur Tür hinausging, ohne sich noch einmal umzudrehen.

Kate blickte ihm aus verweinten Augen nach.

13

Kates Eltern wussten, dass ihre Tochter endgültig nach Hause zurückgekehrt war, doch über den Grund erfuhren sie nichts. Kate gab ihnen keinerlei Erklärung, verlor weder ein Wort über Joe noch über die Ereignisse in New Jersey. Ihr Schmerz war viel zu groß, sie konnte einfach nicht darüber sprechen. Noch immer hegte sie die Hoffnung, Joe würde eines Tages aufwachen und sie maßlos vermissen. Dann würde er bestimmt anrufen und ihr sagen, dass er sie doch heiraten und Kinder mit ihr haben wolle. Aber Joe meldete sich nicht, und sie war am Boden zerstört.

Offenbar hatte er es mit der Trennung ernst gemeint, denn einige Wochen später schickte er Kate ein Paket mit Kleidern, die sie in seiner Wohnung vergessen hatte. Nicht einmal einen Brief hatte er beigelegt. Clarke und Elizabeth merkten, wie sehr ihre Tochter litt, doch sie hielten sich zurück. Elizabeth ahnte ohnehin, was geschehen war.

Drei Monate verbrachte Kate in Boston, unternahm lange Spaziergänge und weinte stundenlang. An Weihnachten war es am schlimmsten. Ununterbrochen spielte sie mit dem Gedanken, Joe anzurufen. Sie sehnte sich so sehr danach, endlich wieder seine Stimme zu hören. Aber sie war sich im Klaren darüber, dass sie nicht bloß seine Geliebte sein wollte. Auf die Dauer hätte sie sich in dieser Rolle nicht wohl gefühlt. Nach Weihnachten fuhr sie für einige Tage zum Skilaufen, feierte aber Silvester mit ihren Eltern. Zwischen ihr und Joe gab es weiterhin keinerlei Kontakt.

Kate hatte das Gefühl, als sei ein Teil von ihr abgestorben. Eine Zukunft ohne Joe konnte sie sich eigentlich nicht vorstellen, doch sie musste sich an den Gedanken gewöhnen. Sie hatte ihren Standpunkt vertreten, und nun würde sie mit den Folgen leben und das Beste daraus machen müssen. Eine andere Wahl hatte sie nicht.

Hin und wieder traf sich Kate mit alten Freunden, doch sie stellte fest, dass sie kaum noch Gemeinsamkeiten mit ihnen hatte. Zu viele Jahre waren ins Land gegangen, in denen sich alles in ihrem Leben um Joe gedreht hatte. Sie wusste zunächst nicht, was sie tun sollte, doch im Januar entschied sie sich, nach New York zu ziehen und eine Assistentinnenstelle in der Ägyptischen Abteilung des *Metropolitan Museum* anzunehmen. Dort konnte sie immerhin die Kenntnisse, die sie während ihres Kunststudiums in Radcliffe erworben hatte, nutzen. Dabei hatte sie mittlerweile den Eindruck, weit mehr von Flugzeugen zu verstehen als von Kunst. Am Anfang war sie nicht mit dem Herzen bei der Sache, doch bald stellte sie zu ihrer eigenen Überraschung fest, dass sie viel mehr Freude an der Arbeit fand, als sie jemals erwartet hätte. Im Februar mietete sie sich eine eigene Wohnung, und nun galt es nur noch, ihre Gefühle in den Griff zu bekommen. Dieses Vorhaben erschien ihr jedoch kaum zu bewältigen. Das Leben ohne Joe kam ihr noch immer leer und sinnlos vor, Tag und Nacht vermisste sie ihn. Selbst während der Arbeit dachte sie ununterbrochen an ihn. Die Zeitungen berichteten immer wieder über seine neuesten Errungenschaften. Sieben Jahre zuvor hatten seine Flugrekorde Aufsehen erregt, nun sprach die ganze Welt von den fantastischen Flugzeugen, die er entwickelte. Wenn er nicht gerade an deren Konstruktion arbeitete, war er in der Luft.

Kate las im Juni, dass Joe einen Preis bei einer Flugschau in Paris gewonnen hatte. Trotz des eigenen Elends und ihrer Einsamkeit freute sie sich für ihn. Sie war mittlerweile fünfundzwanzig Jahre alt und viel schöner, als sie selbst ahnte, doch ihr Leben war langweiliger als das ihrer Mutter.

Kate ging kaum aus, und wenn sich jemand mit ihr verabreden wollte, schützte sie zu viel Arbeit vor. Ihr Zustand erinnerte sie an die Zeit, als Joe verschollen gewesen war. Sie weinte unablässig und vermisste ihn schmerzlich. In den Sommerferien fuhr sie nicht einmal nach Cape Cod, da sie diesen Ort immer mit Joe in Verbindung bringen würde. Ohnehin erinnerte sie alles an ihn, selbst die alltäglichsten Dinge. Sogar der Besuch in einem Restaurant, den sie zu ihrer Zerstreuung unternahm, ließ sie sofort an Joe denken. Es war absurd, das wusste sie, aber Joe war ein Teil von ihr geworden. Ihr blieb nichts anderes übrig, als sich zu bemühen, ihn zu vergessen. Sie versuchte sich einzureden, dass sie es schaffen würde, doch gleichzeitig zweifelte sie daran, dass es ihr jemals gelingen konnte. Jeden Morgen erwachte sie mit dem Gefühl eines großen Verlustes, und dann fiel es ihr ein: Sie hatte sich selbst verloren.

Kate lebte bereits seit einem Jahr in New York, als sie eines Tages ein Lebensmittelgeschäft betrat, um Hundefutter zu kaufen. Vor kurzem erst hatte sie einen Welpen bekommen, der ihr Gesellschaft leisten sollte. Zunächst hatte sie sich selbst darüber amüsiert. Vielleicht war es doch ein wenig übertrieben? Sie stand gerade vor dem Regal mit dem Hundefutter, als sie aufschaute und Andy erblickte. Seit mehr als drei Jahren hatte sie ihn nicht mehr gesehen. In seinem dunklen Anzug und dem Burberry sah er sehr seriös aus. Offenbar wollte er nach Büroschluss noch schnell einige Lebensmittel besorgen. Kate vermutete sofort, dass er verheiratet war, doch sicher war sie natürlich nicht.

»Wie geht es dir, Kate?«, fragte er mit einem breiten Lächeln. Den Schlag, den sie ihm damals versetzt hatte, hatte er längst überwunden. Lange Zeit hatte es ihn geschmerzt, auch nur an sie zu denken, und er hatte alle Fotos von ihr fortgeworfen. Doch jetzt ging es ihm blendend.

»Mir geht's gut. Wie ist es dir denn ergangen?« Kate erzählte ihm nicht, dass sie ihn vermisst hatte. Gute Freunde waren schwer zu finden, und es war lange her, dass sie sich jemandem anvertraut hatte.

»Ich habe jede Menge Arbeit. Und was treibst du hier?« Andy schien sich zu freuen, sie zu treffen.

»Ich wohne hier. Ich arbeite im *Metropolitan*. Es macht großen Spaß.«

»Das ist schön. In letzter Zeit habe ich oft etwas über Joe gelesen. Er hat ja ganz schön was geleistet. Habt ihr schon Kinder?«

Kate lachte. Die Vermutung lag wohl nahe, doch Andy irrte sich gewaltig. Das Thema Joe gehörte der Vergangenheit an.

»Nein, aber stattdessen habe ich einen kleinen Hund.« Kate deutete auf das Hundefutter und entschloss sich dann, die Dinge klarzustellen. »Ich bin nicht verheiratet.«

Andy war offensichtlich überrascht. »Ihr beide habt nicht geheiratet?«

»Nein. Joe ist mit seinen Flugzeugen verheiratet. Für ihn war es besser so.«

»Und was ist mit dir?«, fragte Andy voller Anteilnahme. Er war immer offen zu ihr gewesen, und das hatte Kate ganz besonders geschätzt. »Wie kommst du damit zurecht?«

»Nicht so toll. Ich habe ihn verlassen. Allmählich gewöhne ich mich an diesen Zustand. Es ist jetzt ungefähr ein Jahr her.« Es waren exakt vierzehn Monate, zwei Wochen und drei Tage, Kate führte genau Buch. Doch das tat nichts zur Sache. »Und was ist mit dir? Bist du verheiratet? Hast du Kinder?«

»Ich habe Freundinnen ... viele. Das ist sicherer und erspart einem ein gebrochenes Herz.« Er hatte sich überhaupt nicht verändert.

Kate lachte herzlich über seine Antwort. »Wie praktisch! Mal sehen, ob ich noch ein paar für dich auftreiben kann. Im Museum gibt's eine ganze Menge netter Mädels.«

»Und du mitten drin. Du siehst großartig aus, Kate.«

Sie trug ihr Haar kürzer. Um sich von ihren dunklen Gedanken abzulenken, hatte sie sich ausgiebig mit den neuesten Frisuren beschäftigt. In jenen Tagen interessierte sie sich besonders für Mode und Kosmetik und natürlich für ihren Hund.

»Danke.« Es war lange her, dass sie mit einem Mann ihres Alters länger als fünf Minuten gesprochen hatte, und sie wusste nicht so recht, was sie eigentlich sagen sollte.

»Wollen wir nicht einmal zusammen ins Kino gehen?«, schlug Andy vor.

»Ja, gern«, entgegnete Kate, während sie langsam zu den Kassen schlenderten. In Andys Einkaufswagen lagen Cornflakes und Wasser. Eine Flasche Scotch, die er zuvor in einer Weinhandlung gekauft hatte, trug er unter dem Arm. Das waren eindeutig die Einkäufe eines Junggesellen.

»Wie wär's denn mit etwas Toast oder Milch?«, schlug Kate vor, und Andy grinste. Sie hatte sich auch nicht verändert. »Oder schüttest du etwa Scotch über deine Cornflakes? Das muss ich unbedingt auch mal probieren.«

»Den nehme ich zum Runterspülen.«

»Und was ist mit dem Wasser?«

»Damit mach ich meine Teppiche sauber.«

Beide genossen es, miteinander zu scherzen, und fühlten sich an die alten Zeiten am College erinnert. Andy bestand darauf, das Hundefutter zu bezahlen. Er war Kate gegenüber immer schon großzügig gewesen.

»Arbeitest du immer noch bei deinem Vater?«, fragte Kate, während sie den Laden verließen.

»Ja, es hat sich alles sehr gut entwickelt. Ich übernehme die Scheidungsfälle für ihn. Er hasst sie.«

»Das ist ja interessant. Nun ja, immerhin ist mir *das* erspart geblieben.«

»Kate, Männer wie Joe sind einfach schwierig. Zu brillant, zu kreativ, zu kompliziert. Du warst so in ihn verliebt, dass du das alles gar nicht gesehen hast, glaube ich.«

Doch Kate hatte Joe gerade deshalb so geliebt. Und die Folgen dieser Eigenschaften hatte sie ignoriert. Joe war etwas Besonderes. Er war ihr in gewisser Weise immer fremd geblieben, doch sie hatte immer nur ihn gewollt.

»Meinst du etwa, ich sollte mich nach einem schlichteren Gemüt umsehen?«, fragte Kate amüsiert.

Doch Andy meinte es ernst. »Vielleicht einfach nach jemandem, der etwas verständnisvoller ist. Niemand kann Joe das Wasser reichen, es war immer schwer, mit ihm Schritt zu halten. Du hast etwas Besseres verdient.«

Kate war Andy dankbar für seine ermutigenden Worte. Er war ein wunderbarer, fürsorglicher Mann, und sie war ehrlich überrascht, dass er nicht längst verheiratet war.

»Ich rufe dich an«, versprach er, als sie sich trennten. »Wie kann ich dich erreichen?«

»Ich stehe im Telefonbuch ... oder ruf einfach im Museum an!«

Schon zwei Tage später meldete er sich und lud Kate ins Kino ein. Kurz darauf verabredeten sie sich am *Rockefeller Center* zum Schlittschuhlaufen. Und dann führte Andy Kate zum Dinner aus.

Kate fuhr über die Weihnachtstage nach Hause. Während der letzten drei Wochen war sie beinahe ununterbrochen mit Andy zusammen gewesen. Ihren Eltern gegenüber verlor sie kein Wort darüber, dass sie ihn wieder getroffen hatte, denn sie wollte ihre Mutter nicht in Aufregung versetzen.

Am Weihnachtsmorgen rief Andy an, und Kate freute sich sehr, seine Stimme zu hören. Es war beinahe so wie früher, doch jetzt genoss sie seine Freundschaft viel mehr. Er war unterhaltsam, unbefangen und freundlich. Zwar war er bei weitem nicht so kreativ wie Joe, doch er kümmerte sich wenigstens um sie. So wie Kate nie über die Beziehung zu Joe hinweggekommen war, hatte Andy Kate nie vergessen.

»Ich vermisse dich«, sagte er am Telefon. »Wann kommst du zurück?«

»In ein paar Tagen.« Kate wollte sich nicht festlegen. Sie war enttäuscht, dass Joe sich auch dieses Jahr zu Weihnachten nicht gemeldet hatte. Das war das Mindeste, was sie von ihm erwartet hätte. Es schien, als hätte er sie vollkommen vergessen, als hätte sie nie existiert. Sie hatte daran gedacht, ihn anzurufen, sich dann aber doch dagegen entschieden. Es hätte sie nur wieder zurückgeworfen.

»Wann hast du denn Andy wieder getroffen?«, fragte Elizabeth interessiert, als Kate den Hörer auflegte.

»Vor ein paar Wochen, in einem Lebensmittelladen.«

»Ist er verheiratet?«

»Ja, und er hat acht Kinder.« Kate grinste.

»Ich war immer davon überzeugt, dass er der Richtige für dich ist«, gab Elizabeth zurück.

»Ich weiß, Mom. Aber wir sind nur gute Freunde. So ist es viel besser, und niemand wird dabei verletzt.«

Vor drei Jahren hatte Kate Andy sehr enttäuscht. Und sie selbst litt auch immer noch unter ihrer Trennung. Daran würde sich so schnell auch nichts ändern, vielleicht sogar nie. Es war ihr unmöglich, Joe zu vergessen. Kate hatte sich lange Zeit nur mit ihm befasst und zu viel mit ihm erlebt.

Zwei Tage später fuhr Kate nach New York zurück. Sie freute sich schon auf ihren Hund, auf den während ihrer Abwesenheit eine Nachbarin aufgepasst hatte.

Kaum hatte Kate ihre Wohnung betreten, klingelte auch schon das Telefon. Es war Andy.

»Was ist los? Hast du etwa einen Radar bei dir installiert?«

»Ich bin dir gefolgt.«

Andy wollte am Abend ins Kino gehen, und Kate begleitete ihn gern. Auch Silvester feierten sie zusammen. Sie verbrachten den Abend im *El Morocco* und stießen mit Champagner auf das neue Jahr an. Kate kam das alles äußerst mondän und erwachsen vor, wie sie Andy verkündete.

»Wir sind doch auch erwachsen«, stellte Andy amüsiert fest.

Er war sehr anspruchsvoll geworden. Kate konnte nicht umhin, ihn mit Joe zu vergleichen, der sehr ungewöhnlich, attraktiv, aber manchmal eben auch unbeholfen war. Auch das hatte sie an ihm geliebt. Andy war viel anpassungsfähiger, vor allem in Dingen, die Joe überhaupt nicht interessierten.

»Ich habe das Erwachsenwerden einfach ausgelassen«, gestand Kate nach dem dritten Glas Champagner. »Ich bin sofort eine alte Frau geworden. Manchmal fühle ich mich älter als meine eigene Mutter.«

»Das wird sich bald ändern. Die Zeit heilt alle Wunden«, erwiderte Andy weise.

»Wie lange hat es gedauert, bis du über die Sache mit mir hinweg warst?«, fragte Kate, die inzwischen die Wirkung des Alkohols spürte.

Andy schien das gar nicht zu bemerken. »Nicht allzu lang.«

In Wahrheit hatte er zwei Jahre gebraucht, doch das verriet er Kate nicht. Im Grunde hatte er noch immer nicht aufgegeben. Deshalb verbrachte er den Silvesterabend mit ihr, obwohl er ein halbes Dutzend Frauen kannte, die sich um eine solche Gelegenheit gerissen hätten.

»Bist du jetzt enttäuscht?«, fügte er hinzu.

»Nein, das ist schon in Ordnung.« Aber insgeheim war Kate doch ein wenig traurig. »Ich kann nicht mehr erwarten. Schließlich war ich wirklich herzlos.« Die belebende Wirkung des Champagners ließ allmählich nach. Sie war plötzlich schlecht gelaunt und fragte sich unablässig, wo Joe wohl gerade war, was er an diesem Abend unternahm und wer ihn begleitete.

»Du hattest gar keine andere Wahl, Kate«, sagte Andy beschwichtigend, und das war seine ehrliche Überzeugung. »Joe war deine große Liebe, du warst verrückt nach ihm. Und dann seine Heimkehr ... Das ist kaum zu schlagen. Außerdem war es besser so, als wenn wir schon verheiratet gewesen wären.«

»Ja, das wäre furchtbar gewesen!«, stimmte Kate zu.

»Genau. Also hatten wir doch alles in allem großes Glück. Und irgendwann musstest du dich eben aus eigener Kraft von ihm losreißen.«

»Und wenn ich das nie schaffe?«, fragte Kate entmutigt.

Doch Andy lachte sie aus. »Das wird dir schon gelingen. Aber nur, wenn du nicht zur Alkoholikerin wirst. Kate, du bist betrunken!«

»Bin ich nicht!« Zornig schaute sie ihn an, aber im Grunde war ihr alles gleichgültig.

»Doch, das bist du, aber auch in diesem Zustand bist du einfach niedlich. Vielleicht sollten wir ein Tänzchen wagen, bevor du ohnmächtig wirst oder noch mehr hinunterkippst.«

Es war ein schöner Abend, doch am nächsten Morgen erwachte Kate mit unerträglichen Kopfschmerzen. Andy brachte ihr Croissants, Aspirin und Orangensaft in ihre Wohnung, und Kate trug eine Sonnenbrille, während sie für sich und Andy das Frühstück richtete.

»Warum hast du keinen Scotch mitgebracht? Und wo sind die Cornflakes? Das wäre viel besser gewesen«, jammerte sie und hielt sich den Kopf.

»Du wirst zu anspruchsvoll«, entgegnete Andy grinsend und kraulte den Hund.

»Ich bin untröstlich«, stöhnte Kate.

Kate ließ die Croissants im Ofen verbrennen und verschüttete den Orangensaft. Auch die Spiegeleier misslangen ihr. Andy aß trotzdem mit großem Appetit und bedankte sich anschließend bei ihr.

»Ich bin eine schauderhafte Köchin«, gestand Kate.

»Hat er dich deshalb verlassen?«

»Ich habe *ihn* verlassen«, korrigierte Kate. »Er wollte mich weder heiraten, noch wollte er Kinder. Ich hab's dir doch schon erzählt: Er ist mit seinen Flugzeugen verheiratet.«

»Er ist jetzt ein sehr reicher Mann«, stellte Andy bewundernd fest. Es gab in der Tat vieles, wofür Joe Respekt verdiente, vor allem für seine Begabung. Seine Urteilsfähigkeit hinsichtlich der Frauen gehörte jedoch nicht dazu. Andy hielt Joe für einen Idioten, weil er Kate zurückgewiesen hatte, doch er war gleichzeitig glücklich darüber.

»Warum bist du denn noch nicht verheiratet?«, fragte Kate und streckte sich auf der Couch aus. Dort nahm sie endlich die Sonnenbrille ab.

»Ich weiß nicht. Zu viel Angst, zu beschäftigt. Und es gab seit dir keine überzeugende Kandidatin. Eine ganze Weile habe ich ein trostloses Dasein gefristet, und dann habe ich über die Stränge geschlagen. Ich habe ja auch noch Zeit – genau wie du übrigens. Es gibt keinen Grund zur Eile. Als Rechtsanwalt hat man außerdem zu viel mit Scheidungen zu tun.«

»Meine Mutter ist da anderer Meinung. Sie hat schon jetzt Panik, ich könnte leer ausgehen.«

»An ihrer Stelle ginge es mir genauso. Ich hatte übrigens vergessen, was für eine lausige Köchin du bist. Ich hätte das Frühstück sonst selbst gemacht.«

»Hör auf, dich zu beschweren! Du hast doch alles aufgegessen.«

»Nächstes Mal gibt's Scotch und Cornflakes.«

Am Nachmittag gingen sie mit dem Hund im Central Park spazieren. Es war ein eisiger Wintertag, und die Erde war mit einer dünnen Schicht Schnee bedeckt. Als sie nach Hause zurückkehrten, fühlte Kate sich viel besser. Andys Gesellschaft war sehr angenehm, ganz wie in alten Zeiten. Abends gingen sie ins Kino. Kate fühlte sich plötzlich nicht mehr so einsam, und das Leben schien wieder normal zu werden. Es war zwar keine großartige Romanze, die sie mit Andy erlebte, aber eine ganz besondere Freundschaft.

In den nächsten sechs Wochen trafen sie sich sehr häufig. Sie gingen oft aus, zum Essen oder ins Kino, und besuchten Partys oder trafen sich mit Freunden. Andy holte Kate meist zum Lunch vom Museum ab. Samstags erledigten sie gemeinsam ihre Einkäufe, und Andy machte so manche Besorgung für Kate. Es war schön, jemanden zu haben, mit dem man so viel unternehmen konnte. Kate erkannte, dass Joe nie Zeit für solche Dinge gehabt hatte. Er war viel zu beschäftigt mit dem Aufbau des Unternehmens gewesen, obwohl sie ihn ja dabei unterstützt hatte. Die Zeit mit Andy war wirklich sehr schön, und auch er genoss ihr Zusammensein sehr.

Am Valentinstag erschien er mit zwei Dutzend roter Rosen im Arm und einer großen herzförmigen Schachtel Pralinen.

»Womit habe ich denn das verdient?«, fragte Kate lächelnd.

In diesem Moment dachte sie wehmütig an Joe und rief sich gleichzeitig zur Ordnung: Sie musste ihn ein für alle Mal vergessen. Doch auch nach dieser langen Zeit schien dies eine nicht zu bewältigende Herausforderung zu sein. Kate konnte es noch immer nicht fassen, dass Joe es ohne weiteres fertig brachte, ohne sie zu leben. Nach allem, was sie miteinander durchgemacht hatten, war es bitter, dass sie es nicht geschafft hatten, ihre Schwierigkeiten gemeinsam zu meistern. Beide hatten ihre Ängste nicht überwinden können. Es war deprimierend, dass eine solche Liebesgeschichte ein so trauriges Ende hatte. Aber so war nun einmal das Leben.

»Warum schaust du so finster drein?«, fragte Andy, dem Kates Stimmungswechsel nicht entgangen war.

»Ich bemitleide mich mal wieder selbst.«

»Wie langweilig! Trink eine heiße Schokolade, das hilft. Oder iss etwas Süßes. Nein, ich weiß etwas Besseres: Zieh dich an, wir gehen aus.«

»Was ist eigentlich mit all deinen anderen Freundinnen?« Kate fühlte sich ein wenig schuldig, weil sie Andy dermaßen in Anspruch nahm. Sie liebte Joe, und sie wollte Andy gegenüber fair sein. Aber sie war gern mit ihm zusammen, und in letzter

Zeit hatte sie sich nicht mehr so schrecklich gefühlt. Seine Gesellschaft tat ihr gut.

»Meine Freundinnen könnten uns ja zum Dinner begleiten. Du wirst sie mögen, alle vierzehn.«

»Wohin gehen wir?«

»Das wirst du schon sehen. Es ist eine Überraschung. Zieh dir was Schickes an! Und halte dich beim Alkohol zurück …«

»Musst du mich immer an Silvester erinnern? Außerdem kann ich mich betrinken, wann immer ich will.«

»Das stimmt nicht. Deine Zeit läuft allmählich ab. Joe liebt seine Flugzeuge nun einmal mehr als dich, daran kannst du nichts ändern. Vergiss das nicht!«

»Ich versuch's ja.«

Allerdings hatte sie sich in letzter Zeit oft gefragt, ob sie wirklich die richtige Entscheidung getroffen hatte. Vielleicht spielte es tatsächlich keine Rolle, ob Joe sie heiratete und ob sie Kinder bekämen? Vielleicht musste sie dieses Opfer bringen, wenn sie mit ihm zusammen sein wollte? Andy gegenüber erwähnte sie kein Wort von diesen Überlegungen. Außerdem war sie sich selbst nicht sicher, wie sie wirklich darüber dachte.

Andy wartete, während sie sich anzog. Unten vor dem Haus erwartete sie eine Kutsche. Kate war überwältigt. Es war unglaublich romantisch! Die Hufe der Pferde klapperten, während sie zum Restaurant fuhren, und Passanten und Autofahrer sahen ihnen nach. Kate fühlte sich behaglich und warm unter der schweren Decke.

Der Wagen bog in die 52nd Street ein und hielt vor dem *Club 21*.

Kate lächelte Andy an. »Du verwöhnst mich.«

»Du hast es verdient«, gab er zurück, während sie das Restaurant betraten.

Kate stellte überrascht fest, dass sie die Aufmerksamkeit der übrigen Gäste auf sich zogen. Sie waren in der Tat ein schönes Paar. Einige Minuten später saßen sie an einem Tisch in einer ruhigen Ecke des Lokals.

Es wurde ein wunderschöner Abend mit einem exquisiten Essen. Sie unterhielten sich die ganze Zeit über bestens. Zum Nachtisch hatte Andy einen winzigen herzförmigen Kuchen für Kate bestellt. Mit der Gabel traf sie plötzlich auf etwas Hartes. Sie brach den Kuchen entzwei und fand ein Schmuckkästchen.

»Was ist denn das?«, fragte sie fassungslos.

»Aufmachen und nachsehen. Vielleicht ist ja was Schönes drin. Ich finde, es sieht ganz danach aus.«

Kates Herz raste. Sie blickte auf und sah, dass Andy lächelte. Leise sagte er: »Es ist schon in Ordnung, Kate, hab keine Angst.«

Kate wusste, was Andy im Sinn hatte, und sie war entsetzt. Joe hatte sie sehr verletzt, und sie hatte ihrerseits Andy sehr weh getan. Sie wollte das alles nicht noch einmal wiederholen. Und sie hatte Angst, genau das Falsche zu tun.

»Es wird alles gut«, versprach Andy.

Es war genau so, wie Kate es sich immer gewünscht hatte, es gab nur einen Haken: Sie liebte Andy nicht. Doch vielleicht war dies das wahre Leben, vielleicht konnte man nun einmal nicht alle Träume erfüllt bekommen. An ein Happyend glaubte Kate schon lange nicht mehr. Und Andys Antrag war vielleicht das Beste, was ihr passieren konnte.

Nachdem sie ihre Finger von den Krümeln befreit hatte, öffnete sie vorsichtig die Schachtel. Ein Diamantring funkelte im Kerzenschein. Es war ein Verlobungsring von *Tiffany's*, und Andy steckte ihn an Kates Finger. »Willst du mich heiraten, Kate? Diesmal werde ich nicht zulassen, dass du mir davonläufst. Ich glaube, es ist für uns beide das Richtige ... und ... ganz nebenbei ... ich liebe dich.«

»Nebenbei?«, fragte Kate. »Was ist denn das für ein Antrag?«

»Ein Antrag von Herzen. Lass es uns versuchen! Ich weiß, dass wir miteinander glücklich werden.«

»Meine Mutter war schon immer der Meinung, dass du der Richtige für mich bist.«

»Meine Mutter hält dich für eine Schlampe, seit du mich damals hast sitzen lassen.« Andy lachte und küsste Kate. Sie hatte schon beinahe vergessen, wie sich das anfühlte. Und in diesem Moment wusste sie, dass sie Andy doch liebte. Nicht so, wie sie Joe liebte. Dies hier war etwas anderes. Es war unkompliziert und schön. Für eine gemeinsame Reise durch das Leben war Andy ein geeigneter Gefährte. Vielleicht konnte man tatsächlich nicht alles haben: die große leidenschaftliche Liebe und zugleich Sicherheit. Vielleicht war man am Ende besser dran, wenn man sich mit echter Zuneigung und gegenseitigem Respekt zufrieden gab. All das ging Kate durch den Kopf, während sie Andys Kuss erwiderte.

»Deine Mutter hatte Recht. Ich habe mich dir gegenüber nicht korrekt verhalten, und es tut mir wirklich Leid«, sagte sie anschließend.

»So soll es auch sein. Ich werde den Rest meines Lebens damit verbringen, dich dafür bezahlen zu lassen. Du bist mir einiges schuldig.«

»Ich werde jeden Morgen Scotch über deine Cornflakes gießen, das verspreche ich dir.«

»Das wird auch nötig sein, wenn *du* das Frühstück machst. Soll das heißen, dass du mich heiratest?« Hoffnungsvoll und glücklich schaute Andy Kate in die Augen.

»Das muss ich wohl«, entgegnete Kate nachdenklich. »Der Ring gefällt mir nämlich sehr, und ich will ihn unbedingt behalten.« Der Ring sah an ihrem Finger tatsächlich wunderschön aus.

Andy lächelte und küsste sie erneut. »Ich liebe dich, Kate. Ich bin froh darüber, dass es zwischen dir und Joe nicht geklappt hat«, gestand er.

Kate verspürte einen Stich. Sie war keineswegs froh darüber, doch sie musste lernen, damit zu leben. Vielleicht würde Andy ihr dabei helfen. Das hoffte sie jedenfalls.

»Ich liebe dich auch«, flüsterte sie. Dann blickte sie auf. »Wann heiraten wir?«

»Im Juni«, sagte Andy entschlossen.

Kate lachte und warf sich in seine Arme. Sie war glücklich und wusste, dass sie die richtige Entscheidung getroffen hatte.

»Warte nur, bis meine Mutter davon erfährt!«, stieß sie, immer noch lachend, hervor.

»Und warte nur, bis meine davon erfährt ...«, gab Andy zurück und verdrehte die Augen.

14

Einen Tag, nachdem Andy sie gebeten hatte, seine Frau zu werden, rief Kate ihre Eltern an, um ihnen die Neuigkeit mitzuteilen. Erwartungsgemäß waren sie außer sich vor Freude. Ihre Mutter fragte sofort, ob sie bereits Pläne für die Hochzeit gemacht hätten. Kate erklärte ihr, dass sie im Juni heiraten wollten, und Elizabeth konnte es kaum fassen. Endlich, endlich war es so weit!

Während der nächsten vier Monate waren Kate und ihre Mutter bis über beide Ohren in die Vorbereitungen für das große Ereignis vertieft. Kate wählte drei Brautjungfern: Beverly und Diana aus Radcliffe und eine alte Schulfreundin. Sie beschloss, dass die drei Frauen wunderschöne blassblaue Organzakleider tragen sollten. Elizabeth fuhr nach New York, um ihrer Tochter bei der Suche nach einem geeigneten Brautkleid zu helfen. Sie entschieden sich für ein elegantes, aber dennoch schlichtes Kleid. Kate sah umwerfend darin aus. Bei der ersten Anprobe hatte ihre Mutter Mühe, die Tränen zurückzuhalten, und Clarke sollte es ebenso ergehen, als er Kate zum Altar führte.

Freunde von Andys Eltern luden in New York zu einer großen Party anlässlich des bevorstehenden Ereignisses ein, und im Mai gingen die Festlichkeiten in Boston weiter. Es wurden Frühschoppen, üppige Mittagessen und Dinnerpartys veranstaltet. Nie zuvor war Kates Leben so aufregend gewesen. Sie und Andy hatten entschieden, die Flitterwochen in Paris und Venedig zu verbringen. Das Leben war plötzlich wunderbar, und Kate rief sich immer wieder ins Bewusstsein, wie viel Glück sie doch hatte.

Doch insgeheim hoffte sie darauf, von Joe zu hören, nachdem ihre Verlobung öffentlich bekannt gegeben worden war. Er musste doch endlich aufwachen und sie zurückfordern! Aber im Grunde war Kate ein realistischer Mensch, sie rechnete nicht ernsthaft damit, dass er sich meldete. Es war auch besser so. Joes Stimme zu hören, hätte sie zutiefst verstört. Also versuchte sie, nicht allzu häufig an ihn zu denken. Trotzdem schlich er sich nachts immer wieder in ihre Träume, und morgens wachte sie mit dem Gedanken an ihn auf. Mit ihm zusammen war der Morgen immer die schönste Zeit gewesen. Noch immer fragte sie sich, ob sie damals die richtige Entscheidung getroffen hatte, oder ob es nicht besser gewesen wäre, ihren Wunsch nach einer Ehe und nach Kindern für ihn zu opfern. Sie liebte Joe nach wie vor, und doch redete sie sich ein, dass sie nun auf dem richtigen Weg war. Er hatte sich schließlich nicht um sie gekümmert, sondern immer nur um seine Flugzeuge. Niemand wusste, wie es in ihr aussah, als der große Tag näher rückte.

Die Hochzeit war ein Aufsehen erregendes Ereignis. Kate war einfach wunderschön. In der langen Satinrobe mit der atemberaubenden Schleppe sah sie aus wie Rita Hayworth. Ihr Gesicht war von einem langen Schleier verhüllt, und als Andy ihr vor dem Altar in die Augen blickte, entdeckte er darin gleichzeitig so viel Zärtlichkeit und Trauer, dass er schockiert war.

»Es wird alles gut werden, Kate … ich liebe dich …«, flüsterte er, als zwei kleine Tränen ihre Wangen hinunterliefen.

Kate hätte es niemals zugegeben, doch in diesem Augenblick spürte sie, dass sie doch dabei war, einen Fehler zu begehen. Den ganzen Morgen über hatte sie sich nach Joe gesehnt. Sie fühlte sich, als würde sie ihn ein zweites Mal verlassen. Und doch war sie davon überzeugt, dass sie an Andys Seite ein gutes Leben erwartete. Er war ein fürsorglicher Mann, und sie liebten einander. Da war keine Leidenschaft, aber umso mehr Zärtlichkeit und Verständnis. Was immer sie für Joe Allbright empfand, Kate wusste, dass Andy ein guter Partner sein würde. Und sie würde alles dafür tun, dass es eine gute Ehe wurde.

Der Empfang fand im *Plaza* statt, und die Hochzeitsnacht verbrachte das junge Paar in einer Suite mit Blick auf den Central Park. Es war ein äußerst romantischer Ort, doch beide waren nach der Hochzeitsfeier vollkommen erschöpft. Erst am nächsten Morgen liebten sie sich. Andy wollte Kate nicht unter Druck setzen, und sie hatten ja noch viel Zeit. Vor der Hochzeit hatten sie nicht miteinander geschlafen, und Andy scheute sich, Kate zu fragen, ob sie noch Jungfrau war. Er war nie an den Einzelheiten ihrer langjährigen Beziehung zu Joe interessiert gewesen, und daran hatte sich nichts geändert. Und Kate wollte offenbar auch nicht darüber sprechen. Andy war nicht sicher, ob Kate sich wohl in ihrer Haut fühlte, doch es stellte sich heraus, dass sie in jeder Hinsicht gut miteinander harmonierten. Als sie zusammen im Bett lagen, erschien ihm Kate unschuldig und schüchtern. Sie war sehr vorsichtig, und Andy machte ihre Unerfahrenheit dafür verantwortlich. In Wirklichkeit hatte Kate Probleme damit, dass sie sich nun mit Andy in einer solchen intimen Situation befand. Sie waren schließlich bisher nur gute Freunde gewesen. Doch sie fand schnell heraus, dass sie sich auch im Bett wohl mit ihm fühlte. Er war einfühlsam und zärtlich – und er liebte sie abgöttisch.

Als die beiden am nächsten Morgen zum Flughafen aufbrachen, sahen sie nicht wie Jungverliebte aus. Doch Kate genügte es, dass sie sich in Andys Gegenwart so unbefangen fühlte. Das, was sie mit ihm teilte, hatte nichts mit dem Feuer zu tun, das sie in Joes Gegenwart verzehrt hatte. Die Beziehung zu Andy war unkompliziert und humorvoll. Kate vertraute ihrem Mann vollkommen, und sie fühlte sich endlich in Sicherheit.

Elizabeth ahnte, dass Kate in Andy nicht unsterblich verliebt war. Doch das kümmerte sie nicht weiter. Sie hatte während der Anprobe des Hochzeitskleides mit Kate darüber gesprochen und ihr erklärt, dass die Art von Leidenschaft, die sie für Joe empfand, gefährlich sei. Sie könne einen Menschen vollkommen beherrschen. Elizabeth versicherte ihrer Tochter, dass sie nun auf dem richtigen Weg sei: verheiratet mit Andy, der zugleich ihr bester Freund war.

Die Flitterwochen in Paris waren ein einziger Traum. Im *Maxim's* und in kleinen Bistros in Saint Germain nahmen sie in romantischem Ambiente ihr Dinner ein, sie erkundeten den *Louvre*, erledigten zahllose Einkäufe und unternahmen lange Spaziergänge entlang der Seine. Auch das Wetter spielte mit, es war warm und sonnig, und Kate war nie in ihrem Leben entspannter gewesen. Andy offenbarte sich zunehmend als zärtlicher und fantasievoller Liebhaber. Als sie nach Venedig aufbrachen, hatte Kate den Eindruck, als sei sie schon seit Jahren mit ihm verheiratet. Andy hatte nun Gewissheit, dass sie keine Jungfrau mehr gewesen war. Er zog es weiterhin vor, nichts Genaues über die Verbindung zu Joe zu wissen. Er wollte sie auch nicht nach Dingen fragen, die sie an Joe erinnerten. Er spürte, dass dies noch immer ein heikles Thema war und sich daran auch in absehbarer Zeit nichts ändern würde. Doch nun gehörte Kate ihm, und das war die Hauptsache.

In Venedig war es noch romantischer als in Paris, wenn das überhaupt möglich war. Das Essen war eine Offenbarung, und sie fuhren mit einer Gondel, die Andy gemietet hatte, durch die ganze Stadt.

Glücklich, erholt und voller gegenseitiger Zuneigung kehrten Kate und Andy nach Hause zurück. Beide blickten einer glücklichen Zukunft entgegen.

Am Tag nach ihrer Rückkehr begann Andy wieder mit der Arbeit. Kate machte ihm das Frühstück. Als Andy geduscht und rasiert die Küche betrat, hatte Kate eine Schüssel mit Cornflakes und eine Flasche Scotch auf den Tisch gestellt.

»Schatz, dass du dich daran erinnerst!« Andy schloss Kate liebevoll in seine Arme, nahm dann einen Mund voll Cornflakes und spülte sie mit einem Schluck Scotch hinunter. Er war ein guter Kumpel und hatte Sinn für Humor. Vor allem aber war er verrückt nach Kate. »Mein Vater wird denken, dass du mich zum Alkoholiker gemacht hast … mit der Fahne. Wir haben den ganzen Tag über irgendwelche Besprechungen.«

Er ging aus dem Haus, und Kate machte sich daran, die Wohnung aufzuräumen. Nach der Verlobung hatte sie ihre Stelle im Museum aufgegeben. Andy wollte nicht, dass sie arbeitete, und vor der Hochzeit hatte sie auch viel zu viel zu tun gehabt. Doch nun wusste sie nicht, was sie mit ihrer Zeit anfangen sollte, bis Andy spät am Nachmittag aus dem Büro zurückkehrte. Als er endlich kam, war Kate schon derart gelangweilt, dass sie ihn sofort ins Bett zerrte. Anschließend schlug sie vor, zum Dinner auszugehen, obwohl Andy sehr müde war. Die nächsten Tage verliefen auf diese Art absolut eintönig, und Kate wusste nicht, was sie daran ändern sollte.

Eines Abends brachte sie das Thema zur Sprache. Vielleicht könnte sie doch wieder arbeiten gehen?

»Geh einkaufen oder in die Museen, mach dir einfach eine schöne Zeit. Oder triff dich doch mit deinen Freundinnen zum Lunch«, empfahl Andy.

Doch Kates Freundinnen arbeiteten alle oder lebten mit ihren Familien in den Vorstädten. Kate fühlte sich wie eine Außenseiterin.

Sie überlegten, eine größere Wohnung zu mieten, doch im Grunde gefiel ihnen beiden Andys Apartment sehr gut. Es gab zwei Schlafzimmer, sodass sie, selbst wenn sie ein Kind bekämen, genügend Platz hätten.

Drei Wochen nach ihrer Rückkehr aus Europa lächelte Kate Andy eines Abends beim Dinner schüchtern an und kündigte an, dass sie Neuigkeiten für ihn habe. Andy dachte sofort an ein ungewöhnliches Erlebnis oder ein interessantes Gespräch mit einer Bekannten. Er war fassungslos, als sie ihm sagte, sie sei schwanger. Sie waren immerhin erst seit sechs Wochen verheiratet. Kate vermutete, dass es am Tag nach der Hochzeit geschehen war, als sie sich zum ersten Mal geliebt hatten.

»Warst du schon beim Arzt?« Andy schien gleichermaßen erfreut und besorgt. Er räumte den Tisch ab, bestand darauf, dass Kate sich schonte, und erkundigte sich, ob sie sich krank fühle und sich hinlegen wolle.

Kate lachte ihn aus. »Nein, ich war noch nicht beim Arzt, aber ich bin trotzdem sicher.« Sie hatte sich schon einmal genauso gefühlt, vor fünf Jahren nämlich, als sie von Joe schwanger gewesen war, doch das konnte sie Andy natürlich nicht erzählen. Also fügte sie hinzu: »Es handelt sich nicht um eine tödliche Krankheit, um Himmels willen, mir geht's wirklich gut!«

An jenem Abend war Andy im Bett besonders behutsam. Er wollte auf keinen Fall ihr oder dem Kind schaden. Außerdem bestand er darauf, dass Kate so bald wie möglich einen Arzt aufsuchte. Er war ein wenig enttäuscht, weil Kate weder ihren noch seinen Eltern von ihrer Schwangerschaft erzählen wollte.

»Warum denn nicht, Kate?«

Er hätte die Neuigkeit am liebsten von den Dächern gerufen. Kate war gerührt. Andy schien noch begeisterter zu sein als sie selbst, und sie freute sich wirklich sehr auf das Kind. Das war schließlich einer der Gründe gewesen, warum sie Joe verlassen hatte. Ein Kind war zudem ein weiteres Band zwischen Andy und ihr selbst. Genau das hatte sie gewollt: ein normales Eheleben. Doch trotz all des Glücks, das sie empfand, trotz all der Liebe, die sie Andy entgegenbrachte, empfand sie doch tief im Innern eine Leere, die sie nicht füllen konnte. Sie wusste, dass Joe die Ursache war, aber sie sah keinen Weg, etwas daran zu ändern. Kate konnte nur hoffen, dass das Kind ihr einen neuen Lebensinhalt geben würde.

»Und wenn ich das Kind verliere?«, entgegnete Kate nun. »Es wäre schrecklich, wenn dann jeder schon davon wüsste.«

»Warum solltest du es verlieren?« Andy war verwirrt. »Hast du denn das Gefühl, dass etwas nicht in Ordnung ist?« An diese Möglichkeit hatte er überhaupt noch nicht gedacht.

»Nein, nein, keineswegs«, beruhigte ihn Kate. »Ich will nur einfach sicher sein, dass es auch so bleibt. In den ersten drei Monaten besteht immer das Risiko einer Fehlgeburt.« Besonders wenn man von einem Jungen auf einem Fahrrad über den Haufen gefahren wird, fügte sie im Stillen hinzu.

Andy hatte noch nie davon gehört, dass die ersten drei Monate einer Schwangerschaft besonders kritisch waren.

Einige Tage später ging Kate zum Arzt. Er stellte fest, dass alles in bester Ordnung war. Im Vertrauen erzählte Kate ihm von ihrer Fehlgeburt. Er war erstaunt, dass sie damals keinen Arzt aufgesucht hatte, ging aber davon aus, dass es nur aufgrund des Unfalls und nicht wegen einer körperlichen Schwäche zu dem Vorfall gekommen war. Er verordnete ihr viel Ruhe, gesundes Essen und keine extremen Bewegungen. Kate lachte. Der Arzt gab ihr Vitamine und schrieb einige Tipps auf, die sie gemeinsam mit ihrem Mann beherzigen sollte. In einem Monat sollte sie wieder kommen, und im März sollte es dann so weit sein.

Auf dem Weg nach Hause spazierte Kate durch den Central

Park und dachte darüber nach, welch großes Glück sie doch hatte. Sie wurde geliebt, hatte einen großartigen Ehemann und erwartete ein Kind. All ihre Träume waren Wirklichkeit geworden, und mittlerweile war sie wieder davon überzeugt, dass sie das Richtige getan hatte, als sie Andy heiratete. Sie würden ein fantastisches Leben führen.

Als sie Ende August nach Cape Cod fuhren, um Kates Eltern zu besuchen, erzählte sie ihnen schließlich von der Neuigkeit. Ihre Mutter war außer sich vor Freude, und auch ihr Vater war gerührt.

»Ich habe dir doch immer gesagt, dass Andy der Richtige für sie ist.« Elizabeth strahlte ihren Mann an, nachdem Kate und Andy nach New York zurückgekehrt waren.

»Warum? Weil er sie geschwängert hat?«, neckte Clarke seine Frau. Er hatte Joe sehr gemocht, doch er stimmte Elizabeth zu: Andy war der richtige Ehemann für Kate, und er freute sich für die beiden.

»Nein, weil er ein guter Mann ist. Und die Schwangerschaft ist überhaupt das Größte. Das Kind wird Kate zur Ruhe kommen lassen und sie noch enger an Andy binden.«

»Und ihr viel Arbeit machen«, meinte Clarke lachend.

Doch Kate fieberte den neuen Aufgaben entgegen. Sie war bereit für eine Familie. Sie war nun sechsundzwanzig Jahre alt und somit bei der Geburt ihres ersten Kindes älter als die meisten ihrer Freundinnen. Die meisten der Mädchen, mit denen Kate zur Schule gegangen war, hatten mittlerweile schon zwei oder drei Kinder. Viele junge Leute hatten direkt nach dem Krieg geheiratet, um die verlorene Zeit aufzuholen.

Während der Schwangerschaft fühlte Kate sich ausgesprochen wohl. Um die Weihnachtszeit herum behauptete Andy, sie sähe aus wie ein Luftballon. Sie war nun beinahe im sechsten Monat. Sie hatte nur um die Taille herum zugenommen, sonst war sie schmal wie immer. Jeden Tag unternahm sie einen langen Spaziergang, sie schlief viel, aß gut und strotzte nur so vor Gesundheit.

Nur an Silvester gab es einen kleinen Zwischenfall. Kate und Andy waren mit Freunden zum Tanzen ins *El Morocco* gegangen – in jenen Tagen waren sie oft unterwegs, meist mit Andys

Freunden oder Leuten, die er durch den Beruf kennen gelernt hatte –, und als sie nach Hause kamen, setzten Wehen ein. Kate fühlte sich schuldig, weil sie viel getanzt und einige Gläser Champagner getrunken hatte. Andy rief einen Arzt an, der sie aufforderte, sofort ins Krankenhaus zu kommen. Nachdem er Kate untersucht hatte, entschied er, sie zur Beobachtung über Nacht im Krankenhaus zu behalten. Kate war entsetzt. Eine der Schwestern stellte eine Liege neben ihr Bett, sodass Andy die Nacht über bei ihr bleiben konnte.

»Wie geht es dir, Kate?«, fragte Andy, als er sich neben sie auf die schmale Liege legte.

»Ich habe Angst«, gab sie zu. »Wenn es jetzt losgeht …«

»Es wird schon alles gut gehen. Du hast ein wenig übertrieben, das ist alles. Es liegt bestimmt an dem letzten Mambo, den wir getanzt haben, aber du konntest es ja nicht lassen.«

Kate brach in schallendes Gelächter aus, und Andy grinste.

»Der hat besonderen Spaß gemacht«, stieß sie hervor.

Und so war es: Sie hatten stets sehr viel Spaß miteinander. Andy war so gut zu ihr.

»Offenbar ist unser Kind nicht dieser Meinung. Oder vielleicht doch?«

»Und wenn etwas schief geht und ich das Kind verliere?« Kate drehte sich auf die Seite und schaute Andy an.

Er griff nach ihrer Hand und hielt sie fest. »Du musst zur Ruhe kommen, das ist jetzt am wichtigsten.« Und dann stellte er eine Frage, auf die sie nicht vorbereitet war. Seit einer Weile schon machte er sich darüber Gedanken. »Warum hast du solche Angst davor, das Kind zu verlieren?« Er blickte ihr in die Augen.

»Ich glaube, so geht es allen werdenden Müttern«, entgegnete Kate und wandte den Blick ab.

»Kate?«

Es entstand eine lange Pause.

»Ja?«

»Warst du schon einmal schwanger?«

Kate wollte auf diese Frage nicht antworten, aber sie wollte Andy auch nicht anlügen. Die Pause wurde noch länger. »Ja«, gab sie schließlich zu und schaute ihn traurig an. Sie wollte ihn doch nicht verletzen.

»Das habe ich mir gedacht.« Andy schien nicht allzu schockiert zu sein. »Was ist passiert?«

»Ein Radfahrer hat mich in Radcliffe über den Haufen gefahren, und ich bin gestürzt.«

»Ich erinnere mich ... an den Unfall, meine ich«, sagte Andy nachdenklich. »Du hattest damals eine Gehirnerschütterung. In welchem Monat warst du denn?«

»Im dritten. Ich hatte mich dazu entschlossen, das Kind zu behalten. Weder Joe noch meinen Eltern habe ich davon erzählt. Joe hat erst viel später davon erfahren, als er auf Heimaturlaub war.«

»Deine Eltern hätten sich bestimmt gefreut«, stellte Andy fest und schaute sie an. Im Grunde spielte es für ihn keine Rolle. Er bedauerte nur, dass Kate solche Schmerzen durchlitten hatte. Er erwiderte ihren Blick und grinste, als er ihren riesigen Bauch betrachtete. »Diesmal wird alles gut gehen, Kate. Du wirst sehen. Wir werden ein wunderschönes Baby haben.« Er beugte sich zu ihr hinunter und küsste sie.

Erneut kam Kate zu Bewusstsein, wie viel Glück sie doch hatte. Bald würde sie an Joe gar nicht mehr denken. Vielleicht war es jetzt endgültig vorbei, vielleicht konnte sie sich doch endlich von ihm befreien.

Am nächsten Morgen verließen Kate und Andy Hand in Hand das Krankenhaus. Den Rest der Woche ruhte Kate sich aus. Danach fühlte sie sich wie immer und bekam auch keine Wehen mehr.

Eines Sonntagmorgens weckte Kate ihren Mann. Sie hatte schon zwei Stunden wach gelegen, während er noch tief schlief. Die Wehen hatten eingesetzt. Schließlich gab sie ihm einen Schubs.

»Hmmm ... ja? Ist es schon Zeit für Scotch und Cornflakes?«

»Noch viel besser.« Kate lächelte. Sie war die Ruhe selbst. »Es ist Zeit für unser Kind.«

»Jetzt?« Andy setzte sich mit einem Ruck auf und schaute sie verstört an. »Soll ich mich anziehen?«

Kate lachte. »*So* kannst du jedenfalls nicht ins Krankenhaus fahren. Obwohl du wirklich niedlich aussiehst.«

Andy lag völlig nackt im Bett. »Schon gut, schon gut. Ich beeile mich. Hast du schon den Arzt angerufen?«

»Noch nicht.« Kate beobachtete ihn, während er nervös im Zimmer umherlief und nach seinen Kleidern suchte.

Eine halbe Stunde später hatte Kate geduscht und sich angezogen. Ihr Haar war ordentlich gekämmt. Andy hingegen sah ziemlich zerzaust aus. Er war sehr aufmerksam, hatte den Arm um Kate gelegt und trug ihren Koffer. Im Krankenhaus versicherte ihnen die Schwester, dass bisher alles vollkommen normal verlaufe. Kurz darauf wurde Andy in den Aufenthaltsraum geschickt, wo er mit anderen werdenden Vätern eine Zigarette nach der anderen rauchte.

»Wie lange wird es dauern?«, fragte er die Schwester, bevor er ging. Er war sichtlich aufgeregt.

»Schon noch ein Weilchen, Mr. Scott«, entgegnete die junge Frau und schloss entschieden die Tür hinter ihm.

Kate fühlte sich unbehaglich. Sie wünschte sich, Andy wäre bei ihr, doch das hätte gegen die Regeln des Krankenhauses verstoßen. Plötzlich bekam sie Angst.

Drei Stunden später kamen die Wehen schon häufiger, aber es ging doch alles sehr langsam voran. Andys Nerven lagen blank. Unruhig lief er im Warteraum auf und ab. Um neun Uhr waren sie im Krankenhaus eingetroffen, und um die Mittagszeit herum hatte er immer noch keine Nachricht erhalten. Jedes Mal, wenn er eine der Schwestern fragte, wurde er brüsk abgewiesen. Es schien ewig zu dauern, bis ein Kind auf die Welt kam.

Um vier Uhr nachmittags wurde Kate endlich in den Kreißsaal gebracht. Die Ärzte bestätigten, dass alles reibungslos verlief, doch Kate fühlte sich elend und weinte. Sie sehnte sich nach ihrem Mann.

Der jedoch saß noch immer im Wartezimmer und sah andere Väter kommen und gehen. Manche warteten schon länger als er selbst. Eine Geburt schien ein endloser Vorgang zu sein, und Andy hätte alles gegeben, um bei seiner Frau sein zu können. Er hoffte inständig, dass mit Kate alles in Ordnung war.

Doch die Geburt verlief tatsächlich sehr langsam, denn das Kind war außergewöhnlich groß.

Um sieben Uhr am Abend sprachen die Ärzte über die Möglichkeit eines Kaiserschnitts, entschieden sich aber dann doch dafür, Kate noch eine Weile weiterpressen zu lassen. Zwei Stunden später erblickte Reed Clarke Scott das Licht der Welt, benannt nach seinen beiden Großvätern. Er wog knapp fünf Kilogramm und hatte den dunklen Haarschopf seines Vaters. Andy fand jedoch, dass er vor allem Kate ähnlich sah. Nie hatte er etwas Schöneres gesehen als seine Frau, die nach der Geburt in einem rosafarbenen Bettjäckchen im Bett lag und in ihren Armen das schlafende Kind hielt.

»Er ist einfach vollkommen!«, flüsterte Andy. Zwölf Stunden hatte er im Wartezimmer verbracht und war vor Sorge um seine Frau und sein Kind beinahe verrückt geworden. Doch Kate machte einen bemerkenswert ruhigen Eindruck. Sie war überglücklich, als sie Andys Hand ergriff. Erschöpft schaute sie ihn an, doch sie fühlte sich so friedlich wie nie in ihrem Leben. All ihre Träume waren endlich wahr geworden. Ihre Mutter hatte Recht behalten: Sie hatte das Richtige getan. Dessen war sie sich jetzt vollkommen sicher.

Fünf Tage lang blieb Kate mit dem Kind im Krankenhaus. Dann brachte Andy die beiden nach Hause. Er hatte für vier Wochen eine Krankenschwester eingestellt. Überall in der Wohnung standen frische Blumen. Der stolze Vater hielt den Säugling, während Kate ins Bett kletterte. Der Arzt hatte ihr drei Wochen Bettruhe empfohlen. Die Wiege, in der Reed schlief, wurde neben das Bett geschoben. Wenn der Kleine aufwachte, wurde er gestillt, und Andy schaute fasziniert zu.

»Du bist wunderschön, Kate.« Die lange Zeit, die er auf diese Frau und ein Kind gewartet hatte, war nicht umsonst gewesen. Seiner Meinung nach lohnte es sich immer, auf etwas Wertvolles zu warten. Der Säugling hatte ihn regelrecht verzaubert. Er hatte eine rosafarbene Haut, war rundlich und einfach vollkommen.

Kate war siebenundzwanzig Jahre alt, als Reed geboren wurde. Sie hatte die nötige Reife und war eine wunderbare Mutter, die sich rührend um den Kleinen kümmerte. Es schien ihr, als hätte sie ihr ganzes Leben lang auf diesen Zeitpunkt gewartet, und wie ihr Ehemann ging sie vollkommen in ihrer Rolle auf. Glücklicher konnten Kate und Andy nicht sein.

15

Reed war zweieinhalb Monate alt, als Andy eines Abends ganz aufgeregt aus dem Büro nach Hause kam. Er war Mitglied einer Kommission geworden, die nach Deutschland reisen würde, um Kriegsverbrecherprozesse zu beobachten. Die Prozesse fanden schon seit einiger Zeit vor deutschen Gerichten statt, und Juristen verschiedener Fachrichtungen wurden für einige Monate nach Europa geschickt. Andy hatte in der Kanzlei seines Vaters schon einige Erfahrungen auf diversen juristischen Gebieten erworben. Die Ernennung bedeutete für ihn eine große Ehre.

»Darf ich dich begleiten?« Kate war ebenfalls begeistert. Das Ganze klang nach einer sehr spannenden Aufgabe, und sie hatte großes Interesse daran.

»Das glaube ich nicht, Liebling. Wir werden in Militärbaracken untergebracht. Dort gibt es keinerlei Luxus. Bloß die Arbeit wird spannend sein.« Er war begeistert von der Aussicht, nach Europa zu reisen, obwohl er es gleichsam bedauerte, Kate und Reed zurücklassen zu müssen.

»Wie lange wirst du denn fort sein?«

Es klang nach einem längeren Aufenthalt.

»Das ist der Haken an der Sache«, antwortete Andy bedrückt. Trotz der interessanten Aufgabe hatte er gezögert, bevor er schließlich zugestimmt hatte. Er hatte sich sofort entscheiden müssen, und er zweifelte nicht eine Sekunde daran, dass Kate ihm in einer solch wichtigen Sache keine Steine in den Weg legen würde. Es war eine großartige Gelegenheit für ihn, auf die er lange gewartet, mit der er aber nicht gerechnet hatte. »Wahrscheinlich drei oder vier Monate«, fuhr er niedergeschlagen fort.

Kate war überrascht. »Das ist eine lange Zeit, Andy.« Er würde viel von Reeds Entwicklung verpassen.

»Ich habe schon gefragt, ob wir zwischendurch für ein paar Tage Urlaub bekommen, doch das scheint unmöglich zu sein. Ich werde die ganze Zeit dort bleiben müssen. Meine Kollegen reisen ebenfalls ohne ihre Frauen. Es gibt wirklich keine Möglichkeiten, euch anständig unterzubringen.« Da Andy nie Soldat gewesen war, hatte er das Gefühl, auf diese Weise seinem Land endlich einen Dienst erweisen zu können. »Es tut mir Leid, Schatz. Wenn ich wieder zu Hause bin, werden wir etwas ganz Besonderes unternehmen … wir könnten zum Beispiel einen schönen Urlaub machen.« Schon lange hatte er vor, mit Kate nach Kalifornien zu reisen. Es hatte ihm dort sehr gut gefallen.

»Wir werden sehen. Ich muss einfach dafür sorgen, dass ich mich hier nicht langweile.«

»Ich glaube, darum wird sich unser kleiner Prinz schon nach Kräften kümmern.«

Reed hielt Kate tatsächlich auf Trab mit all seinen Bedürfnissen. Wenigstens er leistete ihr Gesellschaft, sonst würde ihr die Zeit während Andys Abwesenheit doch sehr lang werden.

»Willst du vielleicht nach Boston zu deinen Eltern?«

Kate schüttelte den Kopf. »Meine Mutter würde sich bestimmt freuen, wenn sie Reed um sich hätte. Doch sie macht mich einfach verrückt. Nein, wir bleiben hier und hüten das Haus. Vergiss du nicht den Scotch für deine Cornflakes!«

»Ich danke dir, Kate. Du bist wirklich die Beste«, sagte Andy erleichtert und küsste sie.

»Habe ich denn eine Wahl? Ich will doch keine Spielverderberin sein.« Sie lächelte. Die Zeit ohne Andy würde einsam werden, doch sie freute sich für ihn: Dass man ihn zum Mitglied dieser Kommission ernannt hatte, war tatsächlich eine große Ehre.

»Ich bin sehr froh. Ich möchte diese Gelegenheit wirklich gern nutzen. Es ist eine bedeutsame Aufgabe.« Kate war so rücksichtsvoll, und dafür liebte er sie umso mehr.

»Das weiß ich.« Kate hatte großen Respekt vor seiner Arbeit und seinen Fähigkeiten und hätte sich ihm niemals in den Weg gestellt. »Wann geht's denn los?« Darüber hatte Andy noch kein Wort verloren.

»In vier Wochen«, entgegnete er und schnitt eine Grimasse.

Kate warf mit einem Kissen nach ihm. »Ach, wie ärgerlich! Dann bist du ja den ganzen Sommer über fort.«

Am ersten Juli sollte Andy abreisen, und voraussichtlich würde er erst Ende Oktober wieder in die Staaten zurückkehren. Die Mitglieder der Kommission kamen aus dem ganzen Land und würden in Militärflugzeugen nach Deutschland fliegen.

Kate half Andy in den folgenden Wochen dabei, seine Unterlagen vorzubereiten und die Koffer zu packen. Allmählich wurde ihr klar, wie allein sie sein würde. In dem Jahr seit der Hochzeit hatte Kate sich an Andys Gegenwart gewöhnt, und nun konnte sie sich gar nicht mehr vorstellen, wie sie ohne ihn zurechtkommen sollte. Vier Monate kamen ihnen beiden wie eine endlos lange Zeit vor.

Zwei Tage später – es war ihr erster Hochzeitstag – schenkte Andy Kate ein prachtvolles Diamantarmband von *Cartier*. Sie war überwältigt. Für Andy hatte sie eine Armbanduhr bei *Tiffany's* gekauft, doch sie war nicht annähernd so beeindruckend wie das Armband.

»Andy, du verwöhnst mich!«

Die Begeisterung stand Kate ins Gesicht geschrieben, und Andy freute sich darüber. Er war glücklich, wenn sie sich freute. Seine Ehe mit Kate hatte seine Erwartungen noch übertroffen. Sie war eine fantastische Partnerin und eine wundervolle Mutter. Er genoss es, mit ihr zusammen zu sein, sie zu verwöhnen und mit ihr zu lachen. Sie waren wirklich die besten Freunde.

»Das tue ich, weil du so verständnisvoll bist.«

»Vielleicht solltest du einfach öfter verreisen«, schlug Kate lächelnd vor.

Zum Dinner gingen sie in den *Stork Club*, wo sie einen wundervollen Abend verbrachten.

Als Andy am ersten Juli aufbrach, waren beide sehr traurig. Kate und Reed begleiteten Andy zum Flughafen. Fünf Anwälte verließen New York in einem Militärflugzeug. Die übrigen Mitglieder der Kommission kamen aus anderen Städten des Landes und würden ihre Reise von anderen Flughäfen aus antreten. Andy küsste Kate und drückte sie fest an sich. Er versprach, sie anzurufen, fürchtete jedoch, dass er nicht allzu häufig die Gelegenheit dazu haben würde.

»Ich schreibe dir«, versicherte er, doch Kate glaubte nicht, dass er überhaupt die Zeit dafür finden würde. Vier endlose, einsame Monate lagen vor ihr. Obwohl sie so lange gezögert hatte, Andy zu heiraten, konnte sie sich nun kaum vorstellen, wie sie einen einzigen Tag ohne ihn aushalten sollte.

Andy küsste Kate und seinen Sohn noch einmal und eilte dann davon, um das Flugzeug nicht zu verpassen. In der Gruppe, die aus New York abreiste, war er der Jüngste. Die Ehefrauen der anderen Männer lächelten Kate verständnisvoll zu. Gemeinsam beobachteten sie, wie die Maschine abhob. Dann wandte Kate sich ab und verließ das Flughafengebäude. Reed war dreieinhalb Monate alt, und er würde sich enorm verändern, bis Andy ihn wieder sah. Kate hatte versprochen, viele Fotos von ihm zu machen.

Der 4. Juli war ein glühend heißer Tag. Seit in ihrer Wohnung eine Klimaanlage installiert worden war, fühlten sich Kate und Reed dort viel wohler. Kate verließ die Wohnung nur selten, denn auch für den Rest des Monats änderte sich das Wetter kaum. Frühmorgens ging sie mit Reed in den Park und achtete darauf, dass sie spätestens gegen elf wieder zu Hause waren. Erst abends kühlte sich die Luft etwas ab, und in den Straßen wurde es erträglicher. Kate versuchte sich zu beschäftigen, und natürlich hatte sie mit Reed alle Hände voll zu tun. Trotzdem vermisste sie Andy sehr.

Eines Tages, am späten Nachmittag, schob sie Reed im Kinderwagen vor sich her. Sie war mit ihm im Zoo gewesen und ging nun hinter dem *Plaza* die 5th Avenue entlang, um einen Blick in die Schaufenster zu werfen. Sie überquerte gerade die Straße, als ihr jemand von der anderen Straßenseite aus entgegengeeilt kam und mit ihr zusammenstieß. Erschrocken hielt sie mitten auf der Fahrbahn inne und schaute nach Reed. Dann blickte sie auf und sah Joe. Kate starrte ihn fassungslos an und brachte kein Wort hervor. So oft hatte sie an ihn gedacht und geglaubt, ihn niemals wiederzusehen.

»Hallo, Kate.«

Es war, als hätten sie sich erst am Morgen desselben Tages getrennt. Er sah aus wie immer. Nur die Härte, die Kate an jenem letzten Tag in seinen Zügen bemerkt hatte, war verschwunden. Sie sah in sein markantes Gesicht und in seine blauen Augen, die sie aufmerksam betrachteten. Es schien fast so, als wollte sein Blick ihr sagen, dass er drei Jahre lang auf diesen Moment gewartet habe. Doch Kate wusste, dies war eine Illusion. Er hätte sie jederzeit anrufen können, aber das hatte er nie getan. Manchmal konnte Joe trotz seiner Schüchternheit unglaublich charmant sein, und das war einer dieser Augenblicke.

Autos hupten, und Joe nahm Kates Arm und begleitete sie zur nächsten Ecke. Er half ihr mit dem Kinderwagen und lächelte, als er den Säugling darin erblickte.

»Wer ist denn das?«, fragte er amüsiert, denn Reed krähte fröhlich, ganz so, als freute er sich, Joe zu sehen.

»Mein Sohn Reed«, entgegnete Kate stolz. »Er ist jetzt drei Monate alt.«

»Ein netter kleiner Kerl«, gab Joe nachdenklich zurück und lächelte sie dann zärtlich an. »Er sieht dir ähnlich, Kate. Ich wusste nicht, dass du verheiratet bist, oder bist du's etwa nicht?«

Aus dem Mund jedes anderen Mannes wäre diese Frage eine Beleidigung gewesen, doch Joe dachte fortschrittlicher als die meisten. Ein Kind bedeutete für ihn nicht automatisch, dass die Mutter auch verheiratet war.

»Seit fast genau einem Jahr bin ich verheiratet.«

»Dann hast du ja keine Zeit verschwendet, um endlich ein Kind zu bekommen«, stellte Joe fest, doch das überraschte ihn nicht. Schließlich war es das, was Kate immer gewollt hatte. Als sie ihn verließ, hatte sie keinen Zweifel daran gelassen. Er hatte sie seit fast drei Jahren nicht gesehen, doch sie hatte sich überhaupt nicht verändert. Sie war sogar noch schöner geworden.

Joe war mittlerweile neununddreißig Jahre alt, doch niemand hätte das vermutet. Mit seinem sandfarbenen Haar, das ihm in die Augen fiel, sah er immer noch wie ein großer Junge aus. Er strich es sich aus der Stirn, so wie er es immer getan hatte. Diese Geste hatte Kate immer gerührt. Tausende Male hatte sie sich nachts, wenn sie um ihn weinte, daran erinnert. Jetzt stand er vor ihr, und sie empfand ein merkwürdiges Gefühl der Traurigkeit und Leere. Gern hätte sie behauptet, dass es ihr gleichgültig war, dass Joe sie kalt ließ, doch sie spürte einen Stein in der Magengegend. Dies war für Kate schon immer ein untrügliches Zeichen für jene Verliebtheit gewesen, die sie Joe gegenüber vom ersten Moment an empfunden hatte. Mit Andy erging es ihr anders, bei ihm war sie ruhig und entspannt. Joe jedoch, der nur wenige Zentimeter vor ihr stand, machte sie nervös. Kate redete sich ein, dass er nichts weiter als ein Teil ihrer Vergangenheit sei, aber sie spürte dieselbe Spannung wie früher und fragte sich, ob dieses Gefühl wohl jemals verschwinden würde.

»Wer ist denn der Glückspilz?«, fragte Joe beiläufig. Er hatte nicht vor, sie gleich wieder gehen zu lassen.

»Andy Scott, mein alter Freund aus Cambridge.«

»Deine Mutter war ja schon immer der Meinung, dass du ihn heiraten solltest. Sie ist bestimmt sehr zufrieden.« Seine Stimme klang plötzlich scharf. Er wusste, dass Elizabeth ihn am Ende gehasst hatte.

»Ja, das stimmt«, bestätigte Kate benommen. Es war, als ob er etwas verströmte, das sie betäubte. Sie befahl sich, weiterzugehen, doch sie war wie gelähmt. Sie blieb stehen und fügte hinzu: »Sie liebt den Kleinen über alles.«

»Er ist auch wirklich niedlich. Ach, übrigens, die Geschäfte laufen ganz gut.«

Kate lächelte angesichts seiner Bescheidenheit. Seine Firma war zu einem der bedeutendsten Unternehmen des gesamten Landes geworden. Andy hatte mehrmals erwähnt, dass Joe Millionen verdient hatte. Zuletzt hatte Kate gelesen, dass er die Fluggesellschaft *AllWorld* gründen wollte.

»Ich habe oft in den Zeitungen von dir gelesen, Joe. Fliegst du denn immer noch so viel?«

»So viel wie eben möglich. Aber ich habe nicht genug Zeit. Ich teste immer noch meine eigenen Entwicklungen, aber das ist nicht dasselbe. Wir sind gerade dabei, Flugzeuge zu bauen, die in der Lage sind, die Ozeane zu überqueren. Vor ein paar Wochen war ich mit Charles in Paris. Doch meistens stecke ich in der Vorstandsetage oder in meinem Büro fest. Ich wohne jetzt übrigens in der Stadt.«

Es war wie ein Gespräch unter alten Freunden, die sich zufällig an einer Straßenecke getroffen hatten und nun unbefangen an alte Zeiten anknüpften. Doch so schien es nur. Die Unterhaltung war alles andere als unbeschwert. Sie bewegten sich auf dünnem Eis, das jeden Augenblick einbrechen konnte. Kate versuchte sich einzureden, dass alles in Ordnung sei, doch instinktiv wusste sie, dass sie sich etwas vormachte.

»Wir haben jetzt verschiedene Niederlassungen: hier, in Chicago und in Los Angeles. An der Westküste bin ich recht häufig, aber die meiste Zeit verbringe ich in New York«, ergänzte Joe. Er kam gerade aus seinem Büro.

»Du bist ein bedeutender Mann, Joe.«

Kate erinnerte sich an die Zeiten, in denen er noch keinerlei Ansehen genossen hatte. Schon damals hatte sie ihn geliebt. In gewisser Weise schien er sich verändert zu haben, denn er strahlte eine gewisse Macht aus. Doch auf der anderen Seite war er derselbe geblieben: linkisch, schüchtern, unsicher. Er wich ihrem Blick aus, und im nächsten Moment sah er ihr direkt in die Augen, als ob er ihre Gedanken lesen könne. Kate konnte seinem Blick unmöglich ausweichen.

»Soll ich dich irgendwohin bringen, Kate? Es ist für euch zwei doch viel zu heiß hier draußen.«

»Wir wollten ein wenig Luft schnappen. Ich wohne nur ein paar Blocks weiter, es macht mir nichts aus zu laufen.«

»Komm«, sagte Joe und nahm sie am Arm, ohne eine Antwort abzuwarten. Auf der anderen Straßenseite wartete ein Wagen auf ihn, und schon steuerte er den Kinderwagen hinüber. Kate folgte ihm, und ehe sie sich versah, saß sie schon mit Reed in den Armen im Fond des Wagens. Der Fahrer verstaute den Kinderwagen im Kofferraum, und Joe setzte sich neben sie.

»Wo wohnst du?«

Sie nannte ihm die Adresse, und Joe gab sie an den Chauffeur weiter.

Kate lehnte sich zurück und drückte Reed an sich.

»Ich wohne nur ein paar Blocks entfernt ... in einem Penthouse. Dort habe ich immer ein bisschen das Gefühl zu fliegen. Und was ist mit dir? Was treibst du den Sommer über?«, fragte Joe.

»Ich weiß nicht ... wir ... ich ...«

Kate war überwältigt von Joes Nähe. Er hatte eine enorm starke Ausstrahlung. Sie fühlte sich, als ob sie in einen Abgrund stürzte. So war es immer gewesen: Sie konnte ihm und seiner Anziehungskraft einfach nicht widerstehen. Er nahm ihr den Atem. Verdrossen stellte sie fest, dass sich diesbezüglich in den drei Jahren nichts geändert hatte. Joe hatte eine gewisse Art, mit Menschen umzugehen. Er war daran gewöhnt, alles zu bekommen, was er begehrte.

»Ich weiß gar nicht, was wir vorhaben«, fuhr Kate unbestimmt fort. Verzweifelt bemühte sie sich darum, die Kontrolle zu behalten. Joes Gegenwart brachte sie völlig durcheinander. Doch sie durfte ihren Gefühlen nicht nachgeben. Schließlich war sie jetzt verheiratet.

»Eigentlich wollte ich nächste Woche nach Europa«, erzählte Joe, »aber ich habe die Reise abgesagt. Ich habe mit der Fluggesellschaft einfach zu viel zu tun. Wir haben immer noch dieselben Probleme mit den Gewerkschaften wie am Anfang.« Jetzt sprach er auch noch über Dinge, die ihr vertraut waren. Ob er das bewusst tat? Joe schaute sie lächelnd an, und dieses Lächeln schnitt ihr mitten durchs Herz, genau wie damals, als sie ihm das erste Mal begegnet war. Vielleicht war ihm nicht klar, in welche Situation er Kate brachte. Anscheinend übte sie ebenfalls eine große Anziehungskraft auf ihn aus.

»Ihr solltet mal eine Runde mit mir fliegen. Hätte Andy wohl Spaß daran?«

Grundsätzlich bestimmt, solange Joe nicht derjenige war, der ihn zu einem Flug einlud. Andy war in dieser Hinsicht aus gutem Grund empfindlich. Mehr als jeder andere wusste er schließlich, wie viel Joe ihr bedeutet hatte. Und er war überzeugt davon, dass Kate ihn selbst nur geheiratet hatte, weil Joe sie verschmäht hatte. Er konnte mit Joe nicht konkurrieren, konnte den Zauber nicht brechen, den dieser auf Kate ausübte.

Kate wusste nicht, was sie sagen sollte, entschied sich dann aber für die Wahrheit. Es hatte ohnehin keinen Sinn, Joe zu belügen. »Andy ist in Deutschland, er beobachtet Kriegsverbrecherprozesse.« Doch kaum hatte sie die Worte ausgesprochen, bedauerte sie es auch schon. Es war nicht richtig, Joe allzu viel zu erzählen.

»Das ist wirklich beeindruckend! Er muss ein großartiger Anwalt sein«, stellte Joe anerkennend fest. Seine Augen hielten Kates Blick fest und fragten nach vielen anderen Dingen.

Kate ging jedoch nicht darauf ein.

»Ja, das ist er«, entgegnete sie stolz.

Da hielt der Wagen auch schon vor ihrer Wohnung, und sie stieg aus, so schnell sie konnte. Der Fahrer holte den Kinderwagen aus dem Kofferraum. Kate setzte Reed hinein, während Joe sie beobachtete. Auch darin hatte er sich nicht verändert: Er war ein hervorragender Beobachter. Kate und er fühlten sich zueinander hingezogen, sodass sie einander kaum widerstehen konnten. Doch Kate versuchte das mit aller Macht zu ignorieren. Joe gehörte nicht länger zu ihrem Leben, und daran sollte sich nichts ändern. Es ging schließlich um das Wohl ihrer Familie.

Kate reichte Joe förmlich die Hand, um ihm zu danken, dass er sie nach Hause gebracht hatte. Sie gab sich distanziert und kühl, obwohl sie es eigentlich nicht fair fand, denn es war schließlich nicht seine Schuld, dass er sie dermaßen verwirrte. Doch Kate versicherte sich im Stillen, dass dies nun keine Bedeutung mehr habe.

»Du weißt, wo du mich finden kannst«, sagte Joe leichthin. Die halbe Welt wusste es. »Ruf mich doch mal an! Wir könnten zusammen eine Runde fliegen.«

»Danke, Joe«, antwortete Kate und fühlte sich erneut in die Vergangenheit zurückversetzt.

Sie trug einen Rock, eine Bluse und Sandalen. Joe sah, dass ihr Körper auch nach der Schwangerschaft noch immer vollkommen war. Er erinnerte sich noch genau daran, wie sie sich anfühlte. Die letzten drei Jahre hatten weder seine Erinnerungen noch seine Gefühle getrübt.

»Nochmals danke«, wiederholte Kate, während sie den Kinderwagen zum Hauseingang schob. Sie wandte sich nicht um und winkte auch nicht zum Abschied. Verzweifelt hoffte sie, dass sich ihre Wege nicht noch einmal kreuzen würden. Als sie ihre Wohnung betrat, war sie außer Atem. Die Begegnung mit Joe hatte sie vollkommen durcheinander gebracht. Gern hätte sie mit jemandem gesprochen, jemandem versichert, dass sie nichts empfunden habe, dass sie über die Sache mit Joe hinweggekommen und mit Andy glücklich sei. Es war, als wolle sie sich selbst beweisen, dass sie nichts mehr für Joe empfand. Doch sie wusste genau, dass das nicht der Wahrheit entsprach. Sie liebte Joe noch genau wie am ersten Tag.

16

Am nächsten Morgen fühlte sich Kate wie benommen. Sie hatte schlecht geträumt und wurde erst richtig wach, als Reed zu weinen begann. Sie fühlte sich furchtbar, als ob sie Andy verraten hätte. Nachdem sie eine Tasse Kaffee getrunken und Reed gestillt und zurück in die Wiege gelegt hatte, dachte sie noch einmal über ihre Begegnung mit Joe nach. Sie sagte sich, dass sie sich nichts vorzuwerfen, sondern absolut korrekt verhalten hatte. Sie hatte Joe gegenüber keinerlei Interesse bekundet, ihn in keiner Weise ermutigt oder gar versprochen, ihn anzurufen. Trotzdem fühlte sie sich schuldig. Das unangenehme Gefühl ließ sie den ganzen Tag über nicht los. Abends schrieb sie Andy einen Brief und legte auch einige Fotos von Reed in den Umschlag. Da klingelte plötzlich das Telefon. Kate dachte sofort an ihre Mutter und nahm ab. Doch sie erschrak, als sie die Stimme am anderen Ende der Leitung erkannte. Es war jene tiefe, ruhige Stimme, deren Wirkung stets die gleiche war und nach der sie sich jahrelang gesehnt hatte.

»Hallo, Kate.« Joes Stimme klang ein wenig müde. Es war schon spät, und er war noch immer im Büro.

»Hallo, Joe.« Mehr sagte Kate nicht. Sie wartete. Warum rief er sie nur an?

»Ich dachte, du langweilst dich vielleicht ohne Andy.«

Kate langweilte sich tatsächlich. Und sie fühlte sich einsam, doch das hätte sie Joe gegenüber niemals zugegeben.

»Was hältst du davon, wenn wir uns zum Lunch treffen? Nur um der alten Zeiten willen.« Joe klang unbefangen und beruhigend, doch dieser Eindruck trog. Er würde ihr nie die Sicherheit geben, die sie brauchte.

»Nein danke, lieber nicht.« Es war keine gute Idee, daran zweifelte Kate keinen Augenblick.

»Ich wollte dir immer schon mal unser Gebäude hier in der Stadt zeigen. Es ist wirklich unglaublich. Es ist eins der schönsten im ganzen Land. Am Anfang warst du mal dort, weißt du noch? Ich dachte, du würdest vielleicht gern sehen, was daraus geworden ist, nachdem ... nachdem du ...«

»Ich hätte schon Lust, aber ich glaube, es ist wirklich besser, wir lassen es.«

»Warum denn?«

Joe war offenbar enttäuscht, und Kate war sofort unsicher. Vorsicht!, dachte sie bei sich. Langsam wurde es brenzlig. Sie nahm ihre ganze Kraft zusammen. »Ich weiß nicht, Joe«, sagte sie seufzend. Sie war plötzlich unendlich müde. Er war ihr so vertraut, sie sprachen miteinander wie damals, und am liebsten hätte sie die Uhr zurückgedreht. Ihr kamen die beiden Jahre in den Sinn, in denen er verschollen gewesen war, und sie erinnerte sich an das Wiedersehen auf dem Schiff, das ihn aus Deutschland nach Hause gebracht hatte. Es gab so viele kostbare Erinnerungen aus jenen Tagen, die Kate wie einen Schatz in ihrem Herzen hütete, doch das reichte nicht für einen Neuanfang. Das musste sie sich immer wieder vor Augen führen. »Es ist so viel passiert, seit ich New Jersey verlassen habe.«

»Genau. Du solltest dir das Haus ansehen. Es ist wirklich wunderschön.«

»Du bist einfach unverbesserlich!«, lachte Kate. Die alte Unbefangenheit begann sich einzustellen.

»Wirklich? Warum können wir nicht einfach Freunde sein, Kate?«

Weil ich dich immer noch liebe, hätte Kate am liebsten geantwortet. Aber war es wirklich so? Vielleicht war es nur die Erinnerung an jene Liebe, die nun auf einmal wieder lebendig wurde. Vielleicht war alles nur Einbildung. Mit Andy verband sie eine tiefe Liebe. Davon war sie überzeugt. Mit Joe war es etwas anderes: eine Illusion, ein Traum, eine Hoffnung, die Kate bis heute aufrechterhalten hatte, ein kindisches Märchen, für das sie sich immer ein Happyend gewünscht hatte. Joe brachte ihr Unglück, und Kate wusste das. Sie beide wussten es.

»Komm, lass uns zusammen essen gehen … bitte! Ich werde mich auch anständig benehmen. Versprochen!«

»Davon bin ich überzeugt«, entgegnete Kate mit fester Stimme. »Aber was soll das Ganze bringen?«

»Wir sind gern zusammen, so war es doch schon immer. Worüber machst du dir denn solche Sorgen? Du bist verheiratet, du hast ein Kind, führst dein eigenes Leben. Ich dagegen habe nur meine Flugzeuge.« Joe drückte auf die Tränendrüse.

Kate lachte. »Komm mir bloß nicht so, Joe Allbright! Du wolltest es doch so haben. Falls du es vergessen hast: Genau aus diesem Grund habe ich dich damals verlassen.«

»Ich wollte beides haben«, gab Joe leise zurück, und diesmal klang es ehrlich.

Kate konnte es nicht fassen. Dafür war es nun wirklich zu spät. »Genau das wollte ich dir damals begreiflich machen. Aber du hast mir ja nicht einmal zugehört!«

»Ich war einfach unglaublich dämlich und hatte solche Angst davor, mich zu binden. Jetzt bin ich klüger und mutiger. Ich bin älter geworden. Ich weiß, was ich damals verloren habe. Mein Leben ist ohne dich sinnlos, Kate.«

Erneut überfielen Kate die Erinnerungen an die gemeinsame Zeit. Diese Worte hatte sie immer hören wollen, doch jetzt war es zu spät. Es kam ihr vor wie ein Streich, den das Schicksal ihr spielte.

»Ich bin verheiratet, Joe«, sagte Kate leise.

»Ich weiß. Ich bitte dich ja auch nicht darum, daran etwas zu ändern. Du hast dir dein eigenes Leben aufgebaut. Ich möchte doch nur mit dir essen gehen. Schenk mir eine Stunde! Das muss doch möglich sein. Ich will dir nur zeigen, was ich in den vergangenen Jahren aufgebaut habe.« Er war sehr stolz auf sein Werk und hatte niemanden, mit dem er seine Gefühle teilen konnte. Doch das war sein Problem.

Kate war zwar sicher, dass es andere Frauen in seinem Leben gegeben hatte, seit sie ihn verlassen hatte, aber vielleicht hatten sie keine Rolle gespielt. Seine Flugzeuge und seine Arbeit bedeuteten ihm eben alles. Seit einiger Zeit schon war er als der beste Flugzeugkonstrukteur Amerikas bekannt. Er war einfach ein Genie.

»Was ist nun, Kate? Du kannst doch unmöglich so viel zu tun haben, jetzt, da Andy fort ist. Engagiere einen Babysitter und geh mit mir aus! Du kannst den Kleinen natürlich auch mitbringen, wenn du willst.«

Das kam für Kate überhaupt nicht in Frage. Sie und Andy hatten bereits verschiedene Babysitter ausprobiert, und sie kannte einige gute, die sie anrufen könnte.

»Schon gut, einverstanden«, seufzte sie, als ob sie einem verzogenen Kind nachgeben würde. Joe hatte es geschafft. »Ich komme.«

»Du bist wunderbar, Kate! Ich danke dir.«

Was war schon dabei? Sie würde lediglich sein Büro anschauen. Sie durfte nur auf keinen Fall vergessen, dass sie mit Andy verheiratet war.

»Wie passt es dir morgen?«, schlug Joe vor.

Kate dachte einen Augenblick lang nach. »In Ordnung.« Sie wollte es schnell hinter sich bringen und sich beweisen, dass sie nichts mehr für ihn empfand. Es *musste* ihr einfach gelingen. Sie wusste, dass sie es schaffen würde, was immer er auch anstellen mochte.

»Soll ich dich abholen lassen?«, fragte Joe.

Kate stimmte zu. Als Treffpunkt schlug Joe das *Giovanni's* vor. Dort verabredeten sie sich für halb eins am nächsten Tag.

Kate traf pünktlich im Restaurant ein. Sie trug ein weißes Leinenkostüm und hatte sich das Haar aus dem Gesicht gekämmt. Auf ihrem Kopf saß ein großer Strohhut, den sie bei *Bonwit Teller* gekauft hatte. Sie sah ausgesprochen elegant aus. Joe wartete bereits auf sie und küsste sie zur Begrüßung auf beide Wangen. Einige Gäste schauten interessiert auf. Joe war durch die Berichterstattung in der Presse sehr bekannt. Kate war eine schöne Frau mit einem auffälligen Hut, doch niemand wusste, wer sie war.

»Mit dir an meiner Seite errege ich viel Aufsehen«, sagte Joe, während sie sich in einer kleinen Nische an einen Tisch setzten. Dort waren sie ungestört.

»Das schaffst du auch allein ganz gut«, gab Kate lächelnd zurück.

Es gefiel ihr, zum Lunch auszugehen, und sie stellte überrascht fest, dass solche Unternehmungen seit Reeds Geburt sehr selten geworden waren. Sie hatte sich hauptsächlich um den Kleinen gekümmert. Nun genoss sie es, einmal ohne Kind unterwegs zu sein. Kate liebte Reed, doch er ersetzte ihr nicht den Gesprächspartner. Ihre Freundinnen aus Kindertagen lebten alle in Boston, und zu den meisten hatte sie bereits während ihrer Beziehung zu Joe den Kontakt verloren. Ihre Leidenschaft für ihn und die Zeit, die sie in seine Projekte investiert hatte, hatten sie von den meisten ihrer Bekannten entfernt. Kurz darauf war Andy in ihr Leben getreten und wenig später Reed. Kate hatte weder die Zeit noch den dringenden Wunsch, neue Freundschaften zu schließen.

Während des Mittagessens unterhielten sich Kate und Joe angeregt über Joes Unternehmen, seine neuesten Entwicklungen und die damit verbundenen Probleme. Eine Stunde lang erzählte Joe von seiner Fluggesellschaft. Er engagierte sich in vielen aufregenden Projekten. Mit Kates Alltag hatte das alles überhaupt nichts zu tun. Sie führte dagegen ein ruhiges, glückliches und zurückgezogenes Leben mit ihrer kleinen Familie.

»Willst du denn bald wieder arbeiten, Kate?«, fragte Joe.

Kate stellte überrascht fest, wie wohl sie sich in seiner Gegenwart fühlte. »Ich glaube nicht. Ich will lieber bei Reed zu Hause bleiben.« Sie hatte bereits darüber nachgedacht. Andy hielt nicht viel davon, dass sie wieder berufstätig wurde, und für den Augenblick war sie damit einverstanden, darauf zu verzichten. Der Job im *Metropolitan* hatte ihr zwar sehr gut gefallen, doch sie wollte nicht um jeden Preis Karriere machen.

»Reed ist wirklich ein süßes Kind, aber nur für ihn da zu sein, muss doch recht langweilig sein«, stellte Joe unverblümt fest.

Kate lachte. »Manchmal schon. Aber es ist auch sehr lustig.«

»Ich freue mich, dass du glücklich bist, Kate«, sagte er und suchte ihren Blick.

Kate nickte, doch darüber wollte sie nicht mit ihm sprechen. Es ging ihn nichts an, wie sie mit Andy lebte. Sie wusste, dass es Andy nicht gefallen hätte, wenn sie davon erzählte. Aber er hätte es natürlich auch nicht gern gesehen, dass sie sich mit Joe zum Lunch traf. Doch sie hatte das Gefühl, es tun zu müssen. Bisher verlief alles in geordneten Bahnen. Sie hatten nur über unverfängliche Themen gesprochen. Joe liebte es, von seiner Arbeit zu erzählen, und Kate konnte einiges dazu beisteuern. Joe hatte auf ihre Meinung immer besonderen Wert gelegt und ihre Arbeit sehr geschätzt. Nun gab es einige Neuigkeiten. Das Unternehmen hatte expandiert, und die Fluggesellschaft befand sich noch in der Aufbauphase.

Nach dem Essen fuhren sie in Joes Wagen zu dem Bürogebäude. Es war wirklich beeindruckend. Ein ganzer Wolkenkratzer wurde von Menschen bevölkert, die nur für Joe arbeiteten.

»Joe! Ich hätte niemals gedacht, dass es so riesig ist!«

In fünf Jahren hatte er ein wahres Imperium aufgebaut.

»Es ist wirklich unglaublich, wenn man sich überlegt, dass ich als kleiner Junge nur auf irgendwelchen Rollfeldern herumgehangen habe. Damals hat alles angefangen. So kann es kommen, Kate. Ich bin sehr dankbar dafür.«

Trotz allem war Joe bescheiden geblieben. Kate war gerührt. »Das solltest du auch sein.«

Sie pfiff anerkennend durch die Zähne, als sie sein Büro sah. Es lag in der obersten Etage und gab den Blick auf ganz New York frei. Man fühlte sich tatsächlich wie in einem Flugzeug. Die Wände waren mit Holz vertäfelt, und überall standen englische Antiquitäten herum. Die Gemälde kamen Kate bekannt vor. Joe hatte einige bedeutende Werke gekauft und dabei einen exzellenten Geschmack bewiesen. Er war wirklich ein bemerkenswerter Mann und auf dem besten Weg, einer der reichsten Männer der Welt zu werden. Doch Kate vergaß trotz allem nicht, dass sie all dies nur zu seinen Bedingungen mit ihm hätte teilen können: keine Heirat, keine Kinder. Was auch immer er erreicht hatte, dieses Leben wünschte sie sich nicht für sich, gleichgültig wie sehr sie ihn auch liebte. Ihr Leben mit Andy und ihrem gemeinsamen Kind war ihr viel mehr wert. Geld hatte sie ohnehin nie interessiert. Für sie zählten Liebe und Verantwortung und die gemeinsame Erziehung der Kinder. All das hatte sie jetzt erreicht. Sie hatte zwar auf Joe verzichtet, doch längst ihren Frieden damit geschlossen. Man konnte eben nicht alles haben, was man sich wünschte.

Joe führte Kate in den Sitzungssaal und stellte sie einigen Mitarbeitern vor. Auch seine Sekretärin war darunter. Sie hieß Hazel. Sie war von Anfang an dabei gewesen und war eine sehr sympathische junge Frau.

Begeistert begrüßte sie Kate. »Ich freue mich ja so, Sie wiederzusehen! Joe hat erzählt, dass Sie gerade erst Mutter geworden sind. Das sieht man Ihnen aber gar nicht an!«

Kate bedankte sich und kehrte für einige Minuten mit Joe in sein Büro zurück. Viel Zeit blieb ihr nicht mehr. Mit dem Babysitter hatte sie vereinbart, dass sie um halb drei wieder zu Hause sein würde. Reed musste dringend gestillt werden.

»Ich danke dir für deinen Besuch«, sagte Joe, als Kate sich verabschieden wollte.

»Ich glaube, ich wollte prüfen, ob wir nicht doch Freunde sein könnten.«

Es war eine große Herausforderung gewesen, doch Kate hatte sie gemeistert.

»Und? Habe ich die Prüfung bestanden? Sind wir nun Freunde?«, fragte Joe mit unschuldiger Miene.

Kate lächelte. »Es ging nicht um dich, sondern um mich«, entgegnete sie.

»Na ja, ich glaube, wir haben beide bestanden.« Er schien erfreut.

»Das hoffe ich.«

Mit dem großen Strohhut auf dem Kopf sah Kate hübscher aus denn je. Sie schaute Joe an, wie sie ihn bei ihrem ersten Tanz angesehen hatte. Sie war so faszinierend wie immer, so voller Leben. Sie hatte alles, was Joe von einer Frau erwartete. Doch sie wollte mehr, als er ihr oder einer anderen geben konnte.

Kate erhob sich und küsste ihn auf die Wange. Joe schloss die Augen und sog den Duft ihres Parfums ein. Für einen Augenblick fühlte er sich an die Vergangenheit erinnert, und auch Kate wurde der Verlust noch einmal schmerzlich bewusst, als sie seine Wange an ihrer spürte. Es gab viele Erinnerungen, vielleicht zu viele, die sie miteinander teilten. Sie ließen sich nicht auslöschen.

»Lass uns doch bald wieder zusammen essen gehen«, bat Joe, als er Kate nach unten zu seinem Wagen begleitete. Der Chauffeur würde sie nach Hause bringen.

»Ja, gern«, sagte sie leise.

Joe schloss die Tür der Limousine, und Kate winkte, als sie davonfuhr. Joe blickte dem Wagen noch lange nach. Schließlich ging er wieder hinauf, setzte sich an seinen Schreibtisch und begann Flugzeuge zu zeichnen.

Eine Woche später saß Kate abends vor dem Fernseher. Es war sehr heiß, und die Klimaanlage lief auf Hochtouren. Reed schlief schon, als das Telefon klingelte. Überrascht erkannte Kate Joes Stimme. Sie war erleichtert gewesen, dass bei ihrer Verabredung alles glatt verlaufen war. Sie war sogar ein wenig stolz auf sich selbst. In der Situation war es zwar nicht einfach gewesen, aber im Nachhinein war es nicht allzu schmerzlich. Nach dem Treffen hatte sie sich darauf gefreut, nach Hause zu kommen und Reed in die Arme zu schließen. Außerdem hatte ein Brief von Andy auf sie gewartet. Joe gehörte nun endgültig der Vergangenheit an.

»Was treibst du gerade?«, fragte er unbefangen. Er saß untätig zu Hause und dachte an sie.

»Ich sehe fern«, entgegnete sie.

»Wie wär's mit einem Hamburger? Ich langweile mich«, gestand er.

Kate lachte. »Das klingt gut, aber ich habe keinen Babysitter.«

»Bring Reed doch mit!«

Der Vorschlag war lächerlich. »Das geht nicht, Joe. Er schläft schon. Und wenn ich ihn wecke, hört er stundenlang nicht mehr auf zu weinen. Glaub mir, das würde dir gar nicht gefallen.«

»Du hast Recht. Hast du denn schon gegessen?«

»Mehr oder weniger. Ich hatte ein Eis am Nachmittag. Im Grunde bin ich überhaupt nicht hungrig. Es ist viel zu heiß.«

»Was hältst du davon, wenn ich dir einen Hamburger bringe?«

»Hierhin?«

»Ja, natürlich. Wohin sonst?«

Der Vorschlag war merkwürdig. Joe in der Wohnung, die sie mit Andy teilte? Andererseits waren sie beide allein und hatten nichts vor. Und sie waren jetzt Freunde. Sie konnte es riskieren, das hatte sie sich vor einer Woche bewiesen.

»Bist du sicher, dass du das möchtest?«, fragte sie.

»Warum nicht? Wir müssen doch etwas essen.«

Das klang vernünftig, und schließlich stimmte Kate zu. Joe kannte ihre Adresse, er wollte in dreißig Minuten bei ihr sein.

Er kam schon nach einer Viertelstunde und brachte zwei große saftige Cheeseburger in einer weißen Papiertüte mit. Kate hatte seit Jahren keinen solchen Cheeseburger mehr gegessen. Der Ketchup tropfte heraus, und beide leckten sich die Finger ab und lachten, während sie am Küchentisch saßen.

»Du hast dich vollkommen bekleckert«, stellte Joe fest und betrachtete Kate.

Sie kicherte wie eine Siebzehnjährige. »Ich weiß, aber das macht mir nichts aus.«

Sie reichte ihm einen Stapel Papierservietten. Gemeinsam beseitigten sie die Reste des üppigen Mahls. Zum Nachtisch gab es Eiskrem. Es war wie in alten Zeiten, wenn er sie im Haus ihrer Eltern in Boston besuchte. Und genau wie später, als sie zusammen in seiner Wohnung in New Jersey wohnten. Kate hatte schon ganz vergessen, wie gut sie sich mit Joe verstand. Er war verrückt nach ihren Geschichten, und sie brachte ihn zum Lachen. Ihre Nähe tat ihm gut. So war es immer gewesen. Einst hatte auch er ihr gut getan, doch sie hatte hart daran gearbeitet, das zu vergessen. Dafür hatte sie Jahre gebraucht.

Nach dem Essen setzten sie sich gemeinsam vor den Fernseher. Kate trug Sandalen, und Joe schleuderte seine Schuhe von sich.

Sie neckte ihn, als sie die Löcher in seinen Strümpfen sah. »Du bist viel zu erfolgreich, um löcherige Socken zu tragen«, tadelte sie ihn.

»Ich habe niemanden, der mir neue kauft«, seufzte er mit gespieltem Selbstmitleid.

Doch Kate ging nicht darauf ein. »Du hast es dir so ausgesucht, erinnerst du dich? Hazel kann dir doch Socken kaufen.«

Doch Joes Sekretärin war mit anderen Dingen beschäftigt, also trug Joe weiter durchlöcherte Strümpfe.

»Aber ich kann doch nicht bloß heiraten, um ordentliche Socken zu tragen. Das ist ein hoher Preis für Strümpfe ohne Löcher«, erklärte Joe.

»Ach, tatsächlich?«

Joe wurde ernst. »Ich weiß es nicht. Du kennst mich doch. Ich habe Angst davor, mich zu binden. Ich habe Angst, etwas zu verpassen oder dass jemand zu viel von mir erwartet.« Aus diesem Grund hatte er Kate schließlich gehen lassen. Doch jetzt fürchtete er sich nicht mehr. Er konnte es nicht erklären, aber jetzt vertraute er ihr. Es hatte lange gedauert.

»Niemand kann etwas von dir nehmen, was du nicht freiwillig gibst«, sagte Kate ruhig.

»Vielleicht sollte ich es versuchen. Ich glaube, dass ich Angst davor habe, mich selbst zu verlieren.« So war es mit Kate gewesen. Sie hatte einen großen Teil von ihm beansprucht, doch er vermutete, dass sie es nicht so empfunden hatte. Er wünschte, beide Vorstellungen ließen sich vereinbaren.

»Du bist viel zu bedeutend, um verloren zu gehen, Joe«, stellte Kate fest. »Ich glaube, dir ist das gar nicht klar.« Er hatte so viele Fähigkeiten. Kate hatte nie wieder jemanden wie ihn getroffen.

»Ich denke immer, dass ich unscheinbar bin, uninteressant … und manchmal will ich es auch sein«, gestand Joe, und seine Stimme zitterte.

»Ich glaube, die Leute haben sowieso ein anderes Bild von einem als man selbst«, sagte Kate.

Es war wirklich eine merkwürdige Situation. Da saß sie nun mit Joe in ihrer Wohnung und philosophierte mit ihm über das Leben. Wenn ihr dies jemand einen Monat zuvor vorhergesagt hätte, hätte sie es nicht geglaubt. Doch sie fühlte sich seltsamerweise sehr wohl dabei.

»Es gibt vieles, auf das ich überhaupt nicht stolz bin, Kate«, fuhr Joe fort.

Kate war tief berührt. Manche Seiten an ihm hatte sie von Anfang an geliebt, und daran würde sich niemals etwas ändern. Doch es gab auch Dinge, für die sie ihn gehasst hatte.

»Ich bin zum Beispiel nicht besonders stolz darauf, wie ich dich behandelt habe«, erklärte Joe.

Kate horchte überrascht auf. Darauf war sie nicht vorbereitet gewesen.

»Ich war ekelhaft zu dir, bevor du fortgingst. Du hast viel zu hart gearbeitet, ich habe dich ausgenutzt und nie an dich gedacht, sondern immer nur an mich. Doch du hast mir große Angst eingejagt. Du hast mich zu sehr geliebt. Ich fühlte mich dessen nicht würdig und vor allem schuldig. Es war wie eine Falle. Ich wollte am liebsten davonlaufen und mich verstecken. Es war richtig, dass du fort gegangen bist, Kate. Es hat mich zwar völlig aus der Bahn geworfen, aber ich mache dir deshalb keinen Vorwurf. Deshalb habe ich dich auch nie angerufen, obwohl ich oft das Bedürfnis hatte. Ich konnte dir nicht das geben, was du brauchtest. Ich wusste gar nicht, wie glücklich ich eigentlich gewesen war. Es hat lange gedauert, bis ich mich endlich beruhigt hatte und über alles nachdenken konnte.«

Doch zu diesem Zeitpunkt war Kate schon lange fort gewesen.

»Es tut gut, das zu hören«, erwiderte Kate, »aber es hätte mit uns sowieso nicht funktioniert. Das weiß ich jetzt.«

»Warum nicht?« Joe runzelte die Stirn.

»Weil es das ist, was ich wollte.« Kate deutete auf die Tür, hinter der der kleine Reed schlief. »Einen Mann, ein Kind, ein normales Leben. Du hast einfach andere Vorstellungen, du brauchst Macht, Erfolg, Abenteuer und natürlich deine Flugzeuge, und du bist bereit, alles dafür zu opfern ... auch die Menschen, die dir wichtig sind. Ich bin anders. Ich habe jetzt endlich, was ich will.«

»Wir könnten das auch haben und noch viel mehr, wenn du nur gewartet hättest.«

»Damals hast du etwas ganz anderes gesagt.«

»Es war einfach nicht der richtige Zeitpunkt, Kate. Ich war gerade dabei, ein Unternehmen aufzubauen. Damals konnte ich nur daran denken.«

Das stimmte zwar, aber Kate wusste, dass seine Abneigung gegen eine Ehe, gegen Kinder und Verantwortung tiefere Ursachen hatte. Sie kannte ihn besser als er sich selbst.

»Und was ist jetzt anders?«, fragte Kate skeptisch. »Bist du jetzt etwa auf eine Frau und einen Stall voller Kinder aus?« Sie lächelte spöttisch. »Das glaube ich nicht. Ich glaube vielmehr, dass du damals Recht hattest: Ein solches Leben würdest du verabscheuen.« Davon war sie inzwischen überzeugt.

»Das hängt allein von der Frau ab. Ich suche nicht grundsätzlich danach. Ich hatte die Richtige schon vor langer Zeit gefunden, und ich war dumm genug, sie gehen zu lassen.«

Joes Worte klangen wie Musik in Kates Ohren, doch das alles hatte jetzt keinerlei Bedeutung mehr für sie, und sie wollte auch gar nicht darüber sprechen.

Aber Joe war noch nicht fertig. »Ich meine es so, wie ich es sage, Kate. Ich war ein unglaublicher Idiot, und ich möchte, dass du das weißt.«

»Oh, das wusste ich schon damals«, lachte sie. »Nur du hattest keine Ahnung.« Dann wurde sie wieder ernst. »Es ist gut zu wissen, wie du jetzt darüber denkst, Joe. Doch es kommt so, wie es kommen soll.«

»Das ist doch Unsinn!«, rief Joe heftig. »Dinge geschehen, weil wir dumm sind oder manchmal einfach blind. Man braucht viel Verstand und Mut, um alles richtig zu machen, Kate, und nicht jeder verfügt darüber. Manchmal dauert es lange, bis man all das herausfindet, und dann ist es zu spät. Doch man kann es in Ordnung bringen. Man darf sich nicht zurücklehnen, weil dies angeblich der Lauf der Dinge ist. Das wäre zu einfach.«

»Es gibt Dinge, die man nicht mehr ändern kann«, entgegnete Kate ruhig. Sie verstand, was er sagte, aber sie war nicht sicher, ob sie sich darüber freuen sollte. Es machte einfach keinen Sinn, die Vergangenheit wiederzubeleben.

»Du hast mir nicht genug Zeit gegeben«, fuhr Joe fort und schaute Kate tief in die Augen. In mancher Hinsicht waren sie sich sehr ähnlich, in anderen Dingen dagegen vollkommen verschieden. Wenn sie es nur zuließen, würden sie sich perfekt ergänzen. Das hatten sie bereits bewiesen.

»Nachdem ich dich verlassen hatte, habe ich zwei Jahre gewartet, bevor ich geheiratet habe«, entgegnete Kate mit harter Stimme. »Du hattest Zeit genug, deine Meinung zu ändern und mich zurückzuholen. Doch du hast es nicht getan.«

»Ich war verrückt vor Angst, und ich war sehr beschäftigt. Außerdem hatte ich gar nicht begriffen, was passiert war. Doch das ist jetzt anders«, stellte Joe fest.

Kate verspürte einen Stich, als sie ihm in die Augen blickte. Er wollte genau das, was sie sich immer gewünscht hatte, doch jetzt gehörte sie einem anderen. Es war Pech für ihn. Er wollte immer das, was er gerade nicht haben konnte.

»Schau mal, Kate, ich weiß es jetzt. Ich führe ein gutes Leben, ich habe ein solides Unternehmen aufgebaut, doch all das bedeutet mir ohne dich gar nichts.«

»Joe, lass uns nicht mehr darüber sprechen. Es hat keinen Sinn.«

»Doch, es hat Sinn, Kate«, widersprach er. »Ich liebe dich.«

Und noch ehe Kate etwas erwidern konnte, schlang er die Arme um sie und küsste sie leidenschaftlich. Kate fühlte sich, als ob sie mit ihm in eine andere Welt hinüberglitt. Ihr Herz klopfte heftig. Doch einen Lidschlag später fiel sie zurück auf die Erde. Sie befreite sich aus seiner Umarmung.

»Joe, du musst jetzt gehen.«

»Ich gehe nicht, bis wir nicht darüber gesprochen haben. Liebst du mich noch?« Er musste es einfach wissen.

»Ich liebe meinen Mann«, antwortete Kate und wich seinem Blick aus.

»Danach habe ich nicht gefragt«, stellte Joe unnachgiebig fest.

Schließlich blickte Kate ihn an.

»Ich habe gefragt, ob du mich immer noch liebst.«

»Ich habe nie aufgehört, dich zu lieben«, antwortete sie ehrlich. »Aber es ist nicht richtig. Und außerdem unmöglich. Ich bin mit einem anderen verheiratet.« Sie war erschöpft. Dieses Gespräch hatte sie nicht beabsichtigt. Warum hatte sie sich nur eingeredet, dass sie Freunde sein könnten?

»Wie kannst du mich lieben und gleichzeitig mit Andy verheiratet sein?«, fragte Joe offensichtlich empört.

»Weil ich glaubte, dass du mich nicht liebst ... du wolltest mich doch nicht heiraten ...« Hundert Mal schon hatte sie sich all das überlegt, tausend Mal ... Jetzt war es zu spät.

»Also hast du den erstbesten Typen geheiratet, der dir über den Weg lief?«

»Das ist gemein. Ich habe zwei Jahre gewartet.«

»Nun, ich habe einfach länger gebraucht, bis ich endlich wusste, wo's langgeht.« Joe war jetzt sehr aufgebracht, doch was er auch sagte, für Kate spielte es keine Rolle.

Für sie zählte nur, was sie gefühlt hatte, als er sie küsste, was sie in seinen Augen sah, wenn er sie anschaute, was ihr Herz ihr sagte. Sie liebte ihn noch immer und wusste, dass sich daran niemals etwas ändern würde. Es war wie eine lebenslängliche Strafe, die über sie verhängt worden war, und sie konnte nichts dagegen unternehmen.

»Ich möchte Andy nicht weh tun«, sagte sie schlicht. »Er ist mein Mann. Wir haben ein Kind zusammen.« Mit unglücklicher Miene erhob sie sich. »Es ist gleichgültig, was einmal war, was wir getan haben und warum. Es ist nun einmal so gekommen. Ich bin fortgegangen, und du wolltest, dass ich gehe. Du hättest mich aufhalten können, du hättest mich bitten können, zu dir zurückzukehren. Zwei Jahre lang habe ich mir nichts sehnlicher gewünscht, habe ich nur darauf gewartet, dass du mich holst. Doch du warst viel zu beschäftigt mit deinen Flugzeugen und deiner tollen Firma. Es hat dich nicht gekümmert, wie es mir ging. Deine Angst hat dich beherrscht. Die Wahrheit ist, dass ich dich immer noch liebe und dich immer lieben werde. Doch es ist zu spät für uns, Joe. Ich bin mit einem anderen verheiratet. Das musst du respektieren, selbst wenn du es nicht verstehst.« Verzweiflung stand ihr ins Gesicht geschrieben. »Du musst wieder aus meinem Leben verschwinden. Ich will Andy nicht verletzen. Er verdient es einfach nicht. Und ich will es auch nicht.«

»Du bestrafst mich jetzt dafür, dass ich dich damals nicht heiraten wollte«, entgegnete Joe und erhob sich ebenfalls. Mit Bedauern schaute er auf Kate hinunter.

»Ich bestrafe mich höchstens selbst. Für mich ist es schlimm genug. Ich bin mit einem Mann verheiratet, der eine Frau verdient, die seine Liebe erwidert, und nicht eine, die eigentlich einen anderen Mann liebt. Es wäre nicht richtig, Joe, wenn wir wieder zusammenkämen. Wir müssen einander vergessen. Ich weiß immer noch nicht, wie ich das anstellen soll, und ich hab es lange genug versucht. Doch ich schwöre dir, es wird mir gelingen. Ich kann nicht mit Andy verheiratet sein und dich für den Rest meines Lebens lieben.«

»Dann verlass ihn doch!«

»Ich liebe ihn, und ich werde ihn nicht verlassen. Wir haben gerade erst ein Kind bekommen.«

»Ich will dich zurück, Kate.« Joe war ein Mann, der daran gewöhnt war, zu bekommen, was er wollte, der sich mit weniger nicht zufrieden geben würde.

»Warum? Weil ich mit einem anderen verheiratet bin? Warum jetzt? Ich bin doch kein Spielzeug. Ich bin keines deiner Flugzeuge oder Unternehmen, die du besitzt oder kaufen könntest. Ich habe zwei verdammte Jahre auf dich gewartet, obwohl alle davon überzeugt waren, dass du irgendwo in Deutschland ums Leben gekommen bist. Ich war immer für dich da. Ich war noch ein Kind und konnte einen anderen nicht einmal anschauen. Ich habe mich ein Jahr lang vor Kummer verzehrt, nachdem du mir gesagt hattest, dass du mich niemals heiraten würdest. Warum jetzt?« Kate brach in Tränen aus.

Joe schüttelte den Kopf. »Ich weiß es nicht. Ich weiß nur, dass du ein Teil von mir bist. Ich will nicht den Rest meines Lebens ohne dich verbringen, Kate. Wir sind schon so weit gekommen. Wir kennen uns jetzt seit zehn Jahren ...«

»Na und?«, fragte sie unwirsch. »Daran hättest du früher denken sollen. Jetzt ist es zu spät.«

»Das ist doch lächerlich. Du liebst diesen Mann nicht, und trotzdem willst du mit ihm den Rest deines Lebens verbringen?«

»Ja!« Kates Stimme klang fest. In diesem Moment begann Reed zu weinen. »Du musst jetzt gehen, Joe. Ich muss mein Kind stillen.«

»Solltest du dich nicht erst einmal beruhigen, bevor du dein Kind stillst?«

»Doch, deshalb geh jetzt endlich!«

Joe trat einen Schritt auf sie zu und wischte ihr die Tränen ab.

»Nicht, bitte ...«

Kate schluchzte, und Joe zog sie in seine Arme. Sie wollte einfach bei ihm sein, doch sie durfte es nicht. Es war eine grausame Wende des Schicksals, dass er sie nun zurückhaben wollte. Sie konnte Andy nicht verlassen und Reed mitnehmen, ganz gleich, wie sehr sie Joe liebte. Sie liebte Andy, wenn auch auf andere Weise.

»Es tut mir Leid. Ich hätte nicht kommen sollen.« Joe fühlte sich schuldig. Kate war in einem erbärmlichen Zustand.

»Es ist nicht deine Schuld«, wehrte sie ab und trocknete sich die Tränen. »Ich wollte es doch auch. Es war so schön, als wir uns neulich zum Essen getroffen haben. Ich bin so gern mit dir zusammen ... o Joe ... was sollen wir denn jetzt machen?« Kate hielt ihn fest umklammert. Sie liebten einander immer noch. Aber es war unmöglich.

»Ich weiß es nicht, aber wir werden schon eine Lösung finden.« Er drückte sie an sich und küsste sie.

Nichts wünschte sie sich mehr.

Schließlich machte sie sich los und holte Reed aus dem Kinderzimmer. Sie legte ihn zwischen sich und Joe auf das Sofa. Er war wirklich ein hübsches Kind.

Joe betrachtete ihn still und schaute dann Kate an. »Es wird alles gut werden. Vielleicht können wir uns ja ab und zu sehen.«

»Und was soll dann werden? Wir werden uns doch immer nur wünschen, richtig zusammen zu sein. Das ist doch kein Leben!«

»Für den Augenblick ist es die einzige Möglichkeit. Vielleicht reicht es ja fürs Erste.«

Doch Kate wusste, dass es dabei nicht lange bleiben würde. Sie würden sich immer mehr wünschen als nur gestohlene Augenblicke. Sie würden immer aufs Neue daran erinnert werden, dass sie einander liebten und doch nicht zusammen sein durften. Für sie klang das nach einer lebenslangen Folter.

Joe schaute sie an. Sie sah so verzweifelt aus, so unglücklich. Und in diesem Zustand musste er sie jetzt allein lassen. Reed schrie vor Hunger.

»Möchtest du, dass ich gehe, oder soll ich hier bleiben, während du ihn stillst?«

Kate wusste, dass es besser gewesen wäre, wenn er ginge, aber sie wollte es nicht. Sie hatte keine Ahnung, wann und ob sie ihn jemals wiedersehen würde.

»Wenn du willst, kannst du warten.«

Sie ging mit Reed in ein anderes Zimmer. Joe schaute starr auf den Fernsehschirm, und als Kate wiederkam, war er auf dem Sofa eingeschlafen. Er hatte einen langen Tag hinter sich, und es war für beide ein aufwühlender Abend gewesen. Kate hatte beim Stillen ihre Ruhe zurückgewonnen, und Reed lag nun schlafend in seiner Wiege.

Kate betrachtete Joe eine Weile, streichelte leicht über sein Haar und sein Gesicht. Er war ihr so vertraut. So viele Jahre hatten sie miteinander verbracht. Da war immer noch ein starkes Band zwischen ihnen. Kate setzte sich neben ihn und berührte ihn sanft.

In dem Augenblick öffnete er die Augen. »Ich liebe dich, Kate«, flüsterte er.

Sie lächelte. »Nein, das ist nicht wahr. Ich werde es jedenfalls nicht zulassen«, entgegnete sie leise.

Joe küsste sie zärtlich. Kate erwiderte seinen Kuss, und lange Zeit lagen sie ineinander verschlungen auf dem Sofa. Es war eine unmögliche Situation.

»Du musst gehen«, flüsterte Kate.

Joe nickte, doch er machte keinerlei Anstalten, sich zu erheben, sondern küsste sie wieder und wieder, und nach einer Weile war Kate alles gleichgültig. Sie wollte eigentlich nicht, dass er sie verließ. Sie wollte Andy nicht verletzen ... sie wollte nicht, dass all dies geschah, doch ihre Gefühle waren stärker.

Schließlich hob Joe Kate hoch und legte sie aufs Bett. Kate wusste, dass sie ihn noch einmal auffordern sollte zu gehen, doch sie konnte es nicht. Stattdessen ließ sie zu, dass er sie auszog, so wie er es schon viele Male getan hatte. Er streifte sich ebenfalls die Kleider vom Leib. Sie liebten sich mit all der Sehnsucht, die sie drei Jahre lang verzehrt hatte. Anschließend hielten sie einander in den Armen und fielen in einen tiefen, friedvollen Schlaf.

17

Als Kate am nächsten Morgen erwachte, lächelte sie glücklich, als sie Andy neben sich zu spüren glaubte. Als sie sich umdrehte, blickte sie jedoch in Joes Gesicht. Es war also kein Traum gewesen. Es war die logische Folge aus all den Jahren, in denen sie ihn geliebt und schmerzlich vermisst hatte. Kate hatte keine Ahnung, was sie nun tun sollte. Sie hatten einfach die Kontrolle verloren, sagte sie sich, während sie beobachtete, wie Joe sich regte.

Wenige Minuten später war er wach, und als er Kate erblickte, lächelte er hingebungsvoll.

»Träume ich? Bin ich tot und im Himmel?« Für ihn schien alles wunderbar einfach zu sein. Er war ja auch nicht verheiratet und lief nicht Gefahr, das Leben eines anderen Menschen zu zerstören.

»Du machst einen widerlich zufriedenen Eindruck«, klagte Kate, doch während sie die Worte aussprach, schmiegte sie sich an ihn. Die Zeit, die sie morgens aneinander geschmiegt im Bett verbracht hatten, war immer die schönste des Tages gewesen. »Du hast wohl überhaupt kein Gewissen.«

»Stimmt!«, bestätigte Joe. Er lächelte und küsste Kate auf die Stirn. Seit Jahren war er nicht mehr so glücklich gewesen, und im Augenblick schien es, als würde doch noch alles in Ordnung kommen. »Was ist mit Reed? Ist es normal, dass er immer noch schläft?« Das erstaunte ihn außerordentlich.

»Es geht ihm gut. Er schläft immer so lange«, erwiderte Kate. Sie war begeistert, dass er sich für ihren Sohn interessierte.

Joe zog sofort seinen Nutzen aus dieser Information und küsste sie erneut. Wenn der Kleine so lange schlief, konnten sie noch länger im Bett bleiben … Es war wirklich wie im Traum, als hätten sie sich nie voneinander getrennt. Sie waren in den letzten drei Jahren beide erwachsener geworden. Kate hatte sich durch ihre Ehe und ihr Kind weiterentwickelt. Doch das, was sie mit Joe erlebte, war einzigartig. Ihre Gefühle füreinander waren tiefer, als sie beide begreifen konnten. Es war ein unwiderstehlicher Sog, der sie zueinander hinzog. Sie gehörten einfach zusammen, obwohl sie vollkommen verschieden waren. Sie brauchten nur wenige Worte, wenn sie zusammen waren. Sie mussten und konnten ihre Gefühle nicht erklären.

Reed erwachte schließlich mit einem lauten Schrei. Während Joe unter die Dusche ging, stillte Kate den Kleinen. Dann bereitete sie das Frühstück zu. Joe lächelte hingerissen, als Reed ihn aus seinem Kinderstuhl heraus anlachte. Er hatte am Vormittag eine Sitzung und bekundete sein Bedauern, dass er nun fort müsse. Nur allzu gern hätte er den ganzen Tag mit den beiden verbracht.

»Sehen wir uns zum Lunch?«, fragte er, als er sich erhob und sein Jackett anzog.

»Wo soll das hinführen, Joe?« Kates Besorgnis war offensichtlich. Noch konnten sie damit aufhören. Dieses eine Mal würden sie vergessen können, es war noch nicht zu spät. Kate wusste, dass es an ihr lag, all dem Einhalt zu gebieten, doch sie konnte den Gedanken nicht ertragen, Joe abermals zu verlieren. Tief in ihrem Inneren spürte sie, dass es ohnehin längst zu spät war.

»Ich glaube, mit der Zeit werden wir schon herausfinden, wie es weitergeht, Kate.« Joe hatte die Eigenart, wichtige Dinge, die die Zukunft betrafen, zu verdrängen.

»Das ist gefährlich«, stellte Kate fest. Joe war noch immer so attraktiv wie damals. Kate liebte seine stattliche Figur mit den breiten Schultern, sein ebenmäßiges, kantiges Gesicht, seine Augen, die ihr überallhin folgten, und seinen Gang. Sie fühlte sich regelrecht beschwipst vor Glück. Er war ihr Traum, seit sie siebzehn war. Sie hatte nicht die Kraft, dagegen anzukämpfen. Und Joe erging es nicht anders. Von Anfang an hatte Kate ihn fasziniert.

»Das Leben ist immer gefährlich, Kate«, sagte er lächelnd und küsste sie. Sie konnten nicht genug voneinander bekommen. »Sonst würde es sich doch gar nicht lohnen. Das Gute bekommt man nur für einen hohen Preis. Ich hatte immer Angst, für die Dinge, die ich begehre, bezahlen zu müssen.«

Kate zögerte und nickte dann. Sie wollte mit Joe zusammen sein, so lange es möglich war. Es gab keinen Ausweg.

»Ich kümmere mich um einen Babysitter. Wo sollen wir uns treffen?«

Joe schlug *Le Pavillon* vor, eines von Kates Lieblingsrestaurants.

Als Joe gegangen war, gab Kate dem Kleinen noch einmal die Brust und ließ sich dann erschöpft aufs Sofa fallen. Überall an den Wänden hingen Fotos von ihr und Andy. Eines zeigte sie bei ihrer Hochzeit ein Jahr zuvor. Das Zusammensein mit Joe hatte dazu geführt, dass Andy ihr plötzlich fremd vorkam. Sie liebte ihn zwar, doch noch immer hielt er dem Vergleich mit Joe nicht stand. Jedes Mal, wenn sie Joe begegnete, war sie wie betäubt. Er hatte Recht, das Leben war gefährlich, und Kate spürte, dass es bereits zu spät war, die Gefahr abzuwenden. Aber das Glück, das sie in seiner Gegenwart empfand, war ihr jedes Risiko wert.

Kate legte Reed wieder in die Wiege und rief den Babysitter an. Mittags traf sie sich wie verabredet mit Joe im *Le Pavillon*. Sie trug ein blassgrünes Seidenkleid und dazu eine Brosche mit Smaragden, die sie vor Jahren von ihrer Mutter bekommen hatte. Kate war wunderschön. Die Farbe des Kleides unterstrich ihr dunkelrotes Haar. Joe starrte sie an, während sie durch das Lokal ging, so wie er es zehn Jahre zuvor schon einmal getan hatte. Es war nicht ungefährlich, wenn sie sich gemeinsam in der Öffentlichkeit zeigten, doch sie hatten entschieden, dass ein gemeinsames Mittagessen nicht allzu verdächtig war. Natürlich konnten sie nicht sicher sein, dass sie nicht beobachtet wurden.

»Sind Sie nicht Joe Allbright?«, flüsterte Kate, als sie sich neben Joe setzte.

Er grinste. Alles an ihr war einfach entzückend: ihre Erscheinung, wie sie es verstand, ihn auf den Arm zu nehmen, ihr Duft, ihre graziösen Bewegungen und ihre natürliche Art. Sie schien nicht einmal zu ahnen, welche Ausstrahlung sie besaß. Kate und Joe waren ein außergewöhnliches Paar, sie passten perfekt zueinander. So war es vom ersten Augenblick an gewesen.

»Wie wär's mit einem Rundflug am Wochenende?«, fragte Joe während des Essens.

Kate war seit drei Jahren nicht mehr selbst geflogen, und sie war sofort angetan von seinem Vorschlag. Joe erzählte, dass am Tag zuvor ein schönes kleines Modell geliefert worden sei.

»Es wird dir gefallen, Kate«, sagte er grinsend und konnte es offenbar kaum abwarten.

»Einverstanden.«

Kate hatte ohnehin keine anderen Pläne. Sie wusste, dass die nächsten dreieinhalb Monate Joe gehören würden. Es hatte keinen Sinn, dagegen anzukämpfen. Sie würde ihren Gefühlen nachgeben müssen.

Lange blieben sie am Tisch sitzen und achteten darauf, sich nicht durch Gesten oder Blicke zu verraten. Anschließend kehrte Joe ins Büro zurück, und Kate fuhr nach Hause. Sie hatte vor, mit Reed noch einen Spaziergang im Park zu machen. Zu Hause erwartete sie ein Brief von Andy. Er schrieb liebevoll und voller Humor. Andy vermisste sie sehr, und Kate war einen Moment lang zutiefst verstört. Sie setzte sich mit dem Brief in der Hand aufs Sofa und brach in heftiges Schluchzen aus. Nie in ihrem Leben hatte sie sich so elend gefühlt. Sie wusste, dass sie sich falsch verhielt, doch sie konnte einfach nichts dagegen tun. Was auch immer Andy ihr bedeutete, sie musste Joe wieder sehen.

Als Joe abends kam, war Kate sehr schweigsam. Er hatte einen arbeitsreichen Tag hinter sich und war müde. Sie reichte ihm einen Scotch mit Wasser und goss sich selbst ein Glas Wein ein. Reed schlief bereits.

»Andy hat mir geschrieben. Ich fühle mich schrecklich, Joe. Wenn er jemals etwas erfährt, bricht es ihm das Herz. Er wird sich bestimmt von mir scheiden lassen«, berichtete Kate niedergeschlagen.

»Umso besser. Dann werde ich dich heiraten.« Den ganzen Tag schon hatte Joe darüber gebrütet und war beinahe fest entschlossen. Gern hätte er noch eine Weile alles bedacht, doch anscheinend konnte er nicht länger warten.

»Das sagst du nur, weil ich mit einem anderen verheiratet bin. Wenn ich frei wäre, würdest du die Beine in die Hand nehmen«, sagte Kate und lächelte unwillkürlich.

»Stell mich doch auf die Probe!«

»Das kann ich nicht.«

»Dann lass uns einfach nicht mehr darüber sprechen und die Zeit genießen, die uns bleibt«, schlug Joe vor.

Und so geschah es.

In den nächsten Monaten trafen sich Kate und Joe mehrmals in der Woche zum Lunch und aßen jeden Abend gemeinsam, entweder zu Hause oder in einem Restaurant. An den Wochenenden flogen sie in einem von Joes Flugzeugen, gingen ins Kino, führten anregende Gespräche und lachten miteinander. Meist übernachtete Joe bei Kate. Sie zogen sich vollkommen in ihre eigene kleine Welt zurück. Jeden Abend, wenn Joe Kates Wohnung betrat, spielte er zuerst mit Reed. Er geriet beinahe außer sich, als er den ersten Zahn des Kleinen entdeckte. Sie waren eine vollkommene kleine Familie, und Andy existierte für Kate gar nicht mehr. Nur seine Mutter erinnerte sie an ihn. Einmal pro Woche besuchte sie ihren Enkel, immer Dienstagnachmittags, und Kate achtete peinlich genau darauf, dass nirgendwo in der Wohnung irgendetwas auf Joes Anwesenheit hindeutete. Wenn sie gemeinsam ausgingen, waren beide auf der Hut, dass niemand sie für ein Liebespaar hielt. Sie waren unzertrennlich in diesen Tagen.

Kate schrieb fast jeden Tag an Andy, doch ihre Briefe waren äußerst bemüht. Sie hoffte, dass Andy es nicht bemerkte. Meistens erzählte sie von Reed und nur selten von sich selbst. Es schien so das Beste zu sein. Andys Berichte über die Prozesse waren faszinierend. Außerdem schrieb er immer wieder, wie sehr er Kate vermisse, wie sehr er sie liebe und dass er es kaum erwarten könne, Kate und Reed wieder zu sehen. Jeder seiner Briefe schnitt Kate ins Herz. Sie hatte keine Ahnung, was sie tun sollte. Joe und sie hatten beschlossen, die Angelegenheit bis zum Herbst ruhen zu lassen.

Kate hatte ihren Eltern versprochen, mit ihnen im August für eine Woche nach Cape Cod zu fahren, doch es gefiel ihr gar nicht, sich von Joe trennen zu müssen. Sie hatten ohnehin so wenig Zeit. Die Hälfte der Zeit, die Andy in Deutschland verbringen sollte, war schon vorbei. Doch Elizabeth und Clarke würden misstrauisch werden, wenn sie den Besuch absagte. Vielleicht kämen sie sogar nach New York und entdeckten auf diese Weise, dass Joe praktisch bei ihr wohnte. Er hatte mittlerweile seine wichtigsten Sachen bei ihr deponiert. Kate fuhr also nach Cape Cod. Joe hatte ohnehin viel zu tun, und sie versprach ihm, sich so oft wie möglich zu melden. Er sollte sie besser nicht anrufen, damit ihre Eltern keinen Verdacht schöpften. Solche Geheimnistuerei war Kate zuwider, und sie fühlte sich miserabel, doch es gab keine Alternative. Wenn sie Joe ab und zu sprechen wollte, musste sie dieses Versteckspiel mitmachen.

Am fünften Tag ihres Aufenthalts am Kap fand das jährliche Barbecue bei ihren Nachbarn statt. Kate überließ Reed der Obhut eines Babysitters und ging mit ihren Eltern zu der Party. Sie war guter Stimmung. In zwei Tagen würde sie Joe wiedersehen. Sie konnte es kaum noch erwarten.

Auf der Terrasse über den Dünen wurden die Drinks serviert. Als Kate zufällig einmal den Kopf drehte, erblickte sie zu ihrer grenzenlosen Überraschung Joe, der die Terrasse betrat. Ihr stand das Erstaunen ins Gesicht geschrieben. Joe wollte sie überraschen und war zu Besuch zu seinen Freunden gekommen. Die Gastgeber waren sehr erfreut, ihn zu sehen. Sie hatten ihn trotz der vielen Jahre, die vergangen waren, nicht vergessen. Langsam schlenderte er durch die Menge und begrüßte die anderen Gäste.

Elizabeth hatte ihn bereits erspäht. »Was treibt er denn hier?«, fragte sie Kate.

»Ich habe keine Ahnung.« Kate wandte sich ab. Ihre Mutter sollte ihr Gesicht nicht sehen. Es war eine unverzeihliche Dummheit, dass Joe hier erschien. Er spielte mit dem Feuer. Kate war sich nicht sicher, ob sie sich nicht verbrennen würden.

»Wusstest du, dass er kommen würde?« Elizabeth ließ nicht locker.

Clarke ging über die Terrasse und schüttelte Joe die Hand. Er freute sich, ihn wiederzusehen. Die Unstimmigkeiten zwischen Joe und Kate waren schließlich lange her und vergessen. Kate war inzwischen mit einem anderen Mann verheiratet. Die Vergangenheit sollte endlich ruhen.

»Woher soll ich das wissen, Mom? Er hat doch Freunde hier. Es ist schließlich nicht das erste Mal, dass er zum Barbecue kommt.«

»Es ist trotzdem merkwürdig. Seit drei Jahren ist er nicht mehr hier gewesen. Vielleicht ist er wegen dir hier.«

»Das bezweifle ich.«

Kate stand mit dem Rücken zu Joe, doch sie spürte, dass er sich näherte. Elizabeth ließ ihn nicht aus den Augen. Kate hoffte verzweifelt, dass sie sich nicht verraten würde, doch sie traute sich selbst nicht über den Weg. Ihre Mutter kannte sie zu gut.

Joe war endlich herangekommen und begrüßte Elizabeth höflich. Sie schüttelte die dargebotene Hand nur widerwillig und blickte ihn aus kalten Augen an.

»Hallo, Joe«, sagte sie frostig.

Joe schenkte ihr ein warmes Lächeln. »Hallo, Mrs. Jamison. Es freut mich, Sie wiederzusehen.«

Elizabeth antwortete nicht.

Anschließend wandte Joe sich an Kate. Ihre Blicke trafen sich, und Kate zwang sich zu einer unverfänglichen Miene, als sie ihn begrüßte.

»Es ist schön, dich wiederzusehen, Kate. Ich habe gehört, dass du einen kleinen Sohn hast. Meinen Glückwunsch.«

»Danke«, entgegnete Kate kühl.

Dann ging sie davon und gesellte sich zu den anderen Gästen. Sie wusste, dass ihre Mutter erleichtert war, und hoffte, dass es ihr gelungen war, sie auf eine falsche Fährte zu lockten.

Das flüsterte sie Joe zu, als sie später am Strand neben ihm stand. Sie grillten Hotdogs. Der von Kate war schon beinahe verbrannt. Doch sie achtete gar nicht darauf. »Es war verrückt von dir, hierher zu kommen. Wenn sie es herausfinden … nicht auszudenken!«

»Ich habe dich so vermisst. Ich wollte dich sehen«, erklärte Joe mit ernster Stimme.

»In zwei Tagen bin ich doch wieder zu Hause«, flüsterte Kate und hätte ihn am liebsten geküsst und umarmt. Doch sie wagte kaum, ihn anzuschauen.

»Dein Hotdog ist dabei, sich in Asche zu verwandeln«, bemerkte Joe leise.

Kate lachte, und für einen Augenblick trafen sich ihre Blicke. Als Kate sich abwandte, bemerkte sie, dass ihre Mutter sie beobachtete.

»Sie hasst mich«, stellte Joe fest und reichte Kate einen Teller.

Elizabeth war offensichtlich nicht damit einverstanden, dass sie miteinander sprachen. Sie hätte es lieber gesehen, wenn Kate sich von Joe ferngehalten hätte.

Der Tag neigte sich dem Ende zu. Kates Eltern kehrten schon früh nach Hause zurück, weil Elizabeth Kopfschmerzen bekommen hatte. Kate und Joe nutzten so wie Jahre zuvor die Gelegenheit für einen Spaziergang am Strand. Wenn Kate daran zurückdachte, musste sie sich eingestehen, dass es die besten Jahre ihres Lebens gewesen waren.

Kate und Joe genossen es, allein im Mondlicht über den Sand zu laufen. Als sie weit genug von den anderen entfernt waren, legten sie sich in den Sand und küssten sich. Auf dem Rückweg hielten sie einander an den Händen. Lange bevor sie das Haus erreichten, trennten sie sich, und als sie wieder bei den anderen ankamen, verhielten sie sich völlig unverfänglich. Kate verließ die Party als Erste. Ihre Eltern schliefen bereits, und auch Reed schlummerte friedlich. Auch Kate ging zu Bett und ließ ihre Gedanken zu Joe wandern. Mit ihm war das Leben wunderbar. Sie hatten beide erreicht, was sie sich gewünscht hatten. Kate hatte ein Kind, Joe hatte Erfolg, aber es schien keine Möglichkeit zu geben, diese beiden Lebensentwürfe zusammenzuführen. Sie würden auf jeden Fall anderen Menschen Schmerz zuzufügen. Kate fühlte sich wie in einem Labyrinth gefangen: Es gab keinen Ausweg.

Am nächsten Tag stand Kate sehr früh auf, nahm Reed auf den Arm und ging so leise wie möglich die Treppe hinunter. Der Kleine machte ihr jedoch einen Strich durch die Rechnung. Er gurrte und krähte fröhlich, und Kate schloss hastig die Küchentür hinter sich. Da erst sah sie ihre Mutter am Küchentisch sitzen. Sie las in der Lokalzeitung und trank eine Tasse Tee.

Kate setzte Reed in seinen Stuhl.

Elizabeth hob nicht einmal den Blick und sagte: »Du wusstest, dass er kommen würde, nicht wahr?«

»Nein, ich hatte keine Ahnung«, gab Kate wahrheitsgemäß zurück. »Ich wusste es wirklich nicht.«

»Da ist etwas zwischen euch, Kate. Ich spüre es. Noch nie habe ich zwei Menschen gesehen, die sich so sehr zueinander hingezogen fühlen. Das spürt man, selbst wenn man auf der anderen Seite des Raumes steht.«

Elizabeth hatte Recht. Eben diese Anziehung war es, die Kate die endgültige Trennung von Joe unmöglich machte.

»Ihr könnt nicht eine Sekunde voneinander lassen.«

»Ich habe gestern kaum mit ihm gesprochen.«

Kate reichte Reed ein winziges Stück Banane. Der Kleine steckte es gierig in den Mund.

»Das brauchst du gar nicht, Kate. Es ist gefährlich, Kate. Geh ihm aus dem Weg! Er wird dein Leben zerstören.«

Aber dafür war es längst zu spät.

»Was fällt ihm eigentlich ein, einfach hier aufzutauchen? Bestimmt wusste er, dass du hier bist. Es überrascht mich, dass er so unverfroren ist ... obwohl ... eigentlich überrascht mich gar nichts mehr«, schloss Elizabeth ärgerlich.

»Mich auch nicht«, sagte Clarke fröhlich, der soeben die Küche betreten hatte. Er küsste den Kleinen und warf seiner Frau einen amüsierten Blick zu. Offenbar hatte sie mit Kate gestritten. Clarke hatte keine Ahnung, worum es ging, und wollte auch gar nicht nachfragen. Er wollte es sich mit beiden nicht verderben.

»Es war schön, Joe wiederzusehen. Ich habe in der Zeitung etwas über seine Fluggesellschaft gelesen. Das wird ein riesiger Erfolg, im Grunde ist es das jetzt schon. Er sagt, dass er Niederlassungen in Europa eröffnen will. Wer hätte vor fünf Jahren gedacht, dass er es so weit bringen würde?« Clarke war offensichtlich sehr beeindruckt.

Elizabeth stellte ihre Tasse in die Spüle. »Ich fand sein Erscheinen ungehörig«, wiederholte sie.

Clarke blickte erstaunt auf. »Warum denn?«

»Er wusste, dass er Kate treffen würde. Sie ist eine verheiratete Frau, Clarke. Er sollte sie nicht bis nach Cape Cod verfolgen, geschweige denn woanders hin.«

Sogar bis ins Schlafzimmer, fügte Kate in Gedanken hinzu. Ihre Mutter wäre bitter enttäuscht von ihr gewesen, wenn sie von ihrer Affäre gewusst hätte. Zu Recht.

»Und das weiß er ganz genau. Er sollte sich Kate nicht aufdrängen«, fuhr Elizabeth fort.

»Sei nicht albern, Liz! Das ist doch Schnee von gestern. Kate ist verheiratet, und Joe hat bestimmt inzwischen eine andere Frau gefunden. Ist er verheiratet, Kate?«

»Ich glaube nicht, Dad, aber ich weiß es nicht genau.«

»Ich habe gesehen, wie ihr euch am Stand unterhalten habt«, warf Elizabeth vorwurfsvoll ein.

»Da ist doch nichts dabei«, sagte Clarke. »Joe ist trotz allem ein guter Kerl.«

»Wenn es so wäre, hätte er deine Tochter geheiratet, anstatt sie zwei Jahre lang warten zu lassen und sie die ganze Zeit über auszunutzen«, wetterte seine Frau. »Gott sei Dank ist Kate vernünftig geworden und hat Andy geheiratet. Es ist ein Jammer, dass Andy gestern Abend nicht da war.«

»Ja, das stimmt«, sagte Kate sanft.

Doch Elizabeth sah ein Leuchten in den Augen ihrer Tochter, das ihr nicht gefiel. Sie hatte irgendein Geheimnis, und alles deutete darauf hin, dass es etwas mit Joe zu tun hatte.

»Es wäre eine Riesendummheit, wenn du dich wieder mit ihm einließest, Kate. Er würde dich erneut enttäuschen, und du würdest Andy das Herz brechen. Joe wird sich niemals binden. Denk an meine Worte!«

Das hatte Elizabeth schon immer behauptet, und sie hatte Recht behalten. Doch inzwischen hatte sich alles geändert. Joe war nun bereit, sie zu heiraten. Das hatte er wenigstens behauptet.

Kurz darauf nahm Kate Reed auf den Arm und ging hinaus, um sich auf die Veranda zu setzen. Als sie aufblickte, sah sie ein Flugzeug am Himmel, das Kreise über ihrem Kopf flog. Sie ahnte, wer darin saß. Joe war eben doch ein großes Kind. Kate musste unwillkürlich lächeln.

Clarke kam ebenfalls hinaus. Er hatte das Motorengeräusch gehört. Er blickte gedankenverloren in den Himmel. »Nettes kleines Flugzeug«, stellte er fest.

»Seine neueste Entwicklung«, rutschte es Kate heraus. Sie biss sich auf die Zunge.

Erstaunt warf Clarke ihr einen Blick zu. »Woher weißt du das, Kate?« Seine Stimme klang nicht vorwurfsvoll wie die ihrer Mutter, sondern ehrlich betroffen.

»Er hat's mir gestern Abend erzählt.«

Clarke setzte sich neben seine Tochter und streichelte ihr die Schulter. »Es tut mir Leid, dass es mit ihm nicht geklappt hat, Kate. Manchmal ist das so im Leben.« Clarke wusste, wie sehr sie Joe geliebt hatte und wie schmerzlich die Trennung von ihm für sie gewesen war. »Doch deine Mutter hat trotzdem Recht. Es wäre ein großer Fehler, wenn du dich wieder mit ihm einlassen würdest.« Er wirkte besorgt. Kate sah sehr traurig aus.

»Das habe ich gar nicht vor, Dad.« Kate verabscheute es, ihren Vater anzulügen, doch sie hatte keine Wahl. Außerdem wusste sie ja selbst, dass sie eine Riesendummheit beging. Doch es war für sie unmöglich, Joe zu meiden. Für keinen anderen Mann auf der Welt empfand sie so wie für ihn. Kate wusste nicht, was geschehen würde, wenn Andy nach Hause zurückkehrte, doch bis dahin blieben noch zwei Monate, genug Zeit, um über alles nachzudenken.

Immer noch zog das Flugzeug seine Kreise über ihren Köpfen. Dann sackte es plötzlich ab, und Kate hob erschrocken die Hand vor den Mund. Sie fürchtete, es könnte abstürzen. Clarke beobachtete sie und erkannte, dass es schlimmer um sie stand, als er vermutet hatte. Er fragte sich, ob Elizabeth nicht doch richtig lag und sich zwischen den beiden etwas abspielte, wovon sie keine Ahnung hatten. Doch er wollte Kate nicht danach fragen. Sie war eine erwachsene Frau, und es war nicht seine Aufgabe, weiter in sie zu dringen.

Kate fuhr am nächsten Tag nach New York zurück. Kaum hatte sie ihre Wohnung betreten, klingelte auch schon das Telefon. Sie schimpfte mit Joe wegen seines Leichtsinns, doch er lachte nur. Er versicherte ihr, er habe sich zu keinem Zeitpunkt in Gefahr befunden. Wie immer.

»Es ist viel gefährlicher, eine Straße in New York zu überqueren, Kate. Das weißt du genau.« Es amüsierte ihn, dass sie so bestürzt war. »Haben deine Eltern dir das Leben schwer gemacht?«

»Nur meine Mutter. Sie ahnt irgendwas.«

»Sie ist sehr aufmerksam«, stellte er bewundernd fest. »Hast du ihnen etwas erzählt?«

»Natürlich nicht! Sie wären entsetzt gewesen. Und ich bin auch zunehmend schockiert über das, was ich hier tue.«

Kate hatte sich den ganzen Heimweg über den Kopf zerbrochen. Joe gefiel überhaupt nicht, was er da hörte. Offenbar plagten Kate Schuldgefühle gegenüber Andy. Joe war allerdings der Meinung, dass er selbst die älteren Rechte hatte. Er kannte Kate schließlich viel länger als Andy.

»Ist es dir immer noch recht, wenn ich heute Abend zu dir komme, Kate?«, fragte Joe vorsichtig. Und so schlecht sie sich auch wegen Andy fühlte, brachte sie es nicht über sich, Joe eine Abfuhr zu erteilen.

Eine halbe Stunde später war Joe schon bei ihr, und wie so oft gingen sie sogleich ins Bett. Ihre Leidenschaft war wie eine Flutwelle, die alles mit sich riss. Die Woche der Trennung hatte viel zu lange gedauert.

Der September verging wie im Flug. Joe musste für einige Tage nach Kalifornien und anschließend zu einem Testflug nach Nevada. Er lud Kate ein, ihn zu begleiten, doch sie verzichtete darauf. Sie hätte ihre Abwesenheit nicht erklären können, falls Andy anrief. Er hatte sich in den vergangenen zwei Monaten zwar nur selten gemeldet – es war beinahe unmöglich, eine Verbindung nach Amerika zu bekommen –, doch es hätte natürlich sein können, dass er gerade in dieser Zeit anrief.

Ende September waren Kate und Joe bereits seit zwei Monaten wieder zusammen. Es war inzwischen selbstverständlich geworden … ganz so, als ob sie miteinander verheiratet wären. Joe war bei ihr bereits heimisch geworden, sodass er beinahe ans Telefon gegangen wäre, als eines Abends Kates Mutter anrief. Kate konnte ihm den Hörer gerade noch aus der Hand reißen, bevor er etwas sagen konnte, und beide schauten sich entsetzt an, als ihnen klar wurde, dass um ein Haar alles aufgeflogen wäre.

Jedes Wochenende machte Kate mit Joe einen Rundflug. Häufig ging sie auch mit ihm in die Fabrik. Er wollte ihre Meinung hören, und sie beriet ihn, so gut sie konnte. Die Angestellten kannten sie inzwischen ebenfalls gut. Erstaunlicherweise waren sie nie jemandem über den Weg gelaufen, wenn sie zum Essen ausgingen, eine Kinovorstellung besuchten oder einfach einen Spaziergang unternahmen. Das lag unter anderem daran, dass viele Leute den Sommer über die Stadt verlassen hatten. Doch auch nach dem Labor Day gab es keine zufälligen Begegnungen mit Bekannten, die vielleicht Verdacht hätten schöpfen können. Ihr Leben verlief angenehm ruhig.

Mitte Oktober rief Andy an und sprach voller Freude von seiner baldigen Rückkehr. Er war Kate sehr dankbar, dass sie sich niemals über ihre Situation beklagt hatte. Ihre Briefe waren wundervoll gewesen, und er verzehrte sich danach, sie und Reed endlich wiederzusehen. Die Fotos, die sie ihm geschickt hatte, hatten ihm viel Freude bereitet. Reed sah Kate noch ähnlicher als zuvor. Nur seine Haarfarbe war die seines Vaters. Die Prozesse, an denen Andy in Deutschland teilgenommen hatte, waren fast alle beendet. Doch nun konnte er es kaum erwarten, seine Arbeit abzuschließen und endlich nach Hause zurückzukehren.

Kate war am Boden zerstört. Abends saß sie stundenlang mit Joe in der Küche.

»Was sollen wir jetzt tun?«, fragte sie ratlos. Nun musste sie der Realität ins Auge blicken. Nie zuvor in ihrem Leben hatte sie solche Qualen gelitten. Einer von ihnen würde verletzt werden, aber wahrscheinlich würden alle ihren Teil abbekommen. Kate konnte die Entscheidung nicht länger hinauszögern. In wenigen Tagen mussten Joe und sie wissen, was sie wollten.

»Ich will dich heiraten, Kate«, sagte Joe ruhig. »Ich möchte, dass du dich scheiden lässt. Du kannst nach Reno fahren und sechs Wochen lang dort bleiben. Ende des Jahres könnten wir schon Mann und Frau sein.«

Nie hatte Kate sich etwas anderes gewünscht. Doch nun musste sie Andys Leben zerstören, um ans Ziel zu gelangen. Das war hart und außerdem unfair. Andy hatte es nicht verdient. Was konnte er dafür, dass seine Frau erneut dem Charme von Joe Allbright erlegen war?

»Ich weiß nicht einmal, was ich ihm sagen soll.«

Kate fühlte sich elend, wenn sie nur daran dachte. Andys Eltern wären entsetzt, von ihren eigenen ganz zu schweigen. Am schlimmsten wäre es natürlich für Andy selbst. Er ahnte nicht im entferntesten, was auf ihn zukam.

»Sag ihm die Wahrheit!«, riet Joe unverblümt. Für ihn war die Sache klar. Er hatte schließlich auch nicht eine solch schwierige Aufgabe zu erledigen wie Kate. »Wir haben doch keine andere Wahl, Kate. Sollen wir uns etwa wieder trennen? Ist es das, was du willst?«

Dies war tatsächlich die einzige Alternative, wenn sie nicht eine heimliche Affäre führen wollten. Kate wusste, dass der Druck und die Heuchelei sie auf Dauer krank machen würden. Joe stimmte ihr darin zu. Er wollte mit ihr leben, sie heiraten. Und er wollte mit Reed zusammen sein, und das konnte er nur, wenn Kate seine Frau war.

»Für Andy tut mir das alles sehr Leid«, gestand Joe, »doch er hat ein Recht auf die Wahrheit.«

»Ist es dir wirklich ernst mit der Heirat, Joe?« Kate erinnerte sich an die Worte ihrer Mutter, und sie kannte ihn schließlich sehr gut. Joe liebte seine Freiheit. Doch er liebte auch Kate. Jetzt war er beinahe vierzig Jahre alt. Kate glaubte, dass er nun doch noch sesshaft werden und diesmal ihr gegenüber Verantwortung übernehmen wollte. Sie brauchte allerdings die Garantie, ehe sie Andy um die Scheidung bat. Abgesehen davon, dass er am Boden zerstört wäre, sie zu verlieren, würde es ihm das Herz brechen, wenn er nicht mehr mit seinem Sohn zusammenleben könnte.

»Es ist mein voller Ernst!«, antwortete Joe leidenschaftlich. »Die Zeit ist gekommen, Kate.«

Für sie war es schon vor drei oder vier oder sogar fünf Jahren an der Zeit gewesen. Joe hatte viel länger für diesen Entschluss gebraucht. Wie auch immer: Es war nun an ihr, dafür zu sorgen, dass sich ihrer beider Wünsche erfüllten. Alles lag in ihrer Hand. Joe konnte nicht mehr tun, als ihr zu versichern, dass er es ernst meinte.

»Ich werde es ihm sagen, wenn er zurück ist«, sagte Kate. Sie hatte Angst davor, doch sie musste es hinter sich bringen.

Kate fand einen Babysitter für das Wochenende, und sie verbrachte die Tage mit Joe in einem abgelegenen, gemütlichen Gasthof in Connecticut. Dort hatte Joe schon einmal gewohnt. Es war perfekt, sie verlebten dort ungestörte Tage. Joe hatte Kate als seine Ehefrau vorgestellt. Sie musste sich erst daran gewöhnen, mit Joes Namen angesprochen zu werden. Seit über einem Jahr hieß sie nun Kate Scott. Nach sechsundzwanzig Jahren war es schwer genug gewesen, den Namen Jamison aufzugeben. Nun würde sie erneut einen anderen Namen annehmen. Ihr schwindelte bei diesem Gedanken. Seit Jahren hatte sie auf diesen Augenblick gewartet, doch nun, da es endlich so weit war, hatte die Freude einen unangenehmen Beigeschmack.

In der Nacht, bevor Andy nach Hause zurückkehrte, räumte Joe seine Sachen aus der Wohnung, doch er schlief noch dort. Reed bekam die ersten Zähne und weinte die ganze Nacht. Kates Nerven lagen blank, und am Morgen sah man auch Joe die Belastung an. Kate wollte einfach nur alles hinter sich bringen. An diesem Abend noch würde sie mit Andy sprechen, und sie war davon überzeugt, dass es eine schreckliche Szene werden würde.

Sie hatte monatelang mit Joe vollkommen zurückgezogen gelebt. Sämtlichen Bekannten und Freunden war sie ausgewichen, denn es galt, das Geheimnis zu bewahren. Offenbar hatte niemand herausgefunden, was tatsächlich vor sich ging. Doch in den nächsten Wochen würden es alle erfahren. Erst würde sie es Andy und anschließend ihren Eltern mitteilen. Auch das würde nicht leicht sein. Kate hatte in Gedanken bereits alles durchgespielt und sich auch mit Joe ausgiebig beraten.

Sie hätte Andy niemals heiraten dürfen, das erkannte sie jetzt. Es war ihm gegenüber nicht fair gewesen. Doch sie hatte nicht damit gerechnet, dass Joe jemals wieder eine Rolle in ihrem Leben spielen würde. Wenn es dazu nicht gekommen wäre, hätte die Beziehung zu Andy sicherlich funktioniert. Doch das würden sie nun niemals erfahren. Immerhin hatte sie Reed. Obwohl Joe sicher war, dass er Reed lieben würde, war er nicht sicher, ob er eigene Kinder wollte. Sie hatten einige Male darüber gesprochen, und Joe zweifelte noch immer. Und doch: Nur mit ihm war Kate wirklich glücklich.

Bevor Joe aufbrach, verbrachten sie noch einige intensive Stunden miteinander. Zum Abschied küsste er sie und auch Reed.

»Mach dir nicht allzu viele Sorgen, mein Schatz! Ich weiß, dass du es gut machen wirst. Es ist besser, wenn es jetzt dazu kommt als in fünf Jahren. Andy wird wieder heiraten und glücklich werden.«

Kate war verärgert, weil Joe so nüchtern darüber sprach. Für ihn war das alles problemlos. Sie aber war sicher, dass ihr eine schreckliche Aussprache bevorstand.

Mittags würde Kate Andy am Flughafen abholen. Sobald sie konnte, würde sie Joe anrufen. Sie wollte erst einmal abwarten, wie sich die Dinge entwickelten. Spätestens am nächsten Tag würde sie sich bei Joe melden.

Um elf Uhr nahm Kate mit Reed auf dem Arm ein Taxi nach Idlewild. Sie trug ein schlichtes, schwarzes Kleid und einen schwarzen Hut. Sie bemerkte sehr wohl, dass ihre Erscheinung nicht zu dem vordergründig frohen Anlass passte, doch sie fand es angesichts der Umstände angemessen. Für ihre kleine Familie würde dies kein glücklicher Tag werden.

Am Flughafen überflog sie die Anzeigetafel und stellte fest, dass Andys Maschine pünktlich landen würde. Sie drückte Reed an sich und ging zum Flugsteig, um dort auf ihren Mann zu warten.

Andy gehörte zu den ersten Passagieren, die die Maschine verließen. Er schien erschöpft von dem langen Flug und den vier Monaten harter Arbeit zu sein, doch er strahlte über das ganze Gesicht, als er seine Frau und seinen Sohn entdeckte. Er küsste Kate so stürmisch, dass ihr der Hut vom Kopf fiel.

»Ich habe dich so vermisst, Kate!«

Dann nahm er ihr den Kleinen aus den Armen und konnte kaum glauben, wie sehr er gewachsen war. Reed war nun schon beinahe acht Monate alt. Er hatte einige Zähne und konnte schon fast aus eigener Kraft stehen. Als Andy ihn auf den Arm nahm, streckte er die Ärmchen nach seiner Mutter aus und begann zu schreien.

»Er weiß gar nicht mehr, wer ich bin«, stellte Andy bekümmert fest.

Während sie das Flughafengebäude verließen, legte er den Arm um Kate. Es schien ihm, als sei er Jahre fort gewesen. Kate war sehr verlegen, und wenn er sie auf der Fahrt nach Hause ansah, schaute sie betreten zur Seite. Sie sagte zwar, dass sie glücklich sei, ihn wiederzusehen, doch sie machte einen verstörten Eindruck. Sie stellte Fragen zum Verlauf der Prozesse, doch sobald Andy versuchte, ihre Hand zu nehmen, zog sie sie weg und gab vor, etwas in ihrer Handtasche zu suchen. Sie wollte ihn nicht noch mehr in die Irre führen, als sie es ohnehin schon getan hatte.

Kate hatte den Lunch bereits vorbereitet, und nach dem Essen legte sie Reed hin, damit er seinen Mittagsschlaf hielt. Sie wollte es schnell hinter sich bringen. Sie konnte nicht mehr länger warten, wollte, dass die Lügen ein Ende hatten. Sie wollte Andy ein schlecht gespieltes Theaterstück ersparen.

»Kate, ist alles in Ordnung mit dir?«, fragte er, nachdem sie Reed zu Bett gebracht hatte. In ihrem schwarzen Kleid sah sie plötzlich viel älter und ernster aus, als er sie in Erinnerung hatte. Andy hatte keine Ahnung, was während seiner Abwesenheit geschehen war, doch er spürte, dass etwas Schlimmes im Anzug war. Die Atmosphäre war angespannt.

»Können wir uns setzen? Ich muss mit dir sprechen.«

Gemeinsam gingen sie ins Wohnzimmer. Kate setzte sich aufs Sofa, Andy ihr gegenüber in den Sessel. Auch während sie ihn anblickte, war sie mit ihren Gedanken bei Joe.

Niemals in ihrem Leben hatte sie jemandem einen so entsetzlichen Schmerz zugefügt. Als sie Joe drei Jahre zuvor verlassen hatte, war die Situation eine vollkommen andere gewesen. Der Mann, der vor ihr saß, liebte sie und das gemeinsame

Kind, das sie mitnehmen würde. Doch es gab keinen Ausweg. Sie mussten beide der Wahrheit ins Auge blicken. Kate war ärgerlich, dass sie ernsthaft geglaubt hatte, ihre Liebe zu Andy könne sich entwickeln. Sie hing zwar sehr an ihm, denn sie hatten glückliche Zeiten miteinander verbracht. Doch das alles hatte nun keine Bedeutung mehr. Die Begegnung mit Joe hatte alles verändert.

»Was ist denn los, Kate?«, fragte Andy ruhig. Er sah besorgt aus, doch er hatte sich unter Kontrolle. In den letzten vier Monaten schien er reifer geworden zu sein. Er war mit zahllosen Grausamkeiten konfrontiert worden. Mit der Verantwortung, die auf seinen Schultern lastete, war er gewachsen.

»Andy, ich habe einen entsetzlichen Fehler gemacht«, begann sie und achtete darauf, dass sie ihm nicht zu nahe kam. Sie versuchte nicht einmal, seine Hand zu nehmen. Zu ihrer beider Wohl wollte sie die Wahrheit so schnell wie möglich über die Lippen bringen.

»Ich glaube nicht, dass wir darüber sprechen sollten«, fiel Andy ihr plötzlich ins Wort.

Kate blickte erstaunt auf. »Doch, das müssen wir«, beharrte sie. »Während deiner Abwesenheit ist etwas geschehen.«

Kate hatte vor, ihm ausnahmslos alles zu erzählen. Doch Andy hob abwehrend eine Hand. Offenbar wollte er ihre Worte zurückhalten, und Kate sah ein Funkeln in seinen Augen, das sie nie zuvor bemerkt hatte. Er übernahm nun die Regie.

»Was auch geschehen ist, Kate, ich habe nicht das Bedürfnis, es zu erfahren. Ich will es nicht wissen. Du wirst mir kein Wort sagen. Es ist nicht wichtig. Nur wir beide zählen und unser Sohn. Wir werden da weitermachen, wo wir aufgehört haben«

Kate war sprachlos. Doch sie gewann ihre Fassung zurück. »Aber, Andy, wir können nicht ...« Tränen füllten ihre Augen. Er musste ihr einfach zuhören. Sie würde ihn verlassen und Joe heiraten. Sie wollte nicht mehr länger seine Frau sein. Sie würde nach all den Jahren nicht zulassen, dass sie ihn erneut verlor. Doch ohne Andys Einverständnis konnte Kate sich nicht scheiden lassen. Offenbar ahnte er etwas, jedenfalls genug, um zu wissen, dass seine Ehe in Gefahr war. Offensichtlich hatte er nicht vor, tatenlos zuzusehen. Er hatte längst eine Entscheidung getroffen, ohne Rücksicht auf ihre Gefühle. Für Andy war das Thema erledigt.

»Doch, Kate, das können wir«, sagte er in einem Ton, der Kate Angst machte. »Und wir werden es tun. Was immer du mir sagen wolltest, du wirst es für dich behalten. Wir sind verheiratet. Wir haben einen Sohn. Ich hoffe, dass wir bald noch mehr Kinder haben werden. Wir werden ein schönes Leben führen. Ist das klar? Wahrscheinlich hätte ich nicht so lange fortbleiben dürfen. Doch wir hatten in Deutschland eine wichtige Aufgabe zu erledigen, und ich bin froh, dass ich daran teilhatte. Doch nun werden wir weitermachen wie bisher.«

Kate war wie betäubt von der Kraft seiner Worte und seinem kalten Blick. Sie erkannte ihren Mann kaum wieder.

»Aber, Andy...« Tränen liefen über ihre Wangen. »Das kann ich nicht... ich kann nicht...« Sie schluchzte. Sie liebte Joe, und nun durfte sie nicht bei ihm sein. Sie saß in der Falle. Noch nie in ihrem Leben hatte sie sich so erbärmlich gefühlt. Andy würde sie nicht gehen lassen, das wusste sie jetzt, jedes weitere Wort war sinnlos. Es blieb ihr nur ein Ausweg: Sie musste mit Joe flüchten. Wenn sie nicht geschieden war und nicht das Sorgerecht für ihren Sohn hatte, konnte sie ihn nicht einmal mitnehmen. Andy war imstande, sie dafür einsperren zu lassen. Und in gewisser Weise hatte er soeben genau das getan. Kate hatte bisher noch nicht einmal einen Rechtsanwalt konsultiert. Zuerst hatte sie mit Andy sprechen wollen. Sie wusste, dass sie sich nicht ohne schwerwiegende Gründe von ihm scheiden lassen konnte. Und die hatte sie nicht. Wenn er einer Scheidung nicht zustimmte, waren ihr die Hände gebunden.

»Du musst mir zuhören«, flehte sie. »So kannst du mich doch nicht wollen.« Sie schluchzte.

Doch Andys Augen blieben hart. »Wir sind miteinander verheiratet, Kate. Bald wird es dir besser gehen, und eines Tages wirst du mir sogar dankbar sein. Du hättest beinahe einen schrecklichen Fehler gemacht, aber das werde ich nicht zulassen. Ich werde jetzt unter die Dusche gehen und mich ein Weilchen hinlegen. Sollen wir heute Abend zum Dinner ausgehen? Was hältst du davon?«

Mit leerem Blick schaute Kate ihn an. Sie wollte nicht mit ihm ausgehen. Sie wollte nicht mehr seine Frau sein. Von nun an war sie seine Gefangene.

Andy erhielt keine Antwort auf seine Frage, und er wartete auch nicht darauf. Er stand auf und verließ den Raum. Als er das Bad betrat und die Tür abschloss, zitterte er am ganzen Körper. Kate ahnte nichts davon. Zum ersten Mal in all den Jahren, die sie ihn kannte, verabscheute sie ihn zutiefst. Mehr als je zuvor sehnte sie sich danach, mit Joe zusammen zu sein, doch sie brachte es nicht über sich, ihren Sohn zu verlassen. Andy wusste, dass er sie in der Hand hatte. Nie würde Kate Reed im Stich lassen. Wenn Andy sich mit einer Scheidung nicht einverstanden erklärte, konnte sie nichts tun.

Als Kate das Wasser laufen hörte, stürzte sie zum Telefon. Joe war in einer Besprechung, trotzdem bat sie Hazel, ihn ans Telefon zu holen.

Schon einen Augenblick später fragte Joe besorgt: »Was ist los? War es sehr schlimm?« Er hatte den ganzen Tag an Kate gedacht und sich immer wieder gefragt, wie Andy wohl reagiert hatte.

»Viel schlimmer. Er hat mir nicht einmal zugehört. Und er wird sich nicht scheiden lassen. Also kann ich Reed nicht mitnehmen.«

»Er will dir nur Angst einjagen, Kate. Er will dich eben nicht verlieren. Lass dich bloß nicht einschüchtern.«

»Du verstehst nicht. So habe ich ihn noch nie gesehen. Er sagt, das Thema sei für ihn erledigt. Er will überhaupt nicht darüber reden.«

Kate hatte nicht einmal die Gelegenheit gehabt, Andy von ihrer Begegnung mit Joe zu erzählen. Sie hatte ehrlich sein wollen und geglaubt, dass sie ihn überzeugen könne. Doch er hatte sie gar nicht zu Wort kommen lassen.

»Dann nimm das Kind und geh!«, forderte Joe mit harter Stimme.

Kate fühlte sich wie eine Schachfigur, dic hin und her geschoben wurde.

»Er kann dich nicht zwingen, bei ihm zu bleiben.«

»Wenn er mich vor Gericht bringt, kann er das sehr wohl.« Kate hatte große Angst, und sie hatte auch allen Grund dazu. Andy hatte seinen Standpunkt mehr als deutlich gemacht. Er würde sie niemals gehen lassen.

»Dazu wird es nicht kommen. Ihr beide könnt bei mir unterschlüpfen.«

Das würde alles noch schlimmer machen, als es ohnehin schon war. Kate war sich darüber im Klaren, dass sie sich mit Andy einigen musste. Sie musste ihn überzeugen. Das war die einzige Möglichkeit.

»Ich werde heute Abend noch einmal mit ihm sprechen«, sagte sie zum Abschied.

Joe kehrte in den Sitzungssaal zurück, und Kate legte auf. Als Andy aus der Dusche kam, rief sie den Babysitter an und erklärte ihrem Mann, dass sie einverstanden sei, zum Dinner auszugehen. Doch die Stimmung war zum Zerreißen gespannt. Kate begriff, dass Andy jedes seiner Worte so gemeint hatte, wie er es gesagt hatte. Kate hatte gehofft, ihn während des Dinners davon überzeugen zu können, dass eine Scheidung der einzige Ausweg für sie beide war, doch sie hatte keinen Erfolg.

»Andy, bitte, hör mir zu… ich kann nicht bei dir bleiben. Und du willst doch unter diesen Umständen auch nicht mit mir zusammen sein.« Sie spürte aber, dass dies der falsche Zeitpunkt war, ihm von Joe zu erzählen.

»Kate, als ich fortging, war alles in Ordnung. Alles war wunderbar! Und so wird es wieder sein. Vertrau mir! Du bist im Moment hysterisch und weißt nicht, was du tust. Ich werde nicht zulassen, dass du unser Leben zerstörst.« Andy war unbeugsam.

Kate spürte einen Kloß im Hals und konnte kaum sprechen. »Die Dinge haben sich geändert. Du warst vier Monate fort…« Verzweifelt versuchte sie, ihm alles zu erklären. Bei dem Gedanken, dass er bereits ahnte, was geschehen war und mit wem, schauderte sie. Aber wenn es tatsächlich so war, schien es ihn kalt zu lassen. Es war zwecklos. Andy stellte keine Fragen, er wollte nichts mehr davon hören. Während sie im Taxi nach Hause fuhren, sprachen sie kein Wort miteinander.

Kate war vollkommen erschöpft und ging sofort zu Bett.

Am nächsten Tag bestellte sie abermals einen Babysitter und ging zu Joe ins Büro. Sie zitterte am ganzen Körper, und Joe war sehr aufgebracht. Kate brauchte jetzt seine Unterstützung und seinen Rat. Andy schien sich während seines Aufenthaltes in Deutschland verändert zu haben. Nichts war mehr übrig von dem zärtlichen, verständnisvollen Ehemann. Tränenüberströmt setzte Kate sich hin und erzählte Joe alles.

»Er kann dich nicht einfach festhalten, Kate. Du bist nicht sein Eigentum. Pack deine Sachen und verschwinde aus der Wohnung!«

»Und mein Sohn?«

»Reed kannst du später noch holen! Du musst vor Gericht gehen.«

»Und was soll ich dort sagen? Dass ich ihn betrogen habe? Ich habe nicht einen einzigen Grund, mich scheiden zu lassen. Er wird behaupten, dass ich meinen Sohn im Stich gelassen habe. Ich werde niemals das Sorgerecht für Reed bekommen. Man wird sagen, dass ich eine schlechte Mutter bin, weil ich eine Affäre mit dir hatte und meinen Sohn verlassen habe. Joe, ich kann nicht fortgehen!«

»Willst du damit sagen, dass du die Ehe mit ihm aufrechterhältst?«

»Was soll ich denn sonst tun?« Sie blickte ihn kummervoll an. »Ich habe doch gar keine andere Wahl, jedenfalls im Augenblick nicht. Vielleicht lenkt er irgendwann ein. Aber momentan will er ja nicht einmal darüber sprechen.«

»Kate, das ist verrückt!«

Sie wusste, dass er Recht hatte. Doch Andy kämpfte um sie. Kate bewunderte seine Energie. Doch so sehr sie ihren Ehemann auch immer geschätzt hatte: Joe war der Mann, den sie liebte.

Joe kam um seinen Schreibtisch herum und nahm sie in die Arme.

Kate schluchzte verzweifelt. »Ich hätte dich damals nicht verlassen dürfen«, weinte sie. Sie hatte die Chance vertan, mit Joe zusammen zu sein. Doch selbst für ihn würde sie ihren Sohn nicht aufgeben.

»Es gab für dich keine Alternative. Ich war ein verdammter Idiot, weil ich es überhaupt zugelassen habe. Und zu allem Übel habe ich dir auch noch gesagt, dass du mir niemals so viel bedeuten würdest wie meine Arbeit.« Joe erinnerte sich noch gut an seine Worte. Jetzt, drei Jahre später, wusste er, dass er sich geirrt hatte. Nun sah es so aus, als käme seine Einsicht zu spät. »Soll ich mal mit ihm sprechen, Kate? Vielleicht hilft das. Oder wir bieten ihm Geld an …« Das war eine haarsträubende Idee, doch Joe war bereit, alles zu unternehmen, was ansatzweise Erfolg versprach.

Aber Kate schüttelte den Kopf. »Er wird sich doch nicht bestechen lassen. Hier geht es um Liebe!«

»Jemanden zu besitzen hat nichts mit Liebe zu tun, Kate. Du bist nicht sein Eigentum. Reed ist das einzige Druckmittel, das Andy besitzt.«

Der Kleine war tatsächlich ein machtvolles Druckmittel. Andy sprach am selben Tag mit einem Kollegen darüber. Wenn Kate den Jungen zurückließ, bestand die Gefahr, dass sie ihn für immer verlor. Und wenn sie ihn mitnahm, konnte man sie zwingen, ihn zu seinem Vater zurückzubringen. Sie hätte untertauchen müssen. Doch das kam weder für Kate noch für Joe in Frage.

»Ich sitze in der Falle, Joe, und ich komme nicht mehr heraus«, stellte sie kläglich fest. In den vergangenen vier Monaten hatte sie ihr schlechtes Gewissen Andy gegenüber gequält, und nun war er so unbarmherzig. Er hielt ihre Zukunft in seiner Hand und war dabei, sie zu zerstören.

»Warte einfach eine Weile ab! So kann es schließlich auf Dauer nicht weitergehen. Du bist noch jung, und Andy auch. Irgendwann wird er dich aufgeben. Auch er wird sich für sein Leben mehr wünschen als eine erzwungene Ehe.«

Noch kämpfte Andy um seine Frau und seinen Sohn. Doch sicher würde er bald einsehen, dass dies kein Zustand war, wenn Kate seine Gefühle nicht erwiderte.

Joe küsste Kate zum Abschied, dann kehrte sie nach Hause zurück. Als Andy am Abend aus dem Büro kam, machte sie erneut einen Versuch, mit ihm zu sprechen, doch es war vergeblich. Diesmal verlor Andy die Beherrschung. Er schmetterte eine Porzellanschüssel an die Wand, die in tausend Scherben zerschellte. Sie war das Hochzeitsgeschenk einer Freundin von Kate gewesen. Kate weinte bitterlich. Sie hatte damit gerechnet, dass Andy verletzt sein würde, doch sie hatte auf seine Vernunft gebaut. Auf ein solches Verhalten war sie nicht vorbereitet.

»Warum tust du mir das an?«, schluchzte sie.

Andy setzte sich und schaute sie voller Verzweiflung an. »Ich beschütze meine Familie. Im Gegensatz zu dir«, erklärte er aufgebracht. »Irgendwann wirst du mir dankbar dafür sein.«

Doch in der Zwischenzeit würde das Leben zu einem einzigen Albtraum werden.

Andy war sich von Anfang sicher gewesen, dass das Unglück mit Joe zusammenhing. Es stand Kate ins Gesicht geschrieben. Andy erinnerte sich allzu gut an die gemeinsamen Tage im College, als Kate unsterblich in Joe verliebt gewesen war und ungeduldig auf seine Briefe gewartet hatte. Denselben Ausdruck hatte er in ihren Augen gesehen, als sie ihm erzählt hatte, dass Joe nicht tot war. Es gab auf der ganzen Welt nur einen einzigen Mann, der in der Lage war, solch tiefe Gefühle in Kate hervorzurufen. Auf wortreiche Erklärungen war er also nicht angewiesen.

Am nächsten Tag suchte er seinen Rivalen auf. Andy betrat zielstrebig das Bürogebäude und bat Joes Sekretärin, ihn anzumelden. Hazel fragte, ob Andy einen Termin habe. Sie war sehr erstaunt, als er zwar die Frage verneinte, jedoch seiner Überzeugung Ausdruck verlieh, dass Joe ihn trotzdem empfangen würde.

Andy behielt Recht. Kaum zwei Minuten später führte ihn die Sekretärin in ein beeindruckendes Büro voller Gemälde und anderer Kunstobjekte.

Joe erhob sich nicht, um Andy zu begrüßen, sondern blieb unbewegt hinter seinem Schreibtisch sitzen. Die beiden Männer waren sich bisher nur einmal begegnet, und das lag Jahre zurück. Joe wusste natürlich sofort, aus welchem Grund Andy ihn aufsuchte.

»Hallo, Joe«, begann Andy ruhig. Er bewahrte während der gesamten Unterhaltung eine stolze Haltung. Joe war älter und erfolgreicher als er, und Kate war seit ihrer Jugend in ihn verliebt. Joe war für jeden Mann ein eindrucksvoller Gegner. Doch Andy wusste, dass er selbst die besseren Karten hatte. Er hatte einen Sohn mit Kate.

»Das ist ein schlauer Zug, Andy«, sagte Joe mit einem süffisanten Lächeln.

Keiner der beiden zeigte Gefühle. Sie waren zornig und fühlten sich unwohl in dieser Situation. Am liebsten wären sie aufeinander losgegangen. Stattdessen bot Joe Andy einen Stuhl an.

»Möchten Sie etwas trinken?«

Andy zögerte für den Bruchteil einer Sekunde und bat dann um einen Scotch. Vormittags trank er nur sehr selten, doch in diesem Fall würde der Alkohol vielleicht seine Nerven beruhigen.

Joe nahm selbst einen Scotch mit Eis und reichte Andy ein Glas, bevor er sich wieder setzte. »Muss ich nach dem Grund fragen, der Sie herführt?«

»Ich glaube nicht. Wir beide kennen den Grund. Ihr Verhalten lässt einiges zu wünschen übrig«, entgegnete Andy tapfer und war bemüht, sich von der Umgebung nicht allzu sehr beeindrucken zu lassen. Die Aussicht war spektakulär. Man konnte den Central Park sehen.

»Kate ist jetzt verheiratet, Joe. Wir haben ein Kind. Sie gehört zu mir«, fuhr er fort.

»Sie werden damit nicht durchkommen. Sie können keine Frau dazu zwingen, Sie zu lieben. Sie können sie schließlich nicht anketten.« Joe hatte keine Angst, er empfand nicht einmal Wut. Er war ein bedeutender Mann und wusste, dass er nichts zu befürchten hatte. Das Glück war jetzt auf seiner Seite, und Kate gehörte zu ihm, gleichgültig, was Andy auch immer in der Hand hatte. Er hatte nie einen Platz in ihrem Herzen gehabt, Kate hatte immer nur ihn, Joe, geliebt. Andy hatte sie allenfalls gemocht, und nun hatte sie Mitleid mit ihm.

Joe schaute Andy bedauernd an. »Warum sitzen wir hier, Andy? Lassen Sie uns doch zum Kern der Sache kommen. Was wollen Sie?« Er konnte immer noch nicht glauben, dass Andy sich weigerte, Kate freizugeben, und war davon überzeugt, dass er dem Druck schließlich nachgeben würde. Doch weder Joe noch Kate wussten bis zu diesem Augenblick, wie entschlossen Andy kämpfen würde. Diesmal würde er nicht der Verlierer sein. Er war bereit, jeden Preis dafür zu zahlen.

»Ich möchte, dass Sie endlich begreifen, wer Kate eigentlich ist, wen Sie mit solcher Leidenschaft begehren. Ich glaube nicht, dass Sie das wissen, Joe.«

Diese Worte amüsierten Joe. Er schickte ein Lächeln über den Schreibtisch, während Andy an seinem Scotch nippte. »Sie glauben wirklich, dass ich sie nach zehn Jahren immer noch nicht kenne? Ich bin sicher, dass Kate Ihnen erzählt hat, dass wir zwei Jahre lang zusammengelebt haben.«

»Ja, davon hat sie mir erzählt. Aber sie hat doch damals in einem Hotel gewohnt, nicht bei Ihnen.«

»Wenn sie das sagt ...«, gab Joe unverbindlich zurück.

Kate hatte Andy die Wahrheit gesagt. Er hatte es nur noch einmal von Joe hören wollen.

»Zu welchen Ergebnissen sind Sie denn damals gekommen? Sie wollten sie jedenfalls nicht heiraten. Warum?«

»Weil ich ein Idiot war. Ich habe damals meine Firma aufgebaut, ich war einfach zu beschäftigt. Ich war noch nicht so weit, die Verantwortung für eine Ehefrau zu übernehmen. Aber das ist drei Jahre her. Jetzt habe ich Zeit für Kate.«

»War das der einzige Grund, warum Sie sie nicht heiraten wollten, oder gab es nicht vielleicht noch andere Dinge, die Sie damals beunruhigt haben, Joe? War sie zu anspruchsvoll, zu fordernd, fühlten Sie sich nicht wie in einer Falle? Wollten Sie nicht einfach nur davonlaufen?«

Joe stellte überrascht fest, dass Kate Andy offenbar alles erzählt hatte. Die alten Empfindungen schlichen sich erneut in sein Herz. Es waren keine schönen Erinnerungen. Andy hatte die Sache auf den Punkt gebracht: Die Frau, die Kate damals gewesen war, hatte er tatsächlich nicht gewollt. Er wollte sie so, wie sie jetzt war. Er wollte die Frau, die Verständnis für ihn hatte.

»Kate hat sich nicht verändert, Joe. Sie hat noch immer Angst, verlassen zu werden. Das zeigt sich, sobald ich das Haus verlasse. Überall ruft sie mich an. Wenn ich zum Lunch ausgehe, fragt sie meine Sekretärin, wo ich mich gerade aufhalte. Als sie schwanger war, hat sie mich beinahe verrückt gemacht. Mittags musste ich nach Hause fahren und sehen, wie es ihr ging. Wollen Sie das? Wollen Sie so Ihre kostbare Zeit verbringen? Sie müssen in der Tat ein sehr erfolgreicher Mann sein, wenn Sie sich das leisten können. Tag und Nacht müssen Sie eigentlich bei ihr sein. Was wollen Sie tun, wenn Sie auf Reisen sind? Sie wird Reed nicht allein lassen. Und sie will wieder schwanger werden. Sie will noch mehr Kinder. Und sie wird sie bekommen. Jedes Mittel ist ihr recht. Ich kenne Kate. Mich hat es nicht gestört. Doch Ihnen wird es anders gehen.«

Das waren lauter Lügen. Kate hatte Andy im Laufe der Zeit von Joes tiefsten Ängsten erzählt. Andy brachte nun systematisch jede einzelne davon ins Spiel. Und er schien Erfolg damit zu haben. Joes Augen verrieten es ihm, obwohl er sich offensichtlich dazu verpflichtet fühlte, Kate zu verteidigen. Doch er hatte Angst. Andy spürte es genau.

»Sie liebt Sie nicht«, sagte Joe mit fester Stimme. »Sie wird sich anders verhalten, wenn sie erst mit mir zusammen ist.« Restlos überzeugt klang er jedoch nicht.

»Wirklich?«, fragte Andy und trank sein Glas aus. »Wie anders war sie denn in New Jersey?« Er wusste von all den Streitereien, die die beiden zermürbt hatten, von Kates Furcht davor, im Stich gelassen zu werden, von Joes Angst, vereinnahmt zu werden.

»Das war vor drei Jahren. Damals war sie noch ein Kind.« Es war offensichtlich, dass Joe seinen eigenen Worten nicht traute. Er hätte es niemals zugegeben, doch er begann sich zu fragen, ob Andy nicht vielleicht doch Recht hatte. Er spürte, wie der Boden unter seinen Füßen wankte. Andy beschrieb Kate mit all den Eigenschaften, die Joe verabscheute, gleichgültig, wie sehr er sie liebte.

»Kate ist noch immer ein Kind«, sagte Andy herablassend.

Am liebsten hätte er noch einen Scotch getrunken, aber er wollte nicht danach fragen. Der eine hatte schon genügt, um ihm Mut zu machen. Er durfte jetzt auf keinen Fall nachlassen und die Konzentration verlieren. Besorgt blickte Joe ihn an. Seine Urängste waren zu neuem Leben erwacht.

»Sie wird immer ein ängstliches Kind bleiben, Joe. Sie wissen doch ebenso gut wie ich, was sie erlebt hat.«

Joe war offensichtlich überfordert. Er war es zwar gewohnt, hartnäckig seine Interessen zu vertreten, doch diesmal sah es nicht gut für ihn aus. Es war Andy gleichgültig, was er opfern musste, damit Kate bei ihm blieb. Auf keinen Fall durfte er sie an Joe verlieren. Es kam nur darauf an, die richtige Strategie anzuwenden. Dann würde Joe Kate nicht einmal von Andys Besuch in seinem Büro erzählen. Es war ein perfekter Plan und der einzige Weg, wie Kate bei ihm bleiben würde. Andy musste dafür sorgen, dass Joe die Beine in die Hand nahm und verschwand.

»Hat Sie etwa mit Ihnen über ihren Vater gesprochen?«, fragte Joe mit unsicherer Stimme. In zehn Jahren hatte Kate ihm gegenüber nicht ein einziges Wort darüber verloren. Nur Clarke hatte ihm an jenem Tag am Kap davon erzählt.

Andy zögerte nicht, Joe anzulügen. Auch mit ihm hatte Kate nicht darüber gesprochen. Er hatte es kurz vor der Heirat ebenfalls von Clarke erfahren. »Sie hat es mir erzählt, als wir am College waren. Ich habe es immer gewusst. Wir sind schließlich gute Freunde.«

Joe nickte und schwieg.

»Wissen Sie eigentlich, wie das für sie gewesen sein muss? Wie sehr sie sich davor fürchtet, dass ein geliebter Mensch sie verlässt? Nicht einen einzigen Tag würde sie allein ertragen. Noch nie habe ich eine so abhängige Frau kennen gelernt, und Sie wissen das auch. Kam es Ihnen denn nicht merkwürdig vor, dass sie mir zweimal am Tag geschrieben hat, während ich in Europa war?«

Auch das war eine Lüge. Kate hatte ihm nur hastig beschriebene Zettel geschickt, mit denen sie ihn über Reed auf dem Laufenden hielt. Schon da hatte Andy gespürt, dass etwas nicht in Ordnung war. Doch von Europa aus hatte er nichts unternehmen können. Er hatte gewartet, bis er wieder zu Hause war.

»Haben Sie überhaupt eine Vorstellung davon, wie unsicher sie ist? Wie ängstlich? Ich glaube nicht, dass sie Ihnen erzählt hat, dass sie versucht hat, sich das Leben zu nehmen, nachdem sie Sie verlassen hatte.«

Noch während Andy die Worte aussprach, wusste er, dass er Joe an einem wunden Punkt getroffen hatte. Kate hatte Andy davon unterrichtet, wie sehr Joe unter seinen Schuldgefühlen litt, wie sehr sie ihn quälten.

Joe verlor den Rest seiner Selbstbeherrschung. »*Was* hat sie getan?« Er war sichtlich schockiert.

»Sie hat es Ihnen also tatsächlich nicht erzählt. Es war an Weihnachten, wenn ich mich richtig erinnere. Wir hatten uns noch nicht wiedergesehen. Sie war lange im Krankenhaus …«

Andy war sich seiner schamlosen Lüge bewusst, aber er war verzweifelt. Er musste es schaffen, Kate diesmal für immer von Joe fortzureißen. Sie würde für den Rest seines Lebens nur noch ihm gehören. Doch er kannte seine Frau schlecht. Er hätte Joe umbringen müssen, um sein Ziel zu erreichen.

»Das kann ich einfach nicht glauben!« Joe blickte Andy entsetzt an. »War sie etwa in einer psychiatrischen Klinik?«

Andy nickte, und der Kummer schien ihn niederzudrücken. Sein Geständnis verfehlte seine Wirkung nicht. Schon der Gedanke daran, dass Kate seinetwegen einen Selbstmordversuch unternommen hatte, war mehr, als Joe ertragen konnte. Er war zutiefst verstört.

Andy hatte auf diese Reaktion gehofft. »Was wollen Sie tun, wenn sie noch mehr Kinder will? Sie hat mir erst gestern gesagt, dass genau dies ihr Wunsch ist.« Er goss Öl in das lodernde Feuer.

»Gestern?« Joe war bestürzt. »Das muss ein Missverständnis sein. An meiner Einstellung zu diesem Thema habe ich keinerlei Zweifel gelassen.«

»Kate an ihrer doch auch nicht. Sie gleicht ihrer Mutter sehr, wenn es auch nicht so offensichtlich ist.« Andy wusste, wie sehr Elizabeth Joe hasste. »Und bis jetzt haben wir das Wichtigste noch gar nicht angesprochen, nämlich meinen Sohn. Sind Sie tatsächlich bereit, ihn aufzuziehen, mit ihm Baseball zu spielen und nachts bei ihm zu wachen, wenn er krank ist oder einen Albtraum hat? Irgendwie kann ich mir das gar nicht vorstellen.« Andy schwieg, um Joe Zeit zu lassen, darüber nachzudenken.

Alle Farbe war aus Joes Gesicht gewichen. Über diese Dinge hatte Kate nicht mit ihm gesprochen. Er hatte geglaubt, sie hätten alles geklärt. Kate hatte doch gesagt, sie sei auch mit einem Kind zufrieden. Sie wollte eine Kinderschwester engagieren, um mit ihm auf Reisen gehen zu können. Doch Andys Bild schien ihm plötzlich viel realistischer. Besonders die Beschreibung Kates beunruhigte ihn außerordentlich. Der Selbstmordversuch brachte das Fass zum Überlaufen.

»Also, was tun wir jetzt, Joe? Ich will weder meine Frau noch meinen Sohn verlieren. Ich möchte nicht, dass sie sich verlassen fühlt, wenn Sie auf Reisen sind. Sie könnte eine weitere Dummheit begehen. Sie ist sehr labil, das liegt offenbar in ihrer Familie. Schließlich hat sich ihr Vater auch umgebracht. Wer weiß, eines Tages ...«

Es war ein böses und grausames Spiel, das Andy da mit Kate spielte. Sie hatte keine Ahnung davon, was ihr Mann über sie verbreitete. Andy spielte mit Joes Ängsten, und Joe geriet dermaßen in Panik, dass er kaum ein Wort hervorbrachte. Der Wunsch, einfach davonzulaufen, wurde übermächtig. Er dachte nur noch daran, dass Clarke seine Tochter seinerzeit als äußerst zerbrechliches Wesen beschrieben hatte. Es gab für ihn keine Möglichkeit, die Wahrheit herauszufinden. Soweit er wusste, hatte Kate niemals daran gedacht, sich das Leben zu nehmen, so unglücklich sie auch gewesen sein mochte. So etwas wäre ihr nicht im Traum eingefallen. Doch Andy hatte mit seinem Manöver genau das erreicht, was er wollte. Unabhängig von seiner Liebe zu Kate erkannte Joe nun, dass er die Verantwortung für sie nicht übernehmen konnte. Das hatte er im Grunde schon immer geahnt. Andy hatte mit seinen Enthüllungen dazu beigetragen.

»Also, was geschieht nun?«, fragte Andy unschuldig.

Das, was er soeben getan hatte, war niederträchtig. Joe wäre es niemals in den Sinn gekommen, zu derartigen Mitteln zu greifen. Aber seine Ängste waren so erdrückend, dass er Andys Spiel nicht als das erkannte, was es war: die Tat eines verzweifelten Mannes. Joe nahm jedes Wort ernst. Am liebsten wäre er auf der Stelle in Tränen ausgebrochen.

»Ich glaube, Sie haben Recht. So sehr ich mich auch bemühen würde ... das Leben, das ich führe, würde Kate nur schaden. Wenn sie sich etwas antäte, während ich auf Reisen bin ...« Schon die Vorstellung überwältigte ihn.

»Ich halte das durchaus für möglich«, sagte Andy nachdenklich, als würde er das Für und Wider abwägen. Er hob den Kopf und schaute Joe in die Augen. Blanke Angst war darin zu erkennen.

»Das darf ich ihr nicht antun. Bei Ihrem Job können Sie immerhin ein Auge auf Kate behalten. Hatten Sie denn keine Angst um sie, während Sie die vier Monate in Europa waren?«, fragte Joe verwirrt.

Doch Andy hatte bereits eine Erklärung parat. »Meine Eltern hatten mir versprochen, sich um sie zu kümmern. Außerdem geht sie zweimal pro Woche zu einem Psychiater.«

»Psychiater?« Joe wurde immer blasser. »Sie geht zu einem Psychiater?«

Andy nickte. »Davon hat sie Ihnen auch nichts erzählt? Nun ja, es ist eines ihrer dunkelsten Geheimnisse.«

»Offenbar hat sie recht viele davon.«

Doch endlich verstand Joe die Gründe dafür. So etwas gab natürlich niemand ohne weiteres preis. Er ahnte nicht, dass das genau der Grund war, weshalb Andy ihm diese Geschichten auftischen konnte. Kate war natürlich noch nie bei einem Psychiater gewesen. Genauso wenig hatte sie Andy verfolgt, wenn er bei der Arbeit war. An keinem einzigen Tag war er jemals mittags zu Hause gewesen, um nach ihr zu sehen. Das alles war gelogen. Aber es verfehlte nicht seine Wirkung.

»Ich weiß gar nicht, was ich ihr sagen soll«, stellte Joe voller Verzweiflung fest. Er liebte Kate und sie ihn, doch nun war er davon überzeugt, dass ein Leben mit ihm sie zerstören und vielleicht sogar umbringen würde. Dieses Risiko würde er nicht eingehen. An einer solchen Schuld würde er zugrunde gehen.

Joe sehnte sich danach, endlich allein zu sein. Noch nie in seinem Leben war er so unglücklich gewesen, nicht einmal damals, als Kate ihn verlassen hatte. Dies hier war um ein Vielfaches schlimmer. Er hatte Kate wirklich heiraten wollen.

Doch nun erkannte er, dass es besser für sie war, wenn sie bei Andy bliebe. Es gab gar keinen anderen Weg.

Er erhob sich, um seinem Gegenüber zu signalisieren, dass das Gespräch beendet war. Mit finsterer Miene schüttelte er Andy die Hand.

»Ich danke Ihnen, dass Sie sich hierher bemüht haben«, sagte Joe ernst. »Ich bin davon überzeugt, dass Sie das Richtige tun.« Er liebte Kate viel zu sehr, als dass er sie in Gefahr hätte bringen wollen.

»So wie Sie«, gab Andy zurück, während Joe ihn zur Tür begleitete.

Nachdem er die Tür geschlossen hatte, setzte Joe sich an seinen Schreibtisch und starrte aus dem Fenster. Tränen liefen über seine Wangen. All seine Gedanken galten Kate. Er hatte sie zum zweiten Mal verloren.

Kate erfuhr nichts von dem Gespräch, das an jenem Tag zwischen Joe und Andy stattgefunden hatte. Sie erfuhr nicht einmal, dass die beiden sich getroffen hatten. Doch Andy war plötzlich so siegesgewiss, dass sie nervös wurde. Ihr Mann schien äußerst zufrieden zu sein. Sie begann, ihn immer mehr zu verabscheuen. Das letzte bisschen Liebe, das sie für ihn empfunden hatte, war verschwunden.

Zwei Tage später lud Joe sie zum Lunch ein. Sie trafen sich in einem kleinen dunklen Restaurant, wo sie schon häufiger gegessen hatten, doch diesmal brachte keiner von ihnen einen Bissen hinunter. Joe teilte Kate in schlichten Worten mit, dass er noch einmal über alles nachgedacht habe. Er wisse nun, dass es falsch wäre, sie aus ihrer Ehe herauszureißen. Das Risiko, dass sie ihren Sohn verlor, sei einfach zu groß. Kate sah den unermesslichen Schmerz in seinen Augen. Aber sie konnte nicht ahnen, wie es in ihm aussah. Seit Andy aus seinem Büro verschwunden war, konnte Joe nur noch an Kates Selbstmordversuch denken. Es war furchtbar! Er musste sie verlassen. Für beide war dieses Zusammentreffen eine Qual.

Kate fuhr anschließend in einem Taxi nach Hause und brach weinend zusammen. Joe hatte ihr gesagt, dass sie sich endgültig trennen mussten. Er war so behutsam wie möglich vorgegangen, aus lauter Angst, sie könne noch einmal versuchen, sich das Leben zu nehmen.

Schluchzend lag Kate auf ihrem Bett. Sie würde Joe nie wiedersehen. Am liebsten wäre sie tot gewesen. Sie kam gar nicht auf die Idee, etwas zu unternehmen.

Joe tat das, was er immer getan hatte: Er lief davon. Noch am selben Abend flog er nach Kalifornien.

Andy kam nachmittags mit der Gewissheit nach Hause, dass das Problem erledigt war. Er hatte gewonnen.

18

In den nächsten Monaten war die Atmosphäre zwischen Kate und Andy sehr angespannt. Sie sprachen kaum noch miteinander. Kate war so deprimiert, dass sie immer mehr an Gewicht verlor. Seit Andy aus Deutschland zurückgekehrt war, waren sie sich nicht ein einziges Mal näher gekommen. Kate hielt sich von ihrem Mann möglichst fern. Manchmal telefonierte sie mit Joe. Doch wie Andy bereits vermutet hatte, entfernten sich die beiden immer weiter voneinander. Andys Plan hatte perfekt funktioniert. Doch Kate wusste, dass ihre Gefühle sich nicht ändern würden, solange Andy sie wie seine Gefangene hielt. Seit dem Augenblick, in dem er sie gezwungen hatte, bei ihm zu bleiben, und sie mit ihrem Sohn erpresst hatte, war sie für ihn unweigerlich verloren. Kate empfand nicht einmal mehr einen Hauch von Sympathie für ihn. Es war vorbei. Sie hasste Andy und hätte ihn noch mehr gehasst, wenn sie auch nur geahnt hätte, was er Joe erzählt hatte.

Im März, nach Reeds erstem Geburtstag – der Kleine konnte inzwischen laufen – entspannte sich die Lage ein wenig. Mittlerweile war Andy seit einem halben Jahr aus Deutschland zurück. Er und Kate hatten harte Zeiten hinter sich.

Auch Kates Eltern war das nicht verborgen geblieben, doch sie hatten nicht nachgefragt. Was auch immer zwischen den beiden vorgefallen war, sie mussten irgendwie damit zurechtkommen.

Im Sommer fuhren alle wie jedes Jahr nach Cape Cod. Andy und Kate schliefen diesmal in getrennten Schlafzimmern. Andy konnte sie zwar zwingen, seine Frau zu bleiben, aber nicht dazu, auch das Bett mit ihm zu teilen. Ihr Leben war zu einem Albtraum geworden, und wenn sie durch das Haus schlich, sah Kate aus wie ein Gespenst.

In jenem Jahr gingen sie nicht zum traditionellen Barbecue. Als ihre Eltern von den Nachbarn zurückkehrten, erzählte Clarke, dass Joe Allbright ebenfalls nicht dort gewesen sei. Andy beobachtete Kate argwöhnisch, und der offensichtliche Hass zwischen den beiden erschütterte Clarke zutiefst. Auch Elizabeth war bestürzt über den Zustand, in dem sich die Ehe der beiden befand.

Kaum waren sie wieder zu Hause, rief Kate Joe an. Von Zeit zu Zeit sprach sie mit ihm, sie wollte wissen, wie es ihm ging, und einfach seine Stimme hören. Hazel teilte ihr jedoch mit, er sei für Testflüge nach Kalifornien gereist. Kate ließ ihm Grüße ausrichten. Nur hin und wieder schickte Joe ihr kurze Postkarten.

Eines Abends, kurz vor Thanksgiving, blickte Andy sie intensiv an. Schon seit einem Jahr lebten sie in dieser vergifteten Atmosphäre.

»Gibt es nicht wenigstens eine kleine Chance, dass wir wieder Freunde sein können? Ich vermisse die Gespräche mit dir, Kate«, sagte er.

Sie hatten alles eingebüßt, was sie einst geteilt hatten. Andys Sieg war nichts wert, denn von Kate war nur noch eine leere Hülle übrig geblieben.

»Lass es uns wenigstens versuchen.«

Doch noch während er die Worte aussprach, sah er in Kates Augen, dass es keine Hoffnung gab. Innerlich hatte sie ihn längst verlassen.

»Ich weiß nicht«, gab sie teilnahmslos zurück. Seit einem Jahr empfand sie nichts mehr für ihn. Der einzige Mann, der sie immer interessiert hatte, war Joe, doch der war erneut aus ihrem Leben verschwunden. Seine Flugzeuge hatten wieder den ersten Platz eingenommen, so wie es immer gewesen war. Nur für eine kurze Zeit hatte sie geglaubt, dass es anders würde sein können. Nun, da sie sich endgültig getrennt hatten, konzentrierte er sich wieder auf seine Maschinen. Sie waren alles, was er hatte. Eine andere Frau gab es nicht für ihn.

Über die Ferien fuhr die kleine Familie zu Andys Eltern. In dieser Zeit begann Kate vor lauter Einsamkeit, wieder mit ihrem Mann zu sprechen. Doch dabei blieb es auch. Seit achtzehn Monaten hatte sie nicht mehr neben ihm geschlafen. Sie hatte mit Reed das zweite Schlafzimmer bezogen. Silvester verbrachten sie mit Freunden und tanzten sogar miteinander. Kate trank ungewöhnlich viel Champagner. Tatsächlich hörte Andy sie irgendwann herzlich lachen. Am Ende war sie so betrunken, dass sie auf dem Heimweg sogar mit ihm flirtete. Seit anderthalb Jahren hatte er nicht mehr so viel Spaß mit ihr gehabt, und er fühlte sich an die alten Zeiten erinnert. Als sie zu Hause waren, half er ihr aus dem Mantel. Der Träger ihres Kleides rutschte von ihrer Schulter, und Andy betrachtete seine Frau so, wie er sie schon seit einer Ewigkeit nicht mehr angesehen hatte. Auch er hatte einiges getrunken, und plötzlich küsste und streichelte er sie. Überrascht stellte er fest, dass sie seine Zärtlichkeiten erwiderte.

»Kate?«

Andy wollte den Schwips seiner Frau nicht ausnutzen, aber die Versuchung war zu groß. Trotz aller Unstimmigkeiten waren sie immerhin miteinander verheiratet und lebten seit geraumer Zeit absolut enthaltsam. Kate war achtundzwanzig Jahre alt, Andy war vor kurzem dreißig geworden, und hinter ihnen lag das schrecklichste Jahr, das sie beide je erlebt hatten.

Kate folgte ihrem Mann ins Schlafzimmer. Reed war nun fast zwei Jahre alt und schlief tief und fest nebenan.

»Möchtest du heute Nacht nicht bei mir schlafen, Kate?«, fragte Andy vorsichtig.

Ohne ein Wort streifte Kate ihr Kleid ab und schlüpfte ins Bett. Andy gab sich keiner Illusion hin. Sie liebte ihn nicht. Sie waren beide einsam und klammerten sich nun aneinander.

Am nächsten Morgen konnte Kate sich kaum daran erinnern, dass sie mit Andy geschlafen hatte. Sie registrierte sofort, dass sie in seinem Bett lag. Hastig huschte sie in ihr Schlafzimmer hinüber. Als Andy erwachte, war er allein.

Beide hatten an jenem Tag einen entsetzlichen Kater und wechselten kaum ein Wort miteinander. Kate war über die nächtlichen Ereignisse zutiefst verärgert. Vierzehn Monate zuvor hatte sie sich geschworen, dass sie Andy nie wieder berühren würde. Bis zu jener Nacht war sie ihrem Schwur treu geblieben. Doch sie hatte sich schon so lange allein gefühlt, und der Champagner hatte ihre Sehnsucht nach Zärtlichkeit entfesselt.

Weder Andy noch Kate erwähnten den Vorfall, und beide kehrten zurück in ihre Einsamkeit. Erst Ende Februar teilte Kate ihrem Mann mit, dass sie schwanger sei. Sie war verzweifelt gewesen, als sie es entdeckt hatte. Dadurch war sie nun noch stärker an ihn gebunden. Doch im Grunde hatte sie schon vor langer Zeit die Hoffnung aufgegeben, dass er sie jemals gehen lassen würde. Daran hatte er keinen Zweifel gelassen. Für den Rest ihres Lebens musste sie bei ihm bleiben, und jetzt erwartete sie auch noch das zweite Kind von ihm.

Andy hoffte zunächst, dass sie wieder zusammenfinden würden, doch die Kluft wurde noch größer. Kate fühlte sich elend. Sie blieb Tag und Nacht im Bett. Den ganzen Frühling verbrachte sie dort, stand nur nachmittags kurz auf, um mit Reed in den Park zu gehen. Ihr Unwohlsein war ein weiteres Mittel, um Andy aus ihrem Leben auszuschließen.

Wenn Andy vom Büro nach Hause kam, aßen sie schweigend zu Abend, und das einzige Geräusch, das in der Wohnung zu hören war, war Reeds Geplapper.

Im Juni las Kate in der Zeitung, das Joe sich verlobt hatte. Sie rief ihn an, um ihm zu gratulieren, doch er hielt sich gerade in Paris auf. Er rief sie niemals mehr an. Mit neunundzwanzig Jahren hatte Kate das Gefühl, ihr Leben sei bereits zu Ende. Sie war mit einem Mann verheiratet, für den sie schon lange nichts mehr empfand, sie erwartete ein Kind, das sie nicht wollte, und hatte nun den einzigen Mann, den sie jemals geliebt hatte, endgültig an eine andere verloren. Das Kind würde im September auf die Welt kommen, doch Kate schien sich überhaupt nicht dafür zu interessieren. Die einzige Freude in ihrem Leben waren ihr Sohn und ihre Erinnerungen an Joe.

Schließlich, kurz bevor das Kind geboren werden sollte, tat Andy den ersten Schritt. Es war bereits spät am Abend. Kate lag auf ihrem Bett und las, Reed lag tief schlafend neben ihr. Im März war er zwei Jahre alt geworden, und er war ein niedlicher, liebenswerter Junge.

Kate blickte auf, als Andy das Zimmer betrat. Er war ihr fremd geworden. Sie konnte sich kaum noch vorstellen, dass sie sich einst so nahe gestanden und sogar geglaubt hatten, einander zu lieben. Jetzt waren sie nicht einmal mehr Freunde.

»Wie geht es dir?«, fragte er und setzte sich auf die Bettkante. Seit acht Monaten waren sie sich nicht mehr so nahe gekommen. Es war schwer zu glauben, dass das nun schon seit beinahe zwei Jahren so ging.

»Ich fühle mich dick.« Kate zog eine Grimasse.

»Ich habe eine Entscheidung getroffen: Ich ziehe aus, sobald das Kind da ist.« Schon vor Wochen hatte Andy sich das überlegt. Am selben Nachmittag hatte er eine Wohnung für sich gemietet. Er konnte so nicht mehr weiterleben. All das, was ihn einst mit Kate verbunden hatte, all ihre gemeinsamen Träume, waren schon vor langer Zeit gestorben. Er wusste jetzt, dass er sie nicht länger festhalten konnte. Im Herzen hatte sie ihn schon längst verlassen. Der Sieg, den er über Joe errungen hatte, war bedeutungslos. Kate hatte ihm nie gehört, weil sie immer Joe geliebt hatte.

»Warum?«, fragte Kate ruhig und legte das Buch beiseite.

»Warum sollte ich bleiben? Du hattest Recht: Es war alles ein Fehler. Es tut mir Leid, dass ich dich in der Silvesternacht geschwängert habe. Das macht die Dinge noch komplizierter.«

»Schicksal.« Kate glaubte inzwischen daran, dass es eine höhere Macht gab. Das Schicksal war dafür verantwortlich, ob Menschen zusammenfanden oder auseinander gingen, ob sie zum richtigen Zeitpunkt die richtige Entscheidung trafen. »Ein Geschwisterchen wird Reed auf jeden Fall gut tun«, fuhr Kate fort. »Wohin ziehst du denn?«

Sie konnte kaum glauben, dass sie für diesen Mann einmal Zuneigung empfunden hatte. Ihre Freundschaft war jedenfalls erfolgreicher gewesen als ihre Ehe.

»Ich hätte schon vor zwei Jahren auf dich hören sollen«, sagte Andy.

Kate nickte und schwieg. Für die zwei Jahre, die er gebraucht hatte, um einer Scheidung zuzustimmen, hatte sie einen hohen Preis gezahlt: Sie hatte Joe endgültig verloren. Sie fragte sich, ob er nicht längst verheiratet war. Die Zeitungen hatten nichts dergleichen berichtet. Aber sie musste das akzeptieren. Es war endgültig zu spät. Andy hatte ihr Leben zerstört und ihre Träume ebenso.

»Wahrscheinlich war es gut, dass du es wenigstens versucht hast«, sagte sie zu Andy und bemühte sich, fair zu bleiben. Doch im Grunde wusste sie es besser. Ihre Ehe mit Andy war in dem Augenblick zu Ende gewesen, als sie Joe wiedergesehen hatte.

»Geh zurück zu ihm, Kate«, sagte Andy sanft und erinnerte sie wieder an den Freund, der er ihr einst gewesen war. »Ich habe nie verstanden, was euch eigentlich miteinander verbindet, doch was es auch sein mag, es ist sehr mächtig. Wenn du es so sehr willst, verdienst du es auch.« Doch Kate fühlte sich leer. Nichts war ihr mehr geblieben. »Sag ihm, dass du jetzt frei bist. Er hat ein Recht, davon zu erfahren.«

Zwei Jahre lang hatte Andy sich schuldig gefühlt wegen der Lügen, die er Joe erzählt hatte. Doch er hatte keine Ahnung, wie er das Bild, das er von Kate gezeichnet hatte, wieder korrigieren sollte. Er hatte nicht den Mut, seiner Frau zu erzählen, welches Unheil er angerichtet hatte. Doch Joe und Kate liebten sich so sehr, dass Joe ihr sicher alles vergeben würde. Das hoffte Andy jedenfalls.

»Er ist jetzt mit einer anderen verlobt«, stellte Kate finster fest.

»Na und?« Andy lächelte. »Wir beide waren auch verheiratet, als er wieder auf der Bildfläche erschien. Wenn er dich wirklich liebt, wird er dich mit offenen Armen empfangen, was auch immer inzwischen passiert ist.«

»Ach, so einfach ist das also?« Kate erwiderte Andys Lächeln, zum ersten Mal seit sehr langer Zeit. Sie hatte ihn für ihre unglückliche Lage verantwortlich gemacht. Vielleicht würden sie doch noch Freunde werden, wenn er sie jetzt endlich frei gab.

Genau das hatte Andy gehofft, als er sich zu seinem Entschluss durchgerungen hatte.

»Für uns ist es längst zu spät.«

Andy wusste, dass Kate von Joe sprach.

»Der Zeitpunkt ist denkbar ungünstig. Er ist jetzt mit einer anderen verlobt«, sagte sie noch einmal.

»Ich erinnere mich daran, dass du damals, als alle dachten, er sei tot, die Einzige warst, die an seine Rückkehr glaubte. Du wolltest immer schon nur ihn.«

»Ich weiß«, entgegnete Kate sanft. »Es ist doch verrückt, nicht wahr? Ich wollte ihn tatsächlich von Anfang an. Schon als ich ihn das erste Mal sah, hat er mich verhext. Wir haben es beide nie geschafft, uns wirklich voneinander zu lösen.«

»Dann lass es doch einfach dabei! Geh zu ihm zurück! Tu, was du tun musst. Lass deinen Traum in Erfüllung gehen!« Er selbst hatte genau das versucht, doch sein Traum war nicht zu erfüllen gewesen. Jetzt wusste er, dass sich daran niemals etwas ändern würde. Kate hatte immer zu Joe gehört und niemals zu ihm.

»Ich danke dir«, flüsterte Kate.

Andy beugte sich über sie und küsste sie auf die Wange. »Schlaf ein bisschen«, sagte er und ging hinaus.

Kate lag noch lange wach und dachte an Andy. Es war merkwürdig, dass sie so wenig empfand, weder Trauer noch Erleichterung. Sie fühlte überhaupt nichts, aber daran hatte sie sich während der vergangenen zwei Jahre gewöhnt. Sie war wie betäubt und dachte darüber nach, was Andy über Joe gesagt hatte. Sie fragte sich, ob es vielleicht doch noch möglich war … Folge deinem Traum … geh zu ihm! Dann lächelte sie und schloss die Augen. Es war schwer zu glauben, dass ihr Traum jemals Wirklichkeit werden würde. Immer war Joe außerhalb ihrer Reichweite gewesen. Daran hatte sich nichts geändert. Und jetzt war er verlobt, inzwischen vielleicht sogar verheiratet. Kate hatte nicht das Recht, sein Leben erneut auf den Kopf zu stellen. Es war schon eine seltsame Fügung des Schicksals, dass sie am Ende beide verloren hatte, Andy und Joe. Andy mochte sagen, was er wollte, für Joe und sie war es zu spät. Diesmal war es an ihr, ihn gehen zu lassen.

Als sich das Kind ankündigte, brachte Andy Kate ins Krankenhaus. Diesmal war es ein kleines Mädchen, das sie Stephanie nannten. Zwei Wochen später zog Andy aus. Der Umzug verlief überraschend friedlich. Zwischen ihnen gab es nichts mehr zu sagen, so dass sie beide nichts als Erleichterung empfanden, als es endlich vorüber war.

Als Stephanie vier Wochen alt war, fuhr Kate mit beiden Kinder und einer Kinderschwester nach Reno. Dort verbrachte sie die nächsten sechs Wochen und fuhr am fünfzehnten Dezember als geschiedene Frau wieder nach Hause. Sie war offiziell dreieinhalb Jahre mit Andy verheiratet gewesen, in Wirklichkeit war es jedoch nur ein Jahr gewesen. Von einer Freundin erfuhr sie, dass Andy bereits mit einer anderen Frau liiert war. Offensichtlich war er sehr verliebt. Kate hoffte, dass es tatsächlich so war. Sie waren beide lange genug einsam gewesen. Sie wünschte Andy, dass er wieder heiratete und Kinder bekam. Er hatte etwas Besseres verdient, als das, was sie ihm hatte geben können. Selbstverständlich liebte Andy Stephanie und Reed und kümmerte sich auch um sie. An jedem Mittwochnachmittag und jedes zweite Wochenende nahm er die beiden zu sich. Alles verlief in geordneten Bahnen und vollkommen ruhig, als ob nie ein böses Wort zwischen ihm und Kate gefallen wäre. Nun, da alles vorbei war, schien das alles nur ein böser Traum gewesen zu sein. Kates Eltern bedauerten die Scheidung viel mehr als Kate und Andy selbst. Sie konnten einfach nicht verstehen, warum diese Ehe gescheitert war.

Eine Woche, nachdem Kate aus Reno zurückgekehrt war, machte sie sich mit Reed auf den Weg, um einen Weihnachtsbaum zu kaufen. Unterwegs sangen sie Weihnachtslieder, und als sie den Stand endlich erreicht hatten, suchte Reed einen riesigen Baum aus. Kate erklärte den Männern, wohin sie den Baum liefern sollten, und Reed hüpfte auf und ab und klatschte in die Hände vor Freude. Aus den Augenwinkeln sah Kate, dass ein Mann mit gesenktem Kopf aus einem Wagen stieg. Es hatte angefangen zu schneien. Der Fremde trug einen Hut und einen dunklen Mantel, und Kate erkannte ihn, bevor er sich umwandte. Dann entdeckte er auch sie. Es war Joe! Er hielt mitten im Schritt inne und lächelte ihr zu. Seit Monaten hatten sie nicht einmal miteinander telefoniert, und seit zwei Jahren hatten sie sich nicht mehr gesehen.

Während Joe auf sie zukam, lächelte Kate ebenfalls. Das Schicksal hatte ihn erneut zu ihr geführt. Und sie erinnerte sich sofort daran, dass er sie vom ersten Moment an verzaubert hatte. Ihre Wege kreuzten und trennten sich immer wieder: auf dem Ball, als sie siebzehn war, beim Barbecue, auf dem Schiff. Seitdem waren zwölf Jahre vergangen. Doch kaum hatte sie ihn erblickt, kehrte auch ihre Sehnsucht zurück.

»Hallo, Kate.« Auch Joe wollte einen Weihnachtsbaum kaufen. Kate wusste nicht einmal, wo er inzwischen wohnte.

»Hallo, Joe.« Sie lächelte ihn an. Trotz allem tat es gut, ihn zu sehen. Ihm schien es ebenso zu gehen. Kates Herz schmerzte bei seinem Anblick.

»Wie geht es dir?« Er war neugierig, doch er schien ein wenig unsicher. Zudem war Reed in der Nähe. Er war nun alt genug, um zu verstehen, was gesprochen wurde.

Kate erinnerte sich an Andys Worte, kurz bevor er sie verlassen hatte: Sag's ihm! Ruf ihn an! Such nach ihm! Nun hatte Joe sie gefunden. Sie entschied sich für den Sprung ins kalte Wasser. »Ich bin geschieden.«

»Seit wann?« Joe riss ungläubig die Augen auf.

»Letzte Woche erst bin ich mit den Kindern aus Reno zurückgekehrt.«

»*Kinder?*«

»Reed und Stephanie. Sie ist drei Monate alt. In der letzten Silvesternacht war ich ein wenig beschwipst, und da ist es dann passiert ...«

Es waren eine Menge Neuigkeiten, die da über einen Weihnachtsbaum hinweg ausgetauscht wurden, und Joe grinste Kate amüsiert an.

»Und was ist mit dir?«, fragte sie.

»Ich war am letzten Silvesterabend auch betrunken, aber ich habe nichts, was das beweisen würde. Im Juni habe ich mich verlobt. Doch es steht alles auf wackligen Beinen. Sie verabscheut meine Flugzeuge.«

»Dann wird's wohl nicht funktionieren«, sagte Kate nüchtern. Sie genoss es, Joe einfach nur anzuschauen. Beide wussten, dass sich nichts verändert hatte. Alles war so, wie es immer gewesen war. Das, was sie miteinander verband, war eben äußerst selten.

»Und was ist mit uns, Kate? Wie geht's jetzt weiter?«, fragte Joe und trat auf sie zu. Beide hatten sich gegenseitig großen Schmerz zugefügt. Vielleicht war es mittlerweile zu spät. Doch vielleicht würden sie diesmal endlich glücklich werden, wenn sie es wagten. Vielleicht war nun der Tag gekommen, um die Gelegenheit beim Schopf zu packen und endlich alles richtig zu machen. Als Joe Kate in die Augen blickte, spielten all die schrecklichen Dinge, die Andy zwei Jahre zuvor über sie gesagt hatte, überhaupt keine Rolle mehr.

»Ich weiß es nicht. Was glaubst du?« Kate war voller Hoffnung, doch das wollte sie nicht eingestehen.

»Ich will nach Hause, Mommy«, sagte Reed und zupfte Kate am Ärmel. Allmählich wurde ihm langweilig.

»In einer Minute, Schatz.« Kate strich dem Kleinen zärtlich über die Wange.

»Was meinst du?«, fragte Joe und schaute sie forschend aus seinen blauen Augen an. Schneeflocken bedeckten seinen Hut.

»Willst du das etwa *jetzt* wissen?« Fassungslos starrte sie Joe an.

»Wir haben doch schon zwölf Jahre gewartet, Kate«, gab Joe ruhig zurück. Das erschien ihm nun wirklich lang genug.

»Ja, das stimmt. Wenn ich dir jetzt sofort eine Antwort geben müsste, würde ich sagen, dass wir es versuchen sollten.« Kate hielt den Atem an, wusste nicht, was er davon halten würde. Vielleicht war er überrumpelt und lief davon, wie schon so oft.

Doch Joe dachte gar nicht daran. Er blickte sie an und schwankte keine Sekunde. »Du hast Recht. Wahrscheinlich sind wir verrückt geworden. Wer weiß, ob das jemals gut geht. Unser Timing war bis jetzt wirklich schlecht, aber vielleicht ist dies unsere Stunde.«

Diese Situation war neu. Früher hatten beide Wünsche gehabt, die der andere nicht erfüllen konnte. Es war so, als ob die Mächte des Schicksals sich bisher gegen sie verschworen hatten, nur damit sie nicht zueinander fanden. Doch jetzt schien plötzlich alles zu passen.

»Was ist denn mit deiner Verlobten?« Kate war nachdenklich geworden.

»Gib mir eine Stunde! Ich sage ihr, dass es nicht klappt mit uns. Sie hat den Testflug nicht bestanden.« Joe schenkte Kate ein strahlendes Lächeln.

»Was ist mit Kindern?« Sie war neugierig, was er darauf antworten würde, denn sie wollte eventuell noch mehr Kinder bekommen. Es war wirklich ein verrücktes Gespräch, aber in gewisser Weise auch typisch für sie.

»Du hast doch schon zwei Kinder! Müssen wir das denn jetzt entscheiden? Ich bin auf all das überhaupt nicht vorbereitet. Gibt es nur die leiseste Möglichkeit, dass ich dich wiedersehe und wir dann den Rest besprechen können?« Joe zwinkerte ihr zu.

Kate sah, dass er glücklich war. Von seiner Angst war nichts mehr zu spüren.

»Das kann man sicher arrangieren.« Sie grinste. Das Leben nahm manchmal in der Tat die seltsamsten Wendungen. Wenn man am wenigsten damit rechnete, geschah etwas Wunderbares.

»Hast du noch dieselbe Adresse?«

Kate nickte.

»Ich werde heute Abend vorbeikommen. Heirate in der Zwischenzeit bitte nicht jemand anderes, und geh auch nicht zurück zu Andy! Und lauf nicht davon! Am besten verhältst du dich für ein paar Stunden einfach ganz ruhig. Einverstanden?« Joe blickte Kate fest in die Augen.

»Ich werde es versuchen.« Sie konnte nicht anders: Sie musste laut lachen.

»Gut.« Joe trat noch einen Schritt nach vorn und schlang die Arme um sie.

Reed blickte mit großen Augen zu ihnen auf und fragte sich zum wiederholten Mal, wer der fremde Mann eigentlich war.

»Willkommen zu Hause, Kate.«

Seit sie sich getrennt hatten, war Kates Leben öde und leer gewesen. Joe dagegen hatte viel gearbeitet und die Zeit mit einer Frau verbracht, der in Aufzügen übel wurde und die es verabscheute, mit ihm zu fliegen. Sie war das genaue Gegenteil von Kate.

Es war schwer zu glauben, dass nun ihre Zeit gekommen sein sollte. Beide waren sich nicht sicher, doch es gab genug Zeichen, die darauf hindeuteten. Keinen weiteren Augenblick wollten sie vergeuden. Joe würde nicht weitere zwölf Jahre brauchen, um darüber nachzudenken. Er würde Kate diesmal nicht gehen lassen.

»In zwei Stunden rufe ich dich an, und heute Abend bin ich bei dir. Aber ich muss vorher noch etwas erledigen.«

Kate ahnte, worum es dabei ging: Er musste seine Verlobung lösen. Zum ersten Mal war es ihr egal, welchen Preis er bezahlen musste. Sie wollte ihn. Joe gehörte ihr. Sie hatte sich das Recht, an seiner Seite zu sein, mehr als verdient.

Pünktlich zwei Stunden später rief er an, und um acht Uhr war er bei ihr. Die Kinder schliefen bereits. Beide hatten solche Sehnsucht nacheinander, dass sie keine Worte verschwendeten. Sie schlossen die Tür zum Schlafzimmer und vergaßen die Welt um sich herum. Niemand konnte vorhersehen, was geschehen würde. Doch sie wollten es miteinander versuchen. Es gab keine Garantie im Leben, sie hatten nur ihre Träume. Und als sie eng umschlungen einschliefen, wussten beide, dass sie erreicht hatten, was sie sich immer schon gewünscht hatten.

Am nächsten Morgen spielte Joe mit Reed, während Kate Stephanie stillte. Anschließend schmückten sie den Baum. Joe verbrachte die Weihnachtstage mit Kate und den Kindern, und bereits zwei Tage später gingen die beiden zum Standesamt. Sie waren allein, ohne Freunde und Trauzeugen. Anschließend riefen sie Kates Eltern an. Die waren schockiert, doch nicht allzu überrascht. Elizabeth erinnerte Clarke später daran, dass sie eine Wette verloren hatte. Joe hatte Kate doch noch geheiratet. Sie war fest davon überzeugt gewesen, dass es dazu niemals kommen würde.

»Das hätte ich wirklich niemals für möglich gehalten«, sagte Liz, als sie den Hörer auflegte.

Kate und Joe erging es nicht anders.

»Glücklich?«, fragte Joe, als Kate sich an jenem Abend im Bett an ihn schmiegte.

»Vollkommen!«, entgegnete sie mit einem breiten Lächeln. Endlich war sie Mrs. Allbright!

Sie war schon lange eingeschlafen, als Joe sie noch immer betrachtete. Alles an ihr bezauberte ihn. Nun gehörte sie endlich ihm. Was sollte schon schief gehen? Sie waren ein perfektes Paar. Sie hatten sich beide ihr ganzes Leben lang nacheinander gesehnt. Manchmal gab es eben doch ein Happyend.

19

Die ersten Wochen ihrer Ehe waren für Kate und Joe der Himmel auf Erden. Endlich hatten sich all ihre Träume erfüllt. Beide waren über die Maßen glücklich, und sie nutzten die Zeit für viele gemeinsame Unternehmungen. Kate engagierte eine Kinderfrau, die sich um die Kleinen kümmerte. Die freien Stunden verbrachte sie mit Joe. Sie besuchte ihn im Büro und beriet ihn bei einigen seiner Projekte. Am Wochenende bestiegen sie gemeinsam eines seiner Flugzeuge, und wenn Joe abends nach Hause kam, spielte er immer zuerst mit den Kindern. Im Januar flogen sie zusammen nach Kalifornien. Kate war sehr beeindruckt von der Niederlassung, die Joe dort aufgebaut hatte. Anschließend begleitete sie ihn nach Nevada, um auch bei den Testflügen dabei zu sein. Bei einigen seiner Flugmanöver durfte sie neben ihm im Cockpit sitzen. Sie war beeindruckt von seinem Mut und seinen verrückten Ideen. Das Beste aber war, dass er nun endlich zu ihr gehörte.

»Zum Glück habe ich nicht Mary geheiratet«, grinste Joe nach einem besonders riskanten Flug über der Wüste.

Kate war noch ganz benommen von den vielen Loopings. Eine Fahrt mit der Achterbahn war nichts dagegen. Doch Kate hatte keine Angst, und auch ihr Magen war erstaunlich unempfindlich. Sie war Joes enthusiastischste Copilotin. Sie selbst flog allerdings nicht mehr. Ihr letzter Flug lag allzu lange zurück.

»Aber sie kocht doch wahrscheinlich viel besser als ich«, sagte Kate gut gelaunt, während sie aus dem Cockpit kletterte.

»Das stimmt allerdings. Doch was soll's? Nach einem solchen Flug hätte sie garantiert alles wieder ausgespuckt.«

Mary hatte sich stets beharrlich geweigert, ein Flugzeug zu besteigen. Sie hatte überhaupt kein Interesse an Joes Arbeit gezeigt. Es war eine Dummheit gewesen, sich mit ihr zu verloben, doch die Einsamkeit hatte Joe schier erdrückt. Er wollte sich beweisen, dass auch er in der Lage war, sein Leben mit einem anderen Menschen zu teilen. Doch die einzige Frau, die er je geliebt hatte, war nun einmal Kate. Er war davon überzeugt, dass Kate ihn vor einem bitteren Schicksal bewahrt hatte. Allerdings war er auch nicht sicher, ob es tatsächlich zu einer Heirat mit Mary gekommen wäre. Kate jedenfalls passte in jeder Hinsicht viel besser zu ihm. Sie war nicht nur verrückt nach ihm, sondern auch versessen aufs Fliegen. Sie war immer lustig, und manchmal glich sie einem unbeschwerten, fröhlichen Kind. Sie vertraute ihm und liebte ihn. Sie nahm ihn ernst und war klüger als jede andere Frau, die er kannte. Außerdem waren sie ein auffallend gut aussehendes Paar. Oft zogen sie die Blicke auf sich. Joes ruhige, zurückhaltende Art bildete einen interessanten Kontrast zu Kates Charme und Selbstsicherheit. Ihr gemeinsames Glück war nun perfekt.

Einen Monat, nachdem sie geheiratet hatten, zog Kate mit den Kindern und ihrem Hund zu Joe. Die Wohnung war groß genug, und auch für die Kinderfrau gab es ein eigenes Zimmer. Nach und nach kaufte Kate hübsche Kleinigkeiten, um die Wohnung zu dekorieren und sie behaglicher zu machen. Bald sprachen sie darüber, ein eigenes Haus zu kaufen.

Sie berieten sich in allen wichtigen Dingen miteinander. Alle Vorsicht war verschwunden. Eines Tages brachte Joe Kates Selbstmordversuch zur Sprache. Seit Andy ihm zwei Jahre zuvor davon erzählt hatte, verfolgte ihn der Gedanke daran. Joe bekundete Kate gegenüber sein aufrichtiges Bedauern.

Kate schaute ihn fassungslos an. »Wovon sprichst du überhaupt?«

»Schon gut, Kate. Ich weiß Bescheid«, entgegnete Joe ruhig. Er hatte ihr nie erzählt, dass Andy ihn damals in seinem Büro aufgesucht hatte, und sie brauchte es auch jetzt nicht zu erfahren.

»Worüber weißt du Bescheid?« Kate war immer noch verwirrt.

Joe hielt es für pure Verlegenheit. »Dass du versucht hast, dir das Leben zu nehmen, nachdem wir uns getrennt hatten.« Er selbst hatte sich das bis heute nicht verziehen. Er wollte es wiedergutmachen.

»Bist du noch ganz bei Trost? Ich war damals zwar außer mir, aber ich hatte doch nicht den Verstand verloren! Wie um alles in der Welt kommst du nur auf die Idee, dass ich mich umbringen wollte?«

Beim Klang von Kates Stimme und dem Blick, mit dem sie ihn ansah, stutzte Joe. »Willst du etwa behaupten, dass du nie versucht hast, dir das Leben zu nehmen?«

Kate war sich nicht sicher, ob er nun verärgert oder erleichtert war. Doch nicht einmal Joe selbst wusste es so genau.

»Natürlich habe ich es nicht versucht! Etwas so Abwegiges habe ich in meinem ganzen Leben noch nicht gehört. Wie kannst du nur glauben, dass ich so etwas tun würde? Ich liebe dich, Joe, aber ich war noch nie lebensmüde. Das wäre ja entsetzlich!« Das wusste Kate aus eigener Erfahrung nur allzu gut.

Doch Joe beobachtete sie mit finsterer Miene. »Warst du jemals in psychiatrischer Behandlung?«

»Nein!« Kates Verwirrung wurde immer größer. »Glaubst du denn, ich hätte das nötig?«

»Dieser verdammte Lügner!« Joe sprang auf und lief wutentbrannt im Zimmer auf und ab.

»Wovon sprichst du denn nur?« Kate blickte ihn verständnislos an.

Joe hingegen wurde allmählich alles klar. »Ich spreche von diesem kleinen, verkommenen Idioten, mit dem du verheiratet warst. Ich weiß nicht einmal, wie ich dir erklären soll, was er mir aufgetischt hat. Ich bin selbst ein Idiot!«

Joe fühlte sich plötzlich noch elender als zuvor, weil er Andys Geschichte Glauben geschenkt hatte. Doch er verstand nun vollkommen, was Kates Ex-Mann ausgeheckt hatte und warum er damit so erfolgreich gewesen war. Andy hatte einfach mit Joes alten Ängsten gespielt. Joe wurde übel bei dem Gedanken daran, dass er das alles geschluckt hatte. Zwei weitere Jahre waren auf diese Weise verschwendet worden.

»Willst du damit sagen, dass Andy dir erzählt hat, ich hätte damals versucht, mich umzubringen?« Kate starrte Joe ungläubig an. »Und du hast es ihm geglaubt?« Ihre Verwunderung schien ebenso groß zu sein wie ihr Schmerz.

»Ich glaube, wir waren damals alle ein wenig durchgedreht. Es geschah unmittelbar, nachdem du die Scheidung von ihm verlangt hattest und er sich weigerte, dich gehen zu lassen. Du warst bei mir im Büro, um mir zu sagen, dass er in eine Scheidung nicht einwilligen würde, und am nächsten Tag tauchte er selbst bei mir auf. Es fällt mir schwer, es zuzugeben, doch er spielte mit mir. Er sprach davon, wie verzweifelt und unsicher, wie labil du seist, und dass du versucht hättest, dir das Leben zu nehmen, als wir uns damals getrennt hatten. Ich geriet in Panik, dass ich dich noch einmal in eine ähnliche Lage bringen oder dass ich dich noch einmal so verletzen könnte. Andy erzählte mir, dass du mehrmals in der Woche zu einem Psychiater gingst. Und ich befürchtete, du könntest wieder versuchen, Selbstmord zu begehen. Dieses Risiko wollte ich nicht eingehen.«

»Warum hast du denn nicht mit mir darüber gesprochen?« Kate starrte Joe entsetzt an. Sie konnte nicht glauben, was sie da hörte.

»Ich wollte dich nicht noch mehr aufregen oder dich an den Rand der Verzweiflung treiben. Aber jetzt begreife ich endlich, was dieser Lügner angerichtet hat. Er ahnte, wie schuldig ich mich fühlen würde, wenn ich das erführe. Er kannte meine Ängste ganz genau.«

Plötzlich verstand Kate, was geschehen war, und ihr Hass auf Andy wurde größer als jemals zuvor. Er hatte all das, was sie ihm anvertraut hatte, dazu verwendet, um Joe zu manipulieren. Obwohl sie wusste, dass er aus seiner seelischen Not heraus zu solchen Methoden gegriffen hatte, erschien ihr das Ganze unglaublich grausam. Andy war dafür verantwortlich, dass Joe sich von ihr abgewandt hatte. Das würde sie ihm niemals verzeihen! Beinahe hätte sie mit ihrem Lebensglück dafür bezahlt. Es war wirklich ein Wunder, dass Joe und sie doch noch zueinander gefunden hatten.

»Alles, was er gesagt hat, erschien mir vollkommen plausibel. Ich war so fassungslos, dass ich gar nicht auf die Idee kam, ihm zu misstrauen. Ich wusste nur, dass ich eine solche Verantwortung nicht übernehmen konnte. Noch Monate später fühlte ich mich schuldig, wenn ich nur daran dachte.«

»Wie konnte er nur so etwas tun?«

Kate war nachdenklich geworden, und sie spürte, dass Joe noch nicht alles gesagt hatte. Andy hatte sicher noch einen Trumpf ausgespielt, der die Glaubwürdigkeit seiner Behauptungen untermauert hatte. Dabei konnte es sich eigentlich nur um eines handeln: um ihren Vater. Von seinem Tod hatte sie Joe nie erzählt, und sie fragte sich plötzlich, ob er davon wusste. Sie blickte auf und erkannte in seinen Augen nichts als tiefe Liebe.

Kate fasste sich ein Herz. »Hat er dir auch von meinem Vater erzählt?« Sie wich diesem Thema aus, wo immer sie konnte, doch nun musste sie sich ihm stellen. Joe gegenüber war das kein allzu großes Problem.

»Clarke hatte mir schon davon erzählt, bevor ich dich damals in Cape Cod darum bat, meine Frau zu werden. Er war der Meinung, dass ich es wissen sollte«, entgegnete Joe mit sanfter Stimme und zog sie an sich. »Es tut mir Leid, Kate. Das alles muss schrecklich für dich gewesen sein.«

»Ja, das war es.« Tränen glitzerten in ihren Augen. »Ich kann mich noch genau an jenen Tag erinnern … an jede Einzelheit. Merkwürdig ist nur, dass ich mich an meinen Vater selbst kaum erinnern kann. Dabei war ich schon acht, als er starb. Zwei Jahre vor seinem Tod hatte er sich vollkommen von der Außenwelt zurückgezogen.« Traurig starrte sie vor sich hin. Die schmerzliche Erfahrung hatte tiefe Narben hinterlassen. »Für meine Mutter war es sicher auch ganz schrecklich, aber sie spricht nie von ihm. Manchmal wünsche ich mir, dass es anders wäre. Ich weiß so wenig von ihm. Clarke sagt jedenfalls, dass er ein netter Mann war.«

»Das war er bestimmt.« Joe erkannte den Schmerz in ihren Augen. Das war der Kern all ihrer Ängste, vor allem der Angst, verlassen zu werden. Ohne es zu wollen, hatte Kates Vater seiner Tochter großen Schmerz zugefügt. Doch nun war sie an

Joes Seite glücklich geworden. Endlich hatte sie ein sicheres Zuhause gefunden.

»Ich bin froh, dass du nun alles weißt«, stellte Kate mit ruhiger Stimme fest. Es war das einzige Geheimnis, das sie bis jetzt vor Joe bewahrt hatte.

Als sie später zu Bett gegangen waren, sprachen sie noch lange von Andys Verrat. Kate konnte immer noch nicht fassen, dass Joe ihm jedes Wort geglaubt hatte, aber noch schwerer traf es sie, dass Andy die Schuldgefühle und die Schwächen seines Rivalen auf so schamlose Weise ausgenutzt hatte. Und er hatte Erfolg gehabt. Sein Vorgehen war verabscheuungswürdig, doch sowohl Joe als auch Kate mussten zugeben, dass Andy sich einen ausgesprochen klugen Plan zurechtgelegt hatte. Kate hätte Andy eine solche Niederträchtigkeit niemals zugetraut. Nun sah sie ihn in einem ganz anderen Licht, und eines Tages würde sie ihn dafür zur Rechenschaft ziehen. Zum Glück waren Andys Bemühungen am Ende doch vergeblich gewesen. Er hatte Kate verloren. Sie hatte den Weg zurück zu Joe gefunden, und es verging kein Tag, an dem sie nicht dem Schicksal dafür dankte.

Im Frühjahr verbrachte Joe viel Zeit in Kalifornien. Er musste sich um die dortige Niederlassung seiner Fluggesellschaft kümmern, die einen neuen, größeren Standort benötigte. Im Sommer war er immer häufiger fort, und schließlich zog auch Kate mit den beiden Kindern und der Kinderfrau nach Los Angeles. Sie wohnten im *Beverly Hills*. Am Anfang war Kate sehr zufrieden. Sie ging einkaufen, spielte mit den Kindern oder ging zum Pool und beobachtete die Stars, die im Hotel ein- und ausgingen. Joe war die meiste Zeit über im Büro. Oft kam er erst nach Mitternacht ins Hotel und verließ es früh am Morgen gegen sechs bereits wieder. Er war dabei, auch den Luftraum über dem Pazifik für seine Fluglinie zu gewinnen, und er beschäftigte sich nur noch mit den Routen und den Niederlassungen, die in Europa eingerichtet werden sollten. Es war ein gewaltiges Unternehmen, das höchsten Einsatz verlangte. Joes Fluggesellschaft war dabei, eine der bedeutendsten der Welt zu werden.

Im September hielt Joe sich oft in Hongkong und in Japan auf. Für Kate und die Kinder waren die Entfernungen nun zu groß geworden, denn Kate wollte die Kleinen auf keinen Fall wochenlang allein lassen. Es hatte auch keinen Sinn mehr, in einem Hotel in Los Angeles herumzusitzen und auf Joe zu warten. Also zog sie zurück nach New York und wartete dort auf Joes Rückkehr. Jeden Abend rief Joe sie an und hielt sie auf dem Laufenden. Er erledigte alles gleichzeitig. Er leitete den Firmensitz in New York, versuchte, seine Gesellschaft im Osten zu etablieren, entwarf Flugzeuge, kümmerte sich um die Fluglinie und startete zu Testflügen, wann immer er konnte. Verständlicherweise war er sehr angespannt. Selbst am Telefon war das nicht zu überhören. Obwohl er zahllose kompetente Mitarbeiter eingestellt hatte, erledigte er bestimmte Dinge am liebsten selbst. Ständig beschwerte er sich, dass er nicht genügend Zeit habe, seine selbst entworfenen Flugzeuge zu fliegen oder mit seiner Frau zusammen zu sein.

Als Joe Anfang Oktober zurückkehrte, war er vier Wochen lang nicht mehr zu Hause gewesen, und Kate klagte, dass sie ihn kaum noch sehe.

»Was soll ich denn machen, Kate? Ich kann doch nicht an mehreren Orten gleichzeitig sein.«

Zwei Wochen lang war er in Tokio gewesen, hatte Verträge abgeschlossen und Flugrouten ausgearbeitet. Anschließend hatte er in Hongkong mit den Briten verhandelt. Die folgenden fünf Tage war er in Los Angeles gewesen. Kurz vor seiner Abreise war einer seiner besten Testpiloten abgestürzt. Die Absturzursache war noch nicht geklärt, doch vor dem Start hatte Joe persönlich das Flugzeug überprüft. Er war nach Reno geflogen, um das Wrack in Augenschein zu nehmen, hatte die Witwe des Mannes aufgesucht, und als er endlich in New York ankam, war er völlig erledigt.

»Kannst du denn die Dinge nicht von hier aus regeln?«, fragte Kate vorsichtig.

Aber so einfach war das alles nicht. »Wie soll das denn funktionieren?«, stieß Joe ungehalten hervor. In jenen Tagen war er oft aufbrausend. Immerzu war er müde und in Eile.

Kate hingegen langweilte sich und war stets in Sorge, wenn Joe unterwegs war. Die immer länger werdenden Phasen, in denen er nicht zu Hause war, zerrten an ihren Nerven. Er liebte sie zwar, aber sie fühlte sich einsam, wenn er nicht bei ihr war.

»Wie stellst du dir das vor? Ich habe schließlich einen Haufen Angestellter, die sich auf dem halben Erdball verteilen. Warum suchst du dir nicht einfach eine Beschäftigung? Du könntest doch wieder beim Roten Kreuz anfangen. Oder beschäftige dich mit den Kindern!«

Joe war viel zu erschöpft, um sich ernsthaft damit auseinander zu setzen. Häufig ignorierte er Kates Stöhnen. Er hatte so viel zu tun, dass er auch gegenüber seinen Mitarbeitern oft gereizt war.

Kate war nun dreißig Jahre alt. Sie war mit einem Mann verheiratet, den sie über alles liebte. Trotzdem war sie die meiste Zeit allein.

Also ging sie ohne Joe auf Partys. Sie verbrachte die Wochenenden mit den Kindern und legte sich jeden Abend allein ins Bett. Ihren Freunden und Bekannten, die sich mit ihnen beiden verabreden wollten, erklärte sie geduldig, dass ihr Mann leider keine Zeit habe. Ganz New York legte Wert auf ihre Gesellschaft. Die Allbrights waren gern gesehene Gäste. Innerhalb von acht Jahren war Joe der bedeutendste Mann in der Luftfahrt geworden, und das, obwohl er erst zweiundvierzig Jahre alt war. Er hatte ganz allein geradezu Unglaubliches erreicht, und er wurde nicht nur für seine fliegerischen Fähigkeiten bewundert, sondern auch für seinen Geschäftssinn. Alles, was er anpackte, wurde zu Gold.

Aber das Geld, das Joe verdiente, konnte Kate nachts nicht wärmen. Sie vermisste ihren Mann mehr als jemals zuvor. Alte Geister begannen sich zu regen …

Joe jedoch war zu beschäftigt, um die Anzeichen zu erkennen. Er sah stattdessen eine Frau, die sich jedes Mal, wenn er nach Hause kam, über seine lange Abwesenheit beschwerte. Daraufhin zog er sich zurück, doch Kate ließ nicht locker. Sie brauchte ihn, und es gab nur selten eine Möglichkeit, in Ruhe mit ihm zu sprechen.

»Warum begleitest du mich denn nicht? Es würde dir bestimmt gefallen«, schlug Joe vor. Seit Jahren war Kate nicht mehr in Tokio gewesen. »Dort kannst du wunderbar einkaufen und Museen oder Tempel besuchen.«

Joe suchte nach einem Kompromiss, der sie beide zufrieden stellte. Ihm war natürlich klar, dass er auch dort kaum Zeit für sie haben würde. Wenn er unterwegs war, arbeitete er genauso viel wie zu Hause.

»Ich kann doch die Kinder nicht wochenlang allein lassen, Joe. Sie sind noch so klein.«

»Nimm sie doch einfach mit!«

»Nach Tokio?« Kate war entsetzt.

»Die Japaner haben auch Kinder. Ich habe es selbst gesehen.«

Doch Kate ließ sich nicht umstimmen. Japan war zu weit weg. Was, wenn die Kinder dort krank würden? Wie sollte sie sich mit den Ärzten verständigen? Außerdem hatte es keinen Sinn, in Tokio in einem Hotelzimmer zu sitzen und auf Joe zu warten. Da zog sie es doch vor, zu Hause zu bleiben.

An Thanksgiving hatte Joe geschäftlich in Europa zu tun. Kate fuhr mit den Kindern zu ihren Eltern. Joe rief von London aus an und sprach auch mit Clarke und Elizabeth. Kates Vater war wie früher brennend interessiert an den Unternehmungen seines Schwiegersohns.

Doch ihre Mutter ließ noch am selben Abend eine Bemerkung fallen, die Kate näher ging, als sie zugeben wollte.

»Ist Joe eigentlich jemals zu Hause, Kate?« Elizabeth hielt noch immer nicht viel von ihrem Schwiegersohn. In ihren Augen war er schuld daran, dass Kate sich von Andy getrennt hatte, und das konnte sie ihm nicht verzeihen. Er hatte sie zwar geheiratet, doch er kümmerte sich nicht um sie. Ständig war er unterwegs.

»Nein, er ist nicht oft da, Mom. Aber er leistet auch Erstaunliches. In ein oder zwei Jahren wird sich das ändern.« Davon war Kate überzeugt.

»Woher weißt du das? Früher waren es seine Flugzeuge. Jetzt ist es die Firma … und die Flugzeuge. Wann kommst endlich *du* an die Reihe?«

Zwischen den Reisen, dachte Kate für sich, wenn Joe zu müde war, um sich mit ihr zu unterhalten, oder vor Erschöpfung keinen Schlaf fand, bevor er dann um vier Uhr morgens ins Büro ging. Seit zwei Monaten hatten sie nicht mehr miteinander geschlafen. Joe kam in seinem Zustand gar nicht auf die Idee, wenn er endlich einmal für ein paar Tage zu Hause war. Dabei wünschte er sich nichts mehr als sinnliche, leidenschaftliche Nächte mit Kate und ein gemeinsames Aufwachen am Morgen danach, aber er hatte einfach keine Zeit dafür. Er musste tausend verschiedenen Aufgaben gleichzeitig gerecht werden.

»Du solltest endlich den Tatsachen ins Auge blicken, Kate. Du hast dir einen Kerl geangelt, der niemals für dich da sein wird, was auch geschieht. Er ist einfach nicht dazu fähig. Was glaubst du eigentlich, was er auf seinen Reisen tatsächlich treibt? Manchmal wird auch er nicht auf eine Frau verzichten können. Er ist schließlich ein Mann!«

Kate spürte einen Stich in ihrem Herzen, obwohl sie im Grunde sicher war, dass Joe sie nicht betrog. Das war einfach ausgeschlossen. Zu dieser Sorte Mann gehörte Joe nicht. Seine Leidenschaft für die Fliegerei beherrschte ihn, und er arbeitete wie ein Besessener. Er dachte immerzu an sein Imperium. Das war seine Droge. Kate war davon überzeugt, dass er ihr in den Jahren, die sie nun miteinander verheiratet waren, treu gewesen war, so wie sie ihm.

Und doch hatte ihre Mutter Recht: Er war nie da, aus welchen Gründen auch immer. Und wenn es ihn doch einmal nach Hause verschlug, gab es jede Menge Probleme und immer wieder Auseinandersetzungen mit den Gewerkschaften. Ständig telefonierte er mit Mitarbeitern in Kalifornien und Europa, mit Geschäftspartnern in Tokio, mit Leuten im Weißen Haus und häufig mit Charles Lindbergh. Immerzu stahl irgendwer Joes Zeit. Alles schien wichtiger zu sein als Kate. Sie kam meist erst ganz zuletzt an die Reihe. So war ihr Leben. Immer noch wollte sie mit Joe zusammen sein, doch er konnte ihr nicht geben, was sie brauchte. Er erwartete von seiner Frau, dass sie Rücksicht nahm. Meistens konnte er sich darauf verlassen. Kate liebte ihn und bewunderte ihn. Sie freute sich über seine Erfolge. Es war alles sehr aufregend, doch oft war sie verletzt. Sie fühlte sich so einsam, obwohl sie versuchte, vernünftig zu sein. Und dafür hatte Joe kein Verständnis.

Eines Nachmittags versuchte sie, mit Joe darüber zu sprechen. Thanksgiving war vorüber, und er war wieder einmal zu Hause. Im Fernsehen lief ein Football-Spiel. Joe war erst am frühen Morgen eingetroffen und hatte die ganze Nacht nicht geschlafen. Er starrte auf den Bildschirm, trank ein Bier und versuchte sich zu entspannen. Nur selten hatte er dazu Gelegenheit.

»Mein Güte, Kate, fang doch nicht schon wieder davon an! Ich bin doch gerade erst nach Hause gekommen. Ich weiß, dass ich drei Wochen lang unterwegs war, und dass ich Thanksgiving bei deinen Eltern geschwänzt habe, aber ich musste mit den Briten über eine meiner Routen neu verhandeln.« Joe war vollkommen erledigt. Er musste sich dringend von den Strapazen erholen. Kates Vorhaltungen kamen ihm nicht gerade gelegen.

»Kann denn nicht ein anderer wenigstens ab und zu diese Verhandlungen übernehmen?«

Joe bildete sich ein, dass er sich persönlich um alles kümmern musste. Es war seine Firma, er hatte sie aufgebaut, und tatsächlich war er besser als jeder andere. Sobald er sich einmischte und die Führung an sich zog, nahmen die Verhandlungen eine positive Wendung. Daran gab es keinen Zweifel. Er würde auf keinen Fall riskieren, dass ein anderer zerstörte, was er geschaffen hatte.

»Kate, so bin ich nun einmal, das weißt du doch. Wenn du jemanden willst, der dir die ganze Zeit zu Füßen liegt, musst du dir einen anderen Mann suchen.« Mit diesen Worten warf er die Bierflasche auf den Tisch. Das Bier ergoss sich in einem Schwall auf den Fußboden.

Kate rührte sich nicht. Sie hatte Mühe, die Tränen zurückzuhalten. Wenn er sie doch nur verstehen würde! Doch er hörte nicht einmal zu.

»Joe, begreifst du denn nicht? Ich will mit dir zusammen sein. Ich liebe dich. Und ich verstehe dich sehr wohl. Ich weiß, was du tun musst. Aber es ist sehr schwer für mich …« Viel schwerer, als er sich vorstellen konnte. Doch je mehr sie versuchte, zu ihm vorzudringen, desto mehr zog er sich zurück. Sie verursachte ihm Schuldgefühle. Doch gerade das konnte Joe nicht ertragen.

»Aber warum denn? Warum kannst du nicht akzeptieren, dass ich mit meinem Leben etwas Wichtiges anstelle? Ich tue das alles doch nicht nur für mich, sondern auch für dich. Außerdem liebe ich meine Arbeit, ich bin stolz auf das, was ich erschaffen habe. Ich tue etwas Sinnvolles.« Joe hatte Recht, aber wann hatte er zum letzten Mal etwas für Kate getan? »Es geht mir auf die Nerven, dass du mich fertig machst, sobald ich zu Hause bin. Das ist einfach nicht fair! Du solltest dich freuen, wenn ich da bin.«

Auf seine Weise bat er Kate darum, ihn nicht zurückzustoßen, denn ihr Verhalten schmerzte ihn sehr. Doch Kate verstand das ebenso wenig wie er begriff, dass sie sich verlassen fühlte. Es war ein Teufelskreis, aus dem sie sich nicht befreien konnten.

Es hatte keinen Sinn, mit Joe zu diskutieren. Er sah keine Möglichkeit, die Kluft zwischen seinen geschäftlichen Pflichten und Kates Ansprüchen zu überbrücken. Einer musste nachgeben, und Kate wusste, dass es wie immer sie sein würde. So verlief ihr gemeinsames Leben. Kate spürte, dass Joe sich immer weiter von ihr entfernte. Ihre Angst wurde immer größer.

Im Dezember war Joe kaum zu Hause. Er war nach Hongkong gereist, um sich mit einigen Bankiers zu treffen, und die Verhandlungen waren äußerst schwierig. Auf dem Weg zurück in die Staaten würde Joe einen Zwischenstopp in Kalifornien einlegen. Dort hatten sich in der Produktion Schwierigkeiten ergeben. Bei einer seiner letzten Entwicklungen hatte der Motor versagt. Diesmal war Joe sicher, dass es sein Fehler war. Aber trotz dieser vielen Termine hatte er Kate versprochen, Heiligabend auf jeden Fall zu Hause zu sein. Kate verließ sich darauf. Er hatte sogar gesagt, dass er, falls die Zeit zu knapp würde, erst nach dem Fest nach Kalifornien fliegen würde.

Das war der Stand der Dinge, als am Morgen des großen Tages das Telefon klingelte. Kate war gerade dabei, mit Reed den Baum zu schmücken. Der Kleine krähte vor Begeisterung, während seine Mutter leise vor sich hin summte. Nach dem Frühstück hatte sie mit Hazel gesprochen, die davon ausging, dass Joe bereits auf dem Heimflug war. Am Tag zuvor erst hatte er Hazel darüber informiert, dass er den Flug bereits gebucht hatte.

Die Vermittlung meldete ein Ferngespräch. Es war Joe, und Kate konnte ihn kaum verstehen. Er brüllte in den Hörer.

»Was? Wo bist du denn?«, schrie Kate.

»Immer noch in Japan.«

Sie konnte ihn kaum verstehen, doch sie spürte einen Stich in der Herzgegend. »Aber warum denn?«

»Ich habe das Flugzeug verpasst.«

Es rauschte und knackte in der Leitung, dann war er plötzlich etwas besser zu verstehen. Kate versuchte verzweifelt, nicht in Tränen auszubrechen.

»Besprechungen ... wir sind noch nicht fertig ... schwierige Lage hier ...«

Die Tränen schnürten Kate die Kehle zu. Sie brachte kein Wort hervor.

»Es tut mir Leid, Schatz ... in ein paar Tagen ... ich zu Hause ... Kate? Kate? Bist du noch da? Hörst du mich?«

»Ja, ich höre dich«, entgegnete Kate schließlich und wischte sich die Tränen weg. »Ich vermisse dich. Wann kommst du denn zurück?«

»Vielleicht in zwei Tagen.«

Daraus würden wahrscheinlich vier oder fünf Tage werden. Es dauerte immer länger, als er vermutete. Kate sagte sich wieder einmal, dass es nicht sein Fehler war. Er hatte sich einfach zu viel aufgeladen.

»Gut, bis dann«, sagte Kate und bemühte sich, ihren Ärger zu unterdrücken, denn damit würde sie gar nichts erreichen. Über eine solche Entfernung hinweg war jede Diskussion zwecklos. Es war nun mal nicht zu ändern. Sie wollte Joe jetzt nicht in die Enge treiben. Auf diese Weise würde er sich nur noch mehr von ihr entfernen. Sie wünschte sich so sehr, ihm eine gute Ehefrau zu sein, was auch immer sie dafür tun musste.

»Schöne Weihnachten ... einen Kuss von mir ... für die Kinder ...« Seine Stimme wurde leiser.

»Ich liebe dich!«, rief Kate in den Hörer. »Fröhliche Weihnachten! Ich liebe dich, Joe!«

Doch die Verbindung war bereits unterbrochen.

Reed stand neben dem Weihnachtsbaum und beobachtete seine Mutter, die sich weinend auf einen Stuhl fallen ließ.

»Sei nicht traurig, Mommy«, sagte er und kletterte auf ihren Schoß.

Kate drückte ihn an sich. Sie war maßlos enttäuscht. Wahrscheinlich war es nicht Joes Schuld, aber das änderte nichts an ihrem Schmerz. Ihr Mann würde an Weihnachten nicht zu Hause sein. Kate zwang sich sofort, an ihre Gefühle zu denken, als er damals abgeschossen worden war. Jetzt wusste sie immerhin, dass er zurückkehren würde.

Sie hob Reed von ihrem Schoß und holte sich ein Taschentuch. Es war nicht zu ändern. Sie würde mit den Kindern das Beste daraus machen. Sobald Joe zu Hause war, würden sie eben noch einmal Weihnachten feiern. Entschlossen nahm sie sich vor, ihn ihre Ernüchterung nicht spüren zu lassen.

Das Fest verlief sehr ruhig. Mit leuchtenden Augen packten die Kinder ihre Geschenke aus. Kates Eltern hatten ein großes Paket geschickt, und auch einige Freunde hatten an sie gedacht. Joe hatte keine Zeit gehabt, Weihnachtseinkäufe zu erledigen, doch damit hatte Kate schon gerechnet. Es spielte keine Rolle, wenn er nur endlich wieder nach Hause kam.

Am ersten Weihnachtstag kam Andy, um Reed für einige Stunden zu sich zu holen. Mit ernster Miene stand er in der Tür. Kate hatte vor kurzem erfahren, dass er bald heiraten wollte, und sie freute sich sehr für ihn. Hoffentlich hatte er diesmal die richtige Wahl getroffen. Trotz der Probleme mit Joe war Kate noch immer froh, dass sie sich für den Mann entschieden hatte, den sie liebte.

»Hallo, Kate«, sagte Andy und blieb verlegen am Eingang stehen. Seit der Scheidung gingen sie höflich miteinander um, doch es gab keinerlei Nähe mehr zwischen ihnen. Kate hatte Andy inzwischen auf die Lügen, die er Joe über sie aufgetischt hatte, angesprochen. Andy hatte sie um Verzeihung gebeten und eingestanden, dass er sich sehr unfair verhalten hatte. Lange Zeit hatte er sich deswegen zutiefst geschämt.

Kate wusste, dass er immer noch regelmäßig ihre Eltern besuchte, doch das störte sie nicht. Er war trotz allem der Vater ihrer Kinder, und ihre Eltern mochten ihn sehr gern. Sie hatten die Scheidung sehr bedauert. Von ihrer Mutter hatte auch Kate erfahren, dass Andy bald heiraten würde. Seit einem Jahr war er nun schon mit seiner zukünftigen Frau zusammen. Es schien also an der Zeit, der Beziehung einen festen Rahmen zu geben.

»Fröhliche Weihnachten«, entgegnete Kate nun und forderte ihn auf einzutreten. Andy zögerte, doch Kate fügte hinzu: »Es ist schon in Ordnung. Joe ist nicht da.«

»An Weihnachten?«, fragte Andy offensichtlich entsetzt, als er in den Flur der Wohnung trat, die einst Joe allein bewohnt hatte. »Das tut mir Leid, Kate. Es ist bestimmt nicht einfach für dich.«

»Toll ist es nicht, aber er konnte nichts daran ändern. Er wurde in Japan aufgehalten.« Sie bemühte sich um einen beiläufigen Ton.

»Joe ist eben ein sehr beschäftigter Mann«, stellte Andy fest.

Da bog Reed auch schon jauchzend um die Ecke. Stephanie stolperte mit wackligen Schritten hinter ihrem Bruder her. Sie würde zu Hause bei ihrer Mutter bleiben.

»Ich habe gehört, dass du heiraten willst«, sagte Kate, während Reed sich seinen Mantel überzog. Sie wusste nicht, ob Andy schon mit seinem Sohn darüber gesprochen hatte. Der Kleine hatte darüber jedenfalls kein Wort verloren.

»Aber erst im Juni. Ich lasse mir Zeit.«

Beide lächelten. Andy wollte nicht zugeben, dass er nun vorsichtig geworden war. Kate wusste jedoch, was er dachte. Er hatte ja auch allen Grund, die Sache diesmal behutsam angehen zu lassen.

»Ich wünsche dir viel Glück. Du hast es verdient«, sagte Kate.

Reed hatte inzwischen seinen Mantel, eine Mütze und Fäustlinge angezogen und nahm seinen Vater bei der Hand.

»Das hoffe ich«, gab Andy zurück, und die beiden gingen hinaus. Um acht würde er Reed zurückbringen.

Kate verbrachte den Tag mit ihrer Tochter und spielte mit der Kleinen in ihrem Zimmer.

Über die Feiertage fühlte Kate sich sehr einsam. Sie versuchte, Joe in seinem Hotel zu erreichen, doch sie bekam keine Verbindung. Wahrscheinlich hatte er die gleichen Schwierigkeiten, oder er steckte in irgendwelchen Besprechungen fest, denn er meldete sich nicht. Kate redete sich ein, dass dies alles im Grunde gar keine Rolle spiele. Sie würden eben im kommenden Jahr gemeinsam Weihnachten feiern. Manchmal liefen die Dinge nun einmal nicht so, wie man es sich wünschte. Kate würde sich wie eine Erwachsene benehmen. Doch als ihre Eltern anriefen, musste sie doch mit den Tränen kämpfen. Immer wieder versicherte sie ihnen, dass alles in Ordnung sei.

Zwei Tage lange hörte Kate nichts von Joe. Dann endlich rief er an und teilte ihr mit, dass er Tokio am folgenden Tag verlassen und auf dem Heimflug einen Zwischenstopp in Los Angeles einlegen würde.

»Aber das wolltest du doch verschieben«, sagte Kate und bemühte sich erneut, ihre Wut nicht zu zeigen. Immer wieder änderte er seine Pläne und enttäuschte sie. Der Klang ihrer Stimme ließ trotz ihrer Anstrengungen keinerlei Zweifel daran, was sie von Joes Vorhaben hielt.

»Es geht nicht anders. Ich muss dorthin. Die Gewerkschaften geben keine Ruhe mehr. Außerdem hat eine Frau ihren Mann verloren. Er hat eines meiner Flugzeuge geflogen. Ich muss mich einfach ein wenig um sie kümmern. Das ist das Mindeste, was ich tun kann.«

Dagegen konnte auch Kate nichts einwenden. Joe hatte immer gute Gründe. Mit aller Kraft zwang sie sich dazu, nicht die Beherrschung zu verlieren. Am liebsten hätte sie in den Hörer geschrien: »Und was ist mit mir?« Soeben erst hatte sie Weihnachten ohne ihn verbringen müssen. Er sollte nun endlich nach Hause kommen. »Wann kommst du?«, fragte sie müde.

»Spätestens zu Silvester bin ich da.«

Vielleicht, wenn in Los Angeles nicht noch etwas dazwischenkam. Kate verließ sich nicht mehr auf seine Worte. Am Silvesterabend hatten sie sich mit einigen Freunden zum Dinner verabredet und wollten anschließend tanzen gehen. Darauf hatte Kate sich schon lange gefreut. Doch wenn Joe nicht rechtzeitig zu Hause wäre, würde sie bei den Kindern bleiben. An Silvester wollte sie nicht das fünfte Rad am Wagen sein.

Joe buchte wie verabredet einen Flug für Silvester. Bevor die Maschine in Los Angeles startete, begann es in New York zu schneien. Kurze Zeit später herrschte dort ein heftiges Unwetter, und der Flug hatte Verspätung. Erst um neun Uhr abends kam Joe vollkommen erschöpft zu Hause an.

Kate wartete auf ihn. Das Abendkleid hatte sie bereits wieder ausgezogen und sich mit einem Buch ins Bett gelegt. Sie hörte gar nicht, dass Joe die Wohnung betrat. Plötzlich stand er vor ihr und blickte sie verlegen an. Sofort war ihr Zorn verflogen. Sie konnte ihm einfach nicht böse sein.

»Gibt es hier noch ein Plätzchen für mich, Kate?« Er wusste, dass die letzten Wochen schwer für sie gewesen waren.

»Kann schon sein«, entgegnete Kate grinsend. »Großartig siehst du aus!«

Joe setzte sich auf die Bettkante. »Es tut mir so Leid, Schatz. Ich habe dir die ganzen Feiertage verdorben. Warum bin ich nur ein solcher Idiot? Willst du denn noch ausgehen?«

Kate hatte eine viel bessere Idee. Sie sprang aus dem Bett und schloss die Schlafzimmertür. Joe zog unterdessen sein Jackett aus und löste den Krawattenknoten. Kate trat zu ihm und knöpfte sein Hemd auf.

»Soll ich mich umziehen?« Er würde alles tun, was sie verlangte, um sie für die verlorene Zeit zu entschädigen.

»Nein, lass mal!« Kate öffnete den Reißverschluss seiner Hose.

Joe lächelte. »Das scheint eine ernste Angelegenheit zu werden«, stellte er fest und küsste sie.

»So ist es ... jetzt wirst du dafür bezahlen, dass du mich an Weihnachten versetzt hast.«

Kate genoss es, Joe zu necken. Sie lachte und küsste ihn, und obwohl Joe vollkommen erschöpft war, gelang es ihr augenblicklich, seine Lust zu wecken.

»Wenn ich das gewusst hätte, wäre ich viel früher nach Hause gekommen«, flüsterte Joe und schlüpfte unter die Decke.

»Das kannst du jederzeit haben, Joe«, murmelte Kate und küsste ihn hingebungsvoll.

Joe stöhnte leise. »Das nächste Mal ... erinnere ich mich daran ...«

Dann vergaßen sie die Welt um sich herum und überließen sich ihrer Leidenschaft. Es wurde eine vollkommene Silvesternacht.

20

Zu Beginn des Jahres 1954 waren Kate und Joe seit zwölf Monaten miteinander verheiratet, und beide hatten sich daran gewöhnt, dass Joe häufig unterwegs war und Kate mit den Kindern zu Hause blieb. Kate engagierte sich inzwischen ehrenamtlich für wohltätige Zwecke, damit sie während Joes Abwesenheit beschäftigt war.

Im Frühjahr kam Joe eine Idee zu einem neuen Projekt. Schon seit einiger Zeit hatte er darüber nachgedacht, in Kalifornien ein Haus zu kaufen. Mittlerweile verbrachte er dort so viel Zeit, dass eine eigene Bleibe sinnvoll schien, und er war davon überzeugt, dass auch Kate ihre Freude daran hätte. Sie würde das Haus einrichten.

Schließlich fanden sie eine wunderschöne alte Villa in Bel Air. Sie engagierten einen Innenarchitekten, und kaum war Kate mit dem Haus beschäftigt, verbrachte Joe mehr Zeit in Europa. Er kümmerte sich um neue Flugrouten nach Italien und Spanien, und wenn er nicht gerade in Rom oder Madrid war, hielt er sich in Paris oder London auf. Immerhin kehrte er jeden Monat nach Los Angeles zurück, denn in Asien wurde er nun nicht mehr so häufig gebraucht. Kate jedoch gewann zunehmend den Eindruck, dass es überhaupt keine Rolle spielte, wo sie sich aufhielt: Joe befand sich immer am entgegengesetzten Ende der Welt. Wie sie es auch anstellten, sie konnten nur selten zusammen sein.

Kate flog ein- oder zweimal nach London, um Joe zu treffen, und reiste nach Madrid und Rom. In Paris verbrachten sie eine wunderschöne Woche miteinander. Doch sobald Kate Los Angeles für längere Zeit verließ, plagte sie das schlechte Gewissen wegen der Kinder. Joes Leben war von einem gnadenlosen Konkurrenzkampf bestimmt, ständig reiste er um den Globus. Und sie selbst fühlte sich zwischen ihm und den Kindern hin und her gerissen. Schuldgefühle beherrschten ihr Leben. Wenn sie bei Joe war, ließ sie die Kinder allein und umgekehrt. Immerhin fand Kate tatsächlich Freude daran, das Haus in Kalifornien einzurichten. Inzwischen scherzten beide über die widrigen Umstände: Wann immer Kate in ihrem Haus arbeitete, machte Joe sich auf den Weg nach Europa. War er in Los Angeles, verbrachte Kate die Zeit mit den Kindern in New York.

Im September war das Haus endlich fertig hergerichtet, und Joe war begeistert. Es war behaglich und gleichzeitig elegant. Endlich hatte er ein eigenes Heim, wenn er fern von zu Hause in Kalifornien logierte. Bekannten und Freunden erzählte er stolz von Kates großartiger Leistung. Er ermutigte sie, ähnliche Aufgaben auch für Freunde zu übernehmen, doch Kate wollte sich nicht festlegen lassen. Ihre Freiheit bedeutete ihr viel. Sie konnte nur wenig Zeit mit Joe verbringen, und zwar nur, indem sie hinter ihm herreiste. Sie wollte alles in ihrer Macht Stehende tun, um ihre Ehe am Leben zu erhalten.

In jenem Jahr war Joe beinahe den ganzen Oktober über zu Hause. Endlich hatte er Zeit für die Familie. In der Firma verlief alles ruhig, es gab nur eine Reihe von Besprechungen in New York und New Jersey. Kate war entzückt, dass Joe jeden Abend zu Hause war, obwohl sie zähneknirschend zugeben musste, dass er allmählich unruhig wurde. An den Wochenenden fuhr er häufig zum Flugplatz, und eines Sonntags flogen sie sogar gemeinsam nach Boston, um Kates Eltern zu besuchen. Den Rückflug überließ Joe Kate, und sie hatte großen Spaß daran.

Schließlich übernahm Joe wieder den Steuerknüppel, und Kate nutzte die Gelegenheit, ein Thema anzusprechen, das sie schon eine ganze Weile beschäftigte. Normalerweise war Joe nicht lange genug zu Hause, als dass sich die Gelegenheit für heikle Gespräche ergeben hätte. Doch nun war er äußerst guter Stimmung, und Kate beschloss, es zu wagen. Sie wollte nämlich noch ein Kind. Ein Kind von ihm.

»Jetzt?« Joe blickte sie voller Entsetzen an.

»Also, das ist kein Grund, das Flugzeug zum Absturz zu bringen.«

»Du hast doch schon zwei Kinder, Kate. Sie halten dich schon genug in Atem.« Stephanie war vor kurzem zwei Jahre alt geworden, Reed war mittlerweile vier. Andy hatte im Juni geheiratet, und seine Frau erwartete bereits das erste Kind. Reed war davon nicht sehr angetan.

»Wir sind jetzt seit eineinhalb Jahren verheiratet, Joe. Es wäre doch schön, wenn wir ein gemeinsames Kind hätten, oder nicht?«

Ein Blick in Joes Gesicht genügte. Er schien keineswegs dieser Meinung zu sein. Kinder hatten ihn noch nie begeistert. Aber er liebte Reed und Stephanie und hatte eine innige Beziehung zu ihnen. Reed betete Joe geradezu an, und Joe war seinerseits verrückt nach dem Kleinen.

»Wir können nicht noch mehr Kinder gebrauchen, Kate. Unser Leben ist auch so schwierig genug.«

»Aber du hast doch kein eigenes Kind«, entgegnete Kate flehend. Seit mehr als zehn Jahren schon wünschte sie sich ein Kind von ihm. Elfeinhalb Jahre waren vergangen, seit sie die Fehlgeburt in Radcliffe erlitten hatte.

»Ich brauche kein eigenes«, gab Joe unverblümt zurück. »Ich habe doch Reed und Stevie.«

»Das ist doch nicht dasselbe«, gab Kate traurig zurück. Joe schien sich nicht darauf einlassen zu wollen.

»Für mich ist es dasselbe, Kate. Ich würde sie nicht mehr lieben, wenn sie meine eigenen wären.«

Er ging wirklich in bemerkenswerter Weise auf Reed und Stephanie ein. Kate war davon überzeugt, dass Joe ein fantastischer Vater war. Sie wollte unbedingt noch ein Kind, für sie wäre es die Krönung ihrer Liebe.

»Außerdem bin ich schon zu alt für eigene Kinder, Kate. Ich bin jetzt dreiundvierzig. Wenn sie eines Tages zum College gingen, hätte ich schon die Sechzig überschritten.«

»Clarke war noch älter als du, als ich geboren wurde. Und er ist immer noch ganz schön lebendig.«

»Er hatte auch nie so viel zu tun wie ich. Meine Kinder würden mich kaum zu Gesicht bekommen.« Nur selten gab Joe offen zu, dass er so gut wie nie zu Hause war. Diesmal diente sein Eingeständnis jedoch seinen eigenen Zwecken. »Warum suchst du dir nicht irgendwas anderes, das dich auf Trab hält?«

Für Kate jedoch hatte das eine mit dem anderen überhaupt nichts zu tun. Sie wollte ein Kind von Joe, nicht eine Freizeitbeschäftigung.

Aber Joe schien bereits verärgert. Seine offensichtliche Missstimmung verstärkte sich noch, als er ihre Enttäuschung bemerkte. »Es gibt immer irgendwas, das dir nicht passt!«, klagte er, während sie sich dem Flughafen näherten. »Sonst schimpfst du, weil ich zu viel unterwegs bin, und jetzt willst du plötzlich noch ein Kind. Kannst du nicht einfach mit dem zufrieden sein, was du hast? Warum willst du immer noch mehr, Kate? Irgendwas stimmt nicht mit dir!«

Joe musste sich auf die Landung konzentrieren, und Kate wollte nicht mit ihm streiten. Doch seine Worte trafen sie hart. Immer sollte sie sich anpassen und seinen Bedürfnissen gerecht werden. Nie versuchte er, ihre Wünsche zu erfüllen. Sie schienen gar keine Rolle zu spielen. Joe war so selten zu Hause, dass sich dann immer alles ausschließlich um ihn drehte. Die öffentliche Bewunderung für seine Leistungen als Pilot, seine Heldentaten während des Krieges und sein großer Erfolg als Geschäftsmann hatten dazu geführt, dass er von anderen ständig gelobt wurde. Mit Kritik konnte er nur schlecht umgehen.

Auf der Heimfahrt war Kate sehr schweigsam. Joe kannte den Grund, doch er weigerte sich, weiter über das Thema zu sprechen. Schon vor Jahren hatte er ihr gesagt, dass er keine Kinder wollte. Er hatte nicht das Bedürfnis, seinen Teil zum Babyboom beizutragen.

Kaum waren Kate und Joe zu Hause angekommen, da stürzte auch schon Reed herbei und schlang die Arme um Joes Hals. Joe warf Kate einen Blick über die Schulter des Kleinen zu, als wolle er sagen: »Siehst du, ich habe Recht!« Was Joe betraf, war das Thema damit erledigt.

Auch Kate schnitt es in den nächsten Wochen nicht mehr an. Joe nahm sich vor, in diesem Jahr in den Ferien zu Hause zu bleiben. Kate hielt ihm immer wieder vor, dass er im Jahr zuvor an Thanksgiving und zu Weihnachten unterwegs gewesen war, und er unternahm alles Menschenmögliche, seine Termine so zu legen, dass dies nicht wieder vorkam. Er hatte viel Freude an den verschiedenen Unternehmungen mit der Familie. Gemeinsam mit Kate besuchte er Weihnachtsfeiern und einen Ball, ging mit den Kindern Schlittschuh laufen und baute mit ihnen im Central Park Schneemänner. Zu Weihnachten schenkte er Kate ein wunderschönes Diamantkollier mit dazu passenden Ohrringen. Sie waren nun seit zwei Jahren miteinander verheiratet und nie in ihrem Leben glücklicher gewesen. Ihre Träume hatten sich erfüllt. Als sie an Silvester miteinander tanzten und sich um Mitternacht küssten, fühlte Kate sich wie im Himmel.

Am Neujahrstag saß Joe vor dem Fernseher, um sich ein Footballspiel anzuschauen, während Kate die Kugeln vom Weihnachtsbaum nahm. Die Kinder hielten ihren Mittagsschlaf, und trotz eines leichten Katers war Joe guter Stimmung. In zwei Tagen würde er zu einer vierwöchigen Reise nach Europa aufbrechen, und im Februar würde er nach Asien und anschließend nach Los Angeles fliegen. Kate hatte sich inzwischen damit abgefunden und wollte sich später mit ihm in Kalifornien treffen.

Sie brachte Joe ein Sandwich, während er das Spiel verfolgte. Über eine seiner Bemerkungen brach sie in Gelächter aus, und als Joe sie anschaute, bemerkte er einen merkwürdigen Ausdruck in ihren Augen.

Dann wurde Kate von einem Moment auf den anderen kreidebleich. Joe bekam es mit der Angst zu tun. Noch nie hatte er sie in einem solchen Zustand gesehen.

»Ist alles in Ordnung?«

Vor seinen Augen wurde Kate grün im Gesicht. Ganz offensichtlich war sie krank.

»Ja, mir geht's gut.«

Kate setzte sich neben ihn auf das Sofa und hielt den Atem an. Einige Tage zuvor hatte sie an einer Magenverstimmung gelitten. Das war sicher die Ursache für ihr plötzliches Unwohlsein. Seitdem rumorte es ständig in ihrem Magen.

»Setz dich für ein paar Minuten hin! Du bist ja schon den ganzen Vormittag über ununterbrochen auf den Beinen.«

Kate war ein Dutzend Mal die Leiter hinauf- und wieder heruntergestiegen, um den Weihnachtsbaumschmuck zu entfernen. Nebenbei hatte sie noch mit den Kindern herumgealbert. Die Kinderfrau hatte während der Ferien frei.

»Mir geht's wirklich gut«, wiederholte sie schon kurze Zeit später und erhob sich rasch. Es gab noch viel zu tun, und sie durfte keine Zeit verlieren. Joe blickte auf, und in dem Moment verdrehte Kate die Augen und sank neben seinen Füßen zu Boden. Sie hatte das Bewusstsein verloren.

Sofort kniete Joe an ihrer Seite, tastete nach ihrem Puls und überprüfte ihren Atem. Als Kate schließlich langsam die Augen öffnete, erblickte sie Joes Gesicht ganz dicht vor ihrem eigenen. Sie stöhnte leise. Sie hatte keine Ahnung, was geschehen war. Erstaunt starrte sie in Joes entsetztes Gesicht.

»Kate, was ist denn bloß los? Geht es dir nicht gut?«

Kate war einunddreißig Jahre alt und fühlte sich plötzlich völlig kraftlos. »Ich weiß nicht...« Auch sie hatte Angst und war noch ganz benommen. »Mir ist auf einmal schwindelig geworden.«

Die Frau eines von Joes Piloten war erst vor kurzem an einem Hirntumor gestorben. Dieser Gedanke schwirrte in Joes Kopf umher, während er Kate vorsichtig auf die Füße half.

»Ich werde dich morgen sofort in ein Krankenhaus bringen«, sagte er, während er sie auf das Sofa bettete.

Kate wehrte sich nicht. Sie war froh zu liegen, obwohl sie sich bereits besser fühlte.

»Bleib einfach so liegen!«, befahl Joe.

Kate gehorchte, und kurz darauf war sie eingeschlafen. Joe beobachtete sie verwirrt. Er war krank vor Sorge. In all den Jahren, die er sie nun kannte, war sie noch nie ohnmächtig geworden.

Als Kate erwachte, saß Joe immer noch neben ihr. Sie sah schon wieder frischer aus, und obwohl er energisch Einspruch erhob, machte sie sich daran, das Abendessen zuzubereiten. Sie selbst aß jedoch nur wenig. Joe nahm ihr das Versprechen ab, am nächsten Morgen einen Arzt aufzusuchen. Er selbst hatte sich bereits entschieden, den Leiter des *Columbia Presbyterian Hospital* anzurufen. Er war ein alter Freund von ihm und ein großer Fan der Fliegerei. Sicher konnte er Joe die Namen der besten Ärzte in New York nennen. Vielleicht war das Ganze ja tatsächlich ernst.

Doch Kate nahm den Schwächeanfall viel gelassener als Joe. Als sie am selben Abend zu Bett gingen und er sich immer noch nicht beruhigt hatte, brachte Kate es nicht länger über sich, die Neuigkeit vor ihm zu verheimlichen. Sie drehte sich zu ihm, als er gerade das Licht ausschalten wollte, und küsste ihn. Er war in großer Sorge, dass sie ernsthaft krank sein könnte, und kämpfte mit den Tränen, während er sie an sich drückte.

»Liebling, mach dir keine Sorgen ... mir geht's gut. Ich wollte dich nur nicht aufregen ...« Schließlich war es sein Urlaub. Kate hatte geplant, wenigstens bis Ende Januar mit der Neuigkeit hinter dem Berg zu halten, doch nun hatte sie keine andere Wahl. Es war nicht fair, Joe solche Angst einzujagen.

»Warum sollte ich mich aufregen? Es ist doch nicht deine Schuld, wenn du krank bist, Kate«, entgegnete er liebevoll.

Kate ließ sich in die Kissen sinken. »Ich bin nicht krank ... ich bin schwanger.«

Wenn sie einen Stein nach ihm geworfen hätte, wäre die Wirkung nicht geringer gewesen.

»*Was* bist du?« Fassungslos starrte er sie an.

»Wir bekommen ein Kind.« Kates Stimme klang sehr ruhig. Joe erkannte sofort, wie glücklich sie darüber war, obwohl sie noch etwas verhalten auf seine Reaktion wartete.

»Wie lange weißt du das schon?« Sie hatte ihn überrumpelt, es vor ihm verheimlicht.

»Seit kurz vor Weihnachten. Im August ist es so weit.« Es musste also vor Thanksgiving passiert sein.

»Du hast mich reingelegt!« Wutschnaubend sprang Joe aus dem Bett.

Noch nie hatte Kate ihn so zornig gesehen, und sie beobachtete verstört, wie er durch den Raum stürmte. Er warf alle möglichen Dinge auf den Boden und schlug die Tür zum Badezimmer mit aller Kraft zu. Vor einem solchen Ausbruch hatte Kate sich gefürchtet. Sie hatte insgeheim gehofft, er würde sich doch über die Nachricht freuen.

»Ich habe dich nicht reingelegt«, widersprach sie leise.

»Natürlich hast du! Du hast doch immer behauptet, dass du was dagegen unternimmst.«

Tatsächlich verhütete Kate seit Jahren, seit der Fehlgeburt in Radcliffe. Nur während ihrer Ehe mit Andy hatte sie darauf verzichtet. »Das habe ich auch, aber es ist wohl etwas schief gegangen. Joe, so etwas kommt vor.«

»Warum ausgerechnet jetzt? Als wir neulich darüber sprachen, habe ich dir doch gesagt, dass ich keine Kinder will. Offenbar hattest du nichts Besseres zu tun, als sofort nach Hause zu gehen und dein Diaphragma die Toilette hinunterzuspülen. Interessiert es dich denn überhaupt nicht, was ich will?«

Joe war außer sich, und Kates Unterlippe bebte. Seine Vorstellungen widersprachen ihren Wünschen wie immer aufs Extremste.

»Natürlich interessiert es mich. Es war einfach ein Unfall, Joe. Ich kann nichts dafür. Es gibt doch Schlimmeres …«

Doch Joe sah das ganz anders. Kate hatte ihm nicht zugehört, und nun fühlte er sich außer Gefecht gesetzt.

»Ach ja? Verdammt, Kate! Sieh zu, dass du es los wirst. Ich will es nicht!«

»Joe, das ist nicht dein Ernst!« Kate war entsetzt. Joe verlor offenbar die Nerven.

»Doch, das ist mein voller Ernst! In meinem Alter will ich kein Kind. Lass es abtreiben!« Er ließ sich aufs Bett fallen und starrte sie feindselig an.

Seine Worte erschütterten Kate zutiefst. »Joe, wir sind verheiratet … es ist unser Kind! Unser Leben wird sich nicht ändern. Wir haben doch eine Kinderfrau, ich werde mit dir reisen können wie bisher.«

»Das ist mir egal. Ich will es nicht!« Joe sah aus wie ein trotziges Kind, und er schäumte vor Wut.

»Ich werde es niemals abtreiben lassen«, entgegnete Kate ruhig. »Ich habe schon einmal ein Kind von dir verloren, das zweite werde ich ganz bestimmt nicht töten.« Elf Jahre war das nun her, doch noch immer erinnerte Kate sich an jede furchtbare Sekunde und an die tiefe Trauer um das verlorene Kind. Monatelang hatte sie gebraucht, um sich davon zu erholen.

»Du hast mich auf dem Gewissen, wenn du dieses Kind bekommst, Kate, und unsere Ehe dazu. Wir sind schon genug belastet. Du bist doch diejenige, die ständig jammert, weil ich nicht zu Hause bin. Bald wirst du heulen, weil ich keine Zeit für unser Kind habe. Himmel, wenn es das ist, was du willst, hättest du einen anderen heiraten oder bei Andy bleiben sollen! Der scheint ja jedes Mal ein Kind zu zeugen, wenn er eine Frau nur ansieht!«

Andy und seine Frau erwarteten tatsächlich ein weiteres Kind. Joes Bemerkung verletzte Kate sehr.

»Ich will aber mit *dir* verheiratet sein, Joe. So war es immer, und daran hat sich nichts geändert. Das alles ist nicht fair. Ich kann doch nichts dafür!«

Doch Joe war davon überzeugt, dass sie ihn hinters Licht geführt hatte. Kate konnte sagen, was sie wollte, er änderte seine Meinung nicht. Schließlich schaltete er das Licht aus und drehte ihr den Rücken zu.

Als Kate am nächsten Morgen aufwachte, war Joe schon fort. Seine Reaktion auf die Neuigkeit und seine Forderung nach einer Abtreibung hatten Kate bis ins Mark getroffen. Sie fühlte sich krank und schleppte sich mühsam durch den Tag.

Am Abend beharrte Joe immer noch auf seinem Standpunkt. Er war zwar sehr erleichtert, dass Kate nicht an einer schlimmen Krankheit litt, doch ihre Schwangerschaft hatte ihm einen Schock versetzt.

»Ich habe über die Dinge, die du vergangene Nacht gesagt hast, nachgedacht, Kate,... über... du weißt schon... die Schwangerschaft.« Es bereitete ihm offenbar Schwierigkeiten, das Wort *Kind* auch nur auszusprechen. Joe starrte auf seinen Teller, während er mit Kate sprach. Er konnte sie nicht einmal ansehen. Doch für einen kurzen Augenblick hoffte Kate, dass er nachgeben und sich entschuldigen würde. »Je länger ich darüber nachdenke, desto mehr komme ich zu dem Schluss, dass ein Kind ein großer Fehler wäre. Ich weiß, dass dich das verletzt, Kate, aber ich glaube wirklich, dass du etwas unternehmen solltest. Für uns ist es das Beste und auch für Reed und Stevie. Für die beiden wird es schlimm genug, wenn Andy und seine Frau ein Kind bekommen. Wenn wir auch noch eins in die Welt setzen, werden sie sich zurückgesetzt fühlen. Sie werden eifersüchtig sein und vielleicht bleibenden Schaden davontragen.« Dies war Joes bestes Argument, doch Kate hätte beinahe laut gelacht angesichts dieser Scheinheiligkeit. Seine Worte erzürnten sie maßlos. Er bestand offenbar auf einer Abtreibung.

»Andere Kinder scheinen durchaus damit zurechtzukommen, wenn sie Geschwister bekommen«, sagte sie. Joe würde sie nicht beschwatzen, doch sie wollte auch nicht ihre Ehe aufs Spiel setzen. Noch nie hatte sie Joe so außer sich gesehen wie am Abend zuvor. Nun war er zwar ruhiger, aber keineswegs versöhnlich gestimmt.

»Deren Eltern sind auch nicht geschieden, Kate.«

»Joe ... ich werde dieses Kind nicht abtreiben lassen!« Deutlicher konnte Kate es nicht sagen. »Auf gar keinen Fall! Ich liebe dich. Und ich will unser Kind bekommen.«

Nach einer Weile erhob sich Joe ohne ein weiteres Wort und zog sich in sein Arbeitszimmer zurück. Dort blieb er, bis er zu Bett ging. Am folgenden Morgen brach er nach Europa auf. Er verließ das Haus, ohne sich von Kate zu verabschieden.

Erst eine Woche später meldete Joe sich telefonisch bei Kate. Das sah ihm überhaupt nicht ähnlich. Doch es gärte in ihm, seit er fort war, und Kate blieb nichts anderes übrig, als ihn in Ruhe zu lassen. Joe rief von Madrid aus an, und seine Stimme klang geschäftig und zurückhaltend. Er fragte, wie es ihr und den Kinder ginge, dann berichtete er von seinen Verhandlungen. Schon nach einigen Minuten beendete er das Gespräch.

In den folgenden vier Wochen rief Joe nur drei Mal an. Kate wusste, dass er nach seiner Rückkehr nur zwei Tage in New York bleiben würde. Anschließend würde er nach Hongkong und Japan fliegen und erst drei Wochen später wieder zu Hause sein. Der Wettbewerb war hart, und er musste einiges leisten, um der Konkurrenz standzuhalten.

Anfang Februar kehrte Joe nach New York zurück. Die Kinder lagen bereits im Bett, als er nach Hause kam. Kate saß im Wohnzimmer und schaute fern. Sie fuhr zusammen, als sie hörte, dass Joe die Wohnung betrat. Einige Minuten später schlenderte er ins Wohnzimmer und kam langsam auf sie zu. Er hatte sie nicht einmal über seine bevorstehende Ankunft unterrichtet.

»Hallo, Kate. Wie geht es dir?« Angesichts seiner langen Abwesenheit war dies eine äußerst kühle Begrüßung.

Kate spürte sofort, dass er noch immer verärgert war. Allmählich fühlte sie sich an die eisige Atmosphäre erinnert, die seinerzeit zwischen ihr und Andy geherrscht hatte. Plötzlich hatte sie Angst, dass Joe sich wegen des Kindes von ihr trennen würde. Es wäre zwar verrückt, doch sie begann sich zu fragen, ob er ihr wohl jemals verzeihen würde.

»Mir geht's gut. Und dir?«, fragte sie vorsichtig, als er sich ihr gegenüber in einen Sessel fallen ließ.

»Ich bin müde«, entgegnete er. Es war ein langer Flug gewesen.

»Hat denn alles geklappt?« Seit einer Woche hatte Kate nicht mehr mit ihm gesprochen, und sie war trotz allem glücklich, ihn endlich wiederzusehen. Am liebsten hätte sie die Arme um seinen Hals geschlungen, doch sie traute sich nicht.

»Mehr oder weniger. Und was ist mit dir?« Er warf ihr einen merkwürdigen Blick zu.

Kate seufzte. Sie ahnte, was er von ihr hören wollte. »Ich habe unser Kind nicht abtreiben lassen, wenn es das ist, was du wissen willst«, entgegnete sie und wandte sich ab. Das Ganze wurde zu einem Kampf zwischen zwei Menschen, die ihren Willen durchsetzen wollten. Und dabei ging es um das Leben eines Kindes. Diese Tatsache erfüllte Kate mit großer Traurigkeit. »Wie du siehst, habe ich meine Meinung nicht geändert.«

»Ich habe es mir gedacht.« Joe erhob sich und setzte sich zu ihr. Er legte einen Arm um ihre Schultern und zog sie an sich. »Ich verstehe einfach nicht, warum du unbedingt noch ein Kind willst, Kate.« Seine Stimme klang erschöpft, aber seine Wut war offenbar verraucht.

Kate war erleichtert. »Weil ich dich liebe, du Trottel!«, erklärte sie mit erstickter Stimme und schmiegte sich an ihn. Sie hatte ihn trotz der Unstimmigkeiten sehr vermisst. Sein Zorn hatte sie sehr beunruhigt.

»Ich liebe dich doch auch! Aber ein Kind halte ich noch immer für eine große Dummheit. Wenn du es jedoch um jeden Preis haben willst, werde ich schon damit zurechtkommen. Erwarte nur nicht, dass ich Windeln wechsle oder den Kleinen nachts durch die Gegend trage, wenn er weint. Ich bin ein alter Mann, Kate, und ich brauche meinen Schlaf.«

Joe zog eine Grimasse und schaute Kate dann lächelnd an. Ungläubig erwiderte sie seinen Blick. Sie liebte ihn so sehr, und selbst wenn er eine Menge Fehler hatte, tat er am Ende doch stets das Richtige.

»Du bist doch kein alter Mann, Joe!«

»Doch, das bin ich!«

Joe erzählte ihr nicht, dass er in Rom stundenlang in einer Kirche gesessen hatte, um über die Frage nachzudenken. Er war kein religiöser Mensch, doch als er das Gotteshaus wieder verlassen hatte, war er entschlossen gewesen, dass sie das Kind behalten würden, zumal es Kate so viel bedeutete.

»Aber du darfst nicht wieder ohnmächtig werden! Ich habe vor Schreck beinahe einen Herzinfarkt gekriegt. Geht es dir denn wirklich gut?«

»Ja, es ist alles in Ordnung.«

Kate war so erleichtert, dass sie mit der neuesten Nachricht hinter dem Berg hielt. Der Arzt hatte ihr kürzlich mitgeteilt, dass sie wohl Zwillinge erwartete. Sie nahm sehr schnell an Gewicht zu. Der Gedanke an *ein* Kind hatte Joe bereits um den Schlaf gebracht, und sie wagte sich kaum auszumalen, was er zu *zwei* Babys sagen würde.

Kurz darauf gingen sie gemeinsam in die Küche. Kate erzählte Joe angeregt von all den Dingen, die sie während seiner Abwesenheit unternommen hatte.

Joe genoss es, ihren Geschichten zu lauschen, obgleich er sehr müde war. Er bewunderte ihre Energie und liebte das Funkeln in ihren Augen, die Art, wie sie sich bewegte und gestikulierte. Die tiefen Gefühle, die er ihr immer entgegengebracht hatte, wurden mit einem Schlag wieder in ihm lebendig. Kate hatte sein Leben stets bereichert. Vom ersten Augenblick an hatte er sich zu ihr hingezogen gefühlt. Das hatte sich in all den Jahren nicht geändert.

Sie saßen am Küchentisch und plauderten lange Zeit miteinander. Als sie schließlich zu Bett gingen, waren sämtliche Unstimmigkeiten zwischen ihnen ausgeräumt. Auch Joe hatte Kate während der letzten Wochen sehr vermisst. Er konnte sich nicht vorstellen, wie das Leben mit einem Säugling wohl werden würde, doch er hatte sich entschlossen, die Tatsache, dass er nun doch Vater wurde, zu akzeptieren. Es konnte sich schließlich alles doch noch zum Guten wenden.

Joe schlang die Arme um Kate. Ihre seidige Haut war warm, und als er vorsichtig über ihren Bauch strich, spürte er erstaunt eine kleine runde Kugel. Kate hatte ihm den Rücken zugewandt, und so konnte sie nicht sehen, dass er mit einem Lächeln auf den Lippen in den Schlaf hinüberglitt.

21

Den Februar verbrachte Joe in Asien und flog dann nach Kalifornien. Ende des Monats kam Kate nach Los Angeles, um ihn dort treffen. Er war hervorragender Stimmung. Die Reise nach Asien war ein großer Erfolg gewesen, und er hatte alle seine Ziele erreicht.

Als er Kate erblickte, war er überrascht. »Du bist dick geworden«, neckte er sie.

»Vielen Dank.« Kate war glücklich, ihn endlich wiederzusehen. Von den Zwillingen hatte sie ihm noch immer nichts erzählt.

Es war die erste Schwangerschaft, die Joe hautnah miterlebte, und er war häufig in Sorge. Er fürchtete, Kate könne erneut ohnmächtig werden oder sich unwohl fühlen oder sich gar verletzen. Er wagte es kaum, ihr nahe zu kommen, aber Kate lachte ihn aus.

»Es ist alles in Ordnung, Joe. Mir geht's gut!«

Joe bestand darauf, dass sie nicht mehr Auto fuhr, und schimpfte mit ihr, wenn sie tanzte oder schwimmen ging.

»Ich werde die nächsten Monate bestimmt nicht im Bett verbringen«, empörte sich Kate.

»Wenn *ich* es dir sage, wirst du genau das tun!«

Sie verbrachten eine intensive Zeit miteinander. Sie fühlten sich beinahe wie in den Flitterwochen. Trotz des Babys in Kates Bauch – oder vielleicht auch gerade deshalb – fühlte sich Joe seiner Frau besonders verbunden.

Anschließend blieb er für zwei Wochen in New York, doch

dann musste er wieder fort. Kate hatte aufgehört, sich zu beklagen. Sie war ohnehin stark mit den Kindern beschäftigt oder traf sich mit Freunden. Inzwischen fieberte sie der Geburt entgegen, sie konnte es kaum erwarten, bis es endlich so weit war. Der Arzt hatte erwähnt, dass Zwillinge häufig vor dem errechneten Geburtstermin auf die Welt kamen. Außerdem hielt er es für möglich, dass Kate während der letzten beiden Monate das Bett hüten musste. Doch bis jetzt hatte er, obwohl Kates Bauch derart gewachsen war, nur den Herzschlag *eines* Kindes gehört. Für Zwillinge gab es noch immer keinen sicheren Anhaltspunkt.

Andys Kind kam im März auf die Welt. Kate schickte den jungen Eltern ein kleines Geschenk und übermittelte ihnen ihre herzlichsten Glückwünsche. Andy schien tatsächlich sehr glücklich zu sein. Man sah es ihm an, wenn er die Kinder abholte. Das Fiasko der Ehe mit Kate schien er vergessen zu haben. Er war zu einem guten Bekannten geworden. Kate hatte lediglich seine guten Eigenschaften in Erinnerung behalten.

Joe war in Paris, als Andy eines Freitagnachmittags bei Kate anrief. Er hatte eigentlich vorgehabt, Reed abzuholen und ihn über das Wochenende mit nach Connecticut zu nehmen. Dort bewohnte er mit seiner Familie ein wunderschönes Haus. Doch er saß im Büro fest. Seine Frau und der Säugling waren beide krank geworden, so dass auch sie nicht in die Stadt kommen konnte, um Reed abzuholen.

»Vielleicht kannst du Reed einfach in den Zug setzen, Kate. Julie wird ihn dann in Greenwich abholen. Ich werde nämlich bestimmt erst spät zu Hause sein.«

Kate hielt von dieser Idee nicht viel. Reed war darüber sehr enttäuscht. Er liebte es, seinen Vater in Greenwich zu besuchen. Nachdem Kate mit dem Kleinen gesprochen hatte, rief sie Andy noch einmal an und schlug vor, Reed selbst nach Greenwich zu bringen. Sie würde nicht mehr als eine Stunde brauchen und hatte ohnehin nichts Besseres zu tun.

»Bist du sicher? Es gefällt mir gar nicht, dass ich dir solche Umstände mache.«

Kate war im fünften Monat, doch sie fühlte sich großartig. »Aber es macht mir Spaß. Und außerdem habe ich dann ein wenig Ablenkung.«

Reed war begeistert, als Kate ihm von ihrem Plan erzählte. Stephanie blieb in der Obhut der Kinderfrau zurück. Für die Kleine würde es sonst zu spät werden. Um sechs Uhr machten sich Mutter und Sohn auf den Weg. Kate wollte gegen acht wieder zu Hause sein. In Paris war es Mitternacht, und Joe hatte bereits angerufen.

Auf dem Weg aus der Stadt herrschte beträchtlicher Verkehr, doch das war nicht ungewöhnlich. Um Viertel nach sieben erreichte Kate Andys Haus. Julie hatte den Säugling auf dem Arm. Sie wurde von heftigen Bauchschmerzen geplagt, und sie und ihr Kind waren zudem erkältet. Der Kleine sah Andy sehr ähnlich und glich auch Reed ein wenig. Kate gab ihrem Sohn zum Abschied einen Kuss. Julie lud sie zum Essen ein, doch Kate wollte sich gleich wieder auf den Weg machen. Die beiden Frauen lachten, als sie einvernehmlich feststellten, dass Kate inzwischen sehr rund geworden war.

»Vielleicht ist es gar kein Kind, sondern ein Elefant«, lachte Kate, als sie in den Wagen stieg. Sie kurbelte das Fenster hinunter und stellte das Radio an. Gut gelaunt fuhr sie los. Es war ein lauer Abend, und sie genoss es, hinter dem Steuer zu sitzen. Um Viertel vor acht war sie wieder auf der Landstraße.

Gegen Mitternacht rief die Kinderfrau in Greenwich an, weil Kate noch nicht nach Hause zurückgekehrt war.

Julie ging ans Telefon. Die Frau war offensichtlich in großer Sorge. Zuerst hatte sie vermutet, Kate habe vielleicht ihre Pläne geändert und unterwegs bei Freunden vorbeigeschaut. Doch nun war es schon spät, und sie hatte diese Möglichkeit verworfen. Vielleicht war Kate ja auch müde geworden und hatte sich entschlossen, die Nacht bei den Scotts zu verbringen? Das hielt sie zwar eigentlich für unwahrscheinlich, doch sie wollte sich lieber vergewissern. Julie war sehr erstaunt, dass Kate noch nicht zu Hause angekommen war. Über irgendwelche Pläne wusste sie nichts und erklärte, dass Kate sie schon nach wenigen Minuten wieder verlassen hatte. Julie fragte auch Andy, ob Kate vielleicht ihm gegenüber irgendetwas hatte verlauten lassen.

Doch Andy schüttelte nur müde den Kopf. Er war schon beinahe eingeschlafen. »Wahrscheinlich hat sie sich mit ein paar

Freunden zum Dinner in New York getroffen. Sie hat erzählt, dass Joe wieder einmal unterwegs ist.« Andy wusste, dass Kate meist allein ausging.

»Aber dafür war sie gar nicht passend angezogen«, stellte Julie zweifelnd fest. Kate hatte einen schlichten Baumwollrock mit einem weiten Oberteil getragen und dazu alte Sandalen. Das Haar hatte sie zu einem Pferdeschwanz gebunden.

»Oder sie ist ins Kino gegangen«, murmelte Andy schlaftrunken.

Julie bat die Kinderfrau, noch einmal anzurufen, wenn Kate nicht nach Hause käme. Kate war ihr von Anfang an sympathisch gewesen. Julie wusste zwar, dass sie Andy sehr weh getan hatte, doch er konnte die Vergangenheit mittlerweile sehr gelassen sehen. Julie selbst war natürlich froh, dass die Dinge sich so entwickelt hatten, denn sie war sehr glücklich mit ihrem Mann.

Die Kinderfrau rief am nächsten Morgen um sieben Uhr erneut an. Kate war immer noch nicht zurückgekehrt.

Nun war auch Andy in großer Sorge. »Das sieht ihr gar nicht ähnlich«, sagte er zu Julie, als er den Hörer auflegte. Reed war schon unten beim Frühstück. Der Junge sollte noch nichts erfahren. »Ich ruf jetzt bei der Autobahnpolizei an. Vielleicht ist letzte Nacht etwas passiert.«

Kate war eine gute Autofahrerin, und es gab keinen Anlass zu der Annahme, dass sie in einen Unfall verwickelt worden war. Doch Andy wollte sicher gehen.

Es dauerte eine Ewigkeit, bis jemand auf der Polizeistation abhob. Andy beschrieb Kate und ihren Wagen genau. Sie fuhr einen *Chevrolet* Kombi, ein gutes, zuverlässiges Auto, das genügend Platz für die Kinder bot.

Eine weitere Ewigkeit dauerte es, bis der Dienst habende Streifenpolizist in den Unterlagen nachgeschaut hatte. »Es gab einen Frontalzusammenstoß bei Norwalk, gegen Viertel nach acht gestern Abend. Ein *Chevrolet* Kombi und ein *Buick*. Der Fahrer des *Buick* starb noch an der Unfallstelle, die Fahrerin des *Chevy* war ohne Bewusstsein, als sie endlich aus dem Wrack befreit werden konnte. Etwa dreißig Jahre alt, sonst haben wir hier keinerlei Beschreibung. Um zehn wurde sie ins Krankenhaus gebracht. Die Rettungskräfte brauchten zwei Stunden, um sie aus dem Auto herauszuholen.«

Mehr wusste der Mann nicht zu berichten, doch Andy hatte genug gehört. Er erzählte Julie, was er soeben vernommen hatte. Währenddessen wählte er bereits die Nummer des Krankenhauses, die er hastig auf ein Stück Papier gekritzelt hatte. Seine Hände zitterten, während er dem Freizeichen lauschte.

Die Schwester in der Notaufnahme berichtete, was sie wusste. Kate war tatsächlich dort. Sie war noch immer ohne Bewusstsein. Ihr Zustand war kritisch. Man hatte unter ihrer Telefonnummer niemanden erreichen können. Die Kinderfrau war wohl bereits zu Bett gegangen gewesen und hatte das Klingeln nicht gehört.

Andy schaute Julie düster an, als er den Hörer auflegte. »Ihr Zustand ist kritisch. Sie ist am Kopf verletzt, und ein Bein ist gebrochen.«

»Was ist mit dem Kind?«, flüsterte Julie. Das waren schreckliche Neuigkeiten.

»Ich habe keine Ahnung. Davon hat die Schwester nichts gesagt.«

Andy zog sich schnell an. Er wollte sofort ins Krankenhaus fahren.

»Was ist mit Joe? Willst du ihn nicht anrufen?«, fragte Julie.

»Ich werde erst mal sehen, was ich in Erfahrung bringen kann.«

Eine halbe Stunde später erreichte Andy das Krankenhaus. Kates Anblick entsetzte ihn. Ihr Kopf war mit einem dicken Verband umwickelt und das Bein steckte in einer Schiene. Kaum hatte er den Raum betreten, registrierte er, das ihr Bauch unter dem Laken flach war. Sie hatte ihr Kind verloren! Der Anblick trieb Andy die Tränen in die Augen. Er trat leise an das Bett und ergriff vorsichtig Kates Hand. Plötzlich brachen längst vergessen geglaubte Erinnerungen über ihn herein. Einst war er sehr glücklich mit ihr gewesen.

Als Andy das Zimmer verließ, lag Kate noch immer im Koma. Der Arzt war noch nicht sicher, ob sie angesichts der schweren Verletzungen überleben würde.

Stundenlang saß Andy im Warteraum. Er erinnerte sich an Reeds Geburt. Auch damals hatte er den ganzen Tag gewartet und war vor Sorge um Kate beinahe verrückt geworden. Doch das war mit dieser Situation nicht zu vergleichen. Er rief die Kinderfrau in New York an und bat sie, so schnell wie möglich Joe ausfindig zu machen.

»Aber wie denn, Mr. Scott?«, fragte die Frau und brach in Tränen aus. Sie hatte geahnt, dass Kate etwas zugestoßen war, und sie hatte Recht behalten. Das Telefonklingeln in der Nacht hatte sie tatsächlich nicht gehört. »Mrs. Allbright kennt zwar den Namen des Hotels, aber ich habe keine Ahnung, wo das ist. Normalerweise ruft er immer *sie* an.«

»Wissen Sie denn wenigstens, in welcher Stadt er sich aufhält?«

So ein Leben war doch die Hölle! Verheiratet mit einem Mann, der ständig unterwegs war ... Aber Andy wusste genau, dass Kate noch immer an dieser Ehe festhielt. Daran hatte sich in all den Jahren nichts geändert.

»Nein, das weiß ich auch nicht genau.« Die Frau schluchzte. »Ich glaube, er ist in Paris. Das hat sie jedenfalls gesagt. Gestern hat er zuletzt angerufen.«

»Glauben Sie, dass er sich heute wieder meldet?«

»Kann sein. Er ruft aber nicht jeden Tag an. Manchmal hört sie auch ein paar Tage lang nichts von ihm.«

Der alte Hass auf Joe erwachte in Andy zu neuem Leben. Er tat anscheinend gar nichts für Kate. Dabei hatte sie jemanden verdient, der sich um sie kümmerte.

Andy gab der Kinderfrau Anweisungen, was sie Joe sagen sollte, sobald er sich meldete. Er bat sie, sich auf keinen Fall außer Reichweite des Telefons zu begeben. Nicht einmal über Joes Büro würde er etwas über dessen Aufenthaltsort in Erfahrung bringen können, denn dort wurde am Wochenende nicht gearbeitet. Vielleicht würde Kate sterben, bevor Joe überhaupt etwas von ihrem Unfall erfuhr. In der gegenwärtigen Lage konnte er zwar nichts tun, doch für Kate wäre es sicher gut, wenn er bei ihr wäre. Wenn wenigstens irgendjemand wüsste, wo man ihn auftreiben konnte!

»Ist … ist mit dem Kind alles Ordnung?«, fragte die Kinderfrau zögernd.

Es entstand eine lange Pause.

Schließlich entgegnete Andy: »Ich weiß es nicht.« Er wollte nicht der Überbringer der schlimmen Nachricht sein. Außerdem sollte zuerst Joe davon erfahren.

Anschließend rief Andy Kates Eltern an. Sie waren vollkommen geschockt, als sie von dem Unfall erfuhren. Andy versprach, sie über die weiteren Entwicklungen auf dem Laufenden zu halten, doch Clarke und Elizabeth wollten so schnell wie möglich aus Boston anreisen. Dann rief Andy Julie an und bat sie, nach New York zu fahren und Stevie abzuholen.

»Wie geht es ihr?«, fragte Julie und fühlte sich auf seltsame Weise mit Kate verbunden.

»Ziemlich schlecht«, gab Andy zurück.

Kurz darauf kehrte er in Kates Zimmer zurück und blieb dort bis nach sechs Uhr. Dann rief er erneut in New York an, doch Joe hatte sich noch nicht gemeldet.

Nachts riefen Andy und Julie in regelmäßigen Abständen im Krankenhaus an, um sich nach Kates Zustand zu erkundigen. Den Kindern sagten sie nichts. Reed spürte aber, dass etwas nicht in Ordnung war. Er hatte den ganzen Nachmittag draußen gespielt, und sein Vater hatte ihm erzählt, dass seine Mutter über das Wochenende verreist war. Gemeinsam mit Julie hatte Andy beschlossen, die beiden Kleinen die Woche über in Greenwich zu behalten.

Kates Zustand veränderte sich nicht, und Joe gab kein Lebenszeichen von sich. Clarke und Elizabeth trafen im Laufe des Samstags ein und waren verzweifelt. Als Andy am Sonntagnachmittag ins Krankenhaus fuhr, hing Kates Leben immer noch an einem seidenen Faden. Joe blieb verschollen, und Elizabeth verlor jedes Mal die Fassung, wenn nur sein Name erwähnt wurde.

Montags rief Andy schon früh am Morgen in Joes Büro an. Er selbst hatte sich für diesen Tag beurlauben lassen. Joes Sekretärin teilte ihm mit, dass Joe sich auf dem Weg von Frankreich nach Spanien befinde. Sie würde sicher im Laufe des Tages von ihm hören. Andy erklärte ihr die Situation. Hazel war bestürzt und versprach, alles zu unternehmen, um Joe so schnell wie möglich zu erreichen.

Erst um fünf Uhr hörte Andy wieder von ihr. Joe hatte seine Pläne geändert und in Madrid eine Nachricht hinterlassen. Niemand wusste etwas über seinen Verbleib. Hazel vermutete, dass er nun auf dem Weg nach London war, doch das war reine Spekulation. In allen Hotels in Europa, die in Frage kamen, hatte sie Nachrichten für Joe hinterlassen.

Am Dienstagnachmittag meldete sich Joe endlich in seinem Büro. Er hatte das Wochenende auf einer Yacht in Südfrankreich verbracht und sich entschlossen, nicht nach Spanien zu fahren. Stattdessen hatte er sich einen Tag freigenommen, was er nur äußerst selten tat. Von der Yacht aus gab es keine Möglichkeit zu telefonieren. In der Nacht zu Dienstag war Joe in London eingetroffen und hatte dort Hazels Nachricht vorgefunden.

»Was ist los?« Joe hatte keine Ahnung, dass man verzweifelt versucht hatte, ihn zu erreichen. Er ahnte nicht, dass Kate etwas zugestoßen war, sondern nahm an, dass Hazel irgendein Problem im Büro hatte. Daher hatte er sich mit dem Rückruf Zeit gelassen. Er war entspannt und zufrieden, nachdem er drei Tage lang gesegelt war, und der Gedanke an geschäftliche Schwierigkeiten gefiel ihm gar nicht.

»Es geht um Ihre Frau.« Hazel kam direkt zur Sache und berichtete von Kates Unfall. Sie erklärte, dass Kates Zustand kritisch sei und sie in einem Krankenhaus in Connecticut lag.

»Was treibt sie denn in Connecticut?« Joe hatte noch gar nicht verstanden, was Hazel ihm soeben erklärt hatte. Seine Frage war absurd.

»Ich glaube, dass sie am Freitagabend Reed dorthin gebracht hat. Sie war allein, als auf dem Rückweg der Unfall geschah.«

Allmählich begann Joe zu begreifen. »Ich komme sofort zurück«, sagte er, doch beide wussten, dass es um diese Uhrzeit bereits zu spät war, um noch einen Flug zu ergattern. Nicht einmal eines seiner eigenen Flugzeuge stand ihm zur Verfügung. »Ich tue, was ich kann, aber ich glaube nicht, dass ich vor morgen Nachmittag dort sein kann. Haben Sie die Nummer des Krankenhauses?«

Hazel gab sie ihm, und Joe beendete ohne ein weiteres Wort das Gespräch, um sich mit dem Krankenhaus in Verbindung zu setzen. Er legte auf und starrte vor sich hin. Er konnte nicht glauben, was er soeben gehört hatte. Kate war sehr schwer verletzt, und sie hatte die Kinder verloren. Sie war mit Zwillingen schwanger gewesen.

Joe ließ sich auf das Bett fallen. Sein Kopf dröhnte. Was sollte er bloß tun, wenn Kate starb?

22

Am Mittwochabend betrat Joe um sechs Uhr das Krankenhaus. Der Unfall lag nun fünf Tage zurück. Kate wurde künstlich beatmet und ernährt. Das Bewusstsein hatte sie noch immer nicht wiedererlangt, obwohl die Ärzte versicherten, dass sie sich von der Kopfverletzung bereits erhole. Die Schwellung sei leicht zurückgegangen, und das hielten sie für ein gutes Zeichen. Kates Eltern wohnten in einem Motel ganz in der Nähe. Sie versuchten, ein wenig zur Ruhe zu kommen.

Andy stand neben Kates Bett, als Joe das Zimmer betrat. Die beiden Männer tauschten über das Bett hinweg einen Blick, und Joe erkannte in den Augen des anderen, was dieser von ihm hielt.

»Wie geht es ihr?«, fragte Joe, während er Kates Hand nahm. Es war wirklich beängstigend, wie bleich sie war.

Andy glaubte, während des Nachmittags leichte Hinweise auf eine Besserung erkannt zu haben. Er war in den Tagen seit dem Unfall nicht zur Arbeit gegangen. Auf keinen Fall hatte er Kate allein lassen wollen. Julie hatte mit den Kindern alle Hände voll zu tun. Die Kinderfrau war inzwischen eingetroffen, um sie zu unterstützen. Ihre Anwesenheit in New York war nun nicht mehr länger erforderlich.

»Unverändert«, presste Andy hervor.

Joe bemerkte Kates flachen Bauch sofort. Er war erschüttert, denn er wusste, was es für sie bedeutete, wenn sie erfuhr, dass sie das Kind verloren hatte. Mit der Zeit hatte auch er sich immer mehr auf das Baby gefreut, aber das alles war jetzt nicht mehr wichtig. Es ging ihm nur noch um Kate.

»Ich danke Ihnen, dass Sie sich um sie gekümmert haben«, sagte Joe höflich, als Andy seine Jacke nahm und sich anschickte, das Zimmer zu verlassen.

Eine Krankenschwester saß am Bett und beobachtete die beiden Männer. Sie wusste nicht, in welcher Beziehung sie zu Kate standen, doch es war offensichtlich, dass sie einander nicht besonders mochten.

Andy hielt mitten im Schritt inne und wandte sich um. »Wo zum Teufel sind Sie gewesen, Mann? Vier Tage lang wusste niemand, wo Sie sich aufhalten.« Joe hatte schließlich Verpflichtungen: eine schwangere Frau und zwei Stiefkinder. Andy konnte nicht begreifen, wie man sich in einer solchen Situation tagelang einfach nicht melden konnte. Er fragte sich, ob Joe Kate vielleicht betrog, doch da irrte er sich. Ein solches Verhalten war nun einmal typisch für Joe. Kate hatte sich inzwischen daran gewöhnt, obwohl es auch für sie manchmal immer noch schwer war, es zu akzeptieren. Andy war das alles ein großes Rätsel. Und die Ereignisse der jüngsten Zeit bestärkten ihn in seiner Auffassung, dass es die Pflicht eines Mannes war, sich um seine Familie zu kümmern. Andy jedenfalls würde seiner Frau und seinen Kindern so etwas niemals antun.

»Ich war auf einer Yacht«, entgegnete Joe kühl. Diese Erklärung schien ihm ausreichend. »Ich habe mich sofort auf den Weg gemacht, als ich von dem Unfall hörte.«

Trotzdem fühlte er sich unbehaglich. Kate hatte fünf Tage lang im Krankenhaus gelegen, und er war nicht bei ihr gewesen. Doch darüber war er Andy keinerlei Rechenschaft schuldig. Es ging ihn nichts an. Kate war lediglich die Mutter seiner Kinder. Andy freilich sah das anders.

»Wissen ihre Eltern schon Bescheid?«, fragte Joe unvermittelt. Er hatte nicht daran gedacht, sich bei Hazel danach zu erkundigen.

»Sie sind bereits hier«, erklärte Andy. »Sie wohnen in einem Motel in der Nähe.«

»Ich danke Ihnen nochmals für Ihre Hilfe«, sagte Joe, und es war klar, dass Andy damit entlassen war.

»Rufen Sie an, wenn wir noch irgendetwas tun können«, erwiderte Andy und verließ das Zimmer.

Joe setzte sich auf die Bettkante. Die Krankenschwester stand auf und machte sich an dem Waschbecken neben der Tür zu schaffen, damit er mit seiner Frau einen Augenblick allein sein konnte. Joe betrachtete Kate voller Sorge. Er mochte sich nicht ausmalen, was wäre, wenn er sie verlöre. So merkwürdig seine Beziehung zu ihr in den Augen anderer auch sein mochte: Er liebte Kate heiß und innig, und das nun schon seit fünfzehn Jahren. Sie war seine beste Freundin, sein Trost in schlimmen Zeiten, seine Ratgeberin, seine größte Freude. Sie war die Liebe seines Lebens, die einzige Frau, der er vertraute.

»Kate, bitte verlass mich nicht ...«, flüsterte er, nachdem die Schwester hinausgegangen war. »Bitte, Liebling ... komm zurück zu mir ...«

Stundenlang saß Joe an Kates Bett, und bittere Tränen liefen über seine Wangen.

Am Abend kam ein Arzt herein, um die Verbände zu überprüfen, und um Mitternacht wurde eine Liege für Joe aufgestellt. Er würde die Nacht bei Kate verbringen. Falls sie starb, wollte er auf keinen Fall zu Hause sein. Joe legte sich hin, doch er konnte nicht schlafen. Unverwandt schaute er Kate die ganze Nacht lang an. Es kam einem Wunder gleich, als sie sich gegen vier Uhr morgens plötzlich bewegte. Joe war für ein paar Sekunden eingenickt, als er plötzlich ein leises Stöhnen vernahm.

Er setzte sich auf. »Was ist los?«, fragte er, während die Schwester Kates Vitalfunktionen überprüfte. Doch sie hörte ihn nicht, weil sie Kate gerade mit einem Stethoskop untersuchte.

Plötzlich stöhnte Kate erneut auf, und mit geschlossenen Augen wandte sie den Kopf in seine Richtung. Sie schien zu spüren, dass Joe bei ihr war. »Liebling, ich bin's ... ich bin bei dir ... mach die Augen auf, wenn du kannst!«

Doch Kate reagierte nicht, und Joe kehrte zu seiner Liege zurück. Er fühlte sich Kate so nahe. Er hatte unbeschreibliche Angst davor, dass sie sterben könnte. Er liebte sie so sehr, so wie auch sie ihn immer geliebt hatte. Ihm kamen die Meinungsverschiedenheiten der letzten Zeit in den Sinn. Kate wollte immer nur bei ihm sein, doch ihn trieb es hinaus in die Welt. Aber er liebte sie nicht weniger als sie ihn. Joe sah die Dinge einfach mit anderen Augen und ging davon aus, dass sie das längst akzeptiert hatte. Er hätte es nicht erklären können, doch er fühlte sich wegen des Unfalls irgendwie schuldig. Er hätte es niemals zugegeben, doch er machte sich nun Vorwürfe, weil er Kate so lange allein gelassen hatte. Während sie hier im Krankenhaus mit dem Tod rang, hatte er drei fantastische Tage auf der Yacht eines Freundes verbracht. Dieser war Brite, und die beiden Männer waren während des Krieges oft gemeinsam geflogen. Trotzdem hatte Joe häufig an Kate und das Kind, das sie nun bald bekommen würden, gedacht. Er konnte sich nicht vorstellen, wie es gewesen wäre, wenn sie Zwillinge bekommen hätte. Doch das spielte nun auch keine Rolle mehr.

Joe machte in jener Nacht kein Auge zu. Um sechs Uhr stand er auf, putzte sich die Zähne und wusch sich das Gesicht. Dann trat er wieder an Kates Bett, gerade rechtzeitig, um zu beobachten, wie sie leise stöhnte und die Augen öffnete. Sie blickte ihn direkt an. Joe war so überrascht, dass er unwillkürlich den Atem anhielt.

»So ist es schon besser«, sagte er lächelnd, und Erleichterung machte sich in ihm breit. »Willkommen zurück im Leben.«

Kate seufzte leise, dann schloss sie erneut die Augen. Joe konnte es kaum erwarten, der Krankenschwester endlich Bericht zu erstatten. Doch sie ließ auf sich warten. Kate öffnete abermals die Augen und versuchte unter großen Mühen, etwas zu sagen. Sie schien nicht überrascht zu sein, Joe zu sehen.

»Was ist geschehen?« Ihre Stimme war so schwach, dass Joe sie kaum verstehen konnte. Er beugte sich über sie, damit ihm keines ihrer Worte entging.

»Du hattest einen Unfall«, flüsterte er ebenfalls ganz leise, um sie nicht zu erschrecken.

»Ist mit Reed alles in Ordnung?« Kate erinnerte sich daran, dass sie mit ihrem Sohn im Auto gesessen hatte. Dass sie erst auf dem Rückweg in einen Unfall verwickelt wurde, war ihr entfallen.

»Ja, Reed geht's gut.«

Joe betete, dass sie jetzt nicht nach dem Kind fragen würde. Sie sollte noch nicht sofort erfahren, dass sie Zwillinge verloren hatte. »Sei tapfer, Schatz! Ich bin bei dir. Du wirst wieder gesund.« Auch dafür betete er.

Kate runzelte die Stirn. Fragend schaute sie ihn an, als ob es ihr Schwierigkeiten bereitete, ihn zu verstehen. »Warum bist du hier? Du bist doch ...«

»Nein, ich bin hier bei dir.«

»Warum denn?« Glücklicherweise hatte Kate keine Ahnung, wie schwer verletzt sie war. Plötzlich hob sie die Hand und führte sie zu ihrem Bauch. Joe versuchte noch, es zu verhindern, doch es war zu spät! Entgeistert blickte Kate ihn an, und noch ehe er etwas sagen konnte, rollten Tränen über ihre Wangen.

»Kate, nicht ...« Mehr brachte er nicht über die Lippen. Er nahm ihre Hand, küsste sie und hielt sie fest. »Bitte, Schatz ...«

»Was ist mit unserem Kind?« Klagend stieß Kate die Frage hervor. Ihre Stimme klang zittrig. Joe beugte sich zu ihr hinunter. Vorsichtig achtete er darauf, ihren Kopf nicht zu berühren. Kate wusste nun, was geschehen war, und es gab nichts, womit er sie hätte trösten können. Er konnte ihr nur in ihrem Schmerz beistehen.

Kurz darauf betrat die Krankenschwester in Begleitung eines Arztes das Zimmer. Beide waren hocherfreut, dass Kate das Bewusstsein wiedererlangt hatte. Draußen auf dem Gang erklärte der Arzt Joe, dass sie trotzdem noch nicht außer Gefahr sei. Sie hatte eine schwere Gehirnerschütterung erlitten und fünf Tage lang im Koma gelegen. Der Beinbruch war äußerst kompliziert, und sie hatte bei der Fehlgeburt viel Blut verloren. Die Genesung würde sehr lange dauern. Sie würde Monate brauchen, um sich von dem Unfall und seinen Folgen zu erholen. Außerdem war der Arzt der Meinung, dass Kate keine Kinder mehr bekommen konnte. Das war Joe nicht so wichtig. Seine ganze Sorge galt Kate.

Kate brach völlig zusammen, nachdem ihr klar geworden war, dass sie die Zwillinge verloren hatte. Sie bekam ein starkes Beruhigungsmittel und schlief wieder ein. Joe fuhr nach New York. Er wollte im Büro nach dem Rechten sehen und zu

Hause einige Sachen für sich und Kate zusammenpacken. Um fünf Uhr nachmittags war er wieder zurück.

Kates Eltern verließen soeben das Krankenzimmer. Elizabeth ignorierte Joe vollkommen, und in Clarkes Augen standen Tränen, als er sich an den Mann seiner Tochter wandte.

»Du hättest bei ihr sein müssen, Joe!« Mehr sagte er nicht, dann wandte er sich ab und ging an der Seite seiner Frau den Flur entlang in Richtung Ausgang.

Joe widersprach nicht. Clarkes Worte hatten ihre Wirkung nicht verfehlt. Es schmerzte Joe, dass er Kate wiederholt solchen Kummer bereitet hatte. Er verstand Kates Eltern, doch ihre harte Haltung erschien ihm trotzdem ungerecht. Es war schließlich ein schlimmer Zufall gewesen, dass Kate den Unfall während seiner Abwesenheit gehabt hatte. Joe war immerhin gezwungen, Geschäftsreisen zu unternehmen. Vielleicht war es nicht richtig gewesen, dass er sich für drei Tage auf einer Yacht aufgehalten hatte, während seine schwangere Frau allein zu Hause war. Doch er war davon ausgegangen, dass alles in Ordnung war. Außerdem hätte er, selbst wenn er zu Hause gewesen wäre, den Unfall nicht verhindern können. Er hätte Kate nicht verbieten können, Auto zu fahren. Und er konnte nicht zu jeder Stunde des Tages ein Auge auf sie haben. Der Fahrer, der den Unfall verursacht hatte, war betrunken gewesen, das hatten die Untersuchungen ergeben. So etwas geschah leider immer wieder. Es hätte genauso gut Joe selbst treffen können. Er hatte den Eindruck, dass man ihn zum Sündenbock machte, nur weil er unterwegs gewesen war.

Gegen Ende der Woche ließ Joe Kate in ein Krankenhaus in New York bringen. So war es einfacher für ihn, sie zu besuchen. Und vielleicht hellte sich ihre Stimmung auf, wenn sie auch ihre Freunde wiedersah. Doch Kate war zutiefst depressiv und lehnte jeden Besuch ab. Zu Joe sagte sie, dass sie am liebsten sterben würde.

Joe verbrachte das ganze Wochenende bei ihr im Krankenhaus. Sie telefonierten mit Reed, und anschließend hörte Kate gar nicht mehr auf zu weinen. Sie war in einer entsetzlichen Verfassung. Joe gestand es sich nur ungern ein, doch er war erleichtert, dass er in der folgenden Woche für drei Tage nach

L.A. fliegen konnte. Er fühlte sich vollkommen hilflos. Diesmal rief er jedoch alle paar Stunden bei Kate an.

Ende April wurde Kate aus dem Krankenhaus entlassen. Das Bein war noch immer eingegipst, und sie lief an Krücken, doch von den Kopfverletzungen hatte sie sich wieder erholt. Manchmal plagten sie noch Kopfschmerzen, aber die waren erträglich. Anfang Mai wurde der Gipsverband abgenommen. Äußerlich war Kate nun wieder die Alte, obwohl sie sehr viel an Gewicht verloren hatte. Doch die Frau, zu der Joe abends von der Arbeit zurückkehrte, war nicht mehr die, die er geheiratet hatte. Ihre positive Ausstrahlung war verschwunden. Meistens war sie müde und deprimiert und weigerte sich, das Haus zu verlassen. Sie saß einfach nur da, starrte die Wand an oder weinte stundenlang. Joe konnte nichts für sie tun. Sie sprach nur selten mit ihm und interessierte sich auch nicht mehr für die Dinge, die er erzählte. Allein ihr Anblick machte Joe krank.

Reed und Stephanie blieben den Juni über bei Andy und Julie. Die Lage verschärfte sich noch, als Kate erfuhr, dass Julie erneut ein Baby erwartete. Sie trauerte um die Kinder, die sie verloren hatte, und darum, dass sie selbst nun nie mehr schwanger werden könnte.

»Vielleicht ist es wirklich besser so. Wir sind schon viel zu alt für Kinder«, sagte Joe eines Tages behutsam. Er bemühte sich um ein vernünftiges Gespräch mit Kate. »So haben wir doch viel mehr Zeit für uns. Du könntest wieder mit mir auf Reisen gehen.«

Doch Kate wurde ärgerlich. Sie wollte nirgendwohin reisen, auch nicht mit Joe. Er schlug ihr eine Reise nach Europa oder an die Westküste vor, doch Kate weigerte sich standhaft.

Joe unternahm alles Erdenkliche, um seine Frau aufzuheitern, doch es gelang ihm nicht. Dann tat er schließlich das, was er am besten konnte: Er ergriff die Flucht. Er konnte Kates Gegenwart nicht mehr ertragen. Sie war nur noch missmutig und niedergeschlagen. Sie schien – wie alle anderen auch – ihm die Schuld an dem zu geben, was passiert war. Das war zu viel für Joe. Das ihm wohl bekannte Schuldgefühl hatte sich wieder eingestellt. Also ging er so oft wie möglich auf Reisen, die er als unumgänglich darstellte. Er hatte so viel Zeit zu Hause bei Kate verbracht, dass er darüber seine Firma vernachlässigt hatte. Als Joe sein gewohntes Leben wieder aufnahm, lagen seine Nerven bloß. So oft er zu Hause anrief, es gab immer Streit. Es war ein nicht enden wollender Albtraum. Joe wollte nicht, dass es so weiter ging, doch er wusste nicht, was er dagegen unternehmen sollte. Er konnte einfach nicht zu Kate vordringen. Die alte Kate schien verloren, und die Frau, die sie geworden war, schlug ihn in die Flucht.

Drei Monate lang war Joe pausenlos unterwegs. Am Ende des Sommers waren Kate und er einander fremd geworden. Kate fuhr mit ihren Eltern und den Kindern nach Cape Cod, doch diesmal verzichtete Joe darauf, sie dort zu besuchen. Er blieb in Los Angeles. Elizabeth würde sicher sofort kundtun, was sie davon hielt, doch das interessierte ihn nicht mehr. Jahrelang war sie ihm mit unverhohlener Abneigung begegnet. Die Zeiten, in denen Joe versucht hatte, ihr alles recht zu machen, waren endgültig vorbei. Dasselbe galt für seine Beziehung zu Kate. Er war nach Hause gekommen, war bei ihr geblieben, hatte getan, was in seiner Macht stand, um sie ins Leben zurückzuholen. Doch es genügte einfach nicht.

Im September verbrachte Joe zwei Wochen zu Hause, und Kate schien etwas besserer Stimmung zu sein. Doch als er ihr mitteilte, dass er bald nach Japan fliegen müsse, verlor sie die Beherrschung.

»Schon wieder? Wann bist du eigentlich jemals zu Hause?« Sie entwickelte sich immer mehr zu einer hysterischen Furie.

Joe bedauerte bereits, dass er überhaupt nach Hause gekommen war. »Ich bin immer da, wenn du mich brauchst, Kate. Diesmal bin ich so lange wie möglich hier geblieben. Ich muss mich aber auch noch um das Geschäft kümmern. Du kannst mich gern begleiten, wenn du willst.« Seine Stimme klang kalt und reserviert.

»Nein danke.« Kate fand keine Ruhe. Sie war unglücklich und streitsüchtig, und das verschärfte die Situation. »Wann kommst du zurück?«, fragte sie vorwurfsvoll.

Zum ersten Mal in den vielen Jahren, die sie sich mittlerweile kannten, konnte Joe sich vorstellen, dass er sie eines Tages hassen würde. Sie war einfach unausstehlich. Jene Kate, die er kannte und liebte, war schon lange verschwunden. Er wusste, dass die Fehlgeburt sie aus der Bahn geworfen hatte, doch er konnte ihr Verhalten kaum mehr ertragen. Kate schien ihm eher tot als lebendig zu sein.

Kate ihrerseits sehnte sich verzweifelt nach Joe. Nur er konnte die Dinge wieder einrenken. Sie versank in ihrem Elend und wusste nicht, wie sie die Hand nach ihm ausstrecken sollte. Jedes Mal, wenn sie es versuchte, gewannen Zorn und Verzweiflung die Oberhand. Kate und Joe fanden keinen Zugang mehr zueinander, und doch begehrte Kate nur ihn. Sie liebte ihn noch immer. Stattdessen hasste sie sich selbst. Immer wieder spulte sich der gleiche Film vor ihrem geistigen Auge ab. Sie sah jede einzelne Szene genau vor sich: Sie fuhr auf der Landstraße, und dann war da plötzlich nur ein schwarzes Loch. Als sie erwachte, lag sie in einem Krankenzimmer, und als sie sich aufrichten wollte, erblickte sie ihren flachen Bauch. Und es durchfuhr sie wie ein Blitz: Sie hatte das Kind verloren! Sie fragte sich immer wieder, wie sie nur auf den Gedanken gekommen war, Reed an jenem Abend nach Greenwich zu bringen. Wenn sie das nicht getan hätte, wären die Zwillinge bereits auf der Welt. Nun würde sie niemals ein Kind von Joe bekommen. Er würde sich auf keinen weiteren Versuch einlassen. Daran hatte er keinerlei Zweifel gelassen. Und dafür hasste sie ihn. Da ihr die Worte fehlten, die ihren Schmerz ausgedrückt hätten, konnte sie ihm nur mit all ihrem ohnmächtigen Zorn begegnen.

Joe hatte seine Frau verloren. Wie Fremde lebten sie unter einem Dach. Deshalb hielt er sich so selten wie möglich zu Hause auf.

Im Oktober verbrachte er lediglich vier Tage in New York. Je länger er fort war, desto schlechter ging es Kate. Seine Abwesenheit bewirkte, dass sie sich noch verlassener fühlte als bisher. Sie war verzweifelt. Ihre Mutter verstand es auch in dieser Zeit, Kates Wut mit abfälligen Bemerkungen über Joe zu schüren. Elizabeth war nun sicher, dass Joe Kate immer nur benutzt hatte. Er brauchte eine Frau, mit der er sich schmücken konnte. Kate selbst glaubte inzwischen ebenfalls, dass er sie nicht mehr liebte. Doch statt ihm ihre Liebe zu zeigen, damit er zu ihr zurückkehrte, stieß sie ihn immer wieder zurück. Joe distanzierte sich zunehmend von ihr. Seit dem Unfall hatte es keinerlei zärtliche Berührungen mehr zwischen ihnen gegeben.

Gegen Ende Oktober waren es bereits sechs Monate, die sie auf diese Weise nebeneinander her lebten. Joe hatte endgültig genug. »Kate, ich halte das nicht mehr aus«, stellte er so ruhig wie möglich fest.

Er war für das Wochenende nach Hause gekommen, und Kate spürte instinktiv, dass er seine Flucht vorbereitete. Er konnte ihren Zorn, ihre ständigen Klagen und die eigenen Schuldgefühle nicht länger ertragen.

»Ich kann nicht mehr. Du musst endlich darüber hinwegkommen. Ich weiß, dass es sehr schmerzhaft für dich ist. Es ist schrecklich, dass du die Zwillinge verloren hast, aber ich werde nicht tatenlos zusehen, wie wir einander immer größeren Schmerz zufügen.« Er vermisste die Frau, die er einst so sehr geliebt hatte. »Du hast zwei großartige Kinder. Wir könnten doch auch mit ihnen glücklich sein. Warum kommst du nicht mit mir nach Los Angeles? Seit Monaten hast du keinen Fuß mehr vor die Tür gesetzt.« Er wollte noch einen Versuch machen, Kate zur Vernunft zu bringen.

»Ich will nirgendwohin fahren!«, beharrte Kate.

Joes Geduld war am Ende. Seine Bemühungen hatten nichts bewirkt. Er war ärgerlich und zugleich traurig.

»Stimmt, du könntest ja auch auf andere Gedanken kommen! Du sitzt lieber hier herum und bemitleidest dich selbst. Kate, verdammt! Wann wirst du endlich erwachsen? Ich kann mich nicht ständig nur um dich kümmern. Und ich kann dir die Kinder nicht zurückbringen. Vielleicht wollte das Schicksal einfach nicht, dass wir noch mehr Kinder bekommen. Das liegt alles nicht in unserer Hand.«

»Es war doch von Anfang an genau das, was du wolltest, oder etwa nicht? Du wolltest, dass ich abtreibe. Dann hättest du überhaupt nicht mehr nach Hause kommen müssen. Erzähl mir bloß nicht, wie viel du für mich getan hast, wie viel Glück ich doch habe. Ich will kein Wort mehr davon hören, Joe! Du bist doch sowieso nie da. Fünf verdammte Tage hast du gebraucht, um nach Hause zu kommen, als alle glaubten, ich würde sterben. Woher nimmst du das Recht, mir zu sagen, dass ich erwachsen werden soll? Dauernd fliegst du mit deinen blöden Flugzeugen in der Gegend herum, während ich mich hier um meine Kinder kümmere. Du bist wohl eher derjenige, der endlich erwachsen werden sollte!«

Joe starrte Kate feindselig an. Ohne ein Wort zu verlieren stand er auf und ging hinaus. Mit einem lauten Knall warf er die Wohnungstür hinter sich zu und verbrachte die Nacht im *Plaza*.

Kate warf sich aufs Bett und weinte. Sie hatte all das gesagt, was sie niemals hatte aussprechen wollen. Sie war so voller Trauer und Schmerz und fühlte sich unendlich einsam. Doch nun hatte sie alles nur noch schlimmer gemacht. Sie wünschte sich nichts mehr, als dass er bei ihr blieb. Er sollte alles wieder in Ordnung bringen, und sie hasste ihn, weil es ihm nicht gelang. Natürlich konnte er ihr die Kinder nicht zurückgeben. Er konnte die Uhr nicht zurückdrehen. Sie hatte sich die Kinder so gewünscht ... Und nun hatte sie nichts Besseres zu tun, als Joe in die Flucht zu schlagen. Sie konnte noch nicht einmal sagen, warum sie sich immerzu so abscheulich verhielt. Es gab niemanden, mit dem sie darüber hätte sprechen können. Vor sechs Monaten war sie in ein finsteres Loch gefallen und fand nicht mehr hinaus. Niemand konnte sie retten. Kate wusste, dass es ihr selbst gelingen musste, doch sie hatte keine Ahnung, wie sie das anstellen sollte.

Am nächsten Tag kehrte Joe in die Wohnung zurück. Er wollte jedoch nur seine Tasche für die Reise nach Los Angeles packen. Kate geriet in Panik.

Joe verhielt sich kühl und unnatürlich beherrscht. »Ich rufe dich dann an, Kate.« Mehr wusste er nicht zu sagen.

Kate wusste, dass sie ihm ihre Liebe nicht zeigen konnte. Sie hatte so schreckliche Dinge zu ihm gesagt. Und Joe begann sich zu fragen, ob sie jemals wieder zueinander finden würden. Sie hatte ihm die Schuld an allem gegeben, und er wollte nichts weiter als einfach verschwinden. Er war vollkommen ausgelaugt und hatte sich noch nie in seinem Leben so elend gefühlt.

Einen Monat lang blieb Joe in Los Angeles und leitete die Firma von dort aus. Wenn es notwendig war, flog Hazel an die Westküste, um ihn dort zu unterstützen. Erst kurz vor Thanksgiving kehrte Joe nach Hause zurück. Leise öffnete er die Wohnungstür und war überrascht, als Reed sich sofort in seine Arme warf.

»Joe! Du bist wieder da!«

Auch Joe freute sich, den Jungen wiederzusehen. Er liebte die Kinder, und in diesen Tagen fiel es ihm besonders schwer, sich von ihnen zu trennen. Er hatte sie in den letzten Wochen sehr vermisst.

»Du hast mir gefehlt, Großer«, entgegnete Joe mit einem breiten Grinsen.

Auch Kate hatte er vermisst, viel mehr als er erwartet hatte. Seine Sehnsucht hatte ihn nach Hause getrieben.

»Wo ist eure Mutter?«

»Die ist ausgegangen. Ins Kino, mit Freunden. Sie ist jetzt dauernd weg.« Reed war fünf Jahre alt, und er hielt Joe für den Größten. Er mochte es nicht, wenn Joe auf Reisen war. Außerdem weinte seine Mutter dann sehr oft. So war es jedenfalls lange Zeit gewesen. Stevie war erst drei und schlief bereits, als Joe eintraf.

Als Kate nach Hause kam, war sie überrascht, dass Joe bereits da war. Sie sah entspannt aus. Vorsichtig nahm Joe sie in die Arme. Nie wusste er, wann sie zum nächsten Angriff übergehen würde. Wenn er fort war, telefonierten sie nur selten miteinander.

»Ich habe dich vermisst«, sagte er aufrichtig.

»Ich dich auch«, entgegnete Kate, klammerte sich an ihn und begann zu weinen. Es war, als ob sie allmählich wieder die Alte würde.

»Ich habe dich schon vermisst, bevor ich fortging«, fügte Joe hinzu.

Kate wusste, woran er dachte. »Ich weiß nicht, was mit mir los war ... offenbar hat mich das alles doch mehr mitgenommen, als ich dachte.« Sie hatte wirklich Schlimmes hinter sich. Es war einfach zu viel gewesen. Hinzu kam, dass Elizabeth nichts unversucht gelassen hatte, um ihre Tochter gegen Joe aufzuwiegeln. Joe wäre es am liebsten gewesen, wenn Kate den

Kontakt mit ihrer Mutter eingestellt hätte, doch das konnte er natürlich nicht verlangen.

Kate ging es tatsächlich besser, und beide entspannten sich allmählich. Über die Feiertage würden sie zu Hause bleiben und nicht wie jedes Jahr zu Kates Eltern nach Boston fahren. Joe war erleichtert, denn er fand die Vorstellung eines Familientreffens unerträglich. Er verlor jedoch kein Wort darüber. Er gab Kate lediglich zu verstehen, dass er es für besser hielte, wenn sie in diesem Jahr zu Hause blieben. Zu seiner grenzenlosen Erleichterung war Kate sofort einverstanden. Aber das Glück war nicht auf ihrer Seite. Drei Tage vor Thanksgiving erhielt Joe ein Telegramm aus Japan. Dort war es zu ernsthaften Schwierigkeiten gekommen, und Joes Anwesenheit war unbedingt erforderlich. Ihm stand zwar überhaupt nicht der Sinn danach, aber um der zukünftigen Geschäftsbeziehungen mit Japan willen hatte er keine Wahl. Es fiel ihm sehr schwer, Kate davon in Kenntnis zu setzen.

Sie war entsetzt. »Warum sagst du ihnen nicht einfach, dass hier ein Feiertag ist? Es ist wichtig für die Kinder, Joe, dass wir zusammen feiern.« Sie war kurz davor, in Tränen auszubrechen. Aber beide bemühten sich darum, einen Streit zu vermeiden, da die letzten Tage äußerst harmonisch verlaufen waren.

»Aber meine Firma ist auch wichtig, Kate«, entgegnete Joe mit ruhiger Stimme.

»Ich brauche dich aber hier, Joe! Es ist ohnehin schon alles so schwer für mich.« Die zurückliegenden Ereignisse ließen Kate noch immer keine Ruhe finden, obwohl es ihr so gut ging wie seit Monaten nicht mehr. »Bitte lass mich nicht allein!« Sie flehte ihn an. All ihre Ängste aus ihrer Kindheit waren plötzlich wieder präsent. Der Selbstmord ihres Vaters hatte ihr gesamtes Leben geprägt. Doch Joe konnte es nicht ändern: Er musste nach Japan. Und er erwartete, dass Kate Verständnis dafür aufbrachte.

»Was hältst du davon, wenn du einfach mitkommst?« Eine andere Möglichkeit sah er in diesem Augenblick nicht.

Doch Kate schüttelte den Kopf. »Ich kann doch die Kinder nicht an Thanksgiving allein lassen. Was sollen sie denn denken?«

»Sie werden verstehen, dass wir beide auch mal allein etwas unternehmen wollen. Schick sie doch zu den Scotts!«

Aber Kate war nicht damit einverstanden. Sie wollte Thanksgiving zu Hause mit ihren Kindern und ihrem Mann verbringen. Verzweifelt versuchte sie, ihn von der Reise abzubringen. Aber Joe musste fort, und zudem fand er seinen Vorschlag hervorragend.

»In einer Woche bin ich ja wieder da, gleichgültig was dort vor sich geht.«

Kate ließ sich nicht besänftigen. Wieder stand die Firma an erster Stelle, und sie selbst musste zurückstecken. Am Morgen seiner Abreise warf sie sich schluchzend aufs Bett.

»Kate, mach es mir doch nicht so schwer! Ich will ja auch nicht weg. Aber ich habe keine andere Wahl. Ich hab's dir doch oft genug erklärt. Es ist nicht fair, dass du mir deswegen Schuldgefühle einredest. Lass uns stattdessen gemeinsam dafür sorgen, dass sich doch noch alles zum Guten wendet.«

Kate nickte und schniefte. Zum Abschied küsste sie Joe. Sie hätte gern Verständnis aufgebracht, doch sie konnte nicht. Ihre Verzweiflung war übermächtig. Er hatte sie immerhin gebeten, ihn zu begleiten, doch das war unmöglich. Stattdessen fuhr sie mit den Kindern doch noch nach Boston.

Es stellte sich heraus, dass Joe zwei Wochen in Japan bleiben musste. Auf dem Heimweg verzichtete er zwar auf den üblichen Zwischenstopp in Kalifornien, doch als er nach Hause kam, war Kate äußerst reserviert.

Während der zwei Wochen, in denen er fort war, hatte Elizabeth ihre Tochter ins Gebet genommen. Sie wurde nicht müde, Kate Joes schlechten Charakter vorzuhalten. Immer wieder sagte sie, dass er nicht gut für sie sei, da er sich überhaupt nicht um sie kümmere. Elizabeth konnte Joe nicht verzeihen, dass er erst fünf Tage nach dem Unfall an Kates Krankenbett erschienen war. Schon früher hatte sie ihn verabscheut, weil er sich geweigert hatte, Kate zu heiraten. Und als er schließlich dazu bereit gewesen war, war Andy Scott der Leidtragende gewesen. Elizabeth hatte Andy sehr gern gehabt, und sie verstand es, Kate zu beeinflussen. Innerhalb von zwei Wochen war Kate wie verwandelt. Und nun, als Joe wieder da war, wechselte sie kaum ein Wort mit ihm.

Er passte sich an und machte keinen Versuch, mit Kate über ihre Probleme zu reden. Er war es leid, mit ihr zu diskutieren. Am Abend seiner Rückkehr spielte er mit den Kindern und nahm sich, als sie schließlich im Bett waren, ein Buch. Kate sollte sich erst einmal wieder beruhigen. Joe wusste, dass sie manchmal Zeit brauchte, um sich wieder an ihn zu gewöhnen.

Joe begann, Kate von Japan zu erzählen. Manchmal ignorierte er ihre schlechte Stimmung und erzählte einfach drauflos. Das fiel ihm am diesem Abend nicht leicht, denn er war müde nach dem langen Flug. Doch er versuchte, so geduldig wie nur möglich zu sein. Es sollte nicht wieder alles so werden wie während der Monate vor seiner Japanreise. Kate hatte sich bereits auf dem Weg der Besserung befunden, und das wollte er nicht aufs Spiel setzen. Doch durch seine Abwesenheit an den Feiertagen hatte er sich einiges verscherzt. Die Feiertage bedeuteten Kate und ihrer Familie sehr viel. Er selbst hatte das wie immer nicht so wichtig genommen. Die Geschäftsreise hatte sich eben nicht verschieben lassen. Für Kate war es ein Schlag ins Gesicht gewesen und, was noch schlimmer war, ein Zeichen seiner mangelnden Liebe zu ihr. Elizabeth hatte nichts unversucht gelassen, ihre Tochter zu genau dieser Überzeugung zu bringen.

In den folgenden Tagen beruhigten sich die Dinge ein wenig, denn Joe blieb für zwei Wochen zu Hause. Gemeinsam mit Stevie und Reed kauften Kate und Joe einen Weihnachtsbaum und schmückten ihn. Zum ersten Mal seit langer Zeit war Kate fröhlich wie in alten Tagen, ihre lebhafte Art war zurückgekehrt. Das vergangene Jahr war für sie nicht leicht gewesen, doch endlich schien sie sich von den Strapazen erholt zu haben. Joe sah Licht am Ende des Tunnels, und das erfüllte ihn mit großer Freude. Denn auch er hatte unsäglich unter der Situation gelitten.

Drei Tage vor Weihnachten wurde er nach Los Angeles gerufen. Es schien keine größeren Probleme zu geben, und durch einige Besprechungen würde die Angelegenheit gewiss innerhalb eines Tages erledigt werden können. Anschließend würde er sofort nach Hause zurückkehren. Er versprach, spätestens an Heiligabend zurück zu sein. Kate nahm es gleichmütig auf. Vielleicht hatte sie sich endlich an sein Kommen und Gehen gewöhnt. Und Los Angeles lag schließlich nicht so weit entfernt. Sie war entspannt und freundlich, als Joe aufbrach, und zum ersten Mal fühlte er sich nicht schuldig dabei. Am selben Morgen waren sie sich sogar wieder näher gekommen …

In Los Angeles liefen die Dinge tatsächlich völlig reibungslos. Doch in New York sah es ganz anders aus. Seit Joes Abreise hatte es ununterbrochen geschneit, und an Heiligabend tobte morgens ein schlimmer Schneesturm. Joe vertraute noch immer darauf, dass er in New York landen konnte und mit ein bisschen Glück rechtzeitig zu Hause sein würde. Doch dann wurde der Flughafen geschlossen, und sein Flug wurde wenige Minuten vor dem Start abgesagt. Das Flugzeug rollte zurück zum Flugsteig. Joe konnte nichts tun, er steckte fest.

Er rief Kate an, und sie nahm die Nachricht ohne Klagen hin. In New York war der gesamte Verkehr zum Erliegen gekommen. Im Central Park lag mehr als ein halber Meter Neuschnee.

»Ist schon gut, Liebling, ich verstehe«, sagte Kate, und Joe war sehr erleichtert. Schließlich konnte er das Wetter nicht ändern, und Kate wollte auf keinen Fall, dass er sein Leben riskierte, um nach Hause zu gelangen. Er müsste in Chicago oder Minneapolis landen und von dort aus einen Zug nehmen. Das hatte wirklich keinen Sinn. Kate versprach, den Kindern alles zu erklären. Die drei verlebten auch ohne Joe ein schönes Weihnachtsfest. Als Kate später darüber nachdachte, stellte sie fest, dass Joe in den drei Jahren, in denen sie jetzt miteinander verheiratet waren, an zwei von drei Weihnachtsfesten nicht zu Hause gewesen war. Als sie ihren Eltern am Telefon sagte, dass Joe in Los Angeles feststecke, sagte ihre Mutter nur: »Natürlich.« Das war bitter. Immerzu brachte Kate für Joe Entschuldigungen vor, erklärte, warum er zu wichtigen Anlässen nicht daheim war. Manchmal fragte sie sich, ob er es bewusst vermied, an Feiertagen oder während der Ferien zu Hause zu sein, weil gerade diese Familienfeste ihn an seine Kindheit erinnerten. Aber das spielte im Grunde gar keine Rolle. Kate war jedes

Mal aufs Neue verletzt, wenn er es nicht rechtzeitig nach Hause schaffte. Es war vollkommen gleichgültig, wie sehr er sich auch bemühte. Der Einzige, den all dies nicht beeindruckte, war Reed. Joe konnte gar nichts falsch machen, Reed liebte ihn abgöttisch.

Joe nutzte die Zeit in Los Angeles, um zu arbeiten. Zu Silvester kehrte er schließlich nach Hause zurück. Sie hatten geplant, mit Freunden auszugehen, doch als Kate bemerkte, wie erschöpft er war, sagte sie die Verabredung ab. Sie gingen früh zu Bett. Sie konnte nicht verlangen, dass er sich auf der Stelle schick anzog und mit ihr die Nacht durchfeierte. Das war ihr Schicksal. Alles drehte sich um Joe und seine Geschäftstermine. Er war oft unfähig, Vereinbarungen einzuhalten. Kate beklagte sich nicht mehr, doch die Enttäuschungen hinterließen ihre Spuren.

Sie feierten gemeinsam ihren Hochzeitstag, und dann begann alles wieder von vorn. Joe war beinahe den ganzen Januar über fort, und während der folgenden vier Monate war er genau zwei Wochen zu Hause. Nur manchmal beschwerte Kate sich darüber, und als sie im Juni nachzählte, stellte sie fest, dass sie während eines halben Jahres drei Wochen mit Joe verbracht hatte. Er lief vor ihr davon. Es war einfach nicht nachvollziehbar, dass jemand so viel unterwegs sein musste. Sie versuchte, mit ihm darüber zu sprechen, und sofort stellten sich bei Joe die üblichen Schuldgefühle ein. Er konnte es Kate einfach nicht recht machen. Es schien unmöglich zu sein, ihre Wünsche und die geschäftlichen Erfordernisse in Einklang zu bringen. Im Grunde entsprach seine Arbeit genau seinen Bedürfnissen. Er liebte es, um die Welt zu reisen, nach Tokio, Hongkong, Madrid, Paris, London, Rom, Mailand und Los Angeles. Selbst wenn Kate ihn begleitet hätte, wäre er nie länger als ein paar Tage an einem Ort geblieben. Sie war einige Male mit ihm gereist, doch dann saß sie lediglich in irgendeinem Hotel und wartete darauf, dass er nach seinen Terminen wieder zu ihr stieß. Da war es doch sinnvoller, wenn sie zu Hause bei den Kindern blieb.

Wann immer Kate das Thema anschnitt, wurde Joe ungehalten. Sie liebte ihn mehr als jemals zuvor, doch die vergangenen beiden Jahre hatten von beiden ihren Tribut gefordert. Der Unfall hatte eine tiefe Kluft zwischen ihnen verursacht. Zwar hatten sie wieder zueinander gefunden, doch der alte Funke war erloschen. Kate war dreiunddreißig Jahre alt und teilte ihr Leben mit einem Mann, den sie so gut wie nie zu Gesicht bekam. Er war fünfundvierzig und auf dem Höhepunkt seiner Laufbahn. Kate wusste, dass noch viele Jahre vor ihnen lagen, und dass es noch schlimmer werden konnte. Joe hatte der Luftfahrt neue Horizonte erschlossen, er erweiterte ständig das Routennetz, entwickelte immer großartigere Flugzeuge, und er schien immer weniger Zeit für Kate zu haben. Sie wollte sich eigentlich nicht mehr darüber beklagen, aber drei gemeinsame Wochen innerhalb eines halben Jahres waren doch entschieden zu wenig.

»Ich möchte mit dir zusammen sein, Joe«, sagte Kate traurig, als Joe im Juni für einige Tage zu Hause war. Diese Leier war ihm nur allzu vertraut. Kate hätte sich gern auf einen Kompromiss eingelassen, wenn sie doch nur mehr Zeit miteinander hätten verbringen können! Doch Joe war wie so oft mit anderen Dingen beschäftigt und lehnte jede Diskussion ab. Die Geschäfte forderten seine ganze Kraft, und er fühlte sich blendend angesichts neuer Herausforderungen. Am folgenden Tag würde er nach London fliegen. Er verschwieg Kate, dass er für den Rest des Jahres noch mehr unterwegs sein würde. Beide hatten keine Kraft mehr für Auseinandersetzungen.

Sie mussten jeder für sich die Situation akzeptieren. Während der sechzehn Jahre, die sie sich nun kannten, hatten sie kaum die Gelegenheit gehabt, etwas Gemeinsames aufzubauen. Joe hatte es aufgegeben, Kate an seinen Projekten teilhaben zu lassen. Die Kinder waren noch klein und brauchten ihre Mutter. Daher wollte Kate sie nicht allein lassen. Das würde sich in den nächsten fünfzehn Jahren wohl kaum ändern, das war Joe bewusst. Der Spagat zwischen Job und Familie würde ihm also weiterhin nicht erspart bleiben. Kate und Joe gingen getrennte Wege, und so sehr sich beide bemühten, die meiste Zeit über waren sie weit voneinander entfernt.

Im Juli flog Kate mit den Kindern nach Kalifornien, um dort einige Tage in Joes Nähe zu sein. Kate besuchte *Disneyland* mit ihnen, und Joe nahm sie in einem fantastischen neuen Flugzeug mit, das soeben erst fertig gestellt worden war. Doch kurz darauf wurde Joe in einer dringenden Angelegenheit nach Hongkong gerufen. Von dort aus würde er direkt nach London fliegen. Kate fuhr mit den Kindern zum Cape. Und Joe ließ sich dort den ganzen Sommer über nicht blicken. Er konnte Elizabeth nicht mehr ertragen und erklärte Kate unverblümt, dass er nicht daran dachte, jemals wieder nach Cape Cod zu fahren. Kate kehrte früher als gewöhnlich nach New York zurück, weil ihr Vater sehr krank geworden war.

Joe war ununterbrochen unterwegs, und erst Mitte September sahen er und Kate sich wieder. Joe wollte für drei Wochen in New York bleiben. Als Kate ihn sah, wusste sie sofort, dass irgendetwas passiert war. Zuerst dachte sie an eine andere Frau, doch nach einer Woche erkannte sie, dass es etwas viel Schlimmeres war. Joe konnte sich beruflich nicht so entwickeln, wie er es sich wünschte, und sich gleichzeitig um Kate kümmern. Er hatte sich endgültig entschlossen zu fliehen. Der Preis für seine Liebe zu ihr war einfach zu hoch.

Seine Karriere war sehr steil gewesen. Seine Flugzeuge wurden mittlerweile auf der ganzen Welt eingesetzt. Die Fluggesellschaft, die er elf Jahre zuvor gegründet hatte, war die größte und erfolgreichste ihrer Art. Joe wurde von den wachsenden Aufgaben geradezu verschlungen. Er wusste, dass er nun zwischen der Welt, die er für sich selbst geschaffen hatte, und Kates Welt wählen musste. Als Kate das in seinen Augen las, spürte sie einen eisigen Hauch. Am bittersten war, dass sie wusste, dass er sie liebte. Und auch ihre Gefühle für ihn hatten sich nicht gewandelt. Doch er hatte sich unendlich weit von ihr entfernt. Es gab für sie keine Möglichkeit mehr, ihn zu erreichen. Wenn er sie wirklich wollte, musste er einen Weg finden, auf dem sie ihm folgen konnte. Doch Joe hatte schon Monate zuvor entdeckt, dass dies unmöglich war. So sehr er sie auch liebte, er schaffte es einfach nicht mehr. Jedes Mal, wenn er sie verließ, fühlte er sich schuldig, weil sie sich so selten sahen. Er war nach wie vor bemüht, ihr alles zu erklären, und entschuldigte sich immer wieder bei ihr. Auch für die Kinder war er nie da. Er hatte nie eigene Kinder gewollt, und das zeigte sich auch im Umgang mit Reed und Stevie. Im Nachhinein war er sogar erleichtert, dass Kate die Zwillinge verloren hatte. Joe verstand nun, dass er nicht alles haben konnte. Und was noch schlimmer war: Er konnte Kate nicht das geben, was sie brauchte und was sie verdiente.

Den ganzen Sommer über hatte er darüber nachgedacht, und als er Kate schließlich in New York wiedersah, brach es ihm beinahe das Herz. Doch er war sicher, dass er das Richtige tat. Es hatte lange Zeit gebraucht, bis die Lösung ans Licht gelangte. Die Entscheidung war ihm sehr schwer gefallen. Wenn Kate ihn fragte, ob er sie noch liebe, bejahte er ihre Frage. Und doch hatte ihre Mutter von Anfang an die Wahrheit geahnt, so wie er selbst: Am Ende hatte sich herausgestellt, dass seine Liebe zu den Flugzeugen größer war. Ein harmonisches Leben mit Kate war ein unerfüllbarer Traum.

Er benötigte einige Tage, um es ihr zu sagen, doch schließlich fasste er sich ein Herz. In der Nacht, bevor er nach London aufbrechen musste, wo er eine kleine Fluggesellschaft aufkaufen wollte, lag er Seite an Seite mit Kate in ihrem gemeinsamen Bett. Und Joe wusste plötzlich, dass er nie wieder zu ihr zurückkehren würde. Er hasste es, ihr solchen Schmerz zuzufügen, doch allein seiner Liebe zu ihr war er es schuldig, sie und auch sich selbst von der erdrückenden Last zu befreien.

»Kate ...«

Sie drehte sich um und schaute ihn an. In dem Moment wusste sie alles, bevor er auch nur ein Wort gesprochen hatte. Drei Wochen lang hatte sie bei jedem Blick in seine Augen Schreckliches befürchtet. Sie hatte alles unternommen, um ihn nicht zu reizen. Sie hatte sich zurückgezogen, ständig bemüht, ihn nicht zu verärgern. Schon lange hatten sie sich nicht mehr gestritten. Doch hier ging es nicht um einen Streit. Es ging auch nicht um ihre Liebe. Es ging allein um Joe. Er wollte ein anderes Leben führen, und ihr konnte er nichts mehr geben. In den sechzehn Jahren ihrer Liebe hatte er sich verausgabt bei dem Versuch, sie glücklich zu machen. Den Rest seiner Energie wollte er für sich aufheben. Er wollte sich nicht mehr länger entschuldigen, nichts mehr erklären, sie nicht ständig trösten müssen. Er wusste, wie verlassen sie sich fühlen würde, doch er konnte sich nicht mehr darum kümmern. Kates und seine eigenen Wünsche in Einklang zu bringen, war offenbar eine unlösbare Aufgabe.

Kate schaute ihn schweigend an. Sie glich einem verängstigten Reh, das von einem Jäger verfolgt wird.

Joe holte Luft und wagte es. Es hatte keinen Sinn, auf eine günstigere Gelegenheit zu warten. Es konnte nur noch schwieriger werden. Thanksgiving, Weihnachten, der Hochzeitstag, alle möglichen Feiertage, die er sich noch nie hatte merken können und die ihn auch nicht interessierten, standen bevor, und dann kam der Sommer in Cape Cod. Das war das Ende der dreieinhalbjährigen Ehe mit Kate. Er hatte von Anfang an Recht gehabt, Heirat und Kinder waren nichts für ihn. Er hätte auch nicht die Verantwortung für Reed und Stephanie übernehmen sollen, obgleich er sie in sein Herz geschlossen hatte. Doch Gefühle reichten nicht für ein gemeinsames Leben. Alles, was er in seinem Leben wirklich brauchte und wollte, hatte mit Flugzeugen zu tun. Sie waren eine klare, sichere Sache. Flugzeuge vermochten ihn nicht zu verletzen. Seine Ängste vor einer engen Bindung waren größer als sein Verlangen nach Kate.

»Ich werde dich verlassen, Kate.«

Er sprach so leise, dass Kate ihn kaum verstand. Sie starrte ihn an und traute ihren Ohren nicht. Jetzt hatten sich ihre schlimmsten Vermutungen bewahrheitet. Sie hatte zwar immer noch gehofft, dass es sich bloß um eine längere Reise handelte und Joe es nicht wagte, ihr davon zu erzählen. Mit dem, was sie soeben vernommen hatte, hatte sie nicht gerechnet.

»Was hast du gesagt?« Ihr schien, als würde ihr der Boden unter den Füßen weggezogen. Die ganze Welt geriet aus den Fugen. Die Worte, die sie soeben gehört hatte, konnte er unmöglich gesagt haben. Und doch war es so.

»Ich habe gesagt, dass ich dich verlassen werde.« Joe wandte den Blick ab, doch Kate starrte ihn unverwandt an. »Ich kann nicht mehr.« Dann schaute er ihr gerade in die Augen, und ihr Gesichtsausdruck ließ ihn schaudern. Es war wie damals im Krankenhaus in Connecticut, als sie begriff, dass sie die Zwillinge verloren hatte. Wahrscheinlich hatte sie genauso ausgesehen, als sie vor langen Jahren erfuhr, dass ihr Vater sich umgebracht hatte. In ihrem Blick standen vollkommene Verzweiflung und tiefste Verlorenheit geschrieben.

Schuldgefühle drohten Joe zu überwältigen. Wie konnte er Kate nur so etwas antun? Doch gleichzeitig zog es ihn von ihr fort.

»Warum?« Nur dieses eine Wort brachte Kate über die Lippen. Es schien ihr, als habe sie soeben ein Schlag getroffen. Joe hatte ihr das Herz aus der Brust gerissen und es achtlos auf den Boden geworfen. Kate bekam kaum noch Luft. »Warum tust du das? Hast du eine andere?« Doch bevor Joe antwortete, wusste sie bereits, dass es vollkommen andere Ursachen hatte. Es ging um ein Leben, das er nun einmal nicht wollte und nie gewollt hatte. Er hatte beruflich mittlerweile alles erreicht, was er sich jemals erträumt hatte. Sie selbst hatte eine solche Befriedigung empfunden, als sie Joe geheiratet hatte. Und nur einer von beiden würde seinen Traum weiter leben können ...

»Es gibt keine andere Frau, Kate. Aber uns gibt es auch nicht mehr. Du hast Recht gehabt. Ich bin dauernd unterwegs, und die Wahrheit ist, dass ich es hier bei dir nicht aushalte. Du kannst meine Lebensweise nicht ertragen.« Joe wollte ab jetzt so leben, wie er es sich immer vorgestellt hatte. Er wollte arbeiten und sich nicht um eine Familie kümmern müssen. Und außerdem wollte und konnte er keine intensiven Gefühle zulassen. Das war einfach zu riskant für ihn.

»Geht es wirklich darum? Wenn ich dich begleiten würde, würdest du dann weiter an unserer Ehe festhalten?« Kate dachte bereits an die Möglichkeit, das Sorgerecht für die Kinder mit Andy zu teilen. Sie war bereit, alles zu geben. Sie wäre sogar bereit gewesen, von Zeit zu Zeit auf die Kinder zu verzichten, wenn sie nur Joe nicht verlor!

Doch Joe schüttelte langsam den Kopf. Er wollte ehrlich sein. Das immerhin war er Kate schuldig. »Darum geht es nicht, Kate. Es geht um mich, darum, wie ich bin. Deine Mutter hatte Recht. Und ich habe es letztlich auch immer gewusst. Die Flugzeuge kommen bei mir an erster Stelle. Elizabeth hat mich immer gehasst oder mir zumindest misstraut. Wahrscheinlich weil sie genau wusste, wie ich in Wirklichkeit bin. Ich habe das alles verdrängt. Aber ich bin nicht der Mann, den du brauchst, Kate. Und du bist noch jung genug, um einen anderen zu finden. Ich kann einfach nicht mehr.«

»Ist das dein Ernst? Einfach so? Ich soll ausgehen und einen anderen finden? Ich liebe *dich*, Joe. Seit ich siebzehn bin, liebe ich dich. Davor kannst du doch nicht einfach weglaufen.« Kate begann zu weinen.

Joe blieb reserviert. Eine tröstende Umarmung hätte alles nur noch schlimmer gemacht. »Manchmal geht man eben einfach davon, Kate. Manchmal muss man genau hinsehen und sich fragen, wer man eigentlich ist, was man will und was nicht. Ich kann dir nun einmal nicht das bieten, was du verlangst, und ich bin es leid, mich deswegen schuldig zu fühlen.« Joe war sicher, dass er nie wieder heiraten würde. Die Hochzeit war ein unverzeihlicher Fehler gewesen. Kate war so voller Liebe und Großzügigkeit. Andererseits erwartete sie auch viel, zu viel, als dass er es hätte erfüllen können. Er wollte nichts weiter als Flugzeuge bauen und natürlich fliegen. Es klang kindisch und unglaublich egoistisch, wenn er es laut aussprach, doch es war die Wahrheit.

»Es stört mich nicht mehr, wenn du so viel unterwegs bist«, sagte Kate hastig. »Ich habe schließlich genug mit den Kindern zu tun. Joe, du kannst uns doch nicht einfach so wegwerfen. Ich liebe dich … die Kinder lieben dich … es ist mir egal, wie oft wir uns sehen. Ich will dich nur nicht verlieren.«

Doch Joe konnte von sich nicht dasselbe behaupten. Er wollte vor allem seine Freiheit. Die Freiheit, weiterhin an seinem Unternehmen zu arbeiten und außergewöhnliche Flugzeuge zu entwickeln, die Freiheit, zu tun und zu lassen, was er wollte. Er hatte Kate gegeben, was er geben konnte. Im Sommer hatte er festgestellt, dass er während des vergangenen Jahres nicht mehr ehrlich gewesen war. Das sollte nun ein Ende haben. Er hatte keine Energie mehr für solche Dinge. Er fühlte sich ausgebrannt. In letzter Zeit hatte er es geradezu gehasst, sie anzurufen. Er hatte es gehasst, zu Hause zu sein, die Ferien mit der Familie zu verbringen und Ausreden zu erfinden, wenn er nicht kommen konnte. Er hatte Kate und sich selbst beinahe vier Jahre Zeit gegeben, sich aneinander zu gewöhnen. Doch es hatte nicht geklappt.

Kate saß völlig aufgelöst im Bett, und als Joe geendet hatte, schluchzte sie hemmungslos. Sie spürte, dass sie ihn verloren hatte, vielleicht schon vor langer Zeit. Eines Tages war er ihr entglitten, und sie hatte es nicht einmal bemerkt. Nun packte er seine Sachen. Kate hatte keine Ahnung, was sie mit dem Rest ihres Lebens beginnen sollte. Zu sterben wäre die einfachste Lösung. Diese Ehe war schwierig gewesen, aber sie hatte trotzdem ihren Traum erfüllt. Sie konnte sich ein Leben ohne Joe nicht vorstellen. Doch sie musste damit fertig werden. Mit dem Tod musste man sich ja auch abfinden, und so ähnlich war es auch jetzt. Joe hatte sich für die Arbeit und den Erfolg entschieden, nicht für die Liebe. Für Kate war das eine armselige Wahl.

»Du kannst mit den Kindern in der Wohnung bleiben, solange du willst. Ich werde mich für den Rest des Jahres in Kalifornien einrichten.«

Bereits am Morgen hatte Joe Hazel gefragt, ob sie bis zum Ende des Jahres nach Los Angeles kommen könne. Seine Sekretärin hatte zwar ein paar Enkel in New York, doch sie war dankbar für jede Abwechslung. Von Joes Plan, Kate zu verlassen, ahnte sie nichts.

Kate schaute ihn voller Entsetzen an. »Das alles hast du schon beschlossen? Wann denn nur?«

»Wahrscheinlich schon vor langer Zeit. Im Sommer habe ich endgültig gemerkt, dass es so nicht weitergeht. Jetzt ist der richtige Zeitpunkt gekommen. Es hat keinen Sinn, noch länger zu warten. Ich glaube, ich habe mich schon vor langer Zeit von dir gelöst.«

Was war denn geschehen? Was hatte sie nur getan? An welcher Stelle hatte sie versagt? Sie hatte doch nichts Schlimmes gemacht! Ihr einziger Fehler war gewesen, dass sie Joe geheiratet hatte. Er hatte sich von vornherein dagegen gesträubt und schließlich doch eingewilligt. Aber er hatte sich geirrt. Kate hatte ihn fasziniert, doch mehr war es nie gewesen. Er fühlte sich zwar zu ihr hingezogen, doch dieses Gefühl war offenbar nicht stark genug. Und so musste er jetzt wieder davonlaufen.

Kate lag neben ihm und schluchzte leise. Sie streichelte sein Haar und betrachtete ihn, während er schlief. Wenn ein fremder Mann ihr diese Dinge gesagt hätte, hätte sie ihn für verrückt erklärt. Doch Joe hatte kühl und überlegt gesprochen. Er kannte nur diesen einen Weg, um sich selbst zu retten, und Kate erinnerte sich unwillkürlich an das Ende ihrer Beziehung in New Jersey vor vielen Jahren. In dem Augenblick, in dem sie ihm nahe war, schickte er sie fort. Er wollte sie nicht mehr. Noch nie hatte sie jemand so grausam behandelt. Nicht einmal der Selbstmord ihres Vaters hatte sie so tief getroffen. Joes Gründe kamen ihr fadenscheinig vor. Doch mochte es für sie beide noch so schmerzlich sein: Er handelte so, weil er keinen anderen Weg mehr sah.

Kate schlief nicht mehr in jener Nacht, und beim ersten Morgenlicht stand sie kurz auf, wusch sich das Gesicht und legte sich wieder hin. Joe lag wie immer an sie gekuschelt da, als er erwachte. Doch diesmal sagte er nichts. Er rollte sich auf die andere Seite und stand auf.

Als er zum Flughafen aufbrach, verabschiedete er sich sehr zurückhaltend von Kate. Er wollte auf keinen Fall falsche Hoffnungen in ihr wecken. Er würde seine Meinung nicht ändern. Er verließ sie für immer.

Kate spürte das. »Ich liebe dich, Joe«, sagte sie.

Für einen Augenblick sah er in ihr wieder das Mädchen, das er einst auf dem Ball getroffen hatte, das Mädchen in dem eisblauen Satinkleid mit dem dunkelroten Haar. Er erinnerte sich an ihre Augen. Es waren dieselben, die ihn jetzt anschauten. Er sah unermesslichen Schmerz darin. Ansonsten hatte Kate sich kaum verändert.

»Ich werde dich immer lieben«, flüsterte sie, als ihr klar wurde, dass sie ihn nun zum letzten Mal sah. Nie wieder würden sie sich als Mann und Frau begegnen. Er ließ sie zurück, damit sie ihr eigenes Leben führen konnte, so wie er das seine führen würde.

»Pass auf dich auf!«, sagte er sanft und schaute sie ein letztes Mal an. Es fiel ihm schwer, sie zu verlassen. Auf seine Art hatte er sie sehr geliebt. Kate dachte in diesem Moment, dass ihr das genügt hätte, doch Joe wusste es besser. »Ich hatte immer Recht«, fügte er hinzu.

Kate blickte ihn an und prägte sich sein Bild genau ein. Sein Gesicht, seine Augen, die Wangenknochen und das Kinn mit dem Grübchen … all das liebte sie so sehr!

»Es war ein unerfüllbarer Traum. Von Anfang an.«

»Aber es hätte anders kommen können«, entgegnete sie, und ihre blauen Augen funkelten. Selbst jetzt, in ihrem Schmerz, war sie so schön, dass Joe es kaum ertragen konnte. »Es könnte uns gelingen, Joe. Zusammen können wir alles erreichen …«

Doch er wollte es nicht hören.

»Ich will es nicht, Kate«, entgegnete er hart. Er wollte, dass sie ihn endlich verstand. Er wollte sie nicht mehr verletzen. Seine Schuldgefühle und ihren Schmerz hielt er nicht länger aus.

Kate schwieg und schaute ihm nach, als er hinausging und die Tür hinter sich schloss.

23

Nachdem Joe Kate verlassen hatte, lebte er ein halbes Jahr lang in Kalifornien. Danach ging er für fünf Monate nach London. Er bot seiner Frau großzügige Unterhaltsleistungen an, die sie jedoch würdevoll ablehnte. Kate hatte genügend Geld, und wenn sie nicht Joes Ehefrau war, wollte sie auch nichts von ihm annehmen.

Die Beziehung zu Kate war oft sehr schmerzhaft für Joe gewesen und hatte in ihm große Schuldgefühle ausgelöst. Er wollte nur noch weglaufen. Er hatte Kate mehr als jede andere begehrt und geliebt, mehr, als er jemals zu träumen gewagt hatte. Und er hatte ihr mehr gegeben, als er sich selbst zugetraut hätte. Doch das war nicht genug gewesen. In den Jahren ihrer Ehe hatte er trotzdem immer deutlicher gespürt, dass Kate mehr verlangte. Das hatte ihn zutiefst geängstigt und die alten Wunden wieder aufgerissen. Jedes Mal, wenn er Kates Vorwürfe hörte, musste er an seine Verwandten denken, die ihn stets als nichtsnutzigen, undankbaren Jungen beschimpft hatten. Sobald er Kate vor sich sah, erinnerte er sich daran, wie minderwertig er sich als Kind gefühlt hatte. Dann empfand er sich selbst als Versager, und vor diesem Gefühl war er bereits sein ganzes Leben lang auf der Flucht. Selbst das riesige Unternehmen, das er aufgebaut hatte, bot ihm keinen Schutz vor der Vergangenheit. Der Schmerz, den er in Kates Augen sah, katapultierte ihn in die bitterste Zeit seiner Kindheit zurück und erweckte die traumatischen Erinnerungen zu neuem Leben. So war er zu dem unvermeidlichen Schluss gekommen, dass es einfacher für ihn wäre, allein zu bleiben, als sich unablässig von Kate unter Druck setzen zu lassen. Und er wollte ihr nicht weh tun. Jedes Mal, wenn er sie verletzt oder enttäuscht hatte, hatte auch er selbst unsäglich gelitten. Doch letztlich hatte seine egoistische Seite überwogen. Im Grunde legte er keinen Wert darauf, den Bedürfnissen anderer gerecht zu werden. Seine eigenen spielten die entscheidende Rolle.

Erst nach Monaten begriff Kate, was geschehen war. Inzwischen hatten sie die Scheidung eingereicht und lebten schon beinahe ein Jahr getrennt. Joe weigerte sich beharrlich, sich mit ihr zu treffen. Er rief jedoch von Zeit zu Zeit an, um sich nach ihrem Wohlergehen und dem der Kinder zu erkundigen. Monatelang war Kate wie benommen durch das Haus geirrt, das sie inzwischen gemietet hatte. Es fiel ihr unendlich schwer, ohne Joe zu leben.

Unablässig dachte sie darüber nach, wie es zu der Trennung hatte kommen können. Sie bemühte sich verzweifelt zu verstehen, was sie selbst dazu beigetragen hatte. Viele Wochen dauerte es, bis sie die Tragweite der vergangenen Ereignisse endlich begriff. Sie hatte Joe von vornherein mit ihren Ansprüchen und ihrem Verlangen nach mehr gemeinsamen Unternehmungen verschreckt. Ohne es zu wollen, hatte sie ihn vergrault. Joe hatte sich am Ende dermaßen in die Enge getrieben gefühlt, dass er keinen Ausweg mehr gesehen hatte. Er hatte nicht gewusst, wie er Kate gerecht werden sollte und wie sie dem Teufelskreis entrinnen sollten. Da war er schließlich davongelaufen. Niemals hatte er ihr solchen Schmerz zufügen wollen, doch am Ende spürte er, dass sie und auch er selbst nur noch mehr gelitten hätten, wenn er bei ihr geblieben wäre.

Zuerst sah Kate nur den Verlust, der ihr widerfahren war. Das Entsetzen darüber wuchs ins Unermessliche. Wieder einmal musste sie sich an ihren leiblichen Vater erinnern. Im Frühjahr traf sie ein weiterer Schicksalsschlag: Clarke starb. Ihre Mutter zog sich vollkommen von der Welt zurück. Kate weinte sich jede Nacht in den Schlaf, und die Einsamkeit drohte sie zu überwältigen. Doch trotz allem kam sie mit der Zeit langsam wieder auf die Beine.

Joe hatte vorgeschlagen, dass sie für die Scheidung nach Reno fahren sollte, um alles zu beschleunigen, doch sie hatte darauf bestanden, in New York geschieden zu werden, wohl wissend, dass es auf diese Weise länger dauern würde. Immer noch klammerte sie sich an die Hoffnung, ihre Ehe retten zu können.

Niemand hätte sagen können, wann Kate begann, sich zu verändern. Es war ein langsamer Prozess, der sich auf eine beschwerliche Art und Weise vollzog. Während Kate sich Tag für Tag ein Stückchen weiterschleppte, wurde sie stark. Die Dinge, die sie einst mit Entsetzen erfüllt hatten, beunruhigten sie immer weniger. Sie hatte so viel verloren, dass die Einsamkeit schließlich zu einem erbitterten Feind wurde, dem sie ins Auge blickte und den sie besiegte. Joe zu verlieren, war ihre größte Angst gewesen. Nun war es geschehen, und sie hatte es überlebt.

Die Kinder waren die Ersten, die ihre Veränderung bemerkten, lange bevor Kate selbst etwas davon ahnte. Sie lachte wieder häufiger und brach nicht mehr bei jedem Anlass in Tränen aus. Eines Tages flog sie mit den beiden sogar für ein paar Tage nach Paris. Wenn Joe anrief, um sich nach ihrem Befinden zu erkundigen, klang Kates Stimme verändert. Er hätte es nicht beschreiben können, doch es schien, als hätte sie ihre Angst vor dem Alleinsein verloren. In Paris hatte sie endlose Spaziergänge über die Boulevards und durch die schmalen Gassen unternommen und dabei an ihn gedacht. Seit beinahe einem Jahr hatte sie ihn nicht mehr gesehen. Er hielt sich sorgsam fern von ihr und hatte sich vorgenommen, sie möglichst niemals wiederzusehen. Inzwischen hatte er die alte Wohnung in New York wieder bezogen.

»Du klingst glücklich, Kate«, stellte er eines Tages am Telefon fest. Unwillkürlich fragte er sich, ob wohl ein anderer Mann in ihr Leben getreten sei. Er hätte es ihr gegönnt, doch gleichzeitig hoffte er, dass es nicht so war. Er selbst hatte während des vergangenen Jahres die Frauen gemieden. Er wollte sich mit keiner einlassen. Vielleicht würde es nie wieder dazu kommen, dachte er bei sich. Das Leben allein war erheblich einfacher. Doch trotz allem vermisste er Kate und ihre Wärme und Herzlichkeit. Einzig die unschönen Erinnerungen an die vergangenen Jahre hielten ihn von ihr fern. Joe war davon überzeugt, dass ein einziges Wiedersehen mit ihr ihn erneut aus der Bahn werfen würde.

»Ich glaube, ich bin tatsächlich glücklich«, lachte Kate. »Ich weiß auch nicht, warum. Meine Mutter treibt mich in den Wahnsinn. Sie ist so einsam ohne Clarke. Stevie hat sich letzte Woche fast alle Haare abgeschnitten, und Reed hat sich beim Baseballspielen einen Schneidezahn ausgeschlagen.«

»Das klingt gut.« Joe grinste. Er hatte schon fast vergessen, wie aufregend das Zusammenleben mit den Kindern gewesen war.

Kate erinnerte sich jeden Morgen, wenn sie aufwachte, daran, wie es gewesen war, als er noch neben ihr gelegen hatte. Daran dachte auch Joe von Zeit zu Zeit. Seit einem Jahr hatte er keine Frau mehr berührt. Kate traf sich hin und wieder mit Bekannten zum Dinner, doch dabei blieb es. Kein Mann hielt dem Vergleich mit Joe stand. Kate konnte sich nicht vorstellen, mit einem anderen zusammen zu sein. Wenn sie abends nach Hause zurückkehrte, freute sie sich stets darüber, dass sie ihr Bett mit niemandem teilen musste. Das Leben ohne Joe war keine Bedrohung mehr, es hatte sogar durchaus auch Vorteile. Glücklicherweise hatte sie die Kinder und ihre Freunde, und sie hatte ihre Depression besiegt. Allmählich wurde ihr bewusst, dass es nichts auf der Welt gab, was ihr jemals wieder eine solche Angst einjagen würde. Endlich sah sie klar. Sie hatte Joe niemals aus dem Haus treiben wollen. Gern hätte sie ihm gesagt, wie sehr sie es bedauerte, dass es so gekommen war. Doch wenn sie mit ihm telefonierte, erkannte sie, dass es auch dafür zu spät war. Es bedeutete Joe nichts mehr.

Eines Tages schrieb Kate gerade in ihr Tagebuch, als Joe anrief, um einige Einzelheiten wegen der Scheidung zu besprechen. Sie weigerte sich weiterhin, Geld von ihm anzunehmen. Clarke hatte ihr sein gesamtes Vermögen hinterlassen, sie war also versorgt. Und sie wollte sich nicht von Joe abhängig machen. Joes Anwalt würde ihr dennoch einige Dokumente zuschicken. Es ging um ein Grundstück, das er soeben verkauft hatte, Kate musste die Einverständniserklärung unterzeichnen.

»Werde ich dich eigentlich jemals wiedersehen?«, fragte sie auf einmal resigniert. Immer noch sehnte sie sich nach ihm, nach seinen Berührungen und seinem Geruch, auch wenn sie akzeptiert hatte, dass er für immer aus ihrem Leben verschwunden war. Sie wusste, dass sie nicht daran zugrunde gehen würde, doch sie hatte einen Teil von sich selbst verloren. Immerhin hatte sie mit dieser Tatsache längst ihren Frieden geschlossen.

»Sollen wir uns treffen, Kate?«, fragte Joe zögernd. Er wusste, dass Kate eine Gefahr für ihn bedeutete. Wenn er sie wiedersah, war es durchaus möglich, dass er sich erneut Hals über Kopf in sie verliebte. Dann würde der Teufelskreis aufs Neue beginnen, und dieses Risiko wollte er nicht eingehen. Er hatte keineswegs vergessen, wie bezaubernd sie war. »Ich halte das eigentlich nicht für eine so gute Idee«, fügte er hinzu, bevor Kate antworten konnte.

»Wahrscheinlich hast du Recht«, stimmte sie zu. Doch sie klang weder wütend noch traurig. Nicht ein Hauch von Verzweiflung lag in ihrer Stimme, nicht der kleinste Vorwurf. Ihre Stimme klang vernünftig und gelassen, als sie die Sprache auf seine neue Niederlassung und eines seiner neuesten Flugzeuge brachte. Nie zuvor hatte ihre Stimme so ruhig geklungen. Joe erkannte plötzlich, dass Kate sich weiterentwickelt hatte, anders als er selbst. Sie genoss endlich ihre Freiheit und hatte Frieden gefunden. Sie wusste, dass er niemals zu ihr zurückkehren würde, und hatte ihren Traum ohne jeden Groll begraben.

Joe lag in jener Nacht noch lange wach und dachte an Kate. Am folgenden Morgen schalt er sich für seine Unfreundlichkeit. Er hätte wenigstens vorschlagen können, sich mit den Kindern zu treffen. Es war weder Reeds noch Stephanies Fehler, dass ihre Ehe nicht funktioniert hatte. Doch auch dies hatte Kate ihm nie vorgeworfen. Während des ganzen vergangenen Jahres hatte sie sich nicht beklagt und nichts von ihm verlangt. Sie hatte ihn losgelassen. Dieser Gedanke verwirrte ihn, und den ganzen Tag über fragte er sich, wie es dazu gekommen war. Ein anderer Mann musste im Spiel sein, es konnte gar nicht anders sein.

Am selben Nachmittag rief Joe Kate erneut an. Die Dokumente lagen noch auf seinem Tisch. Er hatte vergessen, sie seiner Sekretärin zu geben, damit diese sie zur Post brachte.

Kate nahm ab. Jedes Mal, wenn er bei ihr anrief, empfand Joe ein Gefühl der Beklommenheit. Eines Tages würde vielleicht ein fremder Mann den Hörer abnehmen.

Doch Kates Stimme klang völlig unbefangen. »Oh … hallo … ich war gerade unter der Dusche …«

Ihre Stimme brachte sofort Erinnerungen zurück, die Joe seit Monaten unterdrückte. Er wollte nicht mehr länger auf solche Weise an sie denken. Es ergab keinerlei Sinn. Sie lebten getrennt, und das war gut so. Für beide war das die beste Lösung. Seine Entscheidung war richtig gewesen, sie hatte ihn vor Schlimmerem bewahrt. Kate hätte sein Leben bestimmt und auf den Kopf gestellt. Die ständigen Schuldgefühle und ihre Vorwürfe waren schlimmer als alles andere gewesen. Wenn er bei ihr geblieben wäre, hätte er sein Leben radikal ändern müssen. Doch nun klang sie so gelassen … Es war schwer zu glauben, dass er sie noch vor einem Jahr als schreckliche Bedrohung empfunden hatte.

»Ich habe vergessen, dir die Papiere zu schicken«, sagte Joe und versuchte die Vorstellung, wie sie nackt mit ihm telefonierte, zu verdrängen. Er fragte sich, ob sie sich wohl ein Handtuch um den Körper gewickelt hatte oder ob sie einen Bademantel trug. Er starrte aus dem Fenster und sah doch nur Kate vor sich, während er den Hörer ans Ohr presste. »Ich werde sie schnell vorbeibringen.« Er hätte die Dokumente ebenso gut mit einem Boten schicken können. Beide wussten das.

Kate lächelte. »Möchtest du auch reinkommen, wenn du schon mal hier bist?«

Es entstand eine lange Pause. Joe dachte darüber nach. Sein Instinkt riet ihm, sich gar nicht erst darauf einzulassen. Er musste ihrem Zauber widerstehen, sie hatte in seinem Leben einfach keinen Platz mehr. Im Grunde aber hatte Kate sein Herz während des gesamten letzten Jahres nicht verlassen. Er war außerdem noch immer mit ihr verheiratet, sie war seine Frau.

»Ich … ach … ist das denn eine gute Idee? Wenn wir uns sehen, meine ich …« Eine leise Stimme in seinem Ohr befahl ihm, die Beine in die Hand zu nehmen und zu fliehen.

»Warum denn nicht? Ich komme schon damit zurecht. Was ist mit dir?« Kate hätte ebenso gut sagen können: »Ich bin über alles hinweg.« Joe konnte es nicht genau beurteilen. Natürlich hatte Kate die Trennung nicht wirklich überwunden, und sie würde es wahrscheinlich nie tun. Doch es hatte keinen Sinn, ihm das zu sagen.

»Ach, ich glaube, es wäre in Ordnung«, entgegnete er. Seine Stimme klang zurückhaltend. Doch Kate störte das nicht weiter. Sie hatte keine Angst mehr. Er hatte sie verlassen, und das war das Schlimmste, was ihr hatte passieren können. Wovor sollte sie sich nun noch fürchten?

Viel wichtiger war, dass sie Joe aus der Distanz heraus endlich verstanden hatte. Selbst wenn sie ihn niemals wiedersah, würde sie ihn immer lieben. Kein anderer würde jemals ihre Zuneigung gewinnen. Joe war der Größte für sie und der einzige Mann, den sie jemals wirklich geliebt hatte. Es war eine Ironie des Schicksals, dass sie ihn nicht haben konnte. Doch das hatte sie längst akzeptiert. Sie hatte gelernt, damit umzugehen, zumal sie es sich selbst vorwarf, ihn zu sehr bedrängt zu haben. Diese allmähliche Erkenntnis war ein schwerer Schlag gewesen, doch sie hatte sich nicht dagegen gesträubt. Im Grunde war sie durch diese Erfahrung stärker geworden.

Selbst am Telefon spürte Joe, dass Kate sich verändert hatte. Sie klang nicht mehr wie die bedauernswerte Frau, die er verlassen hatte. Sie wirkte selbstbewusst. Gleichzeitig war sie ihm so vertraut. Und plötzlich sehnte er sich nach ihr wie seit Monaten nicht mehr.

»Wann kommst du denn?«, fragte Kate.

»Wann sind die Kinder denn da?« Joe fühlte sich plötzlich sehr einsam. Dieses Gefühl traf ihn völlig unerwartet, ohne dass er den Grund dafür verstand. Warum ausgerechnet jetzt? Bisher hatte er sich doch erfolgreich gegen diese Regung gewehrt.

»Sie sind die ganze Woche über bei Andy«, entgegnete Kate bedauernd. »Wenn wir es schaffen, uns nicht gegenseitig Ge-

genstände an den Kopf zu werfen, kannst du vielleicht ein andermal vorbeikommen und sie besuchen.«

Joe genoss es, sie lachen zu hören. »Ja, das wäre schön«, erwiderte er. Plötzlich fühlte er sich wieder wie an jenem Abend, als er Kate zum ersten Mal über den Weg gelaufen war. Damals war er noch jung und unerfahren gewesen. Aber er rief sich schnell ins Gedächtnis, welche Gefahr von Kate ausging. Für einen Augenblick dachte er daran, die Dokumente doch mit einem Boten zu schicken.

Aber Kates Stimme klang unverändert gelassen. »Wie passt es dir um fünf?«

»Um fünf?« Joe war alarmiert. Er hatte Angst davor, sie wiederzusehen. Wenn sie ihm nun für all das, was schief gelaufen war, die Schuld gab? Wenn sie ihm vorwarf, dass er sie verlassen hatte?

Kate lachte erneut. »Ja, um fünf Uhr! Du klingst irgendwie zerstreut. Ist alles in Ordnung?«

»Ja, mir geht's gut. Und fünf Uhr passt mir gut. Ich werde aber nicht lange bleiben.«

»Ich lasse die Tür offen stehen«, neckte sie ihn. »Du brauchst dich nicht einmal zu setzen.« Sie spürte seine Vorsicht, wusste aber nicht, was dahintersteckte. Auf den Gedanken, dass er nervös war, weil er sie nun nach einer so langen Zeit wiedersehen würde, kam sie gar nicht. Sie liebte ihn noch so, wie sie ihn die ganzen Jahre über geliebt hatte. Seine Verletzlichkeit und seine Ängste machten ihn umso liebenswerter. Kate hatte inzwischen viel gelernt. Schade nur, dass sie es nicht mit ihm teilen konnte. Nach dem heutigen Treffen würde sie ihn wohl nicht mehr zu Gesicht bekommen. Wenn sie die Einverständniserklärung unterschrieben hätte, gäbe es für Joe keinen Grund mehr, sie noch einmal zu besuchen.

»Dann bis fünf«, sagte Joe geschäftsmäßig.

Kate zog eine Grimasse, während sie den Hörer auflegte. Es war lächerlich, dass sie den Mann, der sich von ihr scheiden lassen wollte, noch immer liebte. Es hatte eigentlich keinen Sinn, darüber nachzudenken. Sie war nun vierunddreißig Jahre alt und fühlte sich zum ersten Mal in ihrem Leben erwachsen. Es stimmte sie traurig, wenn sie sich daran erinnerte, welch ängstliches Kind sie einst gewesen war. Sie hatte von Joe verlangt, dass er es mit all dem Schmerz, der ihr als kleinem Mädchen zugefügt worden war, aufnahm. Das war für ihn unmöglich gewesen. Und sie hatte ihrerseits seine seelischen Verletzungen nicht heilen können, während sie mit sich selbst befasst war. Sie waren beide unreif gewesen, und Joe hatte keinen anderen Weg gesehen als die Flucht. Trotzdem liebte Kate ihn, und die Suche nach sich selbst hatte ihr gut getan.

Joe erschien pünktlich um fünf Uhr mit den Papieren in der Hand. Zuerst war er verlegen, was Kate an ihre erste Begegnung erinnerte. Sie hielt sich in sicherer Distanz zu ihm und machte keinen Versuch, ihn zu umarmen. Sie setzten sich und unterhielten sich zunächst über die Kinder. Dann erzählte Joe von seiner Arbeit und dem neuen Flugzeug, das er gerade plante, einem Traum seit langer Zeit. Kates Träume hingegen waren anderer Natur: Sie träumte von Joe. Wie leicht war es doch, ihn so zu lieben, wie er war. Es entzückte sie, wie er anfangs ein wenig steif da saß und dann langsam auftaute.

Eine Stunde war vergangen, als Kate ihm endlich einen Drink anbot. Joe lächelte begeistert, und Kate hätte am liebsten die Arme um ihn gelegt und ihm gesagt, wie sehr sie ihn liebe, doch sie wagte es nicht. Sie saß ihm gegenüber und bewunderte ihn aus der Entfernung, als sei er eine Kostbarkeit, die man zwar ansehen, aber nicht berühren durfte. Joe wollte es so. Er würde es nicht zulassen, dass sie ihm noch einmal zu nahe kam. Nur insgeheim durfte sie an ihn denken und ihrer Fantasie freien Lauf lassen.

Es war schon beinahe acht, als Joe aufbrach. Kate hatte die Papiere unterschrieben. Doch am folgenden Tag schon rief Joe erneut an. Seine Stimme klang unsicher wie eh und je, aber diesmal entspannte er sich schneller. Er verschluckte sich jedoch beinahe, während er sie zum Lunch einlud. Kate war fassungslos. Sie konnte ja nicht ahnen, dass ihn ihr Bild die ganze Nacht lang verfolgt hatte. Sie lief durch seine Träume, wie er sie immer geliebt hatte. Und er hatte sich nicht vor ihr gefürchtet. Er wusste nicht, ob sie ihm ihre Unabhängigkeit nur vorspielte oder ob es tatsächlich so war. Er war fast davon überzeugt, dass in Kate eine tief greifende Veränderung vor sich gegangen war. Sie hatte nicht mehr jene unglückliche, vorwurfsvolle Ausstrahlung, sondern schien mit sich selbst im Reinen zu sein. Er erinnerte sich wieder daran, was er alles an ihr geliebt hatte, und fragte sich, ob sie nicht doch Freunde werden könnten.

»Zum Lunch?« Kate war mehr als überrascht.

Natürlich fand auch sie den Gedanken an ein gemeinsames Essen geradezu unwiderstehlich. Sie fürchtete sich zwar ein wenig davor, dass das Treffen sie zurückwerfen könnte, doch es spielte im Grunde keine Rolle: Sie liebte ihn ohnehin, sie hatte nichts zu verlieren. Der Trennungsschmerz würde vielleicht zu neuem Leben erweckt werden, doch sie vertraute darauf, dass sich alles zum Guten wenden würde. Sie erkannte, dass dies auch daran lag, dass sie sich selbst inzwischen mehr zutraute. Was auch immer das Leben für sie bereithielt, sie würde es damit aufnehmen. Diese neue Lebenseinstellung entging auch Joe nicht.

Zwei Tage später trafen sie sich zum Lunch im *Plaza*, und am folgenden Wochenende unternahmen sie einen gemeinsamen Spaziergang im Central Park. Sie sprachen ganz offen über das Chaos, das sie gemeinsam angerichtet hatten, darüber, was sie verloren hatten. Kate nutzte die Gelegenheit, Joe um Verzeihung zu bitten. Seit Monaten schon hatte sie auf diesen Augenblick gewartet. Sie wollte ihm endlich erklären, wie es in ihr ausgesehen hatte und dass sie ihre Fehler bedauerte. Sie hatten sie lange genug gequält. Während des vergangenen Jahres hatte sie sich unzählige Male für ihr oft schändliches Verhalten gescholten. Und so hatte sie allmählich begonnen, auch Joe seine Fehler zu vergeben.

»Ich war oft so dumm, Joe. Ich habe einfach nichts begriffen. Ich habe mich nur an dich geklammert, und je mehr ich das tat, desto eifriger wolltest du davonlaufen. Ich weiß nicht, warum ich das damals nicht erkannte. Ich habe lange gebraucht, es mir einzugestehen. Wenn ich es doch nur früher erkannt hätte…« Nun, da sie wusste, wie groß seine Furcht vor Verpflichtungen, Schuldgefühlen und Streitereien war, schien es ihr ein Wunder, dass er es überhaupt so lange mit ihr ausgehalten hatte.

»Ich habe auch viele Fehler gemacht«, gab Joe zurück. »Aber ich habe dich geliebt.«

Kate spürte einen Stich in ihrem Herzen, weil er in der Vergangenheit sprach. Doch es war ehrlich von ihm und für Kate letztlich keine Überraschung. Schließlich war es nicht normal, dass ihre Gefühle für ihn unverändert stark waren und sich daran wahrscheinlich niemals etwas ändern würde. Nach allem, was sie ihm angetan hatte, hatte sie wohl keine weitere Chance verdient.

Kurz darauf kehrten sie zu Kates Haus zurück, und zum ersten Mal, seit er fortgegangen war, sah Joe Stevie und Reed wieder. Die Kinder johlten vor Freude, als sie ihn erblickten. Sie verbrachten einen glücklichen Nachmittag miteinander.

Kate war sehr schweigsam, nachdem Joe sich verabschiedet hatte. Sie wollte nur allzu gern glauben, dass sie Freunde werden konnten. Auf mehr wollte sie gar nicht erst hoffen, und sie sagte sich, dass ihr auch seine Freundschaft genügen würde.

Joe versuchte auf dem Nachhauseweg, sich dasselbe einzureden. Mehr war zwischen ihnen einfach nicht möglich. Noch einmal durften sie es einfach nicht miteinander versuchen. Es wäre zu gefährlich und wahrscheinlich auch viel zu schmerzhaft für ihn.

Während der nächsten beiden Monate trafen Kate und Joe sich häufig, als seien sie alte Freunde. Manchmal gingen sie zum Dinner aus oder trafen sich samstags zum Lunch. Sonntagsabends lud Kate Joe zum Essen ein und kochte für ihn und die Kinder. Jedes Mal, wenn er wieder fort war, sehnte sie sich nach ihm, doch das war für sie kein Drama mehr. Sie nahm überhaupt alles gelassener. Kate wusste zwar nicht so genau, wohin das alles führen sollte, doch zwei Monate lang versteckte sie ihre Bedenken hinter der Maske der Freundschaft. Für beide war es sehr angenehm.

An einem verregneten Samstagnachmittag – die Kinder waren bei Andy in Connecticut – kam Joe überraschend bei Kate vorbei, um ihr ein Buch zu bringen, über das sie eine Woche zuvor gesprochen hatten. Sie bedankte sich und bot ihm eine Tasse Tee an. Er wusste inzwischen genau, dass er von ihr mehr wollte als Freundschaft, doch sollte er ihr das deutlich machen? Beiden war klar, dass sie nicht dorthin zurückkehren konnten, wo sie einst stehen geblieben waren. Wenn sie es noch einmal wagten, dann musste der Ausgangspunkt ein anderer sein. Joe war ratlos. Er wusste nicht, wie er vorgehen sollte.

Schließlich geschah es mit überraschender Selbstverständlichkeit. Kate hatte Joe soeben eine Tasse Tee eingeschenkt, als sie aufblickte und bemerkte, dass er direkt neben ihr stand. Er schwieg, während sie die Kanne auf den Tisch stellte. Dann zog er sie zärtlich in seine Arme.

»Würdest du mich für verrückt halten, wenn ich dir sagte, dass ich dich immer noch liebe, Kate?«

Kate hielt den Atem an. »Ja, für absolut verrückt«, entgegnete sie dann ruhig und schmiegte sich an ihn. Angestrengt versuchte sie, nicht an die Dinge zu denken, die schief gegangen waren, nicht an jene seiner Eigenschaften, die sie nicht ertragen konnte. »Ich hab mich oft schrecklich benommen«, murmelte sie voller Reue.

»Und ich war ein Idiot! Wie ein Kind habe ich mich verhalten. Ich hatte einfach Angst, Kate.«

»Ich auch«, gestand sie flüsternd und schlang die Arme um ihn. »Wir waren beide so dumm! Ich wünschte, alles wäre anders gekommen … ich wünschte, ich hätte damals schon all das gewusst, was ich jetzt weiß. Ich habe dich immer geliebt«, fügte sie zärtlich hinzu und fühlte sich ihm plötzlich sehr nah.

»Ich habe dich auch immer geliebt.« Joe spürte ihr seidiges Haar an seiner Wange. »Ich wusste nur einfach nicht, wie ich damit umgehen sollte. Ich habe mich die ganze Zeit über so schuldig gefühlt. Und dann wollte ich nur noch weg von dir.« Er hielt inne und fuhr einen Augenblick später fort: »Glaubst du, wir haben wirklich etwas gelernt, Kate?«

Im Grunde wussten beide, dass es so war. Joe konnte es an ihrem Blick ablesen und spürte es auch in sich selbst. Sie hatten jetzt beide keine Angst mehr.

»Du bist wunderbar, so wie du bist, und genau so will ich dich lieben«, versprach Kate lächelnd, »ob du nun hier bist oder nicht. Dass du oft fort bist, jagt mir keine Angst mehr ein. Ich wünschte, ich hätte alles anders gemacht …«

Joe antwortete nicht, sondern küsste sie. Er fühlte sich sicher, wahrscheinlich zum ersten Mal, seit sie sich kannten. Das hatte er trotz seiner Liebe immer vermisst. Sie standen eng umschlungen in der Küche und küssten sich immer wieder. Nach einer langen Weile legte Joe ohne ein Wort den Arm um Kates Schultern und ging mit ihr in ihr Schlafzimmer hinüber. Dann schaute er sie an und zögerte. Allein ihre Küsse weckten so viele Erinnerungen.

»Ich weiß nicht genau, was wir hier eigentlich tun. Wahrscheinlich sind wir beide vollkommen verrückt geworden. Ich bin nicht sicher, ob ich es überlebe, wenn noch einmal alles kaputtgeht. Doch ich habe so ein Gefühl, als würden wir es diesmal besser machen«, sagte Joe.

»Ich habe nicht geglaubt, dass wir noch einmal von vorn anfangen würden.« Kate blickte ihn aus großen Augen an.

»Ich auch nicht.«

Wieder küsste er sie. Sein Vertrauen in sie war plötzlich unendlich. Sie kannte ihn nun besser als während der ganzen Zeit ihres Zusammenlebens. Endlich hatten sie wirklich zueinander gefunden. Sie hatten festen Boden unter den Füßen. Ihre Liebe war nie versiegt. Allein der Gedanke daran, dass sie sich beinahe verloren hätten, verfolgte sie noch eine Weile. Sie hatten geradewegs auf den Rand des Abgrunds zugehalten und waren beinahe hinuntergestürzt. Im letzten Augenblick jedoch war ihnen das Schicksal zu Hilfe geeilt.

Joe verbrachte das Wochenende mit Kate, und als die Kinder nach Hause zurückkehrten, freuten sie sich, ihn zu sehen. Alles andere ergab sich wie von selbst. Es war so, als ob Joe niemals fortgegangen wäre. Er hatte die Wohnung in New York schon Monate zuvor verkauft und zog jetzt für eine Weile in Kates Haus. Bei Gelegenheit würden sie ein anderes Haus kaufen und umziehen. Joe unternahm weiterhin seine Geschäftsreisen, und manchmal war er mehrere Wochen unterwegs. Doch es störte Kate nicht. Sie telefonierten miteinander, und sie war einfach glücklich. Und Joe ging es genauso. Diesmal funktionierte alles reibungslos. Es war wie ein Wunder! Selbstverständlich stritten sie sich auch, doch sie vergaßen anschließend schnell, warum sie eigentlich aneinander geraten waren. Sie waren glücklich miteinander, glücklicher, als sie es jemals gewesen waren. Den Scheidungsantrag hatten sie gerade noch rechtzeitig zurückgezogen.

Sie genossen ihr Leben in vollen Zügen, und für beinahe siebzehn Jahre sollte es auch so bleiben. Beide hatten Recht gehabt: Ihre Beziehung hatte eine letzte Chance verdient.

Als die Kinder schließlich auszogen, um auf eigenen Füßen zu stehen, hatten sie mehr Zeit für sich allein. Kate begleitete Joe auf seinen Reisen, doch auch zu Hause fühlte sie sich stets wohl. Die bösen Geister waren aus ihrem Leben verschwunden. Sie hatte sie bereits vor langer Zeit vertrieben, auch wenn es ein sehr schmerzhafter Prozess gewesen war. Die frühen Jahre hatten ihren Tribut gefordert, doch am Ende waren Kate und Joe dankbar, weil sie aus ihren Problemen viel gelernt hatten. Kate hatte aufgehört, Joe zu bedrängen und ihn einzuengen. Seine Vergangenheit verfolgte ihn nun nicht länger. Joe hatte sich aus seinem Himmel zu Kate auf die Erde hinunter begeben und war ihr so nah gekommen, wie er nur konnte. In den späteren Jahren genügte ihr das. Mehr verlangte und brauchte sie nicht. Die Wunden waren endgültig verheilt.

Kate und Joe waren gesegnet mit einem großen Geschenk, einer seltenen Liebe, einem starken Band, das selbst in schlechten Zeiten nicht durchtrennt werden konnte. Stürme hatten getobt, doch das Haus, das sie gebaut hatten, stand auf unerschütterlichem Grund. Joe und Kate verstanden einander wie nur wenige Menschen. Sorgfältig hüteten sie einen Schatz, den andere Menschen oft ihr Leben lang suchen. Kate und Joe hatten einander gefunden, hatten einander verloren und sich wieder gefunden. Sie hatten sich eine letzte Chance gegeben. Beide zweifelten nicht eine Sekunde daran, dass sie damit alles Glück der Welt in sich vereint hatten. Sie waren so nahe daran gewesen, alles zu verlieren. Doch sie hatten die letztmögliche Gelegenheit am Schopfe gepackt und nicht nur die Liebe, sondern auch Frieden gefunden. Dann lag es an ihnen, das Wunder zu bewahren.

EPILOG

Joes Begräbnis fand in einem überaus würdevollen Rahmen statt. Während der Vorbereitungen hatte sich Kate um jedes Detail selbst gekümmert. Die Feierlichkeiten waren ihr letztes Geschenk an ihn.

Zusammen mit Stephanie und Reed verließ Kate das Haus und stieg in die Limousine, die sie zur Kirche bringen würde. Sie starrte aus dem Fenster in die verschneite Landschaft und dachte an Joe, der ihr alles bedeutet hatte. Sie erinnerte sich an Cape Cod, an den Krieg, an die Zeit in New Jersey, als er seine Firma gegründet und sie ihn noch überhaupt nicht verstanden hatte. Jetzt hätte sie ein Porträt von ihm in allen Farben des Regenbogens malen können. Sie kannte ihn besser als irgendeinen anderen Menschen, und es war unvorstellbar, dass er nun für immer fort sein sollte.

Als Kate vor der Kirche aus dem Wagen stieg, griff die Angst mit eisiger Hand nach ihr. Was würde sie nun mit dem Rest ihres Lebens anfangen? Wie sollte sie ohne Joe weiterleben?

Siebzehn Jahre zuvor hatte das Schicksal ihrer Liebe auf halber Strecke einen neuen Aufschwung gewährt, nachdem sie ihn bereits beinahe verloren hatte. Hätten sie damals nicht wieder zusammengefunden, wäre ihr Leben und auch das von Joe völlig anders verlaufen. Er hatte mehr als einmal zugegeben, dass dies für sie beide einen schrecklichen Verlust bedeutet hätte.

In der Kirche hatten sich bereits Honoratioren und bedeutende Persönlichkeiten versammelt. Selbst der Präsident hatte ursprünglich sein Kommen angekündigt, doch im letzten Augenblick war er auf seiner Reise im Nahen Osten aufgehalten worden und hatte sich mit einem Telegramm bei Kate entschuldigt. An seiner Stelle erwies nun der Vizepräsident Joe die letzte Ehre. Der Gouverneur des Staates hielt die Trauerrede.

Kate und ihre Kinder saßen in der ersten Reihe. Das Innere der Kirche glich einem Meer aus Menschen. Kates Mutter war bereits vier Jahre zuvor gestorben, doch Andy und Julie waren da, und Kate erhaschte auch einen Blick auf Lindberghs Witwe Anne. Sie trug ein schwarzes Kostüm und einen schwarzen Hut, denn sie war selbst noch in tiefer Trauer um ihren Mann. Erst vier Monate zuvor war Joe auf Charles' Begräbnis gewesen. Es schien eine merkwürdige Ironie des Schicksals zu sein, dass die beiden größten Piloten aller Zeiten innerhalb weniger Monate gestorben waren. Für die ganze Welt bedeutete ihr Tod einen tragischen Verlust.

Joes Mitarbeiter hatten Kate dabei unterstützt, das Begräbnis vorzubereiten. Die Messe war wunderschön, und die Reden, die Joe zu Ehren gehalten wurden, würdigten seine eindrucksvolle Persönlichkeit. Tränen rannen langsam über Kates Wangen, und sie grub die Finger in die Hände ihrer Kinder. Das Begräbnis ihres Vaters fiel ihr ein, nach dem sich ihre Mutter damals verzweifelt von der Welt und auch von ihr zurückgezogen hatte. Joe war es schließlich gelungen, die Wunden in Kates Herzen zu heilen. Er hatte ihr die Augen geöffnet, sie so viel über sich selbst und die Welt gelehrt. Mit ihm hatte sie die höchsten Gipfel erklommen. Das Leben an seiner Seite war auf vielerlei Weise unvergleichlich gewesen.

Die Menschen, die Joe die letzte Ehre erwiesen, hielten sich respektvoll im Hintergrund, während Kate dem Sarg langsam durch das Mittelschiff der Kirche folgte. Der Duft von Rosen hing schwer in der Luft. Mit gesenktem Kopf stieg Kate in die Limousine, die dem Wagen mit dem Sarg zum Friedhof folgen würde.

Schweigend schritten die Menschen aus der Kirche hinaus. Sie hatten im Grunde nichts Neues über Joe erfahren. In den Trauerreden war von seinen Leistungen als Pilot, seinen überragenden Fähigkeiten, seinem Genie und seinen Verdiensten um die Luftfahrt gesprochen worden. Joe wäre sehr stolz gewesen.

Doch nur Kate hatte ihn wirklich gekannt. Wie sehr sie ihn geliebt hatte! Für den Schmerz, den sie sich in den ersten Jahren gegenseitig zugefügt hatten, waren sie später mit grenzenlosem Glück entschädigt worden. Kate hatte viele Erfahrungen gesammelt, und Joe war an ihrer Seite der glücklichste Mann unter der Sonne gewesen. Sie hatte es verstanden, ihn zu lieben. Der Gedanke daran tröstete sie nun ein wenig, doch ein Leben ohne Joe konnte sie sich nicht im Entferntesten vorstellen.

Stephanie und Reed unterhielten sich auf der Fahrt zum Friedhof leise miteinander, um ihre Mutter nicht zu stören. Kate saß gedankenverloren in ihrem Sitz, betrachtete die frostige Landschaft, die draußen vorüberzog, und rief sich die Zeit, die sie mit Joe verbracht hatte, in Erinnerung. Der Teppich, den das Leben für sie geknüpft hatte, war ein prachtvolles Kunstwerk geworden.

Nur Kate und die Kinder begleiteten den Sarg zum Friedhof. Kate wollte dort mit Stephanie und Reed und ihren Erinnerungen allein sein. Die Explosion hatte Joes Körper zerfetzt, deshalb wurde ein leerer Sarg beerdigt. Nachdem der Priester gegangen war, zogen sich auch Stephanie und Reed zum Wagen zurück und ließen ihre Mutter allein.

»Wie soll ich das bloß schaffen, Joe?«, flüsterte Kate und starrte auf die Erde hinab, die nun den Sarg bedeckte. Was sollte sie nun tun? Wie sollte sie mit der Gewissheit weiterleben, dass sie ihn nie wieder sehen würde?

In diesem Moment wurde Kate noch einmal zu dem kleinen Mädchen, das vor vielen Jahren seinen Vater beerdigt hatte, und sie spürte, wie die alten Wunden aufbrachen.

Lange Zeit stand sie an Joes Grab und hing ihren Gedanken nach, und plötzlich schien es ihr, als stünde er unmittelbar neben ihr. Er war der Mann, von dem sie immer geträumt hatte. Der Held, in den sie sich unsterblich verliebt hatte, als sie noch kaum erwachsen gewesen war. Der Mann, auf den sie gewartet hatte, als er in den Krieg gezogen war. Der Mann, den sie beinahe verloren und dann wie durch ein Wunder vor siebzehn Jahren doch noch wieder gefunden hatte. Es hatte in ihrem gemeinsamen Leben viele Wunder gegeben, doch Joe selbst war das größte gewesen. Kate wusste, dass Joe ihr Herz mit sich genommen hatte. Niemand würde jemals seinen Platz einnehmen. Sie hatten einander alles gegeben. Mit Joe hatte sie die wahre Liebe kennen gelernt, und zugleich hatte er sie gelehrt loszulassen. Als ihre Liebe zu ihm am größten gewesen war, hatte sie ihm die Freiheit geschenkt, und er war nach Hause zurückgekehrt.

Joe war nun wirklich frei. Er befand sich auf seinem letzten Flug, und ein letztes Mal musste Kate ihn ziehen lassen. Nun würde er sie niemals mehr verlassen, und im Grunde hatte er das sein Leben lang nicht getan. Er war zu ihr gekommen, davongeflogen und wieder zu ihr zurückgekehrt. Er hatte sie immer geliebt, so wie er sie auch jetzt noch liebte und sie ihn. Ihre Liebe war stark, sie brauchte keine Versprechungen mehr. Sie würde sie für den Rest ihres Lebens in ihrem Herzen tragen.

Kate hatte gelernt, zurückzustehen, ihn zu nehmen, wie er war, ihn kommen und gehen zu lassen und ihn zu achten. Sie war aus tiefster Seele dankbar für all die Dinge, die das Leben mit Joe sie gelehrt hatte.

»Flieg, mein Liebling«, flüsterte sie. »Flieg … ich liebe dich.«

Kate nahm eine einzelne weiße Rose und legte sie auf das Grab. Im selben Augenblick spürte sie, wie sich ihre Angst auflöste. Sie wusste, dass Joe sich niemals weit von ihr entfernen würde. Er würde fliegen, wie er es immer getan hatte, weit oben im Himmel, der nur für ihn bestimmt war. Es war gleichgültig, ob Kate ihn sah oder nicht, denn wo sie auch hinging, er würde immer bei ihr sein. Was er sie gelehrt hatte, würde sie nicht vergessen. Joe hatte ihr gezeigt, wie sie ohne ihn weiterleben konnte, und er war ein guter Lehrer gewesen.

Kate und Joe hatten sich einander offenbart und in ihrer Liebe die Erfüllung gefunden. Sie hatten einander alles gegeben, und dieses Geschenk würde sie überallhin begleiten.

In ihrer Trauer hatte Kate eine Gewissheit: Joes Liebe zu ihr war unvergänglich wie ihre Liebe zu ihm. Das Leben mit ihm war vorüber, und doch würde es niemals enden.